Perry Rhodan

Soldaten für Kahalo

Im Jahr 2328 hat die Menschheit unter Perry Rhodans Führung bereits Hunderte von Planeten besiedelt. Der lange Krieg gegen die fremdartigen Blues ist vorüber; die Terraner hoffen nun auf Frieden und einen wirtschaftlichen Aufschwung.

Doch zwischen den Sternen der Milchstraße machen sich neue Feinde breit. Sie bedrohen das Vereinte Imperium von Terranern und Arkoniden von innen, indem sie Unruhen schüren und eigene Sternenreiche gründen. Einer dieser Gegner zielt direkt auf das Herz des Imperiums – er bedroht Perry Rhodan und seine engsten Gefährten: Der Anschlag auf die CREST, das riesige Raumschiff des Mannes, der die Menschen zu den Sternen führte, scheitert nur knapp.

Als Drahtzieher des Anschlags erweist sich Iratio Hondro. Er ist der Herrscher des von terranischen Siedlern bewohnten Planeten Plophos, auf dem er eine Diktatur errichtet hat. Der selbst ernannte Obmann von Plophos will nicht nur die Unabhängigkeit seiner Welt, sondern auch die Vorherrschaft über die von Menschen bewohnten Teile der Galaxis.

Und dazu ist ihm jedes Mittel recht ... auch der Einsatz von tödlichem Gift, das langsam wirkt ...

Perry Rhodan

Soldaten für Kahalo

Pabel-Moewig Verlag KG, Rastatt

www.moewig.de
Redaktion: Klaus N. Frick
Titelillustration: Dirk Schulz
Druck und Bindung: GGP Media GmbH, Pößneck
Printed in Germany 2006
www.perry-rhodan.net
ISBN 10: 3-8118-5550-6
ISBN 13: 978-3-8118-5550-2

Prolog

Die Milchstraße im Jahr 2328. Der Krieg gegen die Blues liegt ein Jahr zurück, er forderte Millionen Opfer und konnte nur durch den Einsatz aller Kräfte gewonnen werden. Arkoniden und Terraner sowie die Kolonialvölker, die zum Vereinten Imperium gehören, hoffen nun wieder auf ein Leben in Sicherheit.

Während die Bürger auf zahlreichen Planeten zur Tagesordnung übergehen, arbeitet Perry Rhodan daran, den gerade erst errungenen Frieden zu verteidigen. Das Imperium ist jetzt vor allem von internen Konflikten bedroht – einige Regionen der Milchstraße versinken in bürgerkriegsähnlichen Wirren. Tyrannen ergreifen die Macht auf abgelegenen Planeten, neue Sternenreiche entstehen und spalten sich vom Imperium ab. Es droht ein Chaos in weiten Teilen der Milchstraße.

Die ausufernde Gewalt erreicht einen neuen Höhepunkt, als ein Anschlag auf Perry Rhodan und sein Flaggschiff, die CREST, nur knapp scheitert.

Drahtzieher des Anschlags ist Iratio Hondro, der Obmann von Plophos, einer von Menschen besiedelten Welt. Hondro, der die Plophoser mit seiner brutalen Diktatur beherrscht, will die Position Rhodans um jeden Preis brechen, Plophos zur einflussreichsten Welt des Imperiums und sich selbst zum mächtigsten Mann der Milchstraße machen.

Es gelingt Hondros Soldaten, Perry Rhodan und dessen engste Gefährten zu entführen. Doch der Obmann hat nicht mit dem Mut und der Intelligenz seiner Gefangenen gerechnet. Ihnen gelingt die Flucht. Es ist ein Vorstoß ins Unbekannte ...

1.

Es war heller Tag, und trotzdem stand der Himmel voller Sterne!

Das Licht der kleinen roten Sonne Thoma reichte nicht aus, das Leuchten abertausender ferner Sonnen zu unterdrücken. Es glitzerte und funkelte vom Himmel. Der zentrumsnahe Sektor der Galaxis zeigte sich hier als ein Sternenmeer. Ein leuchtender Punkt stand neben dem anderen, und jeder Punkt war eine Sonne.

Das war der Tageshimmel über Badun und damit auch über Lordstown, der einzigen Stadt auf Badun. Vierzigtausend Menschen wohnten in ihren Mauern, vierzigtausend, die dem Sterngewimmel über ihren Köpfen keinen einzigen Blick schenkten.

Sie hatten dafür auch keine Zeit. Der Dienst nahm sie zu sehr in Anspruch, und Lord Kositch Abro gab ihnen keine Gelegenheit, an etwas anderes als den Dienst zu denken.

Badun im Thoma-System war kein Planet, sondern der größte von fünf Monden, die den Riesenplaneten Beil umliefen. Marsgroß und kalt, war Badun eine unwirtliche Welt. Die riesigen Gebirge, von großen vegetationslosen Ebenen umgeben, standen überall wie eine Drohung vor dem klaren, wolkenarmen Himmel. Es gab einen Ozean – ein flaches Meer, dessen größte Tiefe nicht einmal hundert Meter erreichte. Kein Fluß schickte seine Wasser dorthin. Auf Badun gab es keine Flüsse, zumindest nicht auf der Oberfläche.

Trotzdem waren Menschen auf dieser unwirtlichen Welt seßhaft geworden. Im Laufe von rund hundert Jahren hatte sich die Stadt Lordstown entwickelt, und sie war zum geheimen Zentrum der Neutralisten, der unzufriedenen Plophoser, geworden. Daß man diese bisher nicht entdeckt hatte, verdankten sie allein der galaktischen Position des Thoma-Systems. In einem Meer von Millionen Sonnen versteckt, die unglaublich dicht zusammenstanden, brauchten sie nicht zu fürchten, daß eines Tages Schiffe der Plophoser über Badun erscheinen könnten. Denn wer mit den Tücken dieser Sternenballung nicht vertraut war, ging mit seinem Schiff darin unter.

Lordstown machte einen häßlichen Eindruck. Die Stadt war aus dem

Boden gestampft worden. Sie bestand nur aus primitiven Häusern, unschönen Bauten, welche aus Fertigteilen errichtet worden waren.

Den Bewohnern war das Aussehen Lordstowns gleichgültig. Sie stellten keine Ansprüche. Ihr Lebensziel war, einmal in der Galaxis die Macht zu übernehmen. Dafür verzichteten sie gern auf manche Annehmlichkeiten des Lebens.

In Lordstown herrschte ein lebhaftes Kommen und Gehen. Tag und Nacht starteten Raumschiffe oder kamen zu Lordstowns großem Landehafen zurück. Manche Neutralisten blieben nur kurz in der Stadt, andere waren auf Lebenszeit zur Zentrale versetzt worden. Sie hatten es nicht leicht, sich den Gewohnheiten der Eingesessenen anzupassen. Auf dem Mond herrschten in mancher Hinsicht eigenartige Sitten und Gebräuche. Das Militärische war vorrangig, aber nur einer hatte die Befehlsgewalt: Lord Kositch Abro, der unumschränkte Herrscher dieser Neutralistengruppe.

Er war ein Riese von 1,99 Metern, breitschultrig, aber trotz seiner 56 Lebensjahre von jugendlichem Elan. In seinem streng geschnittenen Gesicht fielen die Hakennase und sein gepflegter roter Bart auf. Wer Lord Abro schärfer betrachtete, stutzte über das kalte Glitzern in seinen dunklen Augen. Manchmal war ein eigenartiges Leuchten darin zu sehen. Wer Menschen abzuschätzen verstand, erkannte, daß Lord Abro ein eiskalter Fanatiker war, der nur sein Ziel vor Augen hatte. Menschliche Unzulänglichkeiten duldete dieser Mann nicht. Mit drakonischen Maßnahmen griff er durch, aber er verstand es immer wieder, sein hartes Zupacken seinen Getreuen gegenüber zu begründen.

Nur wenn Lord Kositch Abro sprach, ging viel von dem Eindruck, den er bei anderen hervorrief, verloren. Es tat den Ohren weh, wenn man seiner Fistelstimme lauschen mußte. Die Bewohner von Lordstown hatten sich inzwischen daran gewöhnt. Wer zum erstenmal seinen Fuß auf den Mond Badun setzte und zur Berichterstattung vor dem Lord erscheinen mußte, durfte glücklich sein, wenn er vorher von dritter Seite auf Abros schauerliche Fistelstimme aufmerksam gemacht worden war.

Menschen, die vor Abro zusammenzuckten, wenn er fistelte, konnten sicher sein, daß der Lord sie umgehend zu einem Einsatz abkommandierte, von dem es kein Wiederkommen gab. In diesem Punkt war er empfindlicher als der sensibelste Mensch; seine Empfindlichkeit war einfach krankhaft.

Abro beherrschte von der Burg aus den Mond Badun. Die Burg, eines der wenigen Gebäude der Stadt, die aus Plastikbeton errichtet waren, hatte die Form eines Hufeisens. Nur dreigeschossig, überragte sie die anderen Häuser der Stadt nicht. Sieben gedrungene Kuppeln verteilten sich in gleichmäßigem Abstand auf dem Flachdach. Eingeweihte wußten, daß unter diesen Kuppeln mächtige Energiegeschützstellungen verborgen waren.

Die Burg war gleichzeitig das Zentrum von Lordstown. Die nächsten Häuser standen erst in dreihundert Meter Entfernung. Für die Zwischenzone bestand generelles Bauverbot, damit die Burg notfalls unter einen starken Schutzschirm gelegt werden konnte. Im linken Flügel des hufeisenförmigen Bauwerkes lagen die Arbeitsräume des Lords.

Vor einer halben Stunde hatte Lord Kositch Abro die Einsatzbesprechung mit seinen Raumschiffskommandanten abrupt beendet und die Männer aufgefordert, in zwei Stunden wieder vor ihm zu erscheinen.

Kaum waren sie gegangen, als er die Order erließ, ihn unter keinen Umständen zu stören. Während er diesen Befehl gab, verfolgte sein Blick drei Sipans, die ihm leise surrend um den Kopf flogen.

Lord Kositch Abro haßte die Sipans, diese kleinen Fliegen, die wie winzige Doppeldecker aussahen und bisher jedem Ausrottungsversuch der Menschen widerstanden hatten. Um die Sipans zu vernichten, hatte Abro die Besprechung mit den Schiffskommandanten unterbrochen. Nur deshalb wollte er nicht gestört werden.

Er haßte diese Fliegen, und sie haßten ihn! Das wußte er, aber nur er allein. Nicht einmal seiner Tochter Mory hatte er sich anvertraut. Niemand durfte erfahren, daß die Sipans ihn haßten!

Eine Fliege schwirrte dicht an seinem Gesicht vorüber. Blitzschnell schlug er zu, traf sie und sah das Insekt benommen auf dem Boden herumkriechen.

»Ha!« triumphierte er, als er die Sipan zertrat. »Du kannst mich nicht mehr hassen!« In seinen Augen leuchtete ein eigenartiges Feuer. Sein Mund, den selten jemand lachen sah, zeigte jetzt den triumphierenden Zug eines Siegers.

Er zertrat die zweite Fliege, sprang der dritten nach, verfehlte diese jedoch und stürzte. Dumpf dröhnte es, als er auf den Boden fiel. Er hatte keine Bewegung getan, um die Wucht des Aufpralles zu mildern. Jetzt bewegte er langsam seine Arme, stützte sich auf und betrachtete mit funkelnden Augen die Sipan, die er eben zertreten hatte. Dabei kreischte er: »Da liegst du und rührst dich nicht mehr, Sipan! So hasse ich!«

Dann erhob sich der Lord. Außerhalb der Reichweite seiner Arme flog die dritte Sipan. Auf Zehenspitzen lief er ihr nach. Blitzschnell schlug er von rechts nach links nach ihr, traf sie, und die Fliege endete wie ihre Vorgängerinnen.

»Hahaha ...«, gellte sein irres Lachen durch den großen Raum. Er starrte zu Boden und rieb sich unentwegt die Hände. »Jetzt bin ich nur noch allein da, der haßt ... ich, Abro der Große!«

Sekundenlang hielt er den Kopf gesenkt. Als er dann aufblickte, war das eigenartige Feuer aus seinen Augen verschwunden und hatte einem grübelnden Ausdruck Platz gemacht. »Was wollte ich denn tun?« fragte er sich und blickte sich verwundert um.

Eine neue Sipan schwirrte dicht an seinem Gesicht vorbei. Er schenkte ihr keinen Blick. Langsam ging er auf seinen wuchtigen Schreibtisch zu – Lord Kositch Abro liebte das Große –, da sah er eine Notiz darauf liegen.

»Ach, das war's«, sagte er sich und schaltete die Sichtsprechverbindung ein.

»Euten, ich möchte mit meiner Tochter sprechen!« Euten war der Adjutant des Lords.

Abro grübelte. *Warum habe ich die Kommandanten fortgeschickt?* fragte er sich.

Die Sipan setzte sich jetzt neben seine rechte Hand auf den Schreibtisch. Er blies sie an und sah ihr nach, als sie davonflog, aber er dachte sich nichts dabei.

Die portalgroße Tür öffnete sich. Eine schlanke junge Frau betrat den großen Raum. »Ja?« sagte sie und blieb lässig neben seinem Schreibtisch stehen.

»Mory, die CC-2 landet in drei Stunden. Ich wollte dich daran erinnern«, fistelte er und betrachtete dabei seine Tochter.

Mehr denn je erinnerte ihn Mory an seine verstorbene Frau. Die Schönheit der Mutter war der Tochter vererbt worden. Nur das rotblonde Haar, das ihr bis über die Schultern hing, hatte sie vom Vater. Mory Abro war eine wirklich schöne Frau, vierundzwanzig Jahre alt, aber nicht nur schön, sondern auch klug. Auf Badun sagten viele: gefährlich klug!

»Also, in drei Stunden kommt die CC-2. Gut! Ich werde ihn mir genau ansehen!«

»Nimm dir nicht zuviel vor, Mory. Rhodan ist nicht der Typ, der sich von einer Frau den Kopf verdrehen läßt ...«

»Vater, das laß bitte meine Sorge sein«, antwortete sie kühl. »Darf ich dich an Genoth erinnern? An Pladdan und Milko? Weder dir noch deinen besten Männern gelang es, sie umzustimmen. Ich habe dann nur mit ihnen geplaudert, und bald waren sie unsere Freunde.«

»Aber du kannst doch Rhodan nicht mit diesen Typen vergleichen, Mory!« fistelte er erregt.

»Frauenlogik ist noch nie identisch gewesen mit der Logik der Männer«, blieb sie kühl. »Auch hier auf Badun macht eine Frau Politik! Ich, Vater! Was ich mir bisher in den Kopf setzte, habe ich auch immer erreicht. Das trifft auch für Rhodan zu!«

In diesem Augenblick bewunderte der Lord seine Tochter. Mory Abro war sich bewußt, welchen Eindruck sie auf Männer machte; sie fühlte oft die bewundernden Blicke, mit denen man ihr nachsah. Sie nahm es hin und vergaß es im gleichen Moment wieder. Ihr scharfer Intellekt schützte sie davor, sich in einen Mann zu verlieben. Wenn etwas sie reizte, dann war es nie ein Mann, sondern das Ziel, das sie über diesen Mann erreichen wollte. Und sie hatte große Pläne. Mory Abro war eine der leidenschaftlichsten Neutralisten, die man sich denken konnte.

Aus Abros Blick verschwand die Bewunderung für seine Tochter. Er sah sie nun mißgestimmt an. »Du willst Rhodan doch nicht etwa in dieser Kleidung entgegentreten?«

Sie trug eine enganliegende Kombination, die so geschickt gearbeitet war, daß auch ein mißtrauischer Beobachter bei ihr keinen Thermostrahler vermutet hätte. Aber Mory Abro ohne Energiestrahler – das war undenkbar. Als leidenschaftlicher Schütze übte sie jeden Tag mit ihrer Waffe. Aus den Schießwettbewerben der letzten drei Jahre war sie stets als Siegerin hervorgegangen.

»Gefällt dir meine Kombination nicht?« fragte sie. Zum erstenmal leuchteten ihre Augen auf und zeigten ein ganz anderes Wesen. Aber sofort hatte sie sich wieder in der Gewalt. Sie verlor niemals die Kontrolle über sich, selbst wenn sie einmal heftig aufbrauste. Denn neben ihrem ausgeprägt starken Willen verfügte sie auch über jene verstandesmäßige Kälte, die sie davor schützte, unüberlegt zu sprechen oder zu handeln.

Ihre stärkste Waffe aber war ihre faszinierende Schönheit, ihr attraktives Äußeres. Zwanzig Zentimeter kleiner als ihr Vater, war sie immer noch größer als die meisten Menschen. Doch dieses Merkmal trat nicht in den Vordergrund. Auffälliger wirkte ihr flammend rotes Haar und in natürlichem Gegensatz dazu die weiße Haut. Die wunderbar geschwungenen, blutvollen Lippen konnten auf jedes Make-up verzichten.

»Nun sag doch, was dir an meiner Kombination mißfällt!« forderte sie ihn auf.

Wenn Abro auch seine Tochter verwöhnte, so ließ er doch nicht alles durchgehen. Ihr Ton hatte ihm nicht gefallen. Scharf sagte er: »Mir mißfällt, wie du in der Kombination wirkst!«

Sie lächelte ihren Vater an und fiel ihm ins Wort: »Danke für das Kompliment, Vater. Aber du darfst dich beruhigen. Deine Tochter hat, was Kleidung anbetrifft, noch nie einen schlechten Geschmack bewiesen.

Ich werde Perry Rhodan als Repräsentantin der Neutralisten in der Form gegenübertreten, wie du es von mir erwartest. Aber weißt du, daß ich nicht einmal besonders neugierig auf diesen Mann bin?«

Lord Abro fragte verblüfft: »Was sagst du da? Du unterschätzt ja diesen Mann in allen Punkten! Du hast unseren Plan schon zerstört, bevor Rhodan hier eingetroffen ist!« Seine Erregung ließ Mory kalt. Gelassen sagte sie: »Was ist Perry Rhodan noch? Was er einmal war, zählt doch nicht mehr. Wenn er auf Badun eintrifft, dann ist er der Mann, der in fünfzehn Tagen sterben muß – er, Reginald Bull, Atlan und die anderen!«

»Bis dahin haben wir das Gegenmittel ...«

»Glaubst du wirklich daran, Vater? Oder versuchst du dich selbst zu belügen?«

»Dann ist doch unser gesamtes Vorgehen sinnlos, Mory!« fistelte der Lord und sprang auf.

»Damit es wieder Sinn bekommt, habe ich gehandelt, Vater. Dreißig unserer besten Agenten sind nach Plophos unterwegs, um unter allen Umständen das absorbierende Gegenmittel aufzutreiben. In deinem Namen habe ich ihnen befohlen, alles daranzusetzen, damit wir binnen fünf Tagen im Besitz des Stoffes sind. Mit dem Mittel in der Hand werde ich mich dann erneut mit Rhodan unterhalten. Für ihn heißt es dann: leben oder sterben! Für uns bedeutet es, einen der fähigsten Köpfe innerhalb der Galaxis als Berater zu gewinnen!«

»Mory ...« Lord Kositch Abro begann in seinem Arbeitsraum auf und ab zu wandern. »Meine Angst, daß du Rhodan völlig falsch einschätzt, wird immer größer. Er wird unter diesem Druck, den du auf ihn ausüben willst, nicht nachgeben. Dieser Mann stirbt, aber er läßt sich nicht erpressen!«

Sie lächelte ihren Vater an. »Männerlogik«, sagte sie nachsichtig. »Wie klug ihr Männer doch immer wieder seid! Wer hat denn behauptet, daß ich Rhodan erpressen will? Weißt du, wann eine Frau bei einem Mann alles erreicht? Wenn der Mann glaubt, der Frau zu tieferem Dank verpflichtet zu sein. Und Rhodan wird mir zu danken haben; ich werde die gefühlvolle Stunde nutzen und ihm das Versprechen abnehmen, auf das wir warten ...«

»Du glaubst, daß er sein Wort hält? Du bist doch närrisch, Mory!« rief er verzweifelt.

Ruhig hielt sie ihm entgegen: »Deine Geschichtskenntnisse sind mangelhaft, Vater. Ich habe Rhodans Lebenslauf studiert. Es gibt in seinem Leben nicht einen einzigen Fall, in dem er eins seiner Versprechen gebrochen hat! Ich glaube, ich kenne ihn doch besser als du.«

»Gut«, entschied Abro, »ich lasse dir vorläufig freie Hand, wenngleich ich nicht überzeugt bin, daß du Rhodan richtig beurteilst. Hoffentlich irre ich mich.«

»Ich werde dir beweisen, daß du irrst, Vater!«

Es war sinnlos, den Plophoser-Neutralisten Okika zu fragen, wohin die verrostete Korvette fliegen würde. Es war ebenso sinnlos, dagegen zu protestieren, daß man sie in eine Kabine gesperrt hatte.

Vor einer Stunde waren Rhodan, Atlan, Bully und Melbar Kasom an Bord des kleinen Kugelraumers geführt worden. Dieses Schiff, das rund zweihundert Jahre alt war, zeigte sich innen ebenso verwahrlost wie außen.

»Hier hinein!« hatte ihnen ein Plophoser gesagt und auf eine Kabinentür gedeutet. Drei Neutralisten standen hinter ihnen. Lässig hielten sie die Strahlwaffen, aber diese Lässigkeit konnte keinen der vier Männer täuschen. Rhodan und seine Freunde hatten inzwischen erfahren, welcher Art diese Menschen waren.

Melbar Kasom öffnete die Kabinentür. Bully schaute hinein und sagte empört: »Das ist ja ein Loch!«

»Vorwärts!« befahl der Plophoser, der auf die Kabinentür gedeutet hatte. Er hob die Waffe. Sein Gesicht war ausdruckslos, seine Augen blieben kalt.

Sie betraten die Kabine. Hinter ihnen fiel die Tür krachend ins Schloß. Danach wurde sie noch verriegelt.

»Was wird man mit André Noir machen?« fragte Rhodan, der über den Schmutz in diesem Raum hinwegsah.

Bully stieß einen alten Plastikeimer in die Ecke. »Uns in solch ein Loch zu sperren«, sagte er grimmig. »Was diese Burschen mit Noir machen werden? Er wird sicher auch an Bord kommen.«

Melbar Kasom versuchte die Bordverständigung in Gang zu bringen. Sie funktionierte nicht. Atlan hockte auf einer massiven Spule, die aus der Energieabteilung der Korvette stammte. Grübelnd blickte er zu Boden. Bully nahm neben ihm Platz. Er setzte zum Sprechen an, als im Ringwulst die Impulstriebwerke des kleinen Raumers anliefen.

Das Schiff stand in einer riesigen Höhle, vor jeder Sicht geschützt. Daraus würde es gleich zum Flug durch den Raum starten und sie irgendwohin bringen.

»Etwas Schlimmeres hätte uns nicht passieren können«, sagte der

Arkonide kopfschüttelnd. »Bald können wir die Tage an unseren Fingern abzählen. Na, Perry, siehst du in diesem Flug eine Verbesserung unserer Chancen?«

»Darauf kann ich erst antworten, wenn ich weiß, wohin man uns bringt. Über einen Punkt jedoch habe ich Gewißheit: Man denkt nicht daran, uns zu töten. Ich glaube, man wird alles Menschenmögliche tun, um das Gegengift zu beschaffen.«

»Und worauf basiert dein Wissen?« fragte Atlan spöttisch.

»Als ich André Noir zum letztenmal aufsuchte, besaß er seinen Zellaktivator noch. Bisher hat man auch keinen Versuch gemacht, Bully den Aktivator abzunehmen. Dabei war den Rebellen bekannt, welche Kostbarkeiten wir besitzen.«

»Bist du sicher, daß Noir ihn auch jetzt noch hat?« zweifelte Atlan. »Wenn ich bedenke, wie heimtückisch man unseren Mutanten ausgeschaltet hat, dann kann ich von diesen Neutralisten nichts Gutes erwarten.«

Rhodan, der darauf verzichtete, sich auf dem Gerümpel ihrer Kabine niederzulassen, lehnte sich gegen die Wand.

»Ich kann das Vorgehen der Rebellen gut verstehen, Atlan.«

Bully sah ihn erstaunt an. »Nachdem die Neutralisten entdeckt hatten, daß Noir über starke hypnotische Kräfte verfügte …« In diesem Augenblick krachte es dort, wo der USO-Agent Kasom stand.

»Erledigt, Sir«, sagte er. »Keine Einrichtung in diesem Loch funktionierte, aber die Abhöranlage dafür um so besser. Ich habe sie ausgebaut!«

»Bitte!« sagte Rhodan und deutete auf Melbar Kasom. »So handeln unsere Agenten, und im gleichen Stil haben die Rebellen gehandelt, als sie André Noir in Tiefnarkose versetzten. Jeder sichert sich so gut ab, wie er kann. Ich möchte sogar behaupten, daß wir hier nicht lange eingesperrt bleiben. Wenn sich die Korvette im freien Raum befindet, wird man uns eine begrenzte Bewegungsfreiheit zugestehen.«

»Wie ich dich für deine gute Meinung bewundere!« sagte Bully bissig. »Darf ich dich daran erinnern, daß man uns vor sechzehn Tagen ein Gift injiziert hat, das uns noch die lächerliche Frist von fünfzehn Lebenstagen läßt?«

»Vielleicht tritt unser Ende noch früher ein, Bully«, meinte Rhodan gelassen. »Aber hört euch das mal an!«

Die Impulstriebwerke heulten – und wie sie heulten. Solche Geräusche hatten die Männer noch nie an einem startklaren Raumschiff vernommen. Mit dieser Korvette zu fliegen, war geradezu Selbstmord.

Die Zelle begann zu schwingen. Das Heulen steigerte sich. Jetzt wurde sogar der Andruck spürbar. Ein Zeichen, daß die Andrucksabsorber nicht einwandfrei arbeiteten. Sogar Melbar Kasom ging in die Knie.

»Das ist ein Sarg und kein Raumschiff!« stellte Bully grimmig fest. Niemand antwortete. Alle horchten auf das Heulen und Dröhnen, das sich zum Fortissimo steigerte. Aber noch lauter war das Brüllen der Alarmsirenen, das in dieser Sekunde aufklang.

»Kasom, versuchen Sie, die Kabinentür aufzubrechen!« Rhodan mußte schreien, um sich verständlich zu machen.

Der über sechzehn Zentner schwere Riese warf sich mit einem Satz gegen die Tür und flog mit ihr auf das Deck. Als er sich aufraffte, standen die anderen schon neben ihm. Sie rannten zum Antigravlift. Das Heulen und Dröhnen der Impulsmotoren war zu einem unerträglichen Kreischen geworden. Während sie im Liftschacht zum Kommandodeck schwebten, meinten sie, die Korvette müsse jeden Augenblick auseinanderfliegen.

Perry Rhodans Gesicht war maskenhaft starr. Bully dagegen konnte man anmerken, wie erregt er war. Atlan kontrollierte jedes Deck, an dem sie vorbeischwebten. Bis jetzt war ihnen noch kein Rebell begegnet.

Dann hatten sie das Deck erreicht, das zum Kommandoraum führte. Melbar Kasom fühlte sich mehr denn je verantwortlich für die Sicherheit von Rhodan, Bully und Atlan. Er sah, daß kurz vor dem Schott des Kommandoraumes eine Tür geöffnet wurde. In einem Sprung von zwanzig Metern erreichte er sie und riß sie ins Schloß.

So dicht vor der Zentrale des kleinen Raumschiffes von einem Mitglied der Besatzung entdeckt zu werden, konnte für sie böse Folgen haben.

Die drei Männer rasten an ihrem Agenten vorbei. Perry Rhodan erreichte als erster das Schott zur Kommandozentrale; dichtauf folgten ihm Bully und der Arkonide.

Wenn diese Korvette auch rund zweihundert Jahre alt war, so kannte Rhodan das Schiff doch in jeder Einzelheit. Er betätigte einen Knopf. Das Schott sprang auf. Im gleichen Moment war Melbar Kasom hinter ihnen.

Fünf Rebellen hielten sich in der Zentrale auf. Bei dem Höllenlärm, der auch hier herrschte, merkten sie nicht, daß sie Besuch erhalten hatten.

Der Panoramaschirm zeigte ein fürchterliches Bild. Über die Bordverständigung liefen ununterbrochen Meldungen aus den einzelnen Abteilungen ein. »Wo bleiben die Ortungsresultate?« brüllte Kommandant Okika.

»Distanz- und Energieortung zur Zeit ausgefallen!« schrie einer der Plophoser.

Immer noch unbemerkt standen die vier Männer am Eingang der kleinen Zentrale und beobachteten. Sie hatten begriffen, warum die Impulsmotoren über Maximum beansprucht wurden – warum die Spulbänke, Transformer und Generatoren aus dem Triebwerksteil des Schiffes brüllten und jaulten: Dieses schrottreife Beiboot war auf der Flucht.

Kommandant Okika flog das Schiff. Dieser Mann war ein erstklassiger Pilot, der auch in einer gefährlichen Situation nicht die Nerven verlor.

»Strukturtaster-Ortung!« gellte ein Ruf auf. »Großer Himmel, das ist ja eine ganze Flotte! Das sind ja Terraner!«

»Wo bleiben die Koordinaten?« übertönte Okika den Lärm.

Drei Männer, die nur noch wenige Tage zu leben hatten, wenn kein Wunder geschah, blickten sich an. Melbar Kasom stand sprungbereit, um auf ein Kommando zwei Rebellen anzugreifen und blitzschnell unschädlich zu machen.

Okika erhielt seine Koordinaten; er erfuhr auch, aus welcher Richtung die Kugelraumer des Imperiums heranrasten.

Rhodan, Bully und Atlan hatten sich durch Blicke verständigt. Rhodan wollte den Kommandanten unschädlich machen, Atlan den Rebellen am Bordgehirn und Bully den Plophoser, der mit der ausgefallenen Energie- und Distanzortung beschäftigt war. Die beiden letzten Neutralisten sollte der USO-Mann ausschalten. Es mußte blitzschnell geschehen. Diese fünfköpfige Besatzung der Zentrale durfte keine Gelegenheit erhalten, über die Bordverständigung die Besatzung von dem Überfall zu unterrichten.

War dieser Plan gelungen, dann war es nur noch Sache einer halben Stunde, bis sie die anfliegenden terranischen Schiffe erreicht hatten und sich vorerst in Sicherheit befanden. Aus dem instinktiven Gefühl heraus, daß sich ihre Situation plötzlich verändert hatte, drehte sich Rhodan hastig um.

Auf dem Zentraldeck standen zwei Plophoser. Die Männer rührten sich nicht, unbeweglich hielten sie ihre Strahler auf die Terraner und den Ertruser gerichtet.

Wir haben Glück gehabt, dachte Rhodan, der langsam wieder den Kopf drehte und so tat, als ob ihn die Bedrohung hinter ihren Rücken nicht interessieren würde.

Zu diesem Zeitpunkt hatten auch Bully, Atlan und Melbar Kasom bemerkt, daß etwas nicht stimmte. Rhodan machte eine Handbewegung, die sie alle verstanden. Er setzte sich langsam in Bewegung und ging auf den Plophoser Okika zu. Erst in diesem Augenblick wurden sie von der Besatzung bemerkt.

»Die Terraner sind hier!« brüllte der Neutralist vom Bordgehirn.

Okika hatte eiskalte Männer um sich. »Übernehmen!« befahl er und drehte sich dabei nicht einmal um. Vom Deck her rief ein Rebell: »Okika, wir haben sie unter Kontrolle!«

Wieder verständigten sich Rhodan, Atlan und Bully durch Blicke. Nichts anmerken lassen!

Als die beiden Plophoser in die Zentrale stürmten, um sie daraus zu vertreiben, herrschte Rhodan die Männer an: »Wir bleiben! Man hat uns Bewegungsfreiheit zugesichert und wir nehmen diese Zusicherung auch in Anspruch! Oder gleichen die Neutralisten den Leuten des Obmanns?«

Die beiden jungen Männer mit den harten Gesichtern ließen sich nicht anmerken, ob Rhodans Anspielung sie getroffen hatte.

»Raus!« herrschte sie ein Blondschopf an. In diesem Augenblick ließ sich der Kommandant hören. »Laßt sie, Männer! Unsere CC-2 geht gleich in den Linearraum!« Die beiden Rebellen traten etwas zurück, hielten aber weiterhin ihre Strahler auf die vier Männer gerichtet. Rhodan, Bully und Atlan gingen näher an den Panoramaschirm heran. Er zeigte den Planeten Greendor, den sie vor knapp einer Stunde mit dieser Korvette verlassen hatten.

»Dá haben wir aber noch einmal Glück gehabt!« stellte Bully fest und beobachtete, wie auf Greendor ein neuer Atompilz unter grellen Blitzen wuchs und sich mit rasender Geschwindigkeit nach allen Seiten ausbreitete.

Okika mußte Reginald Bulls Worte trotz des Lärms verstanden haben. Eiskalt sagte er: »Und wenn die Greendor-Plophoser in der nächsten Zeit noch ein Dutzend geheime Stützpunkte von uns entdecken und auf die gleiche Weise vernichten – siegen werden wir Neutralisten doch!«

Mit keinem Wort erwähnte Okika die anfliegende Flotte des Imperiums. Diese Schiffe schienen für ihn nicht zu existieren. Seine Gedanken drehten sich um den brutalen Vernichtungsangriff der Greendor-Plophoser. »Wir kommen zurück, Obmann Iratio Hondro unterschätzt uns Neutralisten, genauso wie Sie, Rhodan!«

»Ihre Behauptung stimmt nicht, Okika«, widersprach Rhodan. »Ich habe die Menschen bis heute immer richtig eingeschätzt, und da sie alle, Plophoser wie Neutralisten, von der Erde abstammen, weiß ich, wie gefährlich sie sind!«

Er verstand weder den Blick, den ihm Okika zuwarf, noch dessen Bemerkung: »Na, dann ist es ja gut, wenn Sie uns so sehen. Es wird auch gut für Ihre Freunde sein.«

Rhodan sah an den Instrumenten, daß die CC-2 gleich in den Linearraum gehen würde, wo sie vor jeder Ortung sicher war. Besorgt fragte er nach André Noir.

»Er befindet sich an Bord, Rhodan, und schläft tief. Glauben Sie mir, es geht ihm den Umständen entsprechend gut.«

Rhodan schien das zu bezweifeln. Jedenfalls drückte sein Blick das aus. Die Ortung meldete: »Wir werden von drei Schiffen des Obmanns verfolgt!« Kurz danach kam die Bemerkung: »Distanzortung ist immer noch ausgefallen!«

Gleichzeitig lief der Hilferuf aus dem Maschinenraum ein: »Konverter drei und fünf liegen still. Wie lange soll die Höllenfahrt denn noch dauern? Hier droht alles hochzugehen!«

»Was macht der Kalup?« fragte Okika.

»Klar wie immer!«

»Danke«, rief Okika in die Verständigung, »Schiff geht in fünfzehn Sekunden in den Linearraum.« Seine nächste Frage galt der Ortung. »Etwas Neues von den drei Schiffen des verdammten Obmanns?«

»Nichts Neues!«

Drei Sekunden später sprang der Kalup an und schleuderte die Korvette in den Linearraum.

Acht Lichtjahre vom Eugaul-System entfernt wartete das Flaggschiff Iratio Hondros. Nicht einmal der Kommandant des Raumers war von Hondro informiert worden, was sich ereignen würde.

Kurz nach dem Start von Plophos hatte der Obmann seinem Kommandanten mitgeteilt, welche Koordinaten anzufliegen waren. Dort sollte dann das Schiff in den freien Fall gehen.

Der Offizier kannte seinen Chef zu gut, als daß er es wagte, eine einzige Frage zu stellen, auch jetzt nicht, nachdem die PLOPHOS schon über eine Stunde am Zielpunkt wartete.

Über Funk erfuhren die Offiziere, daß es der Flotte wiederum gelungen war, einen bedeutenden Stützpunkt der Neutralisten zu zerstören. Im Gegensatz zu den bisherigen Gepflogenheiten wurde hierbei zum erstenmal der Planet erwähnt, auf dem ein Versteck der Rebellen entdeckt worden war. Als der Name Greendor fiel, traf es viele Offiziere wie ein Schock. Sie hatten sich nicht vorstellen können, daß die Neutralisten auf Planeten, die vom Obmann beherrscht wurden, Stützpunkte errichteten. Jetzt mußten sie damit fertig werden. Einige Männer aber fragten sich, warum man überhaupt den Namen des Planeten bekanntgegeben hatte.

Später war niemand mehr in der Lage, anzugeben, wer zuerst die Namen Perry Rhodan, Reginald Bull und Atlan mit Greendor in Verbindung gebracht hatte. Auch Kommandant Landin war daran interessiert, mehr über die Vernichtungsaktion auf Greendor zu erfahren. Er suchte die Funkzentrale auf. Unter dem Vorwand, eine Kontrolle durchzuführen, wollte er sich über die eingegangenen Hyperkomsprüche unterrichten. Er versprach sich davon eine Bereicherung seines Wissens.

Als er den Funkraum betrat, erstattete der diensttuende Offizier Meldung. Nur ein Sergeant beachtete Landins Eintritt nicht. Er blickte auf die Bildscheibe, auf der ein Klartext erschien.

Landin trat hinter den Sergeanten und blickte ihm über die Schulter. Erstaunt las er: »An Obmann Iratio Hondro. Ankunft 20.80 Standardzeit.«

Kommandant Landin konnte nicht verhindern, daß der Sergeant, ohne sich vorher Erlaubnis eingeholt zu haben, die Direktverbindung zum Obmann herstellte und die Meldung an ihn weitergab.

»Was haben Sie soeben getan?« fragte er den Sergeanten scharf.

»Befehl des Obmanns ausgeführt«, meldete der Sergeant, »Meldungen, die mit V unterzeichnet sind, unverzüglich an ihn durchzugeben!«

»Danke!« sagte Landin. Seine Lust, sich für gewisse Nachrichten zu interessieren, war verflogen. Es ärgerte ihn wieder, daß Hondro ihn nicht über diesen Befehl informiert hatte. Aber gab es unter den Plophosern einen einzigen Menschen, der behaupten konnte, Iratio Hondros Vertrauter zu sein?

Kommandant Landin machte auf der Stelle kehrt und ging zur Zentrale zurück. Als er sie betrat, erreichte ihn ein Durchruf des Obmanns.

»Landin, veranlassen Sie, daß alle Decks, die zwischen meinen Räumen und der Schleuse drei liegen, sofort von der Besatzung geräumt werden. Ich lasse in fünf Minuten durch meine Wachroboter kontrollieren!«

»Jawohl, Obmann«, konnte Landin gerade noch sagen, als es in der Verständigung auch schon knackte. Iratio Hondro hatte abgeschaltet. Unwillkürlich sah Landin auf seinen Chronometer. Er zeigte 20:20 Uhr.

In diesem Moment hatte die Ortung ein Raumfahrzeug erfaßt, das sich der PLOPHOS mit 85 Prozent Licht näherte. Die Strukturtaster-Ortung, die für einen Moment unbesetzt gewesen war, meldete sich mit Signal.

Ein Offizier sprang hinzu, überprüfte die Instrumente und gab dann an den Kommandanten weiter: »Unbekannter Raumer ist im Abstand von 8,45 Lichtminuten zur PLOPHOS aus dem Linearraum gekommen.«

Der Funkruf hatte sich zur Zentrale durchgeschaltet und gab an: »Befehl vom Obmann: Anfliegendes Boot aus der Ortung nehmen!«

Die Offiziere schauten sich bedeutungsvoll an. Jeder hätte gern erfahren, wer der Gast war, der unter diesen geheimnisvollen Umständen den Obmann aufsuchte. Jeder wußte aber auch: Allzu große Neugier wurde vom Obmann damit geahndet, daß der Betreffende die Giftinjektion erhielt.

An Bord der PLOPHOS gab es bis jetzt nur einen Mann, in dessen Adern das Gift kreiste und der spätestens alle einunddreißig Tage das Gegenmittel erhalten mußte, wenn er nicht sterben sollte: Kommandant Landin.

Drei seiner Offiziere wiesen die Besatzung des Flaggschiffes an, alle Decks sofort zu räumen, die zwischen den Kabinen des Obmanns und der Schleuse drei lagen. Warnend betonten sie, daß anschließend Wachroboter auf den einzelnen Gängen patrouillieren würden.

Anders ausgedrückt, hieß es: Wer von einem Wachroboter auf einem der Gänge entdeckt wird, oder wer nur durch einen Türspalt auf den Gang sieht, hat mit seiner Hinrichtung durch Strahlwaffen zu rechnen.

Das geheimnisvolle Raumboot war aus der Ortung genommen worden. Die Zeiger der Chronometer näherten sich der dreißigsten Minute in der zwanzigsten Tagesstunde.

Die Kontrollampe für Schleuse drei leuchtete in der Zentrale auf. Die Neugier der Offiziere wuchs.

Die Schleuse des Flaggschiffes war von außen geöffnet worden! Derjenige, der jetzt das Schiff des Obmanns betrat, kannte nicht nur den Kode, nach dem man die Schleuse von außen öffnen konnte, sondern war auch im Besitz des Schlüssels, um die Alarmanlage auszuschalten.

Nur das unübersehbare Flackern der Kontrollampe für Schleuse drei in der Zentrale verriet, daß jemand das Schiff betreten hatte. Dieser Jemand trug einen Raumanzug. Den Klarsichthelm zurückgeklappt, schwebte er im Antigravschacht hinauf, betrat Deck III und ging zielsicher auf die Kabine zu, die man betreten mußte, um über drei weitere Kabinen bis zu Iratio Hondro vordringen zu können.

Die Roboter, denen er begegnete, beachtete er ebensowenig wie diese ihn. Er stieß die Kabinentür auf, trat zwei Schritte vor und blieb stehen.

Hinter ihm fiel die Tür automatisch ins Schloß. Drei Wachroboter überprüften ihn mit ihren Individualtastern. Die Prüfung war kurz. Die Roboter traten zur Seite. Der Besucher verschwand in der nächsten Kabine. Daß er hier noch einmal kontrolliert wurde, verwunderte ihn nicht. Er wußte, wie vorsichtig Iratio Hondro war.

Dann stand er vor dem mittelgroßen, wuchtig gebauten Obmann, der wortlos hinter seinem Schreibtisch saß und seinen Besucher kühl musterte. Hinter ihm standen zwei Wachroboter, die den Gast nicht aus ihrer Kontrolle ließen.

Hondro verstand es, sich vor Attentaten zu schützen, denn er wußte, daß ihn sein Zellaktivator nicht vor einem gewaltsamen Tod bewahren konnte.

Er sah zu, wie sein Besucher den Raumanzug abstreifte, ihn über einen Sessel legte, dann die Kombination, die er darunter trug, am Hals öffnete, mit beiden Händen zugriff und mit einem Ruck die Plastikmaske über den Kopf streifte.

Al Jiggers, Iratio Hondros bester Agent, stand vor seinem Obmann.

»Sie sind pünktlich, Jiggers«, stellte Hondro fest. Er griff nach links. Als die Hand wieder auftauchte, hielt sie eine handelsübliche Injektionspistole. »Sie geben sich die Spritze besser selbst«, sagte er mit einem unangenehmen Lächeln.

Für Al Jiggers war heute der achtundzwanzigste Tag. Dieses araische Stopp-Serum, das er sich jetzt in die Vene jagte, hielt die tödliche Wirkung des seinerzeit injizierten Giftes für einen Monat auf. Er lächelte verkrampft, als er das medizinische Gerät zur Seite legte, den Ärmel seiner Kombination herunterstreifte und Platz nahm.

»Jiggers, machen Sie es kurz! Ich habe heute weniger Zeit denn je. Daß starke Verbände der Terraner in unseren Bereich eingeflogen sind, wird Ihnen bekannt sein. Ich möchte mich auf jeden Fall wieder auf Plophos aufhalten, wenn diese arroganten Burschen über unserem Planeten auftauchen. Und das wird in Kürze sein. Also?«

»Ich habe eine Aufstellung mitgebracht, die alles enthält, was ich innerhalb von wenigen Tagen benötige, Obmann.«

Hondro beachtete die Liste nicht. »Wie lange soll das noch in dieser Form weitergehen, Jiggers?« fragte er scharf. »Ich habe Ihnen doch das Mittel ausgehändigt, das sich wunderbar eignet, verschwiegene Neutralisten gesprächig zu machen!« Hondro sprach von dem furchtbaren Gift.

Al Jiggers, ein verwegen aussehender Mann im dreißigsten Lebensjahr, hielt Hondros Blick stand. »Wir haben das Mittel an Neutralisten verwandt, die eigentlich das Versteck von Lord Abro hätten kennen sollen; dennoch konnten sie uns nichts sagen. Denn die letzte Transition wird allein von einem Rechengehirn durchgeführt. Ich glaube, daß kein Rebellenkommandant weiß, welchen Weg durch den Linearraum sein Schiff nimmt.«

»Aber über den Relieftaster ist der Zielstern doch zu erkennen! Jiggers, mit welchen Ausreden kommen Sie mir?« hielt ihm Hondro scharf vor.

»Sowie das Bordgehirn die Schiffsführung übernimmt, schaltet sich der Relieftaster automatisch aus«, erklärte Al Jiggers. »Nach der Landung in Abros Versteck kommen jedesmal seine Positronikspezialisten an Bord und nehmen Veränderungen am Rechengehirn vor. Aber ich glaube nicht einmal, daß Abros Experten an der Schiffspositronik arbeiten, sondern an dem Zusatzgerät, das ein Rebellenkommandant Navigator nannte.«

»Warum reden Sie dann zuerst von den Bordgehirnen und kommen schließlich auf diesen Navigator? Ich glaube, daß Sie sich in den kommenden vier Wochen keine neue Injektion verdienen werden!«

Mit der Angst, in vier Wochen zu sterben, trieb Hondro seine Männer zu größten Leistungen an. Er war sich bewußt, daß bisher kein einziger Agent so viele wichtige Nachrichten über Kositch Abro und seine Rebellen geliefert hatte wie Al Jiggers. Aber in den letzten Monaten trat auch sein bester Agent auf der Stelle.

»Obmann«, sagte Jiggers beschwörend. »Ich bekomme Landeerlaubnis auf Abros Planet, wenn ich innerhalb von drei Tagen die Waffen und Maschinen liefern kann, die meine Aufstellungen enthalten.«

Iratio Hondro ließ sich seine Überraschung nicht anmerken. Die Schiffe Terras, die seit einigen Stunden in seinem Herrschaftsbereich kreuzten, machten ihm weniger Sorgen als die fanatischen Neutralisten, die Lord Kositch Abro um sich versammelt hatte. Die Terraner würden sich hüten, kriegerische Aktionen zu starten, aber von Abros Seite her hatte er jeden Tag mit einem Angriff zu rechnen.

»Unter der Bedingung, Jiggers, daß Sie auf Abros Planet landen, können Sie alle angeforderten Waffen und Geräte in vierundzwanzig Stunden in Empfang nehmen. Übergabe an bekannter Stelle. Was haben Sie, Jiggers?«

Der Agent hatte ein nachdenkliches Gesicht gemacht. »Ich mache mir Sorgen wegen der Flottenverbände aus dem Solsystem, Obmann.«

Hondro lächelte kalt. Mit einer knappen Handbewegung tat er Jiggers Bedenken ab. »Sorgen Sie dafür, daß Sie auf Abros Stern landen können. Aber vergessen Sie nicht, wie schnell achtundzwanzig Tage vorbei sind! – Sie haben zehn Minuten Zeit, die PLOPHOS zu verlassen!«

Neun Minuten später schwebte Al Jiggers im Raumanzug zu seinem kleinen, überlichtschnellen Boot hinüber.

2.

Die Korvette, die im Schiffsregister der Rebellen CC-2 genannt wurde, raste durch den Linearraum in Richtung auf das Zentrum der Galaxis. Kommandant Okika hatte Perry Rhodan die Erlaubnis gegeben, André Noir aufzusuchen. Der Hypno sah unverändert aus. Sein blasses Gesicht war entspannt, sein Puls ging langsam. Als Rhodan ihm ein Augenlid anhob, zeigte sich kein Reflex.

»Wie lange wird die Narkose anhalten?« fragte Rhodan den Plophoser, der an der anderen Seite von Noirs Lager stand.

»Das hängt allein von Ihnen und Ihren Freunden ab«, erwiderte Okika.

»Wollen Sie sich nicht klarer ausdrücken?« forderte Rhodan ihn auf.

Kalt entgegnete der Kommandant: »Sie sind ja auch nicht Großadministrator geworden, weil Sie ein Schwätzer waren. Warten Sie's ab.«

Rhodan stand immer noch neben dem Bett seines Mutanten. Hauptsächlich deshalb war er gekommen, um festzustellen, ob noch keiner der Rebellen den Versuch gemacht hatte, ihm den lebenserhaltenden Zellaktivator zu stehlen. Als er die Hand unter die Decke schob, verstand Okika, was das zu bedeuten hatte.

»Er besitzt das verdammte Ding noch!« sagte der Rebell grimmig. »Solange Ihr Mann auf meinem Schiff ist, wird er den Aktivator tragen.«

»Okika, hat es deswegen schon Schwierigkeiten gegeben?«

Der Neutralist wich Rhodans Blick nicht aus. »Großer Himmel, Schwierigkeiten nennen Sie das? Sie haben gut reden. Ihr Apparat ist auf Sie eingestellt und der des Arkoniden auch. Es ist sinnlos, sich diese beiden Wundergeräte anzueignen. Aber der Zellaktivator dieses Mannes und Ihres Freundes Bull … Rhodan, sehen Sie die Verletzung an meiner Hand? Sonst zählt die Besatzung meines Schiffes fünfzig Mann. Im Augenblick sind es nur achtundvierzig, weil ich zwei vor einer Stunde hier in dieser Kabine niederschlagen mußte. Und seit dieser Zeit ist auf dem Schiff die Hölle los!«

»Dann wird einer von uns in diesem Raum Wache halten, Okika!« verlangte Rhodan.

In den Augen des Plophosers blitzte der Spott. »Lieber Mann, Sie scheinen schon wieder vergessen zu haben, daß nur ich allein an Bord dieses Schiffes zu befehlen habe. Sie sind nichts weiter als ein Mann, den ich zum Lord zu bringen habe. Daß Sie auch der Großadministrator eines Imperiums sind, in dem es drunter und drüber geht, kümmert mich nicht. Was bedeuten schon Titel? Also, hier wird keine Wache gehalten. Wenn jemand auf das verfluchte Wunderding Ihres Hypnos aufpaßt, dann ein verläßlicher Mann aus meiner Besatzung.«

»Trauen Sie sich eigentlich selbst noch über den Weg?« fragte Rhodan.

Aber diese Plophoser waren auch durch unerwartete Angriffe nicht zu überrumpeln. Der unerbittliche Kampf gegen den Obmann hatte jeden Neutralisten zu einem harten, wachsamen Kämpfer gemacht.

»In Ihrer Umgebung haben sich wohl wenig Männer bewegt, denen Sie uneingeschränkt vertrauen konnten!« Herausfordernd sah Okika dabei Perry Rhodan an.

Da flog die Tür auf. Rhodan reagierte sofort und warf sich zu Boden. Ein Strahlschuß verfehlte ihn um Zentimeter. Auf der anderen Seite des Bettes kämpfte Okika mit einem Mann seiner Besatzung. Rhodan rollte sich unter Noirs Bett, kaum daß er den Boden berührt hatte.

Er sah zwei Fußpaare. Eines gehörte dem Kommandanten, der jetzt laut stöhnend zu Boden ging. »Das Ding gehört mir!« zischte ein Mann.

»Unter dem Bett liegt ein Terraner ...«, versuchte der andere seinen Komplizen abzulenken.

»Mir egal! Aber mich bestiehlst du nicht! Die Hände hoch, oder ...«

Das Bett, in dem der Mutant lag, stand auf ungewöhnlich hohen Beinen. Rhodan konnte die Knie anziehen und den Rücken krümmen. Er brachte es sogar fertig, unter dem Bett in die Hocke zu gehen. Er konnte keine Rücksicht darauf nehmen, ob Noir beim Sturz aus dem Bett Beulen davontragen würde.

Alle Muskelkräfte setzte er ein, als er sich unter dem Bett blitzschnell aufrichtete, dieses samt André Noir anhob und quer durch die Kabine schleuderte.

Er hörte einen Aufschrei, aber er sah nicht, wer geschrien hatte. Ein Energiestrahl aus einer Handwaffe blendete ihn, traf ihn jedoch nicht.

Mit einem Handkantenschlag machte er einen Mann kampfunfähig. Der zweite, der vom Bett an die Seite geschleudert worden war, richtete seine tödliche Waffe auf Rhodan. Dieser reagierte blitzschnell. Der Rebell kam nicht mehr dazu, seinen Strahler einzusetzen. Von zwei Schwingern getroffen, brach er zusammen.

In Rhodans Augen stand ein gefährliches Leuchten. Aufmerksam sah er sich um. André Noir lag in der Ecke, halb vom umgestürzten Bett verdeckt. Er hatte weder von seinem Sturz noch von dem Kampf etwas gemerkt.

Vor Rhodans Füßen lag ein Strahler. Als er die Waffe in der Hand hielt, wurde der Wunsch in ihm wach, die Korvette zu erobern.

Eine halbe Minute später hatte er nicht nur die beiden kampfunfähigen Männer entwaffnet, sondern auch Okikas schweren Desintegrator an sich genommen.

Auf dem Gang wurden Stimmen laut. Er verstand: »Sie sind zu ihm! Sie wollen ihm das Ding abnehmen!«

Rhodan begriff, daß die Chance verloren war. Er schob Okika den Strahler wieder ins Futteral und trat dann bis an die Wand. Schritte kamen schnell näher. Vier Männer stürmten in die Kabine und blieben wie angewurzelt stehen, als sie Perry Rhodan bewaffnet sahen.

»Kommen Sie herein«, forderte Rhodan sie auf, »oder wollten Sie auch meinen Freund berauben?«

Einer der vier trug die Abzeichen eines Offiziers. Bevor seine Männer auf Rhodans scharfe Anspielung eine Antwort geben konnten, befahl er, auf die Kampfunfähigen deutend: »Schafft sie hinaus und sperrt sie ein!«

Die eigenen Leute gingen mit den bewußtlosen Männern nicht gerade sanft um. Rhodan äußerte sich nicht dazu. Er ließ seinen Impulsstrahler erst sinken, als auch der zweite hinausgezerrt worden war.

Kommandant Okika richtete sich stöhnend auf, fuhr sich mit der Hand über die Augen und blickte sich verwirrt um. Dann fluchte er wild, betrachtete das umgestürzte Bett und Perry Rhodan, der vor der Wand stand, den Impulsstrahler nach unten gerichtet.

»Nicht nötig«, winkte Okika ab und erhob sich ohne Unterstützung. Er sah, daß Rhodans Taschen sich wölbten. »Was haben Sie in den Taschen?« Gleichzeitig griff er an sein Waffenfutteral, um sich zu überzeugen, ob er noch seinen Desintegrator besaß. Er stutzte, als er den Waffenkolben fühlte.

Nacheinander warf Rhodan vier Strahler auf das Bettzeug am Boden.

»Sie sind allein mit diesen beiden Männern fertig geworden?« fragte Okika. In seiner Stimme schwang ehrliche Anerkennung mit.

Rhodan antwortete nicht. »Helfen Sie mir, das Bett aufzurichten und meinen Freund hineinzulegen!« Sein Befehl galt dem Offizier. Als dieser fragend seinen Kommandanten ansah, fuhr Perry Rhodan ihn an: »Muß ich es Ihnen zweimal sagen?«

»Helfen Sie!« ordnete Okika an.

Als Schritte auf dem Gang laut wurden, war Rhodan plötzlich erneut bewaffnet. Er legte die Waffe erst wieder zu den anderen, nachdem draußen nichts mehr zu hören war. Er und der Offizier hatten André Noir ins Bett gelegt, als sich Okika äußerte: »Ich habe eine sehr aufschlußreiche Studie gemacht, Rhodan. Diese Studie betrifft Sie. Sie sind so gefährlich, daß ich Ihnen einen Impulsstrahler anvertrauen möchte, damit derjenige Ihrer Leute, der diesen narkotisierten Mann bewacht, ihn auch verteidigen kann. Können Sie mir auch im Namen Ihrer Freunde Ihr Wort geben, daß der Strahler unter keinen Umständen für andere Zwekke verwendet wird?«

Der Offizier schaute seinen Kommandanten entgeistert an. Rhodan erwiderte ohne Zögern: »Ich nehme Ihren Vorschlag gern an. Sie haben mein Wort, das auch für meine Freunde gilt. Lassen Sie unter der Besatzung verbreiten, daß wir durch das Gift in unseren Adern vom Leben nichts mehr zu erwarten hätten, aber trotzdem unsere Sicherheit bis zuletzt verteidigen würden!«

Bis auf eine Prellung am Kopf, hatte André Noir den Sturz aus dem Bett gut überstanden. Übler war Okika dran, der aus einer Platzwunde über der linken Schläfe blutete. Aber jetzt erst fühlte er den Schmerz und spürte, daß Blut über sein Gesicht lief.

»Sie haben nichts abbekommen, Rhodan?« fragte er verwundert.

»Muß man Verletzungen haben, wenn man aus einem Kampf kommt?«

Okika beantwortete Rhodans Frage nicht. Wortlos verließ er mit seinem Offizier die Kabine. Rhodan war mit seinem Hypnomutanten allein. Während die Schritte der beiden Männer auf dem Deck leiser wurden, ging er zur Tür und schloß sie. Im gleichen Augenblick wurde ihm wieder bewußt, daß Gift in seinen Adern kreiste.

Er hörte sich schwer atmen. Dann sagte er: »Noch fünfzehn Tage! Nichts, verglichen mit der Ewigkeit.« Er schloß die Augen, schüttelte den Kopf.

Fühlte er sich nicht irgendwie anders als je zuvor? Brachten die Nebenwirkungen des Giftstoffes die beklemmenden Angstgefühle hervor?

Er blieb neben dem Bett stehen und betrachtete seinen narkotisierten Mutanten, aber seine Gedanken kreisten um das Gegenmittel. Er konnte nicht mehr daran glauben, daß es den Rebellen gelingen würde, in dieser kurzen Zeitspanne das Stopp-Serum zu erlangen.

Rhodan betrachtete seine Hände, suchte nach irgendwelchen Anzeichen des Giftes. Er sah, wie auf den Handrücken sich die Sehnenstränge abzeichneten. Er fühlte, wie hart die Muskeln seiner Arme waren. Und dann hörte er sich befreit auflachen.

Er dachte an die Flottenverbände, die nach ihnen suchten, und an die Getreuen, die mit ihm das Solare Imperium geschaffen hatten.

»Noch fünfzehn Tage, Iratio Hondro. Bis dahin haben wir beide uns noch einmal unterhalten!«

Perry Rhodan und Atlan hielten sich in der Zentrale der CC-2 auf, als der kleine Kugelraumer mit dem alten Lineartriebwerk plötzlich in den Normalraum ging. Im gleichen Moment setzte das Heulen der Impulsmotoren wieder ein.

Kommandant Okika schien dieses Manöver erwartet zu haben. Rhodan, der hinter ihm stand und die Schaltvorgänge des Plophosers am Steuerpult beobachtete, entdeckte dort vier Hebel, deren Bedeutung er nicht kannte.

Okika beachtete ihre Anwesenheit im Steuerraum kaum. Er blickte zur veralteten Bordpositronik hinüber, als erwarte er ein Resultat des Gehirns.

Jetzt stutzte auch Atlan. Als er erstaunt die Neutralisten ansah, grinsten diese überheblich. Denn soeben stieß die Positronik einen Stanzstreifen aus. Okika erhielt ihn und studierte die Schlüsselzeichen. Rhodan las mit.

»Oh«, sagte er erstaunt, »die CC-2 fliegt von jetzt ab mit Hilfe eines Navigators durch den Linearraum?«

Okika fuhr zusammen, als sei neben ihm eine Bombe explodiert. »Wer hat Ihnen denn etwas von einem Navigator erzählt, Rhodan?«

»Der Stanzstreifen, Okika«, antwortete Rhodan lässig.

»Ah!« rief der Rebell. »Ich lerne immer mehr dazu. – Sehen Sie sich einmal um, Rhodan!« Dieser erblickte vier schwere Strahler, die auf ihn und Atlan gerichtet waren. »Darf ich Sie höflich bitten, die Zentrale zu verlassen und Ihre Kabine aufzusuchen? Rhodan, Sie sehen zuviel!«

Okika hatte den Stanzstreifen so gedreht, daß Rhodan die Schlüsselzeichen darauf nicht mehr lesen konnte.

»Gut, Kommandant! Selbstverständlich gehen wir. Aber es hat jetzt keinen Sinn mehr, die Zeichen zu verbergen. Sie dürfen nicht vergessen, daß ich durch jahrhundertelanges Training Stanzstreifen blitzschnell lese. Trotz des Giftes in meiner Blutbahn arbeitet mein Gedächtnis immer noch ausgezeichnet. Soll ich Ihnen sagen, auf welchen Koordinaten wir uns zur Zeit befinden?«

»Ich verzichte darauf, es von Ihnen zu hören!« knurrte Okika betroffen.

Atlan und Rhodan verließen die Zentrale. Als das Schott hinter ihnen zufiel, blickte der Arkonide seinen Freund fragend an.

»Ich habe mit meiner Vermutung ins Schwarze getroffen, Atlan«, erläuterte dieser. Er erwähnte die Hebel auf dem Steuerpult, deren Wirkungsweise er nicht kannte, und führte an, daß der Bordpositronik kein Befehl gegeben worden sei, etwas durchzurechnen. »Okika hat alle vier Hebel betätigt. Danach blickte er zur Positronik hinüber. Als ich zusammen mit Okika die Schlüsselzeichen las, fand ich im Text zwei galaktische Orte aufgeführt. Was mich daran stutzig machte, war ein Wort dahinter: Automat.«

Überrascht war der Arkonide stehengeblieben. »Du nimmst an, daß Okika die galaktische Position jenes Planeten nicht kennt, auf dem sich die Zentrale der Neutralisten befindet?«

»Weitergehen!« rief ihnen eine barsche Stimme zu. Am Ende des Decks stand ein schwerbewaffneter Mann, der wohl über die Bordverständigung den Befehl erhalten hatte, dafür zu sorgen, daß Rhodan und Atlan tatsächlich die Kabine aufsuchten.

Beide setzten sich wieder in Bewegung. Sie beachteten den Plophoser nicht, als sie an ihm vorbeigingen. Erst in ihrer Kabine führten sie ihr Gespräch weiter.

»Auf Grund von Okikas Reaktion bin ich überzeugt, daß er die Position von Lord Abros Planeten nicht kennt. Die CC-2 wird, wenn sie den vorgeschriebenen Platz erreicht hat, wieder in den Linearraum gehen und mit Hilfe eines Navigatorgerätes das Ziel erreichen.«

»So könnte es sein«, stimmte der Arkonide Rhodan zu. »Das erklärt auch, warum es Hondros Agenten bis heute nicht gelungen ist, Abros Stern zu finden. Das ist zwar ein umständliches, aber sicheres Verfahren, sich vor Verrat zu schützen. Gut, nehmen wir an, daß es so ist, Perry. Was aber bedeutet es für uns? Wir haben noch fünfzehn Tage ...«

»Atlan, nicht jeder, der zum Tod verurteilt ist, verfügt über diese Frist von fünfzehn Tagen. In dieser Zeit kann viel geschehen!«

»Schon gut, Perry«, erwiderte der Arkonide müde. »Klammern wir uns an diese fünfzehn Tage.«

Jeder von ihnen schwächte ungewollt sich und alle anderen, wenn ständig die Lebensfrist ausgerechnet wurde. Heute waren es noch fünfzehn Tage, morgen vierzehn und übermorgen dreizehn. Wenn sie ihre Methode in der bisher benutzten Form beibehielten, dann hatten sie sich bald gegenseitig verrückt gemacht, bevor die Frist abgelaufen war, oder sich psychisch so geschwächt, daß sie dann nichts mehr für ihre Rettung zu tun vermochten.

»Perry«, fragte der Arkonide, der Rhodan beobachtet hatte, »woran hast du eben gedacht?«

»Ich habe gefunden, was uns zugrunderichtet. Wir dürfen weder sagen noch denken: Heute in fünfzehn Tagen ...«

Atlan brauste auf: »Etwa nach der Methode: Ich bin gesund ...! Ich bin gesund ...! Und man redet es sich so lange ein, bis man es selbst glaubt, obwohl man sterbenskrank ist. Es ist doch sinnlos, weil in fünfzehn Tagen ohnehin alles zu Ende ist!«

Rhodan blickte ihn so durchdringend an, daß Atlan betroffen schwieg.

»Du hast recht«, gab der Arkonide nach einigem Zögern zu. »Ich fühle, wie diese Zahl fünfzehn in mir brennt und daß sie psychische Kräfte verbraucht. Aber was soll man dagegen tun? Nicht daran denken? Das ist leichter gesagt als getan! Das ist unmöglich, Perry, oder hast du keine Angst vor unserem Ende?«

»Gewiß, Atlan. Aber ich bin bemüht, mich von dieser kreatürlichen Angst nicht unterkriegen zu lassen. Wenn wir so weitermachen, wie bisher, zermürben wir uns systematisch. Gehen wir dagegen an, Atlan!«

Der richtete sich auf, nickte und sagte dann: »Das waren gute und starke Worte. Danke!«

Die Kabinentür flog auf. Melbar Kasom zog den Kopf ein, als er den Raum betrat. »Sir, können Sie etwas davon gebrauchen?« fragte er grimmig.

Vier schwere Desintegratorstrahler legte er auf den Tisch. Dann griff der Riese in die Tasche und holte noch drei Impulswaffen hervor.

»Die Besatzung dieses verrosteten Kahns ist auf 46 Mann dezimiert! Vier üble Burschen wollten sich die Zellaktivatoren von Staatsmarschall Bull und Mister Noir aneignen!«

»Was haben Sie mit ihnen gemacht, Kasom?« fragte Rhodan.

Der Ertruser grinste. »Verprügelt und entwaffnet.«

Unter anderen Umständen hätten Atlan und Rhodan geschmunzelt; jetzt blieben sie ernst. »Über welche Waffen verfügt Reginald Bull?« wollte der Arkonide wissen.

»Nur über den genehmigten Impulsstrahler, Sir. Aber können wir diese Dinger nicht dazu verwenden, uns in den Besitz der Korvette zu bringen?«

Rhodan entschied unverzüglich: »Kasom, liefern Sie die Waffen beim Kommandanten ab!«

Wortlos schob der Ertruser die Strahler in seine Taschen und ging.

Al Jiggers, Iratio Hondros erfolgreichster Agent, schmunzelte, als er die Meldung las, die vor wenigen Minuten über Hyperfunk eingelaufen war. Der Text bestand nur aus zwei Worten: »Ware angeliefert.«

Er nickte zufrieden. Trotz der deutlichen Drohung der terranischen Raumer hatte der Obmann Zeit gefunden, die von Jiggers benötigten Waffen und Geräte unverzüglich zum Planeten H-67 schaffen zu lassen.

H-67 war eine vereiste Sternkugel. Sie gehörte zu sechs weiteren Planeten eines Systems, das menschenfeindlich war. Nicht einmal als Notlandeplatz eignete sich eine der Welten. Aber jede war ein vorzüglicher Treffpunkt, weil kein Raumer dieses Gebiet anflog.

Auf H-67 warteten jetzt über zehntausend Tonnen Waffen und teuerste positronische Geräte, zehn Lineartriebwerke und dreißig Bordrechengehirne darauf, abgeholt zu werden.

Al Jiggers blickte nach draußen. Ammoniakregen ging auf Ptallon nieder. Nur ein paar hundert Meter weit reichte der Blick. Eine schwarze, schroffe Felswand türmte sich weiter hinten empor. Dicht vor der Wand lag ein zweihundert Meter langer Walzenraumer mit dem typischen halbrunden Bug, der das auffallendste Merkmal aller Springerschiffe war.

Das Schiff machte einen verwahrlosten Eindruck. Der Name PAND auf dem Rumpf war nur noch mit Mühe zu entziffern.

Die Springersippen kannten einen Paria Pand-Ar, der vor fünfzehn Jahren zu den berüchtigtsten Ausgestoßenen gezählt hatte und dann eines Tages spurlos zwischen den Sternen verschwunden war. Aber kein Sippenpatriarch glaubte, daß Pand-Ar umgekommen sei, vielmehr, daß er nur sein verbrecherisches Betätigungsfeld in andere Sektoren der Milchstraße verlegt habe.

Das war ein Irrtum. Pand-Ar und seine gesamte Sippe waren tot. Dafür hatte Iratio Hondros Blaue Garde gesorgt; sie hatte aber auch gleichzeitig alles getan, um das nicht bekannt werden zu lassen.

Offiziell lebten Pand-Ar und seine Besatzung immer noch. Die Neutralisten waren davon überzeugt, denn seit Jahren versorgte sie der Paria Pand-Ar mit den Dingen, die sie selbst nicht einmal für immense Summen erwerben konnten. Ob es Waffen oder Triebwerke waren, ob sie positronisches Zubehör oder moderne Ortungsgeräte verlangten, der Paria Pand-Ar lieferte ihnen, was sie bestellten, wenngleich er für seine Waren unerhört hohe Preise verlangte.

Nicht der kleinste Verdacht kam den Rebellen, hinter dem ausgestoßenen Springer könnte sich Iratio Hondros gefährlichster Agent verbergen und die gesamte Besatzung aus plophosischen Agenten bestehen.

Ptallon, ein Planet mit lebensfeindlicher Ammoniakatmosphäre, diente Al Jiggers und seinen Männern seit mehreren Jahren als Versteck. Wer sollte auf dieser toten Welt eine winzige Siedlung und einen Versorgungshafen vermuten?

»Auf zum letzten Akt!« sagte Jiggers und rieb sich in Vorfreude die Hände. Er konnte auf seine Erfolge stolz sein. Die Warenlieferung, die auf H-67 wartete übernommen zu werden, war mit der Absprache verknüpft, daß die PAND unter Geleit eines neutralistischen Raumers Abros Planet anflog und dort Waffen und Geräte ablieferte.

Als Al Jiggers die letzte Bestellung entgegengenommen hatte, war sie von ihm nur unter der Bedingung akzeptiert worden, daß man ihm endlich gestattete, sich auf der Neutralistenwelt nach lukrativen Geschäftsmöglichkeiten umzusehen.

Kaltschnäuzig hatte er den Rebellen erklärt: »Ich habe es satt, immer mit leeren Laderäumen zurückzufliegen. Ich bin ja ein Narr, daß ich die Ladekapazität meines Schiffes stets nur zu fünfzig Prozent ausnutzte. Aber wenn ihr nicht wollt, dann laßt es!«

Drei Tage später waren sie auf seine Bedingungen eingegangen. Daran dachte er jetzt und schmunzelte noch stärker. Aber gleich darauf war Jiggers wieder der eiskalte, gefährliche Jäger. Er erinnerte sich an Hondros Drohung, ihm im Fall eines Fehlschlags das Stopp-Serum zu verweigern.

»Hondro, du wirst mir zehn bestückte Injektionspistolen geben, wenn ich nach Plophos zurückkomme!« sagte er sich in einem Gefühl unerschütterlicher Sicherheit. Dann drückte er den Knopf für die Verständigung. »Alles fertigmachen zum Start, zum letzten Einsatz gegen diese verdammten Rebellen! Männer, es ist soweit!«

Als er dann wieder hinausblickte und aus trübem Himmel den Ammoniakregen herunterrieseln sah, verstand er nicht mehr, daß er mit seinen Männern hier jahrelang hatte hausen können.

»Na ... zwei, drei Tage, und dann ist dieses Kapitel zu Ende!« Al Jiggers dauerte es plötzlich zu lange, nach Abros Stern zu kommen.

Die schrottreife CC-2 war doch ans Ziel gekommen und vor einer halben Stunde auf Badun gelandet. Rhodan, Bully, Atlan und Kasom warteten darauf, die Korvette zu verlassen. André Noir lag nach wie vor in Tiefnarkose.

Plötzlich stand Kommandant Okika in ihrer Kabine. »Sie werden erwartet!« sagte er kurz.

»Und was geschieht mit unserem bewußtlosen Mann?« fragte Bully barsch.

»Er wird es auf Badun besser haben als auf meinem Schiff. Vor allen Dingen wird er hier regelmäßig künstlich ernährt!« sagte Okika.

Rhodan starrte ihn an. »Soll das heißen, daß Noir weiterhin bewußtlos gehalten wird?«

Okika lachte geringschätzig. »Warum spielen Sie sich so auf? Sie wissen doch noch besser als wir, wie gefährlich der Hypno ist. Geben Sie sich damit zufrieden, daß er wenigstens künstlich ernährt wird!«

»Wenigstens . . .?« schnaubte Bully und machte Anstalten, sich auf den Rebellen zu stürzen, aber dann sah er ein, daß gewaltsames Vorgehen ihre Lage nur verschlechterte. Er verschränkte die Arme vor der Brust und sagte verächtlich: »Ich bin neugierig, welches Gesindel wir hier antreffen!«

»Bull, wenn Sie mit Gesindel ausgewanderte Terraner meinen, dann paßt der Ausdruck«, sagte Okika.

Er wandte sich um und ging. Sie betraten das Deck. Vier schwerbewaffnete Plophoser umringten sie. Diese Art des Geleitschutzes waren sie mittlerweile gewohnt. Dann näherten sie sich der Schleuse.

Kalter Wind wehte ihnen entgegen. Das war Baduns erster Gruß. Kurz darauf sahen sie am wolkenlosen Tageshimmel das Sternenmeer glitzern.

»Das sieht nach dem Zentrum der Milchstraße aus«, registrierte Bully unangenehm überrascht. »Wir sind schön weit von der Erde entfernt!«

»Weitergehen!« forderte man sie auf.

Langsam gingen sie die Rampe hinunter. Vor ihnen breitete sich der Raumhafen aus. Wie groß er war, konnten sie nicht abschätzen, aber sie sahen viele Raumschiffe.

»Hier findet man aber auch jeden Typ!« stellte Atlan fest. »Ein Schiff älter als das andere!«

»Mischmasch!« sagte Bully. »Ich glaube, die Springer haben ihren gesamten schrottreifen Raumerpark nach hier verkauft. Große Milchstraße, seht euch doch diese alten Kästen an!«

Ihre Bewacher hörten, was sie sagten. Einer warf bissig ein: »Wir werden eines Tages die modernsten Schiffe der Galaxis fliegen!«

Rhodan beteiligte sich nicht an dem Gespräch. Nachdem er die CC-2 kennengelernt hatte, ahnte er, was ihn am Ziel erwarten würde. Auch die Stadt, die hinter dem Raumhafen lag, machte keinen vertrauenserweckenden Eindruck.

Zufällig musterte Rhodan die Gruppe, die abseits von der Rampe stand und zur CC-2 blickte. Er erkannte vier Männer und eine Frau, deren Haar im Wind flatterte. Rhodan beachtete die Frau kaum, um so stärker die Männer. Zugleich fragte er sich, wer von den vier Rebellen wohl Lord Kositch Abro sein möge.

Am Fuß der Rampe wurde ihnen von der Wache befohlen zu warten. Ein Rebell ging auf die kleine Gruppe zu und machte Meldung.

Rhodan stutzte. Wenn er sich nicht täuschte, hatte ihr Bewacher dieser Frau seine Meldung gemacht.

Tatsächlich, denn nur sie machte eine Kopfbewegung, als ob sie sich für die Meldung bedankte. Der Mann drehte sich um und rief: »Rhodan, kommen Sie her!« Man kommandierte ihn wie einen Rekruten.

»Bande!« knurrte Bully in ohnmächtigem Zorn.

»Sir, wenn ich könnte, wie ich wollte ...«, sagte der riesenhafte USO-Spezialist.

»Soll ich mit dem Kolben nachhelfen, Rhodan?« wurde er von dem Mann angefahren, der dicht hinter ihm stand.

Mit unbeweglichem Gesicht ging Rhodan auf die kleine Gruppe zu. Es mußten wichtige Leute sein, denn in weitem Umkreis war der Platz, auf dem die CC-2 gelandet war, durch einen Kordon abgeriegelt.

Je näher Rhodan kam, um so deutlicher sah er, daß die Frau nicht nur jung, sondern auch von faszinierender Schönheit war. Aber der harte, forschende Blick in ihren Augen zerstörte viel von diesem ersten Eindruck. Im gleichen Moment erkannte Rhodan instinktiv, daß die Frau wichtiger war als die vier Männer um sie herum.

Auf drei Schritte standen sie sich gegenüber.

Als Gefangener einer Rebellengruppe lernte der bis vor wenigen Wochen noch mächtigste Mann der Galaxis Mory Abro kennen. Und doch war er der alte, sichere Perry Rhodan geblieben. Er stand wie eine Bildsäule, und er sah der jungen Frau unverwandt in die Augen.

Er begriff nicht, wie er in diesem Augenblick an Thora, seine verstorbene Frau, denken konnte. Die Erinnerung verschwand so schnell, wie sie gekommen war.

Er sah, wie sie die Lippen zu einem spöttischen Lächeln kräuselte. »Das also ist Perry Rhodan!« sagte sie. Die Worte klangen nicht gut, aber das beeindruckte Rhodan nicht. Unverwandt blickte er ihr in die Augen.

Lässig hielt sie seinem Blick stand. »Schaffen Sie Rhodan zu meinem Vater!« ordnete sie an, drehte sich um und ging.

Das Kleid, das sie trug, war nach der neuesten Mode gefertigt. Es kleidete sie vorteilhaft und brachte ihre Figur zur Wirkung. Nur wirkte das nicht auf Rhodan. Kein einziges Mal sah er ihr nach. Er hatte es jetzt mit diesen vier Männern zu tun. Seine Aufmerksamkeit galt ihnen. Atlan, Bully und Melbar Kasom wurden herangeführt. Die Neutralisten musterten den Ertruser bestürzt. Aus der Nähe wirkte der zweieinhalb Meter große USO-Agent mit seiner Schulterbreite von 2,13 Metern wie ein Riese der alten Sagen.

Unter sichtlicher Anstrengung machte sich einer der vier Plophoser von diesem Eindruck frei. Er verbeugte sich knapp und sagte: »Ihre Lordschaft Kositch Abro lassen bitten!«

Es hörte sich höflich an, aber die ihrer Freiheit beraubten Männer gaben längst nichts mehr auf höfliche Worte. Sie folgten den Neutralisten, ihnen aber folgten die Wachen. Ununterbrochen waren die schweren Strahler auf sie gerichtet.

3.

Der verwahrloste Walzenraumer PAND hatte eine Besatzung von 67 Mann. Jeder sah aus wie ein Springer, jeder benahm sich wie ein Springer und beherrschte dazu einige Dialekte dieser in der Galaxis weitverbreiteten Sippen.

Es gab nichts an Bord, das aus dem Herrschaftsbereich des Obmannes stammte. Immer wieder war die PAND durchsucht worden. Al Jiggers hatte sogar darauf gedrängt, daß jedes Teil in den Kabinen in Listen aufgeführt werden mußte. Anhand dieser Listen hatten er und fünf weitere Männer alles noch einmal kontrolliert. Denn unter keinen Umständen sollte bei den Rebellen der Verdacht aufkommen, es könnte sich in Wirklichkeit vielleicht doch nicht um ein echtes Paria-Schiff handeln. Daß sie nach der Landung auf Abros-Stern mit einer scharfen Durchsuchung zu rechnen hatten, war allen klar.

Mit 85 Prozent Licht raste die PAND durch den Raum. Jiggers konnte es vorläufig nicht wagen, in Transition zu gehen. Er wußte nicht, ob sich auf Abros-Stern Strukturtaster-Stationen befanden, die so genau orteten, daß sie einen Kurs verfolgen konnten. Im Laufe seiner Tätigkeit hatte Jiggers die Erfahrung gemacht, daß es für ein gewagtes Unternehmen keinen größeren Feind gibt als den tückischen Zufall.

Die dritte Stunde verging. Mit unverminderter Schnelligkeit raste das Walzenschiff durch den Normalraum. Hin und wieder wurden Strukturerschütterungen angemessen, aber sie waren so weit entfernt, daß man darauf nicht zu achten brauchte.

Plötzlich gellte Alarm durch das Schiff. Al, der nur zur Kontrolle im Pilotensitz saß und die PAND über die Bordpositronik fliegen ließ, verlor seine Ruhe nicht, als er erkannte, was den Alarm ausgelöst hatte.

Ruhig sagte er über die Bordverständigung: »Drei terranische Kugelraumer im Anflug!«

Drei Schwere Kreuzer waren aus dem Linearraum ins normale Kontinuum gestürzt, und sie schlossen zangenförmig zur PAND auf.

Im Hyperfunkempfang wurde es lebhaft. Ein Oberst Bigg forderte das Schiff auf, zu stoppen und ein Prisenkommando an Bord zu lassen.

Eiskalt ließ Jiggers zurückfunken: »Weigern uns zu stoppen! Befinden uns in einem freien Sektor der Galaxis! Wir rufen um Hilfe!«

Er war sich klar darüber, daß jeder Widerstand nutzlos war. Aber wenn er auch vor den Terranern ein Paria sein wollte, dann mußte er so handeln.

Parias, aus der Gemeinschaft der Galaktischen Händler ausgestoßen, waren fast ausschließlich verbrecherisches Gesindel, das ebenso dreist wie schlecht war.

Der Funker, der neben ihm saß, grinste verschlagen. Der Geheimdienst des Obmannes hatte den 67 Besatzungsangehörigen der PAND erstklassige Plastikmasken geliefert und jedem Gesicht einen Zug mitgegeben, der Verschlagenheit, Tücke und Bösartigkeit widerspiegelte.

»Notspruch ist abgestrahlt, Pand-Ar!« meldete ihm der Funker.

Wieder benutzte Jiggers die Bordverständigung. »Dialekt der Totlan-Sippen sprechen. Wenn die Terraner an Bord kommen, sie mit Flüchen empfangen! Keiner Anweisung Folge leisten! Passiver Widerstand!«

»Stoppen Sie Schiff oder wir schießen. Oberst Bigg, Kreuzer TANTALUS.«

Jiggers, der den Funkspruch hörte, dachte nicht daran, mit der Geschwindigkeit herunterzugehen. Er wußte, daß die Schiffe Terras nur in Notwehr scharf schossen. Würden gleich Strahlschüsse erfolgen, dann gingen sie weit vor und hinter dem Schiff in den Raum.

»Wir feuern in drei Sekunden!«

Jiggers' Funker meinte: »Ich habe schon lange kein Feuerwerk gesehen!«

Die drei Sekunden waren vorbei. Die Schiffe des Imperiums schossen.

»Zum Teufel, die meinen es tatsächlich ernst!« zischte Jiggers, der fühlte, wie ihm unter der Plastikmaske der Schweiß ausbrach.

Immer noch war die PAND von Strahlen umgeben. Noch verfehlten sie das Schiff, aber von Sekunde zu Sekunde kamen sie näher heran.

Jiggers riß den Hauptsynchronhebel herunter, legte die Steuerung auf manuell und nahm dem Impulsantrieb die Hälfte der Energie fort.

Im gleichen Moment fiel die Geschwindigkeit, blieb aber nach einer Minute bei 41 Prozent Licht konstant.

Ein Plophoser an der Ortung rief herüber: »Space-Jet im Anflug.«

Jiggers nickte grimmig. »Dann sollen diese Kerle ihren Willen haben. Aber wie ich mich auf den Tag freue, wenn wir diese hochnäsige Bande auf die Knie zwingen.«

Die Heckdüsen des Walzenschiffes arbeiteten nicht mehr. Antriebslos raste es durch den Raum. Dann schaltete Jiggers um und ließ die Bremskräfte wirken. Im Raumer sprangen gleichzeitig die Andruckabsorber an.

»Schleuse vier für Aufnahme des Prisenkommandos öffnen!« ordnete Ale Jiggers über die Sichtsprechanlage an. Er bemerkte, daß ihn sein Funker nachdenklich anblickte. »Was ist los?«

»Hoffentlich kommen die Terraner nicht mit einem Telepathen!«

Unwillkürlich duckte sich der Agent. »Malen Sie den Teufel nicht an die Wand!«

Minuten später wimmelte es in der PAND von Terranern. Mit der Frechheit eines Parias, der nichts mehr zu verlieren hat, überreichte Jiggers dem Prisenoffizier die meisterhaft gefälschten Frachtpapiere.

»Was soll das überhaupt?« fragte Jiggers. »Wir sind im freien Raum ...«

»Und wir sind Terraner, verstanden?« versetzte der junge Offizier, der mit drei drahtigen jungen Männern in der ungepflegten Zentrale stand und mißtrauisch die unsympathischen Händler betrachtete.

Einer der jungen Leute kontrollierte sorgfältig die Frachtorder. Er stutzte darüber, daß die PAND mit leeren Laderäumen flog und fragte Pand-Ar nach dem Grund.

Der grinste unverschämt: »Besorgen Sie mir einen Chartervertrag mit dem Imperium, und ich werde jeden Tag zu den Göttern beten, daß es ewig Bestand hat!«

Wortlos gab ihm der junge Mann die Papiere zurück. Der Offizier benutzte die Bordverständigung und setzte sich mit seinen Gruppen in Verbindung, die keinen Raum der PAND übersahen und in die kleinste Plastikkiste hineinleuchteten.

»Nichts, Sir!« kam immer wieder die stereotype Durchsage.

Wieder kam von Jiggers eine freche Frage: »Was suchen die klugen Terraner auf meinem Schiff? Vielleicht die Galaktische Allianz?« Höhnisch spielte er auf den Zusammenbruch des Imperiums an, der wohl nicht mehr aufzuhalten war.

Der terranische Offizier beherrschte sich und schwieg. Kurz darauf kam die Abschlußmeldung durch: »Sir, Suche ergebnislos!«

»Also doch nicht die Galaktische Allianz gefunden?« höhnte Jiggers erneut. Er spielte seine Rolle als Paria meisterhaft. Wortlos verließ der

Führer des Prisenkommandos mit seinen drei Männern die Zentrale des Walzenschiffes. Fünf Minuten darauf hatte der letzte des Kommandos die PAND verlassen, und die Schleuse vier des verwahrlosten Schiffes wurde wieder geschlossen.

Über Funk fragte Jiggers arrogant an: »Gefällt es diesem Oberst Bigg bald, mir freie Fahrt zu geben?«

Kommentarlos kam die Antwort: »Freie Fahrt!«

Jiggers legte den Hauptsynchronschalter auf Positroniksteuerung. Im gleichen Moment nahm die PAND wieder Fahrt auf. Kein Strahlschutz hinderte sie am Weiterflug.

Der Offizier des Prisenkommandos, der die PAND in die Dunkelheit des Weltraumes verschwinden sah, fragte sich laut: »Wenn ich nur wüßte, warum dieser Bursche mit Unterlicht fliegt und nicht in Transition geht?«

Der Pilot seiner Space-Jet fühlte sich angesprochen. »Sollen wir ihm auf der Spur bleiben, Sir? Kleinigkeit, wenn ich unseren Ortungsschutz einschalte.«

Der Offizier überlegte nicht lange genug. »Ich glaube, es hat keinen Sinn. Fliegen wir zur TANTALUS zurück.«

Aber es wäre doch sinnvoll gewesen.

Mory Abro wollte ihren Vater sprechen. Der Adjutant des Lords vertrat ihr den Weg. »Seine Lordschaft darf nicht gestört werden, Miß Mory.«

Sie wurde wütend. Ein vernichtender Blick traf ihn. »Machen Sie Platz, Euten. Kommen Sie mir nicht noch einmal mit solchen lächerlichen Bemerkungen!«

Sie wollte an ihm vorbei, aber Euten vertrat ihr abermals den Weg. »Miß Mory«, sagte er jetzt sichtlich bestürzt, »ich darf es nicht! Ich darf auch Sie nicht zu Seiner Lordschaft lassen. Wenn Sie einmal seine Stimme hören könnten, wenn er befiehlt, nicht gestört zu werden.«

In ihren Augen blitzte es. Ihre Stimme war schneidend scharf, als sie sagte: »Sie erlauben sich, Bemerkungen über die Stimme meines Vaters zu machen?«

In seiner Verzweiflung fiel ihr der junge Adjutant ins Wort: »Ich schwöre Ihnen, so war es nicht gemeint, Miß Mory. Immer öfter befiehlt Seine Lordschaft, alleingelassen zu werden, und wenn er es befiehlt … Miß Mory, ich bekomme jedesmal Angst, wenn ich seine Stimme höre! Sie klingt so furchtbar. So …« Er verstummte.

»Nun reden Sie schon, Euten!« drängte sie ihn. Sie wußte, daß Euten nicht zufällig Adjutant Ihres Vaters geworden war. Im Einsatz gegen

Obmann Hondro hatte er sich oft bewährt. Er war als verwegener Draufgänger bekannt. Und jetzt hatte derselbe Mann Angst, wenn er die Stimme des Lords hörte? »Euten, Sie sollen mir alles sagen!«

Er blickte sie prüfend an, als überlege er, ob er dieses Risiko eingehen konnte. Dann sagte er flüsternd, obwohl sie beide allein waren: »Miß Mory, die Stimme Seiner Lordschaft klingt dann nicht mehr normal!«

»Sie sind verrückt!« sagte sie impulsiv. »Machen Sie endlich Platz. Ich befehle es Ihnen.«

»Ich darf Sie nicht durchlassen.«

Hinter ihm wurde die Tür geöffnet. Lord Kositch Abro trat heraus. »Ach, du?« sagte er, als er seine Tochter erregt vor dem Adjutanten stehen sah.

»Ich wollte zu dir, Vater, aber dein Adjutant gab mir den Weg nicht frei. Darf ich fragen, seit wann ich nicht mehr jederzeit zu dir darf?«

Lord Kositch aber wußte nichts mehr davon, daß er in der letzten halben Stunde in seinem großen Arbeitsraum Jagd auf Sipans gemacht hatte.

»Aber natürlich kannst du mich jederzeit aufsuchen, Mory! Euten, was haben Sie sich denn da einfallen lassen? Wollen Sie mir erzählen, ich hätte Ihnen einen solchen Befehl gegeben?«

Der rotbärtige Lord fixierte wütend seinen Adjutanten. Der aber machte ein Gesicht, als ob er an seinem eigenen Verstand zweifelte. »Eu... Eure Lordschaft ...« stotterte er.

Abro unterbrach ihn. Er sprach seine Tochter an. Das Gestammel seines Adjutanten war ihm lästig. »Du wolltest zu mir? Komm herein. Du warst auf dem Raumhafen, als er eintraf? Welchen Eindruck hat er auf dich gemacht ...?«

Mehr hörte der Adjutant nicht. Die Tür war hinter dem Lord und seiner Tochter zugefallen.

Er begriff immer noch nicht, daß Lord Abro ihm gegenüber einen Befehl abgestritten hatte, den er ihm wohl schon zum dreißigstenmal erteilt hatte.

Bully wanderte im gut eingerichteten Zimmer auf und ab. Atlan hatte im Sessel Platz genommen. Rhodan stand am Fenster und blickte über die Dächer von Lordstown. Melbar Kasom lehnte in einer Ecke.

Die Tür zum Nebenraum stand offen. Man blickte in ein Arbeitszimmer. Dahinter lagen vier weitere Räume, die zum Schlafen dienten.

»Ein königliches Gefängnis!« Damit hatte Bully nach kurzer Besichtigung sein Urteil gefällt, als er die einzige Tür zum Gang verschlossen gefunden hatte.

Seit diesem Moment war in dem Raum nicht mehr gesprochen worden.

Reginald Bull verlor die Geduld. »Warum sagt denn kein Mensch ein Wort? Das ist doch zum Verzweifeln. Uns zerrinnen die kostbarsten Lebenstage, während man hier so tut, als ob man bis in alle Ewigkeit Zeit hätte. Perry, nun sag doch endlich, was diese junge Frau auf dem Raumhafen gewollt hat?«

Die Tür, die sie von innen nicht öffnen konnten, wurde vom Gang aus geöffnet. Ein junger Mann in eigenartiger Uniform mit einem schneeweißen Wappen auf der linken Brustseite blieb an der Tür stehen und meldete: »Seine Lordschaft Kositch Abro.«

Im nächsten Moment trat der große Rebellenführer der Neutralisten ein.

»Großer Himmel!« rief Bully und stöhnte.

Atlan lächelte mitleidig. Rhodan hatte die Augen weit geöffnet und betrachtete Lord Kositch Abro, der eine purpurne Toga trug und gemessenen Schrittes auf sie zu trat. Als ob er diese Pose einstudiert hätte, drehte er langsam den Kopf, schenkte Bully einen Blick, dann Atlan, der immer noch in seinem Sessel saß, und zum Schluß Rhodan. Den Ertruser übersah er trotz dessen Größe.

»Rhodan, ich habe befohlen, Sie und Ihre Begleiter nach Badun schaffen zu lassen ...«

Rhodan, der sich bei Abros Eintritt nur umgedreht hatte, fiel seiner Lordschaft ins Wort.

»Was sie befohlen haben oder nicht, ist für uns jetzt unwichtig, Abro. Obmann Hondro hat uns am 1. November die Giftinjektion beibringen lassen. Heute haben wir den 17. November. Durch den Flug hierher haben wir einen Tag verloren. Uns stehen also noch zwei Wochen zur Verfügung. Ich hoffe, Sie verstehen, in welcher Situation wir uns befinden. Um so weniger verstehen wir, daß Sie uns auf Ihre Welt schaffen lassen! Wenn wir nicht das Stopp-Serum erhalten, dann haben wir als Repräsentanten des Imperiums keinen Wert mehr!«

Abro breitete beide Arme aus. Die faltenreiche Toga weitete sich wie ein Rock. Jetzt zeigte sich, daß der Lord auf der linken Brustseite das gleiche Wappen trug wie sein Adjutant. Laut fistelnd rief er: »Wir Neutralisten stehen nicht nur kurz vor der Übernahme aller Macht in der Galaxis, sondern es trennen uns auch nur noch wenige Tage von dem Augenblick, da wir dem Usurpator Hondro das Gegengift aus den blutigen Händen gerissen haben, das Sie so dringend benötigen!«

Bully räusperte sich. »Den Mann nimmt Hondro ernst?« fragte er Atlan.

Lord Kositch Abro posierte noch immer. Der Adjutant an der Tür stand unbeweglich. Eine Hand am Kolben der Strahlwaffe, beobachtete er die Fremden.

Rhodan fragte Abro: »Wie lange sollen wir auf das Gegengift warten? Die Formulierung wenige Tage läßt weiten Spielraum.«

»Vier Tage, Rhodan. Genügt das?« fistelte der Lord und ließ die Arme sinken. Die Toga warf wieder viele Falten, und das Wappen auf der linken Brustseite des Lords war nicht mehr zu sehen.

»Wenn die Zeitangabe stimmt, Abro, dann genügt es. Leider kann ich an diese Zusicherung nicht glauben.«

Seine Lordschaft lachte befremdet. »Sie scheinen Hondro ebenso zu überschätzen, wie es alle anderen tun. Glücklicherweise haben wir Neutralisten zu ihm die richtige Einstellung!«

»Phrasen!« knurrte Bully. Er konnte den Mund nicht halten.

»Wir wollen es abwarten«, erwiderte Perry Rhodan ruhig. »Aus welchem Grund machen Sie sich die Mühe, das Gegengift zu beschaffen, Abro?«

»Lord Abro!« zischte dieser.

»Und mein vollständiger Name lautet Großadministrator Rhodan!« Perry hatte darauf verzichtet, seine Stimme zu erheben.

»Gewesen!« sagte Kositch Abro höhnisch. »Endgültig gewesen! Nicht umsonst habe ich eben behauptet, daß wir Neutralisten vor der Machtübernahme in der Galaxis stehen. Rhodan, das sind Tatsachen, mit denen Sie sich abzufinden haben! Das sind morgen oder übermorgen Realitäten!«

Rhodan wurde aus dem Lord nicht klug. Irgend etwas an dessen Wesen störte ihn. Er verstand nicht, daß ein Mann, der Iratio Hondro über viele Jahre hinaus erbitterten Widerstand geleistet hatte, hier nur in Phrasen sprach. Das waren doch Redensarten, aber nicht Worte eines Politikers, der genau wußte, was er wollte.

»Gut«, sagte Rhodan, um das Gespräch nicht einschlafen zu lassen, »nehmen wir an, diese aufgeführten Momente werden Realitäten. Aus welchem Grund sind wir dann nach Badun geschafft worden, und warum ist man gerade hier so menschlich und versucht, unser Leben zu retten?«

»Menschlich?« kicherte Abro in hoher Tonlage. »Wir Rebellen haben uns noch nie den Luxus erlauben können, in unserem Kampf um die Herrschaft menschlich zu sein. Wir verlangen jedem, der sich zu uns bekennt, das letzte ab ...«

Bully flüsterte Atlan zu: »Den möchte ich nicht als Dauerredner erleben!« Unwillig über diese Störung schüttelte der Arkonide den Kopf. Er ließ den Führer der Neutralisten nicht aus den Augen.

»... und wenn wir zahlenmäßig auch dem Usurpator Hondro unterlegen sind, so stellen wir mit unserer Flotte und ihrer starken Bewaffnung eine latente Gefahr für einen Mann dar, der durch Mord zur Macht gelangt ist. Wir kennen aber auch unsere Schwächen. Wir verfügen weder über gute Taktiker noch über Männer, die in der Lage sind, in kürzester Zeit die Schlagkraft unserer Kampfflotte zu verdoppeln oder zu verdreifachen.«

Rhodan horchte auf. Plötzlich machte Bully keine Bemerkungen mehr. Von einem Moment zum anderen sprach dieser Lord nicht mehr in Phrasen, sondern durchaus vernünftig.

»Als Führer der Neutralisten, die auf allen Welten des Mörders Hondro viele und starke Stützpunkte haben, stelle ich folgende Bedingungen: Einen Angriffsplan ausarbeiten, der es ermöglicht, sowohl Hondros Regierungshauptstadt in Schutt und Asche zu legen, als auch die Kampfflotte so zu schwächen, daß sie vorerst als Machtfaktor ausfällt. Parallel zu diesem Plan sollen Sie alle Möglichkeiten ausschöpfen, um die Schlagkraft unserer Flotte zu vervielfachen. Als Gegenleistung garantiere ich, daß Sie erstens in Besitz ihrer Zellaktivatoren bleiben und zweitens in erforderlichem Turnus das Gegengift erhalten. Bis auf Gebiete, die Ihnen bekanntgegeben werden, können Sie sich auf Badun frei bewegen. Es ist wohl selbstverständlich, daß Sie dennoch ständig unter Kontrolle stehen! Was haben Sie zu meinen Ausführungen zu sagen, Rhodan?«

Perry Rhodan blieb keine andere Wahl als zuzustimmen. Hatten sie auch nur noch vierzehn Tage zu leben – an die rechtzeitige Beschaffung des Stopp-Serums glaubte er nicht –, so durfte er weder Bully noch André Noir gefährden, die durch die Fortnahme der Zellaktivatoren in wenigen Stunden den Zerfallstod erleiden würden.

Rhodan erklärte sein Einverständnis.

Abro lächelte listig. »Ich habe selbst eine Idee entwickelt, Rhodan. Lassen Sie sich meine Gedanken durch den Kopf gehen. Das Vereinigte Imperium, das unweigerlich dem Zusammenbruch entgegengeht, verfügt über eine große Handelsflotte. Wir aber können jedes Schiff gebrauchen. Handelsraumer in Kampfschiffe umzubauen, ist nicht schwierig. Schwieriger ist es, an diese Handelsschiffe zu kommen. Einer der wenigen, der einen Weg aufspüren könnte, die terranischen Handelsschiffe ins Zentrum der Galaxis zu locken, sind Sie, Rhodan. Überlegen Sie gut, und lassen Sie sich die Lösung schnell einfallen. Ich wäre dann gern bereit, Ihnen den gesamten Vorrat an Gegengift auszuhändigen.«

»Ach, wie menschenfreundlich!« flüsterte Bully wütend, weil der Lord weder ihn noch Atlan und André Noir in Zusammenhang mit der Übereignung des Stopp-Serums erwähnt hatte.

Rhodan spielte den Zögernden. »Ein guter Gedanke, aber auch ein Problem, das sehr schwierig zu lösen ist. Doch Sie haben einen Punkt übersehen, Abro: Ich bin Terraner! Sie verlangen, daß ich meine Terraner verraten soll.«

Kositch Abro schien keine moralischen Hemmungen zu kennen. »Verrat«, fistelte er voller Verachtung. »Sind wir denn keine Terraner? Was heißt denn jetzt noch Verrat? Wir, die Ausgewanderten, haben uns verjüngt – die neuen Welten, die wir besiedeln mußten, haben uns alles abgefordert, und dafür aber Energie und Tatendrang gegeben. Und was ist Terra heute? Eine satte Welt, die ihre Aufgabe erfüllt hat und bald unwichtig sein wird! Also, Rhodan?«

Dessen Gesicht war maskenhaft, als er antwortete: »Ich werde mir Ihre Idee durch den Kopf gehen lassen.«

»Denken Sie daran, was ich Ihnen versprochen habe«, fistelte der rotbärtige Riese, lächelte noch einmal listig und ging.

Der Adjutant wartete, bis seine Lordschaft einige Schritte weit von der Tür entfernt war. Danach zog er die Tür ins Schloß und verschwand.

Perry Rhodan, Reginald Bull, der Arkonide und Melbar Kasom waren wieder unter sich. »Ja«, sagte Atlan, »die größte Gefahr für die Menschen in der Galaxis geht von Menschen aus. Und wir können gar nichts tun. Wir stehen auf dem Abstellgleis.«

Bully schlug mit der Faust auf den Tisch. »Verdammt noch mal, ich kann diese Redereien nicht mehr hören. Wir stehen nicht auf dem Abstellgleis!« Das Wort *nicht* unterstrich er mit einem zweiten Faustschlag. »Und wir werden noch etwas tun. Noch haben wir vierzehn Tage, und vierzehn Tage lang bleibe ich nicht auf diesem kalten Planeten!«

Bullys Temperament war wieder einmal mit ihm durchgegangen. Rhodan blickte ihn vorwurfsvoll an, aber er sagte nichts.

Atlan ärgerte sich deswegen, und entsprechend klang seine Bemerkung: »Ich mag nun einmal keinen idiotischen Optimismus!«

Unter normalen Umständen hätte er sich nie zu diesen Worten hinreißen lassen. Jetzt waren sie Ausdruck der furchtbaren Spannung, unter der sie alle lebten. In vierzehn Tagen ging ihr Leben zu Ende!

Sie hatten die erste Nacht auf Badun hinter sich. In den ersten Stunden war es ihnen wegen der Nähe des Raumhafens unmöglich gewesen zu schlafen. Ununterbrochen landeten und starteten Schiffe. Innerhalb von zehn Minuten hatte Perry Rhodan siebzehn Starts gezählt. Diese Zahl war ihm Beweis gewesen, daß hier tatsächlich alle Vorbereitungen getroffen wurden, um gegen Plophos einen Vernichtungsangriff zu fliegen.

Als Rhodan nach wenigen Stunden Schlaf erwachte, war es heller Tag. Er horchte zu den Nebenräumen hinüber. Dort war noch alles ruhig. Sorgfältig kleidete er sich an und betrat den Tagesraum.

Überrascht hob er den Kopf. »Guten Morgen«, sagte er.

Im Sessel saß Mory Abro, in enger taubengrauer Kombination. Sie bewegte nur den Kopf, als Rhodan an der anderen Seite des Tisches Platz nahm.

»Sie haben erfahren, wer ich bin, Rhodan?« fragte sie und sah ihn dabei scharf an.

Sie will mich beeindrucken, dachte Rhodan belustigt und musterte sie. Der Glanz ihres schönen Rothaares gefiel Rhodan sehr, nicht aber ihr harter Blick. Er liebte ihn nicht an Frauen. Dann betrachtete er ihre weiße Haut.

Sie benutzt keine Cremes, stellte er fest, und kein Make-up. Er schaute auf ihre Hände. Es waren die wundervollsten Hände, die er je in seinem Leben gesehen hatte.

»Ich habe Sie etwas gefragt!« sagte sie eine Nuance schärfer.

Seine grauen Augen blickten kühl. »Wollen Sie uns das Frühstück servieren? Bitte, für mich das Ei weichgekocht. Meine Freunde werden später bestellen.« Er sagte es, wie man im Hotel eine Bestellung abgibt.

Jetzt war ihre Gesichtshaut nicht mehr weiß, sondern hatte einen Hauch von Rot bekommen. Ihre Augen versprühten Blitze.

Rhodan wußte, wer sie war. An ihrem roten Haar hatte er sie erkannt; Kositch Abros Bart hatte fast den gleichen Farbton.

»Sie sind …«

Er ließ sie nicht aus reden. Mit ihrer Frage hatte sie ihn herausgefordert. Er hatte ihre Herausforderung angenommen. Sie mußte jetzt das Spiel, das sie erzwungen hatte, weiterspielen.

»Ich heiße Perry Rhodan. Ich weiß, Sie erkannten mich, als ich von der CC-2 kam. Nach Ihrem Namen habe ich mich nicht erkundigt. Wozu auch?«

Ihre Gesichtsfarbe war wieder weiß, aber die scharfe, unüberlegte Erwiderung, die Rhodan erwartet hatte, kam nicht.

Sie gab ihre gezwungene Haltung im Sessel auf, stellte beide Füße auf den Boden, nahm einen Arm zurück und legte ihn in den Schoß. »Lord Abro Kositch ist mein Vater. Ich heiße Mory Abro. Wissen Sie nun, mit wem Sie es zu tun haben?«

Eine einzige Frau hatte in Perry Rhodans Leben eine Rolle gespielt – Thora, die Frau aus einem arkonidischen Fürstengeschlecht. Wenn Mory Abro geglaubt hatte, als Frau auf ihn Eindruck machen zu können, so mußte sie jetzt erkennen, daß es nicht der Fall war. Es zeugte von ihrer Klugheit und Beherrschung, daß sie die Rolle der Eva sofort aufgab, ihr Aussehen nicht mehr in die Waagschale warf, sondern jetzt ihren Intellekt einsetzte.

»Mein Vater hat Ihnen gestern seine Bedingungen unterbreitet. Sie haben sie akzeptiert, aber ich bin nicht überzeugt, daß Sie es ehrlich meinen. Um Ihnen klarzumachen, daß Sie nur zwischen ehrlicher Partnerschaft und Sterben zu wählen haben, bin ich hier!«

»Den heutigen Tag mitgerechnet, haben meine Freunde und ich noch dreizehn Tage zu leben. Wenn Sie wollen, dann fürchten Sie sich ruhig dreizehn Tage lang vor uns. Ihr Mißtrauen gegen mich und meine Freunde ist doch nichts anderes als ein Ergebnis Ihrer Furcht.«

Einen Augenblick lang war sie verblüfft, aber sofort fand sie ihre Beherrschung wieder. »Ich beginne zu begreifen, wieso gerade Sie ein Sternenreich aufbauen konnten, Rhodan, aber ich zähle nicht zu den Personen, die Ihrem Einfluß unterliegen.«

Rhodan lächelte. »Sie plaudern sehr anschaulich. Jedoch würde ich mich viel lieber mit Ihnen unterhalten, wenn ich schon gefrühstückt hätte.«

Sie war selbstbewußt genug, den Gesprächspartner ausreden zu lassen. Sie verfügte aber auch über das Können, ihre Gedanken zu verbergen, und ging auf seine Anspielung nicht einmal ein.

Sie griff zur Seite, legte eine Mappe auf den Tisch, die neben ihrem Sessel gestanden hatte, und entnahm ihr einen Stoß Unterlagen. »Hier sind die Aufstellungen über alle unsere Schiffsverbände, geordnet nach Herkunft, Klasse, Art und auch Stärke der Bewaffnung. Diese Folien geben an, auf welchen Schiffen Schäden bestehen. Und diese Listen geben Auskunft über das gesamte Kriegsmaterial, das hier auf Badun lagert. Angefangen von Ortungsgeräten über schwerste Desintegrator-Schiffsgeschütze bis zu Arkonbomben finden Sie alles darin. Ich lasse die Unterlagen hier. Auf Grund Ihrer ehemaligen Stellung als Großadministrator und Schöpfer des Vereinten Imperiums wird es Ihnen ein leichtes sein, sich innerhalb weniger Stunden einen guten Überblick über unsere Flotte zu verschaffen. Sie werden bis heute mittag auch einen Vorschlag ausgearbeitet haben, wie binnen kürzester Frist die Kampfkraft unserer Flotte zu vervielfältigen ist. Vergessen Sie darüber nicht, eine Möglichkeit zu finden, wie wir in den Besitz von einigen tausend terranischen Handelsraumern kommen können.«

Sie schob ihm alle Unterlagen zu, erhob sich und ging auf die Tür zu. Dort blieb sie stehen und drehte sich nach Rhodan um, der ihr gleichgültig nachblickte.

»Ich gratuliere Ihnen zu Ihrer klugen Vorsicht, Rhodan, die Sie davon abgehalten hat, sich meiner zu bemächtigen und mich als Geisel zu benutzen. Vergessen Sie nie, daß ich stets bewaffnet bin und in den letzten Jahren jeden Schießwettbewerb auf Badun gewonnen habe.«

Sie ging endgültig. Ihre Warnung hatte Rhodan nicht überrascht. Er glaubte ihr jedes Wort. Er war sogar überzeugt, daß sie auf ihn kaltblütig und treffsicher geschossen hätte, wenn er nur den kleinsten Versuch gewagt hätte, sich ihrer zu bemächtigen.

»Donnerwetter«, sagte er, und es klang Anerkennung mit, »diese Frau weiß, was sie will, und sie ist gefährlich!« Dann begann er sich die Unterlagen anzusehen.

4.

Die Sonne, die den Planeten H-67 beschien, war nie leuchtstark genug gewesen, um der Planetenkugel den Eispanzer zu nehmen. Klein, dunkelrot leuchtend stand sie am schwarzen Himmel, als die PAND den Planeten H-67 anflog und langsam auf die vereiste Welt hinunterging.

Al Jiggers, alias Paria Pand-Ar, wagte kein Risiko. Dreimal umkreiste er die tote Welt. Das erstemal in 500 Kilometern Höhe. Alle Ortungen liefen. Im Schiff waren alle Stationen besetzt. Der Hyperfunk wurde von drei Plophosern überwacht.

Auf H-67 schien sich kein Schiff zu befinden, das im Schutz einer vereisten Klippe und nahe genug dem Depot auf der Lauer lag.

Jiggers traute weniger den Neutralisten einen Überfall dieser Art zu als den Terranern. Er hatte nicht vergessen, daß er von drei Schweren Kreuzern der Imperiums-Flotte gestoppt worden war. Wen die Terraner auf der PAND gesucht hatten, das wußte jeder an Bord seines Schiffes: Perry Rhodan!

Die zweite Umkreisung führte in 15 Kilometern Höhe über das Warendepot hinweg. Abermals hatten die Ortungen nichts gemeldet. Auch im Funk war es still.

Die letzte Umkreisung erfolgte in 7200 Metern Höhe. Tiefer durfte die PAND nicht gehen, weil drei Gebirgszüge der Eiskugel bis zu 7000 Meter aufragten. Jetzt befand sich der Walzenraumer im Anflug auf das Warenlager.

»Scheinwerfer auf!« befahl Jiggers, als das Schiff nur noch zehn Kilometer vom Ziel entfernt war.

Im gleichen Moment meldete ein Plophoser: »Ortung!«

Al Jiggers Reaktionsvermögen war bewundernswert. Seine Hand schlug die Sperrtaste in die Arretierung. Mit der anderen riß er an dem Hebel, unter dem zu lesen stand: Ortungsschutz.

Sah die PAND auch verwahrlost aus, und stank es in jeder Kabine des Schiffes, so waren alle technischen Anlagen in bestem Zustand. Zum Teil entwickelten sie Kräfte, die man hinter der schäbigen Hülle nie vermutet hätte. Das traf auch für den Ortungsschutz zu.

Aber war die PAND nicht schon geortet worden?

Al Jiggers kaute an seiner Unterlippe. Er mußte schnell einen Entschluß fassen. Er war sich aber auch klar, daß unüberlegtes Handeln ihn geradewegs dem Schiff entgegentreiben konnte, das seine PAND geortet hatte.

Auskünfte von der Ortung zu verlangen, war sinnlos. Die Zeitspanne, in der sie das fremde Schiff erfaßt hatte, war für eindeutige Werte zu kurz gewesen.

»Jiggers, zwischen achthunderttausend bis eine Million Kilometer!«

Das war mehr als er erwartet hatte. Diese Auskunft bestimmte auch, was er tun mußte. Die PAND blieb auf Höhe 7200 Meter; nur die Fahrt des Schiffes wurde vergrößert.

Die fünfköpfige Besatzung der kleinen Zentrale zeigte keine Unruhe. Es waren hartgesottene Männer, die Jiggers um sich geschart hatte. Auf jeden war Verlaß. Jeder hatte schon zur Genüge bewiesen, daß er nicht die Nerven verlor.

Aber welches Schiff hatte sie geortet? Und was tat dieses unbekannte Schiff in diesem Abschnitt der Milchstraße, wo es außer vereisten Planeten oder gefährlichen Sonnen wirklich nichts zu holen gab? Bis auf 17 Lichtjahre im Umkreis gab es nicht ein System, das es wert gewesen wäre, angeflogen zu werden.

»Das kann doch nur ein Terraner sein!« sagte Jiggers voller Haß. Obwohl selbst von den Terranern abstammend, fühlte er sich dieser in seinen Augen dekadenten Rasse haushoch überlegen und betrachtete sich mit seinem plophosischen Volk als der legale Erbe Terras.

»Sie haben uns wieder in der Ortung, Jiggers!« kam die alarmierende Meldung.

Der Agent fühlte, wie es ihm unter der Pariamaske heiß wurde. Das war doch nicht möglich, daß man sie orten konnte! Der Ortungsschutz wäre selbst für einen Walzenraumer von 1000 Meter Länge superstark gewesen. Sollten die Terraner ein neues Gerät entwickelt haben, das auch mit diesen Schutzfeldern fertig wurde?

Jiggers fühlte, daß seine Gedanken sich in falschen Bahnen bewegten.

»Stärkerer Tastereinfall!« meldete man ihm.

Die Ortung erfaßte sie stärker? Er schlug sich gegen die Stirn. Seine Männer begriffen nicht, was er erkannt hatte. Wie unter einem Schlag zuckten sie zusammen, als sie sahen, daß Jiggers den Ortungsschutz abbaute, die Sperrtaste aus der Arretierung springen ließ und den Befehl wiederholte: »Scheinwerfer auf!«

Scharf nahm er die PAND herum und ging auf Gegenkurs, zurück zum Warenlager, von dem sie sich inzwischen über dreitausend Kilometer entfernt hatten.

Er wußte, wer sie geortet hatte: ein Schiff der Blauen Garde, das Flaggschiff des Obmannes. Nur die PLOPHOS war in der Lage, den Ortungsschutz der PAND unwirksam zu machen, weil sie die Mischfrequenzen kannte.

Die plophosische Forschung hatte im Laufe der beiden letzten Jahrhunderte Wege eingeschlagen, die den terranischen Wissenschaftlern fremd waren. Die Möglichkeit, den Ortungsschutz der PAND aufzuheben, gehörte zu den Forschungsergebnissen der Plophoser, auf die sie stolz sein konnten.

»Unbekanntes Raumschiff stößt auf H-siebenundsechzig herunter!« kam die Meldung von der Ortung, dann ein unterdrückter Ausruf des Erstaunens und dann: »Das ist ja die PLOPHOS!«

Über Normalfunk und mit nur schwacher Sendeleistung lief der Befehl ein: »V an Bord kommen!« V war das Schlüsselzeichen für Al Jiggers.

Mittels eines kleinen Raumgleiters arkonidischer Konstruktion flog der Agent zur PLOPHOS hinüber. Eine halbe Stunde später war er wieder zurück, während die PLOPHOS in rasender Fahrt hochstieg und in den leeren Raum zwischen den Sternen vorstieß.

Jiggers' Männer in der Zentrale blickten ihn fragend an, als er wieder im Pilotensitz Platz nahm. Die Plastikmaske verdeckte seine Gesichtszüge, aber die nervösen Bewegungen seiner Hände verrieten, wie erregt der sonst so kaltblütige Plophoser war. Ruckartig drehte er sich um, sah seine Männer an und sagte: »Der Obmann wird uns die Absorberinjektion verweigern, wenn wir bei diesem Einsatz nicht Abros Stern entdecken!«

Eine unheimliche Stille breitete sich in der Zentrale aus.

»Dieser Schuft!« keuchte ein Mann. Der einzige, der zu dieser Bemerkung nicht bestätigend nickte, war Al Jiggers, aber er hatte das gleiche gedacht.

Das war die zutiefst unmenschliche Taktik des Obmannes Iratio Hondro. Mit der kreatürlichen Angst des Menschen vor dem Sterben trieb er sein frevelhaftes Spiel. Aber weil nur allein er über das Gegenmittel verfügte, das für 31 Tage den Tod aufhielt, machte er aus diesen Vergifteten Menschen, die buchstäblich fast Unmögliches erreichten und die zugleich über Iratio Hondros Leben wachten. Denn er verfügte nicht nur als einziger über das Stopp-Serum, sondern er allein wußte, wo es aufbewahrt wurde.

Ein Drittel der Männer, die zur Besatzung der PAND gehörten, hatten seinerzeit alle am gleichen Tag die Giftinjektion erhalten. Al Jiggers war der einzige, der zu einem anderen Termin gespritzt worden war.

Aber was zählte das jetzt?

Der Reihe nach sah Jiggers die Männer an. »Wir wissen jetzt, was für jeden von uns auf dem Spiel steht. Den anderen sage ich es gleich. Entweder landen wir auf Abros Stern und können dem Obmann die galaktische Position des Neutralistenzentrums zufunken, oder ...« Er schnippte mit Daumen und Ringfinger. Nach einer kurzen Pause sprach er weiter: »Ich setzte zur Landung an, damit wir die Materialien an Bord bekommen.«

Die PAND, die gut eine halbe Stunde in 7200 Metern Höhe über H-67 gestanden hatte, nahm langsam wieder Fahrt auf mit Kurs auf das 10.000 Tonnen große Warenlager.

Der Schock, der durch Jiggers Nachricht ausgelöst worden war, klang allmählich ab. Der Funker sagte zu seinem Nebenmann an der Ortung: »Dieses Mal haben wir uns anzustrengen. Hoffentlich kommen wir dorthin, wohin wir wollen.«

»Ja, hoffentlich!«

Die Neutralisten, die zusammen mit Lord Kositch Abro davon träumten, den verhaßten Obmann zu entmachten, fühlten nicht nur, daß etwas in der Luft lag, sondern sie hatten es soeben auch offiziell erfahren.

Perry Rhodan befand sich als Freund der Neutralisten und Berater auf Badun! Ihm zur Seite standen Reginald Bull und der ehemalige Imperator Gonozal Lordadmiral Atlan. Von dem riesenhaften Ertruser Melbar Kasom sprach die Meldung nicht; die Anwesenheit von André Noir war ebenfalls verschwiegen worden.

Rhodan, Bully und Atlan wußten nichts davon, daß sie schon zu Freunden der Rebellen avanciert waren. Gemeinsam saßen sie vor den Unterlagen, die Mory Abro Rhodan zur Verfügung gestellt hatte.

»Du meine Güte«, sagte Bully verzweifelt und schob die Listen zur Seite. »Jeder Kahn ist ein fliegender Sarg! Und mit solchen Schiffen wollen diese Narren den Planeten Plophos angreifen?«

Rhodan erinnerte ihn an eine Zeit, die weit zurücklag: »Bully, wir haben einmal mit der STARDUST II einen großen Abschnitt der Milchstraße beunruhigt. Mit einem Schiff! Die Rebellen verfügen aber über eine Flotte, die viel größer ist, als ich erwartet hatte. Damit läßt sich schon ein Ziel erreichen, vorausgesetzt, man verfügt über den richtigen Plan!«

Sie wußten nicht, ob durch Abhöranlagen jedes Wort belauscht wurde, aber sie vermuteten es. Darum schaute Rhodan seinen Freund warnend an, als Bully impulsiv antworten wollte.

Reginald Bull fuhr sich durch seine roten Borstenhaare. »Gib mir noch einmal die Bestandsliste herüber, die den Ersatzteilvorrat enthält. Was? Umfangreicher ist die Liste nicht? Das reicht ja kaum aus, um dreihundert Schiffe voll einsatzfähig zu machen!«

Wer auch von den Rebellen über die Abhörvorrichtung dem Gespräch der drei Männer lauschte, der mußte mit der Zeit überzeugt sein, daß sie sich mit ihrem gesamten Können uneingeschränkt für die Neutralisten einsetzten.

An mehreren Stellen in der Burg wurde mitgehört und sogar beobachtet, wie Rhodan, Atlan und Bully auf die gestellten Bedingungen eingingen. Zu den mißtrauischsten Beobachtern zählten Lord Abro und seine Tochter. Doch nur sie allein hatte eben den warnenden Blick gesehen, den Rhodan seinem Freund Bully zugeworfen hatte, als dieser impulsiv antworten wollte.

Mory machte sich eine Notiz nach der anderen. Plötzlich sah sie ihren Vater an. Sie stellte fest, daß dessen Augen eigenartig leuchteten. Mit seinen Gedanken schien er ganz woanders zu sein.

Im gleichen Moment mußte sie an die Worte des Adjutanten Euten denken.

Welche Veränderungen waren mit ihrem Vater vor sich gegangen? Wie ein Fremder saß er ihr gegenüber. Mory, die noch nie erfahren hatte, was Angst heißt, lernte es jetzt kennen.

Angst um den Vater!

Lord Abro erhob sich, ging zur Sichtsprechverbindung, betätigte sie und befahl: »Euten, ich suche jetzt meinen Arbeitsraum auf. Ich will unter keinen Umständen gestört werden!«

Mory Abro glaubte ihren Ohren nicht trauen zu können. Es war doch für alle Neutralisten von lebenswichtiger Bedeutung, absolut sicher zu erfahren, ob die Gefangenen tatsächlich oder nur zum Schein auf die Bedingungen eingegangen waren.

»Vater«, rief sie entsetzt hinter ihm her, »du kannst doch jetzt nicht fortgehen!« Er reagierte nicht. Er zeigte sogar Eile, diesen Raum zu verlassen.

»Vater!« rief sie noch einmal und sprang auf, eilte ihm nach. Hatte er ihre Schritte gehört? Lord Abro huschte durch die Tür und warf sie hinter sich heftig zu. Die elektronische Verriegelung rastete ein.

Ihr Vater hatte sie eingesperrt!

Sie lief zur Sichtsprechanlage. Eutens fragendes Gesicht tauchte auf dem Bildschirm auf. »Ich komme sofort«, sagte er, als er gehört hatte, daß Mory Abro eingeschlossen worden war.

Der Adjutant löste die Sperre auf der anderen Seite der Tür. Mory Abro stürzte aus dem Raum, aber sie kam nur einen Schritt weit.

Der Adjutant trat ihr in den Weg. »Sie haben doch gehört, welche Anweisung Seine Lordschaft mir gegeben hat, Miß Mory?«

Sie blitzte ihn an. »Euten, Sie haben gestern gehört, daß ich die Erlaubnis besitze, den Lord jederzeit aufzusuchen!«

Eutens Gesicht war ausdruckslos. »Miß Mory, machen Sie es mir doch nicht so schwer. Ich darf Sie nicht zu Seiner Lordschaft lassen! Ich darf es nicht!« Rückwärts gehend war er bis vor das Portal getreten, das zu Abros Arbeitsräumen führte.

»Ich werde meinen Vater anrufen! Euten, ich befehle Ihnen, mir zur Sichtsprechanlage zu folgen! Sie sollen hören, welchen Befehl Ihnen mein Vater gleich geben wird. Und ich verspreche Ihnen, daß Sie es zum letztenmal gewagt haben, mir in dieser Form in den Weg zu treten!«

Ihre sonst weiße Haut war wieder stark gerötet. In starker Erregung hatte sie den Kopf in den Nacken geworfen und blickte voller Zorn den jungen Offizier an. »Kommen Sie mit!« sagte sie noch einmal und ging ihm voraus.

Wieder und wieder rief sie zum Arbeitszimmer ihres Vaters durch. Die Bildscheibe blieb grau. Eine Verbindung kam nicht zustande. »Was ist das?« fragte sie Euten. Ihr Zorn war der Sorge um den Vater gewichen.

Weder sie noch der Adjutant ahnten, daß Lord Kositch Abro wieder von seinem unbeherrschbaren Drang in seinen großen Arbeitsraum getrieben worden war, Sipans zu jagen.

Und wie er diese kleinen Fliegen jagte! Und wie triumphierend er jedesmal aufschrie – im höchsten Diskant –, wenn er eine der Sipans zertreten konnte.

Das eigenartige Leuchten in seinen Augen, das seine Tochter vorhin zum erstenmal beobachtet hatte, war noch intensiver geworden.

Viele Räume weiter bat Mory Abro den Adjutanten ihres Vaters: »Euten, lassen Sie mich zu ihm! Euten, Sie sind der erste Mensch, den ich um etwas bitte! Lassen Sie mich zu meinem Vater!« In diesen Sekunden war sie nichts anderes als die Tochter, die sich um den Vater sorgt. Sie verzichtete darauf, ihre Macht auszuspielen, die sie sich im Laufe der letzten Jahre erworben hatte. Sie erwartete, daß Euten ihre Bitte erfüllte.

»Ich darf Sie nicht durchlassen, Miß Mory! Seine Lordschaft hat es ausdrücklich verboten.«

Er sah ihre Handbewegung. Er wußte, daß sie immer einen Strahler trug. Sein Blick wurde aber nicht einmal unsicher. Ihr Arm schwang wieder zurück.

Schweigend machte sie sich auf den Weg zum Abhörraum. Doch wurde sie sich ihrer Aufgabe wieder bewußt, die sie freiwillig übernommen hatte. Sie brachte es fertig, sich von einem Moment zum anderen ausschließlich darauf zu konzentrieren. So wachsam und mißtrauisch wie vorhin, verfolgte sie über die Fernsehanlage, was die drei Männer taten und was sie sprachen.

Es fiel ihr nicht auf, daß sie ausschließlich Perry Rhodan beobachtete. Sie wurde sich nicht darüber klar, wie stark sie von seinen beherrschten Gesten und knappen Erwiderungen, die an Atlan und Bully gerichtet waren, fasziniert wurde. Aber eins erkannte sie deutlich: Wer Rhodan zum Feind hatte, hatte ihn zu fürchten!

Kaum waren ihr diese Gedanken durch den Kopf geschossen, als sie sich fragte: Ist er denn unser Feind?

Sie hörte ihn zu Bully sagen: »Wir haben immer mit einem Minimum an Kräften oder Machtmitteln ein Maximum an feindlichen Angriffsenergien gebunden. Mit den auf Badun vorhandenen Ersatzteilen muß es also möglich sein, sie in schadhafte Schiffe in der Form und in der Verteilung einzubauen, daß allein die Schlagkraft der Flotte um das Doppelte gesteigert wird. Bei einem Projekt wie diesem darf man keine Vorratspolitik in bezug auf Ersatzteilhaltung betreiben. Hier müssen alle Mittel restlos eingesetzt werden. Allein wenn man von diesen Voraussetzungen ausgeht, erreicht man einen Punkt oder einen Leistungsstandard, den man vorher nicht für möglich gehalten hat.«

Mory fühlte, daß jeder Satz, den Rhodan gesprochen hatte, den Kern der Sache traf. Ihr wurde wiederum nicht klar, wie gebannt sie den Mann auf dem Bildschirm betrachtete, der bis vor seiner Entführung der mächtigste Mann in der bekannten Galaxis gewesen war.

Bully machte eine verärgerte Geste. »Alles schön und gut, Perry, aber es ist und bleibt graue Theorie; es bleibt Papierkram! Ich bin abhängig von diesen Aufstellungen. Wer sagt mir, daß sie nicht voller Fehler sind? Wenn dieser Lord mich weiterhin eingesperrt hält und ich auch in den nächsten Stunden keine Erlaubnis erhalte, mir diese fliegenden Särge anzusehen, dann soll er seinen Kram allein machen!«

»Ich pflichte dem bei, Perry«, unterstützte der Arkonide den impulsiven Bully.

Mory fragte sich, ob diese Szene geschauspielert war oder die wahren Ansichten der drei Männer wiedergab. Nach wie vor war ihr Mißtrauen gleich stark.

Das Öffnen der Tür störte sie in ihren Überlegungen. Sie blickte auf und sah ihren Vater eintreten.

»Ich habe eine Idee, Mory«, rief er ihr zu, bevor sie einen Ton sagen konnte. »Ich habe sie mir gründlich überlegt!« Er ahnte nicht, welche Sorgenlast seiner Tochter vom Herzen fiel.

Also deswegen hat Vater seinen Arbeitsraum aufgesucht und wollte auch durch mich nicht gestört werden, dachte sie.

Er nahm in dem Sessel Platz, in dem er vorher auch gesessen hatte. »Was hast du dir ausgedacht, Vater?« fragte sie ihn interessiert.

»Ich habe mir überlegt«, begann der Lord, »daß wir beinahe einen Kardinalfehler begangen hätten. Als ich diesen Irrtum entdeckte, kam mir die Idee, Mory! Das Vereinigte Imperium bröckelt von Stunde zu Stunde stärker auseinander. Wir haben das ehemalige Solare Imperium mit dem Vereinten Imperium identifiziert. Aber das stimmt ja gar nicht! Ob morgen oder übermorgen oder in dreizehn Tagen Rhodan, Bull und Atlan sterben – das, was früher das Solare Imperium ausmachte, stirbt darüber nicht. Rhodan hat eine Administration hinterlassen und viele Freunde, die in der Lage sind, sein Erbe anzutreten. Besonders seine Verwaltung in Terrania wird, da sie plötzlich weniger Aufgaben hat, dementsprechend intensiver die eigentlichen Probleme aufgreifen können. Das heißt aber auch: Die Kampfflotte ist damit viel zu groß; besonders die Roboteinheiten sind schon oder werden bald überflüssig. Nun mein Einfall: Ich – aber noch besser du –, du wirst Rhodan vor die

Alternative stellen: Entweder stirbt er, oder er beordert zu einem Punkt, den wir noch festlegen müssen, die Hälfte der terranischen Robotflotte. Kommt er diesem Ansinnen nach, kann er weiterleben. Nun, wie findest du meine Idee?«

Sie konnte und durfte ihm nicht die Wahrheit sagen. Sie war von seiner sogenannten Idee entsetzt. Dieser Gedanke war kindisch!

Mory Abro versuchte, ihren Vater zu veranlassen, den Plan aufzugeben.

»Vater, ich habe Rhodan unsere Bedingungen gestellt. Sie enthalten auch die ohnehin schwierigen Aufgaben, uns Neutralisten Handelsraumer des Imperiums zu verschaffen. Wir können jetzt nicht erneut vor ihn treten und unsere Forderungen noch höher schrauben. Siehst du nicht selbst ein, daß wir dann unfair handeln würden?«

»Was heißt in der Politik Moral? Der Stärkere, der Klügere, der listigere Mann gewinnt immer. Du willst darauf verzichten, Rhodan auszunutzen, nur weil es unfair ist? Mein liebes Kind, erinnere dich, mit welcher Methode Hondro seine Mitarbeiter zur höchsten Leistung zwingt – immer mit der Furcht im Nacken, den Gifttod zu sterben! Und mir willst du davon abraten, Rhodan unter Druck zu setzen? Sterben muß er in dreizehn Tagen ja doch! Ich glaube nämlich nicht daran, daß unsere Agenten auch nur in die Nähe des Gegenmittels auf Plophos kommen. Ist es nicht unsere Pflicht, den unterdrückten Plophosern die Freiheit wiederzugeben? Wer fragt später danach, ob wir auf dem Weg zu diesem Ziel mal hier und mal da nicht ganz fair gehandelt haben? Nur der Erfolg zählt! Was aber zum Erfolg beigetragen hat, wird von allen sehr schnell vergessen. Also, du gehst zu Rhodan und stellst ihm unsere neuen Bedingungen!«

Ihre Augen glänzten, aber ihr Gesicht war erschreckend blaß. Heftig schüttelte sie den Kopf. »Nein, Vater, ich werde nicht gehen! Diese schmutzige Arbeit mußt du schon selbst tun!«

»Was?« Sein Blick wurde wieder eigenartig. Das undefinierbare Leuchten in den Augen verstärkte sich. Er verzog den Mund zu einem abfälligen Grinsen. »Du weigerst dich? Gut, mein Kind. Dann gehe ich, und zwar jetzt!«

Er stieß ihre Hand zur Seite, mit der sie versuchte, ihn zurückzuhalten. Kerzengerade ging er davon.

»Was ist nur mit Vater?« flüsterte sie vor sich hin, und voller Angst sah sie zur Tür, hinter der er verschwunden war.

Rhodan, Bully und Atlan hörten die üblichen Phrasen Seiner Lordschaft Kositch Abro. Mit beiden Armen gestikulierte der Mann, der sich als rechtmäßiger Herrscher über alle Plophoser betrachtete.

Abro sprach schon eine ganze Weile. Was er wollte, war aus seinen Worten nicht zu entnehmen. Atlan beugte sich zu Rhodan und flüsterte ihm zu: »Der Lord ist verrückt!«

Rhodan war noch nicht zu diesem Urteil gekommen, obwohl ihm manches an dem Lord unerklärlich, ja sogar unheimlich war. Aber nun wurde die Ausdrucksweise des Lords klarer. Er spielte auf die, wie er sagte, unnütz gewordenen Roboteinheiten der terranischen Flotte an.

Bully saß links von Rhodan und Atlan. Er begann mit den Fingern auf den Tisch zu trommeln. »Der verlangt noch, daß wir sie ihm ausliefern sollen! Paßt mal auf!«

Er konnte es sich leisten, so laut zu sprechen, daß seine beiden Freunde ihn verstanden, denn Seine Lordschaft kreischte im höchsten Diskant.

»Rhodan, ich stelle Sie hiermit vor die Entscheidung, die Hälfte der Robotflotte uns Neutralisten zu übereignen, dann erhalten Sie damit die Garantie, unbehelligt weiterzuleben – oder zu sterben, wenn Ihre Frist um ist!«

Abro hatte sich so stark in Erregung geredet, daß sein gepflegter roter Bart heftig zitterte. Unbewegt blickte er Rhodan an. Dann ging er auf ihn zu. Sein Adjutant Euten, der bisher unbeweglich an der Tür stand, sah sich gezwungen, seinen Platz zu verlassen. Er fühlte sich verantwortlich für das Leben Seiner Lordschaft. In jeder Hand eine schwere Strahlwaffe, überholte er Abro und stellte sich hinter die drei Zwangsgäste.

»Rhodan, wie haben Sie sich entschieden?« fistelte der Lord.

»Zustimmen!« zischte Atlan Perry Rhodan zu.

Auch ohne den Vorschlag des Arkoniden hätte Rhodan zugestimmt. Auf drei Meter standen sich Lord und Großadministrator gegenüber. Rhodan sah in den Augen des anderen den Wahnsinn.

»Abro, ich habe mich für Ihren Vorschlag entschieden. Allein, es gibt in diesem Zusammenhang eine Reihe technischer Probleme. Die größte Schwierigkeit sehe ich darin, den Roboteinheiten meine Befehlsimpulse zu übermitteln.«

In diesem Augenblick hatte Abro einen lichten Moment. »Besprechen Sie den Fall mit meinen Experten. Aber lassen Sie sich nicht einfallen, uns täuschen zu wollen. Ihre Bereitschaft, auf meine Forderungen uneingeschränkt einzugehen, macht mich mißtrauisch!«

Bully polterte respektlos dazwischen: »Mißtrauen oder nicht, Abro! Wenn wir die Kampfkraft Ihrer Flotte erhöhen sollen, dann müssen wir auch Gelegenheit bekommen, uns diese sogenannte Flotte anzusehen. Nur unter dieser Bedingung arbeiten wir an dieser Aufgabe weiter. Welche Folgen sich aus einer Arbeitsverweigerung ergeben, dürfte klar sein. Was haben wir denn noch zu verlieren, Abro?«

Weder Rhodan, Atlan noch Bully nannten ihn Lord. Wie er sie nur mit Namen ansprach, so hielten sie es auch. Reginald Bull gegenüber aber zeigte sich Abro von der empfindlichen Seite. »Lord Abro!« fistelte er wütend.

Bully stellte sich neben Rhodan. »Abro, Sie täuschen sich, wenn Sie glauben, daß wir um unser Leben betteln. Wenn wir bisher auf Ihre Vorschläge eingegangen sind, dann aus der Überlegung heraus, daß es vernünftig ist, sich den Umständen anzupassen. Das heißt aber auch, daß Sie ihr Wort einzulösen haben. Wo ist die Bewegungsfreiheit, die Sie uns zusicherten?«

Abro sah Reginald Bull an, als würde er ihm zum erstenmal begegnen. Bully krauste die Stirn. Die Pause, die entstand, nutzte er aus. »Wir bestehen darauf, daß ein weiterer Punkt erfüllt wird, Abro! In diesen Räumen, die man uns zur Verfügung gestellt hat, ist auch Platz für André Noir. Warum hält man unseren Mann von uns entfernt? Ist es nicht schon schlimm genug, daß er in Dauernarkose liegt? Wir fordern, daß man André Noir hierherbringt.«

»Er muß künstlich ernährt werden«, gab Abro zu bedenken.

»Das kann hier wie anderswo ebensogut getan werden«, widersprach Bully.

Rhodan unterstrich Bullys Forderungen mit der Bemerkung: »Abro, entscheiden Sie sich. Wir haben nur noch dreizehn Tage zu leben!«

Dessen Verstand schien wieder ganz klar. Er lächelte spöttisch. »Ihr versteht zu bluffen, wir aber auch. Aber ich gebe beiden Forderungen nach. Euten ...« er wandte sich an seinen Adjutanten, der immer noch mit den Waffen in den Händen hinter den drei Männern stand und sie nicht aus den Augen ließ, »veranlassen Sie alles weitere. Aber sorgen Sie auch dafür, daß diese drei ...«

»Vier!« fiel Rhodan ihm ins Wort. »Volle Bewegungsfreiheit für Melbar Kasom wie für uns!«

»Euten, sorgen Sie dafür, daß diese vier Männer ununterbrochen beobachtet werden.«

»Und André Noir?« fragte Rhodan drängend.

»Wird hierhergebracht.« Abro musterte Rhodan von Kopf bis Fuß. »Rhodan«, fistelte er drohend, »wagen Sie keinen Fluchtversuch, und versuchen Sie nicht, über Hyperfunk einen Notruf auszustrahlen. Die

Männer, die Sie beobachten, werden den Befehl bekommen, Sie beim geringsten Versuch niederzuschießen!«

Er wandte sich ab und ging. Als er den Raum verlassen hatte, setzte sich sein Adjutant Euten in Bewegung. Erst auf dem Gang steckte er die beiden Strahler ein. Die Tür wurde nicht mehr verschlossen.

»So!« sagte Perry Rhodan und sah seine beiden Freunde an.

Lautlos, trotz seiner 16,3 Zentner Körpergewicht, kam Melbar Kasom aus dem Nebenraum. Sein rotbraunes Gesicht verzog sich zu einem Lächeln, als er die geöffnete Tür sah. War diese geöffnete Tür das Tor in die Freiheit, war das die Rettung?

Mit eingeschaltetem Strukturkompensator war die PAND in Transition gegangen. 10.000 Tonnen Kriegsmaterial lagerten in den Laderäumen des Schiffes.

Mit Richtung auf das Zentrum der Galaxis kam die PAND wieder in den Normalraum zurück. Auch Jiggers fluchte ob der unerträglichen Nebenerscheinungen, die sich bei Transitionen zeigten.

»Diese Sprungtriebwerke!« stöhnte der Funker, der sekundenlang bewußtlos gewesen war und sich nun seinen schmerzenden Nacken rieb. »Ich komme mir wie gerädert vor! Und mit solchen Kästen fliegen die Springer zum Teil heute noch. Einfach nicht zu glauben.«

»Hören Sie auf zu nörgeln«, rief Jiggers ihm zu. »Glauben Sie, wir fühlen uns besser? Wo bleibt die Koordinatenkontrolle?«

Er hatte noch eine kurze Zeit zu warten, dann stieß die Bordpositronik die Stanzfolie aus. Jiggers las die Zeichen, verglich die Werte mit denen, die vor dem Sprung festgelegt worden waren und nickte zufrieden.

Mit einer Mißweisung von 0,0006 auf Koordinate Grün war die PAND an der berechneten Stelle aus dem Hyperraum wieder ins Raum-Zeit-Kontinuum zurückgekommen.

Das starke Brummen der Impulsmotoren im Heck des Schiffes drang nur gedämpft in die Zentrale. Hin und wieder trafen Meldungen über die Bordverständigung ein.

Hoffentlich bleibt es bei diesem Flug so, bis wir am Ziel sind, dachte Jiggers, der schon lange nicht mehr einen so glatten Flug, mit diesem alten Walzenraumer erlebt hatte.

Mit 85 Prozent Lichtgeschwindigkeit raste die PAND durch den Raum. Auf dem Bildschirm war das kalte Leuchten vieler naher und ferner Sonnen zu sehen. Jiggers achtete nicht darauf. Er verlangte nach der Sternenkarte. Es war eine Spezialanfertigung, die er vor der letzten Transition zum Treffpunkt vernichten würde.

»Das Lösungsmittel!« verlangte er.

Von rechts reichte man ihm eine Sprühpistole, mit der er die Karte, die auf seinem Schoß lag, besprühte. Sie überzog sich mit einem glasklaren Film, der sofort trocknete. Nach diesem Vorgang veränderte sich die Karte völlig. Alle Sterne darauf verschwanden, um vielen neuen an anderen Stellen Platz zu machen.

Mit seinen Gedanken bei der Flugroute, gab Jiggers die Sprühpistole zurück. Die dreidimensionale Darstellung war verwirrend. Vor seinen Augen breitete sich ein Sterngewimmel aus, das kaum noch einzelne Sonnen erkennen ließ. Jiggers nickte, weniger aus Sorge vor dieser Sternballung, in die er wahrscheinlich mit der PAND hineinfliegen würde, sondern aus der verständlichen Sorge, daß die Flotte des Obmannes darin den Untergang finden könnte.

»Die Koordinaten für die nächste Transition liegen vor!« kam ein Zuruf.

»Wann?« fragte er kurz.

»In achtundzwanzig Minuten Standardzeit.«

In 28 Minuten mußte er eine Lösung für dieses Problem gefunden haben. Denn wenn sie aus der nächsten Transition herauskamen, hatten sie jenen Treffpunkt zwischen den Sternen erreicht, an dem er schon so oft große Mengen Kriegsgerät den Rebellen ausgehändigt hatte.

Laut Absprache sollte er nun am Treffpunkt ein Lotsenschiff der Neutralisten antreffen, eine fünfköpfige Gruppe an Bord kommen lassen, die dann die Führung der PAND übernahm. Es war bei der letzten Verhandlung von seiten der Rebellen zur Bedingung gemacht worden, daß Pand-Ar mit seinen Parias für die Dauer des Fluges bis zum Ziel die Zentrale zu räumen hatte.

Jiggers grinste hämisch, als er an diese Vereinbarung dachte.

Die Techniker unter seiner Besatzung hatten in der Zentrale ein kleines Wunderwerk versteckt. Selbst wenn die Neutralisten mit einem eigenen Bordrechengehirn die PAND betraten und das Schiff damit ins Ziel flogen, um die galaktische Position ihres Versteckes zu verbergen, half ihnen das trotzdem nichts. Denn letztlich mußte ein Rechengehirn an die Leitungen zum Triebwerk der PAND angeschlossen werden, und auf Grund der Kommandoimpulse, die der Walzenraumer dann erhielt, war es dem kleinen Gerät leicht, den Kurs genau zu rekonstruieren.

Aber wie wurde Jiggers mit den Gefahren dieses Sternendschungels fertig? Wenn sein Schiff in gewaltigen Sprüngen die riesige Entfernung bis zum galaktischen Zentrum zurücklegte? Arbeitete das kleine Gerät auch tatsächlich so zuverlässig, daß es die Eintauchkoordinaten ohne die kleinste Mißweisung festlegte? Nur darauf kam es an! Denn nach den Werten, die das Gerät erfaßt hatte, mußte die Flotte des Obmannes sich den Weg durch das Zentrum bis zum Versteck der Neutralisten suchen. Ein einziger Fehler allein in der letzten Koordinatenbestimmung konnte in dieser Sternballung zum Untergang der plophosischen Kampfeinheiten führen.

Das bedeutete aber auch, daß ihnen der Obmann nach Ablauf der Frist keine neue Gegeninjektion mehr geben würde.

Das hieß für rund ein Drittel der Besatzung: Tod.

Während er das noch dachte, ahnte Jiggers plötzlich, was der Funker gerade tun wollte. Er schrie: »Kurzimpuls nicht ausstrahlen!«

Der Kurzimpuls war mit dem am Treffpunkt wartenden Lotsenschiff vereinbart worden. Zehn Minuten vor der letzten Transition sollte dadurch die Ankunft der PAND gemeldet werden.

»Großer Himmel!« stöhnte der Funker, der unter Jiggers Schrei zusammengezuckt war. »Ich wollte ihn gerade senden! Was ist denn los?«

Jiggers sprach über die Bordverständigung. Acht seiner besten Techniker befahl er in die Zentrale.

»Was ist denn los?« fragte der Funker abermals.

»Das werden Sie gleich hören.«

Die Techniker kamen. Jiggers ließ sie nicht zu Wort kommen. »Ich benötige innerhalb einer Stunde ein Gerät, das man an die Außenhaut des Schiffes kleben kann. Das Gerät muß in der Lage sein, alle Sprungkoordinaten der PAND feststellen zu können. Aber bauen Sie mir keinen Kasten von drei mal drei Metern.« Er sah seine Techniker an. Sieben von den acht Mann hatten wie er die Giftinjektion erhalten. »Denken Sie bei der Arbeit daran, womit der Obmann gedroht hat. Ich möchte noch recht alt werden. Sie nicht?«

Die Pariamasken, die jeder trug, ließen kaum ein Mienenspiel erkennen. Doch wie sie zusammengezuckt waren, das besagte genug.

»In einer Stunde! Mehr Zeit haben wir nicht!« rief Jiggers ihnen nach, als sie die Zentrale verließen.

»Das ist ein Einsatz!« stöhnte der Plophoser an der Ortung. Aber er verstand Jiggers Vorsichtsmaßnahmen nicht.

Der rief ihn heran. »Sehen Sie sich dieses Sterngewimmel an. Dieses Gebiet ist eine Hölle an elektromagnetischen Sturmzonen, an Schwerkraftgebieten, die vielleicht streckenweise die uns bekannten Naturgesetze auf den Kopf stellen ... was weiß ich. Noch gefährlicher ist es aber, daß die Sonnen unglaublich dicht zusammenstehen. Wenn jetzt unser verstecktes Gerät die letzten Eintauchkoordinaten nicht mathematisch exakt erkennt und festhält, was passiert dann, sobald sich die Flotte auf Grund unserer Angaben in Marsch setzt? Mit einer Wahrscheinlichkeit von eins zu hundert landet sie in einer Sonne ... und wir erhalten nie mehr eine Gegeninjektion.«

Der Plophoser ging zu seiner Ortung zurück. Er wiederholte dabei: »Das ist ein Einsatz!«

Das gleiche dachte Al Jiggers. Er begriff, daß er sich in die gefährlichste Aktion seines Lebens eingelassen hatte. Aber er wollte mit heiler Haut aus diesem Unternehmen herauskommen. Er wollte seinem Obmann eine stolze Erfolgsmeldung machen können – und dafür eine weitere Gnadenfrist erhalten.

5.

Wo immer Perry Rhodan, Bully und Atlan arbeiteten, war auch Mory Abro zu sehen. Befand sich aber auch noch der Ertruser in der Nähe der drei Männer, dann tauchten aus allen Richtungen junge, entschlossen dreinschauende Rebellen auf, die ihre Hände nicht von den Kolben der Strahlwaffen nahmen.

Das war die Bewegungsfreiheit, die man ihnen zugesichert hatte!

Sie konnten keinen Schritt tun, ohne nicht gleichzeitig von einem Dutzend Augenpaaren beobachtet zu werden. Näherten sie sich an Bord eines Raumers einer Hyperkomanlage, dann zogen ihre Bewacher die Waffen. Wollten sie die Kommandosteuerung eines Impulsgeschützes untersuchen, dann stieß man ihnen einen Strahler in den Rücken. Es war ihnen untersagt worden, zu dritt eine Space-Jet zu betreten. Sie fanden keine Möglichkeit, auch nur zehn Worte zu sprechen, ohne dabei belauscht zu werden.

Dabei taten sie ihr Bestes, vor allem Bully, der sich dadurch ablenkte, daß er sich auf seine Aufgabe stürzte. Aber wie oft überfiel ihn die Angst vor dem schleichenden Tod, wenn er mit einem Problem rang. Es war für ihn kein Trost, daß es Perry Rhodan und dem Arkoniden ebenso erging. Oft schon hatte er in einer Stunde Iratio Hondro ein dutzendmal verflucht.

Am wenigsten ließ sich Perry Rhodan anmerken. Aber auch in ihm bohrte es. Und immer wieder dann, wenn der Zellaktivator sich bemerkbar machte.

Umsonst, hämmerten dann seine Gedanken. *Bald ist alles vorbei!*

Einmal fühlte er sich in einem dieser furchtbaren Augenblicke von Mory Abro beobachtet. Plötzlich blitzte es in seinen grauen Augen auf, und schärfer als bisher sagte er ihr: »Neugier kann gemein sein!«

Vielleicht hatte Mory Abro solch eine scharfe Bemerkung von Rhodan nie erwartet. Vielleicht traf sie seine Feststellung deshalb so unvorbereitet, weil sie sich gerade in Gedanken gefragt hatte, ob der ehemals so mächtige Terraner jetzt wohl daran denken würde, in wenigen Tagen sterben zu müssen.

Aber sie war sich nicht bewußt, daß sie ihn neugierig angesehen hatte. Sie fühlte sich von seiner Bemerkung zu Unrecht angegriffen, aber zum erstenmal war sie nicht in der Lage, ihm mit gleicher Schärfe zu antworten. Sie wurde abwechselnd rot und blaß. Unerwartet drehte sie sich auf der Stelle um und stürmte hinaus.

Sie fühlte sich plötzlich von den bewundernden Blicken der Männer, die ihr folgten, belästigt. Sie fühlte aber auch, daß der Mann, dessen Blick sie nicht als Belästigung empfunden hätte, ihr nicht nachsah.

Atlan hatte die kurze Szene beobachtet. Rhodan stand unbeweglich und hatte die Lippen zusammengepreßt. Dann strich er sich über das Haar und atmete tief. »Es tut mir leid, was ich gesagt habe, aber ich glaubte einen Augenblick lang, man könne in meinem Gesicht die Angst sehen.«

»An deiner Stelle würde ich mir deswegen keine Vorwürfe machen, Perry. Ungesteuerte Reaktionen sind manchmal besser als kluge Pläne. Vielleicht haben wir jetzt nicht mehr so oft die Anwesenheit von Abros eiskalter Tochter zu ertragen.«

Von allen Seiten wurden ihnen wütende Blicke zugeschickt. Mory Abro stand bei den Bewohnern von Lordstown in hohem Ansehen und war beliebter als der Lord.

»Machen wir weiter«, sagte Rhodan. Er sah sich in der Zentrale des Raumers um, einem Schiff aus arkonidischer Fertigung. »Probelauf!« ordnete er über die Bordverständigung an.

Bully hielt sich im Triebwerksraum auf. Er rief über Sichtsprech durch: »Aber Aggregate nicht über achtzig Prozent belasten, sonst fliegen wir alle in die Luft!«

Das war keine Übertreibung. Was Rhodan, Atlan und Bully auf dem Raumhafen an Schiffen gesehen hatten, war nicht zu beschreiben. Für viele Raumer war der Ausdruck Fliegender Sarg noch geschmeichelt.

Trotzdem bewunderten sie diese Neutralisten, die mit diesen völlig unzuverlässigen Schiffen flogen und jetzt auch noch bereit waren, damit den schwer bewaffneten Planeten Plophos anzugreifen.

Der Probelauf der Maschinen setzte ein. Rhodan fühlte sich durch einen Bewacher belästigt, der ihm mit seinem Strahler zu nahe gekommen war. »Verschwinden Sie!« Seine Stimme klirrte wie Eis.

Unter dem Eindruck seiner Persönlichkeit wich der Mann hastig zurück und trat dabei seinem Hintermann auf die Füße. Der maulte: »Hat der dir überhaupt etwas zu sagen?«

Diese zusammengewürfelte Gesellschaft auf Badun kannte nur das eine Ziel, Obmann Hondro zu stürzen und die Macht zu übernehmen. Daß der hochgewachsene Terraner Perry Rhodan war, Schöpfer des Solaren und des Vereinigten Imperiums, machte auf die rauhen Burschen nicht den geringsten Eindruck. Sie sahen in ihm, Atlan und Bull nichts anderes als Gefangene, die ihnen ihr Können zur Verfügung gestellt hatten.

Von verschiedenen Seiten kamen wütende Zurufe. Rhodan und Atlan hörten sie sich eine Weile an. Sie beobachteten die Instrumente an den Steuerpulten, während die Leistung der Aggregate im Maschinenraum gesteigert wurde. Als die unverschämten Bemerkungen nicht aufhörten, drückte Rhodan auf die Aus-Taste. Wie verabredet, machte er zusammen mit Atlan kehrt. Beide gingen auf die lautesten Schreier zu. Daß die Männer Impulsstrahler in den Händen hielten, beachteten sie nicht.

Der Plophoser, dem Rhodan gegenüberstand, war ein Riese. »Aus dem Weg, Terraner!« schnauzte er und wollte die Waffe hochreißen. Rhodan hatte sie mit seiner Faust umklammert. Und er sagte kein Wort. Er befahl mit den Blicken!

Er fühlte die Anstrengungen des Plophosers, den Strahler doch noch in Anschlag bringen zu können, schwächer werden. Dann ließ der Widerstand des riesigen Mannes schlagartig nach. Er wich Rhodans Blick aus, äußerte unverständliche Worte und machte einen Schritt nach rückwärts. Rhodan ließ die Waffe los, beachtete ihn nicht mehr, sondern trat vor den nächsten Lärmstifter. »Sie werden bestimmt besser als ich das Schiff fluguntauglich machen. Bitte ...«

In der Zwischenzeit hatte es dort, wo Atlan sich vor jungen Rebellen aufhielt, zweimal dumpf gedröhnt. Lange Kampferfahrung hatte den Arkoniden befähigt, mit einem Zupacken zwei Neutralisten zu entwaffnen und deren Strahler zu Boden zu schleudern.

Der Arkonide hörte Rhodans Worte und verstand ihren Sinn. Wortlos drängten sich beide durch die Reihen der Rebellen und verließen das Schiff. An der Schleuse informierten sie Bully.

Eine halbe Stunde später suchten sie in der Burg ihre Räume auf. Melbar Kasom fehlte. Der Ertruser war meistens von morgens bis abends unterwegs, um eine Fluchtmöglichkeit zu erkunden.

Kaum hatten sie Platz genommen, als Lord Abros Tochter eintrat. Hochaufgerichtet blieb sie vor Rhodan stehen. Kalt, beinahe drohend sagte sie: »Wir haben einen Funkspruch erhalten, nach dessen Inhalt unsere Agenten übermorgen, wenn nicht schon morgen in den Besitz des Gegenmittels kommen. Verstehen Sie, was das heißt?«

Die Männer schwiegen. Mory Abros Augen begannen zu funkeln. Ihre Stimme klang noch härter, als sie sagte: »Ich verlange, daß Sie Ihr Können voll einsetzen und alles tun, damit unsere Flotte einsatzfähig wird. Legen Sie, unter welchen Umständen auch immer, noch einmal die Arbeit nieder, dann werde ich vor Ihren Augen das Gegenmittel vernichten!«

»Für eine Frau sind Sie außerordentlich zart besaitet.« Nach dieser Feststellung schwieg Rhodan.

»Was hat es damit zu tun, daß ich eine Frau bin? Wer fragt nach den Millionen Plophosern, die unter der Herrschaft Hondros stöhnen? Es geht um die Freiheit eines großen, stolzen Volkes!«

»Dreschen Sie doch keine Phrasen«, fiel Rhodan ihr mit scharfer Stimme ins Wort. »Was Sie mit uns vorhaben, wenn wir die Arbeit nicht wieder aufnehmen, ist Mord! Wessen Hände sind nach dem Mord blutiger – die des Obmanns Hondro oder Ihre Hände?«

Kurze Zeit wirkte sie etwas unsicher. Rhodans Frage hatte sie getroffen. Sofort wechselte sie das Thema. »Rhodan, warum haben Sie den Angriffsplan nicht detaillierter ausgearbeitet? Sie haben eine Arbeit abgeliefert, die unvollständig ist.«

»Mit Taktikern scheinen die Rebellen nicht reich gesegnet zu sein, Miß Abro, sonst hätten Ihre Fachleute erkennen müssen, daß mein Plan in großen Zügen alles enthält. Aber ich gebe Ihnen in diesem Zusammenhang einen guten Rat. Fliegen Sie selbst nicht mit, wenn Ihre Rebellen Plophos angreifen sollten. Sie gehören dann zu den wenigen, die überleben.«

»Das habe ich mir gedacht!« Sie lächelte böse. »Ihnen habe ich am wenigsten getraut. Sie sind ein gefährlicher Mensch, sonst wären Sie auch nicht Großadministrator geworden.«

»Aber nicht durch Mord und auch nicht durch Arroganz und auch nicht durch blutige Überfälle auf andere Welten. Haben Sie nicht eben von den unterdrückten Millionen Plophosern gesprochen? Und was haben die Neutralisten mit diesen Millionen vor? Haben Sie Ihre Stimme erhoben und dagegen protestiert, daß durch den geplanten Angriff Millionen umkommen können?«

»Ich habe Sie nicht aufgesucht, um mir Vorhaltungen machen zu lassen. In dieser Minute haben Sie sich zu entscheiden. Nehmen Sie die Arbeit wieder auf oder nicht? Ein Funkspruch nach Plophos genügt, und unsere Agenten stellen ihre Bemühungen ein, an das Gegenmittel zu kommen. Ist das dann auch Mord, Rhodan?«

Gelassen machte Bully die zynische Bemerkung: »Welch hartes Herz unter einer so schönen Schale!«

Wenngleich Mory Abro zitterte, so verlor sie doch nicht ihren klaren Kopf. Sie spürte, daß die Männer sie in die Enge treiben wollten, aber sie fühlte sich selbst klug und stark genug, es mit allen dreien aufzunehmen.

Mory Abro blitzte Bully an, dann wandte sie sich wieder an Rhodan: »Entscheiden Sie sich sofort!«

»Perry«, mischte sich Bully wieder ein, »ich bin gespannt, wann endlich diese neutralistischen Pseudo-Taktiker wutschnaubend mit deinem Angriffsplan angerannt kommen!«

Diese Bemerkung war nicht abgesprochen worden. Sie hatten bisher nie Gelegenheit zu einer Absprache gefunden. Ahnte Bully, wie dankbar Perry Rhodan ihm für diesen Einwurf war? Mory Abro wurde ein Opfer von Bullys Bluff. Er hatte mit seiner doppelsinnigen Bemerkung Rhodans ausgearbeiteten Angriffsplan für die Rebellen völlig abgewertet und sogar durchblicken lassen, daß in diesem Plan eine Falle für die Neutralisten stecken könnte.

Beides war nicht der Fall. Aber dieser Angriffsplan durfte nie realisiert werden, oder Rhodan machte sich mitschuldig an einer Tat, die unter keinen Umständen gutzuheißen war.

»Danke!« sagte Mory Abro. Sie bebte vor Zorn. »Das genügt mir!«

Die Männer blickten ihr nach. Sie verzogen keine Miene. Sie wußten inzwischen, daß sie über eine Beobachtungsanlage kontrolliert wurden.

Atlans Bemerkung war für diese lauschenden Beobachter bestimmt, als er sagte: »Ich würde mich ja einverstanden erklären, die Arbeit an den Raumern wieder aufzunehmen, wenn dieser Lord uns ein bestimmtes Maß an Vollmachten geben würde. Vor allen Dingen hätte er dafür Sorge zu tragen, daß die Bewacher uns nicht unnötig belästigen.«

»Einverstanden. Aber lassen wir doch alles erst einmal an uns herankommen«, pflichtete Rhodan bei.

»Und was geschieht mit uns, wenn diese Miß ihren Agenten den Auftrag erteilt, sich nicht weiter um das Stopp-Serum zu bemühen?« fragte Bully.

Im gleichen Moment fühlten alle drei Männer dasselbe; wieder waren sie an ihr Ende erinnert worden. Und sie hatten keine Hoffnung mehr.

Der Flug der PAND war ohne Zwischenfall verlaufen. Was Paria Pand-Ar bei der letzten Verhandlung mit den Rebellen zur Bedingung gemacht hatte, war von den Neutralisten erfüllt worden.

Die PAND lag auf Baduns einzigem Raumhafen. Pand-Ar und seine Besatzung durften die Zentrale wieder betreten. Das Rebellenkommando hatte das Schiff inzwischen verlassen.

Al Jiggers alias Pand-Ar sah sich flüchtig in der Zentrale um. Er hatte sich mit seinen vier Männern abgesprochen, vorerst nichts anzufassen, auch nicht den in Stundenfrist zusammengebauten Apparat, der auf dem höchsten Punkt des Walzenrumpfes klebte.

Noch wußten sie nicht, ob sich in ihrer Zentrale Miniaturspione befanden, die die Rebellen darüber unterrichteten, was im Kommandoraum getan und gesprochen wurde.

Stunden, die Nerven kosteten, standen ihnen bevor. Aber die Männer waren diese Situationen gewöhnt. Der reibungslose Ablauf des Fluges hatte sie sicher gemacht. Sie vertrauten darauf, daß ihre beider Zusatzgeräte alle Konstanten und Werte festgehalten hatten, die erforderlich waren, der startbereit wartenden Flotte des Obmanns den Weg zu dieser Welt zu weisen.

»Ich werde Seiner Lordschaft meinen Antrittsbesuch machen«, erläuterte Pand-Ar. »Sollte sich in der Zwischenzeit etwas ereignen, so bin ich über mein Funkgerät zu erreichen. Vor allen Dingen eins: Nicht ein Stück wird ausgeliefert, bis ich zwei Drittel der Summe auf der Hand liegen habe!«

Das war eine Einstellung, die typisch für jeden Galaktischen Händler war.

Al Jiggers verließ mit ruhigen Schritten sein Schiff. Er fröstelte, als ihm in der Schleuse der kalte Wind ins Gesicht blies. Einen Augenblick lang blickte er zum wolkenlosen Tageshimmel empor und sah über sich das Sternenmeer funkeln.

Das, was der Obmann und viele seiner Mitarbeiter immer vermutet hatten, wurde jetzt bestätigt. Diese Welt befand sich in Zentrumsnähe der Milchstraße.

Jiggers bemerkte, daß man seine PAND abseits von allen anderen Schiffen gelandet hatte. Er begriff, warum die Rebellen diese Vorsichtsmaßnahme getroffen hatten. Und dann sah er auch schon den Kordon von Luftgleitern, die im weiten Kreis um seinen Raumer standen.

Jiggers Plastikmaske verbarg sein spöttisches Lächeln. Mit diesen Maßnahmen der Rebellen wurden er und seine Männer leicht fertig.

Ein Luftgleiter löste sich vom Boden und schwebte auf ihn zu. Dicht neben ihm landete das Fahrzeug. Jiggers blieb stehen. Die Klappe öffnete sich, und ein Neutralist fragte ihn in Interkosmo: »Wer sind Sie? Wohin wollen Sie?«

In der gleichen Sprache antwortete Jiggers, alias Pand-Ar: »Patriarch Pand-Ar, Eigner dieses Schiffes. Ich möchte Seiner Lordschaft einen Besuch machen.«

»Galaktische Pässe?«

Jiggers griff in die Tasche und reichte sie dem Rebellen, der den Luftgleiter nicht verlassen hatte. Dieser prüfte sie nur kurz. »Steigen Sie ein, Pand-Ar!« sagte er dann.

Jiggers nahm gelassen in dem Fahrzeug Platz. Er saß zwischen zwei breitschultrigen Rebellen, die ihre Thermostrahler nicht aus der Hand legten.

Iratio Hondros Agent beunruhigte das nicht. Er war sich seines Erfolges so sicher wie noch nie. Selbst ein scharfer Beobachter hätte ihm nicht angemerkt, daß ihm nichts entging, was auf dem Raumhafen zu sehen war.

Er war überzeugt, die Zahl der Raumer richtig geschätzt zu haben. Die kleine Stadt, auf die sie rasch zuflogen, erstaunte ihn. Das Zentrum der Neutralisten hatten sich alle Agenten des Obmannes viel größer vorgestellt.

Vor dem freien Platz vor der Burg setzte der Luftgleiter weich auf.

»Wir sind da«, sagte der Rebell, der vorhin Jiggers Papiere kontrolliert hatte. Schweigend verließen alle den Gleiter. Schweigend nahmen sie den Paria in die Mitte und gingen mit ihm auf das große Portal zu.

Die Kuppeln auf dem Flachdach des hufeisenförmigen Gebäudes hatte Jiggers entdeckt und ihre Bedeutung erraten. Sein Gedächtnis notierte: Strahlgeschütztürme von hoher Kapazität.

Hinter dem Portal mußten sich seine stummen Begleiter und er nochmals ausweisen. Er wurde aufgefordert zu warten.

Jiggers wartete. Er zeigte sich nicht einmal erstaunt, als er hörte, daß Seine Lordschaft für die nächste Stunde nicht zu sprechen sei.

Woher sollte er auch wissen, daß Kositch Abro in seinem großen Arbeitszimmer Sipans jagte.

»Ich warte gern«, sagte Pand-Ar. Das Interkosmo sprach er mit Akzent.

»Wenn Sie wollen, können Sie mit Miß Mory Abro, der Tochter Seiner Lordschaft, sprechen, Pand-Ar.«

Er zeigte sich als Springer, der nur das Geldverdienen kennt. »Wenn Miß Abro bevollmächtigt ist, eine Kassenanweisung auszuschreiben, unterhalte ich mich gern mit ihr.«

Drei Männer kamen den Gang entlang und gingen auf das Portal zu. Al Jiggers verdankte es nur der harten Agentenschulung, sich seine Überraschung nicht anmerken zu lassen.

Perry Rhodan, Reginald Bull und Atlan gingen in drei Meter Entfernung an ihm vorüber, betrachteten ihn flüchtig und nahmen dann wieder ihr Gespräch auf, das sie beim Anblick des Springers unterbrochen hatten.

Jiggers erkannte sofort, was es bedeutete, Rhodan, Bull und Atlan auf dieser Welt zu wissen. Auch wenn sie in wenigen Tagen sterben mußten, so konnten sie in der Zwischenzeit so viel für die Rebellen getan haben, daß sich das Kräfteverhältnis gewandelt hatte. In diesem Zusammenhang dachte Jiggers an die vielen Raumer die im Hafen lagen. Und er kombinierte richtig. Es war nicht nur in der ganzen Galaxis bekannt, welche genialen Organisatoren und Taktiker diese drei Männer waren, sondern auch, welche umfassenden technischen Fähigkeiten sie besaßen.

Wie ein Blitz schoß Jiggers die Erkenntnis durch den Kopf, daß die Gefahr für Plophos, von den Rebellen überfallen zu werden, viel größer war, als es der größte Pessimist in Hondros Umgebung auch nur vermutet hatte.

So schnell wie möglich mußte der Obmann davon unterrichtet werden.

Während er das überlegte, unterhielt er sich flüssig mit dem Neutralisten, der ihn über den langen Gang führte. Jetzt blieb dieser vor einer großen Tür stehen und bat den Paria zu warten.

Es dauerte nicht lange, dann wurde er aufgefordert einzutreten. »Kontrolle!« sagte ein Mann, der ihm in den Weg trat.

Er wurde nach versteckten Waffen durchsucht. Jiggers hatte darauf verzichtet, einen Strahler mitzunehmen, aber er war dennoch bewaffnet.

Drei Agentenwaffen trug er bei sich – Spezialanfertigungen. Als Waffen nicht zu erkennen. Und auf Badun erkannte man sie auch nicht. Jiggers durfte den nächsten Raum betreten.

Diese schöne junge Frau, die er hier antraf, kannte er von Photos her – Mory Abro, die Tochter des Lords, der vorgab, der rechtmäßige Herrscher über die Plophoser zu sein.

»Was können Sie liefern, Pand-Ar?« fragte Mory Abro, die sich nicht anmerken ließ, daß ihr dieser Paria zuwider war.

»Alles, was Ihre Auftraggeber bestellt haben, Miß Abro. Mit einer einzigen Ausnahme habe ich in den letzten Jahren immer das geliefert, was von Seiner Lordschaft angefordert wurde. Oft war es sehr schwierig, das gewünschte Material kaufen zu können.«

Sie unterbrach ihn kalt. »Ihre Ankunft war uns bekannt. Aus welchem Grund wollten Sie Seine Lordschaft sprechen, Pand-Ar?«

Ihre Kühle beeindruckte ihn nicht. Gelassen antwortete er: »Bei der letzten Bestellung ist vereinbart worden, daß ich ein Drittel der Gesamtsumme erhalte, wenn die PAND hier landen würde. Ich möchte den Betrag in Empfang nehmen. Und ich möchte an die Zusage erinnern, wonach mir und meiner Besatzung auch die Erlaubnis erteilt wird, mich hier nach Geschäftsmöglichkeiten umzusehen. Es ist für mich jedesmal ein Verlustgeschäft, mit leeren Laderäumen zurückzufliegen.«

»Wir Neutralisten pflegen unsere Versprechungen zu halten, Pand-Ar!« Ihre Stimme war scharf geworden. »Aber in den Vereinbarungen, die mir bekannt sind, ist nicht enthalten, daß wir Sie und Ihre Besatzung ohne Bewachung Umschau halten lassen.«

»Sie mißtrauen einem Mann, der Sie jahrelang korrekt mit Dingen beliefert hat, die es nur unter bestimmten Voraussetzungen in der Galaxis zu kaufen gibt?« Jiggers Stimme klang empört.

Eiskalt klang die Antwort. »Wir mißtrauen jedem Fremden! Das ist unser Prinzip, Pand-Ar! Warten Sie im Vorzimmer, bis man Ihnen sagt, daß der Betrag abholbereit ist.«

Al Jiggers verzichtete darauf, Mory Abro triumphierend anzublicken. Morgen um diese Zeit gab es weder eine Mory Abro, weder einen Lord Kositch Abro, noch Rebellen, die sich Neutralisten nannten.

Morgen um diese Zeit stürzte die Blaue Garde aus dem Himmel auf dieses Versteck herunter, um es zu vernichten!

Noch in dieser Stunde würde der Kurzimpuls nach Plophos gehen. Und lag dann der Spruch entziffert vor dem Obmann, dann konnte Hondro danach den Koordinatenschnittpunkt errechnen, während Al Jiggers immer noch nicht wußte, auf welchem Planeten er sich mit der PAND befand.

Der Ertruser Melbar Kasom kam, wann er wollte, und ging, wann er wollte. In den letzten Tagen hatten sich Rhodan, Atlan und Bully manchmal gefragt, wann der Ertruser je schliefe. Er schien ununterbrochen auf den Beinen zu sein. Was er suchte, hatte er bisher nicht gesagt. Ihn danach zu fragen, war in ihren Räumen ebenso wie draußen, wie auch in den Raumschiffen zu gefährlich. Immer standen Bewacher in nächster Nähe und es waren, wie sie von Anfang an vermutet hatten, sprachkundige Bewacher.

Sie testeten gerade ein ausrangiertes Schiff der Überschweren und erlebten, wie alle Andruckabsorber zur gleichen Zeit ausfielen, als Mory Abro bei ihnen auftauchte. Im gleichen Moment dachte Reginald Bull an das Stopp-Serum. »Haben Ihre Agenten das Mittel aufgetrieben?« fragte er erwartungsvoll.

Sie würdigte ihn keines Blickes. Stolz ging sie an Bully vorbei. Sie sah nicht mehr, wie der Mann blaß wurde und sich müde im nächsten Sessel niederließ.

Rhodan und Atlan hatten ihren Eintritt wohl bemerkt, aber bewußt keine Notiz davon genommen. Sie war dicht hinter ihnen stehengeblieben. Die Bewacher hatten ihr Platz gemacht.

Jeder Rebell erwartete, daß sie die beiden Männer ansprechen würde. Aber sie blieb stumm, blickte ihnen über die Schulter zu und beobachtete, was sie taten.

Rhodan nahm die Verkleidung des Kommandogebers ab. Er fühlte sich bei dieser Arbeit um mehr als hundertfünfzig Jahre zurückversetzt, in eine Zeit, da die Menschen nur mit solchen Schiffen flogen.

Atlan prüfte die Synchronschaltung zum Bordrechengehirn. Der Ausfall aller Andruckabsorber konnte nur durch eine Störung ausgelöst worden sein, die hier in der Zentrale zu suchen war. Was dieses Aussetzen der Absorber während des Fluges bei einem Bremsmanöver zur Folge gehabt hätte, war selbst jedem ihrer Bewacher klar. Kein Mann der Besatzung hätte das Bremsmanöver lebend überstanden!

»Vorsicht!« rief Rhodan dem Arkoniden zu, der seiner Meinung nach etwas zu leichtsinnig die einzelnen Phasen prüfte, die alle unter Strom standen.

Atlan sah kurz auf. »Warum soll ich noch vorsichtig sein, Perry! Ob es mich heute trifft oder in acht Tagen, worin liegt der Unterschied?«

Rhodan gab ihm keine Antwort. Manchmal empfand er es selbst als sinnlos, den Freunden ermutigend zuzureden. Ein Tag nach dem anderen war dahingegangen, und mit jedem vergangenen Tag war ihre Hoffnung auf Rettung kleiner geworden.

War es nicht besser, vorher allem ein Ende zu machen, als dem letzten Tag entgegenzusehen und unter Qualen zu sterben?

Für einen winzigen Augenblick hatte Rhodans Aufmerksamkeit nachgelassen. Er hatte sich zur Seite gebeugt und vergessen, daß rechts der Kommandogeber für die Absorber unverkleidet war.

Plötzlich traf ihn ein Stoß, der ihn vorwärts warf. »Sie sollten besser aufpassen!« sagte Mory Abro. Es war fast menschliches Mitgefühl in ihrer Stimme. Rhodan drehte sich, prüfte, wie weit er sich zur Seite gebeugt hatte und entdeckte, daß er im Begriff gewesen war, sich auf die Hochspannungsleitung zu stützen.

»Da hätte auch kein Zellaktivator mehr geholfen!« Das klang schon wieder ironisch.

»Danke«, sagte Rhodan und blickte sie erst jetzt an.

»Warum lassen Sie diese Arbeiten nicht von unseren Technikern und Ingenieuren machen, Rhodan?«

Rhodan lächelte mitleidig. »Was Ihre Techniker und Ingenieure bisher fertiggebracht haben, das wissen Sie doch besser als ich.«

Sie krauste die Stirn. Seine Antwort ärgerte sie; sie war zugleich ein vernichtendes Urteil über die Fachleute, die den Rebellen zur Verfügung standen. Wie es ihre Art war, wechselte sie das Thema: »Kommen Sie mit. Eine große Menge an neuer Ausrüstung ist eingetroffen. Ich möchte mir durch Sie bestätigen lassen, ob das Material einwandfrei ist.«

»Ihr Vertrauen zu uns wächst, Miß Abro!«

»Sie bilden sich etwas zuviel ein, Rhodan!« sagte sie abweisend.

»Dann verstehe ich nicht, warum Sie uns als Gutachter benötigen!«

Sie wurde rot. Man sah ihr an, daß sie nicht wußte, was sie darauf erwidern sollte. Rhodan wandte ihr den Rücken zu und suchte weiter nach der Fehlerquelle. Hinter seinem Rücken hörte er Frauenschritte, die sich hastig entfernten.

»Freunde werdet ihr beide nie!« meinte Atlan schmunzelnd. Mory Abro war wütend über sich, weil sie Rhodan gegenüber nicht schlagfertig genug gewesen war.

Sie war noch wütend, als sie in der Burg eintraf und ihren Vater aufsuchen wollte. Wiederum vertrat ihr Adjutant Euten den Weg. »Miß Abro, Seine Lordschaft darf nicht gestört werden!«

Alle Rebellen hatten Mory Abro unterschätzt. Alle, besonders die Männer, sahen in ihr zugleich die Tochter des Lords und eine junge Frau von faszinierender Schönheit.

Adjutant Euten sah etwas blitzen. »Zur Seite!« herrschte sie ihn an. Eutens Augen weiteten sich. Mory Abro hatte ihren Thermostrahler auf ihn gerichtet. Ihr Blick sagte ihm, daß das keine leere Geste war. »Ich zähle bis drei, Euten ...«

Euten war nicht feige, aber er erinnerte sich, daß Seine Lordschaft ihm vor Tagen erklärt hatte, seine Tochter könne ihn jederzeit aufsuchen.

Bei zwei gab er den Weg frei. Mory Abro stürmte durch die Räume, riß die Tür zum Arbeitszimmer ihres Vaters auf und sah ihn Sipans jagen!

Und dann, nach endlos scheinenden Sekunden, als ihr Vater auf ihr Rufen immer noch nicht reagierte, begriff sie nicht, warum sie jetzt nicht auch den Verstand verlor.

Als sie Euten wieder begegnete und die letzte Tür hinter sich schloß, sah sie wie eine Schwerkranke aus. Ihre Stimme klang fremd. Ihre Augen waren glanzlos. Sie ging nach vorn gebeugt, wie unter einer schweren Last. »Lassen Sie nie einen Menschen zu meinem Vater, wenn er anordnet, ihn nicht zu stören. Euten, vergessen Sie es nicht. Haben Sie mich verstanden?«

Sie wollte keine Antwort hören. Sie war schon gegangen.

Euten blickte ihr nach, und er dachte: *Sie geht wie eine alte Frau.*

Melbar Kasom hatte mehr Geduld als alle Bewacher auf Badun. Er hatte auch die besseren Nerven. Er betrieb auf Badun Nervenkrieg auf eigene Faust. Er zermürbte systematisch die Männer, die abgestellt worden waren, ihn zu beobachten und am Betreten verschiedener Bezirke zu hindern.

Mit einer Sturheit ohnegleichen versuchte er hundertmal an einem Tag einen Bezirk zu betreten, den er nicht einsehen durfte. Und hatte man ihn hundertmal daran gehindert, so war er ebensooft prompt umgekehrt, um es erneut zu probieren. Dem Ertruser zu folgen, wenn er schnell ging, war für normal gewachsene Menschen kein Vergnügen. Seine Bewacher mußten es im Laufschritt tun. Wenngleich die niedrigen Temperaturen auf Badun verhinderten, daß man schnell ins Schwitzen geriet, so brachte Kasom jeden Rebellen in Hitze, weil er einfach seine scheinbar unsinnigen Versuche nicht einstellte.

Inzwischen hatte er die dritte Begleitmannschaft verbraucht. Er selbst fühlte sich guter Dinge, wenn er nicht an den drohenden Tod Rhodans und der anderen dachte.

In Lordstown kannte er jeden Winkel. Die Stadt zu durchqueren, war ihm nicht untersagt, wohl aber verschiedene Abschnitte des Raumhafens aufzusuchen oder den Innenhof der Burg, oder auf das Flachdach der Burg zu steigen und sich die Kuppeln anzusehen. Als er einmal die Ortungstürme des Hafens besteigen wollte, hatte man ihn zum erstenmal ernstlich bedroht – nach dem 30. Versuch nicht mehr. Anschließend hatten sich seine Bewacher, die über seine Sturheit so erbost waren, verzweifelt gefragt, warum er plötzlich den Versuch einstellte, ein bestimmtes Gebiet erneut zu betreten.

Melbar Kasom sagte es ihnen nicht. Er sprach auch nicht mit den Rebellen. Aber er hörte gut zu, was sie sagten. Und mancher sagt im Laufe eines Tages sehr viel, aus dem der aufmerksame Zuhörer seine Schlüsse ziehen kann.

Dem Ertruser entging kein einziges Wort, und das Wissen, das er sich auf diese Weise erworben hatte, war groß. Die Neutralisten wären entsetzt gewesen, hätten sie geahnt, daß dem Ertruser bis auf ein paar Bogenminuten genau die galaktische Position des Sonnensystems bekannt war, zu dem der Mond Badun und der Riesenplanet Beil gehörten.

Ebenso hatte er über diesen umständlichen Weg erfahren, daß Badun von der Erde 51.134 Lichtjahre entfernt war, während Planet Greendor fast in der Nähe lag – 7613 Lichtjahre weit!

Der Ertruser war stolz darauf, was er an Wissen zusammengetragen hatte. Aber dann kostete es ihn auch Anstrengung, seine Freude nicht zu zeigen, als er herausbekommen hatte, warum er den Innenhof der Burg nicht betreten durfte.

Rhodan, Atlan und Bully blickten erstaunt auf, als sie den USO-Agenten hereinkommen sahen. In den letzten vier Tagen hatten sie ihn nur für Minuten gesehen. Sein ausdrucksloses rotbraunes Gesicht verriet nichts.

»Sir, darf ich nach André Noir sehen?« fragte er und ging eilig in die Nebenräume.

»Unser bewußtloser Hypno ist ihm ans Herz gewachsen«, sagte Bully. »Mein Gott, wie gut hat es Noir. Er merkt von alledem nichts mehr.«

Da war es wieder – die Resignation vor dem Ende. Abends, wenn sie von der Arbeit nicht mehr in Anspruch genommen wurden, kamen diese Gedanken wie Ungeheuer. Und wenn der eine auch versuchte, den anderen nichts merken zu lassen, so wußten sie doch alle, woran sie dachten.

Der Ertruser blieb lange fort. Als er dann erschien und sich in dem Sessel niederließ, der aus einem Raumschiff der Überschweren stammte, hatte er Toilette gemacht, den sandfarbenen Sichelkamm gebürstet und die andere Schädelpartie glatt rasiert.

»Sir«, fragte er, »wie hieß doch noch die Gottheit, die auf Burban Punkt zwölf Uhr mittags angebetet wurde und von der das Volk glaubte, daß sie dann in den Himmel flöge? Ich überlege den ganzen Tag schon, komme aber nicht auf den Namen.«

Melbar Kasoms Blinzeln konnte zufällig gewesen sein, aber in diesem Zusammenhang war es kein Zufall, sondern ein Zeichen.

Keiner kannte einen Planeten, der Burban hieß; keiner hatte etwas von einer Gottheit gehört, die Punkt zwölf Uhr mittags angebetet wurde. Das alles war nur Verkleidung bis auf die Zeitangabe: zwölf Uhr mittags!

Rhodan, Bully und Atlan begriffen sofort, daß der Ertruser eine Fluchtmöglichkeit entdeckt hatte, aber da sie ja ununterbrochen beobachtet wurden, ließen sie sich nichts anmerken.

Was noch nie der Fall gewesen war, seitdem man sie nach Badun verschleppt hatte, trat ein: Eine Unterhaltung kam in Gang. Je länger sie andauerte, um so klarer wurde ihnen Kasoms Fluchtplan.

Im Innenhof der Burg stand unter einer dünnen Plastikhülle eine startklare Space-Jet! Drei Roboter bewachten sie. Morgen mittag um zwölf Uhr sollte nach Kasoms Vorschlag der Fluchtversuch unternommen werden.

»Sir, ich habe mir André Noir angesehen. Ich habe ihn sogar aufgehoben und sein Gewicht geprüft. Wenn uns auch die Neutralisten nicht gerade gut gesonnen sind, so haben sie doch alles getan, um Noir ausgezeichnet zu ernähren.«

Das war schon gefährlich klar ausgedrückt. Der Ertruser würde also André Noir in die Space-Jet schaffen. Dann machte der USO-Spezialist sie mit Einzelheiten seines Fluchtplans vertraut, ebenso kompliziert und in harmlos klingende Sätze versteckt wie bisher.

Aber wie wollte Melbar Kasom den bewußtlosen Noir am hellen Tag aus der Burg schaffen? Wie sollte die Bewachung überwältigt werden?

Lohnte sich dieser Einsatz noch, so wenige Tage vor ihrem Lebensende? Rhodan gab zu verstehen, daß er Zeit zum Überlegen haben mußte.

Bully gähnte herzhaft und meinte: »Morgen ist auch noch ein Tag.«

»Ja, morgen!« Dabei sah Rhodan niemanden an. Sie verstanden sich auch so. Morgen früh fiel seine Entscheidung, ob der Fluchtversuch unternommen werden sollte oder nicht.

Kurz darauf begaben sie sich zur Ruhe, aber selbst der Ertruser konnte nicht einschlafen. Morgen entschied sich alles.

Auch Al Jiggers auf der PAND konnte keinen Schlaf finden.

War er zuerst stolz darauf gewesen, daß dieses Unternehmen so glatt verlaufen war, so hatte sich inzwischen bei ihm eine Unruhe eingestellt, die von Stunde zu Stunde stärker wurde.

Schon zwei Stunden nach der Landung auf Badun hatte die Hyperkomanlage der PAND einen gerafften, zerhackten Kurzimpuls nach Plophos ausgestrahlt. In dieser Nachricht waren alle Daten enthalten, die das Zusatzgerät in der Zentrale und das andere auf der Außenhaut des Schiffes festgestellt hatten. Weil jede Minute kostbar sein konnte, hatte Jiggers darauf bestanden, die Daten nicht zuerst aufzuschlüsseln und zu überprüfen, sondern sie unkontrolliert dem Obmann zuzufunken. In der Nachricht war auch die Mitteilung enthalten, daß sich Rhodan und seine Freunde auf Badun befanden.

Dann hatten sie wiederum Glück gehabt, daß der Funküberwachung der Rebellen ihr Kurzimpuls entgangen war. Bis zum Abend hatten sie auf eine Reaktion gewartet und befürchtet, ein Untersuchungskommando würde plötzlich erscheinen. Als nach diesen langen Stunden spannungsgeladenen Wartens sich nichts dergleichen ereignet hatte, gratulierten sie sich zu ihrem Glück.

Jiggers, der sich auf seinem Bett ruhelos hin und her drehte, fragte sich immer besorgter, was sie falsch gemacht haben könnten. Die innerliche Unruhe trieb ihn zu dieser Frage.

Lag der Fehler darin, alle Daten in den beiden kleinen Geräten gelöscht zu haben, nachdem der Kurzimpuls an Iratio Hondro abgestrahlt worden war? Oder kam die Gefahr für sie mit der Kampfflotte des Obmanns?

Er wußte nicht, wann sie in diesem System eintraf. Er wußte ja nicht einmal, wie viele Lichtjahre beide Systeme voneinander entfernt waren. Wie sollte er sich verhalten? Würden die Rebellen keinen Verdacht schöpfen, wenn die PAND mit im Leerlauf orgelnden Impulsmotoren stundenlang im Hafen lag? Aber was war folgenschwerer: die PAND startbereit zu halten, um beim Auftauchen der ersten Kampfeinheiten im Alarmstart davonzurasen – selbst auf die Gefahr hin, vom Boden her abgeschossen zu werden –, oder im Vernichtungsfeuer der Verbände der Blauen Garde zu starten?

Al Jiggers konnte sich nicht zu einem Entschluß durchringen.

Eine Nachtstunde nach der anderen verging; seine Unruhe wurde immer größer. Wann und aus welcher Richtung kam die tödliche Gefahr?

6.

Aufzuwachen und sogleich daran zu denken, daß man noch sieben kurze Tage zu leben hat, das ist kein schönes Erwachen.

Rhodan wurde erwartet, als er den großen Raum betrat. Bei ihm lag die Entscheidung, ob Melbar Kasoms verwegener Plan in die Tat umgesetzt werden sollte oder nicht.

Die erwartungsvollen Blicke, die ihn trafen, verscheuchten bei ihm die letzten Gedanken an ihr nahes Ende. Nach knapper Begrüßung fragte er: »Wollen wir zuerst die Arbeiten abschließen, die gestern nicht mehr fertig geworden sind, und uns heute im Laufe des späten Vormittags eingehender mit dem Materialnachschub befassen, den der Paria angeliefert hat, oder erledigen wir es in umgekehrter Reihenfolge? Ich bin dafür, daß wir den Raumer einigermaßen startklar machen und uns dann überlegen, wie wir am besten die herangeflogenen Ersatzteile verwenden.«

In diesen Sätzen lag Rhodans Entscheidung; er war damit einverstanden, daß der gewagte Plan des Ertrusers heute mittag um zwölf Uhr ausgeführt werden sollte.

»Erst die Arbeit fertigmachen«, war Bullys Meinung. Atlan nickte zustimmend.

Der Ertruser setzte sich in Bewegung. »Sir, ich mache meinen Spaziergang.«

Etwas neidisch blickte Bully ihm nach. »Der hat's gut. In seinen Adern kreist kein ...«

»Gehen wir!« fiel Rhodan ihm ins Wort.

»Ohne Frühstück?« protestierte Bully.

»Das nehmen wir auf dem Raumer ein. Ich möchte, daß wir so schnell wie möglich mit den Reparaturarbeiten fertig werden.«

Sie hatten sich inzwischen damit abgefunden, daß auf dem Gang vor ihrer Tür sechs Soldaten Lord Abros Wache hielten. Die Männer erhoben sich stumm und folgten ihnen in einigem Abstand.

»Das wird noch ein schwieriges Problem werden«, sagte Atlan. Er spielte auf ihren Plan an, denn nach diesem Plan mußten sie ihre sechs Bewacher unschädlich machen. Als sie den freien Platz vor der Burg betraten, war es 7 Uhr morgens. Noch fünf Stunden bis zum Mittag.

Sie stiegen in den großen Fluggleiter und flogen zum Raumhafen. Wie üblich sprachen sie über ihre Arbeit. Nichts deutete darauf hin, daß sie ein lebensgefährliches Unternehmen planten.

Mory Abro wurde seit gestern von dem Gedanken verfolgt, daß ihr Vater zeitweise geistesgestört war. Sie glaubte ihn immer wieder zu sehen, wie er in seinem Arbeitszimmer Sipans jagte. Vieles wurde ihr jetzt klar. Die Anfälle ihres Vaters traten nicht übergangslos auf, sondern es bedurfte einer gewissen Zeit, bis sie völlig seinen Verstand ausgeschaltet hatten. Ebenso klangen sie auch wieder ab. Und in diesen Zwischenzeiten hatte er dann diese seltsamen, unrealistischen Ideen.

Ruhelos ging die junge Frau in ihrem Zimmer auf und ab. War es nicht ihre Pflicht, wenigstens Adjutant Euten ins Vertrauen zu ziehen? Wußte dieser junge Offizier nicht schon viel mehr über Seine Lordschaft als jeder andere?

Sie suchte ihn auf. Er trat ihr wie gewohnt entgegen. »Wo ist Seine Lordschaft, Euten?«

»In seinem Arbeitszimmer. Er erwartet den Paria Pand-Ar und vier weitere Besatzungsmitglieder zu einer Besprechung, Miß Abro.«

»Wann?«

»Die Besprechung ist für elf Uhr angesetzt.«

»So«, sagte sie, ging zur Wand, berührte sie an einer bestimmten Stelle und kam wieder zurück. »Vergessen Sie nicht, gleich die Kontrollanlage wieder einzuschalten, Euten. Und jetzt hören Sie einmal gut zu ...«

Der junge Offizier war ein guter Zuhörer. Hin und wieder nickte er, als wolle er damit sagen: Das habe ich geahnt oder gewußt.

»Euten, Sie wissen, was für uns Neutralisten auf dem Spiel steht, würde zu diesem Zeitpunkt bekannt, wie krank Seine Lordschaft ist. Euten, heute macht es sich bezahlt, daß ich mich um so viele Dinge gekümmert habe. Wir beide haben jetzt eine gewaltige Aufgabe zu erfüllen. Sie müssen unter allen Umständen verhindern, daß noch jemand von der Krankheit meines Vaters erfährt. Ich werde an seiner Stelle aus dem Hintergrund alles leiten. Vergessen Sie nicht, daß das Vereinte Imperium begann, auseinanderzubrechen, als Rhodan, Bull und Atlan als verschollen gemeldet wurden. Unsere Rebellengruppe wird noch viel schneller zerbrechen, wenn man erfährt, wie krank Seine Lordschaft ist. Kann ich mich auf Sie verlassen?«

»Ja, Miß Abro«, sagte er fest und blickte sie offen an. »Leider habe ich Ihnen etwas zu berichten, das wahrscheinlich auch nicht erfreulich klingt. Sie wissen doch von den unverständlichen Versuchen des Riesen Kasom, die gesperrten Gebiete zu betreten. Einige Experten haben sich in der letzten Nacht mit diesen scheinbar unsinnigen Versuchen befaßt. Anhand vorliegender Stundenberichte war jeder Weg Kasoms zu rekonstruieren. Das Resultat der Untersuchungen ist niederschmetternd. Kasom hat sehr wahrscheinlich unseren gesamten inneren Verteidigungsring ausgekundschaftet und auch entdeckt, wo startklare Space-Jets versteckt stehen. Dieser Bericht ist mir vor wenigen Minuten zugestellt worden. Miß Abro, wie sollen wir uns verhalten?«

Hart klang Mory Abros Stimme, als sie anordnete: »Die Überwachung unserer Gäste um das Fünffache verstärken. Aber sie dürfen von dieser Verstärkung nichts bemerken.«

»Und wenn sie einen Fluchtversuch wagen sollten? Wie haben sich dann unsere Männer zu verhalten?«

»Das fragen Sie noch, Euten? Aber bevor ich es vergesse: Veranlassen Sie, daß die Bewachung der Parias ebenfalls verstärkt wird. Ich traue diesen Kerlen nicht. Wo kann ich Rhodan jetzt finden?«

Er nannte ihr den Raumer. Sie dankte und ging. Euten schaltete die Kontrollanlage wieder ein. Dann stand er schon vor dem Sichtsprechgerät, um Miß Abros Befehle weiterzugeben, als der Bildschirm aufflammte und Seine Lordschaft sich meldete.

Zu diesem Zeitpunkt schien er gesund. Knapp und präzise, wie man es seit Jahren von ihm kannte, gab er seine Wünsche durch. Da die Aufnahme mitlief, brauchte Euten keine Notizen zu machen.

»... Halten Sie mir genügend Experten bereit, die ich hinzuziehen kann, wenn ich das Gefühl bekommen sollte, diese Parias wollten uns übers Ohr hauen. Vor allen Dingen benötige ich Aufklärung über das Bilan-Metall. Was ist das für ein Zeug, Euten?«

»Bilan-Metall wurde auf Badun gefunden. Aber der spröde Stoff widerstand bisher jedem Bearbeitungsversuch. Die meisten Fachleute der Rebellen erhofften sich auch nicht viel von diesem Metall.«

Stirnrunzelnd hörte Seine Lordschaft zu. »Mir ist es rätselhaft, wie die Springer in Stundenfrist von diesem Bilan-Vorkommen erfahren konnten. Noch rätselhafter ist mir, warum sie so stark daran interessiert sind und Ihr Schiff damit beladen wollen. Versuchen Sie es herauszufinden, Euten!«

Euten verlor in dieser Minute die Übersicht über seine Aufgaben. Er stellte Mory Abros Anordnungen zurück und erledigte zuerst die Befehle des Lords.

»Immer noch nichts?« fragte Al Jiggers seinen Funker. Der schüttelte den Kopf. Leise summte der Empfangsteil des Hyperkoms.

Der Agent blickte auf sein Chronometer. Zwanzig Minuten vor Elf. Um elf Uhr war er mit Lord Abro verabredet. Mit ihm sollten Verhandlungen über den Ankauf von unverarbeitetem Bilan-Metall geführt werden.

Im Grunde interessierte sich Jiggers überhaupt nicht für dieses Metall. Aber er mußte den Schein wahren; er hatte doch mit Nachdruck darauf bestanden, nicht nur als Lieferant mit den Rebellen Geschäfte zu machen, sondern auch auf Badun neue Geschäftsmöglichkeiten zu erschließen. Zufällig hatte gestern abend ein Mann seiner Besatzung in Lordstown von dem Bilan-Metall gehört und ihm davon berichtet. Sofort hatte er diese Angelegenheit aufgenommen und noch in den späten Abendstunden seinen Antrag zur Burg gesandt, die Laderäume der PAND mit Bilan zu beladen.

Jiggers verwünschte jetzt diese Besprechung mit dem Rebellenlord. Viel lieber hätte er neben seinem Funker ausgehalten und darauf gewartet, daß aus dem Hyperfunkempfang jenes verabredete Zeichen tönte, das die Ankunft der plophosischen Kampfflotte ankündigte.

»Noch fünf Minuten«, sagte er.

Sein Warten war vergeblich. Das Signal blieb aus.

»Wer weiß, wie weit Badun von unserem System entfernt ist«, gab der Funker zu bedenken. »Vielleicht trifft die Flotte erst morgen ein.«

»Ich muß zu diesem Lord. Noch eine Frage?« wandte sich Al Jiggers an seine Leute. Zum erstenmal zeigte sich, wie nervös er war.

»Keine Frage. Wir haben ja alles besprochen«, meinte der Funker.

Fünf Minuten vor elf wurden in der Burg fünf Parias routinemäßig nach Waffen durchsucht. Abermals entdeckten die Rebellen nicht die tödlich wirkenden Agentenwaffen.

Punkt elf Uhr betraten sie das große Arbeitszimmer Lord Kositch Abros. Sie ließen sich ihr Erstaunen nicht anmerken, als sie den verhaßten Gegner in eine purpurne Toga gehüllt hinter dem Schreibtisch sitzen sahen.

Abro forderte sie auf, Platz zu nehmen. Al Jiggers glaubte an eine kurze Verhandlung. Der Lord sorgte für die erste Überraschung.

Er dachte nicht daran, jetzt schon über das Bilan-Geschäft zu sprechen. Er zählte die Dinge auf, die sehr dringend benötigt wurden, um die Kampfkraft seiner Flotte noch weiter zu verstärken.

Zum Schein ging Pand-Ar, alias Jiggers, auf jeden Wunsch ein. Weniger aus seinem Wissen heraus, daß er dem Lord nie mehr Waffen und Geräte liefern würde, als aus seiner innerlichen Unruhe, die er kaum noch ertragen konnte. Aber um sein Gesicht als habgieriger Paria zu wahren, mußte er um jeden Stückpreis feilschen.

Und darüber verrann die Zeit. Elf Uhr fünfunddreißig Minuten zeigte Jiggers Chronometer. Ob inzwischen das Ankunftssignal der heranrasenden Obmann-Flotte bei der PAND eingelaufen war?

Lord Abro schien kein Ende zu finden. Daß es Taktik war, konnte Jiggers nicht ahnen. Dem Rebellenführer fehlten immer noch die Unterlagen, die ihm präzise Auskunft über das Bilan geben sollten. Für zwölf Uhr waren sie ihm von seinen Mitarbeitern zugesagt worden.

Wieder blickte der Agent des Obmanns nach der Zeit. Elf Uhr vierzig Minuten. Von dieser Minute an begann sich alles zu überstürzen.

Bully und Atlan wuschen sich die Hände. Auf diesem Raumer waren sie mit ihrer Arbeit fertig. Der Kalup, ein Modell aus der ersten Großserie terranischer Produktion, arbeitete wieder zufriedenstellend.

Die neutralistischen Ingenieure hatten gestern schon gestaunt, als Rhodan, Bully und Atlan zum erstenmal den Kalup laufen ließen, dabei aber zu verhindern wußten, daß die berüchtigten Nebeneffekte auftraten.

»Schließlich wollen wir mit dem Ding nicht in die Luft fliegen!« hatte Bully kurz kommentiert, mehr aber nicht gesagt. Sie waren auch heute nicht damit in die Luft geflogen, obwohl ihre Versuche nicht ungefährlich gewesen waren.

Rhodan wartete am Schott auf sie. Rechts und links hielten sich seine beiden Bewacher auf.

Sie verließen den alten Kugelraumer. Es war eine Stunde vor Mittag. Sie konnten sich Zeit lassen. Der Fluggleiter brachte sie nach Lordstown und zur Burg zurück. Bis vor die Tür zu ihrer Zimmerflucht gingen sie unter Bewachung. Jeder hatte damit gerechnet, den Ertruser anzutreffen, aber Kasom war nicht da.

»Was wollte Miß Abro auf dem Schiff?« fragte Bully, der die Listen über gelieferte Waffen und Aggregate zur Seite schob.

»Was wollte sie schon? Sie versuchte mich unter Druck zu setzen und verlangte kategorisch, ihr bis heute abend einen Plan auszuarbeiten, nach dem es möglich sein müßte, einige tausend terranische Handelsraumer ins Zentrum der Milchstraße zu locken.«

Bully lächelte grimmig. »Und wenn du bis heute abend keine Lösung hast, Perry? Was hat sie dir dann versprochen?«

»Du wirst staunen, Bully!« Jetzt blickte auch Atlan auf, der sich nur scheinbar in die Listen vertieft hatte. Schließlich mußten sie ja ihren Beobachtern gegenüber Geschäftigkeit vortäuschen. »Miß Abro hat mir versprochen, daß ich dann den Angriff der Neutralisten auf Plophos mitfliegen würde! Heute in drei Tagen!«

»Du allein?«

»Ja.«

Nur wer Bully genau kannte, wußte jetzt, daß er wütend war. Ungestüm griff er nach den Listen, die er eben zur Seite geschoben hatte und legte seine Beine auf den Tisch.

Atlan studierte die Unterlagen ebenfalls wieder. Perry Rhodan schien in tiefes Nachdenken versunken zu sein.

Langsam verrannen die Minuten. Den drei Männern war keine Unruhe anzumerken. Sie blickten nicht einmal auf, als der Ertruser hereinkam.

»Sir«, begann der riesenhafte USO-Spezialist, um hastig den Mund zu schließen. Die Tür hinter ihm wurde aufgerissen, und mit eisiger Miene trat Mory Abro ein.

Bully wußte, was sich gehörte, und nahm die Füße vom Tisch. Das Gesicht der jungen Frau sagte den Männern, daß eine böse Überraschung auf sie wartete.

Sie sprach immer nur mit Rhodan; Atlan beachtete sie kaum und Reginald Bull gar nicht. Den Ertruser überging sie gänzlich.

»Wollen Sie das gefälligst mal lesen, Rhodan!« Ihre Stimme zitterte.

Er übersah den Bericht, den sie ihm geben wollte.

»Rhodan, ich befehle Ihnen ...«

Mit einer lässigen Handbewegung schnitt er ihr das Wort ab. »Werden Sie sich endlich darüber klar, daß Sie uns nichts befehlen können, Miß Abro! Darf ich Sie auffordern, wieder zu gehen, denn wir haben Sie nicht gebeten, uns zu besuchen!«

»Das wagen Sie mir zu sagen, Rhodan?« fauchte sie.

»Wenn Sie mich dazu zwingen, sage ich Ihnen noch ganz andere Dinge. Miß Abro, Sie sind zu jung, um erfahrenen Männern Befehle zu erteilen.«

»Pah! Spielen Sie auf Ihre Langlebigkeit an? Wie weit sie reicht, wissen Sie so gut wie ich, aber Sie wissen nicht, wie weit meine Macht reicht. Doch das werden Sie jetzt spüren. Dieser Mann hier ...« sie drehte sich und wies auf Melbar Kasom, »verläßt diese Räume nicht mehr. Sie aber werde ich an verschiedenen Plätzen unterbringen und Sie derart bewachen lassen, daß Ihnen jede Lust an einem Fluchtversuch vergeht!«

»Damit erweisen Sie der Sache der Neutralisten keinen guten Dienst«, sagte Rhodan unbeeindruckt.

»Sie streiten also nicht ab, einen Fluchtversuch geplant zu haben?« fragte die junge Frau.

»Ein Mann streitet sich nicht mit einer Frau. Frauen haben doch immer recht. Wußten Sie das nicht, Miß Abro?« Halb belustigt, halb spöttisch sagte er es. Wie es in ihm aussah, ließ er sich nicht anmerken.

Auch Atlan, Bully und Kasom sahen sie an, als seien ihnen ihre Verdächtigungen höchst gleichgültig.

Sie fühlte die Überlegenheit, Ruhe und Sicherheit, die von Perry Rhodan ausging, aber sie wollte sich davon nicht beeindrucken lassen. »Wie Sie über uns Frauen denken, ist mir gleichgültig. Wie Sie über mich denken, interessiert mich nicht. Aber Sie werden an mich und diese Unterhaltung denken, wenn Ihre letzte Stunde kommt. Dem Obmann konnten Sie entfliehen, doch uns können Sie ebensowenig entfliehen wie dem Tod! Verlassen Sie sich darauf.«

Es war elf Uhr vierzig, als sie es sagte.

Al Jiggers fehlte als einziger in der Zentrale der PAND, sonst wäre die Besatzung des Kommandoraums komplett gewesen. Ununterbrochen lief der Empfang des Hyperfunks. Fortwährendes Rauschen kam aus dem Empfänger, aber kein Zeichen. Stumm hockten die Plophoser davor. Langsam verging die Zeit.

»Vielleicht trifft die Flotte wirklich erst morgen ein«, sagte der Mann, der sonst an der Ortung Dienst tat. »Jetzt sitzen wir hier, warten und reiben uns damit selbst ...« Das letzte Wort blieb aus.

Der Oszillograph hatte kurz aufgeblitzt. Aus dem Lautsprecher war gleichzeitig ein kurzes Signal gekommen. Gebannt saßen die Männer vor dem Empfangsgerät.

War es das Zeichen gewesen, auf das sie alle warteten?

Die beiden Automaten liefen, die den zerhackten, gerafften Spruch auf seine normale Länge brachten. Jetzt knackte es in der Übertragung. Der Klartext kam.

»Peilstrahl senden! 354663!«

Kurz bevor Al Jiggers die PAND verlassen hatte, war der Funker durch ihn informiert worden, daß es zwischen der Flotte und ihnen eine Erkennungszahl gab.

354663!

»Das kann ich doch nicht!« rief der Funker verzweifelt. »Das ist doch glatter Selbstmord!« Hilfesuchend sah er die anderen an. Sie schwiegen. Er schrie: »Nun sagt doch etwas! Ich kann doch keinen Peilstrahl aussenden. In zehn Sekunden hat uns die Funkortung des Hafens ausgemacht. Und dann ...?«

In dem Moment schwang sich der Plophoser, der sonst an der Ortung stand, in den Pilotensitz. Er drückte die Haupttaste für die Bordverständigung. »Schleusen schließen! Achtung! In dreißig Sekunden erfolgt ...«

Der Funker sprang ihn an, schleuderte seinen Kollegen aus dem Sitz und brüllte in die Verständigung: »Schleusen bleiben offen. Start erfolgt nicht!«

Voller Verachtung sah er den Mann an, der sich mit schmerzverzerrtem Gesicht vom Boden erhob. »Ich lasse Jiggers und die vier anderen nicht im Stich! Jetzt sende ich den Peilstrahl, wie es die Flotte verlangt. Hat einer etwas dagegen einzuwenden?«

Es war elf Uhr vierzig, als von der PAND der Peilstrahl abging.

Alarmstufe 1 in Lordstown!

Alle Sirenen hatten gleichzeitig mit ihrem schrecklichen Geheul eingesetzt. Das erste infernalische Brüllen und Tosen turmdicker Strahlen klang durch das Heulen. Von einer Sekunde zur anderen war Badun von der Stadt Lordstown bis zu den fernen Hängen des Gebirges zu einem gigantischen Abwehrfort geworden.

Die Sirenen brüllten: Angriff aus dem Raum! Jeder Rebell wußte, was das zu bedeuten hatte! Obmann Iratio Hondro hatte ihr Versteck entdeckt!

Lord Kositch Abro sprang hinter seinem Schreibtisch auf und rannte zur Tür. Er kam nicht soweit. Blitzschnell zielte Al Jiggers mit der als Sichtsprechgerät getarnten Waffe, die soeben noch vor seiner Brust gebaumelt hatte, auf den Rebellenführer. Ein einziger Strahlschuß machte Lord Kositch Abros Leben ein Ende.

»Raus!« rief Jiggers seinen Männern zu. Sie kamen jedoch nicht bis zum Ausgang.

Die Tür war von der anderen Seite aufgerissen worden. Durch Alarm aktivierte Roboter drangen herein. Die ersten vergingen unter dem Strahlfeuer der plophosischen Agenten. Doch hinter den Robotern tauchten Rebellen auf. Der Mann an ihrer Spitze war Adjutant Euten.

Er starb in dem gleichen Moment, als auch Al Jiggers als letzter seiner Gruppe das Leben aushauchte. Er benötigte das Stopp-Serum nie mehr.

In einer häßlich weißen Stichflamme explodierte die PAND. Der erste Strahlschuß aus der nächsten Feuerstellung hatte das zweihundert Meter lange Walzenschiff vernichtet. Die Quelle, von der der Peilstrahl ausging, gab es nicht mehr.

Aber die Gefahr für Badun bestand immer noch. Sie wurde von Sekunde zu Sekunde größer. Einige tausend Schiffe des Obmanns stürzten sich, aus dem Linearraum herausbrechend, auf die Zentrale der Rebellen hinunter.

Badun schien unterzugehen in einer Orgie aus Krachen, Blitzen und brüllenden Sirenen.

Beim ersten Aufheulen der Sirenen war Mory Abro wie versteinert stehengeblieben. Blitzschnell hatten die Männer reagiert. Auch der Ertruser. Mit einem Sprung verschwand er hinter der Tür zu den anderen Zimmern.

»Das ist ein Angriff!« brüllte Bully der jungen Frau zu. »Bleiben Sie hier!« Eine gewaltige Detonation war zu hören. Niemand ahnte, daß der Walzenraumer PAND in die Luft geflogen war. Lordstown wurde von den ersten Strahlschüssen getroffen. Der Boden zitterte. Drei Rebellen flüchteten vom Gang in den Raum. Als sie Mory Abro erkannten, machten sie auf der Stelle kehrt und jagten davon.

Rhodan stand neben ihr. »Jetzt ist es gleichgültig, wo man sich aufhält, Miß Abro!« rief er ihr zu.

Hatte sie seine Worte nicht verstanden?

Die Burg schwankte. Die erste Druckwelle raste durch das hufeisenförmige Gebäude. Plötzlich schien sich der Boden zu wölben. Mory Abro verlor ihr Gleichgewicht und stürzte.

Der Ertruser kam zurück. Wie ein federleichtes Bündel hielt er den bewußtlosen André Noir unter dem linken Arm. Niemand gab ihm den Befehl, auch nach Mory Abro zu greifen. Die junge Frau, die sich gerade wieder erhob, fühlte sich plötzlich gepackt und von einem Arm hochgerissen.

»Sir, zu der Space-Jet, wenn's noch reicht!« rief der Riese und drückte die zappelnde Frau noch fester an sich, weil er an den Thermostrahler dachte, den sie versteckt unter ihrer Kombination trug.

Sie rannten in die Hölle aus explodierenden Bomben und Strahlschüssen. Plötzlich war vor ihnen ein Loch, wo es soeben noch Gänge und Räume gegeben hatte.

Die Plophoser begannen sich auf Lordstown und den Raumhafen einzuschießen. Melbar Kasom winkte, indem er Mory Abro durch die Luft schwenkte.

»Nach rechts, über die Trümmer, zum Innenhof!«

Weder Rhodan, noch Atlan und Bully glaubten daran, dieser Hölle entkommen zu können.

Mory Abro wehrte sich wie eine Wildkatze gegen die Verschleppung. Doch der Ertruser verhinderte, daß sie ihre Arme und Hände frei bekam. Vor einem Thermostrahler hatte er Respekt.

Grell blitzte es vor ihnen auf. Ein ganzer Straßenzug verschwand in einer Flammenwand. Trümmer flogen ihnen um den Kopf, schlugen vor und hinter ihnen ein.

Dann sahen sie das große Loch! Sie ahnten, was darin gestanden hatte. Fragend blickte Rhodan seinen Agenten an.

»Weiter, Sir! Hundert Meter weiter!« brüllte er. »Vielleicht ist der Fluggleiter noch in Ordnung.«

Die Space-Jet lag unter mächtigen Plastiktrümmern begraben. Es gab keine Hoffnung mehr, damit in den Raum flüchten zu können.

Dreimal zischte der Tod dicht an ihnen vorbei. Erdreich, das unter Strahlbeschuß flüssig geworden war, zwang sie zu einem weiten Umweg.

»Sir, nehmen Sie ihr den Strahler ab!« schrie Kasom Perry Rhodan ins Ohr. Beinahe war es Mory Abro gelungen, an die Waffe zu kommen.

Rhodan tat es. Dann sahen sie den Raumgleiter. Mit seinen Riesensprüngen erreichte ihn der Ertruser zuerst. Nach André Noir verstaute er die sich wehrende Mory Abro darin. Er paßte auf, daß sie nichts anrichten konnte.

Es ging um Sekunden. Die über Lordstown stehenden Raumer des Obmanns setzten Roboter und Mannschaften ab.

Bully sprang in das Fahrzeug, dichtauf folgten ihm Atlan und Rhodan. Die Klappe wurde durch eine Druckwelle zugeschleudert. Rhodan stieß Reginald Bull aus dem Pilotensitz. In nächster Nähe peitschte ein Strahlschuß in den Boden.

Mit Höchstbeschleunigung startete Rhodan den Luftgleiter. Das konnte nicht gelingen! Bei diesem Feuer, das vom Himmel fiel, war jede Flucht von Anfang an zum Scheitern verurteilt.

Jetzt jagte der Gleiter in eine Glutwolke hinein. Durch alle Ritzen drang irrsinnige Hitze. Selbst der Ertruser hatte den Atem angehalten. Feuer ringsum, wohin sie sahen.

Die Hitze wurde immer schlimmer. Orkanstarke Luftbewegungen rissen den Gleiter einmal in die Höhe, beim nächstenmal wirbelten sie ihn in die Tiefe.

Völlig unerwartet rasten sie aus der Glutwolke hinaus. Der Gleiter schoß dicht über den Boden dahin. Links ab lag der Raumhafen, ein gewaltiger Schiffsfriedhof, eine Stätte der Vernichtung, von der aus Explosionssäulen tausende Meter hoch in den Himmel leckten. Und Lordstown brannte nieder.

»Ist das zu glauben?« rief Bully und stöhnte, als er bemerkte, daß sie bis auf einige Kilometer an das Gebirge heran waren und immer noch nicht von einem Schiff des Obmanns ausgemacht worden waren.

»Miß«, sagte Melbar Kasom in beruhigendem Ton, »nehmen Sie doch endlich Vernunft an. Was hätten Sie denn davon, wenn Sie in Lordstown auch den Heldentod gestorben wären?«

Sie kamen dem Gebirge immer näher. Jetzt waren schon Einzelheiten zu erkennen. In diesem Augenblick gab Bully Alarm: »Drei Raumer genau in unserer Richtung im Anflug.«

Rhodan ließ den Antrieb heulen. Die Warnkontrolle flackerte auf. Er schien den Gleiter gegen die gigantische Felswand fliegen zu wollen. Bully und Atlan ahnten, was er vorhatte.

Blieb ihnen noch soviel Zeit? Und gab es an der Wand ein winziges Plateau, auf dem sie landen und den Antrieb des Gleiters ausschalten konnten?

»Wie weit noch entfernt?« fragte Rhodan. Er meinte die drei Raumer auf ihrem Kurs.

»Etwa ...« Bully verstummte. Vier gleißende Strahlen, die aus der Flanke eines sich weit vorschiebenden Felsrückens schossen, schlugen bei den drei Schiffen des Obmanns ein.

Ein Raumer explodierte. Der zweite ging mit rasender Fahrt zu Boden, schlug dort auf, brach auseinander. Das dritte Schiff der Blauen Garde aber erwiderte den Angriff der Bodenabwehrstellung.

Aus allen Geschütztürmen gleichzeitig feuerte der Kugelraumer auf das Fort der Rebellen, das den überfallartigen Angriff der Plophoser überstanden hatte.

»Zwei Schiffe vernichtet, Perry!« gab Bully jetzt hastig bekannt. »Das dritte schießt sich mit einer Feuerstellung der Rebellen herum. Aus! Da geht der halbe Berg in die Luft. Vorsicht vor der Druckwelle, Perry!«

Rhodan nickte und suchte weiter nach einem kleinen Plateau, auf dem er landen konnte. Hinter ihnen brüllte Melbar Kasom überrascht auf: »Sir, hier steht ja ein tragbarer Hyperkomsender!«

»Festhalten!« rief Perry. Blitzschnell nahm er am kleinen Steuerpult drei Schaltungen vor. Damit hatte er die Überlastungssicherung abgeschaltet.

Wie ein Geschoß stieg der Luftgleiter in die Höhe. Der Antrieb kreischte. Die Zelle des Fahrzeuges begann immer gefährlicher zu schwingen. Kaum zehn Meter vor der zerrissenen Felswand raste der Gleiter senkrecht in die Höhe.

»Was macht der Raumer, Bully?«

»Keine Sichtmöglichkeit, Perry!«

Melbar Kasom grinste zufrieden. Mory Abro lag, vom Andruck zusammengepreßt, bewegungsunfähig in ihrem Sitz, aber ihr Widerstand gegen diese Verschleppung war noch lange nicht gebrochen. Ihre Augen funkelten den USO-Agenten böse an. »Nur ruhig Blut, Miß«, sagte er. »Wenn einer uns aus dieser fatalen Lage heil herausbringt, dann ist es Perry Rhodan!«

Ohne jede Ankündigung kippte Rhodan den Luftgleiter in den Waagerechtflug. Die verwitterten Zinnen des Gebirges huschten in wenigen Metern Abstand unter ihnen vorbei.

Bully spähte wieder nach dem Raumer der Blauen Garde aus. Er hatte erwartet, daß das Schiff inzwischen viel näher gekommen war, aber so nahe hatte er es nicht vermutet.

»Runter! Landen! Irgendwo! Oder der Raumer schießt uns ab!« rief Bully seinem Freund ins Ohr.

Es war unverständlich, daß die Plophoser den Luftgleiter immer noch nicht geortet hatten. Waren sie in ihrem Triumphgefühl, das Zentrum der Rebellen vernichtet zu haben, nachlässig geworden?

Atlan saß vor dem Hyperkomgerät. Während der Arkonide es warmlaufen ließ, stellte er die Geheimfrequenz der USO ein. Plötzlich fiel er aus seiner sitzenden Haltung um. Im Sturzflug raste der Flugleiter in einen Talkessel.

Mory Abro hatte es dem Ertruser zu verdanken, daß sie nicht nach vorn geschleudert wurde. Er hielt sie fest, wenngleich sie sich heftig gegen seinen Griff wehrte. Angst schien diese junge Frau auch jetzt noch nicht zu haben.

»Sir, ich kenne die Koordinaten dieses Systems!« rief Kasom dem Arkoniden zu.

»Was?« Der Ruf kam von Atlan und Bully. Rhodan hatte nicht einmal Zeit, nach rechts oder links zu blicken. In einer Höllenfahrt raste er mit dem Gleiter in den Kessel hinein, dessen zerklüfteter Boden ihm entgegenzufliegen schien. Wo sollte er das Fahrzeug landen?

Kasom hatte dem Arkoniden die Koordinaten mitgeteilt. Der Hyperkomsender war funkklar.

»Atlan, mit der Sendung warten, bis wir aufgesetzt haben!« rief Rhodan ihm zu.

Der Arkonide verstand. Das Raumschiff der Plophoser mußte binnen weniger Sekunden den Punkt angemessen haben, von dem der Notruf ausgestrahlt wurde.

Mory Abro versuchte aufzuspringen und sich auf Rhodan zu stürzen. Blitzschnell war die Pranke des Ertrusers da, die nach ihr griff und sie wieder in den Sitz preßte. »Hallo, Miß, diesen Unfug machen Sie mir nicht noch einmal! Verstanden?«

Sekunden später setzte der Fluggleiter krachend auf, das entsetzliche Heulen des Antriebs verstummte. Das Fahrzeug machte noch einmal einen Sprung, rutschte mit der Rumpfunterseite an einer Felszacke entlang und wurde nach links geschleudert. In einer Spalte blieb es liegen.

Der bewußtlose André Noir rutschte über den Boden der Kabine. Atlan hatte weniger Angst darum, sich die Knochen zu brechen, als daß das Hyperkomgerät beschädigt würde.

»Spruch raus!« rief Rhodan und stieß die Tür auf.

»Kugelraumschiff direkt über uns!« schrie Bully.

Der USO-Agent hatte Mory Abro wieder wie ein leichtes Bündel unter den Arm genommen, griff jetzt nach dem Hypno, zwängte sich mit beiden durch den Ausstieg und entdeckte dabei in gut einem Kilometer Entfernung den gewaltigen Eingang einer Höhle.

»Sir, die Höhle! Sehen Sie!« rief er schon von draußen.

Rhodan nickte. »Bringen Sie Miß Abro in Sicherheit, Kasom!«

Der Ertruser raste in weiten Sprüngen davon. Baduns geringe Schwerkraft von 0,83 Gravos kam ihm zustatten. Daß er zwei Menschen trug, machte ihm nichts aus.

Bully brach einen Schrank im Fluggleiter auf. »Strahler!« rief er jubelnd. »Ein ganzes Sortiment an Strahlwaffen! Hier, Perry! Fang auf!«

Er warf ihm zwei Handstrahler zu, stopfte vier weitere in seine Taschen, schob zwei andere zu Atlan hinüber, der zum drittenmal über die geheime USO-Welle die Koordinaten dieses Systems durchgab.

Da hatte sie der Kugelraumer der Plophoser geortet. In rund 10.000 Metern Höhe über dem gewaltigen Talkessel schwebend, schoß das Schiff Sperrfeuer.

Die Luft war erfüllt vom Jaulen und Zischen vieler Strahlen. Wo sie einschlugen, brachten sie Felsen zum Schmelzen.

Der plophosische Kommandant dachte nicht daran, sie zu vernichten. Er wollte sie lebend haben. Über einen Kilometer Durchmesser besaß der Strahlkreis, in dem sie eingesperrt waren. Auch Melbar Kasom mit Mory Abro und André Noir hatte nicht die rettende Höhle erreicht. Der Ertruser mußte sogar zurück, weil ihm Höllengluten entgegenschlugen.

Atlan hatte erkannt, daß sie wieder in einer Falle saßen, aus der es kein Entkommen gab, aber den Notruf sandte er bereits zum fünftenmal. Dann schaltete er ab, nahm die beiden Strahler auf, die Bully ihm zugeschoben hatte, und verließ den Gleiter.

Rhodan und Bully blickten in den klaren Himmel. Von dort oben kamen jetzt Kampfroboter geschwebt.

»Ja«, sagte Rhodan mit Nachdruck, »man darf vom Leben nie zuviel erhoffen!«

Die beiden anderen Männer nickten. Sie sahen die winzigen Punkte langsam größer werden. Sie sahen die kreisrunde Strahlmauer, die sie eingeschlossen hatte. Es wäre selbstmörderisch gewesen, einen Fluchtversuch zu machen. Bestimmt hatte man in dem Kugelraumer über ihnen die Vergrößerung so weit hinaufgeschaltet, daß man auf den Bildschirmen sogar ihre Gesichter erkennen konnte.

»Was ist das?« fragte Rhodan und blickte sich verblüfft um. Er rieb sich die Augen. »Leide ich an Sehstörungen? Seht ihr denn nicht, daß ein schillerndes Leuchten uns umgibt?«

Sie sahen nichts; sie sahen nur, daß die Kampfmaschinen bis auf dreihundert Meter heruntergekommen waren.

Rhodan sprang zur Seite und kletterte auf die nächste Felszacke. Der Talkessel schien sich mit diesem Leuchten immer mehr zu füllen; es nahm von Sekunde zu Sekunde an Intensität zu.

Jetzt entdeckten es auch Bully und Atlan. »Großer Himmel, was soll das Schillern bedeuten? Eine neue Waffe der Plophoser?« Ahnungslos blickte Reginald Bull wieder nach oben.

»Wo ist der Raumer?« stöhnte neben ihm der Arkonide.

Irgend etwas verkrampfte sich in Rhodan. Vor seinen Augen war Melbar Kasom mit Mory Abro und André Noir verschwunden!

Griffen die Plophoser tatsächlich mit einer unbekannten Waffe an? Konnten sie Menschen damit verschwinden lassen? Er stöhnte nicht einmal, als er beobachtete, wie Bully und Atlan aufgelöst wurden.

Und dann fühlte er selbst den unsichtbaren Zugriff. Er kam von allen Seiten. Bewußtlosigkeit umfing ihn.

7.

Cuduh befand sich auf der Jagd. Seit Stunden stand er am Waldrand und blickte auf die bunte Ebene hinaus, die sich bis zum Horizont ausdehnte. Hier hielten sich sonst die Kellbaß auf. Sie und er waren die besten Freunde; aber er wurde ihr Todfeind, wenn er jagen mußte.

Der Hunger trieb ihn zur Jagd. Der Hunger verwandelte ihn. Er veränderte sein Bewußtsein. Er sah, hörte und roch nur noch das, was ein Jäger auf der Jagd sehen, hören und riechen muß.

Cuduh war unempfindlich geworden gegen alle Schmerzen. Er nahm nicht wahr, daß er seit Stunden unbeweglich zwischen den Baumstämmen des Waldrandes stand und auf einen Kellbaß wartete.

Er hörte nicht, wie der warme Wind unaufhörlich in den dichten Baumkronen sein Lied sang; er sah nicht, wie das bunte Gras der weiten Ebene vom Wind gegen den Boden gepreßt wurde; Cuduh roch nicht den Duft von Millionen Blumen.

Die Sonne wanderte am blauen Himmel weiter. Jetzt verschwand sie hinter einer bauschigen, weißen Wolke, die von Osten herangezogen kam. Cuduh sah es nicht. Und als die Wolke die Sonne wieder freigegeben hatte, bemerkte er nicht, daß das Sonnenlicht ihn jetzt voll traf.

Im gleichen Moment veränderte sich Cuduhs Aussehen. Eben noch so dunkel wie der Schatten zwischen den Bäumen, war er jetzt so hell wie das Licht der Sonne. Auch die Farbe seiner Augen hatte diesen schnellen Wechsel mitgemacht.

Nach wie vor war er zwischen den Bäumen nicht zu erkennen.

Alle Kellbaß wußten, daß er auf der Jagd war; darum mieden sie die Ebene, wo sie sich sonst so zahlreich aufhielten. Bisher hatte Cuduh hier immer wieder ein Opfer gefunden. Sie konnten ja nicht den ganzen Tag fortbleiben. Vor Anbruch des Abends würden sich die Kellbaß wieder einfinden. Wie Cuduh vom nagenden Hunger auf die Jagd getrieben wurde, so trieb sie die Nor zu den Orgeenfrüchten, die nur hier wuchsen.

In der Orgeenfrucht befand sich eine große Menge Tintor. Tintor war die einzige Flüssigkeit, die ein Kellbaß zu sich nehmen konnte. Trank ein Kellbaß Wasser, dann mußte er sterben.

Cuduh stand und wartete. Die Sonne wanderte weiter. Nur noch die eine Hälfte seines Körpers war sonnenhell, die andere so dunkel wie der Schatten an seiner Seite. Ein Auge dunkel, das andere klar; er sah mit beiden gleich gut.

Was war Geduld? Cuduh wußte es nicht. Er war umgeschaltet. Ein Jäger darf auf der Jagd nicht ungeduldig sein.

Cuduh rührte sich nicht, als er einen Kellbaß auf die Ebene treten sah. Er wartete angespannt. Der Kellbaß spähte nach allen Seiten. Zögernd kam er näher. Die Orgeenfrüchte schienen wie ein Magnet auf ihn zu wirken.

In schillernden Farben schaukelten sie im Wind. Drei kleine weiße Wolken zogen am blauen Himmel entlang. Der Kellbaß schien mit den Millionen Blumen der weiten Ebene allein zu sein.

Aber seine Angst vor dem Waldrand war unverkennbar. Immer wieder suchte sein Blick die nähere Umgebung rechts und links der Orgeenbäume ab.

Cuduh wurde nicht mehr von der Sonne beschienen. Er war wieder am ganzen Körper so dunkel wie der Schatten, auch die Augen waren dunkel.

Jetzt griff der Kellbaß nach einer tiefhängenden Frucht. Cuduh rührte sich nicht. Es war noch zu früh, um zu springen. Der Kellbaß mußte erst einmal Tintor getrunken haben. Die Flüssigkeit rief, kaum getrunken, einen schnell einsetzenden Rausch hervor, der die Reaktionsfähigkeit lähmte.

Der riesige Kellbaß trank. Die Frucht war überreif. Der Tintorsaft war nach allen Seiten gespritzt, als die Kugelschale unter seinem Biß platzte. Aber die größte Menge Flüssigkeit fing der Trinker auf. Wie ein geplatzter Ballon fiel die Orgeenfrucht zusammen. Der Kellbaß ließ sie fallen und griff unsicher nach der nächsten.

Schon zeigte sich an ihm die berauschende Wirkung des Tintors.

Da sprang Cuduh. Er flog wie ein Geschoß auf den Kellbaß zu. Der ahnte nicht die Gefahr. Er zerrte an der zweiten Frucht, die noch fest mit dem Ast verbunden war.

Schon landete Cuduh auf seinem Rücken. Unter der Wucht des Aufsprungs riß er den Kellbaß zu Boden. Dieser stieß nicht einmal einen Schrei aus, kam zu keiner Abwehrbewegung mehr. Der Rausch hatte ihn gelähmt.

Noch im Aufprallen saugte sich Cuduh an dem Kellbaß fest. Seine Kanülen stießen zu. Er spürte nichts von dem gewaltigen Aufprall. Die Sperren seiner fünf Vakuumorgane sprangen auf. Über kurze Leiter waren sie mit den Kanülen verbunden, diese steckten an mehr als dreißig Stellen in den Hauptschlagadern des Kellbaß.

Cuduh raubte ihm das Blut. Über die Kanülen und Blutleiter strömte es in die Vakuumorgane.

Der Atem des Kellbaß wurde flacher; Cuduhs Vakuumorgane füllten sich mehr und mehr mit fremdem Blut. Jetzt schloß der Kellbaß die Augen, und sein Kopf fiel kraftlos zur Seite. In diesem Moment waren Cuduhs fünf Organe prall gefüllt. Seine Kanülen zogen sich zurück. Die organischen Sperren schlossen sich wieder und verhinderten einen Blutabfluß. Die Saugkraft ließ nach. Cuduh trennte sich von dem Kellbaß. Er erhob sich und blieb neben ihm stehen.

Seine Jagd war zu Ende. Jetzt war er wieder Cuduh, der Freund aller Kellbaß.

Länger als jemals zuvor mußte er warten, bis der Kellbaß die Augen wieder aufschlug, ihn anblickte und allmählich begriff, was geschehen war.

In seinem Blick lag keine Furcht, nur unbeschreibliche Müdigkeit. Mehrfach versuchte er sich aufzurichten. Als er endlich stand, zitterte er vor Schwäche am ganzen Leib. Wie ein Betrunkener torkelte er langsam dem Waldrand zu.

Cuduh sah ihm nach, bis er zwischen den Stämmen verschwunden war. Dann erst ging auch er.

Er wollte nach Hause. Sein Äußeres war jetzt nicht sonnenklar, obwohl er von der Sonne beschienen wurde. Die Fähigkeit zur Mimikry war mit dem Ende der Jagd verlorengegangen. Er wußte jetzt auch wieder, was Gut und Böse war. Er kannte Ungeduld, Jähzorn, Freude und Überraschung. Er konnte wieder normal empfinden. Seine Sinne waren zurückgeschaltet worden. Er war wieder Cuduh, der Freund aller – nicht mehr der Vampir.

Kurz bevor er den Wald erreichte, vernahm er ein Geräusch, wie er es noch nie gehört hatte. Blitzschnell drehte Cuduh sich um. Was er über der Ebene sah, hatte er noch nie gesehen!

War es das, wovon die anderen in der letzten Zeit schon mehrfach erzählt hatten?

Er empfand noch keine Furcht, wenngleich er nicht sagen konnte, was er beobachtete. Die Vorsicht zwang ihn jedoch, den Waldrand aufzusuchen. Langsam ging er, rückwärts schreitend, darauf zu.

Das Unbekannte kam immer näher, viel schneller als er laufen konnte, und es machte viel Lärm dabei.

Da packte ihn doch die Angst, und er floh in panischer Hast zwischen die Bäume.

Sie saßen in den Bäumen. Mit ihren sechs Beinen, die in den Füßen zum Greifen ausgebildet waren, umklammerten sie die dicken Äste, auf denen sie bewegungslos hockten.

Sie spähten zum Boden, der tief unter ihnen lag. Um sie herum herrschte jenes Halbdunkel eines Hochwaldes, wo Baumkrone an Baumkrone stößt und an keiner Stelle den Blick zum Himmel freigibt. Auf dem Boden war es noch dunkler als in ihrer Höhe. Aber das Licht reichte aus, sie die Abs sehen zu lassen, die in einer Kette über den schmalen Trampelpfad gingen.

Die Abs, ihre Todfeinde, waren unterwegs, um ihre Höhlensiedlung zu überfallen und jeden Monk zu ermorden, der ihnen unter die kräftigen zweifingrigen Fäuste kam. Die Abs entstammten derselben Rasse wie die Monks, hatten sich jedoch in anderer Richtung entwickelt. Die Monks, von friedliebender Natur, hatten sich schon bald in Clans zusammengefunden und erkannt, daß die Höhlen, mit denen ihre Welt reich gesegnet war, der beste Schutz gegen alles Feindliche war. Je zahlreicher sie wurden, um so mehr Höhlen nahmen sie in Besitz, richteten sie wohnlich her und sicherten zugleich die Eingänge.

Aber immer wieder zeigte es sich, daß dieser Schutz nicht ausreichte, wenn sie von den Abs angegriffen wurden, die sich nur dann zusammenfanden, wenn es galt, wieder einmal einen Überfall auf die Monks zu machen. Sonst lebten die Abs nur zu Paaren zusammen. Die Natur hatte es so eingerichtet, daß sie sich um ihren Nachwuchs nicht zu kümmern brauchten. Im Gegensatz zu den Monks ernährten sie sich nur von Fleisch, und gerade das Fleisch der Monks galt bei ihnen als Delikatesse. Ein Gedanke, der bei den friedfertigen Monks nacktes Entsetzen auslöste.

Heute jedoch war jeder einzelne der schimpansengroßen Monks von dem Willen durchdrungen, die mörderischen Abs in eine Falle laufen zu lassen. Neben Kiri, dem Alten mit langem Bart, hockte der junge Ori.

Sein Bart war kurz, er war als Mann noch nicht anerkannt. Ihm fehlten noch vier Prüfungen, ehe er seinen Bart wachsen lassen durfte. Aber Ori war Kiris Enkel, und auf inständiges Bitten hatte der Großvater sich erweichen lassen: Ori durfte mit in den Kampf gegen die Abs.

Jetzt war der letzte Abs im Halbdunkel des Hochwaldes verschwunden. Schnell turnten die Monks von Ast zu Ast hinunter, zuletzt an den glatten Stämmen entlang, und federten auf ihren sechs Beinen wunderbar leicht, als sie aufsprangen.

Aus einer bastartigen Pflanze hatten ihnen ihre Frauen Taschen angefertigt, die abseits des Trampelpfades versteckt lagen. Sie kratzten das bunte Laub zur Seite, holten die prall gefüllten Taschen hervor und hingen sie um.

Kiri führte die Gruppe. Hinter ihm stand Ori, der dem Kampf gegen die verhaßten Abs entgegenfieberte. Sie konnten sich Zeit lassen, die Abs zu verfolgen. Denn sie waren im Wald dreimal schneller als die anderen. Leider war das Verhältnis umgekehrt, wenn sie sich auf einer freien Fläche trafen. Dort konnten die Abs riesige Sprünge vollführen, wobei sie ihren Sichelschwanz als Steuerung benutzten. Und gerade diese Kunst machte sie für alle Monks so gefährlich.

Kiri gab das Zeichen zum Abmarsch. Lautlos schlichen die Monks durch das Halbdunkel des Waldes. Auf ihren sechs Beinen bewegten sie sich erstaunlich schnell vorwärts. Sie handelten zum erstenmal nach einem sorgfältig ausgearbeiteten Plan und ahnten nicht, daß sie damit in ihrer Evolution einen Schritt vorwärts getan hatten.

Vier weitere Monk-Gruppen, ungefähr so stark wie Kiris Mannschaft, erwarteten die Abs am Waldrand und in dem Gebüschstreifen vor dem Wald. Kiri sollte die Abs, wenn sie am Ende des Waldes durch einen Angriff aufgehalten worden waren, vom Rücken her angreifen und mit Steinen totwerfen. In den prall gefüllten Basttaschen schleppten sie viele faustgroße Steine mit, die als Wurfmunition dienten.

Kiri roch die Abs deutlich. Er konnte bis auf wenige Schritte Differenz angeben, wie weit der verhaßte Gegner vor ihnen war. Deshalb fand er es jetzt auch nicht nötig, seine Gruppe langsamer gehen zu lassen. Als er wiederum die Entfernung zum Gegner prüfte, roch er auch den Waldrand. Er drehte sich um und flüsterte Ori seine Beobachtungen zu. Der gab sie weiter. Die Nachricht lief unverändert durch bis zum letzten Monk.

Es wäre auch undenkbar gewesen, daß ein Monk sie bei der Weitergabe hätte verändern können. Von Kindheit an wurde jeder Monk darauf geschult, jeden Satz, den er hörte, so zu behalten, wie er in der Wortfolge gesprochen worden war. Die Monks ahnten nicht, daß sie, sofern diese Entwicklung keinen Bruch erlitt, auf dem besten Weg waren, in ferner Zukunft zu den größten Gedächtniskünstlern der Galaxis zu zählen.

Plötzlich war Zischgeschrei zu hören. Kiri stürmte im gleichen Moment vor.

Die anderen Monk-Gruppen hatten die Abs gestellt. Das triumphierende Zischen wurde lauter. Kiri streckte den linken Arm senkrecht hoch. Seine Monks scherten nach rechts und links aus, verschwanden zwischen den hohen Bäumen und stürmten in breiter Front auf den Waldrand zu.

Laut Anweisung hatte Ori dicht neben seinem Großvater Kiri zu bleiben. Aber er war noch zu jung, um im Eifer seiner Angriffslust jetzt auch daran zu denken. Er war auch schneller als Kiri, und sein Vorsprung wurde immer größer.

Er sah als erster einen der verhaßten Abs. Im Laufen schleuderte er seinen Stein. Der Abs ahnte nichts von der Gefahr hinter seinem Rücken.

Oris Geschoß traf mit aller Wucht. Er schleuderte schon den zweiten Stein auf den nächsten Gegner. Vor ihm, zwischen den Bäumen, wimmelte es plötzlich von Abs. Der zweite brach, auch tödlich getroffen, zusammen. In diesem Augenblick entdeckten sie, daß sie von hinten angegriffen wurden.

Ein Abs wagte den Sprung auf Ori. Der fühlte sich wohl herumgeschleudert, aber er konnte dem Zugriff des Feindes nicht einmal entkommen.

Seine sechs Beine verhinderten einen Sturz. Doch bis auf einen Stein war seine Basttasche leer. Sie war geplatzt, und die wertvolle Munition lag verstreut auf dem Waldboden.

Ori handelte instinktiv, als er den Stein, den er in der Hand hielt, dem Todfeind an den Kopf warf. Aber er sah ihn nicht mehr zu Boden stürzen. Ein anderer Abs war ihm auf den Rücken gesprungen und versuchte ihn zu töten. Das letzte, was Ori hörte, war ein furchterregendes Zischen. Dann verlor er das Bewußtsein.

Als er wieder zu sich kam, blickte er in Kiris Gesicht. Er hörte ihn zischen: »Ori, du warst ungehorsam, aber weil du mehr Abs besiegt hast als jeder andere von uns, will ich dir verzeihen, du großer Mann!«

Sein Großvater hatte ihn einen Mann genannt? Er war ein Mann? Er durfte sich den Bart wachsen lassen?

Er vergaß den brennenden Schmerz am Hals. Er vergaß, wie elend er sich fühlte. Als Mann durfte er nicht zeigen, daß er Schmerzen hatte. Mit einem Satz sprang er auf – und fiel zur Seite.

Kiri fing ihn auf. Er war so stolz auf seinen Enkel, den er im letzten Moment vor dem Tod bewahrt hatte. »Ruhe dich erst ein bißchen aus, Ori. Der Kampf ist ja zu Ende. Kein Abs ist entkommen. Ich glaube, du wirst eines Tages ein Leben ohne Kampf führen können.«

Ori aber wollte zeigen, daß er nun ein Mann war. Er machte sich aus Kiris Arm frei und stand allein.

»Komm!« zischte Kiri seinem Enkel zu. Langsam gingen sie dem Waldrand entgegen. Lautes Zischen kam von dort. Ihre Freunde jubelten über den ersten Sieg, den sie errungen hatten.

»Hörst du, Ori, wie stolz die Männer sind?« fragte Kiri.

Aber Ori hörte nicht nur das Zischen. Er rannte aus dem Wald und blickte zum blauen Himmel hinauf. Dort sah er etwas, aber was war es? Er fühlte, daß sein Großvater neben ihm stand. »Was ist das?« fragte er ihn. Sein Herz klopfte plötzlich heftig.

»Ori, Fragen, die keiner beantworten kann, darf man nicht stellen!« sagte Kiri mit leichtem Vorwurf, denn Ori hatte – unwissend – gegen ein Gesetz verstoßen.

»Wie es rauscht, Kiri! Hörst du? Siehst du es auch zum erstenmal?«

»Nein, aber andere von uns haben es früher schon viel öfter gesehen als ich. Es kommt und geht.«

»Früher, ist das die Zeit, die zurückliegt?«

Und wieder war Kiri auf seinen Enkel stolz, der kluge Fragen stellte.

»Wie oft hast du es schon gesehen, Kiri?«

»Zwei- und zwei- und zweimal. Aber ich glaube, es tut nicht gut, es so lange anzusehen. Sieh einmal, wie viele tote Abs hier liegen!«

Doch Ori gehörte schon zu einer anderen Generation. Er hatte kein Verlangen, die Erschlagenen zu betrachten. »Kiri«, zischte er mit jugendlicher Begeisterung, »glaubst du auch, daß ich eines Tages wissen werde, was es ist, das so lärmt?«

Kiri blickte seinen Enkel entsetzt an. Er begann sich fast vor ihm zu fürchten. Was schlummerte in dem Kind seiner Tochter?

Aus der Ferne kam Brodeln. Ganz nah war metallisches Klingen. Um ihn herum surrte ein großer Schwarm Insekten.

Plötzlich war es überall still.

Wachsam und vorsichtig richtete Perry Rhodan sich auf, öffnete die Augen und blickte sich um. Aber zunächst erkannte er seine nächste Umgebung nicht. Eine einzige Frage beherrschte ihn: Wie viele Tage habe ich noch zu leben?

Er strich sich über die Augen.

Wo war er? Er war ohnmächtig gewesen. Was hatte ihn nur besinnungslos gemacht? Das Denken fiel ihm noch schwer. Er saß in einem Bett, senkte den Kopf und schloß wieder die Augen.

Die Erinnerung an das irisierende Schillern in einem großen Talkessel mitten in dem Gebirge auf Badun kam wieder. In diesem regenbogenfarbigen Leuchten waren Kasom mit Mory Abro und André Noir verschwunden, dann Bully und Atlan und zum Schluß er.

Irgend etwas hatte von ihm Gewalt ergriffen. Irgend etwas hatte ihn mitgerissen. Furchtbare Qualen hatte er dabei ausgestanden. Der Schmerz mußte ihm das Bewußtsein genommen haben.

In diesem Augenblick begann sein Zellaktivator zu pulsieren. Frische Kräfte rannen durch seinen Körper. Das dumpfe Gefühl aus seinem Kopf verschwand.

Er blickte auf, sah sich in der großen Kabine um und war dann mit einem Satz aus dem Bett. Etwas schlug schwer an seiner rechten Seite. Er griff in die Tasche, fühlte den Griff eines Strahlers, zog ihn heraus und betrachtete ihn, als habe er solch eine Waffe noch nie gesehen.

Mann hatte ihn also nicht entwaffnet – sonderbar. Die Einrichtung der Kabine war fremdartig. Er betrachtete das Bett.

»Großer Himmel, auf welchem Raumschiff gibt es diese Betten?« fragte er sich. Rhodan musterte den Boden, bückte sich und befühlte ihn. Sein Erstaunen wurde noch größer. Der Bodenbelag war aus einem ihm unbekannten Stoff gefertigt.

»Wenn jetzt auch noch die Kabinentür zu öffnen ist ...« Mehr sagte er nicht.

Er betrachtete den eigenartigen Griff an der Tür, umfaßte ihn, versuchte ihn zu drehen. Es gelang nicht. Da drückte er dagegen, und die Tür schwang auf.

Er stand auf einem breiten Gang, der hell erleuchtet war. Wenn ihn seine Erfahrungen nicht täuschten, dann stand er auf dem Kommandodeck. Aber konnte er auf diesem ihm völlig unbekannten Schiff mit seinen Erfahrungen etwas anfangen?

Das Deck war leer, soweit er sehen konnte, und es blieb leer. Kein Mann der Besatzung zeigte sich.

Ein Schiff der Plophoser war das nicht. »Ausgeschlossen«, sagte er. Wieder blickte er nach beiden Seiten. Seiner Schätzung nach befand er sich in der Mitte eines Schiffes, das durch den Weltraum raste. Er hörte den Antrieb laufen.

Lautlos schwang die Tür auf, der er am nächsten stand. Rhodans

Reaktionsvermögen war unverändert gut geblieben. Mory Abros Thermostrahler, den er auf der Flucht von Badun an sich genommen hatte, war schon auf die Tür gerichtet, aus der jedoch niemand trat.

Rhodan bewegte sich nicht von der Stelle. Angespannt lauschte er, aber zunächst hörte er nichts. Doch dann wurden Schritte laut. Er verstand sogar Worte und ließ die Waffe gemächlich sinken.

Bully liebte es nicht, wenn man ihm mit einem Strahler in der Hand entgegentrat. Er betrachtete ihn wie ein Weltwunder. »Du bist also auch da!«

Man sah ihm die Freude an. Dann ging sein Temperament mit ihm durch. »Kannst du mir sagen; was das für ein Schiff ist, Perry? Oh, du hast deine Waffen auch noch?«

»Komm, Bully, wir müssen herausfinden, wo die anderen sich aufhalten …«

Verwundert blickte Bully über das Deck. »Kein Mensch von der Besatzung zu sehen? Die lassen uns ohne jede Bewachung einfach durchs Schiff laufen?« Er verstummte und musterte den Freund scharf. »Hast du auch dieses dumpfe Gefühl im Kopf, Perry?«

»Ich hatte es, aber dann setzte mein Zellaktivator ein.«

»Sprich nicht von dem Ding! Das erinnert mich jedesmal an diesen Schuft Hondro. Aber durch welche Methode sind wir auf diesen Raumer gebracht worden? Doch nicht durch das irisierende Leuchten, oder?«

»Ich möchte es fast annehmen. Würde es nicht so unwahrscheinlich klingen, dann könnte ich sogar vermuten, daß uns wohlwollende Intelligenzen vor einer Gefangennahme durch die Männer des Obmanns gerettet haben.«

»Hast du denn mit ihnen schon darüber gesprochen?« fragte Bully interessiert.

»Mit wem?«

»Nun, mit einem von der Besatzung, Perry!«

»Von der habe ich noch keinen gesehen.«

»Jetzt wird's lustig«, sagte Bully. »Ich beginne, Böses zu ahnen. Wir befinden uns auf einem Robotschiff!«

»Vielleicht, aber ich habe auch noch keine Roboter gesehen, Bully.«

»Da!« Drei Türen weiter öffnete sich eine. Rhodan und Bully zielten mit ihren Strahlern darauf.

Sie entdeckten zuerst ein schlankes Bein, das in einer engen Kombination steckte. Sie senkten die Waffen. Mory Abro trat aufs Deck und sah die Männer.

Ruckartig warf sie den Kopf in den Nacken. Ihr langes Rothaar wehte wie eine Fahne und legte sich dann breit über ihre Schultern. Sie ging entschlossen auf die Männer zu, blieb dicht vor Rhodan stehen und fuhr ihn an: »Sie haben mir ja inzwischen erschöpfend gezeigt, welchen Charakter Sie besitzen, Rhodan! Wollen Sie Ihr übles Spiel eigentlich noch weitertreiben?«

Sein Blick drückte Gleichgültigkeit aus. »Spielen Sie darauf an, daß Sie dank unseres Einsatzes noch leben, während in Lordstown kein Stein mehr auf dem anderen steht?«

»Sie scheinen eine eigenartige Auffassung von Pflicht und Verantwortung zu haben, Rhodan! Meine Aufgabe war es, in der schlimmsten Stunde der Neutralisten an ihrer Seite zu kämpfen. Sie haben mich daran gehindert. Man wird sagen, ich sei feige davongelaufen!«

Mory Abro sah faszinierend aus in ihrer Empörung.

Rhodan nickte. Er hatte erfaßt, was in dieser Frau vor sich ging. Mory Abro aber hatte immer noch nicht begriffen, daß es auf Badun keine Zentrale der Neutralisten mehr gab.

Ruhig sagte er ihr: »Miß Abro, Sie werden eines Tages noch erkennen, daß Sie Melbar Kasom Ihr Leben zu verdanken haben. Sie müssen sich mit dem Gedanken abfinden, daß es keine Neutralisten mehr gibt. Und wenn Sie bedenken, daß ihr Vater sehr krank war ...«

»Das haben Sie gewußt?« Zum erstenmal zeigte sie ihre Gefühle offen. Von Arroganz, Abwehr oder Haß war nichts mehr zu spüren.

»Vermutet, Miß Abro ...«

»Und wo sind wir jetzt, Rhodan?« Da brach ihre Hochmütigkeit schon wieder durch.

»Auf einem Raumschiff, das nicht den Plophosern gehört. Irgendwo im Raum.«

Heftig bewegte Mory Abro den Kopf. Dann fragte sie: »Wenn das Schiff nicht den Plophosern gehört, wem gehört es denn?«

»Hören Sie mir jetzt erst einmal gut zu, meine liebe Miß ...«

»Ich bin nicht Ihre liebe Miß, Rhodan. Haben Sie verstanden?« Sie war wütend. Sie fühlte sich immer noch als die Tochter Seiner Lordschaft und hatte nicht begriffen. Oder wollte nicht begreifen, daß sie keine Macht mehr besaß. »Lassen Sie mich in Ruhe!«

»Wie Sie wünschen, Miß Abro«, versetzte Rhodan.

Er ließ sie stehen, mitten auf dem langen Deck des unbekannten Schiffes, und ging Bully nach, der sich um die anderen kümmern wollte.

André Noir war aus der Narkose erwacht. Von den Nachwirkungen noch leicht benommen, saß er auf der Bettkante und versuchte damit fertig zu werden, daß er eine Reihe von Tagen in Narkosetiefschlaf gelegen hatte.

Unter dem Mond Badun konnte er sich nichts vorstellen. Mory Abro kannte er auch nicht.

»Eine arrogante Person!« lautete Bullys kurzer Zwischenkommentar. Er schien sie nicht gerade in sein Herz geschlossen zu haben.

Rhodan berichtete von dem irisierenden Schillern, das den Talkessel auf Badun plötzlich gefüllt hatte. Er schilderte den Angriff des plophosischen Kugelraumers und den Einsatz der Kampfroboter und endete damit, daß das regenbogenfarbige Leuchten auch nach ihm gegriffen habe. »Und jetzt sind wir auf einem unbekannten Raumschiff und kennen weder die Besatzung noch wissen wir, wer uns gerettet hat und weshalb es geschah.«

»Nette Rettung«, brummte Bully. »In einer Woche ist es aus mit uns.«

Der Hypnomutant zuckte zusammen. Bullys Bemerkung hatte ihn daran erinnert, daß auch in seinen Adern Hondros Gift kreiste.

Rhodan schaute seinen Freund ärgerlich an. Er versuchte Noir abzulenken. »Können Sie feststellen, ob außer uns noch andere Menschen an Bord sind, oder befinden wir uns auf einem Robotschiff? Warten Sie aber noch damit, wenn Sie sich zu schwach fühlen sollten.«

»Es geht schon, Sir«, widersprach der Mutant. Mit seinen hypnotischen Kräften begann er, nach mentalen Impulsen zu suchen. Dabei sah er auf, blickte zur Wand, schüttelte dann den Kopf und zeigte sich verwundert.

Atlan beobachtete ihn von der Seite her. Bully konnte seine Ungeduld kaum beherrschen. Rhodan drängte Noir nicht. Aber alle drei bereiteten sich darauf vor, gleich etwas Sonderbares von ihrem Hypno zu hören.

»Sir, so etwas habe ich noch nicht erlebt. Ich nehme klar mentale Impulse auf; ziemlich viele sogar, aber mehr kann ich nicht sagen. Es ist etwas an Bord dieses Schiffes, aber was?«

In zehn Minuten sollte Noir den nächsten Versuch machen, die gedanklichen Ausstrahlungen der Besatzung zu erfassen. Aber auch dieser Versuch brachte kein anderes Resultat.

»Suchen wir die Besatzung!« bestimmte Rhodan. »Sie stehen noch nicht auf, Noir. In einigen Stunden vielleicht. Aber für alle Fälle ...« Dabei hatte er Bully angesehen, und der begriff, was gemeint war.

»Sie werden sie kaum brauchen«, sagte Bully und legte zwei Strahler aufs Bett.

Mory Abro war als einzige von ihnen jetzt noch unbewaffnet. Ihren schweren Thermostrahler trug Rhodan neben zwei weiteren Waffen.

Als sie wieder das Deck betraten, war von der jungen Frau nichts zu sehen.

Drei Stunden später kannten sie alle Decks ein wenig. Sie hatten sich auch über die Form des Raumschiffes informiert. Es war eine dreihundert Meter lange Walze, die am Heck spitz auslief.

Rhodan, Bully und Atlan waren sich klar, daß dieser Schiffstyp ein Novum darstellte, und daß es innerhalb der Milchstraße noch andere Völker gab, deren Technik auf einem hohen Niveau stand. Jemanden von der Schiffsbesatzung hatten sie jedoch nicht gefunden.

Auf dem Weg zum Hauptdeck kam ihnen der Ertruser entgegengelaufen. »Was gibt es jetzt schon wieder?« fragte Atlan.

»Miß Abro ist überfallen worden!« rief Kasom. »Ich habe sie bewußtlos in ihrer Kabine gefunden!«

»Kasom, wie kommen Sie zu dieser Behauptung?« fragte Rhodan mißtrauisch. Er hatte auch jetzt noch nicht den Eindruck, in diesem besatzungslosen Schiff bedroht zu sein.

»Sir, die Miß ist am Hinterkopf verletzt.«

Sie stürmten zu ihrer Kabine. In solchen Dingen kannte sich Atlan am besten aus. Er untersuchte die Platzwunde an Miß Abros Kopf. Dann ließ er sich von dem USO-Mann die Stelle zeigen, wo er die junge Frau gefunden hatte.

Darüber erwachte Mory Abro. Wieviel Kraft in ihr steckte, bewies sie jetzt. Ungeachtet der Beschwerden, die sie haben mußte, richtete sie sich ruckartig auf, saß auf ihrem Bett, faßte sich an den Kopf, blickte auf die Männer und sagte dann: »Ich bin ausgerutscht. Ausgerutscht über einen Speiserest, der mir vom Besteck gefallen war, ohne daß ich es bemerkte.«

»Wie bitte?« fragte Rhodan. Er blickte sie argwöhnisch an. War Mory Abros Verstand verwirrt?

Atlan hatte den Boden betrachtet, aber darauf nicht den geringsten Speiserest entdeckt. Woher sollten in diesem besatzungslosen Schiff Speisen auftauchen?

»Ja!« sagte Mory Abro störrisch. »Und wenn Sie mich noch so entgeistert anstarren. Zuerst habe ich vorzüglich gespeist, und als ich aufstand, bin ich ausgerutscht und mit dem Hinterkopf irgendwo angeschlagen.«

»Woher kamen die Speisen denn?« fragte Rhodan mit leichter Ironie.

»Aus der Luft!« behauptete sie unbeirrt.

»Ich gehe!« sagte Bully, damit andeutend, was er nicht aussprechen wollte. Auch Melbar Kasom entfernte sich. Gemeinsam betraten sie Noirs Kabine.

Wie angewurzelt blieben sie in der Tür stehen. André Noir saß an seinem Tisch und speiste mit größtem Appetit.

»Noir, woher kommt Ihr Essen?« fragte Bully laut.

»Aus der Luft, Sir. Mehr kann ich darüber auch nicht sagen. Wohl kenne ich das Zeug nicht, aber es schmeckt ausgezeichnet.«

»Aus der Luft?« keuchte Bully, »Noir, machen Sie schlechte Witze? Wieso aus der Luft, wenn es an Bord außer uns keine Menschenseele gibt?«

»Das stimmt nicht, Sir«, widersprach der Hypno. »Ich fange ganz klar mentale Impulse auf, kann aber noch nicht sagen, ob sie rein organischen Ursprungs sind. Ich ...«

Drei Männer schauten überrascht auf einen Punkt in der Luft, einen Meter über Noirs Tisch. Aus dem Nichts erschienen dampfende Speisen und schwebten, auf eigenartig geformtem Geschirr serviert, langsam zum Tisch herab.

Unsichtbare deckten für zwei Personen – für Reginald Bull und Melbar Kasom. Doch woher wußten sie, daß der Ertruser solche riesigen Mengen aß?

Das gleiche hatte sich offenbar in Morys Kabine abgespielt. »Rhodan, glauben Sie mir jetzt?« fragte sie anzüglich und sah die beiden Männer abfällig an, die staunend den Vorgang verfolgten. »Für zwei Personen gedeckt. Greifen Sie doch zu, meine Herren, oder glauben Sie, das Essen könnte vergiftet sein?«

Betroffen drehten Rhodan und Atlan sich nach ihr um. Diese zynische Anspielung auf ihr Ende hatte sie verletzt.

»Ihre Herzensgüte und Ihr Taktgefühl sind unübertrefflich, Miß Abro!« sagte Rhodan in scharfem Ton. »Aber damit verleiden Sie uns nicht das Essen!«

Das saß! Keiner der beiden rührte sich, als sie aufstand und mit schnellen Schritten die Kabine verließ.

»Götter Arkons«, sagte Atlan, »was ist das für eine Frau? Na, Perry?«

Rhodan zögerte. Schließlich sagte er: »Ich weiß nicht, was ich von ihr halten soll. Manchmal meine ich, sie bemüht sich krampfhaft, das Gute in sich zu unterdrücken.«

»Dann ist sie dir unbewußt sympathisch. Aber wir wollen unser Essen nicht kalt werden lassen. Ich bin nur gespannt, ob hinterher alles ebenso geheimnisvoll verschwindet, wie es gekommen ist. Demnach ...« Er zögerte.

»Demnach muß es doch eine Besatzung an Bord geben. Das wolltest du doch sagen, nicht wahr, Atlan. Aber wo ist die Besatzung?«

Sie wußten darauf keine Antwort. Sie aßen die fremden Gerichte mit großem Appetit. Sie saßen noch vor dem Tisch, als alles auf die gleiche rätselhafte Weise verschwand, wie es gekommen war.

Ein schwacher Stoß lief durch das Raumschiff. Gleichzeitig verstummte der Antrieb. Sie sahen einander an. Der Raumer war gelandet. Darüber gab es keinen Zweifel. Aber was erwartete sie draußen?

Mory Abro saß Rhodan gegenüber. Er griff in die Tasche und holte den schweren Thermostrahler hervor, der ihr einmal gehört hatte. »Nehmen Sie ihn.«

Sie griff ohne Zögern nach der Waffe, aber sie konnte es auch jetzt nicht unterlassen, eine spitze Bemerkung zu machen: »Sie geben mir nur mein Eigentum zurück. Glauben Sie bloß nicht, daß ich Sie für großzügig halte.«

Unwillig drehte sie sich um. Die anderen sahen, daß sie sich sträubte, aufzustehen und doch zwang sie etwas dazu.

Zum zweitenmal verlor sie ihre Kaltblütigkeit. Ihr Gesicht verfärbte sich. Ihre Augen zeigten Angst. »Was ist das? Was hebt mich auf?«

Die Männer fühlten den Zwang ebenfalls. Sogar der riesenstarke Melbar Kasom unterlag der Gewalt, die ihn aufzustehen nötigte.

Man trieb sie aus dem Schiff. Ein gleichbleibender Druck schob sie zu einer offenen Schleuse.

Sonnenlicht fiel herein. Ein warmer, fast subtropischer Wind, gewürzt vom Duft von Millionen Blüten empfing sie. Wunderbar blau war der Himmel, an dem nur ein paar kleine Wolken zu sehen waren.

Eine unsichtbare Kraft schob sie über die Rampe auf den Boden.

Der Walzenraumer mit den riesigen Flossen war auf einer endlosen Ebene gelandet, nahe einem Waldrand. Ein Blumenteppich war unter ihren Füßen. Vom Wald her hörten sie den Gesang fremder Vögel. Dort hinten wuchs ein eigenartiger Baum, der kugelrunde Früchte trug und dessen Äste sich unter der Last bogen.

In der Ferne, hoch über dem Waldrand, der wie eine schwarze Mauer aussah, schimmerten blaue Berge.

Sie mußten gegen ihren Willen weitergehen. Der Druck in ihrem Rücken blieb. Sie vermochten nicht anzuhalten, als sie im Gras Spuren erkannten. Sie kreuzten die Spur, und dann standen sie zwischen den ersten Bäumen. Da ließ die Gewalt von ihnen ab.

Am mysteriösen Raumschiff fuhr die Rampe ein. Die Schleuse schloß sich. Der Antrieb begann zu laufen. Das Orgeln wurde lauter.

»Mahlzeit!« knirschte Bully. »Auch hier sind Sterne am hellen Tag zu sehen! Tolle Gegend.« Und dann sagte er ein Wort, das nicht fein war.

Der Walzenraumer startete. Leicht hob das Schiff ab. Es zog über die ausgesetzten Menschen hinweg, verschwand über dem Wald, und das letzte Rauschen des Antriebs verklang in der Ferne.

Mory Abro hatte die Fassung verloren.

Rhodan sprach sie an. »Jetzt dürfen Sie sich an dem uns aufgezwungenen Spiel beteiligen. Es ist ein uraltes Spiel, Miß Abro, und es heißt: Die Kunst zu überleben!«

Wieder wurde sie arrogant. Ihr Blick, mit dem sie die Männer musterte, zeigte deutlich, was sie dachte, und sie sprach es auch noch aus: »Sie sind mir für dieses Spiel nicht die richtigen Partner. Denn in ein paar Tagen ...«

Bully stellte sich drohend vor sie hin.

»Meine liebe Miß Abro«, sagte er mit Nachdruck, »jetzt habe ich es endgültig satt. Entweder Sie schweigen in Zukunft, oder wir lassen Sie eine Woche erleben, die Sie nie mehr vergessen werden! Wir denken oft genug an das, was uns bevorsteht – viel zu oft. Es ist schon fast Sadismus, wenn Sie uns zusätzlich daran erinnern. Aber in einem Punkt mache ich Ihre Hoffnung zunichte: Sie bekommen weder meinen noch Noirs Zellaktivator! Bevor jeder von uns den letzten Atemzug tut, zerstören wir ihn. Ihre Rechnung geht nicht auf.«

Von diesem Vorwurf überrannt, fragte sie fassungslos: »Sie haben mir zugetraut, ich hätte darauf spekuliert?«

Kalt entgegnete Bully: »Ich traue Ihnen noch etwas ganz anderes zu! So, und jetzt wissen Sie, wie ich über Sie denke!«

8.

Cuduh blieb wie angewurzelt stehen. Zu spät hatte er das Neue entdeckt. Seine Sinne waren nicht mehr allein auf die Jagd ausgerichtet. Die Jagd war längst vorbei, und sie reagierten wieder normal.

Er hatte vor Tagen, als der Hunger in ihm zu wühlen begonnen hatte, schon einmal diese Wesen gesehen, die auf zwei Beinen aufrecht gingen. Aber sie waren an Zahl größer gewesen und hatten auch völlig anders reagiert, als sie ihn entdeckt hatten.

Cuduh dachte nicht gern an den Blitz zurück, der dicht hinter ihm eingeschlagen war, als er sich mit einem weiten Satz unter die Bäume gerettet hatte.

Jetzt gab es diese Fluchtmöglichkeit nicht. Hier konnte er sich nicht einmal hinter dem Gebüsch verstecken. Er war zu groß dafür.

Was werden sie tun? fragte er sich.

Die zweibeinigen Wesen waren bei seinem Anblick stehengeblieben und spähten reglos zu ihm herüber. *Es sind nicht dieselben,* stellte Cuduh fest, *denn ihr Fell sieht anders aus.*

Er hatte Angst vor dem fürchterlichen Blitz, den die anderen gegen ihn geschleudert hatten.

Er wagte es, sich in Bewegung zu setzen. Den Kopf ein wenig zur Seite gedreht, beobachtete er sie. Er fragte sich nicht, woher sie plötzlich kamen – diese hier und alle die vielen anderen vor ihnen.

Beim letzten Mondwechsel hatte es noch keinen von den Neuen auf seiner Welt gegeben. Die meisten von ihnen waren bösartig, gefährlich und angriffslustig. Sie rochen auch so komisch.

Cuduhs Bewegungen wurden immer schneller. Er raste seitwärts davon, dem rettenden Wald zu. Er konnte nicht fassen, daß sie sich nicht bewegten, sondern ihm nur nachblickten.

Waren diese Neuen friedfertig, auch wenn sie aufrecht auf zwei Beinen gingen? Aber wieso sahen auch sie so unterschiedlich aus? Fünf waren ungefähr gleich groß; der sechste aber überragte alle und war fast so breit wie groß.

Cuduh verlor plötzlich seine Angst. Jetzt legte er sich sogar auf den Boden, den Kopf etwas angehoben und wartete, bis sie bei ihm waren.

Sie töten mich nicht! Das wußte er, aber er fragte sich nicht, woher er es wußte.

Sie waren glücklich, den halbdunklen Hochwald durchquert zu haben, ohne von Raubtieren angegriffen worden zu sein. Der Trampelpfad, den sie benutzt hatten, war in Wirklichkeit ein Wildwechsel, ein kaum meterbreiter Pfad, der quer durch den Wald führte.

Viel zu spät hatten sie die vielen Spuren auf dem Boden gesehen. Die Größe einzelner Abdrücke hatte ihnen deutlich gesagt, daß sie auf diesem Planeten mit riesigen Bestien zu rechnen hatten.

Melbar Kasom entdeckte als erster das fast fünf Meter lange Ungeheuer neben der kleinen Buschwerkgruppe. »Halt!« zischte er. »Da! Links vom Gebüsch!«

Bis zum Gebüsch waren es keine fünfzig Meter. Mory Abro glaubte, das Blut würde in ihren Adern gefrieren. Sie sah nur das Paar großer, grünlich funkelnder Lichter. Instinktiv war ihre Hand zum Strahler geflogen.

»Nicht schießen! Nur dann, wenn uns das Tier angreift!« flüsterte ihr Rhodan zu.

»Diese Bestie ...«

»Hier wird das getan, was ich befehle!« fuhr er sie an.

Sie wollte aufbegehren, aber die schwere Hand, die sich auf ihre Schulter legte, warnte sie. Melbar Kasom wollte verhindern, daß sie etwas tat, was ihnen allen schaden konnte.

Atlan sagte spöttisch: »Mein lieber Perry, wie hast du diesen paradiesisch aussehenden Planeten getauft? Lovely, lieblich? Paßt der Name Loveless nicht besser?«

»Sir!« meldete sich André Noir, »ich empfange mentale Impulse. Das Biest ... das Tier hat Verstand!«

Unbeweglich standen sie und sahen das Ungeheuer immer schneller dem Waldrand zulaufen.

»Noir, versuchen Sie Ihre Kunst!« riet Rhodan dem Hypno.

Im gleichen Moment versuchte Noir mit Hilfe seiner Parafähigkeiten, dem riesigen Tier seinen Willen aufzuzwingen.

»Eine Mischung zwischen Tiger und Schlange, aber ohne Schwanz oder Rute«, sagte Bully. »Zwei Sprungbeine, zwei Laufbeine und vorn zwei Dinger, die Beine wie auch Hände sein können. Noir, Sie haben ihn wohl?«

Ruckartig war das Tier dicht vor dem rettenden Waldrand stehengeblieben. Nun legte es sich zu Boden, nahm dabei den Kopf etwas hoch, der stark an einen Tigerkopf erinnerte, und blickte furchtlos abwartend zu ihnen herüber.

»Kommen Sie, Miß Abro«, rief Kasom. »Wenn Noir sagt, wir könnten gefahrlos herangehen, dann ist es auch so. Hören Sie nur endlich auf, an Ihrem Strahler zu spielen!«

Sie schaute ihn wütend an. Kasom grinste gutmütig.

Atlan flüsterte mit dem Mutanten.

»Sir, ich bleibe bei meiner Behauptung. Das Tier hat Verstand. Die Gehirnimpulse, die ich aufgefangen habe, deuten einwandfrei darauf hin.«

Langsam gingen sie darauf zu. Ihre Hände waren leer. Solange Noir das Tier hypnotisch gefesselt hielt, hatten sie nichts zu befürchten.

Mory Abro weigerte sich, näher als auf zehn Meter heranzugehen.

»Kasom, bleiben Sie bei ihr!« sagte Bully. Er war neugierig auf das

Ungeheuer. Furchtlos legte er seine Hand auf den tigerähnlichen Kopf. Das Tier leistete auch keinen Widerstand, als Bully ihm das Maul öffnete.

»Habt ihr das erwartet?« fragte er sprachlos. Anstelle eines Raubtiergebisses sah er nur eine Doppelreihe Knorpel, aber keinen einzigen Zahn.

»Vielleicht besitzt es Giftwaffen«, gab Atlan zu bedenken. Er und Rhodan strichen mit der Hand über das Fell. Rhodan fiel das eigenartige Gefühl bei dieser Berührung sofort auf.

»Weder Fell noch Haut – und im Gegensatz zur Lufttemperatur außergewöhnlich kühl ...«

Ein Strahlschuß zischte. Ein wilder Schrei kam aus der Höhe. Die Männer drehten sich blitzschnell in diese Richtung. Ein schwarzer riesiger Körper fiel wie ein Stein zu Boden. Er zermalmte die kleine Buschwerkgruppe. Eine Flughaut, grauschwarz, über acht Meter lang, zuckte noch einmal. Dabei flog ein echsenhafter, gepanzerter Rumpf meterhoch. Drei Greifklauen mit über zwanzig Zentimetern langen Krallen wurden kurz sichtbar.

Wer hatte die Flugechse abgeschossen? Melbar Kasom?

Der verstand Rhodans fragenden Blick. »Sir«, gab er unumwunden zu, »ich kam mit meiner Waffe um eine Kleinigkeit zu spät. Miß Abro war mit ihrem Thermostrahler schneller!«

Ihr Gesicht war verschlossen. Es drückte eisige Abwehr aus, als Rhodan sagte: »Danke! Ich glaube, Sie haben einem von uns das Leben gerettet!«

Sie schätzten das Gewicht der Flugechse auf gut drei Tonnen. Der Kopf des Tieres war nicht mehr vorhanden.

»Miß Abro«, fragte Rhodan, »kam es schnell oder langsam angeflogen?«

»So schnell, wie ich noch kein Tier habe fliegen sehen. Es kam im Sturzflug herunter, die Flughäute angelegt!«

»Miß Abro, wollen Sie mit Kasom den Luftraum sichern?« fragte Rhodan höflich.

»Für Sie rühre ich keinen Finger!« erwiderte sie impulsiv.

»Ich könnte Sie direkt gern haben!« rief Bully sarkastisch und kehrte ihr dann demonstrativ den Rücken zu.

Leise sagte Rhodan zu ihm: »Laß sie! Sie kommt auch noch zur Vernunft.«

Dann traten sie etwa zwanzig Meter von dem hypnotisierten Tier zurück. Ausdrücklich betonte Rhodan noch einmal: »Schießt nur im Notfall, und dann dicht vor dem Tier in den Boden!«

Melbar Kasom paßte auf, was Mory Abro tat. Ihm steckte der Schrekken noch in den Gliedern. Denn er als einziger hatte gesehen, wie schnell die junge Frau ihren Strahler gezogen und geschossen hatte.

Langsam gab André Noir dem Tier seine geistige Freiheit wieder.

Cuduh kam zu sich und sah die Neuen in nächster Nähe unbeweglich stehen. Mit einem Sprung hätte er sie erreichen können, aber er dachte nicht daran. Er erhob sich langsam, prägte sich alles ein, was er sah, witterte dann etwas Unheimliches, riß den Kopf herum und schaute zu dem Platz hinüber, wo die Reste einer großen Flugechse lagen.

Noir stand wie in Trance. Er versuchte die mentalen Impulse des Tieres zu erfassen, aber außer einer sprunghaft angewachsenen Intensität, die der Blick des Tieres auf die Flugechse auslöste, konnte er nichts erkennen. Hier war er Impulsen begegnet, die ihm fremd waren.

»Achtung!« rief Atlan warnend.

Sie wurden von dem großen Tier wieder betrachtet. Langsam kam es auf sie zu.

»Noir, was ist los?« fragte Rhodan.

»Sir, das ist etwas Neues! Ich kann nichts sagen!«

Eine Hand nach der anderen ging zu den Kolben der Strahlwaffen. Das Tier kam näher. Seine Lichter funkelten grünlich. Der grau-braun gestreifte Leib begann merklich starker zu schimmern. Mit jedem weiteren Schritt verschwand der Grauton der Fellfarbe mehr, und das Braun leuchtete jetzt hell.

Bis auf fünf Meter kam das Tier heran. Dann legte es sich nieder und blickte sie unverwandt an. Jetzt drehte es den Kopf und sah zu der toten Flugechse hinüber. Schlagartig erlosch das leuchtende Braun, aber es flammte wieder auf, als das Wesen sie wieder ansah.

»Perry!« schrie Bully auf, als Rhodan sich in Bewegung setzte und auf das Ungetüm zuging.

Atlan, Bully, Noir und Melbar Kasom hielten den Atem an, als Rhodan dicht vor dem Tigerkopf stand, die Hand ausstreckte und sie auf die kühle Fellhaut legte.

Mory Abros Atem ging gleichmäßig, aber ihre Nasenflügel bebten. Sie wollte es nicht wahrhaben, daß sie plötzlich diesen Terraner bewunderte – nicht weil er diesen Mut zeigte, sondern weil er so schnell verstanden hatte, was das Kommen und Gehen des leuchtenden Brauns bedeutete.

Ein Tier bedankte sich bei unbekannten Wesen, die es vor einem Todfeind geschützt hatten.

»Wie sollen wir dich nennen?« fragte Rhodan und strich immer noch über den Tigerkopf.

Das Tier bewegte sich, reckte sich. Das Maul öffnete sich, und unmißverständlich deutlich hörten alle: »Cuduh!«

»Cuduh?« wiederholte Perry Rhodan überrascht.

Noch einmal klang es auf: »Cuduh!« Damit glitt es in geschmeidigem Gang an Perry Rhodan vorbei, betrachtete alle noch einmal und lief dann auf den Wald zu.

Rhodan kam zur kleinen Gruppe zurück. »Ich bin gespannt, was sich aus dieser Begegnung entwickelt.«

Der Arkonide winkte ab. »Sechs Tage noch, und dann ist Schluß. Es hat doch alles keinen Sinn mehr und ...« Er verstummte, schüttelte den Kopf, atmete schwer und sagte dann: »Entschuldige! Du hast recht. Auf diese Weise macht man sich noch verrückter.«

Die Gesichter aller Männer, in deren Adern Hondros Gift kreiste, waren hart und unbeweglich. Aber was jeder dachte und fühlte, verrieten die Augen: Verzweiflung und Ohnmacht; dieses deprimierende Gefühl, auch nicht die kleinste Kleinigkeit tun zu können, um ihr Schicksal zu ändern.

»Gehen wir weiter«, sagte Rhodan mit rauher Stimme.

»Wenn das wenigstens noch Sinn hätte! Alles ist sinnlos, selbst daß man sich den makabren Spaß gemacht hat, uns auf dieser Welt abzuladen. Na, hast du keine Erklärung dafür, Perry?« Herausfordernd sah Bully seinen Freund an.

»Bully ...«, begann dieser.

Der winkte ab. »Sei still! Atlan hat recht. In sechs Tagen ist alles vorbei!« Schweigend und ohne Ziel gingen sie weiter.

Es war Nachmittag, als sie zum erstenmal Gelegenheit hatten, einen kleinen Teil der Welt zu überschauen, auf der man sie abgesetzt hatte.

Vom Gipfel eines langgestreckten Bergkamms aus blickten sie in drei Täler herab. Sie sahen den bunten Teppich blühenden Grases; sie sahen die bunte Pracht mächtiger Wälder, aber auch die klaren Bäche, die glitzernden Flüsse und musterten nun mit leichtem Erstaunen eine Seenplatte, die sich in der Ferne zeigte.

Ihnen gegenüber, auf der anderen Seite des breiten Tales, stürzte ein gigantischer Wasserfall in die Tiefe. Das Licht der Sonne brach sich in breiten Dunstschleiern und spiegelte sich in allen Farben des Regenbogens wider.

Vor und hinter ihnen jagten unbekannte Tiere vorbei. Drei angreifende Flugechsen hatten sie inzwischen schon töten müssen. Mory Abro war der treffsichere Schütze gewesen, der die lautlose Gefahr aus dem klaren Himmel beseitigt hatte.

Die Echsen waren nicht die einzigen Lebewesen, die den Luftraum bevölkerten. Ein Schwarm riesiger Tiere, breit und rund wie Flundern, war vor einer Stunde unter kreischendem Heulen über sie hinweggezogen. In strahlendem Rot hatten die flachen Unterseiten ihrer Leiber geleuchtet. Ein penetranter Gestank war von ihnen ausgegangen.

Auf Schritt und Tritt erlebten sie Überraschungen. Die wunderbare Harmonie dieser anheimelnden Landschaft stand in krassem Gegensatz zur Tierwelt des Planeten. In dem subtropischen Klima schienen sich alle Arten prächtig zu entwickeln.

Die kleine Gruppe war sich einig geworden, im Schutz eines Tales zu lagern – an einer Stelle, die, leicht zu verteidigen, in der Nähe vom Wasser lag und an der man Material vorfand, um daraus primitive Hütten bauen zu können.

Zufällig stand Rhodan hinter Mory Abro. In den letzten beiden Stunden hatte die rotblonde Frau nicht ein Wort gesagt. Unwillkürlich beobachtete er sie. Sie ahnte nichts davon. Ihr Blick glitt in die Ferne, dorthin, wo die Seenplatte glitzerte.

Perry Rhodan sah eine ihm bisher unbekannte Mory Abro – eine junge schöne Frau. Aber was war all ihre Schönheit gegen das gelöste Lächeln, das ihren Mund umspielte und die Freude in ihren Augen. Jetzt machte sie eine Armbewegung, als wollte sie damit sagen: Wie schön ist das alles!

Doch einen Moment später war das alles aus ihrem Gesicht verschwunden. Als sie sich zur Seite drehte, wo Rhodan stand, war ihr Blick wieder arrogant und ihre Miene abweisend.

Rhodan sah in die Ferne. Er überging ihren forschenden Blick. Er ließ sie nicht einmal ahnen, daß er sie beobachtet hatte.

Sie stiegen über den steilen Hang ab. Je tiefer sie kamen, desto wärmer wurde es. Eine Dunstglocke lag über dem Tal.

An einem rauschenden Bach gingen sie entlang. Bully und Atlan sicherten mit ihren Strahlern die linke Seite zum Wald hin. Melbar Kasom ging am Schluß. Rhodan hatte die Absicherung der Bergflanke übernommen.

Mory Abro war ohne Aufgabe geblieben. Demonstrativ sonderte sie sich ab.

Das Tal wand sich in einer langen Kurve um einen Berg, dessen Flanke blanker Fels war. Die Männer schauten von Zeit zu Zeit besorgt zum Himmel. Der Abend nahte. Die Sonne stand schon tief über den Bergen. Niemand wollte gern die Nacht im Freien verbringen.

»Volle Deckung!« brüllte Bully plötzlich, der riesige Schatten aus dem Wald herauskommen sah – Tiere von der Größe eines Elefanten, aber so schnell wie Gazellen. Er konnte nicht ahnen, daß Cuduh sie Kellbaß nannte.

Sie schienen vor einer tödlichen Gefahr auf der Flucht zu sein. Blindlings stürmten sie den Menschen entgegen. Dumpf dröhnte der Boden.

Die Strahler in den Händen, hatte sich jeder dort niedergeworfen, wo er gestanden hatte. Schulter an Schulter lagen Mory Abro und Perry Rhodan.

Über dreißig der riesengroßen, schnellen Tiere rasten dicht an ihnen vorbei und schienen in panischer Angst gegen die nackte Bergflanke zu stürmen.

Am Waldrand krachte es immer lauter. Scheußlich anzusehende Ungeheuer brachen hervor. Elf schuppige Kolosse erschienen. Auf ihrer Frontseite glühte ein riesiges Facettenauge.

Keiner der Männer begriff, wieso diese kurzbeinigen Kolosse den schnellen Tieren gefährlich sein konnten, die doch schon einen Vorsprung von mehr als hundert Metern hatten.

Plötzlich zischte es unaufhörlich. Rhodan glaubte etwas durch die Luft fliegen zu sehen – oder hatte er sich getäuscht?

Das Zischen ging von den tankförmigen Tieren aus.

Ahnungslos blickte er zur flüchtenden Tiergruppe hinüber. Im gleichen Moment sah er eins der elefantengroßen, schnellen Ungetüme stehenbleiben, sich verzweifelt gegen etwas wehrend, das er nicht erkennen konnte.

Jetzt standen schon vier, und alle vier schienen mit etwas Unsichtbarem zu ringen.

Das Zischen in der Luft hielt weiter an. Rhodan richtete sich auf, blickte zu den tankförmigen Ungeheuern hinüber und sah sie stampfend auf den Bach zukommen.

»Alle stehen ja!« rief Mory Abro aufgeregt aus.

Er riß den Kopf herum und sah, daß die Flucht der großen Tiere zu Ende war. Aber er sah auch etwas anderes. Er entdeckte, was dort vor sich ging. Sie kämpften gegen Polypen.

Er sah armdicke Fangarme, welche die Tiere umschlangen. Er sah die ersten Tiere umstürzen. Da begriff er, was zischend durch die Luft geflogen war.

Diese schwerfällig sich bewegenden Kolosse hatten jene Polypen abgeschossen, um damit das fliehende Rudel zu stellen.

Die Männer und Mory Abro glaubten in der nächsten Sekunde zu träumen. Der Wald spie eine Unzahl jener Tiere aus, die genau wie Cuduh aussahen. Eine Gruppe raste über den Bach auf die um ihr Leben kämpfenden schnellen Tiere zu; die andere griff die unförmigen Kolosse von hinten an.

Drei der Tanktiere versuchten zu fliehen. Sie kamen nicht weit. Von allen Seiten waren sie umstellt. Sie wurden von Cuduhs unterlaufen, flogen hoch, drehten sich und stürzten krachend auf den Rücken. Was dann geschah, war nicht genau zu sehen. Über jeden auf dem Rücken liegenden Koloß fielen Cuduhs von allen Seiten her und bedeckten sie mit ihren mächtigen Leibern.

»Unbegreiflich!« keuchte Bully. Sie sahen Cuduhs gegen Polypen kämpfen. Die großen Wesen zeigten jetzt, welche titanischen Kräfte in ihnen steckten, aber auch wie flink sie waren und jedem Zugriff eines Tentakels geschickt auswichen.

Rhodan sah schnappende Mäuler, die Tentakel losrissen. Im hohen Bogen schleuderten die Cuduhs die Reste durch die Luft.

Von den Kolossen lebte keiner mehr. Rhodan und Mory Abro blickten zu den schnellen Tieren hinüber.

Drei rührten sich nicht mehr, die übrigen standen zitternd und schwankend auf ihren Läufen, umkreist von den Cuduhs, die anscheinend sehr besorgt waren. Ein Cuduh kam auf sie zu.

»Nicht!« Im letzten Augenblick drückte Rhodan Mory Abros Waffe nach unten, obwohl er nicht wußte, ob es derselbe Cuduh war, den sie kennengelernt hatten.

Er war es. Er legte sich dicht vor ihnen flach auf den Boden und sagte laut: »Cuduh!« Dann sprang er aus dieser Stellung über sie hinweg, um jeden einzelnen Mann zu begrüßen, ihm sein Cuduh zu sagen, und dann wieder zum Rudel zurückzukehren.

Die übrigen kümmerten sich nicht um die Menschen, auch nicht die großen schnellen Tiere, als diese keine fünfzig Meter entfernt von ihnen den Bach überquerten und im Wald verschwanden.

»Eine verrückte Welt«, stellte Bully kopfschüttelnd fest, als sie vor einem der Kolosse standen und dann jenes Organ entdeckten, mit dem er seine Polypen abgeschossen hatte. Doch erst einen Tag später erfuhren sie, daß diese Polypen Parasiten waren und nach getaner Strangulationsarbeit von jedem Koloß wieder aufgenommen wurden.

Die vorletzte Überraschung ihres ersten Tages auf einer Welt, die landschaftlich einem Paradies glich, beobachteten sie aus der Ferne.

Mehrere der riesenhaften Flugechsen tauchten auf und schleppten mit ihrer gewaltigen Schwingenkraft die Kadaver im blitzschnellen Flug über die Höhen davon.

Die ersten Schatten fielen in das breite Tal, als sie einen Platz fanden, der auch nachts leicht abzusichern war. Mannshohe Farnkräuter boten sich geradezu zum Hüttenbau an. Jetzt fehlte ihnen Werkzeug. Sie besaßen nicht einmal Messer. Ihre Strahler wollten sie nicht dazu benutzen, die saftstrotzenden Farnstämme zu durchschneiden, weil sie nicht absehen konnten, wie oft sie mit diesen Waffen noch ihr Leben zu verteidigen hatten.

Bully hatte einen Stapel breiter Farnblätter geschichtet und kam gerade mit einem neuen Farnblatt zurück, das über zwei Meter lang und einen halben Meter breit war, als er seine Augen erstaunt aufriß.

Seine Farnblätter verschwanden. Von seinem Stapel waren noch drei Blatt übrig.

Er konnte André Noir nicht sehen, aber hören. Dieser, sonst so leicht nicht aus der Ruhe zu bringen, fluchte wie ein rauher Raumprospektor. »Ich drehe euch den Hals um, wenn ich euch erwische!« hörte Bully ihn toben.

Wen will Noir erwischen, fragte er sich, da entdeckte er ein Paar Augen, die ihn beobachteten. Langsam ging seine Hand zum Strahler. Seitdem er diese tankförmigen Ungetüme mit ihren Polypen-Raketen gesehen hatte, traute er dieser schönen Welt nicht mehr.

Seine Finger umschlossen gerade den Griff der Waffe, als sich das dichte Farngebüsch teilte und ein affenähnlicher Kopf sichtbar wurde.

»Monks!« glaubte Bully zu verstehen. Was nachfolgte, war ein nicht wiederzugebendes komisches Zischen. »Monks!« hörte er noch einmal und sah ein schimpansengroßes Wesen auf sechs Beinen, das ihn furchtlos ansah und mit seinen beiden Armen heftig gestikulierte.

»Monks«, und hinterher eine Kette von Zischlauten.

Bully ließ sein Farnblatt fallen und sah sich sein Gegenüber genauer an. Das war doch kein Affe! Allein schon die Augen verrieten Verstand; nicht den Verstand eines Tieres, sondern Intellekt.

Plötzlich fiel Bully Noirs Drohung ein. Zu dem Wesen machte er eine Geste, die etwas ankündigen sollte, dann rief er zu der Stelle hinüber, wo der Hypno mit dem Einsammeln von Farnblättern beschäftigt war: »Noir, benachrichtigen Sie Rhodan und Atlan. Beide sollen herkommen. Ich habe Besuch hier. Ich glaube, das sind auch die Burschen, die Ihnen und mir die Farnblätter fortgeschleppt haben!«

Furchtlos hatte das Wesen Bully angesehen, als er seine Nachricht rief. Um den Terraner herum raschelte es. Immer mehr dieser schnatternden, intelligent dreinblickenden Wesen tauchten auf.

Bully sah seine letzten Farnblätter verschwinden.

Rhodan und Atlan tauchten auf, dicht gefolgt vom Mutanten. Nach ihnen erschienen Kasom und Mory Abro.

Die Sechsbeinigen zeigten keine Überraschung. Das war so auffallend, daß Rhodan ratlos den Arkoniden fragte: »Tun die nicht so, als ob sie uns schon einmal gesehen hätten?«

»Monks«, sagte das schimpansenähnliche Wesen mit dem allerlängsten Bart und zischte endlos unverständliche Laute. »Monks« Die Gesten wurden lebhafter. Er machte mit beiden Händen Bewegungen, die vielleicht bedeuteten: »Ihr müßt hier verschwinden!« Ebensogut konnten sie auch heißen: »Hier dürft ihr nicht bleiben!«

Das eine war Befehl, das andere ein Rat!

»Sir«, flüsterte Noir Rhodan zu, »diese Wesen sind keine Tiere. Sie strahlen mentale Impulse aus, die starke Ähnlichkeit mit menschlichen Gehirnimpulsen haben.«

»Monks ...«

Jeden Satz begannen sie damit. Völlig furchtlos umringten vierzehn von ihnen die Menschen. Der Sprecher nahm ein Farnblatt auf. Mit wenigen Griffen machte er daraus etwas, das man für eine Hütte halten konnte.

Mit einer Hand drückte er die Konstruktion zusammen und zeigte im nächsten Moment zur Seite.

»Atlan, ich möchte am liebsten diesen Monks hier folgen«, sagte Perry zum Arkoniden, ohne den Sprecher der Monks aus den Augen zu lassen. »Aber welchen Grund könnte es haben, daß wir hier nicht die Nacht verbringen sollen?«

Wie auf ein Zeichen wichen alle Monks jetzt soweit zurück, wie es die dichtstehenden Farne zuließen. Alle gingen in die Hocke, streckten die Arme vor und machten mit den Händen gleichmäßig eine Geste, die etwas darstellen sollte, das dicht über dem Boden schwebte.

Die Dämmerung lag schon über dem Tal. Der Monk deutete zum Himmel und hielt sich dann die Augen zu.

»Wir verlassen den Platz!« bestimmte Rhodan, ohne bei einem seiner beiden Freunde Rat zu holen. Er versuchte, den Monks durch Zeichen verständlich zu machen, daß sie bereit wären zu gehen.

Der Monk, so groß wie ein Mensch, verstand ihn sofort. Die Wesen setzten sich in Bewegung. Sie trampelten einen schmalen Pfad durch das Farndickicht, das bald lichter wurde. Dann lag das offene Tal wieder vor ihnen und an ihrer Seite die felsige Bergflanke.

Die Monks entwickelten eine atemberaubende Geschwindigkeit. Nur Melbar Kasom hielt ihr Tempo spielend leicht mit. Allen anderen rann der Schweiß über den Körper. Jetzt ging es sogar steil hinauf. Bully keuchte hinter Perry Rhodan. »Ich möchte wissen, wozu das alles gut ist.«

Niemand wußte es. Sie erfuhren es auch nicht, als sie am Eingang einer Höhle standen. Dreißig Meter unter ihnen lag das Tal. Die Monks verschwanden nach rechts und links und kamen mit Steinbrocken verschiedener Größe wieder. Sie begannen, damit den Eingang der Höhle zu versperren.

Rhodan sah Atlan fragend an. Der Arkonide meinte zögernd: »Fast möchte ich glauben, wir hätten in der Nacht etwas zu befürchten, Perry. Aber wie kommen diese Monks dazu, Fremden so vertrauensvoll zu helfen? Das ist doch nie die Verhaltensweise einer Intelligenz!«

Bully hatte zugehört. »Und wenn wir gar nicht die einzigen auf diesem Planeten sind? Wenn außer uns noch andere herumlaufen – sind wir dann für die Monks auch noch Wildfremde?«

»Unser Bully könnte damit ins Schwarze getroffen haben«, sagte Rhodan nachdenklich.

»Unfug! Das glaube ich nicht!« brauste der Arkonide auf. »Was ist denn?« Diese Frage galt einem Monk, der Atlans Hand ergriffen hatte, nun in die Weite des Tales deutete, dabei ein anhaltendes Zischen ausstieß und dann abermals jene Geste zeigte, die Schweben ausdrücken konnte.

Jetzt verstanden sie die Zeichensprache schon besser. Die Monks warnten sie vor der Nacht und vor etwas, das schweben sollte.

»Bereiten wir uns auf alles mögliche vor«, entschied Rhodan. »Zunächst will ich mir einmal die Höhle ansehen.«

Drei Monks verschwanden seitwärts. Rhodan betrat die Höhle. Nach wenigen Schritten konnte er nichts mehr sehen. Er dachte daran, daß sie nicht einmal über Licht verfügten. Da wurde es hinter ihm hell. Drei Monks kamen mit hell brennenden Kienspänen auf ihn zu. Es roch nach Harz und ätherischen Ölen. Während einer der Monks Zischlaute ausstieß, drückte er Rhodan einen Kienspan in die Hand.

Erstaunt blickte dieser sich um. Die Höhle ging zehn Meter tief in den Berg und besaß Glockenform. Aber das war nicht das Interessante, sondern die Tatsache, daß sie bewohnt war. Eine Kaverne befand sich neben der anderen, und in jeder gab es sauber aufgeschüttete Lagerstätten aus getrocknetem Gras.

Ein Monk deutete zur Decke. Sie war an dieser Stelle vom Rauch geschwärzt. Als Rhodan den Kopf in den Nacken legte und hinaufsah, entdeckte er ein metergroßes Loch. Wahrscheinlich konnte dort der Rauch abziehen, wenn in der Höhle ein Feuer brannte.

Plötzlich war Rhodan allein. Als er nach draußen trat, fand er auch dort keinen einzigen Monk mehr vor.

»Mit dem letzten Licht sind sie verschwunden, Sir«, sagte Melbar Kasom, der auf einem Felsbrocken saß, beide Strahlwaffen schußbereit im Schoß. Er hatte die erste Wache übernommen. »Als ob sie Angst vor der Nacht hätten.«

9.

Wenn Melbar Kasom Wache hielt, dann konnten alle anderen beruhigt schlafen. Aber in der Höhle, in den einzelnen Kavernen, schlief niemand.

Vier Männer wälzten sich ruhelos auf ihrem einfachen, sauberen Lager. Sie erlebten die Seelenqualen, die jeder zum Tode Verurteilte durchstehen muß. Unaufhaltsam verrann die Zeit. Aus Minuten wurden Stunden, aus Stunden Tage, und in fünf Tagen kam unerbittlich das Ende.

Fünf Tage noch!

Ihre Lage war hoffnungslos. Von Badun aus waren sie von einer unbekannten Macht noch tiefer in das Zentrum der Milchstraße geschleppt worden. *Wäre ich doch auf Plophos geblieben und hätte nicht auf Rhodan gehört*, warf Atlan sich selbst vor.

Eine Kaverne weiter drehte sich Bully ständig hin und her.

Warum ist uns auf Badun, als der Angriff erfolgte, keine Bombe auf den Kopf gefallen, fragte er sich. André Noir verwünschte den Umstand, aus der Dauernarkose geweckt worden zu sein.

Auch Perry Rhodan wurde von der Verzweiflung gepackt.

Hatte er nicht dadurch den größten Fehler gemacht, daß er mit seinen Freunden Hondros Überwachung entflohen war? Wurde er dadurch nicht mitschuldig an ihrem Tod? Und was wurde in fünf Tagen aus Mory Abro, wenn sie nicht mehr waren?

Im Mittelpunkt des glockenartigen Höhlenraumes brannte leise knisternd ein kleines Feuer. Das Licht, das die Flammen ausstrahlten, reichte nicht bis zur nächsten Kaverne. Aber Mory Abro genügte es, um lautlos nach draußen schleichen zu können. Sie vermochte auch nicht zu schlafen. Sie glaubte in der Höhle zu ersticken.

Melbar Kasom hörte sie kommen.

»Setzen Sie sich zu mir. Hier ist noch Platz«, sagte er leise. Aber er rechnete nicht damit, daß die stolze, kalte Frau seine Einladung annahm.

Das Gegenteil geschah. Schweigend saßen sie nebeneinander. Über ihnen gleißte der Sternenhimmel in unwahrscheinlicher Pracht. Das Leuchten von Millionen Sonnen, die als glitzernde Lichtpunkte dicht beieinander standen, ließ die Nacht auf dieser paradiesischen Welt nicht völlig dunkel werden. Bis zum fernen Waldrand auf der anderen Talseite konnte man sehen.

Und aus dem Wald kam Vogelgesang. Über ihnen stiegen Vögel pfeilschnell in den wolkenlosen Himmel und jubilierten ihr Nachtlied. Hin und wieder brüllten oder kreischten große Tiere. Einmal raste ein Rudel durch das Tal. Mory Abro und Kasom sahen nur Schatten, aber dumpf dröhnte der Boden, und für Minuten war der Gesang der Nachtvögel nicht mehr zu hören.

Mory Abro durchbrach das Schweigen. »Sind Sie gern allein, Kasom?«

»Darüber habe ich noch nie nachgedacht. Aber Sie haben Angst vor dem Alleinsein. Bald werden wir ganz allein sein, dann leben nur noch Sie und ich, und die wunderbarsten Menschen, die ich kenne, sind tot.«

»Jeder Mensch ist zu ersetzen«, wehrte sie ab.

»Sprichwörter sind oft ein Konzentrat von Dummheit. Rhodan ist nicht zu ersetzen, und ohne Reginald Bull und Atlan ist Rhodan nicht mehr das, was er war. Einer benötigt den anderen; einer ergänzt den anderen. Aber das verstehen Sie ja nicht, oder Sie wollen es nicht verstehen. Sie sind ja unter Fanatikern groß geworden. Sie haben bestimmt nie erlebt, daß Ihr Vater sein Leben gewagt hat, um einen seiner Männer zu retten. Was meinen Sie, wie oft Rhodan, Bully oder Atlan ihr Leben aufs Spiel gesetzt haben? Und das alles soll jetzt zu Ende sein, in ein paar Tagen. Ich kann es mir nicht vorstellen. Ich kann es nicht.«

»Nach ihnen kommen andere. So ist es immer gewesen. Das ist der natürliche Ablauf. Die künstlich erzeugte Langlebigkeit durch Zellaktivatoren ist unnatürlich!«

»Sie reden, ohne Perry Rhodan zu kennen. Lassen wir das Thema.«

Schweigen war um sie. Plötzlich war das Singen der Nachtvögel verstummt. Unwillkürlich richtete sich der USO-Spezialist auf. Auch Mory Abro war zusammengezuckt.

Dieser abrupte Abbruch des Vogelgesangs konnte nicht von ungefähr kommen.

Melbar Kasom blickte die Frau an seiner Seite an. Schußbereit hielt sie ihren Thermostrahler in der Hand. »Miß es ist besser, Sie gehen in die Höhle«, riet er ihr.

»Geben Sie sich keine Mühe, ich weiß, wo mein Platz ist«, reagierte sie kühl.

Der riesige Wald ihnen gegenüber lag wie ausgestorben. Sein dunkler Rand wirkte jetzt wie eine einzige Drohung. Weit und breit war kein Laut zu vernehmen.

»Es ist unheimlich geworden«, sagte Mory Abro leise, aber ihre Stimme klang fest.

»Passen Sie auf. Schreien Sie, wenn Sie etwas sehen! Ich wecke die anderen!« sagte Kasom zu ihr und tat einen Satz, der ihn bis zum Höhleneingang brachte.

Im Moment, als sie allein war, fühlte sie, welche sichere Ruhe dieser Riese ausgestrahlt hatte. Unruhe kam in ihr auf und Angst vor dem dunklen, unheimlichen Waldrand.

Hinter ihrem Rücken hörte sie Schritte näherkommen. Rhodan blieb vor ihr stehen. »Sie gehen bis an die Höhle zurück, Miß Abro!«

»Ich denke nicht daran. Ich bleibe hier, Mister Rhodan!« widersprach sie störrisch.

»Miß Abro, ich möchte Melbar Kasom nicht den Auftrag geben, Sie zur Höhle zu schaffen. Bitte, gehen Sie freiwillig.«

»Nein! Hier bleibe ich.«

Rhodan gab es auf, den Eigensinn dieser Frau zu brechen. Als er zu Bully zurückkam, sagte er: »Sie hat es sich in den Kopf gesetzt, auf dem Stein sitzenzubleiben.«

»Warum ...?« Weiter kam Bully nicht.

Der eben noch dunkle Waldrand glühte in grünlich phosphoreszierendem Licht, als ob Millionen Leuchtkäfer aus dem Walddunkel hervorgekommen seien.

Die Lichter tanzten auf und nieder. Gespannt beobachteten die Männer diese schwachgrüne Lichtflut, die sich jetzt zu drei großen Flächen zusammengefunden hatte.

»Was ist das nur?« flüsterte Atlan, der zwischen Noir und Bully stand.

Sie konnten noch nichts erkennen. Der dunkle Wald verdeckte alles. Kam das grüne Leuchten jetzt nicht näher?

»Fühlt ihr nichts?« fragte Bully mit rauher Stimme. »Als ob ich unter einem starken Wasserstrahl stünde.«

Jeder empfand etwas anderes. Noir klagte über wahnsinnige Kopfschmerzen. Melbar Kasom litt unter plötzlichen Angstzuständen, sagte es aber nicht. Mory Abro glaubte zu ersticken. In Atlans Ohren brüllte es. Perry Rhodan kämpfte gegen den Zwang an, sich den steilen Hang hinabzustürzen.

Die drei grünlich schimmernden Leuchtflächen kamen auf und ab tänzelnd lautlos über das Tal geschwebt. Die unterschiedlichen Empfindungen in den sechs Menschen wurden stärker, je näher das Leuchten kam.

Die Stellung der drei Leuchtflächen bedeutete Gefahr für die Menschen. Wer nur etwas von taktischen Manövern verstand, sah hier, daß ein Umfassungsangriff erfolgen sollte.

Aber wer war der Gegner? Waren es Leuchtkäfer, die dieses grünliche Licht ausstrahlten?

Plötzlich stand ein irrsinnig hoher Diskantschrei in der Nacht, gerade noch für Menschen hörbar. Und mit dem wilden, gräßlichen Schrei lösten sich die drei Leuchtflächen auf, wurden wieder viele Tausende Punkte, die nun gleichzeitig auf die Stelle zurasten, wo fünf Männer und eine Frau standen und sich nicht rührten.

Mit einem Strahlschuß löste Rhodan den Bann. Ein paar Menschen auf einem unbekannten Planeten begannen gegen einen unheimlichen Gegner um ihr Leben zu kämpfen.

»Kasom, holen Sie Miß Abro zurück!« schrie Rhodan dem Ertruser zu.

Doch dazu war es zu spät. Über ein Dutzend grünlich schimmernde Lichtpunkte fielen über den USO-Spezialisten her.

Mit aller Gewalt sprang er rückwärts gegen die Wand, fegte mit den Armen an seinem Körper entlang, wischte mit den Handrücken blitzschnell über sein Gesicht und trampelte dann auf dem Boden herum.

Nun konnte er seine beiden Strahler wieder benutzen und auch Rhodans Befehl nachkommen. Mit einem Satz sprang er auf den Stein, auf dem Mory Abro immer noch saß und kaltblütig aus ihrem schweren Thermostrahler den unbekannten Gegner unter Feuer nahm.

»Zurück!« Da wimmelte es von Leuchtpunkten um sie herum. Melbar Kasom ging neben Mory Abro in die Hocke. Zwei der besten und reaktionsschnellsten Schützen in der bekannten Galaxis kämpften gegen einen zahlenmäßig weit überlegenen Feind. Aber die um sie herum tänzelnden, gräßlich schreienden Leuchtpunkte wurden von Sekunde zu Sekunde weniger.

»Sie kommen ja auch den Hang hoch!« brüllte Kasom und lenkte seinen Strahler zu Boden.

Er und Mory Abro sahen nun endlich, welche Körperform der Feind besaß. Auch dort, wo Reginald Bull stand, fuhr ein breitgefächerter Desintegratorstrahl den Hang hinunter und traf einen Schwarm dieser kubischen Wesen. Drei Köpfe hatten sie. Einer davon strahlte das schwach grünliche Leuchten aus. Fußballgroß saßen sie auf dem Kastenleib nebeneinander. Ringsum war der Kubus von einer Flughaut umgeben, die sie zusammenlegten, wenn sie sich auf dem Boden mit Hilfe ihrer gefährlich aussehenden Glieder bewegten. In messerscharfen, sichelförmig gebogenen Scheren endeten die Glieder, die trotz ihrer Kürze von einem halben Meter über mehr als ein halbes Dutzend Gelenke verfügten.

»Hinter Ihnen, Kasom!« schrie Mory Abro auf.

Der Ertruser wirbelte herum. Fünf Angreifern war es gelungen, ihre tödliche Strahlenmauer zu durchbrechen. Sie stürzten sich soeben auf Perry Rhodan und vergingen in seinem Energiefeuer, bevor Kasom eingreifen konnte.

Erst Minuten dauerte der Angriff einer tausendfachen Übermacht, aber die Menschen glaubten, schon stundenlang um ihr Leben zu kämpfen. Der Wald spie immer größere Mengen aus. In diesem Moment zeichnete sich eine neue Entwicklung ab. André Noir hatte mit seinen Parakräften in den Kampf eingegriffen, und unter unmenschlicher Anstrengung zwang er nicht nur einige Hundert der kubischen Wesen unter seinen Willen, sondern machte sie zu Todfeinden ihrer eigenen Art.

Das gräßliche Geschrei in der Luft und auf dem steilen Hang wurde lauter. Bully stellte als erster fest, daß auf seiner Seite die Wucht des Angriffs auffallend stark nachließ. Dafür aber rasten die Lichtpunkte in der Luft umeinander herum. Blitzartig begriff er dann, daß Noir mit seinen paraphysischen Kräften diesen Vorgang ausgelöst hatte. Immer mehr Angreifer erfaßte er und zwang sie, sich auf beliebige Wesen der eigenen Art zu stürzen. Das Feuer der Strahlwaffen verhinderte, daß die kubischen Wesen bis zur Höhle gelangten.

Rhodan begann sich schon um Mory Abro und Kasom Sorgen zu machen, als beide auftauchten und wortlos die Sicherung des Hanges übernahmen.

Kaum hatten sie ihr Strahlfeuer nach unten gelenkt, als Rhodan die Gefahr hinter seinem Rücken mehr ahnte als hörte. Er warf sich herum und schrie auf. Die furchtbaren Angreifer krochen über die steile Felswand herunter, waren dicht über ihnen.

Atlan griff mit in den Kampf ein. »Zum Teufel«, brüllte er, »auf die Art werden wir nicht sterben!«

Die kubischen Wesen hatten zu einem neuen Trick gegriffen. Sie strahlten nicht mehr. Sie waren so graubraun wie der Felsen.

Die Desintegratorstrahlen ließen ganze Felspartien verschwinden. Mit ihnen die fanatisch angreifenden Wesen. Der Geruch nach Karbid wurde immer intensiver, je länger der verzweifelte Kampf der sechs Menschen dauerte.

Mory Abro ging so sparsam mit der Energie ihres Thermostrahlers um, daß Melbar Kasom ihr zurief, mit größerer Dosis zu schießen.

»Warum?« rief die kaltblütige Frau gelassen zurück. »Bei mir kommt keiner durch!«

Plötzlich war der USO-Spezialist verschwunden. Er wußte, daß er sein Leben wagte, aber er wußte auch, daß er für das Leben der anderen verantwortlich war.

Er war mit zwei Sätzen unten im Tal, raste weiter – über sich die wie Fledermäuse flatternden Angreifer –, durchquerte das Tal und erreichte, noch nicht angegriffen, den Waldrand, der noch weitere Massen kubischer Wesen barg.

Auf eine Strecke von mehr als dreihundert Metern nahm er ihn unter Feuer. Der Impulsstrahl, der auf thermischer Energieentwicklung basierte, setzte den Wald in Brand. Sekunden dauerte es, bis Flammen hoch in den Himmel schlugen und das weite Tal beleuchteten.

Kasom raste schon weiter, stoppte seinen Lauf, schoß nach oben und beseitigte die Gefahr, die auf ihn herunterstürzen wollte. Der Karbidgeruch wurde unerträglich.

Wieder setzte er auf mehr als zweihundert Metern Länge den Wald in Brand. Aus den Flammen kam ein Sturm auf. Er begann durch das Tal zu brüllen. Bis zur anderen Seite war alles taghell beleuchtet.

Später als die anderen begriff er, was er mit diesem Riesenfeuerwerk bewirkt hatte.

Atlan sah, daß die kubischen Wesen immer verwirrter flatterten, je heller es im Tal wurde. »Sie fliehen!« schrie er jubelnd auf und senkte seine Strahlwaffen.

In großen Pulks flatterten sie davon. Sie reagierten wie Motten, die von jeder Lichtquelle angezogen werden.

Nun konnten die Terraner darauf verzichten zu schießen. Die Angreifer vernichteten sich selbst, indem sie in die Flammenfront des brennenden Waldes flogen.

»Das war Kasoms Werk«, sagte Rhodan, und Mory Abro entdeckte das Funkeln in seinen grauen Augen. Sie fühlte, wie er seinen Jubel unterdrückte. Aber sie sah auch, wie er Bully und Atlan auf die Schulter klopfte und sagte: »Das war hart, aber wir haben es geschafft!«

Und im nächsten Moment stand er vor Mory Abro. »Ich gratuliere«, sagte er lächelnd, »wenn ich nicht das Gegenteil wüßte, dann würde ich behaupten, Sie wären bei der USO ausgebildet worden!« Er bot ihr die Hand an.

Sie trat demonstrativ zurück. Beinahe abfällig sagte sie: »USO? Was heißt das schon?«

Bully stellte sich zu Rhodan. »Hoffnungsloser Fall, Perry! Aber müssen wir nicht bald eingreifen, um den Waldbrand zu löschen? Wir können doch nicht den halben Planeten abbrennen. Ich kann mir vorstellen, daß die Monks dieses Feuerwerk mit Unbehagen betrachten.«

Sie ließen den Wald noch drei Stunden brennen. In der Zwischenzeit betrachteten sie eins der toten kubischen Wesen. Noir hielt sich im Hintergrund auf.

»Tiere?« fragte Bully zweifelnd, hob eins der acht Glieder hoch, öffnete die sichelartig gebogene Schere und legte in dem Hohlraum dahinter ein dreifingriges Körperteil frei.

»Nicht-humanoide Intelligenz«, sagte Atlan. »Ich habe es geahnt, aber bevor ich mich von diesen Scheren zerfleischen lasse, wehre ich mich mit allen Mitteln. Und wenn diese Sorte uns noch einmal angreift.« Er verstummte, suchte den Mutanten und fand ihn neben dem Eingang zur Höhle. »Noir, kommen Sie bitte!«

Der Hypno kam heran.

»Noir, wir alle haben doch diese scheußlichen Empfindungen gehabt, als der Angriff losging. Was war das? Suggestive Beeinflussung? Was haben Sie feststellen können?«

»Weder suggestive noch hypnotische Kräfte haben diese Gefühle in uns ausgelöst, Sir. Ich kann mir denken, was Sie alle gern wissen möchten. Darf ich eine Vermutung äußern?«

»Raus mit der Sprache!« forderte Rhodan ihn auf.

»Diese Wesen sind Ungeheuer, die ihren Intellekt nur dazu verwenden, um zu morden!«

»Sagen Sie es, um uns zu beruhigen oder weil Sie davon überzeugt sind, Noir?« fragte Rhodan. Im Flammenschein vom Waldrand her konnte er jeden Zug im Gesicht seines Mutanten studieren.

»Ich bin davon überzeugt, Sir.«

»Danke, Noir.«

Und dann nahmen sie den Kampf mit den entfesselten Naturgewalten auf. Das größte Arbeitspensum schaffte wieder einmal der Ertruser. Links von der Feuerfront schlug er mit seinem Desintegratorstrahler eine Schneise in den Hochwald. Auf der anderen Seite gingen Atlan und Bully in gleicher Weise vor. Der Streifen, den sie freischossen, sollte eine Ausbreitung des Flammenmeeres verhindern. Bully und Atlan hatten erst ein Fünftel der Strecke zurückgelegt, als sie bemerkten, daß ihnen der Ertruser entgegenkam.

Sie hätten sich diese Arbeit ersparen können, wenn sie mit den Verhältnissen auf dieser Welt vertraut gewesen wären.

Während die Flammen noch zum Himmel fauchten, verschwanden die Sterne hinter einer tiefhängenden dichten Wolkendecke. Niemand beachtete es, weil das Tal von den Flammen taghell beleuchtet wurde, aber als die ersten Regenfluten zu Boden schlugen, war jeder in Sekunden bis auf die Haut durchnäßt.

Und dann erlebten sie einen Wolkenbruch, der in wenigen Minuten das große Feuer auslöschte.

»Langweilig wird es auf diesem Planeten wirklich nicht«, sagte der Arkonide, als sie wieder in ihrer Höhle saßen.

»Er hat nur einen Fehler«, meinte Bully. »Dieser Planet liefert uns nicht aus dem Nichts heraus ein komplettes Essen. Und dabei würde ich mich jetzt über ein saftiges Steak wirklich freuen!«

Zwei Monks weckten sie. Daß der eine Kiri hieß und der Großvater von Ori war, erfuhren die Menschen nie. Aber sie erfuhren, daß dieser Platz nicht sicher war. Kiri überließ es seinem Enkel, eine Zeichnung auf dem staubigen Felsboden anzufertigen.

Ori, gestern erst zum Mann erklärt, zischte seinen Kommentar, während er ein Ungeheuer zeichnete, das die Menschen an Piranhas erinnerte.

Kiri nahm Bully bei der Hand und ging mit ihm vor die Höhle. Er deutete weit nach links, wo ein schlanker Felskegel sich in den wolkenklaren Himmel reckte. Von dort sollten die kleinen Ungeheuer kommen.

»Zsch...!« machte der Monk und begleitete das kurze Zischen mit einer Bewegung, die Bully zuerst nicht verstand. Aber nach der dritten Wiederholung wußte er, was gemeint war: Diese gefräßigen Bestien sollten in unglaublich kurzer Zeit die Strecke von dem Bergkegel bis hierher zurücklegen können.

In der Höhle hatte Ori durch seine Zeichensprache erklärt, daß sie vor den kleinen Raubtieren in die Felsen klettern würden.

»Wir verschwinden hier«, bestimmte Rhodan. »Wenn ich an die letzte Nacht denke, dann haben wir eigentlich diesen Monks unser Leben zu verdanken.«

Als Bully berichtete, wie schnell das Heer dieser mordgierigen Bestien sein sollte, war auch Atlan für einen sofortigen Aufbruch.

Der Monk mit dem kurzen Bart zeigte ihnen den kürzesten Weg durch den Wald über den Hang hinweg. Immer wieder mußte er anhalten, weil die zweibeinigen Wesen nicht so schnell folgen konnten.

Als sie schweißdurchnäßt die Höhe erreichten, bot sich ihnen ein überwältigendes Bild.

Zu ihren Füßen lag eine Ebene, die wie eine riesengroße Parklandschaft aussah. Der Blumenteppich leuchtete gleich strahlenden Farbflecken zu ihnen herauf. Kleine Baumgruppen standen weit verstreut. Ein Fluß und mehrere Bäche lockerten die weite Fläche auf.

Von rechts ragten die Ausläufer eines mittelhohen Gebirges herüber. Die dunklen, schroffen Felswände standen zu dieser anheimelnden Ebene in eigentümlichem Kontrast. Drei gigantische Wasserfälle stürzten einige tausend Meter tief. Wohin ihre Wasser flossen, war nicht zu sehen. Aber auch der Monk war nicht mehr zu erblicken.

Melbar Kasom ging der kleinen Gruppe voraus. Der Hang, über den sie abstiegen, war unübersichtlich, mit fremdartigem Buschwerk bestanden und mit kurzen, aber gefährlich steilen Schluchten durchzogen.

Mory Abro kletterte zwischen Perry Rhodan und Atlan. Hinter Noir ging Bully als Schlußmann. Dem standen plötzlich die Haare zu Berge, als er zufällig nach links blickte und in ein paar große Augen schaute, die ihn anfunkelten. Er riß den Impulsstrahler schon hoch, als sich ein Tigerkopf durch das dichte Gebüsch schob und langsam auf ihn zukam.

»Cuduh!« hörte er und atmete gleichzeitig erleichtert auf.

Das große Wesen schob sich dicht an Bully heran, der mit einem Mal alle Bedenken abwarf und die kühle Körperoberfläche streichelte. Als er weiterging, paßte Cuduh sich seinem Schrittempo an.

Noir hörte an dem Knacken von Zweigen, daß sich hinter ihm etwas verändert hatte. Er blickte zurück, sah neben Bully das Ungeheuer und grinste.

Hatte Cuduh begriffen, daß er diese Zweibeiner mit seiner unerwarteten Anwesenheit erschrecken konnte? Plötzlich überholte er André Noir, brummte dich hinter Atlan sein »Cuduh«, wiederholte es bei Mory Abro, Perry Rhodan und dem riesigen USO-Mann. Dann verhielt er, bis er an Rhodans Seite war.

»Ich möchte wissen, ob du tatsächlich sprechen kannst, Cuduh«, sagte dieser und streichelte das riesige Wesen sanft.

Rhodan zuckte zusammen. Hatte er das Tier erschreckt? Cuduh übersprang den großen Ertruser, verschwand mit seinem mächtigen Körper zwischen meterhohen Büschen und brüllte dabei, wie die Menschen es noch nie gehört hatten.

»Deckung!« schrie Rhodan, der von jener Stelle, wo Cuduh jetzt raste und tobte, einen Strahlschuß hatte in den Himmel blitzen sehen.

Der Ertruser war verschwunden. Rechts und links robbten Atlan und Mory Abro heran.

Cuduh war still geworden. Melbar Kasom gab kein Zeichen, wo er sich befand. Rhodan wollte schon nach ihm rufen, als er die Stimme des Ertrusers hörte: »Um alles in der Welt, Sir, das müssen Sie sehen!«

Das klang so, als ob die Gefahr vorüber wäre. Aber woher war der Strahlschuß gekommen?

Sie kämpften sich durch das dichte Gebüsch und betraten eine kleine Lichtung. Wie angewurzelt blieben sie stehen. Neben dem Ertruser hatte sich Cuduh ausgestreckt. Vor ihm aber lagen drei Körper, zum Teil deformiert, aber noch erkenntlich.

»Wer?« fragte Rhodan, obwohl er wußte, welche Antwort Kasom ihm geben würde.

»Cuduh, Sir. Als ich ankam, waren alle drei schon tot. Ich weiß nicht, wie er es fertiggebracht hat, sie trotz ihrer Strahler mit seinem Körpergewicht zu erdrücken. Aber sehen Sie sich zuerst einmal diese Strahler an.«

Der USO-Mann verteilte drei Waffen an Rhodan, Bully und Atlan. Aus großen Augen blickte Mory Abro sie an. »Das sollen Waffen sein?« fragte sie fassungslos.

Dasselbe hätten die Männer auch gern gefragt. Plötzlich trat Rhodan vor, ging auf die Toten zu, die alle mit dem Gesicht auf dem Boden lagen, und drehte sie um.

Er fuhr zurück, als er in ein nasenloses Gesicht blickte. Er sah ein langgestrecktes Auge unter einer flachen Stirn. Er drehte den zweiten Toten um und anschließend den dritten.

Sie alle entstammten demselben Volk, sie waren blauhäutig – und sie besaßen zwischen den sieben Fingern ihrer Hände noch deutliche Spuren von Schwimmhäuten.

Bully und Atlan drehten die fremdartigen Waffen in ihren Händen hin und her, hüteten sich aber dabei, etwas zu berühren, das sich bewegen ließ. Diese Erzeugnisse einer ihnen unbekannten Technik hatten mit den ihnen bekannten Waffenformen nichts gemein.

»Ich begreife nicht, warum Cuduh diese drei getötet hat«, sagte Atlan kopfschüttelnd. »Der Gedanke, sie hätten uns hier aufgelauert, ist absurd. Niemand konnte wissen, daß wir an dieser Stelle über den Hang absteigen würden.«

»Daran denke ich die ganze Zeit auch schon, Atlan. Hast du dich hier genau umgesehen? Siehst du diese drei Stellen, wo das Gras plattgewalzt ist? Da haben sie gelegen. Warum?«

Cuduh ließ Perry Rhodan nicht aus den Augen. Der betrachtete wieder die drei Toten einer bisher unbekannten humanoiden Art.

Waren es die Beherrscher des Planeten? Waren sie und Cuduh Todfeinde?

Sie schleppten Steine herbei und legten sie über die Toten. Mehr konnten sie nicht tun. Sie wollten weiter, wollten eine Ansiedlung zivilisierter Wesen finden.

Lautlos und von allen unbeobachtet hatte sich Cuduh inzwischen davongemacht.

Als sie die Ebene erreichten, erlegte Atlan ein rehgroßes Stück Wild. Der USO-Spezialist machte Feuer. Dank der Funde in den Taschen der Toten verfügten sie über ein scharfes Messer, mit dem sie das Wild aufschneiden, enthäuten und säubern konnten.

An Holzspießen brieten sie ihre Beute. Die Stimmung unter den sechs Personen hätte gut sein müssen, aber mit dem herrlichen Gefühl, satt zu sein, war in Noir der Gedanke wieder aufgetaucht, daß in wenigen Tagen alles zu Ende war.

Wie eine Infektion war seine Stimmung auf die anderen übergesprungen. Zum erstenmal empfand Mory Abro Mitleid mit diesen Männern.

»Wollen wir nicht weitergehen, um eine Siedlung zu erreichen?« Sie hoffte, mit ihrem Vorschlag die Männer auf andere Gedanken zu bringen.

Rhodan blickte sie dankbar an. Aber er bemerkte nur ein verschlossenes, herbes Gesicht. Mory Abro verbarg ihre Gefühle wieder.

Die Sonne stieg höher. Der Glanz der Sterne am klaren Himmel wurde etwas blasser, aber sie verschwanden nicht. Die Temperatur stieg rasch an. Es wurde drückend heiß. Mit der Hitze kamen die Tiere!

Die Ebene wimmelte plötzlich davon. Auch der Luftraum über ihnen war nicht mehr leer. Schwärme riesiger Vögel kreisten lautlos über ihnen. Der Eindruck, regelrecht verfolgt zu werden, wurde bei den Menschen immer stärker.

»Perry, wir sollten versuchen, mit den erbeuteten Waffen vertraut zu werden!« drängte der Arkonide. »Vielleicht sind sie besser als unsere Strahler.«

Melbar Kasom übernahm mit Mory Abro und Noir die Sicherung, während Rhodan, Bully und Atlan die fremdartigen Waffen in die Hand genommen hatten. Vor ihnen breitete sich die Ebene aus, die an drei Stellen schwachen Baumbestand zeigte.

»Sieben Finger hatten die Toten, aber ihre Hände ähnelten stark unseren Händen. Danach hätte ...« Ein rosaroter, nadeldünner Strahl schoß aus der Waffe, die Atlan etwas nach oben gerichtet hielt. »Großer Himmel«, rief der Arkonide. »Diese Strahler sind lebensgefährlich!«

Kurz darauf stellten sie fest, daß Bully das gleiche Modell wie Atlan besaß. Nach ihren ersten Schießversuchen waren ganze Baumgruppen auf der Ebene verschwunden. Vom Strahl getroffen, hatten sie sich unter greller Lichtentwicklung aufgelöst. Die Reichweite der Waffen betrug fünfhundert Meter.

Als Perry Rhodan seinen Beutestrahler betätigte, stand eine tintenblaue Energiebahn in der Luft. Sie verlor sich im Blau des Himmels.

Das Nahziel auf dem Boden war ein großer Felsbrocken, der haushoch aufragte.

»Jetzt bin ich gespannt«, sagte Bully ahnungsvoll. Jeder war neugierig, was geschah, wenn Rhodan den Brocken unter Strahlbeschuß nahm.

Er zielte sorgfältig und berührte die Stelle am eigenartig geformten Kolben, die so leicht auf Fingerdruck nachgab. Der Strahl traf den Brocken.

»Nichts«, sagte Rhodan enttäuscht und ließ die Waffe sinken. Im nächsten Moment sprach kein Mensch ein Wort.

Der schmutzig graue Felsbrocken funkelte in grellem Rot. Verblüfft sahen die Männer sich an. Diese Erscheinung konnten sie sich nicht erklären.

Rhodan nahm einen einzelnen Baum unter Beschuß – und dann funkelte auch der Baum in grellem Rot.

»Das sehe ich mir an«, sagte Rhodan und ging auf den Baum zu.

»Vorsicht, Perry!« rief Atlan ihm nach. »Vergiß die lauernden Bestien nicht!«

Er hatte es noch nicht ganz ausgesprochen, als hoch über seinem Kopf ein häßliches Geräusch aufklang. Melbar Kasom hatte gut aufgepaßt und eine auf Rhodan herabschießende Flugechse unschädlich gemacht. In der Nähe des rotfunkelnden Baumes schlugen die Überreste auf – und begannen im gleichen Rot zu strahlen wie der Baum.

Rhodan verzichtete darauf, sich dem Baum weiter zu nähern. Er wäre auch nicht mehr dazu gekommen.

Von allen Seiten griffen Tiere sie an, als ob jemand einen Angriff befohlen hätte.

»Das geht doch nicht mit rechten Dingen zu«, brüllte Bully, der mit seiner Beutewaffe die Bestien unter Feuer nahm.

Die Ebene wimmelte von Raubzeug. Der Luftraum über ihnen wurde schlagartig von wildem Gekreisch erfüllt. Rundherum brüllten die Ungeheuer von Lovely. Die Tiere mußten tollwütig geworden sein – alle zur gleichen Zeit!

Melbar Kasom und Mory Abro übernahmen den Luftraum. Perry Rhodan, Bully, Atlan und Noir verteidigten sich nach allen Seiten. Sie feuerten aus Beute-Strahlern und Waffen plophosischer Technik.

Wieviele Tiere griffen sie an? Dreihundert? Fünfhundert? Sie fanden keine Zeit, die Zahl zu schätzen. Die Ebene und der Luftraum darüber waren von tierischem Geschrei erfüllt. Vor und hinter ihnen schlugen die Leiber angeschossener Raubechsen krachend zu Boden.

Melbar Kasom erkannte neidlos, daß Mory Abro ein besserer Schütze war als er. Am meisten aber bewunderte er ihre Kaltblütigkeit. Angst schien diese Frau nicht zu kennen. Mit ihrem Thermostrahler hantierte sie wie andere Frauen mit ihren Make-up-Utensilien.

Überall zuckte es grell auf. Wo das geschah, hatten Bully und Atlan mit den erbeuteten Strahlern getroffen. Dieser physikalische Vorgang war zu erklären. Fremdenergie traf auf Masse und setzte sie schlagartig in Licht um!

Was aber geschah, wenn Rhodan mit seinem tintenblauen Energiestrahl traf und das funkelnde Rot auslöste?

Plötzlich grollte Donner über die Ebene! Der Boden zitterte. Der rotfunkelnde Felsbrocken bestand nicht mehr. Kurz darauf drohte eine Druckwelle, die Menschen zu Boden zu schleudern. Auf die Druckwelle folgte eine Hitzewelle.

Dann explodierte donnernd der Baum. Wieder kam eine Druckwelle, aber schwächer als die erste, und wieder wurden die Menschen von einer Hitzeflut gequält.

Das Donnern nahm kein Ende mehr. Rotfunkelnde Tierkadaver verschwanden spurlos. Druckwelle folgte auf Druckwelle, und die Hitze, die sich mit jeder steigerte, war unerträglich.

Diese Donnerschläge hatten ein Gutes: Die Tiere gerieten in Panik.

Die ersten rasten blindlings davon. Einige mußten durch Atlan, Rhodan, Bully oder Noir getötet werden, weil sie gefährlich wurden. Die meisten jagten auf die parkähnliche Ebene hinaus.

Und dann begann die große Flucht. Auch die Raubechsen wurden von der Panik angesteckt.

»Ende der Vorstellung!« sagte Bully und sah den letzten davonjagenden Bestien kopfschüttelnd nach. »Ich möchte den Kerl unter meine Finger bekommen, der uns diesen Empfang bereitet hat!«

Rhodan und Atlan blickten ihn verblüfft an.

Bully bemerkte die Blicke. Sein breitflächiges Gesicht zeigte Zorn. »Ihr glaubt mir nicht? Kann ich verstehen. Aber ihr werdet mir noch glauben müssen. Den Viechern ist es doch nicht von selbst eingefallen, uns anzugreifen? Wenn ich den Burschen erwische, der hinter der Sache steckt, dann darf der sich freuen. Tiere zu mißbrauchen ... Pfui Teufel!«

Sie hatten einen seichten, breiten Fluß durchwatet. Sie waren Tieren begegnet, die in panischer Angst vor ihnen flohen.

Die Ebene schien kein Ende zu nehmen. Immer noch zeigte der Horizont nichts anderes als diese herrliche und doch so trügerische Parklandschaft.

Doch dann standen sie plötzlich vor einem Abgrund. Sie hatten das Ende der Ebene erreicht. Ein Abgrund, mehr als tausend Meter tief, hielt sie auf. Ob sie nach rechts oder links sahen – sie blickten an einer glatten Wand entlang, die senkrecht in die Tiefe stürzte.

War hier ihr Marsch zu Ende?

Sie hatten den herrlichsten Blick, den sie sich nur wünschen konnten. Die Fernsicht war erstklassig, das Land zu ihren Füßen in seiner Lieblichkeit einmalig. Der Vergleich mit dem Paradies drängte sich ihnen auf. Niemand sprach ihn aus. Die Tücken dieser paradiesischen Welt, denen sie bis jetzt begegnet waren, reichten ihnen.

Bully hatte sich immer noch nicht wieder beruhigt.

»Wo ist denn das nächste Fundbüro zu sehen, Perry?« fragte er bissig. Jeder wußte, was er damit meinte. Weit und breit war von einer Siedlung nichts zu sehen. Lovely schien unbewohnt zu sein.

»Perry, kannst du mir erklären, woher die drei Einäugigen gekommen sind?« Bully war hartnäckig. »Wo sind hier die Fabriken zu finden, in denen diese Strahler hergestellt werden?«

Bully war auf dem besten Weg, alle anzustecken. »Direkt eine Einladung, hier hinunterzuspringen. Wenn wir unten sind, tut uns nichts mehr weh.«

»Halt jetzt endlich deinen Mund!« fuhr Rhodan ihn grob an. »Du wirst nicht hinunterspringen! Ich müßte mich dann ja schämen, dein Freund gewesen zu sein! Habe ich das Gift nicht auch in den Adern? Hörst du von mir ein Wort darüber? Los, wir müssen einen Abstieg finden!«

Sie wanderten am Abgrund entlang und suchten nach einem Abstieg. Zu ihren Füßen breitete sich eine sanfte Hügellandschaft aus, die in allen Farben zu ihnen heraufleuchtete.

Eine Baumgruppe zwang sie vom Abgrund fort. Als sie diese umgingen, standen sie vor einem steilen, aber ungefährlichen Hang, der ihnen den Weg nach unten ermöglichte.

Über eine Stunde dauerte der Abstieg. Der letzte Teil der Strecke führte durch Wald. Zwischen den Bäumen sahen sie in der Ferne das Sonnenlicht und die bunte Grasfläche schimmern. Als Abschluß stand dahinter ein mehrere Meter hoher Katarakt, über den brausend die Wassermassen stürzten. Mit jedem Schritt wurde das Rauschen lauter.

Es war eigenartig, daß sie seit Stunden kein einziges Tier mehr gesehen hatten. Nur in den Kronen der hohen Bäume sangen Vögel.

Melbar Kasom ging voraus. Er war ahnungslos wie alle anderen. Das Rauschen des Kataraktes war zum Brüllen geworden. Die Mauer aus grünlich schimmerndem Wasser zog die Blicke aller auf sich.

Vor ihnen lag das Ende des Waldes. Hier standen die Bäume weit auseinander. Zufällig blickte Perry Rhodan nach links, flußaufwärts.

»Kasom!« schrie er, aber der Ertruser konnte es nicht hören. Der Wasserfall übertönte Rhodans Schrei.

Mit einem Satz war er hinter dem Ertruser und schlug ihm auf den Rücken. Der USO-Agent reagierte sofort. Rhodan riß seinen Arm hoch und deutete nach links.

Über dreihundert Meter weit konnte man den Fluß entlang sehen. Dort aber, wo der Wald sich bis zum Wasser vorschob, hockten fünf Gestalten hinter mannshohen Felsblöcken und schossen aus Energiewaffen über den Fluß.

Atlan kroch an Rhodans Seite. »Was hältst du davon?« Er rief es ihm ins Ohr. »Das sind doch Riesen!«

Von der anderen Seite des Flusses wurde das Strahlfeuer jetzt erwidert. Drei Felsbrocken lösten sich explosionsartig auf. Drei der Gestalten existierten nicht mehr. Die beiden letzten sahen sich hastig um. Zum erstenmal kehrten sie Rhodan und den anderen die Gesichter zu.

Die Sonne fiel voll darauf. Sie traf auf zwei schwarze, ovale Flächen.

Acht Strahlen standen jetzt wieder über dem gurgelnden Wasser des mächtigen Flusses. Acht Strahlen trafen jene Deckung, hinter der die beiden letzten jagen. Wieder gab es zwei Explosionen – und dann war dort vor dem Waldrand nichts Lebendiges mehr.

Ratlos blickten sich Rhodan und Atlan an.

Was für eine Auseinandersetzung hatten sie miterlebt? Unwillkürlich mußten sie an die drei Einäugigen denken, die von Cuduh ausgeschaltet worden waren. Hatte Cuduh ihnen vielleicht durch sein Eingreifen doch das Leben gerettet?

Aber die Einäugigen waren doch nicht so groß gewesen wie diese fünf Wesen, deren Vernichtung sie beobachtet hatten.

Rhodan wollte sich Gewißheit verschaffen. Er rief Atlan ins Ohr: »Hast du ihre Gesichter gesehen?«

»Die waren oval, schwarz und flach.«

Rhodan nickte. Jetzt begriff er noch weniger. Bedeutete die übereinstimmende Beobachtung nicht, daß sich mit ihnen mindestens drei verschiedene humanoide Arten auf Lovely aufhielten?

Er richtete sich etwas auf und spähte zum anderen Flußufer hinüber. Dort sah es jetzt friedlich aus. Aber dieser Friede war nur eine dünne Decke über unbekannten Gefahren.

10.

Sie hatten den Fluß verlassen.

»Wir müssen nach Norden«, sagte Atlan zum dritten oder vierten Mal, und es klang wie ein Befehl. Wenn sie aber diese Richtung einschlugen, dann mußten sie über den langgestreckten Hang steigen, sich zwischen üppig wuchernden Gewächsen hinaufarbeiten, während es sich doch gutgehen ließ, hier neben dem sprudelnden Bach.

Melbar Kasom entdeckte die Gefahr, die vor ihnen lauerte. Er schleuderte Mory Abro in das nächste Gebüsch.

»Deckung!« brüllte der ertrusische Riese. »Angriff vom Hang!«

Sie waren in eine Falle gelaufen. Neben ihnen peitschten Strahlschüsse in den Boden.

Bully sah Bewegung im Hang. Er schoß.

Noir fühlte starke mentale Impulse und wußte, was das zu bedeuten hatte. Menschen oder andere intelligente Wesen griffen sie an.

Atlan kroch zu Melbar Kasom. Dabei sah er, wie Mory Abro bereits ihre Waffe in Anschlag gebracht hatte. Im nächsten Moment zischte es dicht an seinem Kopf vorbei. Ein Strahlschuß verfehlte ihn um Millimeter. Kasom und Mory Abro erwiderten das Feuer aus ihren Waffen. Zwischen Bäumen löste sich ein Stück Felsen auf.

Metergroße dunkelrote Spinnen, die auf je zwei Beinpaaren liefen, verschwanden tiefer zwischen den Bäumen. In zehn Metern Höhe im Hang sah André Noir plötzlich das groteske Gesicht eines Fauns. Der braune Kopf, von langen, dunklen Haaren umrahmt, schnellte über einen Meter hoch. Ein Hals, nicht dicker als ein Unterarm, hatte die Funktion eines Stativs. Oben darauf stand der Faunskopf. Ein Kopf mit Mund, Nase und einem Auge, aber einem Auge, das aus vielen Facetten bestand und in einer hohen Stirn eingebettet lag.

André Noir erschauerte unter dem tückischen Glitzern dieses Sehorgans.

Einen Augenblick später hatte der Hals den Kopf wieder eingezogen, und hinter dichten Büschen war alles verschwunden.

Was soll das bedeuten, fragte sich der Mutant und ließ die Stelle nicht aus den Augen.

Dort oben bewegte sich buntes Blattwerk. Sonnenlicht fiel auf etwas, das Noir nicht erkennen konnte, und spiegelte sich darauf wider.

Metall, dachte der Mutant und schoß auch schon.

Ein Schrei alarmierte sie. Die Sträucher flogen auseinander. Er sah den Faunskopf wieder. Der große Mund war aufgerissen und stieß den dumpfen Schrei erneut aus.

Und dann kam der Rumpf aus dem Gebüsch, und die Arme und Beine waren zu sehen – die Glieder einer Riesenameise und der Rumpf ebenso schlank und zerbrechlich.

Aber wieviel Kraft steckte in dem über zwei Meter großen Körper: Das Wesen raste den Hang hinunter, riß alles zur Seite, was sich ihm in den Weg stellte, und hielt schreiend das rechte Armglied nach oben.

Noir hatte es verletzt, als er seinen Strahlschuß auf die Waffe abgab, die das Sonnenlicht widerspiegelte. Zehn Meter von ihm, Bully und Rhodan entfernt raste das Wesen durch das Tal in die Richtung davon, aus der sie gekommen waren. Doch im Hang war immer noch fremdes Leben. Es raschelte, und Äste krachten.

»Strahlfeuer dicht über die Büsche!« ordnete Rhodan an.

Sechs Strahlen zischten hoch. Und da tauchten andere Faunsköpfe auf. Drei, vier, fünf, und alle waren auf der Flucht – den Hang hinauf.

Niemand schoß auf sie. Keiner dachte daran, sie zu vernichten, da sie, die Terraner, sich nicht mehr in Notwehr befanden.

»Perry, und ich wollte auch schon vorschlagen, daß wir nach Norden gehen sollten«, gab Bully an. »Genau wie Atlan. Merkst du was?«

Sie wurden durch Atlan gestört. Er berichtete von den metergroßen, dunkelroten Spinnen, die er gesehen hatte.

»Intelligente Spinnen?« fragte Rhodan erstaunt.

»Ja, Perry. Oder hast du schon einmal unintelligente Spinnen gesehen, die aus Strahlwaffen schießen?«

»Sir«, mischte sich Noir ein, dem etwas eingefallen war, »ich möchte einmal ein Stück den Hang hinauf. Es ist kein Risiko dabei. Ich kann keinen mentalen Impuls empfangen.«

Unbeabsichtigt hatte er damit Atlans Behauptung, die Spinnen seien intelligente Wesen, untermauert.

»Was wollen Sie da, Noir?«

»Eine Waffe suchen, Sir. Ich habe auf eine Waffe geschossen, aber nur den Arm getroffen, der sie hielt.«

»In Ordnung, Noir. Beim kleinsten Risiko zurückkommen.«

Der Mutant verschwand zwischen den Sträuchern.

Der schwere Schritt des Ertrusers klang auf. Er lachte, und Mory Abro, die neben ihm ging, lächelte, obwohl ihr Gesicht zerkratzt und der linke Ärmel ihrer Kombination bis zum Ellbogen aufgerissen war.

»Die kann lächeln?« Bully konnte es nicht fassen.

Hatte sie die Blicke gefühlt? Schlagartig wurde ihr Gesicht verschlossen.

Melbar Kasom hielt ein unbekanntes Ding in der Rechten. »Sir«, sagte er, »ich habe es nicht beobachtet, als wir auf die Spinnen schossen, aber Miß Mory sah, daß eine Spinne etwas verlor. Sie beschrieb mir die Stelle. Ich hab's geholt. Was mag das sein?«

Zwischen Daumen und Zeigefinger hielt er einen grauen, metallischen Körper, der so viele Ecken und Flächen besaß, daß man ihn keiner geometrischen Figur zuordnen konnte.

»Eine Waffe?« fragte Atlan mißtrauisch. »Legen Sie das Ding auf den Boden. Weiß der Teufel, wo die Stelle ist, die den Energiestrahl auslöst.«

Indessen kam André Noir zurück. Er brachte etwas mit, das nach einem Bumerang aussah. Es war aus Metall, fast schwarz, aber poliert und wunderbar gearbeitet. Drei Stellen des Objektes wiesen Erhöhungen auf.

Dann lag es neben dem fünfzehn Zentimeter langen, unförmigen Ding, das Melbar Kasom mitgebracht hatte.

»Noir, achten Sie auf mentale Impulse!« wies Rhodan seinen Mutanten an. »Wir haben eben nicht den letzten Überfall auf uns erlebt. Wer hat noch den Wunsch, daß wir in nördlicher Richtung weitergehen sollen?«

Es meldete sich niemand.

»Und wer wäre kurz vor dem Überfall gern nach Norden gegangen?« fragte er nun.

Alle hatten den Wunsch verspürt, nach Norden zu gehen.

»Suggestion!« sagte Atlan.

»Mahlzeit!« knurrte Bully.

»Im Laufe eines einzigen Lovely-Tages sind wir einer ganzen Anzahl grundsätzlich andersartiger Intelligenzen begegnet, und das ist kein natürlicher Zustand für eine Welt wie diese. Und wenn ich bedenke, unter welchen mysteriösen Umständen wir nach hier geschafft worden sind, dann meldet sich automatisch die Frage: Was steckt dahinter?«

»Der, der dahintersteckt, will sich einen Zoo anlegen, wie es sich die

Aras mal erlaubt hatten, bevor wir ihnen auf die Finger klopfen konnten«, sagte Bully impulsiv.

»Dann sorgt man aber dafür, daß die für einen Zoo Vorgesehenen nicht mit Strahlern bewaffnet sind, mein Lieber!«

André Noir streckte einen Arm aus. »Sir, ich empfange Impulse.«

»Ja«, sagte Bully, »wir sollten weiter nach Norden gehen ...«

Das waren die ersten Auswirkungen einer erneut einsetzenden Parabeeinflussung. Das Erschreckende daran war die Tatsache, daß Bully dieser Suggestion so leicht erlag, obwohl er auf die Abwehr von Psi-Angriffen trainiert war.

»Wir sollten nach Norden gehen«, schlug Mory Abro ebenfalls vor.

Rhodan sah seinen Mutanten auffordernd an. Noir verstand. Er sollte Reginald Bull und Mory Abro durch einen Hypnoblock gegen suggestive Einflüsse absichern.

Fünf Minuten später waren sie auf der Flucht. Sie rannten davon. Sie jagten den Weg zurück, den sie vom großen Fluß her gekommen waren. Der Hypnomutant hatte sie alarmiert. Über beide Hänge und aus der Richtung, die vor ihnen lag, empfing er immer stärkere gedankliche Impulse. Nur der Weg zum Fluß sollte noch frei sein. Aber dafür konnte er sich nicht für unbeschränkte Zeit verbürgen.

Bully und Mory Abro zeigten sich störrisch. Sie wollten nach Norden, den Hang hinauf und an der anderen Seite wieder hinunter. Dort sollte es viel schöner sein als hier!

»Kasom!«

Der Ertruser stand schon bereit. Er verlor kein Wort über seine Aufgabe. Er trug Mory Abro nicht zum erstenmal, aber erstmals Rhodans Stellvertreter Reginald Bull.

Beide waren durch Atlan und Rhodan entwaffnet worden. Niemand konnte voraussehen, was sie machten, wenn die suggestive Beeinflussung noch stärker wurde.

Im Laufschritt jagten sie dahin. Noir hatte eine doppelte Aufgabe zu lösen: Bully und Mory Abro durch einen hypnotischen Block vor Suggestivbeeinflussung zu schützen und gleichzeitig auf mentale Impulse zu achten, damit sie alle nicht erneut in eine Falle liefen.

Es war drückend heiß geworden. Die Männer waren schweißüberströmt, nur der Ertruser, der dazu noch zwei Menschen trug, schwitzte nicht. Er war ganz andere Strapazen auf Welten mit wesentlich höherer Gravitation gewöhnt.

»Sir, wir werden über den linken Hang verfolgt!« rief er nach einer halben Stunde scharfen Dauerlaufs.

»Schneller!« befahl Rhodan. Er schaute seinen Ertruser fragend an. Der grinste nur, als wollte er damit sagen: »Von mir aus kann es stundenlang in diesem Tempo weitergehen.«

Jetzt machte es sich bezahlt, daß alle durchtrainiert und körperlichen Belastungen dieser Art gewachsen waren. Noir drängte sich an Rhodans Seite. »Sir, ich glaube, ich habe beide soweit! Soll ich ihnen den Befehl geben, widerspruchslos zu laufen?«

»Fragen Sie nicht erst, Noir! Handeln Sie!«

Er biß die Zähne zusammen. So leicht wollten sie es ihren unbekannten Feinden nicht machen, sie auszulöschen, auch wenn sie mit Ausnahme von Mory Abro und Kasom nur noch ein paar Tage zu leben hatten. Hatte Atlan seine Gedanken erraten?

Der Arkonide lachte grimmig. »Sollen sie kommen. Wir können allen noch etwas zeigen!«

Da war er – der stahlharte Wille des Kämpfers, Sieger zu bleiben, auch wenn sie kurz vor dem Lebensende standen. Und in diesem Moment begriff Atlan, wieso Bully dieser rätselhaften Suggestivkraft so leicht erlegen war: Er befand sich auf dem Tiefpunkt seiner Lebensenergien.

Warte nur, dachte auch Rhodan, *ich bringe dich wieder auf die Beine!*

Eine Hand legte sich auf seinen Arm. Noir gab ihm ein Zeichen. Es war soweit: Mory Abro und Bully befanden sich unter Noirs Parawillen, und der befahl ihnen, widerspruchslos mitzulaufen.

Kasom setzte beide ab. Sie paßten sich ihrem Tempo sofort an.

Wieder berührte Noir Rhodans Arm. »Sir, vor uns ...« Er stockte, zeigte fast ein kindliches Erstaunen und sagte dann erregt: »Wenn ich jetzt nicht danebentippe, dann erwartet uns Cuduh!«

Hundert Meter weiter sahen sie Cuduhs Tigerkopf. Das große Wesen schien auf sie gewartet zu haben.

»Eine verrückte Welt!« fluchte der Arkonide. »So etwas habe ich in meinem ganzen Leben noch nicht mitgemacht!«

Cuduh lief ihnen voraus. Das Tier paßte sich ihrem Tempo an. Was war denn jetzt?

Cuduh versperrte ihnen den Weg. Sie sollten das winzige Seitental, das in den rechten Hang führte, benutzen.

Sie taten es. Eine halbe Stunde später sahen sie das silbern leuchtende Wasser des breiten Flusses.

Cuduh rannte darauf zu, sah sich immer wieder um, ob sie ihm folgten, und blieb dann plötzlich stehen.

Die letzte halbe Stunde hatte an ihren Kräften gezehrt. Die Hitze machte ihnen auf die Dauer doch zu schaffen. Sie erreichten Cuduh, und alle keuchten schwer.

Cuduh drängte sich mit seinem langen Körper immer näher dem Wasser zu. Das Ufer war steil und hoch. Fünf Meter tiefer gurgelte der Fluß.

»Sollen wir ein Bad nehmen?« fragte der Ertruser.

Dann sah er es als erster.

Durch starke Schlinggewächse mit dem Ufer verbunden, schaukelte auf dem Wasser ein Floß. Und auf dem Floß waren dreißig Monks. Alle Monks sahen jetzt zu ihnen herauf, zischten erregt und gestikulierten.

Ihre Zeichen waren eindeutig. Sie sollten herunterkommen und auf das Floß steigen!

Das Floß bestand aus Bündeln von einigen hundert zehn bis fünfzehn Zentimeter dicken Ästen. Die einzelnen drei bis fünf Meter langen Bündel waren durch Schlingpflanzen miteinander verknüpft. Das Floß war über zwanzig Meter lang, fünf Meter breit und ragte erstaunlich hoch aus dem Wasser.

Cuduh drängte. Die Monks zischten laut und aufgeregt.

»Sir, ich fange schon wieder Impulse auf«, gab Noir bekannt. »Sie kommen erstaunlich schnell näher!«

Eine Schlingpflanze war um den untersten Ast eines Baumes gewunden und endete unten auf dem Floß. Nacheinander kletterten sie daran hinunter. Mory Abro und Bully machten keine Umstände. Kaum war der letzte auf dem Floß, als die Monks es mit langen Stangen abdrückten und es in die Flußmitte stakten, wo die Strömung am schnellsten zu sein schien.

Am Ufer stand Cuduh und blickte ihnen nach.

Perry Rhodan winkte. Als er feststellte, daß der Arkonide ihn dabei beobachtet hatte, sagte er: »Ich hatte das Gefühl, mich bei ihm bedanken zu müssen. Wenn ich nur wüßte, warum dieses riesige Wesen uns wie seine Freunde behandelt.«

Unter den Monks befanden sich Kiri und sein Enkel Ori. Sie drängten sich zu Rhodan vor und begannen zu gestikulieren.

Wie jedesmal, so verstanden sie zunächst keine einzige Geste. Plötzlich kam von der Spitze des Floßes zischendes Geschrei. Vier Monks deuteten zum linken Ufer.

In achtzig Metern Entfernung trieben sie daran vorbei. Und am linken Ufer standen Menschen.

»Nein, Springer sind es!« schrie der Arkonide auf. »Springer! Sollten die hinter diesem Teufelsspiel stecken?«

Rhodan stand neben Noir und gab dem Hypno einige Anweisungen. »Alle in Deckung gehen!« Rhodan rechnete damit, daß die Galaktischen Händler sie zwischen den Monks, die fast so groß waren wie sie, nicht erkannt hatten.

Atlan hatte seine Strahlwaffen gezogen. Er traute diesem Frieden am Ufer nicht. Aber Noir hatte unter Aufbietung aller Energie seine hypnotischen Parakräfte entfesselt und sie auf die sieben Springer abgestrahlt.

Springt ins Wasser und schwimmt zum Floß! befahl er ihnen ununterbrochen.

Länger als sonst dauerte es, sie unter seine hypnotische Gewalt zu bekommen. Irgend etwas hinderte sie, zu gehorchen.

Rhodan blickte schon zu seinem Hypno hinüber. Alle anderen waren ahnungslos.

Da warf sich der erste Springer in die warmen Fluten und begann mit schnellen Stößen zu schwimmen, kaum daß ihm das Wasser bis an die Brust reichte. Die anderen taten es ihm nach.

Rhodan richtete sich wieder auf. »Wir beide wollen sie in Empfang nehmen, Atlan. Hoffentlich verfügen alle über wasserdichte Strahlwaffen.«

»Du traust den Sternzigeunern ja viel Gutes zu.«

»Nicht mehr, als Noir ihnen aufzwingt.«

Der Arkonide begriff plötzlich, warum sieben Galaktische Händler bemüht waren, so schnell wie möglich das Floß zu erreichen, als ob ihr Leben davon abhinge.

Der erste klammerte sich an einem Holz fest. Er sah erschöpft aus. Bei der schweren Kleidung, die er trug, war es eigentlich ein Wunder, daß er das Floß überhaupt erreicht hatte.

Atlan und Rhodan nahmen ihn in Empfang. Der Ertruser kam herüber. Unter jedem Schritt wippte das Floß trotz seiner großen Tragkraft, und eine ganze Reihe Äste, die über einem Hohlraum lagen, brachen unter Kasoms Gewicht durch.

Wenige Minuten später befanden sich alle sieben Springer auf dem Floß. Die Monks hatte sich auf den hinteren Teil zurückgezogen und gaben keinen einzigen Laut von sich.

Das fiel Rhodan erst auf, als er Noir befohlen hatte, die Galaktischen Händler zu präparieren, damit sie gleich willenlos jede Frage beantworteten. Verwundert sah er zu den Monks hinüber. Feindselig war ihre Haltung. Ganz offensichtlich galt das den Springern.

Sollten sie mit den Händlern böse Erfahrungen gemacht haben?

Er ging zu ihnen, um es zu erfahren. Er fühlte, daß es ungeheuer wichtig war. Der Monk, der den längsten Bart besaß, ging ihm aus dem Weg, als er vor ihm stand.

»Großer Himmel«, sagte Rhodan mit leichter Ungeduld, »laßt doch wenigstens mit euch reden!« Er folgte dem alten Monk, der bis an die Kante des Floßes zurückgewichen war. Rhodan machte eine Geste, die eine Bitte ausdrückte. Wenn er Pech hatte, konnte sie in der Zeichensprache der Monks genau das Gegenteil ausdrücken.

Kiri verstand ihn richtig. Aber die Feindseligkeit in seinem Blick blieb. Dann sprachen seine Hände eine unmißverständliche Sprache. Rhodan und seine Männer sollten die Springer in den Fluß werfen, weil sie eine Sippe der Monks ausgelöscht hätten.

»Ertränkt sie!« schlug Kiri ihm vor. Mit allen Zeichen des Abscheus kehrte er dann den Galaktischen Händlern den Rücken zu. Mit dieser Nachricht kam Rhodan zu Atlan zurück.

»Unmöglich!« sagte der Arkonide. »Einer von uns muß ihnen klarmachen, daß es für uns derartige radikale Methoden nicht gibt.«

Rhodan beobachtete erschreckt, daß die Monks das Floß gegen das Ufer treiben ließen. »Sie setzen uns unter Druck.« Er spähte das Ufer entlang. Einige hundert Meter flußabwärts schien sich etwas zu bewegen. Atlan folgte seinem Blick.

Der Ertruser sprang in einem Satz zu ihnen herüber, so daß das Floß bedenklich bei seinem Aufsprung schwankte. »Wir müssen auf die andere Flußseite, sonst treiben wir den Ungeheuern in die Arme!«

»Ungeheuern?« fragte Atlan. »Wo?«

Sie sahen sie. Melbar Kasom hatte nicht übertrieben. Drei Meter große bizarre Gestalten galoppierten am Ufer entlang und kamen auf die Stelle zu, wo sie landen würden, wenn sie den Kurs nicht änderten.

Die Körper der Ungeheuer erinnerten an Pferde, auf vier Läufen bewegten sie sich unheimlich schnell, zerstampften Büsche, wichen ins seichte Wasser des Flusses aus, verschwanden zwischen den Bäumen und tauchten zehn Meter höher wieder auf.

Unaufhaltsam wurde das Floß dem Ufer zugetrieben. Es dauerte nur noch Minuten, bis die Floßbesatzung diesen elf langhalsigen Ungeheuern gegenüberstand, deren Köpfe entfernt menschenähnlich wirkten.

Welche Gefahr ihnen entgegenkam, zeigte sich, als drei blaßblaue Energiestrahlen vom Ufer her dicht über ihre Köpfe hinwegstrichen.

»Nein!« rief Rhodan aus. Breitbeinig stand er auf dem leicht schaukelnden Floß, in jeder Hand einen Strahler, und schoß zurück.

Er verfehlte beide Ziele. Aber seine Strahlschüsse hatten trotzdem Wirkung. Die elf Wesen, mehr Pferd als Mensch, tauchten blitzschnell im Schutz des Waldes unter.

»Kasom, staken Sie das Floß zur anderen Seite!« befahl Rhodan.

Der Ertruser eilte über das Floß zu den untätigen Monks. Die sausten plötzlich von ihren Plätzen hoch, standen verwirrt auf ihren sechs Beinen und starrten die grüne Front des Flußufers an.

»Ich schnappe hier noch über!« stöhnte Atlan, als er die elf Zentauren plötzlich in den Fluß jagen sah.

Den Pferdewesen folgten andere – Schimpansen, die eine schwache Ähnlichkeit mit den Monks hatten, aber auf vier Beinen liefen.

Und jetzt liefen sie nicht. Sie flogen in weitem Sprung durch die Luft und benutzten ihren Fächerschwanz mit großer Geschicklichkeit, ihren Sprung zu steuern.

Zu Dutzenden flogen sie zwischen den Stämmen hervor, geradewegs dorthin, wo elf drei Meter große Wesen versuchten, sich schwimmend zu retten.

Aber was war in die Monks gefahren?

Sie zischten so laut und erregt, wie es die Menschen noch nie gehört hatten. Und wie sie stakten, und wie sie versuchten, so schnell wie möglich das Floß vom Ufer wegzubringen!

»Sie wehren sich!« stellte Atlan fest, der vom Angriff dieser Affenherde auf die Zentauren fasziniert war.

Alle Zentauren tauchten wie auf ein Kommando. Im aufgewühlten Wasser sahen die Menschen auf dem Floß überall diese Affenart schwimmen, der sie bisher noch nie begegnet waren. Sie ahnten nicht, daß die Monks sie Abs nannten und deren Todfeinde waren.

Die Zentauren hatten die Strömung ausgenutzt, um Abstand von ihren gefährlichen Verfolgern zu bekommen. Fünfzig Meter vor ihnen tauchten sie alle gemeinsam auf. Die schweren Rümpfe hoben sich sprungartig aus dem Wasser, Stummelarme tauchten auf, deren Finger Waffen umklammert hielten. Die Zentauren schossen auf ihre Verfolger.

Nicht nur die Abs, die die Zentauren für eine leichte Beute gehalten hatten, gingen in dem so plötzlich ungleich gewordenen Kampf unter, sondern auch die Zentauren selbst.

Zwischen ihnen schlug eine Rakete ein, die vom rechten Ufer abgeschossen worden war. Es zischte nicht einmal, als die Rakete im Wasser versank. Die Menschen auf dem Floß hörten nichts davon.

Dann aber schien das Flußbett zum Vulkan zu werden. Für Sekunden riß der mächtige Fluß auf. Gewaltige Wassermengen jagten zum Himmel hoch. Mit ihnen die Leichenteile von elf Wesen, die an Zentauren erinnerten. Der Wasserflut folgte ein Energiekegel, der in Regenbogenfarben schillerte. Ein Donnerschlag beendete das unfaßbare Schauspiel.

»Anhalten! Das Floß anhalten!« riefen Rhodan und Atlan gleichzeitig.

Alle Monks arbeiteten fieberhaft. Auch die gigantischen Kräfte des Ertrusers wurden wirksam, der mit einem Satz zum Ende des Floßes nach vorn gesprungen war. Fast schien es, daß er allein es fertigbrachte, das plumpe Fahrzeug gegen die Strömung zu halten, als mit lautem Krachen die armdicke Stange dicht über dem Wasser durchbrach.

Das Floß nahm wieder Fahrt auf. Es passierte die Stelle, an der das Geschoß eingeschlagen hatte. Rhodan und Atlan spähten nach rechts und links in die Höhe. Sie wollten versuchen, die nächste anfliegende Rakete durch einen Strahltreffer zu vernichten, rechneten aber kaum damit, daß ihnen das gelingen würde.

Langsam trieben sie weiter. Nichts passierte. Schon glaubten sie, die gefährliche Stelle hinter sich gelassen zu haben, als tief im Wald des rechten Ufers die Hölle losbrach. Schreie, die unmöglich aus menschlichem Mund kommen konnten, waren zu hören. Dazwischen Brüllen und Krachen, als würde der halbe Wald niedergelegt.

Und dann sahen Rhodan und Atlan zur gleichen Zeit einige blaßblaue Strahlfinger für Sekunden senkrecht zum Himmel ragen.

Als sie verschwanden, wurde es auch im Wald wieder still.

Rhodan und Atlan schauten sich verzweifelt an.

»Atlan, das ist kein Irrsinn, was wir erleben! Das ist gewollt, wahrscheinlich mit Gewalt erzwungen ...«

Der Arkonide grinste und deutete zum Ufer. »Sieh mal, wer da kommt, Perry!«

Cuduhs sprangen in eleganten Sätzen ins Wasser – weit über dreißig – und schwammen auf das Floß zu. Es sah aus, als wolle eine Meute Tiger das Floß stürmen.

Die Cuduhs dachten nicht daran, aufs Floß zu kommen. Sie bissen sich an dem Stangengewirr fest und ließen sich mit dem Fahrzeug flußabwärts treiben. Der Ertruser machte dabei eine eigenartige Entdeckung. An drei Cuduhs glaubte er Strahlschuß-Verletzungen bemerkt zu haben. Rhodan und Atlan sahen sich den Fall näher an.

»Tatsächlich!« sagte Atlan stöhnend. »Soll das vielleicht heißen, daß die Cuduhs mit der Gruppe Intelligenzen gekämpft haben, die die Rakete abgeschossen hat? Ja, verdammt noch mal, wie viele Rassen laufen denn auf diesem verrückten Planeten umher?«

»Das wollen wir jetzt einmal die Springer fragen. Ich schätze, daß André Noir sie soweit unter seiner Gewalt hat, daß sie alles aussagen, was sie wissen. Nur eins werden sie nicht sagen können, warum uns die Monks zu der Floßpartie eingeladen haben.«

»Erinnere mich nicht daran«, knurrte Atlan. »Hier ist alles so unverständlich und atemberaubend zugleich, daß ich fast schon nicht mehr weiß, wann für uns Vergiftete Schluß ist.«

»Dann hat das atemberaubende Tempo, dem wir alle unterworfen sind, doch wenigstens etwas Gutes hervorgebracht!«

»Wenn's bloß Sinn hätte, Perry, dann würde ich noch schlimmere Dinge in Kauf nehmen.«

Atlan ahnte nicht, daß es noch viel schlimmer kommen würde.

Niemand konnte es vermuten, daß das Ende ihrer Floßfahrt sie einer Aufgabe gegenüberstellte, die fast unlösbar war.

Aber wenn auch ihr Leben so gut wie abgeschlossen war, so verteidigten sie es bis aufs äußerste. Sie wunderten sich kaum noch, als sie beim Verhör der Springer erfuhren, daß sich auf Lovely einige hundert Gruppen der verschiedensten Intelligenzwesen befanden. Doch warum jeder des anderen Feind war, konnten auch sie nicht sagen.

»Ich ahne etwas«, meinte Atlan. »Wir wollten doch alle an einer bestimmten Stelle nach Norden gehen. Den vielen anderen Intelligenzgruppen auf diesem Paradiesplaneten wird es auch nicht anders ergehen, als es uns ergangen ist. Alle stehen unter einem hypnotischen oder suggestiven Einfluß. Wie verhält es sich in dieser Hinsicht mit den Monks, wie mit den Cuduhs? Hast du dich schon einmal gefragt, ob sie uns nicht geradezu in den Rachen eines Ungeheuers fahren?«

»Und wenn sie es tun, Atlan? Können wir mehr verlieren als unser Leben, das nur noch nach Tagen zählt?«

»Mehr nicht, Perry! Leben – was es bedeutet und wie wertvoll es ist –, das habe ich erst richtig begriffen, als man mir das Gift injizierte. Heute bedaure ich, daß mir diese Erkenntnis so spät kam.«

Sie sahen sich stumm an, während das Floß auf der Mitte des Flusses dahintrieb, vorüber an den bewaldeten Ufern, die so friedlich aussahen.

Die Floßfahrt schien kein Ende zu nehmen.

Sie waren schon den zweiten Tag unterwegs. Der Fluß hatte sich zu einem gigantischen Strom verbreitert. Dort, wo der Wald zurücktrat, hatten sie weit über wellige, liebliche Ebenen blicken können.

Unermüdlich lenkten die Monks das Floß. Auch die Cuduhs zeigten keine Müdigkeit. Hunger schienen weder sie noch die Monks zu empfinden, wohl aber die Menschen.

Bully und Mory Abro unterlagen nicht mehr jener suggestiven Beeinflussung. Sie verdankten es den paramentalen Kräften Noirs, der aber nach wie vor auf Befehl Rhodans die Springer unter seinem hypnotischen Zwang hielt.

Als die ersten Abendschatten auf den Fluß fielen und das kristallklare Wasser tintenblau zu schimmern begann, hoben alle lauschend den Kopf.

Aus der Ferne drang ein Rauschen und Brüllen, das immer lauter wurde. Die Monks zeigten keine Reaktion, ebenso nicht die Cuduhs, die wie Parasiten am Floß hingen.

Eine halbe Stunde später erkannten die Menschen, daß sie einem Wasserfall oder einer gewaltigen Stromschnelle zutrieben.

Im letzten Licht sahen sie vor sich die erregten Wassermassen, aus denen dunkle, messerscharfe Klippen herausragten.

Rhodan beobachtete Mory Abro. Die junge Frau zeigte keine Unruhe. Wie bisher saß sie etwas abseits und zeigte damit, daß sie nicht aus freiem Willen mit ihnen zusammen war.

Das Floß wurde schneller, jagte an Klippen vorbei, tänzelte und sprang auf den wildbewegten Wellen. Und wenn es auch manchmal so aussah, als würde das Floß gegen eine Felsbarriere prallen, die Monks steuerten es daran vorbei.

Die Sicht wurde schlechter. Die Ufer verschwanden. Um sie herum nur tobende Wassermassen, die sich über meterhohe Stufen ergossen.

Plötzlich blitzte es an beiden Ufern auf. Strahlen standen dicht über dem Fluß mit seinen Stromschnellen.

»Angriff!« brüllte Melbar Kasom. In diesem Augenblick wurde das Floß durch Strahlvolltreffer in drei Teile zerschnitten. Daß dabei kein Wesen auf dem Floß verletzt oder getötet wurde, war ein Wunder.

Rhodan sah, wie das Floß sich unter seinen Füßen auflöste. Der Ertruser versuchte, Mory Abro zu erreichen. Als er absprang, brach er ein und verschwand in den reißenden Wassermassen.

Hinter sich hörte Rhodan einen Aufschrei. Um sie herum zischten die Strahlen aus schweren Handwaffen.

Er sah Mory Abro verzweifelt um ihr Gleichgewicht kämpfen. Das Floßteil, auf dem sie sich befanden, stürzte eine meterhohe Stromschnelle hinunter.

Rhodan umschlang Mory Abro, glaubte für Sekunden, ihren Sturz verhindert zu haben, doch sie brachen ein wie zuvor Melbar Kasom.

Das Wasser schlug über ihnen zusammen. Immer noch hielt er Mory

Abro fest. Er fühlte, wie die reißende Strömung sie beide erfaßte. Rhodan hatte jegliches Empfinden für oben und unten verloren. Er war darauf vorbereitet, von der reißenden Strömung gegen eine Klippe geschleudert und zerschmettert zu werden. Noch reichte der Luftvorrat in seinen Lungen, als ihm Mory Abro mit einem gewaltigen Ruck aus den Armen gerissen wurde.

Wie ein Korken wirbelte er im Wasser herum. Da traf ihn ein Stoß.

Eine Klippe, dachte er. Dann merkte er, daß er sich nicht rühren konnte. Etwas hatte seinen Leib und beide Arme umklammert.

Wellen überspülten ihn. Klippen huschten schattenhaft an ihm vorbei. Er tauchte unter und wurde dann wieder an die Oberfläche gerissen. Der Druck um Arme und Leib veränderte sich nicht. Jetzt ging es eine weitere Stromschnelle hinunter. Wieder hatte er das Empfinden, sich wie ein Korken zu drehen.

Dann strahlte erneut der grandiose Sternenhimmel auf ihn herab.

Er wurde getragen! Er schwebte jetzt über dem Wasser. Endlich begriff er: Ein Cuduh trug ihn in seinem Maul und kämpfte sich gegen die reißende Strömung zum Ufer durch, das als schwarze Wand im Sternenlicht zu erkennen war.

Rhodan mußte an Mory Abro und seine Freunde denken. Was war aus ihnen geworden, was aus den Springern und den Monks? Er glaubte nicht, daß alle anderen auch gerettet worden waren.

11.

Das Wunder war aber doch geschehen; alle Menschen verdankten den Cuduhs ihre Rettung. Die Monks hatten mit eigener Kraft das Ufer erreicht, aber drei von ihnen waren von den Stromschnellen verschlungen worden.

Was sie nun tun sollten, versuchten ihnen die Monks durch Gesten verständlich zu machen. Sie deuteten in eine bestimmte Richtung und zischten dabei unentwegt: »Tschotscho!«

Zwischen Monks und Cuduhs schien es keine Verständigungsschwierigkeiten zu geben. Die riesigen Tiere hatten die Menschen umzingelt und nur die Seite offengelassen, die in jene Richtung wies, wohin sie gehen sollten.

Plötzlich wurden die großen Wesen unruhig. Die Unruhe übertrug sich auf die Monks, die zum Fluß hin verschwanden.

»Was mögen sie denn da tun?« fragte Bully. Niemand konnte ihm darauf antworten. Aber als die Monks wieder auftauchten und faustgroße Steine trugen, verstanden sie, daß ihnen schon wieder Gefahr drohte.

Die Cuduhs rasten davon. Sie verschwanden zwischen den Bäumen und walzten dabei das Unterholz nieder. Die Sterne strahlten so hell, daß die Menschen über hundert Meter weit sehen konnten.

Rhodan trat zu Noir. »Wie verhalten sich die Springer?« erkundigte er sich.

»Sie tun, was ich ihnen befehle, Sir!« antwortete der Hypnomutant sicher.

»Können wir ihnen Waffen anvertrauen, Noir?«

»Ohne weiteres, Sir.« In den wolkenklaren Nachthimmel schossen häßliche Strahlfinger aus vielen Strahlern. Rhodan kam nicht mehr dazu, eine Warnung auszurufen. Er glaubte plötzlich, ersticken zu müssen. Die Monks rasten davon, in jene Richtung, auf die sie vorhin unmißverständlich gedeutet hatten.

»Los!« keuchte Rhodan. Er nahm Mory Abro bei der Hand und begann zu laufen. Die anderen folgten.

Da wälzte sich eine formlose Masse heran. Sie schillerte grün und erinnerte an Gelatine, die gerade so steif war, daß sie nicht ihre Form verlor.

Zwischen den Bäumen tauchten noch mehr dieser gelatinösen Ungeheuer auf. Es war unheimlich. Aber noch furchtbarer war der Gasangriff, der durch sie ausgelöst wurde.

Gas, von einer dünnen Haut umgeben, wurde auf sie geschossen und wurde frei, wenn die Hülle platzte.

Mit letzter Kraft hielt Rhodan die Hand der jungen Frau. Er riß sie mit sich, in Richtung auf das sandige Ufer des breiten Stromes. In seinem Kopf dröhnte es. Seine Lungen schrien nach Luft. Die Gefahr zu ersticken wurde immer größer. Als er sich herumriß, wußte er, daß es jetzt um Sekunden ging.

Dicht vor seinen Füßen platzte wieder ein Gasball auseinander. Rhodan schoß. Zwei, drei Sekunden lang stand sein Strahl, dann verlor Rhodan das Bewußtsein.

Wie lange er besinnungslos gewesen war, konnte er nicht sagen, als er wieder die Augen aufschlug und die Sterne sah.

Unbewußt griff er zur Seite und berührte einen Menschen. Erst in diesem Augenblick begriff er, was mit ihm geschehen war. Ruckartig richtete er sich auf und erkannte, daß Mory Abro neben ihm lag und sich nicht rührte. Drei Schritte weiter lag Atlan, mit dem Gesicht dem Boden zugekehrt. Und hinter dem Arkoniden waren die anderen.

Ein Blitzstrahl blendete ihn. Energiefeuer kam aus dem Wald. Baumgipfel, von Strahlen getroffen, stürzten krachend in die Tiefe.

Wo waren diese gelatineartigen Ungeheuer geblieben, die mit organischen Gasladungen angriffen?

Vor ihm wuchs ein mächtiger Schatten auf. Melbar Kasom war wieder zu sich gekommen. Vor André Noir blieb er stehen, der von Springern umlagert war. Der Ertruser nahm ihn wie ein Spielzeug auf und kam mit der Last angestampft.

Wieder gleißte ein Energiestrahl durch die Nacht. Schräg über dem Strom stand er. Der Ertruser und Rhodan lauschten. Mory Abro wurde wach. Sie richtete sich auf und schaute Rhodan fragend an.

Ein gellender Schrei kam aus dem Wald. Noch einmal, und dazu ein Energieblitz, der den halben Himmel abzutasten schien. Danach herrschte Ruhe. Nur der Fluß rauschte, und weit in der Ferne tobten Wassermassen über viele Katarakte.

Neben Rhodan legte der Ertruser den Hypno auf den Boden. »Die Gelatinekugeln existieren nicht mehr, Sir«, sagte er und bemerkte dabei Mory Abro, die sich aufgerichtet hatte. »Oh, Miß ...«

»Lassen Sie!« sagte sie heftig und abwehrend, als der Riese nach ihr greifen wollte, um ihr beim Aufstehen behilflich zu sein. »Und Sie auch, Rhodan!« bekam dieser zu hören, als er sich nach ihr umdrehte und Hilfe leisten wollte.

»Sie werden noch vernünftig. Miß Abro«, sagte Rhodan nachsichtig. Er wandte sich wieder an Kasom. »Was ist mit Noir?«

»Bewußtlos, Sir. Bei mir hat das Gas gewirkt, als sei ich mit meinem Kopf gegen eine Felswand geprallt.« Er verstummte und lauschte.

Die Monks kamen zurück. Fast zur gleichen Zeit tauchten die Cuduhs aus dem Wald auf. Zwei von ihnen schleppten sich nur noch mühsam vorwärts.

»Strahlschußverletzungen, Sir!« sagte der Ertruser nach kurzer Kontrolle.

Vor ihnen brachen die verletzten Riesenwesen zusammen. Monks zupften und zerrten an Rhodans Armen. Aufgeregt zischten sie. Sie deuteten auf die schwerverletzten Cuduhs und machten dazu Gesten.

»Nein!« widersprach Rhodan. Er hatte die Handzeichen verstanden. Er sollte beide Cuduhs mit seiner Strahlwaffe erschießen!

Er weigerte sich, obgleich ihm die Monks keine Ruhe ließen. Plötzlich zischte neben Rhodan der Strahl aus Mory Abros Thermowaffe. Beide Cuduhs waren von ihren Qualen erlöst.

»Ich hab's nicht gern getan«, sagte Mory Abro zu den übrigen Cuduhs, die sie alle freudig umsprangen, »und ich mag keinen Dank dafür.«

Vor Rhodan und Kasom tanzten die Monks auf ihren sechs Beinen herum, klatschten in die Hände und deuteten auf die beiden erlösten Cuduhs.

Darüber waren die anderen aus ihrer Bewußtlosigkeit erwacht. Atlan fragte, was alle schon längst bewegte: »Wieso sind die beiden Cuduhs durch Strahlschüsse verletzt worden?«

Bully hatte schnell kombiniert. »Ich kann die drei Einäugigen nicht vergessen, die Cuduh tötete, als wir den Hang vor der Ebene hinunterstiegen. Ich will gar nicht wissen, was drüben im Wald passiert ist. Aber ich möchte gern wissen, wer hier bewirkt, daß jeder der Todfeind des anderen ist!«

Die Cuduhs bestatteten ihre beiden Artgenossen, indem sie die Toten zum Fluß zerrten und sie dem Strom übergaben.

Wieder begannen die Monks in ihrer unverständlichen Zischsprache zu reden. Durch Gesten forderten sie die Menschen auf, die Cuduhs zu besteigen.

»Warum eigentlich nicht?« fragte Atlan.

Der Ertruser protestierte. »Ich vertraue lieber meinen Beinen, Sir! Wenn ich nur vorher einen kleinen Braten von vierzig Kilo verspeisen könnte.«

Perry Rhodan stand vor Mory Abro. »Sie übernehmen ...«

Heftig fiel sie ihm ins Wort. »Ich lasse mir nichts befehlen!«

»Wie Sie wollen, Miß Abro.« Er dachte nicht daran, sich mit ihr zu streiten. »Dann wird Melbar Kasom sich Ihrer annehmen!«

Wütend blitzte sie ihn an. Er lächelte. Lässig deutete er auf den Cuduh, der wartend an ihrer Seite lag. »Sie haben die Wahl, Miß Mory. Entweder setzen Sie sich auf Ihren Cuduh, oder Melbar Kasom trägt Sie!«

»Sie werden noch bereuen, daß Sie mich unter Druck setzen«, sagte sie gereizt.

Das Lächeln verschwand aus Rhodans Gesicht. »Ich glaube, dazu werde ich nicht mehr kommen. Bitte entscheiden Sie sich schnell. Dieser Ort hier ist mir nicht geheuer.«

Sie kehrte ihm abrupt den Rücken und setzte sich mit Hilfe eines Monks auf den breiten Rücken des Cuduhs.

»Miß Mory!« rief Rhodan ihr zu, »Sie werden nur in Notwehr schießen. Auch dann sollten Sie nach Möglichkeit das Leben des Gegners schonen!« Er trat dicht an den Cuduh heran, auf dem sie saß. Leiser sagte er: »Und was jedes Leben wert ist, begreift man erst dann, wenn die Sterbestunde nahe ist. Ich glaube, daß ich mich auf Sie verlassen kann!«

Sie gab ihm keine Antwort. Wenige Minuten später saß auch der letzte Mann auf einem Cuduh. Fünf Tiere genügten, um alle aufzunehmen. Auf den übrigen hatten sich die Monks niedergelassen.

Und dann setzte sich diese seltsame Gruppe in Bewegung. Die Cuduhs wurden schneller und schneller. Sie schienen am Tag wie in der Nacht gleich gut zu sehen. Sie rasten am sandigen Ufer des Stromes entlang, bogen nach einer Stunde scharf nach rechts ab, durchquerten einen Waldstreifen, in dem es finster war, und liefen dann auf eine Ebene hinaus.

Sie steckten in einer Falle.

Die Schlucht, durch die sie auf den Rücken der Cuduhs gejagt waren, war plötzlich unter Strahlbeschuß genommen worden. Vor und hinter ihnen leuchteten auch jetzt noch die Energiebahnen auf. Wo sie trafen, richteten sie Zerstörung an. Nackter Fels schmolz oder vergaste, Bäume standen in Flammen. Sträucher begannen in allen nur denkbaren Farben zu glühen und nach einiger Zeit schlagartig zu Asche zu zerfallen.

Der erste Angriff hatte sie nicht unerwartet getroffen.

Über die drei Cuduhs hinweg hatte der Hypno Noir geschrien: »Impulse! Impulse!«

Aber daß sie nicht in das Strahlfeuer hineingerannt waren, hatten sie auch den Cuduhs zu verdanken. Bei André Noirs Warnschrei hatten sie abgestoppt, um gleichzeitig rechts und links nach Deckungsmöglichkeiten zu suchen.

Sie waren umzingelt. Wer ihre Gegner waren, konnten sie nicht erkennen. Schon zwei Stunden lagen sie hier fest. Die Sonne stand hoch am Himmel, und die Hitze in der engen Schlucht stieg.

Perry Rhodan blickte besorgt zu seinem Hypnomutanten hinüber, der im Schatten einer überhängenden Felswand lag und die Augen geschlossen hatte.

Noir war ihre einzige Hoffnung, aus dieser Falle herauszukommen. Noir sollte den Gegner ringsum mit seinen Hypnokräften zwingen, den Angriff aufzugeben und waffenlos in die Schlucht zu steigen.

»Sir, ich komme nicht durch«, hatte Noir vor gut einer Stunde verzweifelt gesagt. »Alle stehen unter einem Suggestiveinfluß, der meine hypnotischen Kräfte abblockt!«

Noir, der nicht nur Menschen, sondern auch Tieren seinen Willen aufzwingen konnte, hatte sich noch einmal bemüht.

Perry Rhodan hatte allen Grund, besorgt zu sein. Wenn Noir behauptete, daß der Gegner unter extrem starker Suggestion stünde, dann liefen sie selbst Gefahr, diesem überaus starken Parawillen auch zu unterliegen. Um das unter allen Umständen zu vermeiden, hatte er Noir zusätzlich den Auftrag gegeben, alle Menschen einschließlich der Springer hypnotisch zu blocken, um fremde Suggestiveinflüsse nicht wirksam werden zu lassen.

Weder Rhodan noch Atlan und Bully verstanden, wieso die Monks und Cuduhs nicht von dem unbekannten Suggestor beherrscht werden konnten.

Plötzlich schreckte auch der Mutant auf. Vom rechten Hang blitzten Strahlen auf, ertönten Schreie, und dann verwandelte sich der Hang in einen Hexenkessel. Stichflammen schossen in den Himmel. Dumpfe Explosionen klangen auf.

Um die Menschen, die Monks und Cuduhs herum prasselte und krachte es, als Erdreich, Steinbrocken und Wurzelreste auf dem Grund der Schlucht einschlugen.

Bully kroch zu Rhodan. »Dort oben ist es still geworden. Aber schau dir unsere Cuduhs an, wie unruhig sie werden.«

Die riesigen Wesen hatten Lauerstellung eingenommen. Drei konnte Rhodan sehen. Sie schienen etwas, das Gefahr in sich barg, zu wittern oder mit einem ihm unbekannten Sinn zu erfassen.

»Sir, die ersten kommen!« rief Noir aus dem Schatten.

Kurz darauf waren die Schritte der Gegner zu hören. Als ob Elefanten herankämen.

»Was werden wir nun noch zu sehen bekommen?« fragte Bully, der an die vielen unbekannten Wesen dachte, die ihnen begegnet waren.

Rhodan suchte den gegenüberliegenden Hang ab, wo der Buschbestand in die Luft geflogen war. Dort rührte sich nichts mehr. Dafür gab es nur eine Erklärung: Zwei Gruppen, die unter gleich starken Suggestiveinflüssen standen, hatten einander vernichtet.

Bully stieß ihn an. »Perry, die sind auch hier!«

Alte Bekannte kamen auf ihrer Seite den steilen Hang herunter. Sie dachten nicht mehr daran, mit Strahlern zu schießen. Noirs Hypnokräfte hatte sie willenlos und friedlich gemacht.

Im Gänsemarsch gingen die Überschweren, als sie den Boden der Schlucht erreichten. Wie von einem Magneten angezogen, hielten sie auf den Platz zu, wo Rhodan und Bully hinter ihrer kümmerlichen Deckung jagen.

»Sir, es kommen noch mehr!« meldete sich der Mutant abermals. Am Tonfall war zu hören, wie erleichtert er war.

»Keine Gefahr mehr, Noir?« fragte Rhodan und blickte zu ihm hinüber. Der Hypno schüttelte nur den Kopf.

»Die Überschweren sollen warten, Noir!«

Jetzt, da sich die Überschweren völlig in Noirs hypnotischer Macht befanden, war es für den Mutanten eine Kleinigkeit, ihnen Befehle zu erteilen. Mit ausdruckslosem Gesicht blieben sechzehn Überschwere plötzlich wie auf Kommando stehen.

»Sie kommen, Sir. Ich glaube von zwei Seiten.«

Da ereignete sich etwas, womit André Noir am wenigsten gerechnet hatte.

Von der anderen Seite des hohen und steilen Hanges, auf der es nach den Explosionen still geworden war, zischten Strahlschüsse in die Schlucht hinein. Aber das Feuer lag gut dreihundert Meter vor ihnen.

Rhodan wurde von einer unheimlichen Ahnung erfaßt. »Noir«, schrie er, »die Überschweren sofort Deckung nehmen lassen!«

Diese zwölf bis dreizehn Zentner schweren Menschen, die trotz ihres riesigen Körperbaus zum Volk der Springer zu zählen waren, gehorchten blitzschnell auf Noirs hypnotisches Kommando. Wie Dampfwalzen wälzten sie das Buschwerk nieder, stoben dabei nach rechts und links davon und ließen sich dort fallen, wo sich ihnen Deckung bot. Ihre Gesichter waren ausdruckslos geblieben.

»Sir«, meldete Noir aufgeregt, »die anderen sind nicht mehr da!«

Mit den anderen hatte er die zweite Gruppe gemeint, die er kraft seiner Paragewalt gezwungen hatte, den Kampf gegen sie einzustellen und waffenlos heranzukommen.

Sekunden zuvor waren diese von einem Gegner am anderen Hang vernichtet worden, der dort oben überraschend aufgetaucht war.

»Großer Himmel«, stöhnte Bully, als er plötzlich den Höllenlärm dicht unter dem Grat des Hanges vernahm, »was ist denn jetzt dort oben los?«

Rhodan und Bully entdeckten dann, daß von allen Seiten her ihre Monks angekrochen kamen, mit ihnen hinaufspähten, als hätten sie etwas ganz Bestimmtes zu erwarten.

Nur noch vereinzelte Schreie waren zu hören. Der letzte Energiestrahl erlosch.

Sie warteten. Die Spannung stieg. Um sie herum herrschte wieder trügerische Ruhe.

Rhodan blickte sich um. Was hatte die Monks veranlaßt, aus ihren Verstecken herauszukommen? Bully stieß ihn an. Mit dem Impulsstrahler deutete er nach oben. Dort schwankten Sträucher hin und her. Rhodan hatte den Eindruck, daß sich große Gestalten unter dem Schutz dieser Deckung talabwärts bewegten und sich gewaltsam zwischen den Strauchgruppen den Weg bahnten.

Die Monks begannen sich in ihrer unverständlichen Zischsprache zu unterhalten, aber in ihren Gesten zeigten sie keine Erregung.

»Die freuen sich!« stellte Bully erstaunt fest.

Die Geduld der Menschen wurde auf eine harte Probe gestellt. Es war zugleich unheimlich, zu beobachten, wie immer tiefer am anderen Hang Sträucher zu schwanken begannen. Plötzlich erhoben sich neben ihnen einige Monks. Sie rannten über die freie Talsohle auf die Flanke der Schlucht zu und zischten laut.

Da teilte sich die grüne Wand, und zwei Monks traten heraus. Sie waren die Vorhut einer großen Gruppe. Kurz darauf wimmelte es in der Schlucht von diesen sechsbeinigen Intelligenzwesen. Die Monks begrüßten einander stürmisch.

»Perry«, wandte sich der Arkonide an Rhodan, »wenn mir nur einer sagen könnte, was das alles zu bedeuten hat.«

Mory Abro hielt sich wie immer abseits von ihnen. Das Verhalten der jungen Frau hatte sich in den letzten Stunden auffallend verändert. Ihren abweisenden Blick zeigte sie nur noch selten. Nun kam sie mit deutlichen Anzeichen starker Erregung heran. »Rhodan, ein Teil der Monks aus dem Hang ist verletzt. Alle Verwundeten tragen eindeutige Strahlschußverletzungen!«

»Dann hat es unter Ihnen auch Tote gegeben«, sagte er ahnungsvoll, »als dort oben der Kampf stattfand. Still! Hören Sie, Miß Abro?«

Alle hörten es, daß die Monks wieder und wieder in ihrer Zischsprache das Wort Tschoischo sagten.

Was wollten sie damit aussagen?

Sie kamen nicht mehr dazu, sich darüber den Kopf zu zerbrechen. André Noir schreckte sie mit der Meldung auf, daß er neue Gedankenimpulse aufnähme, Impulse von bisher noch nie beobachteter Stärke.

Während er noch diese Mitteilung machte, tauchten die Cuduhs aus ihren Verstecken auf, bewegten sich zwischen Menschen und Monks und legten sich nieder. Eindeutig gaben sie zu erkennen, daß die anderen aufsteigen sollten.

»Aufsteigen!« ordnete Rhodan an.

»Also wieder Flucht«, sagte Atlan sarkastisch. »Flucht wird wohl unser Schicksal bleiben, bis wir ...« Er winkte ab.

Mory Abro stand zwischen ihnen. Mitleid lag in ihrem Blick, als sie die beiden Männer musterte. »Ich glaube, daß ich in Ihrer Lage schon längst verrückt geworden wäre«, sagte sie leise.

Der Hypno drängte zum Aufbruch. »Schnell, Sir! Wir dürfen keine Minute mehr verlieren, oder mit uns allen ist es aus. Ich fühle, wie schnell die Impulse näher kommen.«

»Weiter!« sagte Rhodan und fügte hinzu: »Wohin wird uns diese Flucht noch bringen?«

Sie bekamen keine ruhige Minute mehr. Kaum hatten sie auf den Rücken der schnellen Cuduhs die Schlucht verlassen, als sie von einem großen Rudel echsenartiger Bestien angegriffen wurden. Sie schlugen den Überfall mit ihren Strahlwaffen zurück.

Sie waren kaum ein Stück weitergeritten, als eine kleine dunkle Wolke weit vor ihnen sich schnell vergrößerte. Die Cuduhs und Monks wurden unruhig. Die Menschen ahnten noch nicht, was auf sie zukam. Plötzlich brachen die Cuduhs nach allen Seiten aus.

»Große Milchstraße«, rief Atlan entsetzt aus, »das sind ja Hunderte dieser scheußlichen Flugechsen!«

»Nicht angreifen, wenn wir von ihnen nicht bedroht werden!« rief Rhodan, so laut er konnte.

Ein eigenartiges Rauschen ging über sie hinweg. Eng beieinander fliegend, jagten die großen Tiere weiter. Kein einziges machte den Versuch, sich auf sie zu stürzen. Aber kaum waren sie hinter ihnen, als alle wie auf ein Kommando im Sturzflug jenen Platz anflogen, an dem die Kadaver der Raubechsen lagen, deren Angriff sie eben erst zurückgeschlagen hatten.

»Die Gesundheitspolizei von Loveless!« rief Atlan seinem Freund Rhodan zu, als die Cuduhs sich wieder gruppierten und an einem See entlang weiterrasten.

André Noir hatte kurz darauf wieder eine Hiobsbotschaft für sie. Er meldete starke Suggestivkräfte. Und was noch schlimmer war: Er behauptete, die Cuduhs würden sie dieser Suggestionsquelle näherbringen.

Rhodan handelte sofort. »Noir, zwingen sie uns allen einen Hypnoblock auf, der uns weitgehend immun gegen Suggestivkräfte macht!«

»Das kann aber gefährlich werden, Perry«, protestierte Bully schwach. »Nachher weiß von uns keiner mehr, was er tut!«

»Was bleibt uns denn anderes übrig? Noir, dosieren Sie Ihre paramentalen Kräfte vorsichtig, und vergessen Sie nicht die Überschweren. Verhören Sie die Männer, wenn Sie Zeit dazu finden!«

»War schon dabei, Sir!«

Zufällig drehte sich Rhodan um. Schräg hinter ihm saß Mory Abro als erste auf einem Cuduh. Ihre Blicke trafen sich. In ihren Augen entdeckte er Mitleid, und schlagartig wurde er daran erinnert, daß es bis zum Lebensende nur noch Stunden waren.

Er versuchte, nicht daran zu denken. Seine linke Hand griff zur Brust. Die Finger umschlossen seinen Zellaktivator. Dieses wunderbare Gerät hatte sein Leben bereits um Jahrhunderte verlängert, doch vor einem gewaltsamen Tod konnte es ihn nicht bewahren.

Der Boden, ein Teppich aus buntblühendem Gras, senkte sich. Rhodan bemerkte es nicht. Die Linke gegen die Brust gepreßt, und unter der Kleidung den Aktivator fühlend, begann er die Stunden auszurechnen, die Bully, Atlan, Noir und ihm noch verblieben.

Ein paar Kilometer weiter wurden die Menschen Zeuge eines Schauspiels, das ihnen die wahre Natur – oder auch die zweite Seite – der Cuduhs verriet.

Zwei Cuduhs befanden sich auf der Jagd. Jedes der Wesen war einem Kellbaß auf den breiten Rücken gesprungen, während die übrigen elefantengroßen Tiere sich in panischem Entsetzen in den See gestürzt hatten und sich schwimmend zu retten versuchten.

Das Auftauchen der Menschen hatte einen an sich natürlichen Vorgang unterbrochen. Aufgeschreckt lösten sich beide Vampire von den Kellbaß. Aber während sich sonst nach der Blutabnahme die Sperren der Vakuumorgane schlossen, blieben sie jetzt geöffnet. Ebenso geöffnet blieben die Einstichstellen auf den Rücken der Kellbaß. In dünnen Fontänen im Rhythmus ihres Pulses schoß ihr Blut aus vielen Öffnungen.

Jetzt bäumten sich beide Cuduhs auf. Knapp fünfzig Meter entfernt jagten die Menschen an ihnen vorbei. Sie sahen etwas, das sie an den Cuduhs noch nicht bemerkt hatten: Der glatte Unterleib war ein überdimensionaler Saugnapf. Und in gleichmäßigem Abstand über dieser Saugfläche verteilt standen wie abgeschnittene Stachel eines Igels etwa fünfzig Kanülen.

Die Menschen konnten nicht begreifen, warum die Cuduhs, auf denen sie saßen, davon keine Notiz nahmen. Kein einziges Wesen blickte zu seinen Artgenossen hinüber. In unvermindertem Tempo jagten sie weiter.

Atlan schüttelte verwundert den Kopf. Rhodan nickte ihm zu. »Hast du so etwas auch nur geahnt, Atlan?«

»Nein! Aber wenn auf Loveless Vampire das Aussehen von fünf Meter langen Raubtieren haben, wie wird dann erst die Suggestionsquelle aussehen?«

»Hoffentlich ist der Ausgangspunkt der Suggestionskräfte keine Einheit, die aus Milliarden Einzelwesen besteht!«

Hinter ihnen meldete sich Noir.

»Sir, ich erfahre gerade von den Überschweren, daß sie ebenfalls durch ein irisierendes Leuchten in ein Raumschiff geschafft worden sind, auf dem sie keine Besatzung entdecken konnten. Und dann hat man sie hier ausgesetzt. Über fünf Wochen halten sie sich hier auf. Achtmal hätten sie ein Raumschiff mit Flossen kommen und wieder davonfliegen sehen. Ihrer Meinung nach sei es stets dasselbe Schiff gewesen. Aber sie können keine Auskunft darüber geben, warum hier jeder des anderen Todfeind ist, jedoch sprechen sie von einer großen Kugel mit einer Ehrfurcht, die mir verdächtig erscheint.«

Rhodan rief Noir zu: »Versuchen Sie Näheres darüber herauszubekommen!«

Gleichzeitig schrie Mory Abro auf. Dazwischen gellte der Ruf des Ertrusers. Er deutete auf den Waldstreifen, an dem sie vorbeijagten und der ihnen den Ausblick auf den See verwehrte.

Vierbeinige Affen quollen daraus hervor, setzten zum Sprung an und entfalteten dabei einen Fächerschwanz. Es waren Abs, die Todfeinde der Monks.

Die Cuduhs steigerten ihr Tempo. Der Abstand zwischen ihnen und den Affen wurde allmählich größer.

Eine tiefe Mulde tauchte vor ihnen auf. Wie lebendige Torpedos rasten die Cuduhs den flachen Hang hinunter. Die Last auf ihren Rücken schienen sie nicht zu bemerken. Plötzlich lief Melbar Kasom neben den großen Wesen. Mit seinen gewaltigen Sprüngen überholte er sie.

»Sir«, brüllte er, »dort wimmelt es von Zweibeinern. Denen will ich etwas Beschäftigung bringen!«

Nach fünf weiteren Sätzen war Kasom zwischen Bäumen und Sträuchern verschwunden. Die letzte Spur, die er hinterließ, waren zurückfedernde Äste.

Die Männer und Mory Abro faßten die Kolben ihrer Strahlwaffen fester.

Melbar Kasom hatte nicht übertrieben: Vor ihnen wimmelte es von kleinen und größeren Gruppen, aber zwischen den Gruppen blitzte es auch ununterbrochen auf. Dort lagen sich humanoide Wesen als Todfeinde gegenüber, um sich bis zur allgemeinen Vernichtung zu bekämpfen.

Und die Cuduhs rasten mit ihnen auf dieses Inferno zu.

»Können Sie noch?« keuchte Perry Rhodan, während er neben Mory Abro durch den Bach watete. Im gleichen Moment gab er ihr einen Stoß und verschwand mit der jungen Frau unter Wasser.

Neben ihm war ein Energiestrahl vorbeigezischt.

Das Wasser schlug über ihm zusammen. Die Strömung versuchte ihn und Mory Abro davonzutreiben. Ein großer Stein rettete sie davor.

Rhodan zählte die Sekunden. Bei zwanzig schrien seine Lungen nach Luft. Seit Stunden waren sie auf der Flucht; seit Stunden kämpften sie um ihr nacktes Leben. Überall war der Feind.

Rhodan richtete sich auf. Er schnappte nach Luft. Wo steckten ihre Verfolger?

Nur der Bach rauschte, sonst war es überall still.

Mory Abro tauchte neben ihm auf.

»Weiter!« flüsterte Rhodan. Wo seine Freunde waren, wußte er nicht. Seit Anbruch der Dunkelheit hatte er keinen mehr gesehen.

Hatten Bully, Atlan und Noir es schon überstanden? Lebten sie nicht mehr?

Sie wateten durch den Bach. Auf der anderen Seite gab es in der dunkelgrünen Mauer aus Schlinggewächsen eine Lücke. Rhodan kletterte das steile Ufer hoch, reichte Mory Abro die Hand, um sie hinaufzuziehen, als ihr Thermostrahler aufblitzte.

Ein halbes Dutzend schenkeldicke Tentakel, die nach Rhodan griffen, wurden zerschnitten. Dann ging der spinnenförmige Riesenleib des Ungeheuers unter.

»Danke!« sagte Rhodan.

»Nicht der Rede wert«, versetzte sie, griff nach seiner Hand und zog sich aufs Ufer hinauf.

Hinter ihnen erklangen laute Stimmen. Eine fremde, eigenartig guttural klingende Sprache war zu hören. Das trieb Rhodan und Mory Abro vorwärts. Von dieser fremden Gruppe Humanoider wurden sie seit Stunden unerbittlich verfolgt.

Rhodan bahnte ihr den Weg. Die unmenschlichen Leistungen, die ihm abverlangt wurden, schaffte er nur kraft seines Zellaktivators, dessen Tätigkeit er immer wieder spürte.

Hin und wieder setzte er seinen Desintegrator ein, um Schlinggewächse zu durchschneiden. Vom Sternenhimmel sahen sie nichts mehr. Plötzlich lag ein freier Streifen vor ihnen.

»Laufen!« flüsterte er ihr zu. Sie nickte. Im starken Sternenlicht konnten sie bis zum fernen Wald sehen.

Er paßte sich ihrem Tempo an. Beide beobachteten nach allen Seiten.

Den kleinen Buschgruppen wichen sie in weitem Bogen aus. Und dann sahen sie plötzlich um sich herum in mehr als zehn Metern Höhe fluoreszierendes Leuchten, das lautlos auf sie zukam.

»Schießen!« befahl Rhodan. Im gleichen Moment traf ihn ein unsichtbarer Strahl und lähmte ihm das rechte Bein.

Aber der Partner an seiner Seite hieß Mory Abro; sie besaß nicht nur alle Attribute einer schönen jungen Frau, sie hatte außerdem den Mut und die Kaltblütigkeit eines Kämpfers.

Wo ihre Strahlen trafen, blitzte es auf. Der Kampf gegen das Unbekannte dauerte nicht lange, aber er hatte böse Folgen. Die Energiestrahlen aus ihren Waffen hatten die Gruppe wieder auf ihre Spur gebracht, vor der sie seit Stunden auf der Flucht waren.

»Diese Welt lehrt mich noch das Gruseln!« sagte Mory Abro. »Los! Laufen wir weiter!«

Fast gleichgültig sagte er: »Mein rechts Bein ist von einem Strahl getroffen worden und gelähmt.«

Ohne ein Wort zu sagen, hatte Mory Abro ihn umfaßt, angehoben und über ihre Schultern gelegt. Mit der schweren Last setzte sie sich in Bewegung.

Die junge Frau war erstaunlich stark. Ungeheure Energie brachte sie wohl in die Lage, mit Rhodan den Waldrand zu erreichen. Als sie ihn keuchend absetzte, hörten sie hinter sich erneut die Verfolger kommen.

Perry Rhodan massierte sein Bein. Er stellte fest, daß allmählich wieder Leben hineinkam.

»Sir?« rief da jemand aus dem Wald, vor dem sie standen.

»Mein Gott«, rief Mory Abro stöhnend aus, »um ein Haar hätte ich geschossen!«

»Ja, hier!« meldete sich Rhodan.

Im nächsten Augenblick tauchte der Riese zwischen den Bäumen auf.

»Er hat ein gelähmtes Bein, Kasom!« informierte ihn Mory Abro.

Der USO-Agent hob Perry Rhodan auf. »Es wird Zeit. Da kommen sie schon wieder!« Er blickte auf Mory Abro herunter. »Ich trage Sie auch. Auf diese Weise kommen wir schneller vorwärts. Na, na, Miß. Sie müssen es sich schon gefallen lassen. Sitzen Sie gut?«

Sie gab ihm keine Antwort; es war auch nicht mehr möglich. Auf dem rechten Arm Rhodan tragend, links Mory Abro, jagte der Ertruser mit ihnen durch den Wald. Immer im letzten Moment wich er den Hindernissen aus und sah sogar die Baumwurzeln, die aus dem Boden ragten.

Nach einer langen Stunde erreichten sie das andere Ende des Waldes.

Zwischen den letzten Bäumen sahen sie auf eine Ebene hinaus, die von einem kleinen gleichmäßig geformten Hügel beherrscht wurde.

»Hier war ich schon einmal«, sagte der Ertruser, während er Rhodan und Mory Abro absetzte. »Aber lange habe ich es hier nicht ausgehalten. Sir. Sie dürfen nicht zu lange auf den kleinen Hügel sehen. Mir ist es wenigstens so ergangen. Plötzlich überfiel mich der Drang, zu diesem Hügel zu rennen. Wie ich es fertiggebracht habe ...«

Neben ihm lief Mory Abro davon, in Richtung auf den Hügel.

Aus dem Stand sprang der Ertruser ihr nach, bekam sie zu fassen und brachte die sich Sträubende zurück. »Da haben wir's, Sir!« Er hielt Mory Abro in der Richtung, daß sie den Hügel nicht mehr sehen konnte. »Wie ich es vor zwei Stunden fertiggebracht habe, trotzdem in den Wald zurückzulaufen, ist mir unbegreiflich, Sir, sehen Sie nur nicht den Hügel an!«

»Keine Sorge, Kasom. Sie werden gut auf Miß Abro aufpassen und hier auf meine Rückkehr warten.«

»Und wie lange soll ich warten?« fiel der USO-Agent Rhodan ins Wort. »Warum gehen wir beide nicht zusammen?«

»Kasom, Sie haben vergessen, daß Sie auf Miß Abro aufpassen müssen.«

Der USO-Spezialist überhörte diese Bemerkung. »Sir, ich folge Ihnen, wenn Sie in zwei Stunden nicht zurück sind!«

Rhodan sah den Riesen an. »Kasom, überlegen Sie sich reiflich, ob es sich lohnt, nach mir zu suchen. Wir haben uns jetzt doch verstanden, ja?«

Da brach die Verzweiflung aus dem Ertruser hervor. »Sir, jetzt sprechen Sie auch schon davon! Nein, es ist nicht wahr! Es darf nicht wahr werden! Sir, sagen Sie doch, daß Sie noch Hoffnung haben!«

»Keine mehr, Melbar Kasom. Hier meine Hand. Alles Gute, und gehen Sie kein Risiko ein, wenn ich in zwei Stunden nicht zurück bin. Und Ihnen, Miß Mory, wünsche ich viel Glück. Ich wünsche Ihnen ein Leben, wie es eine Frau sich erträumt.«

Hatte sie seine Worte nicht gehört? Von Melbar Kasom gehalten, das Gesicht dem dunklen Wald zugekehrt, rührte sie sich nicht.

Perry Rhodan ging auf den kleinen Hügel zu. Aber er vermied es, ihn anzusehen.

12.

Melbar Kasom wachte auf. Sonnenlicht blendete ihn. Über ihm war der klare Tageshimmel. Um ihn herum waren Monks und Cuduhs. Neben ihm lag schlafend Mory Abro.

Rhodan, dachte er. *Ich wollte ihm nach zwei Stunden doch folgen, und jetzt ist heller Tag.*

Welcher Tag? Noch nie in seinem Leben war er von einem derartig unerträglichen Hungergefühl gequält worden. Hatte er länger als gewöhnlich geschlafen?

Er faßte sich an den Kopf. Wie hatte er nur einschlafen können? Und dann auch noch so lange zu schlafen. Die Sonne stand schon weit im Nachmittag.

Hilfesuchend blickte er die Monks an, die ihn aufmerksam beobachteten. Sprungbereit lagen die Cuduhs im Schatten der Bäume. Gleichmäßig atmend ruhte Mory Abro neben ihm.

Er rüttelte sie wach. Ihr erster Griff ging zum Thermostrahler. Danach lenkte sie unwillkürlich ihren Blick zum Hügel. »Darauf steht ja ein Gebäude, Kasom!« rief sie verwundert aus.

»Was?« Melbar Kasom sprang auf, blinzelte gegen das Sonnenlicht zum Hügel und mußte feststellen, daß Mory Abros Behauptung stimmte.

Ein kreisrundes Bauwerk, kaum zehn Meter hoch, krönte den Hügel. Plötzlich war er von Monks umringt. Aufgeregt deuteten sie zu dem Bauwerk.

»Tschotscho! Tschotscho!« riefen sie immer wieder aus und machten dabei eine Geste, die auf allen Planeten verstanden wird, wo menschenähnliche Wesen leben: Die Geste des Halsabschneidens.

»Kasom, wo ist Perry Rhodan? Haben Sie ihn nicht zurückgeholt?« fragte Mory Abro, welche die Monks zur Seite drängte und vor ihn trat.

Verzweiflung lag im Blick des Ertrusers. »Miß Abro, ich kann es mir nicht erklären. Ich weiß nicht, was mit mir passiert ist! Anstatt ihm nach zwei Stunden zu folgen, bin ich eingeschlafen, oder paranormale Kräfte haben mich in Schlaf versetzt! Und dieser Hunger, der mich quält.«

»Daß einem fast davon übel wird«, unterbrach sie ihn. »Kasom, von dem Augenblick an gerechnet, an dem uns Rhodan verlassen hat ... haben wir jetzt morgen oder schon übermorgen? Wir müssen übermorgen haben, anders kann ich mir meinen Hunger nicht erklären.«

Die Monks ließen ihnen keine Ruhe.

»Tschotscho!« riefen sie von allen Seiten und blieben bei ihren eindeutigen Gesten. Sie zerrten an dem Ertruser, als wollten sie ihn mit Gewalt zum Hügel treiben.

Mory Abro hatte den USO-Mann beobachtet. »Ich gehe mit, Kasom!« bestimmte sie, bevor er ein Wort sagen konnte. »Vielleicht sind uns die Monks ein Schutz. Sie scheinen das, was in dem Gebäude auf dem Hügel lebt, nicht zu lieben.«

Melbar Kasom verstand nur Bruchstücke. Er glaubte, sein Kopf würde ihm zerspringen.

Ich habe Rhodan im Stich gelassen, dachte er immer wieder. *Seinen letzten Weg habe ich ihn allein gehen lassen!*

Mory Abro stieß ihn an. »Los, Kasom. Wenn wir helfen wollen, dann müssen wir schnell helfen!«

Verzweifelt schüttelte er den Kopf. »Miß Abro, wenn wir übermorgen haben, dann sind sie alle tot! Perry Rhodan, Reginald Bull, Mister Atlan und André Noir.«

Der Schmerz dieses riesengroßen Mannes war ergreifend und rührte sie. Aber auch sie fühlte, daß in ihrem Leben jetzt etwas fehlte, daß etwas eine große Lücke hinterlassen hatte.

Sie blickte auf ihren Zeitmesser, stutzte und sah noch einmal darauf. Als sie den Kopf in den Nacken legte, war ihr Gesicht blutleer. »Kasom, sehen Sie doch einmal auf Ihren Chronometer!«

Er reagierte genauso wie sie.

Ihre Geräte zeigten Standardzeiten an. Diese stimmte mit der Tageslänge des Planeten Lovely nicht überein. In den letzten Tagen hatten sie es sich abgewöhnt, auf ihre Chronometer zu sehen und sich lieber nach dem Stand der Sonne gerichtet.

Melbar Kasom flüsterte kaum verständlich: »2. Dezember 2328! Mein Gott, dann sind sie ja schon seit zwei Tagen tot! Dann haben wir beide hier drei Tage und drei Nächte geschlafen. Kommen Sie, Miß Abro. Vielleicht können wir Rhodan wenigstens begraben. Verdammt, da ist mir doch etwas ins Auge geflogen!«

Sie blickte den Ertruser nicht an. Sie wollte ihn nicht beschämen, weil sie sah, daß er weinte.

Langsam drängte sie sich durch die Monks und schlug die Richtung auf den Hügel ein.

Sie ließ ihren Gedanken freien Lauf. Plötzlich verglich sie den Tod ihres Vaters mit dem von Perry Rhodan. Sie erschrak nicht einmal bei der Feststellung, daß ihr Rhodans Tod näherging als der ihres Vaters.

Mory Abro sah weder nach rechts noch nach links. Sie blickte unverwandt auf das runde Bauwerk, das den Hügel krönte. Sie erinnerte sich der Warnung, es nicht zu lange anzusehen, aber sie glaubte jetzt zu wissen, daß es ihr nicht mehr gefährlich werden konnte. Woher sie dieses Wissen hatte, konnte sie nicht sagen.

Und dann drehte sie sich nicht einmal um, als ihr Melbar Kasom mit den Monks nachkam.

Irgend etwas hatte sich auf Lovely verändert.

Mory Abro und Kasom fühlten es. Während der Ertruser sein Schrittempo verringerte, damit die junge Frau ihm folgen konnte, sahen sie an verschiedenen Stellen vor dem Wald, der sich im weiten Bogen um die Ebene herumzog, kleine Gruppen unbekannter Völker stehen und zu ihnen herübersehen. Im Gegensatz zu den vergangenen Tagen verhielten sie sich ruhig; niemand kämpfte mehr.

Melbar Kasom blickte zu Mory Abro herunter. Noch blasser als gewohnt war ihr Gesicht. Sie sah zu ihm auf, sagte aber nichts.

»Ich könnte verzweifeln«, stöhnte der Ertruser. »Sehen Sie sich um, wie friedlich dieser Planet geworden ist. Diese fremden Wesen, die man wie uns nach hier geschafft hat, werden in Zukunft unsere Freunde sein. Ich werde dafür sorgen, daß sie alle nie den Namen Perry Rhodan vergessen werden. Miß Mory, begreifen Sie die Größe dieses Mannes, der kurz vor seinem gewaltsamen Ende Lovely noch von einem Ungeheuer befreite, das seine suggestive Macht zu einem teuflischen Spiel mißbrauchte?«

Sie näherten sich dem plumpen Bauwerk. Es war nichts anderes als eine Ringmauer aus großen Steinen, die man ohne Mörtelbindung aufeinandergelegt hatte.

»Sie glauben, daß Perry Rhodan die Suggestivquelle unschädlich gemacht hat, bevor er ...«

»Bevor sie alle starben. Ja, davon bin ich überzeugt.«

Schweigend folgten ihnen die Monks. Die Cuduhs blieben liegen und blickten ihnen nach. Mory Abro sah nach links. Was sie entdeckte, ließ sie hilfesuchend nach der Hand des USO-Agenten greifen.

Acht Überschwere lagen in einer kleinen Spalte, als ob der Tod sie an dieser Stelle erreicht hätte. Kasom machte seine Hand frei, sprang nach links und untersuchte die Überschweren.

Als der Ertruser seine flüchtige Untersuchung beendet hatte, stand Mory Abro hinter ihm. Kasom sagte: »Sie liegen in einem suggestiven Tiefschlaf. Jetzt begreife ich auch, warum ich Rhodan nicht nachgegangen bin und wieso wir tagelang schlafen konnten. Mein Gott.«

Er nahm sie bei der Hand und zog sie hinter sich her, als er die letzten Meter bis zur Ringmauer hochstieg.

Er verhielt den Schritt nicht, als er acht Galaktische Händler am Fuß der Mauer liegen sah. Sie sahen nicht anders aus als die Überschweren; alle befanden sich im suggestiven Tiefschlaf. Er konnte sich denken, wo die fehlenden Springer und Überschweren waren: Tot, in den Kämpfen der vergangenen Tage und Nächte auf Lovely gefallen.

»Können Sie klettern?« fragte er drängend. »Oder soll ich Sie hinauftragen?«

Die ersten Monks stiegen schon an der Ringmauer hoch. Auch für die beiden Menschen war sie kein Hindernis. Die Fugen zwischen den Felsblöcken waren breit. Sie stiegen an der Mauer wie auf einer primitiven Leiter hoch. Trotz seiner Ungeduld und Unruhe blieb der Ertruser unter Mory Abro, um sie auffangen zu können, falls sie abstürzen sollte.

Hilfsbereite Hände der Monks, die alle vor ihnen die Mauerkrone erreicht hatten, streckten sich Mory Abro entgegen, um sie das letzte Stuck hinaufzuziehen.

Gleichzeitig mit ihr war auch der Ertruser oben. Sie hasteten bis zur Innenkante.

Ein Hof mit mehr als hundert Metern Durchmesser lag zu ihren Füßen. Wohin sie blickten, leuchtete ihnen ein Blütenmeer entgegen.

»Ich muß runter!« keuchte Melbar Kasom, der für die Blumenpracht kein Auge hatte.

Mory stieg mit ab. Alle Monks folgten ihrem Beispiel. Es war unheimlich, daß ihre Verbündeten keinen Ton in ihrer Zischsprache sagten.

Als sie unten ankamen, nickte der Ertruser ihr grimmig zu, da er feststellte, daß auch sie ihren Impulsstrahler schußbereit in der Hand hielt.

Er bahnte sich rücksichtslos einen Weg durch die Blumen. Eine Mauer aus Schlinggewächsen beseitigte ein Schuß aus seinem Desintegrator. In langer Reihe folgten ihnen die Monks. Immer wieder riß der Ertruser mit seinen gewaltigen Muskelkräften ineinanderverschlungene Pflanzenstränge zur Seite.

Er schuf damit einen regelrechten Tunnel, in dem es ziemlich dunkel war. Denn über fünf Meter hoch standen die Gewächse.

Als er wieder einmal beide Hände zur Hilfe nahm, um sich den Weg freizumachen, gelangte er auf eine kleine freie Fläche hinaus.

»Nicht!« sagte der Ertruser hastig und drückte Mory Abros Thermostrahler nach unten. Sie hatte auf die gut drei Meter durchmessende braune Kugel schießen wollen, die mitten auf dem kleinen Platz lag.

Um sie herum wurde es laut. Die Monks waren in Ekstase geraten.

»Tschotscho! Tschotscho!« Immer wieder stießen sie das gleiche Wort aus und deuteten mit allen Zeichen stärkster Erregung auf die Kugel.

Melbar Kasom hielt seine Waffen gesenkt. »Riechen Sie nichts, Miß Mory?« fragte er und sah sie forschend an. Der Blütenduft war betäubend. Sie schnupperte und schüttelte den Kopf.

»Nein?« fragte Kasom. »Riecht es hier nicht süßlich?«

Sie schnupperte noch einmal. »Wie Leichengeruch«, sagte sie unsicher.

Er nickte. »Das Ding ist tot. Sehen Sie dort die Tentakel, die aus der Kugel ragen und zwischen den Blumen verschwinden? Kommen Sie, wir untersuchen das Ungeheuer.«

»Aber wo sind Rhodan, Bull, Atlan und Noir?«

»Ich weiß es nicht. Hoffentlich ...« Die Stimme des Ertrusers erstarb.

Sie erreichten einen der vielen Tentakel. Melbar Kasom stieß mit dem Fuß dagegen.

Die Berührung hatte eine ungeahnte Wirkung. Plötzlich hielten sich die beiden Menschen die Nase zu. Leichengeruch stieg hoch. Sie umkreisten das Ungeheuer, das einmal mit seinen suggestiven Kräften ein Schreckensregiment auf Lovely errichtet hatte, und standen fast wieder am Ausgangspunkt ihres kurzen Weges, als Kasom aufschrie: »Da! Sehen Sie die Fußspur, Miß Mory?«

Der Boden war zertrampelt. Die vielen Spuren schienen zu besagen, dass sich die Vermißten hier stundenlang aufgehalten hatten.

»Und hier sind sie aus dem Blumenwald herausgekommen. Kasom!« sagte Mory Abro. »Aber wo sind sie?«

Ihre Sorge tat ihm gut, auch wenn es für die Vermißten zu spät war. Um Tote braucht man sich nicht mehr zu sorgen.

»Kasom, was machen die Monks mit der Großen Kugel?« schrie die junge Frau auf und deutete zur Seite.

Die Monks waren über das tote Riesengebilde hergefallen. Vor dem Gestank, der dadurch frei wurde, ergriffen Mory Abro und Melbar Kasom die Flucht.

Wie ein Berserker arbeitete Kasom, um mit Mory Abro so schnell wie möglich die Ringmauer zu besteigen.

Endlich standen sie davor. Sie wollten noch hochklettern, als er auf einer Seite zwischen hochrankenden Gewächsen sah, daß dort die Mauer stellenweise niedergebrochen war. Dort mußte der Aufstieg bedeutend leichter sein.

Erneut bahnte er den Weg bis zu diesem Platz. Über zwei Drittel der

Ringmauer waren eingestürzt. Der Ertruser nahm Mory Abros Hand, zog sie von Felsbrocken zu Felsbrocken höher, als er plötzlich wie erstarrt stehenblieb und lauschte.

»Was ist denn?« fragte sie, verwundert über Melbar Kasoms Verhalten. Er deutete nur auf eine Stelle zwischen zwei Felsbrocken. Sie konnte dort nichts Besonderes entdecken.

»Nein?« fragte er ungeduldig, sprang einen Stein tiefer, legte seine mächtigen Arme um einen mehrere Zentner schweren Brocken und schleuderte ihn zur Seite. »Sehen Sie immer noch nichts?«

Er hatte einen Desintegratorstrahler freigelegt. Nur der Kolben war unter dem Stein, den er eben zur Seite geschleudert hatte, zu sehen gewesen.

Der Ertruser wartete ihre Antwort nicht ab. »Versuchen Sie zur Mauerkrone zu kommen, Miß Mory. Machen Sie Platz!«

Er setzte alle seine Kräfte ein. Wie ein Titan begann er aufzuräumen. Nach allen Seiten schleuderte er die schweren Steine.

Mit angehaltenem Atem sah Mory Abro seiner Arbeit zu. Glaubte der Riese, daß unter diesem zusammengebrochenen Mauerteil Perry Rhodan, Bully, Atlan und Noir begraben liegen konnten?

Aber wie war der Desintegratorstrahler unter einen Quader geraten?

Melbar Kasom begann bei seiner schweren Arbeit zu keuchen, aber er verlangsamte das Tempo nicht. Wieder flog ein unförmiger Stein zur Seite. Der USO-Mann legte seine beiden Arme um den nächsten Brokken, aber er verharrte plötzlich in dieser Stellung.

Lauschte er, fragte sich die junge Frau, aber sie wagte nicht, diese Frage an ihn zu richten. Jetzt bog er den Kopf zur Seite, schob ihn in einen Spalt und verblieb in dieser Lage.

Sie konnte nicht ahnen, daß Melbar Kasom vor der nächsten Minute Angst hatte. Er zog den Kopf aus dem Spalt heraus, umfaßte einen Stein, warf ihn fort, griff zum nächsten.

Dann stöhnte er. Beide Arme um einen Brocken gelegt, versuchte er diesen hochzureißen. Es knirschte überall, aber der Stein saß eingeklemmt fest. Er widerstand seinen titanischen Kräften.

Kasom versuchte es auf einem anderen Weg. Er ließ von dem Felsbrocken ab und räumte das Material rundherum zur Seite. Plötzlich bewegte sich der bis dahin festgeklammte Brocken. Bevor er tiefersacken konnte, hatte der Ertruser ihn gepackt, hielt den Atem an und ruckte an dem Quader.

Er schwankte, als er ihn zur Seite schob. Er konnte ihn nicht fortstoßen, dafür war der Fels zu gigantisch.

Mory Abro befürchtete schon, Melbar Kasom mit dem Quader in die Tiefe stürzen zu sehen, als er ihn losließ und zugleich zur Seite sprang.

Der Steinhaufen, auf dem er gerade noch gestanden hatte, setzte sich in Bewegung. Kasom interessierte sich nicht dafür. Breitbeinig stand er über dem Spalt, den er freigelegt hatte.

Vergeblich fragte sich Mory Abro, was er darin sah.

Dann hielt sie den Atem an. Mit den Beinen zuerst, rechts und links mit den Armen abgestützt, ließ sich Kasom in den Spalt hinunter und verschwand darin.

Mory Abro hielt es auf der Mauerkrone nicht mehr aus. Sie kletterte hinab und entdeckte, daß der Spalt die Öffnung zu einem Hohlraum war.

»Ich bin hier, Kasom!« rief sie in das Loch hinein.

Ein Grunzen kam als Antwort, dann ein Fluch. Dann glaubte sie, daß der Ertruser in dem dunklen Loch abermals Felsbrocken zur Seite wuchten würde. Sie wagte keine Frage zu stellen, um Kasom nicht zu stören. Ihr Herz pochte so heftig wie noch nie. Die Sekunden wurden ihr zur Ewigkeit.

Endlich hörte sie Kasom rufen: »Ich reiche sie Ihnen zu, Miß Mory!«

Sie legte sich auf den Bauch, beugte sich in das Loch hinab und streckte ihre Arme aus.

Der Ertruser wuchtete einen leblosen Körper hoch. Sie griff zu. Wie stark sie war, hatte sie bewiesen, als sie Perry Rhodan auf ihre Schulter getragen hatte.

»Geht's?« rief ihr der USO-Agent zu.

Sie konnte nicht antworten. Sie zerrte Perry Rhodan über die Kante. Der zweite Mann wurde ihr zugereicht. Es war Atlan. Noir war der dritte. Als letzter folgte Reginald Bull. Nach ihm stieg der Ertruser aus dem Loch.

Auf drei Steinen, die zusammen eine kleine Fläche bildeten, lagen sie.

»Jetzt können wir sie begraben«, sagte Melbar Kasom mit heiserer Stimme.

»Begraben, Kasom?« rief Mory Abro aus. »Sie wollen Menschen, die leben, begraben? Alle vier leben doch!« Ihre Augen leuchteten vor Freude.

»Das habe ich bemerkt, Miß Mory. Aber diese Männer werden nicht mehr wach. Ich wünsche es ihnen auch nicht! Wer weiß, welche Qualen sie durchmachen mußten, bis Hondros Gift sie in wohltätige Ohnmacht sinken ließ. Aber hier sollen sie nicht liegenbleiben. Ich schaffe sie nach oben.«

Melbar Kasom wandte sich ab. Er konnte nicht länger ansehen, wie die Männer, für die er gern sein Leben hingegeben hätte, bewußtlos mit dem Tode rangen.

Sie lagen auf der Mauerkrone. Über ihnen war der wolkenlose Himmel mit seinen Sternen und der Wärme und Licht spendenden Sonne. Der leichte Wind trug Blütenduft zu ihnen herauf. Am fernen Waldrand lagen die Cuduhs, und zu beiden Seiten, weit von den großen Wesen entfernt, standen in kleinen Gruppen jene Humanoiden, die, wie sie, mit einem Raumschiff nach Lovely geschafft worden waren.

Warum? Um hier einem parasuggestiv begabten Monstrum ausgeliefert zu werden und sich dann gegenseitig zu vernichten?

Melbar Kasom dachte fieberhaft nach. Er versuchte eine Erklärung zu finden. Nur nicht daran denken, daß wenige Schritte hinter seinem Rücken Perry Rhodan mit seinen besten Freunden im Sterben lag.

Da gellte Morys Schrei: »Kasom! Kasom!« Er warf sich herum.

»Sir«, stöhnte er, dann schrie er: »Sir?«

Perry Rhodan hatte die Augen geöffnet. Sein Blick suchte noch, als fiele es ihm schwer zu begreifen, wo er war. Doch von Sekunde zu Sekunde wurden seine Augen klarer. Er versuchte sich aufzurichten.

Mory Abro kniete neben ihm. »Sie müssen liegenbleiben, Rhodan. Sie dürfen noch nicht aufstehen.«

»Danke«, sagte er mühsam.

Sie wollte etwas sagen, aber im letzten Moment sah sie Kasoms Zeichen, das ihr zu schweigen gebot.

»Kasom, haben Sie uns ausgegraben?« fragte Rhodan.

Der USO-Mann nickte. Er verstand nicht, wieso Rhodan noch einmal das Bewußtsein erlangt hatte und jetzt so klar sprach.

»Noir hat das Ungeheuer bezwungen, Kasom. Es war ein grauenhafter Kampf. Er hat Stunden gedauert« Rhodans graue Augen erhielten wieder einen grüblerischen Ausdruck. Er blickte in den Himmel. »Der Kampf ging auf Leben und Tod. Noir gewann ihn. Die große Kugel starb. Und dann ist die Ringmauer unter uns zusammengebrochen. Haben Sie uns schnell gefunden, Kasom?«

Der rettete sich in eine Notlüge: »Sehr schnell, Sir.«

Rhodan schob Mory Abros Hand zur Seite, richtete sich auf und blickte in den Himmel. Ahnungslos drehte sich Kasom um. Jetzt sah er auch, was Perry Rhodan entdeckt hatte.

Tief über dem Wald schwebte ein Raumschiff heran, das an der Rumpfmitte riesige Steuerflossen trug.

»Rhodan«, fragte Mory Abro erregt, »ist das nicht dasselbe Schiff, das uns hierher gebracht hat?«

»Es könnte sein«, antwortete er und erhob sich. Unbemerkt von Kasom und Mory Abro war auch Atlan wieder zur Besinnung gekommen. Schwankend stand er jetzt und strich sich über den Kopf.

»Was mein Schädel schon alles hat aushalten müssen«, sagte er. »Doch was hinter uns liegt ist nicht mehr wichtig. Ich möchte gern erfahren, warum das Schiff gerade zu diesem Zeitpunkt auftaucht. Kasom, schaffen Sie Perry und mich nach unten?«

Sie gingen langsam auf das Raumschiff zu, das dicht am Fuß des Hügels gelandet war. Eine große Schleuse war geöffnet worden. Man hatte die Rampe ausgefahren, aber wiederum zeigte sich keine Spur einer Besatzung.

Vom fernen Waldrand her hatten sich die einzelnen Gruppen der Humanoiden in Bewegung gesetzt und rannten auf das Schiff zu. War es nicht selbstverständlich, daß alle hofften, endlich Lovely verlassen zu können? Oder war das Schiff nur gekommen, um noch andere Wesen auf dieser Welt auszusetzen?

Knapp hundert Meter vor ihm blieben Rhodan und Atlan wie auf ein Kommando stehen. Jeder hatte eine Stimme in seinem Kopf gehört.

Nach eurer Zeit schreiben wir heute den 2. Dezember 2328. Hättet ihr nicht schon vor zwei Tagen tot sein müssen? Es stimmt, daß ein Zellaktivator nicht vor gewaltsamem Tod schützt, aber stimmt es nicht auch, daß ein Aktivator die Zellregeneration im menschlichen Körper auslöst? Giftstoffe sind darum für einen Aktivatorträger kein gewaltsames Mittel, das zum Tode führt.

Die Stimme in ihrem Kopf war verstummt.

Rhodan schaute Atlan an, der Arkonide seinen Freund. Ihre Gesichter entspannten sich. In Rhodans Augen blitzte es auf. Der Arkonide brach in Gelächter aus und klopfte Perry Rhodan begeistert auf die Schulter.

»Atlan«, sagte der Großadministrator, »das konnte niemand von uns wissen. Aber damit hat sich unsere Flucht von Plophos gelohnt. Die Frage ist nur: Wie und wann kommen wir wieder nach Hause ...?«

13.

Die Finsternis schien endlos. Unsichtbar wanderte der Lichtfinger der Lampe durch die staubfreie Luft, verwirrt, wanderte weiter und verschwand in der Tiefe des Raums. Minuten vergingen schweigend.

Plötzlich tauchte der Lichtfleck aus der Dunkelheit, weit im Hintergrund, eine winzige ovale Fläche. Der Strahl hielt inne. Die Fläche enthüllte Einzelheiten, zwei große, weit aufgerissene Augen, den dünnen Strich der zusammengekniffenen Lippen.

Ein Schrei stieg auf, hilflos und dünn in der Weite des Raums. Die Lampe erlosch.

André Noir hatte sich noch immer nicht beruhigt, als Melbar Kasom das Schott öffnete, das aus dem finsteren Raum auf den Zentralgang des Mitteldecks hinausführte, und den Mutanten vorbeitreten ließ. Die Szene wirkte grotesk. Zweieinhalb Meter hoch stand der Gigant von Ertrus, mit den riesig breiten Schultern wirkte er gegen den zierlichen André wie ein Wesen aus einer anderen Dimension. Der Mutant mußte den Kopf in den Nacken legen, wenn er Melbar ins Gesicht sehen wollte.

Schweigend schritten sie den leeren Gang entlang, und Melbars Schritte ließen den Boden erzittern. Schattenlos erfüllten die Lampen an der Decke und zu beiden Seiten den Tunnel mit gelbem Licht.

»Sie hätten sie also beinahe gehabt, wie?« fragte Melbar nach einer Weile.

»Ja, natürlich«, knurrte André gereizt. »Ich brauchte zwei Stunden, um einen Platz zu finden, an dem ich mich ungestört konzentrieren konnte. Und gerade war ich auf dem besten Weg, da kamen Sie hereingestapft und machten alles wieder zunichte.«

Melbar strich sich verlegen über die schmale Bahn gelbroten Haares, die sich wie ein Hahnenkamm über den sonst kahlgeschorenen Schädel zog.

»Tut mir leid«, sagte er mit dröhnender Stimme. »Beim nächsten Mal hängen Sie besser ein Schild ans Schott: Betreten verboten.«

André winkte ärgerlich ab. »Was suchen Sie überhaupt hier? Sie haben Freiwache und sollten im Bett liegen, nicht wahr?«

Melbar Kasom sagte resigniert: »Was man so ein Bett nennt. Nein, ich konnte nicht schlafen. Die Vorstellung, daß ... daß sie überall um uns sind, macht mich nervös.« Er sah sich hastig um, als könnte er einen von ihnen entdecken, wenn er nur schnell genug den Kopf drehte. »Sie nicht?« wollte er wissen.

André schüttelte den Kopf. Das wuchtige Schott zu dem Raum, in dem sie sich seit dem Start von Lovely aufgehalten hatten, wuchs am Ende des Ganges auf.

»Nein. Ich weiß, daß sie da sind. Wie sie es fertigbringen, sich vor uns zu verbergen, ist weiter nichts als ein technisches Problem.« Er sah zu Melbar auf und lächelte zum erstenmal. »Und wie wir sie festnageln, ist wiederum nur eine Frage unserer Fähigkeiten.«

»Hm«, brummte Melbar. »Ich wollte, ich könnte Ihnen helfen.«

Selbst wenn er nachdenklich war, klang seine Stimme immer noch wie dröhnender Donner.

Das Schott öffnete sich automatisch, als sie ihm bis auf zwei Schritte nahekamen. Geräuschlos glitt es zur Seite. Dahinter lag ein kreisrunder Raum von etwa fünf Metern Durchmesser. Gegenüber gab es ein zweites Schott, das in bislang noch unbekannte Teile des fremden Schiffes führte. Der Raum selbst war völlig leer bis auf die überall angebrachten gelben Leuchtplatten und ein paar hoch unter der Decke verankerten Kästen, die keinerlei Deutung ihrer Funktion erlaubten. Ringsum verteilt, auf dem Boden hockend und die Rücken gegen die kahle Wand gelehnt, saßen vier Menschen. Drei von ihnen trugen die Dienstuniform der terranischen Raumflotte, schwere Automatenwaffen in den Gürteln. Der vierte war eine Frau, ebenfalls bewaffnet, jedoch mit einer hautengen Hose-Bluse-Kombination, gegen die Bekleidungsvorschriften der Flotte grob verstoßend.

André überflog die Szene mit einem kurzen Blick, als er durch das Schott trat. Einen halben Atemzug lang kam ihm die Lage so absurd und lächerlich vor, daß er ein Grinsen unterdrücken mußte. Hier waren sie – allesamt illustre Persönlichkeiten der galaktischen Politik, mit Ausnahme der Frau vielleicht, eingeschlossen in ein fremdes Raumschiff eines fremden Volkes ... und wußten sich nicht zu helfen.

Der Mutant ging auf Perry Rhodan zu, der ihn aufmerksam musterte und die langen Beine dabei so lässig von sich streckte, als gäbe es nichts in der Welt, was ihn aus seiner Behaglichkeit aufrütteln könne. André blieb vor ihm stehen. Ohne daß er es wußte, straffte er sich.

»Fehlschlag, Sir«, meldete er. »Ich war auf dem besten Weg. Da kam dieser ...«, er deutete über die Schulter auf Melbar Kasom, »... Elefant mir nachgestiegen und störte meine Konzentration.«

Rhodan stand auf. Er sah den Riesen von Ertrus nachdenklich an.

»So ist das, wie?« fragte er halblaut. »Sie werden ins Bett geschickt, damit Sie kein Unheil anrichten können. Statt dessen wandern Sie im Schiff herum!«

Melbar erwiderte den Blick ruhig. »Es ist meine Schuld, Sir«, gab er zu. »Aber ich konnte nicht wissen, daß André ...«

Perry Rhodan winkte ab. »Nicht wichtig, Melbar. So groß ist die Schuld auch wieder nicht. Ich weiß, was uns fehlt, und ich weiß auch, daß ich für den Mangel allein verantwortlich bin, den Mangel an Koordination nämlich.«

Atlan lachte leise. Er erhob sich von seinem Sitzplatz auf dem glatten Boden des Rundraums. »Edelmütig wie immer gibt sich der Terraner«, spottete der Arkonide. »Und nicht ganz uneigennützig, muß ich sagen. Wie leicht lassen sich alle möglichen hohen und niedrigen Beweggründe verdecken, wenn man nur eine Schuld auf sich nimmt, eine Verantwortung.«

Er trat auf den Großadministrator zu. Die beiden Männer waren nahezu gleichgroß, und wer sie so beobachtete, wie sie einander gegenüberstanden, der konnte sich kaum der Aura der überragenden Persönlichkeit entziehen, die von beiden ausging.

»Ich habe dich schon deutlicher verstanden«, brummte Rhodan. »Worauf möchtest du eigentlich hinaus?«

Atlan lächelte ihn an. »Wir sind verwirrt, nicht wahr?«

»Schön, wir sind verwirrt.«

»Wir befinden uns in einem Raumschiff, von dem wir nicht wissen, wem es gehört. Dieses Raumschiff hat uns von Badun nach Lovely gebracht, auf Lovely haben wir einige höchst rätselhafte Abenteuer bestanden, und jetzt bringt uns dasselbe Schiff von Lovely nach irgendwohin. Wir haben nicht den geringsten Einfluß auf den Kurs. Wir sind zwar nahezu freiwillig eingestiegen, aber alles andere überlassen wir den unheimlichen Fremden.«

»Du drückst dich sehr klar aus«, gab Rhodan zu. Ein bißchen Spott schwang in seiner Stimme.

»Na also«, rief Atlan und warf ein wenig theatralisch die Arme in die Höhe. »Wir sind verwirrt. Du willst nicht zugeben, daß du verwirrt bist und dir deswegen bislang noch keine Mühe gegeben hast, unsere Unternehmungen zu koordinieren. Deswegen hast du Melbars Schuld auf dich genommen. Du brauchst dich nicht zu genieren. Wir sind alle durcheinander. Keiner hat bis jetzt Zeit gefunden, in aller Ruhe nachzudenken. Niemand ...«

Perry Rhodan legte ihm die Hand auf die Schulter, das brachte ihn zum Schweigen.

»Du spinnst, Atlan«, sagte Rhodan mit Nachdruck. »Auch das ist vermutlich auf die allgemeine Verwirrung zurückzuführen.«

Ächzend und mit ein paar leisen Flüchen erhob sich schließlich Reginald Bull vom Fußboden. »Ein offenes Wort wird stets begrüßt«, rief er aus, scheinbar atemlos von der Mühe, die ihn das Aufstehen gekostet hatte. Er schlug dem Arkoniden freundschaftlich auf die Schulter und fügte hinzu: »Wird endlich Zeit, daß dir einer die Wahrheit sagt.«

Atlan lachte. »Na schön. Wichtig ist nur, daß ich Widerspruch ausgelöst habe. Widerspruch belebt die Geister. Und solche Bewegung haben wir nötig.«

Rhodan wandte sich an den Mutanten. »André, wie weit sind Sie vorgestoßen?«

»Nur den Zentralgang entlang bis zum nächsten Schott, Sir, und natürlich durch das Schott hindurch. Dahinter liegt ein weiter, unbeleuchteter Raum. Er ist leer, wie alle anderen Räume in diesem Schiff. Ich fand, die Dunkelheit ist günstig und blieb mittendrin stehen, um mich zu konzentrieren. Dann kam ...« Er unterbrach seinen Bericht und schwieg.

»Ich halte das für bedeutsam«, sagte Perry Rhodan, zu den anderen gewandt. »Seitdem wir uns in diesem Schiff aufhalten, sind uns alle Räume außer diesem hier und dem tunnelartigen Hauptgang versperrt. André ist der erste, der sich zu einer anderen Räumlichkeit Zutritt verschaffen konnte. Vielleicht sind die Fremden dabei, ihre mißtrauische Vorsicht aufzugeben und uns weiteren Spielraum zu lassen!«

»Ach was, Fremde«, knurrte Bully abfällig. »Erst muß mir bewiesen werden, daß es Fremde an Bord dieses Schiffes gibt, dann werde ich mir überlegen, ob ich an sie glaube oder nicht.«

André meldete sich zu Wort. »Aber wir haben ihre Stimmen gehört, Sir!« wandte er ein.

»Na und? Jeder Narr kann ein Lautsprechersystem an ein Bandgerät kuppeln.«

André schüttelte nachdrücklich den Kopf. »Sie irren sich, Sir. Ich nehme, obwohl ich kein Telepath bin, die gedanklichen Ausstrahlungen der Fremden wahr. Es gibt keinen Zweifel an ihrer Existenz.«

Bully kniff die Lippen zusammen und schob das Kinn streitlustig nach vorn. »Doch gibt es das. Meinen Zweifel nämlich.«

Perry Rhodan lachte auf. »Reginald Bull, du bist ein verstocktes, altmodisches, ungläubiges ...«

Bull wirbelte herum und unterbrach ihn mit hastig emporgerissenen Armen. »Das reicht!« schrie er in gespieltem Zorn. »Ich will den Rest nicht mehr hören.«

»Psychologische Fehllenkung«, spöttelte Atlan. »Vor allem, was er nicht mag, verschließt er Augen, Ohren und was er sonst noch an Sinnesorganen hat.«

Reginald Bull ging nicht darauf ein. Zu seiner Verteidigung erhob sich statt dessen die Stimme der einzigen Frau im Raum, die den Vorgängen bisher schweigend gefolgt war.

»Damit beweist er nicht mehr und nicht weniger als seine Menschlichkeit«, sagte die dunkle Stimme. Geschmeidig stand Mory Abro vom Boden auf. Kein einziges Mal gebrauchte sie die Hände, um sich aufzurichten. »Und das«, fuhr sie fort und bedachte den Arkoniden dabei mit einem feindseligen Blick, »macht ihn mir sympathischer, als Sie es mir jemals werden können.«

Atlan seufzte in komischer Verzweiflung. »Perry, wir haben es mit Narren zu tun. Sie sind nicht fähig, sich an eine Lage ...«

Er unterbrach sich, als er bemerkte, daß Perry Rhodan ihm nicht zuhörte. Rhodan hatte seine ganze Aufmerksamkeit Mory Abro zugewandt.

»Prinzipiell einverstanden, Mory«, gestand er ein. »Aber in einer Lage wie dieser sind wir auf unkonventionelles Denken angewiesen.«

Atlan folgte seinem Blick. Nicht zum erstenmal gestand er sich ein, daß Mory Abro Anlaß genug war, jedes Gespräch zwischen ihm und Perry Rhodan oder irgendeinem anderen Mann rasch zu unterbrechen. Mory war groß, fast zu groß für eine Frau, und doch wiederum gerade richtig gewachsen für diese Versammlung von großen Männern. Niemand hatte sie je etwas anderes als eng anliegende Kleidung tragen sehen. Sie wußte, daß ihre Formen sehenswert waren, und scheute sich nicht, sie zur Geltung zu bringen. Mory Abro war der Typ von Frau, von dem sich mancher Mann nach dem ersten bewundernden Blick mit einem Seufzen abwandte, weil er niemals hoffen konnte, so beeindruckend zu wirken, um Morys Aufmerksamkeit zu erregen.

»In einer Lage wie dieser!« spottete sie. »Wenn wir uns mit Menschlichkeit nicht weiterhelfen können, dann sind wir ohnehin schon verloren.«

Rhodan sah sie verblüfft an, dann fing er an zu lächeln. »Sehen Sie mal, Mory«, sagte er sanft. »Grundsätze sind schön und gut, aber manchmal braucht man ein bißchen mehr. Zum Beispiel ... hier!« Er tippte sich gegen die Stirn.

Mory hob die Fäuste. Eine Sekunde lang sah es so aus, als wollte sie sich auf den Administrator stürzen. Rhodan lächelte immer noch. Mory ließ die Fäuste wieder sinken und stieß zischend die Luft zwischen den Zähnen hindurch. Ohne noch ein Wort zu verlieren, kehrte sie zu ihrem Sitzplatz zurück.

»Wir definieren also als bewiesen«, nahm Rhodan den Faden wieder auf, »daß sich außer uns an Bord dieses Schiffes fremde Wesen befinden, die hin und wieder zu uns sprechen, im übrigen aber nicht mit uns in Kontakt treten. Es ist müßig, darüber nachzudenken, welche Pläne sie haben. Unsere Flucht von Badun, die Kämpfe auf Lovely, unsere Abreise von Lovely, all das sind Dinge, die so sinnlos erscheinen, daß wir gar nicht erst versuchen brauchen, ihnen auf den Grund zu kommen. Halten wir uns also an das, was wir tun können. André hat festgestellt, daß mittlerweile weitere Teile des Schiffs betretbar sind. Nichts hindert uns daran, so weit vorzustoßen, wie wir vorstoßen können, und uns Klarheit wenigstens über Bauart und Einrichtung des Schiffs zu verschaffen. Vielleicht sind die Fremden nicht in Wirklichkeit unsichtbar. Vielleicht halten sie sich in einem der bisher verschlossenen Räume verborgen. Wir könnten Kontakt mit ihnen aufnehmen und endlich das ganze Rätsel lösen.«

André Noir hob die Hand. Rhodan nickte ihm zu.

»Soweit ich die Lage beurteilen kann, Sir«, sagte der Mutant, »sind die Fremden unsichtbar. Beim Empfang fremder Gedanken konnte ich bisher in allen Fällen beurteilen, aus welcher Distanz sie etwa kamen. Ich bin sicher, daß ich verschiedene Male Kontakt mit Fremden an Bord dieses Schiffes hatte, die nicht weiter als drei oder vier Meter von mir entfernt waren. Ich hätte sie sehen müssen, aber ...« Er hielt inne.

»Wo war das?« fragte Reginald Bull hastig.

André deutete auf das Schott. »Draußen im Gang.«

»Niemals hier drinnen?«

»Nein, Sir.«

Der Arkonide sah auf. »Besagt das etwas?«

Bully lachte ärgerlich. »Natürlich besagt es etwas. Wenn André dieselbe Beobachtung hier im Raum gemacht hätte, dann bedeutete das, daß die Fremden hier hereinkommen können, ohne das Schott zu öffnen. Theoretisch könnten sie immaterielle Gebilde sein, nicht wahr?«

»Die, obwohl sie sich durch solide Wände bewegen können, Türen und Schotte und ähnliche Dinge angelegt haben«, vollendete Atlan den Satz. »Zum Spaß sozusagen.«

Bull spreizte die Arme. »Gut, wir nehmen also an, daß es sich bei den Fremden um materielle Gebilde handelt, die die Fähigkeit besitzen, sich unsichtbar zu machen.«

Atlan nickte ihm lächelnd zu.

»Das zwingt uns zu dem Schluß«, fuhr Rhodan fort, »daß sie sich uns einfach nicht zeigen wollen. Ihr Motiv ist unbekannt. Anscheinend aber sind sie eben dabei, uns weitere Geheimnisse ihres Schiffs zu enthüllen. Vielleicht werden eines Tages auch sie selbst vor uns erscheinen.«

Er ging gesenkten Kopfes auf das Schott zu, blieb ein paar Augenblicke lang stehen und kehrte dann zurück. »Es hat keinen Zweck, einen ausführlichen Plan aufzustellen«, sagte er. »Wir machen uns einfach auf die Beine, und zwar in Gruppen zu zweien. Ziel ist die Erforschung des Schiffs. Wir müssen wissen, was außer den drei leeren Räumen und dem Tunnelgang, die wir bis jetzt kennen, es hier sonst noch gibt. Bully und André, Mory und Melbar, Atlan und ich – das sind die Gruppen. Wir sehen uns gemeinsam die dunkle Halle an, die André als erster betrat. Von dort aus versuchen wir, weiter vorzustoßen. Alle einverstanden?«

Es gab keinen Widerspruch. Mory Abro erhob sich lässig. Sie ließ sich anmerken, daß ihr an dem Auftrag nichts lag. Rhodan öffnete das Schott. Im selben Augenblick, in dem der langgestreckte Gang sich vor ihm auftat, ertönte aus dem Nichts eine blecherne, seelenlose Stimme und erläuterte in abgehacktem Interkosmo: »Mitunter ist es von Übel, den natürlichen Ablauf der Dinge beschleunigen zu wollen.«

Rhodan hielt mitten in der Bewegung inne. Er ließ sich eine Sekunde Zeit, über die Worte nachzudenken. Dann wandte er sich um und sah seine Leute an. »Wenn das eine Warnung war«, sagte er ruhig, »dann, glaube ich, können wir es uns leisten, sie zu mißachten.«

Ohne auf eine Reaktion zu warten, schritt er in den Gang hinaus, an den kaum sichtbaren Schotten der beiden Räume vorbei, die sie zum Schlafen benutzten, und auf den Eingang der geheimnisvollen Dunkelhalle zu.

Es gab eine ganze Menge Dinge, große und kleine, über die Perry Rhodan gern mehr gewußt hätte. Überhaupt war er über so vieles im unklaren und verstand von den Zusammenhängen so wenig, daß er manchmal glaubte, er träume dies alles – bei der Flucht von Badun angefangen bis zu diesem Augenblick, in dem er sich an Atlans Seite im Schein einer winzigen Handlampe durch einen finsteren Gang tastete. Das Ausmaß seines Nichtwissens hatte er bislang vor den Freunden geschickt verborgen. Er wußte, daß sie zu ihm aufsahen – selbst Atlan und Mory, die beiden selbständigsten Geister. Er war gezwungen, Verständnis und Wissen vorzutäuschen, oder doch zumindest Optimismus, um die Moral der Gruppe zu erhalten.

Dabei war er weder optimistisch, noch wußte er etwas. Im Augenblick zum Beispiel nicht einmal, ob er sich nach hinten oder nach vorne bewegte. Das Schiff war wie eine Walze geformt, etwa zweihundert Meter lang und vierzig Meter dick.

Er schob den Gedanken beiseite. Sie würden rechtzeitig erkennen, wie die Dinge lagen. Im Augenblick galt es, das Innere des Schiffs zu erforschen.

Es hatte am anderen Ende der dunklen Halle tatsächlich eine Reihe von Schotten gegeben, insgesamt fünf. Alle ließen sich öffnen. Die Gänge dahinter waren dunkel und führten in die verschiedensten Richtungen. Rhodan hatte entschieden, es sollten zunächst der mittlere und die beiden äußeren Ausgänge untersucht werden. Jede Gruppe hatte den Auftrag, so weit vorzudringen, wie sie konnte. Atlan und er selbst hatten sich das mittlere Schott vorgenommen. Bis jetzt waren sie etwa dreißig Meter weit gekommen, ohne irgendeine Entdeckung zu machen. Der Gang war schmäler, aber genauso leer wie der, den sie schon kannten.

Die Leere des Schiffs war für Rhodan ein weiteres Rätsel, das er gern gelöst hätte. Man konnte ein Raumfahrzeug von allen Einrichtungsgegenständen und Geräten entblößen, die für den Raumflug entbehrlich waren – es blieben immer noch genug Instrumente übrig, daß sie einem auf Schritt und Tritt ins Auge fielen.

Nicht so in diesem Schiff. Es sah aus, als müßte alles für den ersten Start erst bereit gemacht werden. Es gab ein paar wohlverkleidete Gerätekästen hier und dort, vielleicht Ausgänge der Klimaanlage, aber sie machten nicht einmal ein Hundertstel des Instrumentenvolumens aus, das jeder erfahrene Astronaut an Bord eines Raumschiffes zu finden erwartete.

Natürlich konnte man sich eine Erklärung ausdenken. Die Fremden wollten selbst nicht gesehen werden, warum sollten sie also nicht auch ihre Instrumente unsichtbar gemacht haben. Wenn aber alles ein Geheimnis bleiben sollte, warum befanden sich dann sechs Menschen an Bord dieses Schiffes?

Wenn die Fremden selbst von materieller Gestalt waren und ihr Schiff eine deutlich erkennbare Form besaß, dann sollten auch die Instrumente an Bord des Schiffes von der gleichen Beschaffenheit sein.

Rhodan blieb stehen. Der Gedanke faszinierte ihn. Er richtete den Strahl der kleinen Lampe gegen die Gangdecke, die sich dicht über ihm befand. Er trat zur linken Wand, streckte die Hand aus und fing an, die Wand zu betasten.

Atlan beobachtete ihn. »Aha, die neue Taktik«, bemerkte er ironisch.

Rhodan richtete die Lampe auf ihn und sah ihn lächeln. »Du weißt …?«

»Ja. Wir müssen im gleichen Augenblick darauf gekommen sein. Ziemlich erstaunlich, daß es uns nicht früher einfiel, wie?«

Rhodan nickte und kehrte zu seiner Suche zurück. Im Schein der Lampe ließ er die rechte Hand an der Wand entlangstreifen. Die Finger berührten das glatte, mattschimmernde Material. Die Hand folgte den Konturen, die die Augen sahen. Es gab nichts Verborgenes.

Rhodan ging einen Schritt weiter. Auch diesmal war die Suche ergebnislos. Die Wand verbarg nichts. Sie war so glatt, wie sie aussah.

Er fuhr auf, als er den Arkoniden leise lachen hörte. »Was gibt's?«

»Hier«, sagte Atlan. »Dreh deine Lampe um!«

Rhodan wandte die Lampe, so daß ihr Schein auf den Arkoniden fiel. Er hatte den rechten Arm zur Seite ausgestreckt. Die Finger der Hand waren gespreizt und standen zwanzig Zentimeter vor der Wand reglos in der Luft. Rhodan begriff. Mit einem raschen Schritt trat er auf Atlan zu und streckte ebenfalls die Hand aus. Eine Handspanne vor der Wand, dicht unter der Gangdecke, berührte er eine Fläche glatten Materials, die die Augen nicht sahen.

»Das wär's also«, sagte er lachend.

»Es sieht so aus«, antwortete Atlan. »Es fragt sich nur noch, wieviel Erfolg ein Blinder erwarten kann, der ohne Werkzeuge versucht, Instrumente einer fremden Technologie zu ergründen.«

Es war Rhodan, als striche plötzlich ein Luftzug durch den Gang. Er sah sich um, aber außerhalb des Lichtkreises der Lampe war nach wie vor dieselbe konturlose Finsternis.

»Was war das?« fragte Atlan.

Rhodan drehte die kleine Lampe und leuchtete in den Gang zurück – dorthin, woher sie gekommen waren. Was er sah, war so unglaublich, daß er die Augen zusammenkniff und den Kopf schüttelte, um das ungeheuerliche Bild loszuwerden.

Es blieb jedoch – das Bild einer glatten Wand, die den Gang etwa drei Meter hinter ihnen verschloß. Und nicht nur ein Bild. Rhodans Finger stießen auf kühlen, harten Widerstand, als sie das unglaubliche Gebilde betasteten.

Es gab keinen Zweifel – sie waren abgeschnitten.

Es gibt Leute, die Schocks und Überraschungen schneller überwinden als andere. Perry Rhodan war einer von ihnen. Der Verstand erkannte die Existenz der Wand als gegeben, und alles Grübeln über ihre Entstehung war nutzlos. Das war die Lage. Die einzig logische Schlußfolgerung hieß: »Bleibt uns also nur noch der Weg nach dort!«

Rhodan schwenkte die Lampe und leuchtete in den unbekannten Teil des Gangs. Inzwischen untersuchte Atlan die neue Wand. Er klopfte mit den Knöcheln dagegen und schüttelte ärgerlich den Kopf.

»Massiv«, stellte er fest. »Sehr massiv. Wahrscheinlich kann man auf der anderen Seite nicht einmal Klopfzeichen hören.«

Er folgte Rhodan, der sich inzwischen auf den Weg gemacht hatte. Rhodan fühlte, daß ihnen eine zweite Überraschung bevorstand. Es sah so aus, als sollten sie gezwungen werden, sich in dieser Richtung zu bewegen. Gefahr war nach Rhodans Ansicht nicht zu befürchten. Die Fremden hatten schon eine Menge besserer Gelegenheiten gehabt, sich ihrer zu entledigen.

Der Gang endete plötzlich vor einer glatten Stirnwand.

Rhodan trat auf sie zu und wartete darauf, daß sie zur Seite gleiten möge. Seine Hoffnung erfüllte sich jedoch nicht. Die Wand blieb, wie sie war. Rhodan betastete sie von oben bis unten. Sie war eben, es gab keine verborgenen Geräte.

Ohne sich weiter zu bemühen, wandte er sich ab und hockte sich auf den Boden. Die Beine quer durch den Gang streckend, schaltete er die kleine Handlampe aus und schob sie in die Tasche. Der Gang versank in bleierner Finsternis.

Über sich hörte Rhodan Atlans rasche Atemzüge. »Und jetzt?« fragte der Arkonide.

»Nachdenken«, entschied Rhodan.

»Womit fangen wir an? Mit der Tatsache, daß wir in einer Falle sitzen?«

Rhodan bestritt das. »Überlege doch! Wozu sollten sie uns in eine Falle locken? Das ganze Schiff ist eine Falle. Sie müssen irgendeine andere Absicht haben, und wenn wir Geduld aufbringen, werden sie sie uns verraten.«

An den Geräuschen war zu erkennen, daß auch der Arkonide sich hinsetzte. Rhodan hatte plötzlich eine Idee. Er erinnerte sich an eine Lage, die der gegenwärtigen sehr ähnlich gewesen war. Auch damals hatte ihn ein Unsichtbarer in alle möglichen Fallen gelockt, nur um ihn zu beobachten, wie er einen Ausweg fand.

Das war damals gewesen, zu Beginn seiner kosmischen Laufbahn, als er mit Crest und Thora zusammen nach dem geheimnisvollen Wesen von Wanderer forschte. ES hatte ihn diesen Weg gehen lassen, weil es nur mit demjenigen in Verbindung treten wollte, der ihn gehen konnte. Die Fallen waren Prüfungen gewesen, und er hatte sie bestanden.

War es das, was die Unsichtbaren mit ihnen vorhatten? Wollten sie sich nur dann offenbaren, wenn sie erkannten, daß die sechs Fahrgäste an Bord ihres Schiffes jeder Mißlichkeit Herr werden konnten?

Die Idee erschien plausibel. Wenn sie richtig war, durchfuhr es Rhodan in plötzlicher Erkenntnis, dann erschienen auch die Vorgänge auf Lovely in anderem Licht. Hatten die Fremden die groteske Versammlung aller galaktischen Völker nur deshalb herbeigeführt, um die brauchbarste Art zu finden? Nämlich diejenige, die den mörderischen Kampf am längsten und mit den geringsten Verlusten überlebte?

Rhodan hatte keine Zeit, länger über der Frage zu grübeln. Gelächter klang plötzlich auf, fistelstimmiges Lachen. Es kam aus der Luft, wie auch die unheimliche Stimme aus der Luft gekommen war. Jemand schien sich zu amüsieren. Dem Klang des Lachens nach war Rhodan bereit zu schwören, daß es sich bei diesem Jemand um einen Schwachsinnigen handelte.

Das Gelächter riß ab, und ein anderes Geräusch klang auf. Leises Summen drang von jenseits der Wände und ließ den Boden zittern. Rhodan sprang auf. Blitzschnell griff er nach der Waffe und machte sie schußbereit.

Er fand kein Ziel. Das Summen erstarb, und gelbes Licht fiel plötzlich in den Gang, erst nur ein schmaler Streifen, dann immer mehr, bis schließlich dort, wo zuvor die Stirnwand gewesen war, ein Quadrat greller, gelber Helligkeit stand.

Rhodan schloß geblendet die Augen. Als er sie nach einer Weile vorsichtig wieder öffnete, sah er in einen mittelgroßen, rechteckigen Raum, der eine Fülle merkwürdig geformter, fremdartiger Geräte enthielt.

Die erste Untersuchung des Raumes führte zu keinerlei Resultaten. Die Geräte, in Form niedriger Pulte lückenlos an den Wänden entlang aufgereiht, gaben ihre Funktionen nicht preis.

Etwas anderes jedoch fiel Rhodan auf. Die Pulte waren äußerst niedrig. Er stellte sich vor, wie groß jemand sein müßte, der sitzend die Schalter und Hebel bediente, und kam auf eine Körpergröße von siebzig bis achtzig Zentimetern, vorausgesetzt der Körper war humanoid. Das Resultat stand im Einklang mit der geringen Höhe des Ganges, durch den sie gekommen waren. Decke und Fußboden waren kaum mehr als zwei Meter voneinander entfernt. Freilich waren da noch der Raum, in dem sie sich bislang aufgehalten hatten, der Hauptgang und die Dunkelhalle, die alle weitaus beeindruckendere Maße aufwiesen. Aber es sind niemals die größten Räumlichkeiten, die auf die Körpermaße einer fremden Intelligenz zu schließen erlauben, sondern immer die kleinsten.

Rhodan machte in Gedanken einen Vermerk: Die Fremden sind kleiner als Terraner.

Dann begann er die Anordnungen der Schalter und Hebel auf den Miniaturpulten zu studieren. Es bedurfte eines geschulten Auges, um zu erkennen, wie die Gliedmaßen beschaffen sein mußten, die die Geräte bedienten. Rhodan untersuchte sie etwa eine Viertelstunde lang, dann wußte er, daß die Reichweite der fremden Arme rund einen halben Meter betrug und daß die Unsichtbaren Hände mit Fingern haben mußten.

Er machte einen zweiten Vermerk: Die Fremden sind wahrscheinlich humanoid.

In diesem Augenblick stieß Atlan einen halblauten Schrei aus. Rhodan fuhr auf und beobachtete gerade noch, wie das Schott, durch das sie hereingekommen waren, sich wieder schloß. Atlan stürzte darauf zu und trommelte mit den Fäusten gegen das glatte Material. Das Schott jedoch blieb, wie es war. Es rührte sich nicht mehr. Sie waren ein zweites Mal eingesperrt. Atlan drehte sich um.

»Das macht mich noch verrückt«, rief er verzweifelt.

»Geduld, Geduld«, beschwichtigte ihn Rhodan lächelnd. »Wenigstens befinden wir uns jetzt an einer interessanten Stelle. Wie lange, glaubst du, wird es dauern, bis wir wissen, was sich hinter den Geräten verbirgt?«

Atlan legte die Hand auf den Leib und antwortete in komischer Verzweiflung: »Jedenfalls länger, als ich mit einem leeren Magen am Leben bleiben kann!«

Rhodan erstarrte mitten in der Bewegung. Atlan hatte das Stichwort gegeben. Noch jedesmal hatten die Fremden, wenn eine Bemerkung wie diese fiel, prompt reagiert. Rhodan sah sich vorsichtig um. Er beobachtete, wie sich in der Luft dicht vor dem Arkoniden ein flimmernder, weißlicher Nebel formte. Zuerst ein rotierender, irisierender Ball, floß er rasch auseinander, nahm neue Formen an und verlor dabei an Leuchtkraft. Neue Farben entstanden. Eine Art Tablett wuchs mitten in der Luft, und auf dem Tablett erschienen zwei schalenförmige Gefäße. Zwischen ihnen lag ein handspannenlanges Instrument, das mit dem dünnen Stiel und der schüsselförmigen Verbreiterung an einem Ende einem Löffel nicht unähnlich sah. Atlan rieb sich die Hände.

»Aufmerksam wie immer!« lobte er. Dann griff er zu, spürte, wie die Kraft, die das Tablett bisher gehalten hatte, rasch verebbte, und setzte das

Gestell vorsichtig auf den Boden. Eine der beiden Schalen enthielt klares Wasser, die andere orangefarbenen Nährbrei. Es war dieselbe Art von Nahrung, die die sechs unfreiwilligen Passagiere seit dem Start von Lovely und auch auf dem Flug von Badun erhalten hatten – immer auf die gleiche Weise, nämlich durch die Luft.

»Du entschuldigst, Großadministrator«, sagte Atlan vergnügt und schwang den Löffel.

Sein Appetit erweckte ein promptes Echo in Rhodans Magen. »Ich habe auch Hunger«, sagte er.

Das war alles, was er zu tun hatte. Das Schauspiel wiederholte sich. Ein zweiter Nebel formte sich mitten in der Luft und wurde zum Tablett mit zwei Schalen und einem Löffel darauf. Einträchtig verzehrten die beiden Eingeschlossenen ihre Mahlzeit, tranken die Hälfte des kristallklaren, frischen Wassers und schoben die Tabletts schließlich zur Seite. Sekundenlang standen sie da, am Fuße eines der kleinen Pulte. Dann lösten sich ihre Konturen plötzlich auf. Die Schüsseln schienen in dünnen Schwaden weißlichen Rauchs nach oben davonzuziehen. Und ein paar Sekunden später war der Boden vor dem Pult wieder so leer, wie er es zuvor gewesen war.

Rhodan klatschte in die Hände und sprang auf. »Jetzt geht's erst richtig los!« rief er gut gelaunt. »In zwei Stunden ...«

Er wurde unterbrochen. Das hohe, kindische Lachen ertönte von neuem. Es klang, als käme es von der Decke dicht über Rhodans Kopf. Woher es auch immer kommen mochte – der Effekt war der gleiche wie vorhin: Das Schott öffnete sich.

Im Licht, das in den Gang hinausfiel, erschienen zwei Gestalten. Rhodan biß sich auf die Lippen, um nicht vor Überraschung aufzuschreien. Die beiden dort draußen waren Reginald Bull und André Noir.

Das Rätsel gehörte zur unlösbaren Sorte. Bully und André behaupteten unerschütterlich, daß sie niemals einen anderen Gang zu sehen bekommen hatten als den, in den Rhodan sie hineingeschickt hatte. Sie waren über keine Kreuzung gekommen und hatten ihre Richtung niemals geändert. Auch sie hatten bemerkt, daß sich hinter ihnen plötzlich eine Sperrwand aufbaute. Sie hatten die Ruhe jedoch nicht verloren und waren weiter vorgedrungen.

»Dann war der Gang plötzlich zu Ende«, schloß Bully. »Dieses Ding da«, er wies auf das Schott, »ließ sich nicht bewegen. Wir hockten uns auf den Boden und dachten nach. André versuchte, mit den Fremden in Kontakt zu kommen, aber das gelang ihm nicht. Plötzlich lachte jemand närrisch – und das Schott ging auf.«

Atlan und Rhodan sahen einander an. Bully und André hatten bis aufs

Detail dasselbe erlebt wie sie. Jetzt blieb nur noch die Frage, was aus Melbar und Mory Abro geworden.

»Wir warten hier«, entschied Rhodan. »Melbar und Mory werden wahrscheinlich ebenfalls hier aufkreuzen.«

Er erklärte nicht, warum er warten wollte, anstatt das Schott zu benutzen, das nach Bullys und Andrés Eintritt noch offenstand. Er verriet nicht, daß sie nach seiner Ansicht ein entscheidendes Stadium im Zuge der Kontaktaufnahme mit den unsichtbaren Fremden erreicht hatten. Er hatte zwei Gründe dafür. Erstens wollte er den Gefährten Gelegenheit geben, sich ihre eigenen Gedanken zu machen. Vielleicht war das ein Teil der Prüfung. Vielleicht verschafften sich Bully, Atlan, André, Melbar und Mory bei den Fremden zusätzliche Achtung, wenn sie die Lösung des Rätsels selbst fanden. Und zweitens war er seiner Sache nicht völlig sicher. Es konnte sein, daß sich hinter dem Schleier des Geheimnisses etwas ganz anderes verbarg, als er vermutete.

Die Zeit verstrich. Bully und André beschäftigten sich ein wenig mit den fremden Geräten, bis sie zu dem Schluß kamen, sie könnten sie ohnehin nicht verstehen. Sie verlangten beide etwas zu essen und bekamen es prompt geliefert. Atlan und Rhodan hingen ihren Gedanken nach. Da war besonders eine Idee, die Rhodan vor einer Weile gekommen war und sich seitdem nicht mehr vertreiben ließ. Die Fremden waren offenbar Herren einer Technik, die die terranische hoffnungslos weit in den Schatten stellte. Das Bild erhabener, würdevoller Wesen drängte sich förmlich auf. Aber da war das Lachen, das kindische, alberne Lachen, das dann und wann aus der Luft drang.

Rhodan gestand sich ein, daß er mit menschlichen Maßstäben maß. Wenn die Fremden Stimmbänder besaßen, die für terranische Ohren alberne Geräusche von sich gaben, dann brauchte das ihrer Würde keinen Abbruch zu tun. Vielleicht empfanden sie ihrerseits Sprache und Lachen der Terraner als kindisch und albern. Es gab tausend logische Gründe, die den Beobachter warnten, voreilige Schlüsse zu ziehen. Und trotzdem konnte sich Rhodan des Gefühls nicht erwehren, daß irgend etwas nicht so war, wie es sein sollte. Die Hypertechnik der Fremden und ihr lächerliches Gekichere bildeten eine Disharmonie.

Der Gedanke beunruhigte Rhodan. Er hing ihm nach und erschrak, als er das kindische Gelächter plötzlich wieder hörte.

Dabei hatte er es die ganze Zeit über erwartet. Prompt öffnete sich das Schott, und Melbar Kasom und Mory Abro stolperten herein, geblendet von der gelben Lichtfülle. Melbars Haltung war noch gebückt, weil der Gang für ihn zu niedrig gewesen war.

Rhodan stand auf. Den Schwall von Fragen, den Mory ohne Zweifel auf der Zunge hatte, bannte er mit einer raschen Handbewegung. Er erklärte, wie Atlan und er in diesen Raum gekommen waren und nach ihnen André und Bully. Er war mit seiner Erklärung noch nicht ganz fertig, da schloß sich das Schott wieder.

Rhodan spannte die Muskeln. Er wußte, daß in den nächsten Augenblicken etwas geschehen würde. Sie waren alle beisammen. Alle hatten bewiesen, daß sie genug Mut und Ruhe besaßen, um selbst durch eine Reihe kritischer Situationen hindurch den Raum zu erreichen, den die Fremden offenbar als Ziel vorgegeben hatten.

Jetzt war es an den Fremden zu handeln. Das waren Rhodans Gedanken. Ein anderer dachte anders: André Noir, der Mutant.

Er spürte die Ausstrahlungen einer fremden Vernunft. Es waren Gedankenschwingungen, die nicht für ihn bestimmt waren. Sie bewegten sich auf der Ebene einer fremden Logik; er verstand sie nicht. Er wußte nur, daß sich ein denkender Organismus in unmittelbarer Nähe befand.

Er forschte weiter. Wenn die fremden Gedanken nicht an ihn gerichtet waren, dann mußten sie für jemand anderen bestimmt sein, für einen anderen Fremden. Wo war er?

André schloß die Augen, um sich besser konzentrieren zu können. Niemand achtete auf ihn. Nach Perry Rhodans Erklärung war Schweigen eingetreten. Jedermann wartete darauf, daß etwas geschah.

Der Mutant spürte schließlich auch die Ausstrahlung des zweiten Fremden. Er befand sich am anderen Ende des Raums, sechs Meter von ihm entfernt. Seine Schwingungen wurden von denen des Unsichtbaren überlagert, der sich in Andrés Nähe aufhielt. Sie waren kaum zu erkennen. André hätte sie niemals ausgemacht, hätte er nicht gewußt, daß dort ein zweiter Fremder sein mußte.

Er öffnete die Augen und sah sich um. Er durfte nicht an die beiden Fremden denken, wenn er seinen Plan ausführen wollte. Und um ihn auszuführen, brauchte er Hilfe. Dicht neben ihm stand Mory Abro. Ihr würde er niemals klarmachen können, was er wollte, ohne den Plan zu verraten.

Neben Mory stand Melbar Kasom, der Riese. André trat geräuschlos einen Schritt zurück und schlich sich hinter der Frau vorbei an die Seite des Ertrusers. Den Blick hielt er unbewegt auf die Schaltpulte gerichtet. Der Anblick der fremden Technik erzeugte in seinem Verstand genügend verwunderte Reaktionen, um die wahren Gedanken zu vernebeln, wenigstens für ein paar Augenblicke.

Melbar reagierte sofort, als André ihn am Arm packte. Er wandte den

Kopf und sah fragend auf den Mutanten herab. André deutete sich gegen die Stirn, dann in die gegenüberliegende Ecke des Raums und schließlich steil nach oben in die Luft.

Melbar runzelte die Stirn. Die Ratlosigkeit war ihm vom Gesicht abzulesen.

André fuhr fort. Er stieß Melbar den Zeigefinger in die Seite, dann deutete er wiederum ans andere Ende des Raumes und machte mit beiden Händen eine rasche Bewegung des Zupackens. Danach zeigte er auf sich, dann wieder steil in die Luft und wiederholte die Bewegung der Hände, die etwas zu ergreifen schienen.

Dann schloß er die Augen und horchte. Wenn die Fremden etwas von seinen Absichten bemerkt hatten, mußte es an ihren Gedanken zu erkennen sein. André atmete auf, als er spürte, daß das unmodulierte Gemurmel der fremden Schwingungen sich nicht geändert hatte.

Als er wieder aufsah, erkannte er, daß Melbar inzwischen begriffen hatte. Der Riese nickte leicht, dann fing er vorsichtig an, seinen Standort zu verändern. Er hatte das Kinn auf die Brust gesenkt und die Hände hinter dem Rücken verschränkt. Es war die Pose des nachdenklichen Auf-und Abgehens, völlig ungewohnt an Melbar Kasom.

André biß sich auf die Lippen. Alles kam jetzt darauf an, daß Melbar seine Gedanken bei sich behalten konnte. Wenn die Fremden merkten, worauf er aus war …

Melbar schob sich zwischen Atlan und Bully hindurch. Bully und der Arkonide wichen bereitwillig zur Seite. Melbar erreichte die rechte Wand und ging mit kleinen, vorsichtigen Schritten an den niedrigen Pulten entlang auf die Ecke zu.

Seine Schauspielkunst war mustergültig. Vor der Stirnwand blieb er stehen und sah auf. Erstaunen malte sich in dem grobgeschnittenen Gesicht, als wäre er überrascht, vor sich auf einmal eine Wand zu finden.

André sah sein rasches Blinzeln und nickte. Die beiden Unsichtbaren hatten ihre Positionen inzwischen nicht verändert. Sie unterhielten sich immer noch miteinander. Vielleicht, dachte André mit einem Anflug von Belustigung, dachten sie darüber nach, was sie mit ihren Fahrgästen als nächstes anstellen sollten.

Langsam hob er die Arme. Melbar beobachtete ihn genau und tat es ihm nach. André wandte sich zur Seite, denn der Fremde, den er auf dem Korn hatte, schwebte irgendwo neben ihm, über den Pulten. Melbar drehte sich ebenfalls, aber André winkte hastig ab und machte eine Geste der Ungewißheit. Er wußte nicht genau, wo der Unsichtbare war, auf den

Melbar es abgesehen hatte. Er befand sich dort drüben in der Ecke, das war alles, was er wußte.

Melbar verstand auch das. Er breitete die Arme aus. André nickte ihm zu.

Dann sprang er. Neben ihm schrie Mory voller Entsetzen. André hatte zuviel Schwung in seinen Vorstoß gelegt. Er schlug vornüber auf das Pult. Stechender Schmerz fuhr ihm durch die Brust und nahm ihm den Atem. Aber die Arme hielt er hoch nach oben, die Hände ausgestreckt und die Finger gespreizt.

Das Pult bot ihm keinen Halt. Er fing an, wieder hinunterzurutschen. Ein paar Schalter rissen knirschend und kullerten auf den Boden. Hilflos wischten die Hände durch die Luft.

Erst als die Zehenspitzen den Boden wieder berührten, spürte er Widerstand zwischen den Fingern. Es war, als griffe er in die erstarrte Luft. Er packte fester zu, spürte, wie der unsichtbare Körper seiner Kraft unterlag und mit ihm in die Tiefe rutschte.

Er hatte es! Was es auch immer sein mochte – er hatte es fest zwischen den Fingern und würde es nicht mehr loslassen. In seiner Begeisterung verlor er das Gleichgewicht und stürzte rücklings zu Boden. Das Unsichtbare fiel auf ihn. Er empfand keinerlei Schmerz. Es konnte nicht besonders schwer sein. Er hielt es immer noch fest. Es war jetzt still und bewegte sich nicht mehr. Vielleicht hatte der Sturz oder der Schreck es bewußtlos gemacht. Vielleicht würde es jetzt sichtbar werden.

Ein konturloser Nebel begann sich zu bilden. Zitternd verdichtete er sich und nahm Formen an. André sah zwei Kugeln entstehen. Fassungslos beobachtete er, wie die Oberflächen der Kugeln sich zu gliedern begannen, wie aus der unteren Armstummel wuchsen und in der oberen sich Vertiefungen bildeten, aus denen große, runde Augen ihn ansahen. Sprachlos schaute er auf das fremde, zwergenhafte Wesen, das sein Griff immer noch fest umklammerte.

Dann drehte er den Kopf und sah, daß Melbar Kasom ein gleiches Geschöpf zwischen seinen riesenhaften Pranken hielt.

André richtete sich auf. Keine Sekunde lang lockerte er den Griff um den Hals seines Gefangenen. Hilfesuchend wanderte sein Blick zu Perry Rhodan, dann zu dem Arkoniden. Aber es gab niemand in diesem Raum, der nicht ebenso verblüfft war wie er selbst.

Die Spannung, die sich in ihm aufgestaut hatte, brach zusammen. Er fing an zu lachen. Er lachte in schrillen, hysterischen Tönen.

14.

Das also waren die Fremden, neunzig Zentimeter große Zwerge mit gewaltigen Kugelköpfen, die mehr als die Hälfte der Körperlänge ausmachten, einem winzigen, runden Leib und einem Paar dünner Beine, die in dreizehigen Vogelfüßen endeten. Aus dem Kopf traten große hervorquellende Augen, zwei Nasenlöcher öffneten sich unmittelbar in der Gesichtshaut. Der Mund war nichts weiter als ein drittes Loch, wie das Maul eines Fisches. Zu beiden Seiten des Kugelschädels klebte je ein rudimentärer Auswuchs, die häßlichsten Ohren, die eines Menschen Auge je gesehen hatte.

Die Arme waren kurz und standen schräg vom Körper weg. Die kleinen Hände hatten sechs Finger und waren das einzige, was an den Fremden wirklich menschlich aussah.

Den winzigen Leib bedeckten farbenprächtige Umhänge, Bahnen bunten Stoffs, die die Kleinen sich kunstvoll umgeschlungen hatten. Um den Hals, den Einschnitt zwischen Kugelschädel und Kugelleib, trug jeder der beiden an einem Band ein streichholzschachtelgroßes Kästchen, das ihm auf der Brust baumelte.

Etwa eine Minute verging nach Andrés und Melbars kühnem Vorstoß, bevor das erste Wort fiel. Wiederum war es Perry Rhodan, der die Überraschung als erster meisterte.

»Da haben wir sie also«, sagte er ruhig. »Kasom, stellen Sie den Mann auf den Boden, bevor er unter Ihren Pranken erstickt.«

Der Ertruser gehorchte. Der kleine Fremde blieb reglos stehen, als die dreizehigen Füße den Boden berührten. Seine farblosen, lidlosen Froschaugen verrieten Furcht.

»Könnt ihr uns verstehen?« fragte Rhodan.

Der Fremde bewegte den Mund nicht, als er antwortete, und doch hörte jedermann im Raum die Worte deutlich: »Ja, ich kann dich verstehen, Terraner.«

Das war alles. Er gab keinen Kommentar zu den Vorfällen der vergangenen Minuten. Er klagte nicht an, er erklärte nicht, er wollte nichts wissen.

»Wir führen nichts Böses im Schilde«, sagte Rhodan und kam sich ein wenig lächerlich vor, denn immer noch war er der Gefangene des Kleinen, nicht umgekehrt. »Wir danken euch, daß ihr uns von Badun gerettet habt.«

Der Großköpfige schien über diese Eröffnung erfreut.

»Ich bin glücklich, daß du das sagst«, antwortete er einfältig. »Es wäre schlimm gewesen, wenn Ihr Böses geplant hättet. Schlimm für uns.«

Rhodan horchte auf. »Schlimm für euch?«

»Ja. Ich bin Okra, und dieser dort drüben ist Karr.«

Er streckte den dürren Arm noch ein wenig weiter vom Körper ab und deutete auf Andrés Gefangenen.

Rhodan verwirrte der plötzliche Wechsel des Themas.

»Schlimm für euch, sagtest du«, versuchte er, zum ursprünglichen Problem zurückzulenken.

»Ja«, antwortete Okra. »Wir sind zwanzig an Bord dieses Schiffes.« Der Bann des Schreckens schien gebrochen, plötzlich sprudelten die Worte nur so hervor. »Ihr werdet gleich alle sehen. Und dann werden wir das Schiff auf Endkurs bringen und in ein paar Stunden am Ziel sein.« Er schien sich zu freuen. »Dann hat alles Elend ein Ende!«

Rhodan schaute den Arkoniden fragend an. Atlan schüttelte den Kopf. Es hatte keinen Sinn, die Frage zu wiederholen. Der Bighead verstand sie entweder nicht, oder er wollte sie nicht beantworten.

»Wir wollen jetzt gehen«, sagte Okra. »Die anderen warten.«

Auf seinen kurzen, dünnen Beinen watschelte er erstaunlich schnell quer durch den Raum. Das Schott, das sich nach Melbars und Morys Ankunft inzwischen wieder geschlossen hatte, wich vor ihm zur Seite.

Rhodan blinzelte durch die weite Öffnung. Ein kalter Schauder rann ihm über den Rücken. Wo vorhin noch ein finsterer Gang gelegen hatte, lag jetzt ein hell erleuchteter, runder Raum. Es gab eine Anzahl von Möbelstücken, die offenkundig auf die Körpergröße der sechs Gefangenen zugeschnitten waren. Die Möbelstücke hatte Rhodan nie zuvor gesehen, an den Raum jedoch erinnerte er sich genau. Er war derselbe, in dem sie sich seit dem ersten Start des fremden Schiffes aufgehalten hatten.

Ein paar entsetzte Rufe wurden laut, aber Rhodan winkte den Leuten zu schweigen. Selbst noch ein wenig fassungslos, betrachtete er den runden Tisch mit den sechs Stühlen, die die Bigheads – der Himmel mochte wissen wie – hierher projiziert hatten. An der Rundwand entlang standen vier Liegen, unkonventionell im Stil, aber sicher sehr bequem. Aus der leeren Halle war plötzlich ein gemütliches Zimmer geworden.

Während Rhodan sich noch umsah, begann es sich auf einmal mit Leben zu füllen. In der Luft bildeten sich wallende Nebel, zerflossen und nahmen Formen an. Von überall her kamen Bigheads. Ein paar entstanden unter dem Tisch, andere kamen durch das offene Schott herein, wieder andere schwebten von der Decke herunter. Der runde Raum war plötzlich von quirlender Geschäftigkeit erfüllt. Verwirrend war die Ähnlichkeit der Bigheads untereinander. Im Nu hatte Rhodan Karr und Okra aus den Augen verloren und konnte sie aus dem Gewimmel ihrer Artgenossen nicht mehr herausfinden.

Er wandte sich fragend an Noir. Der schüttelte lächelnd den Kopf. Nein, es gab keine Gefahr. Die Bigheads waren friedliche Geschöpfe.

»Ich möchte zu den Terranern sprechen«, verkündete eine helle, blecherne Stimme.

Die Reihen der Kugelköpfigen hatten sich nun geordnet. Sie saßen auf den Kanten der Liegen, nur einer von ihnen stand auf dem Boden, in der Nähe des Tisches.

»Ich bin Perk und kommandiere dieses Fahrzeug«, fuhr der Bighead fort. »Ich habe euch von dem Himmelskörper gerettet, den ihr Badun nennt, und euch zu der Welt Lovely gebracht. Ich habe euch dort beobachtet und entschieden, daß ihr diejenigen seid, nach denen wir suchen.«

Rhodan erinnerte sich plötzlich an die Dinge, die sie seit der Flucht von Badun erlebt hatten. Deutlich sah er wieder das flackernde Leuchten, das ihn und seine Gefährten im Höhlengebiet von Badun auf einmal umgab und sie im letzten Augenblick dem Alptraum eines atomaren Weltuntergangs entriß. Er erlebte die Ungewißheit des Flugs von neuem. Er sah die scheußlichen Ungeheuer von Lovely, die es nur darauf abgesehen hatten, jedem Fremden den Hals umzudrehen. Tagelang hatten sie sich verborgen, in jeder Sekunde um ihr Leben zitternd. Bis sie dann selbst zur Offensive übergegangen waren und sich Achtung verschafft hatten. Dann der Start von Lovely, der Flug bis zu diesem Augenblick ...

Das alles war kein Traum? Das alles waren Teile eines Planes von zwanzig großköpfigen Kugelwesen? Rhodan strich sich über die Stirn. Noch wußte er nicht, welcher Zweck sich hinter den Wirrnissen der vergangenen Tage verbarg.

Eines aber beeindruckte ihn. Wie ungeheuer groß mußte die Macht, wie unglaublich fortgeschritten die Technik eines Volkes sein, das mit Mitgliedern aller galaktischen Arten wie mit Holzfiguren operierte, das sechs vom Kernbrand Bedrohte fast aus dem Zentrum des Brandes entführte, sie auf Lovely in die Geschehnisse eines blutigen, galaktischen Zirkus verwickelte – und das alles, ohne daß die Beteiligten auch nur die geringste Möglichkeit hatten, sich gegen ihr Schicksal aufzulehnen. Welch unvorstellbaren Hilfsmittel mußten einer solchen Macht zur Verfügung stehen?

Und aus welchem Grund konnte ihr daran liegen, drei Terraner, einen

Ertruser, eine Plophoserin und einen Arkoniden an sich zu bringen und zu entführen?

Ein entsetzlicher Gedanke schoß ihm plötzlich durch den Kopf. Wo auch immer die Heimatwelt der Bigheads sein mochte, vielleicht gab es dort eine Art zoologischen Garten, in dem die Kugelschädel Spezies fremder Völker sammelten und ausstellten!

Er kam nicht dazu, weiter darüber nachzudenken. Perk fuhr fort: »Wir haben euch ein paar Unannehmlichkeiten bereitet. Das war unerläßlich. Wir haben auch anderen Unannehmlichkeiten bereitet. Ihr seid mit ihnen auf der Welt Lovely zusammengetroffen. Ihr habt sie alle besiegt, deswegen haben wir euch allein in unserem Schiff mitgenommen. Ohne daß ihr uns saht, beobachteten wir euch weiter. Wir prüften euch, aber ihr bestandet alle Prüfungen besser, als wir erwartet hatten. Wir werden jetzt den Kurs des Schiffes ändern und auf dem schnellsten Weg nach Kahalo zurückkehren. Wir haben gefunden, was wir suchten.« Die lächerlich hohe Stimme machte eine kurze Pause und fuhr dann fort: »Wir brauchen euch, damit ihr uns in der größten Gefahr beisteht, die unser Volk je bedroht hat.«

Das war es also – unglaublich, aber unmißverständlich.

Sie brauchten Hilfe. Rhodan erinnerte sich, daß er in den ersten Stunden nach Perks Eröffnung fast verzweifelt nach einem Grund gesucht hatte, der es ihm erlaubte, das Gehörte für ein Mißverständnis zu halten. Perk gebrauchte, wenn er sprach, niemals den Mund. Die Worte entstanden mitten in der Luft. Wahrscheinlich war das Gerät daran beteiligt, das er wie alle anderen Bigheads um den Hals trug. Es war möglich, daß das Gerät Perks Gedankenimpulse nicht völlig korrekt übersetzte, daß er etwas ganz anderes gemeint hatte, als von seinen Zuhörern verstanden worden war. Oder es konnte in der Übertragung irgendeinen anderen Fehler gegeben haben.

All das erwies sich im Laufe der Zeit als fruchtlose Gedankenspielerei. Es gab an Perks Feststellung nichts zu rütteln. Das Volk der Bigheads brauchte Hilfe. Trotz all seiner überwältigenden Technik brauchte es Hilfe. Es hatte ein Raumschiff ausgeschickt und überall in der Milchstraße nach intelligenten Arten suchen lassen. Von jeder Art hatten sie ein paar Vertreter nach Lovely gebracht. Die Idee war, daß derjenige, der die unaufhörlichen Kämpfe auf Lovely mit dem besten Erfolg bestand, logischerweise auch derjenige sein müsse, der den Bigheads am wirksamsten Hilfe leisten konnte.

Hilfe gegen wen – das allerdings war eine Frage, die bislang immer noch nicht beantwortet worden war.

André war der Mann, dem Rhodan den Auftrag gab, die Geisteshaltung der Bigheads zu analysieren. Rhodan hatte einen ganz bestimmten Verdacht, und Andrés Untersuchungsergebnisse zeigten bald, daß dieser Verdacht zurecht bestand. Perk hatte zugegeben, daß den Gefangenen Unannehmlichkeiten bereitet worden seien. Entschuldigen wollte sich Perk keinesfalls. Die Unannehmlichkeiten gehörten zum Plan, und es war für einen Bighead unvorstellbar, wie jemand mit einem logisch fundierten Plan nicht einverstanden sein könnte. Ebenso war es mit den Fragen, die die Terraner stellten. Perk hatte eine genaue Vorstellung davon, in welcher Reihenfolge und mit welchem Tempo die einzelnen Informationen an die Gefangenen herangetragen werden sollten. Jeden Versuch, die Reihenfolge zu stören oder das Tempo zu ändern, ignorierte er einfach. Die Hintergründe dieses Handelns waren weder bewußte Überheblichkeit noch mechanisches Denken. Sie lagen an anderer Stelle begründet.

Die Bigheads, die sich selber Kahals nannten, waren ein uraltes Volk – Jahrmillionen alt, wie André bei seiner vorsichtigen Suche in den Gedanken der Kugelschädel feststellen konnte. Sie besaßen eine Technik, die jeder anderen in der Galaxis überlegen war. Während ihrer langen Geschichte hatten sie sich an diesen Zustand der Überlegenheit gewöhnt. Sie waren niemals kriegerisch gewesen. Es schien, als hätten sie niemals eine Einflußsphäre besessen, die mehr als zwanzig Planeten umfaßte. Wo sie aber auch immer auftauchten, da waren sie stets diejenigen, die die besten Ideen hatten und deren Rat man folgen mußte. Es war ihnen zur Überzeugung geworden, daß dies immer so sein müsse.

Diese Anschauung hatte jetzt ein Stadium der Starrsinnigkeit erreicht, in der die Bigheads fremde Initiative nicht einmal mehr wahrnahmen. Die Überheblichkeit ihrer Denkweise wurde ihnen auch nicht bewußt. Sie hatten sie schließlich nicht selber geschaffen, sie war ihnen vererbt worden. So hielten sie sich weiter für die unendlich Überlegenen, obwohl sie eben dabei waren einzugestehen, daß sie Hilfe brauchten, und waren nach wie vor davon überzeugt, daß es nur eine Möglichkeit gebe, eine gewisse Lage zu handhaben, nämlich die ihre.

Als nächstes hatte Perk eine Führung durch das Schiff auf seinem Programm stehen. Zum erstenmal bekamen Rhodan und seine Gefährten den Koloß in seinem ganzen Umfang zu sehen. Geräte und Einrichtungen waren nun nicht mehr unsichtbar, was den Gefangenen zwar einen neuen optischen Eindruck, jedoch keineswegs Klarheit vermittelte.

Terranische und kahalische Technologie schienen keinerlei Berührungspunkte zu besitzen. Es war so gut wie unmöglich, am Aussehen eines Instruments zu erkennen, welchem Zweck es diente.

Auch Perks Ausführungen waren alles andere als aufschlußreich. Er sagte beispielsweise: »Von hier aus werden die Existenzdaten fremder Welten bestimmt. Unter Existenzdaten verstehen wir alle Informationen, die uns vor der Landung auf der fremden Welt bekannt sein müssen, nämlich mittlere Oberflächentemperatur, stärkste Temperaturschwankungen, Zusammensetzung der Atmosphäre, Vorhandensein gefährlicher Bakterien, Planetenmasse, Daten der Umlaufbahn und vieles mehr.«

Das war alles, was er sagte. Wie die Informationen erlangt wurden, darüber verlor er kein Wort. Ein paarmal fragte ihn Rhodan danach, aber er bekam keine Antwort.

Schließlich begann André, sich mit dem Problem zu befassen. Die Aufgabe war im Grunde genommen unlösbar. Er sollte aus fremden Gedanken die Züge einer fremden Technik ermitteln. Er hatte zuvor schon festgestellt, daß er, wenn die Bigheads untereinander Gedanken austauschten, nicht den Inhalt der Unterhaltung, sondern allein das Vorhandensein von Vernunftschwingungen ermitteln konnte.

Er fing an, in den Gehirnen der Bigheads zu forschen, die sie auf der Führung durch das Schiff begleiteten. Er ging vorsichtig zu Werke, so daß sie nichts merkten. Sachte schlich er sich in ihre Gedanken und forschte, ohne eigentlich zu wissen, wonach er Ausschau halten sollte. Wenn sie in einem der Geräteräume standen und Perk oder ein anderer Kahal den Zweck der Geräte mit allgemeinen Ausdrücken beschrieben, dann wußte er nicht, ob er nach Details der klassischen, der nach-einsteinschen oder irgendeiner anderen Physik suchen sollte, die unter Umständen während der Erläuterung in den fremden Gehirnen aufblitzte.

Trotz dieses Handikaps erzielte er jedoch einen Erfolg. Und als sie schließlich eine geräumige, mit Geräten vollgestopfte Halle betraten, von der Perk behauptete, sie sei die Steuerzentrale des großen Schiffes, da drückte André sich unauffällig an Perry Rhodans Seite und gab zu bedenken: »Sir, nach meiner Ansicht haben sie selbst keine Ahnung, wie diese Geräte funktionieren.«

Das gab der Lage einen neuen Aspekt. Rhodan zweifelte an Andrés Beobachtung keine Sekunde lang. Wenn die Bigheads aber in der Lage waren, sich der Hypertechnik des Schiffes zu bedienen, ohne sie wirklich zu verstehen – wer waren sie dann?

Es gab zwei plausible Hypothesen: Sie waren entweder Strohmänner und von den wahren Schöpfern dieser Technik vorgeschickt, um Kastanien aus dem Feuer zu holen – oder die Technik war die Schöpfung ihrer Vorfahren, und die kahalische Rasse war im Laufe der Jahrhunderttausende so degeneriert, daß sie alles technische Wissen verloren hatte.

Gefühlsmäßig neigte Rhodan dazu, die zweite Erklärung für die wahrscheinlichere zu halten.

An der Genialität der Konstrukteure dieses Raumschiffs gab es keinen Zweifel. Das erste Gerät an Bord, dessen Funktionen Rhodan von sich aus erkennen konnte, war das Triebwerk. Das Prinzip des Linearfluges erlaubte keine einschneidenden Variationen. Der Intelligente auf Stern A mußte sein Lineartriebwerk genauso bauen, wie der Intelligente auf Stern B, obwohl sie miteinander keine Berührung hatten.

Was Rhodan in helles Entzücken versetzte, waren die Dimensionen des Triebwerks. Gegen den zwanzig Zentimeter dicken, nicht mehr als fünf Meter langen Zylinder, den die Bigheads benutzten, wirkte das wohnhausgroße terranische Aggregat wie ein unförmiges Ungeheuer. Aus Perks knappen Darstellungen war leicht zu entnehmen, daß der Triebwerkszylinder trotz seiner Kleinheit den terranischen Triebwerken an Leistungsausstoß weit überlegen war.

Von da an sah Rhodan in dem Zusammentreffen mit den Kahals nichts mehr anderes als eine Fügung des Schicksals, die dem Solaren Imperium letzten Endes zu einer weiteren sprunghaften Entwicklung seiner Raumfahrttechnik verhelfen konnte. Die Mühsal, die sie in den letzten Wochen durchlitten hatten, erhielt damit plötzlich einen Sinn. Sie hatten nicht umsonst gekämpft. Sie würden vielleicht mit vollen Händen nach Terra zurückkommen.

Daran, daß sie zurückkehren würden, bestand für Rhodan kein Zweifel. Er kannte die Pläne der Bigheads nicht, und bislang gab es keinerlei Anzeichen dafür, daß sie ihre Gefangenen jemals wieder freigeben wollten. Rhodan verstand jedoch, eine Situation einzuschätzen. Eine mehr als dreihundertfünfzigjährige Erfahrung lehrte ihn, daß er sich diesmal nicht in einem ausweglosen Dilemma befand.

Seit der Besichtigung des Lineartriebwerks nahm er an Perks Führung nur noch mit halbem Interesse teil. Er überließ es Atlan, soviel Details wie möglich zu erfahren, während er sich damit beschäftigte, die Bigheads selbst zu studieren und Pläne für die Flucht zurechtzulegen. Er bemerkte, daß die Kugelschädel, nachdem sie sich einmal gezeigt hatten, auch weiterhin sichtbar blieben. Unsichtbarkeit war also nicht der Normalzustand. Wahrscheinlich besaßen sie ein Gerät, einen Hochleistungsdeflektor, der sie im Augenblick der Gefahr den Blicken ihrer Umwelt entziehen konnte. Vielleicht war es das Ding, das ihnen um den Hals hing. Rhodan war klar, daß seine Pläne sich fünfmal leichter ausführen lassen wurden, wenn es ihnen gelang, für jeden einen Deflektor zu erbeuten.

Eine andere Erkenntnis erleichterte ihn ungemein. Die Bigheads waren keine natürlichen Telepathen. André hatte das, nachdem sie sich nicht mehr hinter ihren Deflektorfeldern verbargen, eindeutig ermittelt. Ihre Gedanken, die in den vergangenen Tagen als wesenlos im Raum schwebende Stimmen hörbar geworden waren, übertrugen sich mittels eines hypnomechanischen Projektors. Was sie über den Bewußtseinsinhalt der Gehirne ihrer Gefangenen wußten, mußten sie mit Psychosonden kurz nach dem Start von Badun erfahren haben, als die so plötzlich Geretteten eine Zeitlang bewußtlos lagen. Es bestand also keine Gefahr, daß einer der Bigheads Rhodans Gedanken und Pläne erkennen könne.

Dann gab es schließlich noch ein letztes Problem. Es war das Problem der plötzlich entstehenden Wand, die Frage, wie sechs Leute aus drei verschiedenen Gängen durch dieselbe Tür in denselben Raum gelangen konnten und wie dieser Raum es fertigbrachte, einmal an diesem und einmal an jenem Ende des Schiffs zu liegen.

Rhodan fragte Perk danach. Er erkundigte sich bei Okra und Karr und allen Bigheads, deren er habhaft werden konnte. Die Antworten waren einmütig: »Wir wollten euch auf die Probe stellen. Das alles war nur ein Teil des Planes.«

Sie waren offenbar der Ansicht, es genüge, wenn sie ihr Motiv erläuterten. Daß jemand nach der Technik fragen könne, mit deren Hilfe sie ihre Pläne ausführten, kam ihnen nicht in den Sinn. André bestätigte das. Keiner der Befragten wußte mehr, als welchen Knopf an welchem Gerät er drücken mußte, wenn er eine Wand erstellen oder einen Raum an einen anderen Ort verlegen wollte. Auch die Geräte wurden den Terranern vorgeführt. Aber außer der Tatsache, daß die Leiter, die sie mit Energie versorgten, von beachtlicher Stärke waren, ließ sich nichts erkennen.

Rhodan sah ein, daß er das Problem vorerst nicht lösen konnte, und schob es beiseite. Zur Flucht brauchte er weder eine Mauer noch einen deplazierten Raum. Wichtig war nur, daß die Bigheads im entscheidenden Augenblick nicht wieder an den Geräten zu hantieren begannen.

Die Führung durch das Schiff dauerte insgesamt fünf Stunden. Rhodans erster Eindruck hatte sich verstärkt. Schiff und Einrichtung waren Produkte einer Technik, die jeder bekannten um ein paar Jahrtausende überlegen war. Wenn es gelang, die Erkenntnisse dieser Technik terranischen Wissenschaftlern zugänglich zu machen, dann befand sich das Solare Imperium in einer einmaligen, unangreifbaren Position.

Auf die übliche Art, die keinen Widerspruch erwartet, eröffnete Perk nun, er wolle seine Gäste in ihre zukünftige Rolle als Beschützer des Planeten Kahalo einweihen. Sie kehrten zu diesem Zweck zu dem Rundraum zurück, in dem sich außer den Gefangenen und Perk diesmal nur Okra und Karr einfanden. Perk kam unverzüglich zur Sache.

»Kahalo«, sagte er mit der blechernen Stimme, die aus seinen Gedanken kam, »wird von einer fremden Rasse angegriffen. Ihr Heimatstern ist Flooth, der zweite Planet der Sonne Orbon, während Kahalo der dritte ist. Die Flooths sind eine volkreiche, barbarische Rasse, der ihre eigene Welt zu eng geworden ist. Im System der Sonne Orbon sind nur diese beiden Planeten bewohnbar, Kahalo und Flooth. Nichts war also natürlicher, als daß die Flooths Kahalo zum Ziel Ihrer Expansionsbestrebungen bestimmten. Ihre Waffen sind fürchterlich. Ihre Grausamkeit ist unübertrefflich. Das Leben eines intelligenten Wesens hat keinerlei Wert für sie. Und vor allen Dingen sind sie so zahlreich, daß sie Armeen aufbieten können, die jede einzelne für sich, genauso stark ist wie die Gesamtbevölkerung von Kahalo. Seit drei Planetenjahren ist die Invasion im Gange. Wir werden zurückgedrängt. Die Flooths haben drei Brückenköpfe errichtet und sie so befestigt, daß wir ihnen nichts mehr anhaben können. Sie verwüsten unsere paradiesische Welt. Wir mußten einfach in die Galaxis hinausfliegen und nach Vertretern eines Volkes suchen, das energisch und kampferprobt genug ist, um uns zu helfen.«

Zum erstenmal, als fühlte das mechanische Gerät, das die blecherne Stimme erzeugte, etwas von der Not, die in Perks Gedanken lag, klangen die Worte sanft und bittend. »Alle Einrichtungen unserer Welt, alle Errungenschaften unserer Technik stehen euch zur Verfügung. Man wird euch ehren. Man wird euch als die Helden feiern, die Kahalo erretteten. Man wird euch jeden Wunsch erfüllen ... nur helft uns!«

Und plötzlich, als hätte ihm jemand einen Schleier von den Augen gerissen, war Rhodan klar, wo die eigentliche Schwierigkeit der Bigheads lag. Er wußte, warum sie die Flooths nicht hatten zurückschlagen können. Er wußte es, seitdem er das Innere des Schiffes gesehen hatte, nur waren ihm die Zusammenhänge jetzt erst klargeworden.

Es gab an Bord des ganzen Riesenschiffes nicht ein einziges Kriegsgerät.

Die Bigheads ließen ihre Gefangenen allein, nachdem sie von Rhodan die Zusicherung erhalten hatten, man werde Kahalo in der Stunde der Not beistehen.

Im engsten Kreis erläuterte Rhodan kurze Zeit später seine Befürchtungen. Er war der einzige, der das Fehlen von Waffen bemerkt hatte. Selbst Atlan, dem Aufmerksamen, war dieses Detail entgangen.

»Das heißt also«, sagte Bully trocken, »wir halten die Flooths mit den bloßen Fäusten auf.«

Atlan machte eine beschwichtigende Geste. »Nicht so eilig!« rief er. »Es gibt an Bord dieses Schiffes keine Waffen, schön. Ist das ein Beweis dafür, daß es auf Kahalo ebenfalls keine gibt?« Er sah sich um.

»Ja«, antwortete Rhodan gelassen. Alle Blicke richteten sich auf ihn.

»Es gibt keinen erdenklichen Grund«, erläuterte Rhodan bereitwillig, »weswegen eine Zivilisation, die Waffen besitzt, ihre interstellaren Raumschiffe nicht ebenfalls mit Waffen ausrüsten sollte. Im Gegenteil, für ein waffenbesitzendes Volk ist es eine Notwendigkeit, seine Raumschiffe ebenfalls zu bewaffnen. Denn bei welcher Gelegenheit geht man das Risiko größerer Gefahren ein als auf einer Sternenreise?«

»Das ist logisch«, gab der Arkonide zu. »Aber wer sagt, daß die Bigheads sich an dieselbe Logik halten wie wir?«

»Niemand«, bestätigte Rhodan lächelnd. »Aber jedesmal, wenn ich in der Vergangenheit auf ein fremdes Volk traf, war ich bestens beraten, wenn ich seine Reaktionen nach meiner eigenen Logik vorausmaß, anstatt nach einer fremden Logik in seinen Gehirnen zu suchen und mir etwas vorzumachen.« Nach einer kurzen Pause fügte er hinzu: »Ich kenne einen, der das noch besser wissen müßte als ich. Weil er nämlich ein paar Jahrtausende mehr Erfahrung hat.«

Atlan lachte auf. »Danke, mein Freund. Der Arkonide hat die Belehrung verdient.«

Bully räusperte sich ungeduldig. »Also ... was tun wir?«

»Könnten wir nicht das Schiff kapern und uns davonmachen, bevor wir überhaupt nach Kahalo kommen?« fragte Mory.

Bully lachte meckernd. Melbar Kasoms riesiger Brustkasten hob sich in ruckartigen Zuckungen, als er einen Heiterkeitsausbruch unterdrückte. Rhodan jedoch blieb ernst.

»Ich habe mir das selbst überlegt«, gab er zu, und Mory maß Bully mit einem vernichtenden Blick. »Wir haben nur minimale Aussichten, die Steuerorgane des Schiffes jemals gegen den Willen der Bigheads in die Hände zu bekommen. Mit dem Versuch, das Schiff zu kapern, gingen wir ein größeres Risiko ein, als wenn wir auf Kahalo landeten und uns mit den Flooths einließen.«

Mory sank auf ihre Liege zurück, die Augen halb geschlossen und offenbar zufrieden, daß ihr Vorschlag überhaupt diskutiert worden war.

»Es bleibt uns nichts anderes übrig, als auf Kahalo eine Waffenproduktion großen Stils aus dem Boden zu stampfen«, fuhr Rhodan fort. Rasch und zügig entwickelte er seine Gedanken. Es mußte eine Zeit gegeben haben, da die Bigheads Waffen bauten und benutzten. Vielleicht waren einige der alten Produktionsstätten noch erhalten. Die Bigheads selbst mußten im Gebrauch der neuen Waffen unterrichtet werden. Das konnte sehr Wohl eines der schwierigsten Probleme sein. Denn ein Volk, das im Lauf der Jahrtausende den Gebrauch von Waffen verlernt hatte, besaß gewöhnlich auch eine pseudoreligiöse, im nachhinein fabrizierte Theorie, die die Benutzung von Waffen als unmoralisch verdammte. Widerstände würden zu überwinden sein, aber Rhodan verließ sich darauf, daß ihm die vorrückenden Flooths dabei halfen. Die Frage war natürlich, ob überhaupt genug Zeit blieb, den Plan auszuführen. Perks Schilderung der Lage auf Kahalo hatte ziemlich bedrohlich geklungen. Rhodan konnte nur hoffen, daß der typische Pessimismus des Alten, Schwachen, zu unrecht Angegriffenen mit ihm durchgegangen war und daß die Flooths in Wirklichkeit noch nicht so fest Fuß gefaßt hatten.

»Wenn aber diese Annahme richtig ist«, hakte Bully sofort ein und deutete mit dem Finger auf Rhodan, »dann stecken wir bis zum Hals im Dreck. Ist das richtig?«

Rhodan schwieg.

»Das hängt«, meldete sich Atlan zu Wort, »von verschiedenen Faktoren ab. Der wichtigste scheint mir die Zivilisationsstufe der Flooths zu sein. Was für Leute sind das eigentlich? Wie sehen ihre Waffen aus. Projektilgewehre, Strahlgeschütze?«

»Sie bringen Millionenarmeen von einem Planeten zum andern«, gab Melbar zu bedenken. »Das läßt auf eine recht leistungsfähige Technik schließen.«

Rhodan nickte.

»Nicht nur das. Nehmen wir an, die Flooths wären primitive Gegner, nur wegen ihrer Kampfeswut, ihrer Grausamkeit und ihrer Zahl zu fürchten. Hätten die Bigheads dann nicht schon längst ihre Deflektoren benutzen können, um sich unbemerkt an den Gegner heranzuschleichen und ihn ganz einfach mit einem Stein oder einem Knüppel zu beseitigen? Oder könnten sie nicht einfach Wände um die Stützpunkte aufbauen oder die Stützpunkte hin und her versetzen?« Er schüttelte die Hand.

»Nein, ich bin überzeugt, daß wir es bei den Flooths mit einer Rasse von hohem Standard zu tun haben. Die Bigheads kommen nicht einmal an den Gegner heran. Vielleicht benutzt er energetische Schutzschirme. Die Bigheads kennen ohne Zweifel das Prinzip, wie man einen Schutzschirm unwirksam macht, aber sie besitzen die Geräte nicht. Das wäre nämlich eine Waffe, und Waffen haben sie eben nicht.«

Atlan schaute nachdenklich zu Boden.

»Das macht die Sache aber nicht gerade einladend«, meldete sich Mory von der Liege her.

»Nein«, gab Rhodan zu. »Aber ich fürchte, wir haben keine Wahl.«

Sie beendeten die Diskussion schließlich und legten sich nieder. Die beiden Räume jenseits des Schotts, einer links, einer rechts vom Hauptgang, waren nach wie vor für sie reserviert, nur hatten die Bighead sie inzwischen ebenfalls mit Möbelstücken ausgestattet. Es gab im Raum links eine bequeme Liege für Abro und moderne hygienische Einrichtungen, über deren Fehlen sie sich in der Vergangenheit des öfteren beschwert hatte. Der Raum rechts war spartanischer eingerichtet. Außer vier Betten, je zwei übereinander, gab es nur die notwendigsten Dinge.

Rhodan übernahm die erste Wache. Er fürchtete keine Gefahr mehr, aber einer mußte wach und zur Stelle sein, wenn sich etwas Ungewöhnliches ereignete – wie etwa, daß das Schiff landete. Perk hatte kein genaues Zieldatum genannt, aber es schien, als läge die Ankunft auf Kahalo in nicht allzu weiter Zukunft.

Mory war die letzte, die sich verabschiedete. Rhodan begleitete sie zur Tür. Er spürte plötzlich ein unwiderstehliches Verlangen, ihr ein wenig Trost zuzusprechen. Schließlich gab er dem Drang soweit nach, daß er ihr die Hand auf die Schulter legte. Mit großen Augen sah sie ihn an.

»Angst?« fragte er.

Sie nickte. »Ein bißchen«, gab sie zu.

»Unnötig«, sagte er sanft. »Sie befinden sich in ziemlich wirkungsvoller Gesellschaft.«

»Wirkungsvoll?«

»Ja, im Finden von Auswegen.«

»Danke«, sagte Mory einfach und gab ihm einen Kuß.

15.

Es kam, wie Rhodan erwartet hatte. Er war noch nicht ganz eine Stunde allein im Rundraum, da ertönte die blecherne Stimme aus der Luft und verkündete, das Schiff werde in Kürze landen. Rhodan ließ sich damit nicht abspeisen.

»Wer spricht zu mir?« rief er laut. »Perk?« Er war sicher, daß es Mikrofone gab, die seine Frage weiterleiteten.

Die Antwort kam rasch. »Ja, Perk.«

»Hör zu«, bat Rhodan. »Wenn wir euch helfen sollen, müssen wir ein wenig Übersicht haben. Meine Gefährten und ich möchten die Landung beobachten.«

Perk war damit einverstanden. Rhodan erwartete eine Aufforderung, zum Leitstand zu kommen, statt dessen aber verwandelte sich eine Hälfte der Rundwand zu einem riesigen Panoramaschirm. Die Beleuchtung wurde gedämpft, so daß das Schirmbild hervortrat.

Rhodan schaute in das dichte Gewühl des Sternenhimmels des galaktischen Zentrums. Stellenweise lagen die Lichtpunkte so eng beieinander, daß sie den Eindruck einer soliden Wand aus Licht erweckten. Es war vorläufig noch unmöglich zu erkennen, welchen Stern das Schiff anflog. Das Bild wandelte sich schnell. Ohne Zweifel bewegte es sich bis auf eine winzige Differenz ebenso schnell wie das Licht. Rhodan bewunderte die Technik, die es verstand, ein Fernsehbild so völlig von relativistischen Effekten wie Farb- und Dimensionsverschiebung zu befreien.

In aller Hast weckte er die Gefährten. Als er in den Rundraum zurückkehrte, hatte sich aus dem Gewirr der Sterne einer schon so deutlich gelöst, daß er als dicke, gelbe Kugel weit im Vordergrund zu stehen schien. Er wuchs rasch, und als er ein Viertel des Bildschirms ausfüllte, begann er zur Seite zu wandern. Das Schiff schwenkte zur Landung ein.

Aufmerksam verfolgten die Gefangenen alle Phasen einer Landung, die mit überlegenen Mitteln so spielerisch und reibungslos durchgeführt wurde, als gelte es nur, ein Auto am Straßenrand abzustellen. Kahalo kam ins Blickfeld, eine strahlende, blaugrüne Kugel. Einzelheiten der Oberfläche wurden sichtbar, die weiten Flächen der Meere, große, grüne Ebenen und die türkisfarbenen Flecken von Wäldern. Es war eine schöne Welt. Das Bild strahlte Frieden und Ruhe aus.

Es gab keine Städte. Rhodan stellte es erst fest, nachdem er sich eine Weile darüber den Kopf zerbrochen hatte, was an dem Bild fehlte. Ein Unvoreingenommener hätte von hier aus, wenn er nicht nach Funk- oder sonstigen Signalen aushorchte, Kahalo für unbewohnt halten müssen. Im Grunde aber war das Fehlen von Städten nicht verwunderlich. Städte waren eine Notwendigkeit früher und mittlerer Entwicklungsstufen. Spätere Stadien verließen die Städte, die Menschen zerstreuten sich über das Land.

Das Schiff sank rasch. Optische Täuschung machte aus der Oberfläche des Planeten eine flache Schüssel, auf deren Mittelpunkt die Beobachter zuzufallen schienen. Rhodan entdeckte einen leuchtenden Streifen, der sich schnurgerade über das Grasland zog. Er vermutete ein Leitband für Gleitfahrzeuge. Die Bigheads brauchten nicht einmal mehr Straßen.

Ein Hügel zur Rechten fesselte seine Aufmerksamkeit. Die Sonne stand schräg darüber und ließ ihn nur die Umrisse erkennen. Er hatte den Eindruck, es handele sich um eine Ruine. Die weitere Beobachtung wurde ihm jedoch unmöglich gemacht. Das Schiff beschrieb eine abermalige Schwenkung, und kurz danach setzte es auf.

Perk wollte offenbar keine Zeit verlieren. Fast noch im Augenblick des Aufsetzens hörte man seine Stimme: »Wir haben nicht vor, lange hierzubleiben. Dieses Gebiet ist gefährlich. Ich will euch jedoch etwas zeigen. Verlaßt euren Raum durch das Schott, das auf den Hauptgang führt.«

Sie folgten der Aufforderung ohne Zögern. Jenseits des Schotts fanden sie nicht den Hauptgang, sondern einen großen Schleusenraum, dessen Außenschott weit offenstand und eine Brise warmer, duftender Luft hereinließ. Niemand war ernstlich überrascht. Die Bigheads kannten eben solche Kunstkniffe. Viel bemerkenswerter war der Anblick der sonnenüberfluteten, mit hohem Gras bewachsenen Ebene.

Vom Schleusenausgang führte ein Transportband zum zwanzig Meter tiefer liegenden Boden hinunter. Das Band bestand aus weiter nichts als flimmernder Energie, aber als Rhodan sich ihm vorsichtig anvertraute, brachte es ihn wie eine Rolltreppe rasch in die Tiefe. Die anderen folgten Rhodan.

»Seht den Hügel vor euch!« rief Perks Pseudostimme aus der Luft. »Er gibt Zeugnis von der grausamen Bedrängung, die diese Welt von den Flooths erfährt.«

Rhodan erkannte gegen das grelle Sonnenlicht die Umrisse der Ruine, die er schon auf dem Bildschirm gesehen hatte. Der Hügel war etwa dreihundert Meter entfernt.

Bully drehte sich überrascht um.

»Was denn – hat er solche Angst, daß er sich nicht aus dem Schiff heraustraut?«

Rhodan lächelte, während er durch das kniehohe Gras auf die Ruine zuschritt. Die Luft war von einschmeichelnder Wärme, ein sanfter Wind bewegte das Gras, Insekten summten in den Halmen. Es war ein Bild sommerlichen Friedens. Niemand vermochte sich vorzustellen, daß von irgendwoher Gefahr drohen könne. Perk jedoch fürchtete sich, Rhodan nahm es als Warnung und hielt die Augen weit offen.

Dann aber, als er schließlich am Fuß des vermeintlichen Hügels stand, vergaß er seine Vorsicht. Überrascht schaute er das Ding an, das vor ihm lag. Es war offenbar mit großer Wucht zu Boden gestürzt. Dabei hatte es einen Krater aufgeworfen, in dem sein Vorderteil feststak. Das Hinterende ragte steil in die Höhe. Materialteile waren im Laufe der Zeit abgeblättert. Alles in allem aber glaubte Rhodan nicht, daß das Ding länger als zwei Erdjahre hier gelegen haben könnte.

Es war ein Flugboot, ein ziemlich großer Apparat, für etwa fünfhundert Passagiere gedacht. Eine der beiden Pfeiltragflächen war halb abgerissen und hing herunter. Die andere, auf der anderen Seite des Bootes, stand noch steil in die Luft. Rhodan konnte ins Innere des Bootes sehen. Der Rumpf war an der Seite aufgerissen. Er erkannte die Überreste von Wänden und Decken, ein paar Geräte dazwischen, die wie Sitzbänke aussahen. Von den Passagieren war nichts zu entdecken.

Rhodan wandte sich um. »Das ist ein Landungsboot der Flooths, daran besteht kein Zweifel. Will sich jemand dazu äußern?«

Bullys Lippen bewegten sich zuckend.

»Das ... das ...«, begann er stotternd. Dann wies er hilflos auf das stumpfe Heckende und den zylindrischen Körper am Rumpf, dicht unter der halb abgerissenen Tragfläche des Bootes.

Atlan nickte. »Nun schön«, sagte er ruhig, »man darf sich auch mal irren.«

Mory war ratlos. Sie sah von einem zum andern. »Wieso? Was ist los? Wer irrt sich?«

Rhodan reichte ihr die Hand und zog sie zu sich herüber. »Sie erinnern sich an unsere Diskussion über den technischen Standard der Flooths?«

Mory nickte.

»Schauen Sie dort hinauf! Sehen Sie das stumpfe Heck und den Topf unter der Tragfläche?«

Sie nickte ein zweites Mal.

»Schön. Dieses Landungsboot ist ein Düsenflugzeug, das mit chemischem Treibstoff betrieben wird. Solche Fahrzeuge gab es auf der Erde vor dreihundertfünfzig Jahren.«

Perks Stimme forderte sie zur Rückkehr auf. Während die Gefährten das abgestürzte Fahrzeug bestaunten, hatte Rhodan sich ein wenig umgesehen, teils weil er seine Gedanken ordnen wollte, teils weil er eine Spur der verunglückten Passagiere suchte. Alles, was er fand, war eine ovale, leicht gewölbte Platte aus einem harten, schwerglänzenden Material. Die Platte war knapp eine Handspanne lang. Längs des Randes gab es ein paar Unebenheiten. Die Funktion seines Fundes konnte Rhodan jedoch unmöglich erraten.

Sie kehrten zum Schiff zurück. Perk sagte ihnen, daß man sie jetzt zum ältesten Mitglied des Zentralrates bringen würde. Der Start erfolgte sofort. Der Rundsichtschirm blieb bestehen. Die Menschen konnten die Einzelheiten der Planetenoberfläche so deutlich beobachten, als flögen sie in einer Aussichtskuppel dicht darüber hin.

Ihre Gedanken allerdings waren woanders. Von neuem erhob sich das Problem, das sie schon für gelöst gehalten hatten: Wie konnten sie den Bigheads gegen die Flooths beistehen?

Rhodan hatte, ebenso wie die andern, beim Anblick des abgestürzten Flugboots nichts anderes als Triumph empfunden. Wenn die Flooths auf so niedriger technischer Entwicklungsstufe standen, dann mußte ihrer leicht Herr zu werden sein. Bis er dann auf die Frage stieß: Warum hatten die Bigheads es nicht allein geschafft? In der Hand eines Deflektorträgers wurde selbst ein Holzknüppel zur tödlichen Waffe. Warum hatten die Bigheads sich nicht gewehrt?

Die Antwort ließ sich nur vermuten – und sie war niederschmetternd. Die Bigheads standen allem, was Krieg und Kampf hieß, verständnislos gegenüber. Vor Jahrtausenden, vielleicht gar Jahrhunderttausenden, hatte ihr Volk den letzten Krieg bestanden. Danach war Friede gewesen. Die Bigheads betrieben keine Expansionspolitik, die sie ständig mit neuen Gegnern konfrontierte. Die Flooths bedeuteten damals, als es auf Kahalo noch Waffen gab, keine Gefahr. Vielleicht hatten die Bigheads schon von jeher geglaubt, daß der Gebrauch von Waffen frevelhaft sei, vielleicht aber hatten sie sich einen solchen Glauben auch später erst zurechtgelegt. Auf jeden Fall besaßen sie jetzt keine Waffen mehr, sie waren unfähig, sich zu wehren.

Die Konsequenzen dieser Entwicklung waren deutlich zu erkennen. Von den Bigheads würden keine Waffen zu erhalten sein, weder direkt noch auf dem Umweg über die Wiederinbetriebnahme einer alten Waffenfabrik. So sehr hatten die Bigheads aller kriegerischen Tätigkeit abgeschworen, daß sie im Begriff standen, unter dem Anprall eines jüngeren, primitiven Volkes endgültig zu zerbrechen.

Rhodan hatte gerade angefangen, sich damit abzufinden, daß sie nun endgültig auf sich allein gestellt waren, da landete das Schiff zum zweitenmal. Voraus, nicht weiter als einen halben Kilometer entfernt, erhob sich ein grünblaues Wäldchen aus schlanken, fremdartigen Bäumen. Im Schatten stand ein niedriges Gebäude. Es gab keine Fenster, und die geschwungene Bauweise, die unmotivierten Rundungen, Vorsprünge und Nischen der Wände schienen dem Gehirn eines kranken Architekten entsprungen zu sein.

Perk forderte abermals zum Aussteigen auf. Diesmal reichte das Lichtband vom Ausgang der Schleuse bis zu dem Haus hinüber. Diesmal zeigte auch Perk keine Furcht, das Schiff zu verlassen. In Begleitung seiner beiden Getreuen, Okra und Karr, glitt er an der Seite seiner Gefangenen zu dem seltsamen Gebäude hin. Wie niemand es anders erwartet hatte, war eine der Hauswände plötzlich spurlos verschwunden, und das Lichtband, das völlig erschütterungsfrei einen Sprung nach vorn machte, setzte seine Fahrgäste mitten in einem niedrigen, hallenähnlichen Raum ab. Mildes, gelbes Licht fiel durch ein Fiktivfenster in der Wand, die nach dem Verschwinden des Bandes auf einmal wieder vorhanden war. Der Boden bestand aus einer weichen, federnden Masse, die an einen irdischen Teppich erinnerte. Die Mitte der Halle war völlig leer. Nur an den Wänden entlang standen einige Dinge, deren wirre Formen nicht zu erkennen erlaubten, ob es sich um Gebrauchsmöbel oder Zierstücke handelte.

Perk machte keine Anstalten, nach irgend jemandem zu rufen oder sich umzusehen. Er blieb stehen und wartete. In einem der Dinge an der Rückwand erschien plötzlich die Gestalt eines vierten Bigheads. Er trug ein ebensolches Gerät um den Hals, wie auch Perk und seine Begleiter es besaßen.

Perk wandte sich ihm zu. Es war offenbar, daß er mit ihm in Gedankenaustausch trat, denn seine Gesichtszüge veränderten sich in aufgeregten Grimassen. Zu hören gab es keinen Laut. Untereinander bedienten sich die Bigheads offenbar der Telepathie als Verständigungsmittel, obwohl sie mit fremden Gehirnen nicht in unmittelbaren Gedankenkontakt treten konnten. Während der insgesamt zehnminütigen Unterhaltung verhielten sich Okra und Karr völlig ruhig, fast ehrfürchtig.

Perk wandte sich schließlich zu Rhodan. »Hant, der ehrwürdige Rat, ist über die Geschehnisse informiert. Er wird jetzt zu euch sprechen.«

Die zehn Minuten mußten genügt haben, um dem Gerät an Hants Hals die notwendige Kenntnis der Interkosmo-Sprache zu übermitteln. Fließend und fehlerfrei wurden Hants Gedanken hörbar.

»Wir werden uns jetzt«, sagte Perk, nachdem sich Hant in seinem hypermodernen Sessel wieder in Nichts auf gelöst hatte, »zu meinem Haus begeben, um die nötigen Vorbereitungen für euren Einsatz zu treffen.«

Bully fluchte unterdrückt. »Ich möchte endlich mal zur Ruhe kommen«, knurrte er.

»Keine Angst«, beruhigte ihn Perk. »Dieser letzte Abschnitt der Reise wird mühelos vonstatten gehen. Die Häuser der Oberen sind mit gewissen Vorrichtungen versehen, die größere Bequemlichkeit gestatten.«

Er hob seinen kurzen Arm und machte mit der sechsfingrigen Babyhand eine merkwürdige Geste. Rhodan fühlte sich plötzlich in die Höhe gehoben, und als er sich überrascht umsah, erkannte er, daß die Umwelt in einem trüben Nebel verschwand. Die Erscheinung dauerte nur ein oder zwei Sekunden, dann wich der Nebel, und Rhodan fand sich an der Seite der Gefährten wiederum in der Mitte eines hallenähnlichen Raumes. Nur war es nicht derselbe. Mory schrie überrascht auf.

»Dies ist mein Haus«, sagte Perk. »Wir werden einige Dinge zu bereden haben und wahrscheinlich ein paar Stunden damit verbringen. Die Möbelstücke sind nicht für eure Maße geschaffen, aber der Boden ist weich. Ihr könnt euch hinsetzen.«

»Das hätte ich ohnehin getan«, brummte Bully und ließ sich nieder.

Perk überhörte die Bemerkung. Er wandte sich statt dessen einer der Seitenwände zu, vor der ein paar Möbel desselben Stils standen, den Rhodan in Hants Haus schon bestaunt hatte. Auf Perks Handbewegung hin verschwanden die Gegenstände spurlos, und auf der Wand leuchtete eine große Bildfläche auf. Okra und Karr postierten sich zu beiden Seiten des Bildes, während Perk sich zu seinen Gästen stellte, die ein wenig müde, aber trotzdem voller Spannung auf seine Erläuterungen warteten.

Während der nächsten Stunden löste Rhodan ein weiteres Problem der Bighead-Seele. Die kleinen Rundschädel mochten nicht einfallsreich sein, aber systematisch waren sie ohne Zweifel. Perk sprach zwei Stunden lang über die derzeitige Lage auf Kahalo und vergaß nicht das geringste Detail. Rhodan wußte nun über den Flooth-Krieg so genau Bescheid, als hätte er ihn von Anfang an miterlebt. Der Krieg hatte nicht in das kahalische Lebensschema gepaßt, also hatten die Bigheads ein eigenes Schema entworfen. Ihre Datenverarbeitung funktionierte fehlerlos. Jeder Verantwortliche wußte zu jeder Sekunde, was an irgendeinem der Brennpunkte geschah. Nur gegen das Geschehen selber etwas unternehmen – das wollten sie nicht.

Anschließend schilderte Perk Wissenswertes über den Planeten Kahalo selbst. Rhodan fand seine Vermutungen bestätigt. Es gab eine vollautomatische Klimaregelung. Unter ungeheurem Energieaufwand ließen die Bigheads ihre kontinentalen Großwetterlagen von Maschinen erstellen. Es gab Straßen, die den ganzen Planeten umspannten, eben jene Leuchtstreifen, die Rhodan schon beobachtet hatte. Sie wurden vom weniger hochgestellten Teil der Bevölkerung mit Gleitfahrzeugen benutzt. Welche Transportweise die Oberschicht benutzte, das hatten Rhodan und seine Gefährten vor kurzem gesehen.

Perk versicherte schließlich, man werde auf Kahalo alles tun, um die sechs Fremden in technischer Hinsicht zu unterstützen. Von Waffen sprach er kein einziges Mal. Er werde, sagte er, mit den Kämpfern ständig in Kontakt bleiben, wo immer auf Kahalo sie sich auch befinden mochten. Alles, wonach sie verlangten, würde ihnen unverzüglich zugestellt werden.

Rhodan verzichtete darauf, Fragen zu stellen. Er fühlte sich müde und zerschlagen. Morgen war auch noch ein Tag. Zuerst brauchte er ein paar Stunden Ruhe. Er hatte vor, Perk um ein paar leistungsfähige Gleitfahrzeuge und ein kleines Raumschiff zu bitten. Besonders das letztere würde ihnen gute Dienste leisten, wenn sie darangingen, die Flooths vom Nachschub abzuschneiden. Und vielleicht gab Perk ihm ein Fahrzeug, das auch größere Fahrten unternehmen konnte – zum Beispiel einen Linearflug nach Terra. Der Gedanke an Flucht war während der vergangenen Stunden in Rhodans Überlegungen immer mehr in den Hintergrund getreten. Er war in der Tat bereit, den Bigheads zu helfen, wenn auch nicht ausschließlich aus uneigennützigen Absichten. Sobald die Arbeit jedoch getan war – oder auch vorher, wenn sich die Aufgabe als unlösbar erwies –, wollte er Kahalo verlassen und nach Hause zurückkehren, gleichgültig, welche Pläne die Bigheads hatten.

Perk erkannte, daß seine Gäste erschöpft waren. Er beendete die Instruktion. Jeder der sechs Menschen bekam einen eigenen Raum angewiesen. Von unsichtbaren Händen waren inzwischen Liegen aufgestellt worden, die terranischen Körpermaßen entsprachen. Selbst für Melbar Kasom gab es ein Gestell, und es hielt sogar das mächtige Gewicht des Ertrusers mühelos aus. Die Räume waren klein und fensterlos. Sie besaßen keinerlei andere Einrichtungsstücke außer den Liegen. Übertriebene Gastfreundlichkeit konnte man den Bigheads nicht vorwerfen.

Unter den sechs Erschöpften war jedoch keiner, der sich darüber Gedanken gemacht hätte. Sie ließen sich in die weichen Polster fallen und schliefen.

Die grelle Lichtflut eines blauweißen Blitzes riß Rhodan in die Höhe. Geblendet versuchte er aufzustehen, nur um festzustellen, daß er die Gewalt über seinen Körper verloren hatte. Er schien zu schweben. Der Raum, in dem er eingeschlafen war, war verschwunden.

Statt dessen lag vor ihm eine weite, sonnenbeschienene Ebene. Er schien darüber hinwegzufliegen. Er konnte das Gras unter sich im Wind schwanken sehen. Am Horizont erhob sich eine Reihe eigenartiger Gebäude. Rhodan konnte seine Geschwindigkeit daran abschätzen, wie rasch sie in die Höhe wuchsen. Wenigstens glaubte er das. Nach kurzer Zeit bemerkte er, daß er die Größe der Gebäude unterschätzt hatte. Wenigstens fünfhundert Meter hoch ragten sie in die Luft, gewaltige, glattwandige Pyramiden aus einem rötlichen Material, das in der Sonne schimmerte.

Rhodan bewegte sich nun nicht mehr vorwärts, sondern in die Höhe. Er erhob sich weit über die Spitzen der Pyramiden, bis er sehen konnte, daß sie an den Eckpunkten eines regelmäßigen Sechsecks inmitten eines weißschimmernden Kreises standen, der nach Rhodans Schätzung etwa zwei Kilometer durchmaß.

Staunend nahm er das Bild in sich auf. Eine Stimme schien zu ihm zu sprechen.

»Hör zu, Fremder! Du allein wirst erfahren, was es mit dem Großen Kahal auf sich hat. Dies ist der Mittelpunkt der Welt. Von hier gehen die gewaltigen Kräfte aus, die Kahalo regieren. Die Götter herrschten hier – vor unendlich langer Zeit. Es gibt nichts älteres auf der Welt als das Große Kahal.«

Die Stimme schwieg und gab Rhodan Zeit, eine in allen Farben schillernde Lichtwand zu beobachten, die plötzlich zwischen den Pyramiden aufleuchtete. Wie ein Teppich breitete sie sich über den Kreis, zog sich zum Zentrum hin zusammen und verschwand in einem flammenden Blitz.

»Keiner, der nicht auserwählt ist«, fuhr die Stimme fort, »darf den Rand des Kreises überschreiten. Mit dem Licht zusammen wird er vernichtet. Geheimnisvolle Kräfte haben hier ihren Sitz.«

Die Lichtwand flackerte ein zweites Mal auf. Rhodan schauderte beim Anblick der ungeheuren Energien, die dort unten ein elegantes, schwerefreies Leuchtspiel aufführten.

»Die Kahals haben das Stadium überschritten, in dem sie Gewalt mit Gewalt beantworten könnten. Jedes Volk läßt eines Tages den Zustand animalischer Denkweise endgültig hinter sich zurück, wenn es nicht zuvor vernichtet wird. Nur eine einzige Möglichkeit der Gegenwehr gegen die brutalen Angreifer hat sich den Kahals bisher geboten: das große Kahal mit seinem Todeskreis, den kein Unbefugter überschreiten darf. Sie lockten den Feind hierher und ließen ihn die Grenze des Kreises überschreiten. Die Horden der Flooths wurden vernichtet. Ein paarmal gelang dieser Plan, aber für einen toten Flooth stehen zehn lebendige auf. Mit dem Großen Kahal allein kann Kahalo nicht gerettet werden. Merke dir das, Fremder, und behalte das Geheimnis des großen Heiligtums für dich!«

Rhodan wurde erneut in Bewegung gesetzt. Mit solch ungeheurer Geschwindigkeit entfernte er sich von der Szene, daß ihm schwindlig wurde. Als er wieder klar sehen konnte, fand er sich auf seiner Liege in Perks Haus wieder.

Er dachte über den Zwischenfall nach. Ohne Zweifel hatte er soeben eine telepathische Sendung empfangen, mit der Perk oder sonst jemand ihn über das Große Kahal informiert hatte. Den Bigheads schien in der Tat daran zu liegen, daß über das Heiligtum nicht allzuviel bekannt wurde, sonst hätte Perk in der Instruktionsstunde darüber gesprochen.

Rhodan fragte sich, was in Wirklichkeit hinter den sechs Pyramiden steckte. Woher kamen die gewaltigen Energiemengen? Welchen Zweck erfüllte die riesige Anlage?

Er nahm sich vor, sich das Heiligtum genauer anzusehen. An die Verpflichtung zum Schweigen fühlte er sich den Gefährten gegenüber nicht gebunden. Er lächelte, als ihm einfiel, was die Bigheads übersehen hatten. Es war ziemlich schwierig, André Noir auf die Dauer etwas zu verheimlichen.

Er sank in die Polster zurück und war trotz der Fülle der Gedanken, die ihm im Kopf herumschossen, bald wieder eingeschlafen. Er verbrachte eine traumlose, erholsame Nacht. Als er erwachte, erinnerte er sich, noch bevor er die Augen öffnete, an seinen Vorsatz, Perk eine detaillierte Liste der Geräte zu geben, die er brauchte. Noch halb schlaftrunken drehte er sich auf die Seite und hörte ein eigentümliches Rascheln.

Verwundert schlug er die Augen auf und erkannte, daß er zwar bequem, aber nichtsdestoweniger unerwartet in einer flachen, mit warmem Sand gefüllten Senke lag, an deren oberem Rand sich ein paar dürre Gräser im Winde wiegten.

So schnell war er noch selten auf den Beinen gewesen. Automatisch tastete er nach der Waffe in seinem Gürtel und atmete erleichtert auf, als er sie an Ort und Stelle fand. Im Stehen konnte er über den Rand der

Mulde hinaussehen. Vor ihm neigte sich der sandige, spärlich mit Gras bewachsene Boden sanft auf eine Stelle zu, an der er plötzlich aufhörte, als ob er über eine Kante hinweg abfiele. Über der Kante war das verwaschene Blau des Himmels. Rechts und links ragten steile, zerklüftete Felswände auf, und als Rhodan sich umdrehte, erkannte er hinter sich den Fuß einer mächtigen Bergwand, die sich in fast senkrechtem Anstieg zu einem Gipfel hinaufzog, auf dem ewiger Schnee in der Sonne leuchtete. Das Plateau, auf dem er sich befand, maß nach Rhodans Schätzung nicht mehr als zweihundert Meter in der Länge und halb soviel in der Breite.

Er sprang aus der Senke hinaus und hielt weiter Umschau. Senken wie die, in der er den letzten Teil der Nacht verbracht hatte, gab es eine ganze Menge. Sie sahen aus wie eingesunkene Schachtmünder eines verlassenen Bergwerks. Und in fünf von ihnen lag je ein Schläfer, dem die ganze Aufregung, die Rhodan schon überwunden hatte, noch bevorstand.

Er weckte sie. Sie fuhren auf, sprangen in die Höhe und brauchten eine ganze Weile, um sich an die neue Umwelt zu gewöhnen. Jeder reagierte seiner Art entsprechend, der eine ruhig, der andere voller Entsetzen – und Reginald Bull mit lautstarken Verwünschungen über die Hinterlist der Bigheads.

Rhodan beruhigte sie. »Die Sache wird ihre Aufklärung finden!« rief er. »Die Bigheads haben uns nicht hierhergeholt, um uns in Nacht und Nebel irgendwo im Niemandsland abzusetzen.«

»Ganz richtig, mein Freund«, antwortete eine Stimme aus der Luft. »Ich, Perk, habe euch an diesen Platz gebracht. Die Zeit des Schlafs schien mir für den Transport die angenehmste. Ihr befindet euch jetzt an der südlichen Küste des Hauptkontinents. Wenn ihr an den Rand des Plateaus tretet, seht ihr das Kap der Sieben Weisen unter euch liegen. Als Fortbewegungsmittel stelle ich euch ein Gleitfahrzeug zur Verfügung. Ihr findet es in der Spalte am Fuß der Bergwand, die hinter euch aufragt. Wenn ihr weiterhin Hilfe oder Rat braucht, wendet euch an mich!«

Der unsichtbare Sprecher zog sich zurück. Neugierig gingen Rhodan und seine Begleiter bis zum Rand des Plateaus und sahen hinunter. Unter ihnen fiel die Bergwand, nur durch die kleine Plateaunische in ihrem ebenmäßigen Abstieg unterbrochen, weiter senkrecht in die Tiefe. Zwei- oder dreihundert Meter weiter unten endete sie auf einem Streifen weißen Sandstrands, den das Meer mit leuchtendem Schaum überspülte. Rechts und links traten die Felsen soweit nach vorne, daß sie einen kleinen Fjord bildeten und die Aussicht nach beiden Seiten versperrten. Geradeaus dehnte sich die endlose blaue Fläche des Meeres. Weit links schob sich hinter den Felsen eine schmale Landzunge hervor. Im Dunst des frühen Morgens war sie kaum zu erkennen, und die Entfernung ließ sich schwer schätzen. Das war das Kap der Sieben Weisen, ein markanter Punkt an der Südküste des Hauptkontinents.

Auch Perks andere Behauptung stellte sich rasch als richtig heraus. In der Bergwand am hinteren Ende des Plateaus gab es in der Tat eine breite Spalte, und in der Spalte lag ein hellgraues Ei von etwa fünf Metern Länge. Die obere Hälfte des Eies bestand aus durchsichtigem Material. Im Innern gab es am Bugende einen bequemen Polstersessel mit einem seitwärts montierten, einfach wirkenden Schaltbrett. Hinter dem Sitz des Piloten standen ein paar Bänke. Das Fahrzeug faßte ohne Schwierigkeit fünfzehn Passagiere menschlicher Größe. Die Einrichtung war auf terranische Maßstäbe zugeschnitten.

Als Rhodan noch ein Stück dichter an das Fahrzeug herantrat, verschwand ein Teil des durchsichtigen Aufbaus. Mühelos konnte er in den Gleiter steigen. Während die anderen vorsichtig zurücktraten und den Ausgang des Spalts freigaben, begann er, am Schaltbrett zu hantieren. Die einzelnen Hebel waren mit Pfeilen markiert. Rhodan zog an einem, der einen nach aufwärts weisenden Pfeil trug. Gehorsam hob sich das Ei vom Boden ab und schwebte im Halbdunkel der Höhle. Rhodan führte ein paar kurze, vorsichtige Manöver aus und war dann sicher, daß er den Gleiter in jeder Lage würde handhaben können. Er flog ihn aus dem Spalt hinaus und setzte ihn draußen auf dem Plateau ab. Welcher Mechanismus das Ei stets in der Lage hielt, in der sich die Fensterhälfte oben befand, konnte er nicht erkennen.

Mit knappen Worten erläuterte er den Freunden seine Pläne. Auf dem Plateau zu bleiben, hatte keinen Sinn. Es gab keinen gangbaren Ab- oder Aufstieg. Sie waren auf den Gleiter angewiesen. Als erstes galt es, Informationen über die Flooths selbst, ihre Truppenbewegungen und ihre Pläne zu sammeln. Dazu bot sich vom Plateau aus eine günstige Möglichkeit.

»Perk hat uns nicht wegen der schönen Aussicht hierhergeschickt«, sagte Rhodan. »Wie wir aus den Informationen entnehmen können, liegt nur zehn Kilometer vom Kap der Sieben Weisen entfernt der stärkste Brückenkopf der Flooths.«

Vorsichtig strich der Gleiter dicht an den steilen Bergwänden entlang. Er hatte den Fjord jetzt hinter sich gelassen. Einen halben Kilometer unter ihm zog sich der schmale Streifen Sandstrand, und nach Osten zu öffnete sich der Blick auf einen flacheren Teil der Küste.

Das Bild blieb eindrucksvoll, auch als die steilen Felsnadeln der Berge hinter dem Fahrzeug zurückblieben. Hügeliges Land dehnte sich unten. Dichter Wald bedeckte den Boden. Ein mächtiger Strom kam von Norden her, bildete ein weit ausladendes Delta und mündete dicht unter dem Horizont ins Meer. Von Häusern oder Siedlungen war weit und breit nichts zu sehen. Nur über dem Delta stand eine eigenartige Dunstfahne, die sich unter dem sanften Wind nur träge bewegte. Es sah aus, als hätte es dort vor kurzem einen Sturm gegeben.

Einen Sturm vielleicht, überlegte Rhodan. Die Triebwerke der floothischen Landungsboote mußten ungeheuer kräftig sein. Sie wären ohne Zweifel in der Lage, kurz vor dem Aufsetzen Tonnen von Staub in die Höhe zu schleudern.

Der Fluß vor ihnen war der Nammé. Der Name schien aus einer Zeit zu stammen, in der die Bigheads noch keine Telepathen waren, oder Perk hatte ihn sich schnell ausgedacht. Auf jeden Fall lag im Nammé-Delta der Brückenkopf der Flooths, und dafür, daß der Gegner nach wie vor aktiv war, legte die Dunstwolke deutliches Zeichen ab.

Rhodan bremste den Flug des Gleiters und hielt ihn in der Schwebe. Das Fahrzeug stand jetzt etwa fünf Kilometer vor der geschlossenen Felswand des Gebirges, das im Westen aufragte. Seine Farbe war unauffällig. Wenn die Flooths bisher keine Veranlassung gehabt hatten, die Berge unter Beobachtung zu halten, würden sie den Gleiter nicht entdecken. Den Insassen dagegen bot sich die Möglichkeit, in Ruhe zu beobachten, was sich dort unten im Brückenkopf abspielte.

Es war leicht zu erkennen, nach welchen Gesichtspunkten der Gegner diese Stelle ausgesucht hatte. Das Gelände war flach und bot den Nachschubfahrzeugen eine ausgezeichnete Landemöglichkeit. Gleichzeitig aber war es wegen der vielen Flußarme schwer zugängliches Land. Wer den Stützpunkt angreifen und besetzen wollte, mußte vom Meer her kommen, und nichts ließ sich leichter überwachen als die Fläche des Ozeans. Für den Notfall aber befanden sich die Berge in nächster Nähe. Die Flooths konnten dorthin flüchten und sich verbergen.

Interessant, wie sie die Maßnahmen ihrer Gegner nach ihren eigenen beurteilten. Sie hatten nicht die geringste Ahnung davon, daß für die Bigheads eine massive Felswand ebenso wenig Hindernis war wie ein Fluß, ein Sumpf oder die glatte Oberfläche des Meeres. Es war typisch für eine junge Rasse, so zu denken. Sie hielten sich für die Überlegenen. Was sie nicht konnten, das konnten andere erst recht nicht.

Während Rhodan darüber nachdachte, berührte er mit der Hand etwas Hartes in seiner Tasche. Er stutzte, betastete es eine Weile und zog es hervor. Es war die schwarze Schale, die er in der Nähe des abgestürzten Landungsbootes gefunden und mittlerweile fast wieder vergessen hatte. Er hob sie ans Licht und drehte sie hin und her.

»Was ist das?« fragte Bully.

Rhodan sagte ihm, wo er es gefunden hatte. Auch die anderen waren jetzt aufmerksam geworden.

»Du hast keine Ahnung, woraus es besteht oder welchem Zweck es dient?« fragte der Arkonide.

Rhodan schüttelte den Kopf und betastete das glatte Material von neuem. Er hielt mitten in der Bewegung inne und sah, wie André Noirs Augen sich in plötzlichem Schreck weiteten. André war zwar nur ein Hypno, aber auch das setzte ein parabegabtes Gehirn voraus. Rhodans Gedanke war so heftig gewesen, daß er ihn hatte erkennen können.

»Ich weiß nicht ...«, sagte Rhodan unsicher. »Sieh selbst!«

Er reichte Atlan die schwarze Schale. Atlan strich mit den Fingern über den harten Stoff und verzog das Gesicht.

»Ich habe eine Idee«, sagte er.

»Deinem Gesicht nach zu urteilen, ist es dieselbe, die ich gerade hatte«, meinte Rhodan.

Atlan hielt ihm die Schale entgegen. »Nicht ganz dasselbe, aber doch sehr ähnlich«, meinte er.

»Ähnlich wie was?« fragte Mory ungeduldig.

»Chitin«, antwortete Rhodan.

Bully stöhnte auf. »Himmel hilf! Nicht schon wieder intelligente Insekten!«

16.

Die Frage ließ sich vorläufig nicht beantworten. Die Entfernung vom Stützpunkt war zu groß, als daß Einzelheiten sich hätten ausmachen lassen. So blieb vorläufig nur die Vermutung, daß es sich bei der gefundenen Schale tatsächlich um ein Stück Chitin handeln könne, das zum Körper eines der verunglückten Bootspassagiere gehört hatte – und daß demnach die Flooths in der Tat intelligente Insektenabkömmlinge seien. Riesenfliegen, Heuschrecken oder irgend etwas Ähnliches.

Die Galaxis kannte viele solcher Arten. Vielleicht waren sie sogar häufiger als die Humanoiden. Den Menschen allerdings packte jedesmal von neuem das Entsetzen, wenn er einem solchen Wesen gegenübertrat. Es gab Dinge, an die man sich nie gewöhnte.

Rhodan war dabei, den Gleiter zu wenden und zum Plateau zurückzufliegen, als von draußen fernes Donnergrollen hörbar wurde. Das Geräusch nahm rasch an Stärke zu. Der Glasaufbau des Fahrzeugs war leidlich schalldicht. Draußen mußte das Getöse eines Weltuntergangs toben, wenn hinter den Glaswänden noch so viel zu hören war. Das Wendemanöver wurde unterbrochen. Der Gleiter kehrte in Beobachtungsposition zurück. Plötzlich sagte André: »Ich fühle sie, sie kommen von oben.«

Alle Blicke richteten sich in die Höhe. Am blauen Himmel erschienen glitzernde, sich schnell vergrößernde Punkte. Zuerst waren es nur eine Handvoll, aber Sekunde auf Sekunde kamen neue hinzu. Sie kamen herabgeschossen, wuchsen rasch und wurden aus leuchtenden Punkten schließlich zu grauen, pfeilflügeligen Landungsbooten. Atemlos verfolgten die Beobachter das Schauspiel.

Die Flotte bestand aus wenigstens hundert Einheiten. In steilem Flug stießen sie herab. Der Verband flog in geschlossener Formation. Nur zwei Maschinen befanden sich ein Stück weit voraus, offenbar die Lotsen, die die Verhältnisse auf Kahalo kannten.

Rhodan sah, wie die beiden Boote plötzlich in den Horizontalflug übergingen, eine scharfe Kurve beschrieben und von Süden her auf das Festland zukamen. Sie flogen jetzt in etwa hundert Metern Höhe, also weit unterhalb des Gleiters, und bremsten durch Schubumkehr der Düsentriebwerke. Ihre Geschwindigkeit sank so rasch, daß es aussah, als müßten sie jeden Augenblick ins Wasser stürzen, lange noch, bevor sie festes Land erreichten.

Der nachfolgende Verband hatte das Manöver nachgeflogen. Die Front der gewaltigen Maschinen wirkte eindrucksvoll, wie sie sich jetzt auf die Flußmündung zuschob.

Rhodan holte Luft, als er sah, wie die beiden Lotsenboote plötzlich absackten. Die Retroraketen hatten aufgehört zu feuern. Vornüberkippend stürzten die Fahrzeuge in die Tiefe. Grell blitzte es auf, als die Hecktriebwerke noch einmal für den Bruchteil einer Sekunde zu arbeiten begannen. Der kurze, aber kräftige Schub richtete das Boot in die Waagrechte, kurz bevor es die Wasseroberfläche erreichte. Weiße, schaumige Gischt schoß auf. Ein Mantel aus zerstäubtem Wasser umgab ein paar Sekunden lang die Szene. Als der Wind ihn davonwehte, sah Rhodan das Boot im Flachwasser liegen.

Rhodan hatte eine Ahnung. Sie verstärkte sich, als er beobachtete, daß der übrige Verband dem Beispiel der Pilotfahrzeuge gefolgt war. Ringsum erhoben sich weiße Fontänen, als die Boote eines nach dem andern ins Meer fielen. Das war kein Unfall! Es war die übliche Art der Flooths zu landen. Sie brauchten das ebene Gelände des Deltas nicht einmal, sie hatten einen viel besseren Platz gefunden: den Meeresboden, der vor dem Delta nur sanft abfiel und kilometerweit nur ein oder zwei Meter unter der Wasseroberfläche lag.

Das Schauspiel dort unten trat in sein zweites Stadium. Die Boote begannen sich zu leeren. Ein unaufhörlicher Strom fremder Wesen, von hier oben nur als Punkte zu erkennen, ergoß sich vom Landeplatz des Verbands durch das flache Küstenwasser auf das Land zu. Der Strom war so dicht und mächtig, daß er das Blaugrün des Meeres unter sich verdeckte. Zeitweise schien er ein Stück weit über dem Wasser zu schweben, aber das hielt Rhodan für eine optische Täuschung.

Gebannt beobachteten die Insassen des Gleiters das fremdartige Schauspiel – bis auf einen: André Noir, der Mutant. Er saß vornübergebeugt und preßte beide Hände gegen die Schläfen. Die Augen hatte er geschlossen. Niemand hörte in der Aufregung sein leises Stöhnen.

»Pro Boot dreihundert Mann«, begann Bully zu rechnen. »Hundert Boote ... das sind dreißigtausend Mann.«

»Das ist nicht viel«, hielt Melbar Kasom ihm entgegen, und obwohl er leise zu sprechen versuchte, zitterte die Luft. »Perk behauptet, sie könnten Armeen aufstellen, die jede für sich zahlreich ist wie das Volk von Kahalo.«

»Nun, damit hat er wahrscheinlich übertrieben«, antwortete Atlan bedächtig. »Aber auch so scheint mir die Sache noch beeindruckend genug. An einem Leben scheint ihnen wirklich nichts zu liegen. Ich möchte wissen, wieviel Mann sie allein bei der rauhen Landung verloren haben.«

Mory kauerte neben dem Pilotensitz auf dem Boden, als wollte sie dem Schauspiel so nahe wie möglich sein. Rhodan sah, wie sie zitterte.

»Sie werden den Planeten einfach überschwemmen«, sagte er, »wenn wir sie nicht aufhalten.«

Er sah sich nach Noir um. »André, was ist los?«

Atlan, der die Verfassung des Mutanten zum erstenmal bemerkte, sprang auf, um ihm zu helfen. André hob den Kopf. Seine Augen waren rot unterlaufen und tränten vor Anstrengung. Er winkte ab.

»Schon gut«, murmelte er. »Es ist fast vorbei. Sie haben die erste Aufregung hinter sich und beruhigen sich allmählich.«

»Wer, sie?« fragte Bully.

André deutete durch das Glas. »Die Flooths. Sie sind keine Telepathen, ganz gewiß nicht. Aber sie haben eine Fähigkeit, so stark zu empfinden, daß man ihre Ausstrahlung noch über weite Entfernung hinweg ausmachen kann. Ziemlich deutlich sogar. Es war ...«, die Hand zitterte, als er sich über den Kopf strich, »... es war fürchterlich.«

»Was?« wollte Bully wissen.

»Ihr Kampfeifer«, stöhnte der Mutant. »Ihre wilde Begeisterung, ihre Tatkraft. Mit der Energie, die sich in ihnen angesammelt hat, müßten sie einen Gegner töten können, indem sie ihn ganz einfach ansehen!«

Sofort nach der Rückkehr aufs Plateau setzte Rhodan sich mit Perk in Verbindung. Er brauchte nur Perks Namen zu rufen, da meldete sich der Bighead schon. Rhodan begann, seine Beobachtungen zu schildern. Perk unterbrach ihn jedoch und machte ihm klar, daß er über alles informiert sei. Rhodan bat daraufhin um ein raumtüchtiges Fahrzeug, drei oder vier Schutzanzüge und ein Deflektorgerät, mit dem das Raumboot unsichtbar gemacht werden konnte. Perk versprach, alles sofort herbeizuschaffen.

Er hielt sein Versprechen. Wenige Minuten nachdem die Unterhaltung beendet war, erweiterte sich der Spalt in der Rückwand des Plateaus.

Aus dem schmalen Höhleneinschnitt wurde eine gewaltige Halle, und in der Halle glänzte matt die Hülle eines linsenförmigen Fahrzeugs von etwa fünfzehn Metern Durchmesser und vier Metern Höhe.

Rhodans Plan stand längst fest, und er sah vor, daß so wenig Zeit wie möglich verloren werden durfte. In aller Eile untersuchte er in Atlans Begleitung das Innere des Fahrzeug. Der Triebwerksraum war abgeteilt und konnte nicht betreten werden. Er nahm jedoch nur einen kleinen Teil des Gesamtvolumens ein. Der Rest des Fahrzeuginnern bestand aus einem einzigen, hallenähnlichen Gemach. Die Decke war, der Form des Bootes folgend, gewölbt und bestand innen aus einem großen Bildschirm, der wie ein Fenster wirkte. Dort, wo die Decke sich zum Boden hin neigte, war der Pultstand des Piloten. Der Pilot verfügte außer den nötigen Schaltelementen über eine eigene Serie von Kleinbildschirmen, auf denen er die Umgebung beobachten konnte, ohne auf den Deckenschirm angewiesen zu sein. Außerdem gab es noch eine Reihe von Sitzen. Rhodan bemerkte mit Erstaunen, daß das Schaltpult des Piloten in Interkosmo beschriftet war.

Inzwischen hatte Atlan sich im Rest der Halle umgesehen. »Keine Schutzanzüge«, stellte er fest.

Rhodan horchte auf. »Wie?« Erneut betrachtete er die Schalterserie und die Beschriftung, die er zuletzt entdeckt hatte. »Das läßt sich, glaube ich, erklären«, fuhr er fort. »Sie haben etwas Besonderes, das sie individuellen Feldschirm nennen.« Er las die Beschriftung unter den Knöpfen. »Feld ein ... Mann ab ... Ausgang geschlossen. Bootfeld aus ... Bootfeld ein ... Mann ein ... aus.« Er sah den Arkoniden lächelnd an. »Das ist klar genug, nicht wahr?«

Atlan machte eine theatralische Geste. »Für deinen Geist, Großadministrator«, deklamierte er, »liegen alle Geheimnisse des Universums wie im Licht einer strahlendhellen Sonne.«

»Dann sieh zu«, antwortete Rhodan trocken, »daß du dir so bald wie möglich einen Geist wie den meinen zulegst. Du sollst nämlich mit diesem Boot losfliegen.«

»Oh«, machte Atlan überrascht.

»Du und Bully«, ergänzte Rhodan.

Dann setzte er dem Arkoniden seine Gedankengänge auseinander. Atlan hörte aufmerksam zu. Und als Rhodan seine Schlußfolgerung entwickelte, fing er an zu lächeln.

»Ich werde gern sagen, daß ich zum selben Schluß gekommen bin«, eröffnete er schließlich und legte Rhodan die Hand auf die Schulter. »Aber das wäre kindisch, nicht wahr?«

Rhodan gab ihm einen freundschaftlichen Stoß gegen die Brust.

»Hör auf zu untertreiben, Arkonide«, rief er lachend. »Ich weiß, daß du mindestens genauso schlau bist wie ich.«

Sie schritten auf den Ausgang zu, eine Stelle in der Seitenwand, die nach Belieben verschwand und wieder auftauchte. Atlan war plötzlich ernst geworden.

»In einem Punkt hat Perk uns hintergangen«, sagte er.

Rhodan horchte auf. »Und der wäre?«

»Es gibt keinen Deflektor an Bord.«

Verglichen mit dem undurchschaubaren Durcheinander auf der Oberfläche des Planeten Kahalo erschien Bully die Endlosigkeit des Weltraums mit dem flammenden Lichtermeer der Sterne wie altvertrautes Gelände. Wenn er auch über Ziel und Sinn dieses Unternehmens vorerst noch im unklaren war und sich dementsprechend wenig behaglich fühlte.

Er saß auf einem der Sessel, den die Bigheads irgendwo mitten in den Fahrgastraum des Bootes gestellt hatten. Über ihm wölbte sich der riesige Deckenschirm und vermittelte den anfangs verwirrenden Eindruck, man befinde sich schutzlos im All.

Vor sich sah er den hohen, schmalen Rücken des Arkoniden, der auf dem Pilotensitz saß und schweigsam das Boot steuerte. Sie befanden sich auf dem Weg von Kahalo nach Flooth, das wußte Bully. Kahalos blaugrüne Kugel war auf einem der Bildschirme am Pilotenpult zu sehen. Bully schätzte, daß das Boot sich in dieser ersten Stunde des Fluges etwa eine halbe Million Kilometer von Kahalo entfernt hatte. Atlan schien nicht daran interessiert, die Triebwerke voll zu belasten. Fast sah es so aus, als läge sein Ziel nicht auf Flooth selbst, sondern irgendwo zwischen den beiden Welten.

Ein helles Zirpen unterbrach Bully in seinen Gedanken. Er sah auf. Atlan war plötzlich aus seiner Starre erwacht. Bully sah ihn in rascher Reihenfolge ein paar Schalter bedienen. Das Piepsen war noch ein paar mal zu hören, dann brach es ab. Der Arkonide schwenkte einen seiner kleinen Bildschirme so, daß Bully ihn von seinem Platz aus sehen konnte.

»Da sind sie«, sagte er.

Bully sah eine dunkelblau leuchtende Fläche mit einer Serie von grellen, hellblauen Punkten darauf. Es mußte sich um einen Orterschirm handeln.

»Da ist wer?« fragte er.

»Die Flooths«, antwortete Atlan. »Eine weitere Nachschubflotte.«

Bully stand auf. An Bord des Bootes herrschte Kahalo-Schwerkraft, wie schnell das Fahrzeug sich auch immer bewegen mochte.

»Kommandostand an alle Geschützstände!« schrie er. »Feind erfaßt! Alle Waffen klar! Feuerbefehl vom Kommandanten abwarten! Ende.«

Atlan hatte seinen Sessel herumgeschwenkt und sah ihn lächelnd an. »So hätten wir's gern, wie?« schmunzelte er. »Aber diesmal läßt sich die Sache ein wenig anders an.«

»Richtig«, knurrte Bully. »Diesmal steigen wir durch den Bugbildschirm in den Kommandostand und drehen dem feindlichen Befehlshaber eigenhändig den Hals um.«

Atlan schüttelte den Kopf.

»Du hast die Landung der Boote auf Kahalo beobachtet. Können die Fahrzeuge nach deiner Ansicht wiederverwendet werden?«

Bully zog die Brauen in die Höhe. Es sah aus, als sträubten sich seine sandroten Borsten kampfeslustig.

»Warum nicht? Man braucht sie nur ans Land zu ziehen, die Brennkammern von eingedrungenem Wasser zu reinigen und neu aufzutanken.«

»Aha, schön. Und wie lange dauert das?«

»Was weiß ich? Vielleicht ein paar Tage, vielleicht länger, je nach den Mitteln.«

Atlan unterbrach ihn. »Schön, lassen wir das. Die Flooths sind in Eile. Sie müssen ihre Truppen so rasch wie möglich landen. Wenn sie die Absicht hätten, die Landungsboote immer wieder zu verwenden, hätten sie ein Landefeld auf dem trockenen Land angelegt. Das haben sie nicht getan. Sie lassen die Boote im Meer liegen. Sie haben auch gar keine Verwendung für sie, wenigstens vorläufig nicht. Denn jede Nachschubflotte bringt ihre eigenen Landungsboote mit.«

Widerspruch regte sich in Bully, aber bevor er zu sprechen anfing, begriff er.

»Flooth ist ein ziemlich kleiner Planet mit geringer Schwerkraft, nicht wahr?« erkundigte er sich.

»Eben. Für die Flooths ist es weitaus wirtschaftlicher, jeder Flotte einen ausreichenden Vorrat an Landungsbooten mitzugeben, die nur für die Landung, nicht aber für den Rückstart von Kahalo aufgetankt sind.«

Bully kratzte sich am Kopf. »Ich verstehe«, meinte er. »Sie müssen auf Flooth eine Riesenflotte von starken Zubringerraketen haben, die die Einzelteile der Landungsboote in eine Umlaufbahn schießen, in der sie von der Flotte aufgenommen werden. Die Flotte schleppt die Teile mit, und unterwegs werden sie ...«

Atlan hob den Arm. »Wir brauchen uns den Kopf nicht länger zu zerbrechen«, rief er. »Hier sind sie.«

Er hatte, während Bully sprach, ein paar Schaltungen vorgenommen Das Boot besaß ein Teleskop, das mit einem der Kleinbildschirme gekoppelt war. Die leistungsstarke Optik hatte die Bildpunkte eingefangen, die zunächst nur von der Ortungsanlage erfaßt worden waren, und sie nahe herangeholt.

Staunend schauten die beiden Insassen des Linsenbootes auf die seltsamste Prozession, die sie jemals gesehen hatten.

Es handelte sich um einen Verband von zwanzig riesigen Raumschiffen. Raumschiffe mußten es wohl sein, wenn sie auch äußerlich nichts mit den Gebilden zu tun hatten, die Atlan und Bully kannten. Sie sahen aus wie gewaltige Bohrtürme, endlos lange Gestelle aus filigranfeinem Fachwerkmuster, ein Gewirr von Stangen und Streben. Im Schacht hingen etwa zehn zylindrische Gebilde, metallene Formen, wahrscheinlich die Unterkünfte der Schiffsbesatzung. Bully atmete hastig ein. So hatte man sich auf Terra vor Beginn des Raumzeitalters die ersten Raumschiffe im Pendelverkehr zwischen Mond und Erde vorgestellt. Sie waren nicht dafür gebaut, die Atmosphäre eines Planeten zu durchdringen. Ihre Heimat war der Raum. Von Planetenoberflächen aus wurden sie durch Zubringerdienste versorgt.

Die Größe der Schiffe war schlecht zu schätzen. Der Weltraum bietet keine Vergleichsmöglichkeit. Nur daß sie riesengroß sein mußten, ließ sich leicht erkennen.

Einen etwas genaueren Anhaltspunkt lieferten die Gebilde, die hinter den Raumschiffen her schwebten. Die Gerüstschiffe bewegten sich nahezu in gleicher Höhe. Wie Kinderdrachen ihren Papierschwanz, so zog jedes von ihnen eine lange Kette von Dingen hinter sich her, die im gelben Schein der Sonne Orbon, wie die Kahals ihr Muttergestirn nannten, matt glänzten. Atlan verstellte das Bild. Die Gerüstschiffe verschwanden nach links, und Landungsboote tauchten auf, lange Ketten von Landungsbooten, fünfzig hinter jedem Raumschiff.

»Sie haben sie während des Fluges zusammengebaut«, sagte Atlan leise. »Während der Beschleunigungsperiode waren die Einzelteile fest mit den Schiffen verbunden. Danach nahmen sie sie ab und setzten sie zu Booten zusammen.« Er drehte abermals an der Vergrößerung. Zwei Landungsboote wichen zur Seite, eines nach links, das andere nach rechts. Ein matter, gerader Strich wurde zwischen ihnen sichtbar. »Sie ziehen sie an Kabeln hinter sich her! Natürlich, bei der Schwerelosigkeit im Raum ist das ungefährlich. Und bevor die Bremsphase beginnt, sind die Boote bemannt, legen ab und machen sich auf den eigenen Weg.«

Bully nickte nachdenklich.

»Wenn das so ist«, sagte er, »dann wollen wir ihnen einen großen Strich durch die Rechnung machen.«

Er hielt den Atem an, als die Wand sich plötzlich öffnete. Eine Sekunde lang glaubte er zu spüren, wie die Kälte des Weltraums hereinstürmte, wie das Blut im Vakuum zu kochen begann und die Gefäße sich aufblähten.

Aber nichts von alledem geschah wirklich. Es blieb alles so, wie es war, nur daß eben ein Teil der Wand fehlte. Bully schaute noch einmal zu Atlan, dann schwang er sich hinaus. Er hielt sich an der Kante des Ausstiegs fest, verschaffte sich einen sicheren Stand und stieß sich ab. Einen Augenblick lang hatte er das Gefühl, er hinge an einem Gummiband, das ihn wieder zurückzerren wollte. Er glaubte sogar, ein Geräusch zu hören, als das Band zerriß. Auf jeden Fall war er plötzlich frei, und sein Impuls trieb ihn langsam auf das Landungsboot zu, das etwa hundert Meter vor ihm im Raum schwebte. Es war das letzte in einer der zehn Ketten, und die Kette war die am weitesten links liegende, wenn man in Flugrichtung sah.

Er machte sich wenig Gedanken über den merkwürdigen Feldschirm, der ihn vor der Weltraumkälte und all ihren Folgen bewahrte. Er konnte den Schirm nicht sehen, aber in seinem Innern fühlte er sich so wohl, als hätte er Kahalo gar nicht verlassen.

Mit ausgestreckten Armen bremste er seinen Flug an der runden Wandung des Flooth-Bootes. Plötzlich hatte er Angst. Es brauchte nicht so zu sein, wie Atlan vermutet hatte. Vielleicht waren die Flooths gar nicht mehr im Gerüstschiff, sondern saßen schon in den Booten? Er ließ zwei Minuten verstreichen, und als sich dann immer noch nichts gerührt hatte, hangelte er sich an der Wand entlang nach vorne. Er erreichte das Kabel, mit dem die Boote untereinander und mit dem Schiff verbunden waren, und glitt daran weiter nach vorn. Atlans Raumlinse verschwand im Schatten des hintersten Bootes. Bully fühlte sich verlassen. Bis zum vordersten Boot in der Reihe waren es wenigstens zehn Kilometer. Er schauderte bei dem Gedanken an die langen Stunden, die er hier draußen allein würde zubringen müssen.

Als er jedoch das zweite, das dritte, das vierte Boot hinter sich ließ, ohne daß die Flooths sich rührten, kehrte seine alte Verwegenheit zurück. Er verließ sich jetzt nicht mehr auf das Tau als Transportmittel, sondern zog seine Waffe hervor und richtete einen kräftigen Strahlstoß nach rückwärts. Der Impuls des Schusses verlieh ihm weit größere Geschwindigkeit, als es das Seil jemals fertiggebracht hätte. Bully wunderte sich darüber, wie der Thermostrahl seinen Schutzschirm mühelos durchdringen konnte, während Luft und Wärme gefangen blieben. Aber wäre es anders gewesen, hätte er jetzt keine Gelegenheit mehr gehabt, sich den Kopf darüber zu zerbrechen. Elegant tauchte er unter dem nächsten Boot hindurch, korrigierte seinen Kurs mit einem kurzen Schuß und schoß wieder in die Höhe. Auf diese Weise brauchte er kaum zwanzig Minuten, bis er schließlich das vordere Ende der Kette erreichte.

Weit vor ihm ragte jetzt das mächtige Heck des Schiffes auf. Bully sah in die schwarzen Schlünde der Raketenöffnungen. Die Entfernung betrug etwa einen Kilometer, und trotzdem wirkte das Gerüst noch beängstigend groß.

Bully machte sich an die Arbeit. Rund fünfzig Meter vor dem Bug des ersten Landungsbootes durchtrennte er das Haltekabel mit einem einzigen Strahlschuß. Die beiden Seilenden trieben zur Seite, von der Wucht des Schusses getrieben.

Zufrieden betrachtete Bully sein Werk. An der Bewegung der Landungsboote änderte sich nichts. Ihr Flug war kräftefrei. Sie hatten keinen

Grund, ihren Kurs zu ändern, nur weil das Tau entzweigetrennt war. Wenigstens vorläufig noch nicht.

Bully schoß hinüber zur zweiten Bootskette, über einen sternerfüllten Abgrund von fünfzig Kilometern Weite. Er zertrennte auch das zweite Kabel, das dritte, das vierte ... Mittlerweile war er so in Fahrt geraten, daß er die Gefahr, die von den zehn Schiffen her drohte, fast völlig vergaß. Nur selten schaute er zu den schwarzen Heckmündungen hinüber, um sich zu vergewissern, daß nicht irgendwo plötzlich ein Flooth auftauchte und ihn bei der Arbeit beobachtete.

Die Zeit verging, ohne daß er es merkte. Er erreichte die letzte Kette, hielt sich am Tau fest und warf einen Blick zurück auf die gekrümmten, zerfaserten Enden der Kabel, die in der Sonne glitzerten. Das Bild befriedigte ihn zutiefst. Er hatte ganze Arbeit geleistet. Jetzt brauchte er sich nur noch von Atlan aufnehmen zu lassen.

Er drehte sich um und visierte das letzte Tau an. Da war plötzlich ein warnendes Gefühl der Gefahr, das ihn veranlaßte, den Finger vom Auslöser zu nehmen und sich umzusehen. Sein Blick wanderte die Reihe der Schiffe entlang.

Plötzlich überlief es ihn kalt.

Auf dem neunten Heck standen, deutlich erkennbar, drei Gestalten. Bully wußte nicht, ob sie ihn schon entdeckt hatten. Er begriff nur, daß jetzt Eile geboten war, höchste Eile.

Mit einem Gefühl des Unbehagens wandte er den drei Fremden den Rücken zu. Er war so aufgeregt, daß sein erster Schuß das Tau nicht traf, sondern dicht daran vorbeifuhr. Er fluchte zornig. Wenn sie ihn bis jetzt noch nicht bemerkt hatten – den Blitz hatten sie bestimmt gesehen.

Er wollte sich ein zweites Mal umdrehen, da bekam er einen harten Schlag gegen die Schulter. Die Wucht des Treffers riß ihn vorwärts. Eine halbe Sekunde lang spürte er den Druck des Taus gegen seinen Leib, dann war er darüber hinweg. Die Behinderung durch das Seil hatte seinen Geradeausflug in eine Drehbewegung verwandelt. Mit rasender Geschwindigkeit sah er das Meer der Sterne, zu bunten Scharen huschender Striche verzerrt, sich um ihn drehen. Er verlor die Orientierung. Er spürte, wie ihm übel wurde. Er mußte die Drehung abbremsen, sonst war er verloren!

Er sah nichts, aber er spürte deutlich, daß die Fremden jetzt ganz in seiner Nähe waren. Er streckte den schweren Strahler aufs Geratewohl seitwärts aus und feuerte einen kurzen Schuß ab. Das half. Er drehte sich langsamer, und wenn er sich auf eine Blickrichtung konzentrierte, konnte er sogar etwas sehen.

Nichts Erfreuliches allerdings. Er hatte sich ein paar Kilometer weit vom letzten Landungsboot entfernt und trieb weiter ab. Die drei Fremden waren hinter ihm her, und auf den Heckrändern der beiden letzten Schiffe erschien Verstärkung.

Ein zweiter Schuß brachte ihn völlig zum Stillstand. Die drei Flooths hatten jetzt das letzte Tau hinter sich gelassen und schossen auf ihn zu. Er sah, daß sie unförmige Schutzanzüge trugen, aus denen hin und wieder kleine, helle Flammen schossen. Sie waren Meister in der Handhabung der Geräte. Von drei Seiten kamen sie herbei, und wenn Bully nicht zur Seite wich, würden sie sich genau dort treffen, wo er jetzt schwebte.

Blitzschnell wog Bully seine Chancen ab. Er konnte sich nicht in einen langen Schußwechsel einlassen. Jeder Schuß erforderte eine neue Kurskorrektur, und jede Kurskorrektur erforderte nicht nur Zeit, sondern auch Konzentration. Er mußte zurück zum letzten Seil. Blieb es unversehrt, dann war alle Mühe umsonst gewesen. Es mußte zertrennt werden.

Er hielt den Atem an, als die drei Flooths auf ihn zuschossen. Sie bewegten sich mit hoher Geschwindigkeit, als wollten sie ihn durch die Wucht des Aufpralls zwischen sich zerquetschen. Er wartete, bis sie noch eine halbe Sekunde von ihm entfernt waren, dann feuerte er den Strahler ab.

Der Schuß war nach schräg oben gerichtet und trieb ihn nach unten. Er tauchte unter den Angreifern hindurch, feuerte in aller Eile einen zweiten Schuß ab und glitt jetzt mäßig steil auf das letzte Landungsboot zu. Er sah sich um. Sein Manöver hatte die Verwirrung erzielt, mit der er gerechnet hatte. Die drei Flooths waren dabei, ihre Geschwindigkeit zu verringern und umzukehren. Er hatte einen Vorsprung von wenigstens einer halben Minute.

Von vorn jedoch näherte sich eine neue Gefahr. Die Verstärkungen hatten inzwischen die Heckränder der Schiffe verlassen und kamen ihm entgegen. Im stillen bewunderte Bully ihre scharfen Augen. Von dort oben hätte er niemals erkennen können, welcher von den vier wirbelnden Punkten der Gegner war.

Mit Entsetzen sah er, daß die Flooths das Seil früher erreichen würden als er, wenn er seine Geschwindigkeit nicht vergrößerte. Vergrößerte er aber sein Tempo, dann verbrauchte er am Seil zuviel Zeit mit dem Abbremsmanöver. Es blieb ihm keine Sekunde, über einen Ausweg nachzudenken. Kaltblütig entschloß er sich, alles auf eine Karte zu setzen. Er vergrößerte seine Geschwindigkeit durch einen dritten, kurzen Schuß. Die Flooths schienen verwundert und zögerten eine Weile. Dann leuchteten auch bei ihnen die Rückstoßgürtel auf. Aber mittlerweile hatte Bully das letzte unzerschnittene Tau schon fast erreicht.

Er hatte keine Zeit zum Bremsen. Er richtete den Strahler auf das Tau und zielte sorgfältig. Der Lauf der Waffe wanderte langsam, während Bully auf das Seil zu- und dann rasch darüber hinwegtrieb.

Er drückte ab. Ein grellweißes Energiebündel löste sich aus dem Lauf. Bully hatte den Kolben gegen den Leib gehalten, damit ihn der Rückstoß im Körperschwerpunkt traf. Er bekam einen heftigen Schlag in den Magen und wurde in die Höhe gerissen, aber unter sich sah er die beiden glühenden Seilenden rasch auseinandertreiben. Er schrie vor Begeisterung auf, aber mitten im Schrei traf ihn eine ganze Serie von Schüssen aus den Waffen der Flooths und sandte ihn wirbelnd über die Armada der Landungsboote hinweg.

Bully unterdrückte die aufsteigende Übelkeit. Er durfte seinen Flug jetzt nicht bremsen. Je unregelmäßiger er sich bewegte, desto besser war es. Ein paar Sekunden lang hielt er es aus, dann spürte er, wie ihm die Sinne schwanden. Er streckte den Arm mit der Waffe aus und schoß. Augenblicklich wurde die Drehung langsamer. Er sah, daß er die Reihe der letzten Boote schon ein Stück weit unter und hinter sich gelassen hatte. Er erkannte den winzigen Flecken, den Atlans Fahrzeug im Sonnenlicht erzeugte, und setzte sich auf ihn zu in Bewegung. Atlan machte ihn schließlich aus. Das Boot kam ihm entgegen. Bully orientierte sich nochmals. Die Flooths waren weit hinter ihm zurückgeblieben. Wahrscheinlich waren sie jetzt dabei, die Seile zu reparieren. Bully grinste schadenfroh. Jeder Schuß hatte eine Seillänge von wenigstens zwei Metern geschmolzen. Die Landungsboote zwei Meter näher an die Schiffe heranzubringen und die Seile wieder zu verschweißen, hörte sich leicht an. Aber es würden Stunden vergehen, bis die Flooths es geschafft hatten. Und bis dahin ...!

Auf die gleiche Weise, wie er das Linsenboot verlassen hatte, gelangte er wieder an Bord. Atlan nahm noch ein paar Schaltungen vor, dann wandte er sich zu ihm um.

»Schwierigkeiten?« fragte er freundlich.

Bully strich über den Lauf des Strahlers.

»Ach wo«, sagte er, »kein bißchen. Nur sehen wir jetzt besser zu, daß wir den Rest hinter uns kriegen. Die Flooths sind nämlich schon ziemlich nervös.«

Atlan stellte keine Fragen. Er zog das Boot herum und steuerte es von schräg hinten langsam auf das äußerste der Landungsboote zu. Gespannt verfolgte Bully das Manöver. Dunkel und riesenhaft wuchs die Wand des Flooth-Fahrzeugs in die Höhe. Mit einem leichten Ruck berührte es die Seitenkante des Linsenboots.

Atlan schaltete auf Vollschub. Als wäre es aus Pappe, ließ sich das große Landungsboot von dem kleinen Fahrzeug schieben. Atlan hielt schräg nach vorn, auf das Heck der Schiffe, aber auch auf die anderen Ketten der Landungsboote zu. Bevor das Fahrzeug, das er schob, mit einem aus der nächsten Kette kollidierte, zog er das Linsenboot steil nach oben und betrachtete den Rest der Entwicklung aus sicherer Höhe.

Mit beachtlicher Geschwindigkeit prallte das angeschobene Boot auf ein anderes. Unter dem Aufprall setzte sich auch das andere Boot in Bewegung und trieb nun schräg nach vorn auf die dritte Kette zu. Das erste Fahrzeug jedoch war zurückgeprallt und glitt nach links außen. Als hätte es Atlan so berechnet, prallte es mittschiffs auf eines der Boote, mit denen es am selben Tau hing, und warf es ebenfalls aus dem Kurs.

Die Dinge entwickelten sich rasch. Die Entfernung war zu groß, als daß man selbst mit der Teleoptik hätte erkennen können, was die Flooths taten. Ihre Landungsboote jedenfalls befanden sich in heillosem Durcheinander. Der Verband fiel hinter den Schiffen zurück. Hier und dort hatten sich zwei kollidierende Boote ineinander verkeilt und drehten sich in langsamem, tödlichem Reigen. Da die Drehbewegung einen Teil ihrer Bewegungsenergie verzehrte, verringerte sich ihre Vorwärtsgeschwindigkeit, und weitere Boote liefen auf.

Atlan wandte sich wieder dem Schaltpult zu.

»Ich glaube«, sagte er ruhig, »die Flooths werden auf ihre Landeboote verzichten müssen. Das sind rund einhundertfünfzigtausend Flooths weniger für die, die da unten mit ihnen fertigwerden müssen.«

»Ich weiß noch etwas«, meinte Bully. »Die Flooths haben Strahlwaffen, die von unseren nicht allzu verschieden sind. Sie haben auf mich geschossen, aber die Strahlenergie konnte meinen Feldschirm nicht durchdringen. Wir können das Boot selbst mit einem Schirm umgeben, dann brauchen wir beim nächstenmal nicht mehr so vorsichtig zu sein und können direkt bis an die Taue heranfliegen.«

Atlan nickte. »Das«, antwortete er, »halte ich für eine ausgezeichnete Idee.«

Der Dschungel war voll unbeschreiblicher Geräusche. Hin und wieder krachte es und polterte dumpf irgendein größeres Tier oder vielleicht auch ein stürzender Baum.

Von weither schimmerte rotes, flackerndes Licht durch das Gestrüpp. Lagerfeuer! Für die Leute von Flooth, dem zweiten Planeten, war die lauwarme Dschungelnacht zu kalt.

Rhodan ging aufrecht. Noch gab es keine Notwendigkeit, sich zu verstecken. Er schätzte die Entfernung bis zum ersten Feuer auf wenigstens fünfhundert Meter. Die Flooths waren ahnungslos. Seit drei Jahren waren sie kein einziges Mal angegriffen worden. Sie würden auch in dieser Nacht nicht damit rechnen.

Er dachte an Mory, die am Rand des Deltas mit dem Gleiter zurückgeblieben war. Er hatte sie nicht gern dort gelassen, aber einer mußte schließlich beim Fahrzeug bleiben. Für den Vorstoß gegen das feindliche Lager hatte er keinerlei festen Plan. Er wollte sich Übersicht verschaffen, das war sein Hauptziel. Ergab sich eine Möglichkeit, die Flooths gründlich zu verwirren oder einen Teil ihrer Vorräte zu vernichten, so würde er sie nutzen. Es war vereinbart, daß Melbar, André und er sich nach spätestens fünf Stunden, also kurz vor Sonnenaufgang, beim Gleiter wieder trafen.

Rhodan wich erschrocken zur Seite, als sich unter seinem Fuß plötzlich etwas regte, mit unsichtbaren Gliedmaßen klatschend um sich schlug und schließlich mit wütendem Knurren ins Unterholz schoß. Perk hatte behauptet, es gebe keine gefährlichen Tiere, aber Rhodan wußte nicht genau, was ein Bighead, der sich nach Belieben unsichtbar machen konnte, gefährlich nannte.

Ein schmaler, seichter Wasserlauf schuf eine Schneise im Dickicht. Rhodan schaute mißtrauisch auf das Wasser, dann watete er hinein. Unter den Füßen hatte er Schlamm. Bei jedem Schritt sank er fast bis an die Knie in den weißen, schleimigen Untergrund, und das Wasser lief ihm oben zum Rand seiner Stiefel hinein. Als er schließlich das andere Ufer erreichte, spürte er einen Druck um die rechte Wade, der sich ständig verstärkte, als zöge jemand einen Riemen darum. Er bückte sich und untersuchte das Bein. Der Riemen entpuppte sich im schwachen Licht der Sterne als eine bunt gezeichnete Schlange, die voller Eifer dabei war, ihr vermeintliches Opfer zu ersticken. Rhodan zog das Messer und trennte den Leib in der Mitte auseinander. Die beiden Hälften fielen herab, und gestautes Blut schoß mit schmerzvollem Kribbeln in den Fuß zurück.

Rhodan bewegte sich jetzt rascher. Er hatte nicht die Absicht, sein Unternehmen an der Angriffswut eines Dschungeltieres scheitern zu lassen. Er mußte die Flooths zu sehen bekommen und sie eine Weile studieren, bevor er sich mit ihnen anlegte.

Kreischender, pfeifender Lärm begann jetzt die Geräusche des Dschungels zu übertönen. Durch die Zweige hindurch sah Rhodan schattenhafte Gestalten, die sich rings um die flackernden Feuer bewegten. Ein großes Schlafbedürfnis schienen die Flooths nicht zu besitzen. Rhodan erinnerte sich an den Eindruck, den André Noir von den landenden Truppen empfangen hatte. Sie waren energiegeladen, kampfeslustig, voller Begeisterung für ihre Sache. Fast empfand er so etwas wie Widerwillen dagegen, daß er gegen sie kämpfen sollte. Dieses Volk, Heuschrecken oder nicht, war es von der Mentalität her den Terranern nicht weitaus ähnlicher als den Bigheads, die ihr Leben gelebt hatten und bald der Vergangenheit angehören würden?

Er schob die Gedanken beiseite. Sie behinderten ihn. In Wirklichkeit ging es nicht darum, die Bigheads zu schützen. Es drehte sich darum, eine uralte Zivilisation vor der Zerstörung zu bewahren, so daß Terra dadurch Nutzen schöpfen konnte. Weiter nichts. *Gefühle,* dachte er, *kommen immer zuletzt.* Ironischerweise fiel ihm, als er das dachte, Mory Abro wieder ein.

Ein paar Minuten später stand er nur noch fünfzig Meter vor dem ersten Feuer. Es war riesig und verbreitete soviel Wärme, daß er sie in seinem Versteck noch unangenehm spürte. Die Flooths hatten den Dschungel niedergebrannt. Ihr Lager lag auf einer riesigen Fläche grauschwarzer Asche. Überall sah Rhodan merkwürdige Zelte, die wie Honigwaben aufgebaut waren. Jedes Zelt bestand aus rund einem Dutzend Zellen. Jede Zelle war ein regelmäßiges Sechseck von schätzungsweise zwei Metern Seitenlänge. Das Baumaterial schien flexibles Plastikmaterial zu sein. Die Trennwände waren aufblasbar. Das Ganze war ungemein praktisch, beanspruchte wenig Transportraum und bot ein Maximum an Unterbringungsmöglichkeit. Die Zelte waren in der Größe verschieden. Weiter im Hintergrund gab es solche, die bis zur Höhe eines mittleren Bürohauses aufragten, also etwa achtzig Meter. Wahrscheinlich hatten die Flooths dort größere Geräte untergebracht. Wenn sie etwa Flugzeuge besaßen, was Rhodan für sehr wahrscheinlich hielt, dann mußte man dort nach ihnen suchen.

Allen Zelten gemeinsam jedoch war die Wabenbauweise, und eines deutlicheren Hinweises bedurfte es nicht, um jeden Beobachter davon zu überzeugen, daß die Flooths Insektenabkömmlinge waren.

Auf der Teilfläche des Lagers, die Rhodan von seinem Versteck am Dschungelrand aus erkennen konnte, befanden sich etwa zweitausend der merkwürdigen Wesen. Sie waren in ständiger Bewegung. Die Laute, die sie dabei ausstießen, waren hoch und schrill, nahe der oberen Hörgrenze des menschlichen Ohrs. Rhodan konnte keine Artikulierung erkennen, die auf das Vorhandensein von Worten oder Sätzen im Sinne einer voll entwickelten Sprache schließen ließ. Vielleicht aber waren es nur Schreie der Freude und Begeisterung, die die Flooths ausstießen. Der mörderische Lärm, den sie vollführten, schien darauf hinzudeuten.

Gegen die Helligkeit der Feuer konnte Rhodan nur die Umrisse der fremden Gestalten erkennen. Sie bewegten sich behende, als seien sie eine höhere Schwerkraft gewöhnt. Rhodan wußte, daß dem nicht so sein konnte. Flooth war ein kleiner Planet mit etwa der gleichen Gravitation wie der Mars. Er entdeckte auch, was den Flooths solch erstaunliche Beweglichkeit verlieh. Eine der Gestalten hüpfte auf drei dünnen Beinen um das nächstliegende Feuer herum. Rhodan sah, wie sie von Zeit zu Zeit die Arme spreizte, mit heftigem Schwung nach unten klappte und gleich darauf wie vom Bogen geschnellt durch die Luft schoß. Für den Bruchteil einer Sekunde konnte er die Flughäute sehen, die sich zwischen Arm und Körper spannten.

Er stellte auch fest, daß die Hautfarbe der Flooths ein gelbliches Grün war. Er sah, daß sie eine Art zweiteilige Uniform trugen, eine kurze, an den Ärmeln ausgeschnittene Jacke, die nicht ganz bis zur Körpermitte herunterreichte, und darunter, bis zum Beinansatz reichend, ein Kleidungsstück, das mehr wie eine Bandage aussah.

Ihre Gesichter bekam Rhodan nicht zu sehen. Die Entfernung war zu groß, und die Flammen blendeten ihn. Auch Waffen sah er nirgendwo, dabei interessierte er sich gerade dafür am meisten. Er wandte schließlich seine Aufmerksamkeit den Großzelten zu, die weiter im Hintergrund lagen. Mehr noch als zuvor war er davon überzeugt, daß die Flooths ihre wichtigsten Gerätschaften, Waffen und Transportmittel dort drüben in den riesigen Wabengebilden aufbewahrten. Wer ihren Vormarsch behindern wollte, der mußte die großen Zelte vernichten.

Ein einziger Blick belehrte Rhodan, daß es niemandem gelingen würde, quer durch das Lager hindurch ungesehen an die Zelte heranzukommen. Die Flooths hatten sie, obwohl die Wehrlosigkeit der Bigheads ihnen allen Grund gab, sorglos zu sein, in strategisch günstiger Position aufgebaut. Es gab nur eine einzige Möglichkeit: mit dem Gleiter angreifen.

In Gedanken zeichnete Rhodan eine Karte des Lagerteils, den er vor sich sah. Solange er die Waffen der Flooths nicht kannte, würde er es sich nicht leisten können, mit dem Gleiter über dem Lager zu kreisen. Er mußte zustoßen, vernichten, sich zurückziehen. Das war die alte Taktik des Partisanenkrieges. Mit bitterem Lächeln dachte Rhodan daran, wie rasch er Kahalo von allen Eindringlingen befreit hätte, wenn er den Bigheads klarmachen könnte, sie sollten ihm die Heimkehr nach Terra ermöglichen, damit er mit einem terranischen Flottenverband zurückkehren konnte.

Plötzlich spürte er, wie sich etwas in seine Gedanken zu drängen versuchte. Instinktiv wehrte er sich dagegen, und die Kräfte seines Geistes waren stark genug, um das Fremde in die Flucht zu schlagen. Voller Verwirrung zog er die Möglichkeit in Betracht, die Flooths könnten Telepathen sein. Dann erinnerte er sich an André. Der Hypno-Mutant lag irgendwo in der Nähe. Bisher hatte er kein einziges Mal versucht, mit Rhodan auf diese Weise in Verbindung zu treten. Wenn er es jetzt tat, dann hatte er einen zwingenden Grund.

Rhodan gab den Widerstand auf und ließ die fremden Gedanken in sich eindringen.

Ich spüre Gefahr, wurde ihm parahypnotisch eingegeben. *Hinten, beim Gleiter. Etwas ist nicht in Ordnung.*

Hastig schob er sich ins Dickicht zurück. Als ein Gewirr von Zweigen ihn gegen direkte Sicht vom Lager her deckte, richtete er sich auf und fing an zu laufen. Er war noch keine fünf Schritte weit gekommen, da gellte hinter ihm sirenenartiges Geheul über die weite Lichtung. Die Sirenen verstummten erst, als er den Wasserlauf erreichte, in dem er vorhin die Schlange getötet hatte.

Er blieb stehen und horchte. Im Lager der Flooths war jetzt jedes Geräusch erstorben, nur die Feuer knisterten noch. Ansonsten herrschte Totenstille.

17.

Mory hatte Angst. Es war lange her, seitdem sie sich das letztemal gefürchtet hatte. Auf Badun hatte man sich vor ihr gefürchtet, der unnahbaren Tochter des Lords. Seitdem sie bewußt denken konnte, war sie daran gewöhnt, daß die Leute vor ihr zitterten.

Jetzt saß sie in einem fremden Fahrzeug, nicht größer als eine Nußschale, auf einem fremden Planeten, versteckt im nächtlichen Gewirr eines fremden Dschungels – und war allein. Sie hatte erbärmliche Angst.

Sie dachte an Rhodan, das gab ihr für eine Weile Mut. Rhodan war irgendwo dort vorn und beobachtete die Flooths. Sie bildete sich ein, es gäbe keine Gefahr für sie, solange sich Rhodan zwischen ihr und dem Feind befand. Dann meldete sich ihre Klugheit zu Wort und machte ihr klar, daß sie sich täuschte. Ein einzelner Mann konnte nicht das ganze Delta kontrollieren. Angst stieg von neuem in ihr auf. Plötzlich war es ihr zu eng in der kleinen Kanzel. Sie trat auf die Wand zu, wartete, bis sie verschwand, und stieg aus. Die rechte Hand hatte sie krampfhaft um den Kolben des schweren Impulsstrahlers geklammert.

Der Dschungel endete wenige Schritte jenseits des Fahrzeugrands. Mory stand am Ufer eines breiten Flusses, dessen Wasser dem nahen Meer zutrieb. Kleine Wellen plätscherten gegen das Ufer. Vom Himmel herab verbreitete das dichte Gewimmel der Sterne matte Helligkeit.

Morys Furcht verschwand. Statt dessen empfand sie plötzlich die Romantik der Lage. Sie hatte nie davon zu träumen gewagt, daß sie Badun jemals verlassen würde. Soviel Freiheit ihr Vater ihr auf Badun auch zugestanden hatte – Flüge mit einem Raumschiff waren reine Männerangelegenheiten gewesen.

Jetzt stand sie auf Kahalo, einer Welt, von der draußen in der Galaxis noch niemand gehört hatte. Die Luft war warm. Aus dem Dschungel kamen die Geräusche einer fremden Tierwelt.

Quer über die Oberfläche des Flusses zog sich plötzlich eine Blasenspur. Mory sah sie erst, als sie das Ufer schon beinahe erreicht hatte. Gespannt schaute sie auf das Wasser. Ihr Strahler war schußbereit. Was für ein Tier mochte es sein, das sich da in der Nacht herumtrieb? Die Blasenspur endete am Ufer, und die Wasserfläche wurde wieder glatt. Mory wartete noch eine Weile, dann wandte sie sich enttäuscht ab. Es mußte ein Fisch gewesen sein oder etwas Ähnliches. Auf jeden Fall hatte es nicht die Absicht, an Land zu kommen.

Sie fühlte sich wieder ruhig genug, um an Bord des Gleiters zurückzukehren. Sie schob das Gewirr der Zweige beiseite und machte sich auf den Rückweg. Es war ihr, als ob sie vom Fluß her ein Geräusch hörte, ein hastiges Plätschern oder so etwas, aber sie achtete nicht darauf. Schließlich stand sie wieder auf der kleinen Lichtung, die das Fahrzeug sich selbst geschaffen hatte, als es sich von oben her in das Dickicht senkte. Sie wollte auf die Wandung zutreten, da schoß etwas aus dem Dunkel des Gebüschs, überquerte die Lichtung wie ein fahlgrüner Blitz und stand plötzlich vor ihr.

Mory schaute in eine spitzmäulige Fratze. Halbkugelige, schwarze Augen musterten sie aufmerksam. Unter den Augenhöhlen trat der Schädel scharf nach vorn und verlief konisch zu einer scharfen Spitze. Unterhalb der Spitze war ein halb geöffnetes Maul, aus dem scharfe Fangzähne blitzten. Mory hatte nur Augen für das teuflische Gesicht. Sie bemerkte die kurzen Fühlerstummel, die dicht über den Kugelaugen aus der flachen Stirn ragten. Sie erinnerte sich an das, was Rhodan und die anderen über die Flooths gesagt hatten, und das Blut gefror ihr in den Adern.

Sie war unfähig, sich zu bewegen. Panik hielt sie fest wie mit eisernen Klammern. Sie wollte schreien. Sie öffnete den Mund, aber im gleichen Augenblick machte die Kreatur vor ihr eine rasche Bewegung.

Rhodan hastete durch den Wald. Weit hinter ihm erhob sich jetzt neuer Lärm. Die Flooths waren alarmiert. Es erschien ihm, als kämen die Geräusche rasch näher. Die Flooths waren hinter ihm her. Mit Hilfe ihrer Flughäute konnten sie sich schneller bewegen als er. Es war nicht anzunehmen, daß sie ihn verfolgten. Sie wußten nichts von ihm. Aber in der Richtung, in der er sich bewegte, lag der Gleiter. Der Gleiter war ihr Ziel. Irgendwie hatten sie das Fahrzeug entdeckt.

Die Angst um Mory trieb Rhodan rascher vorwärts. Er stolperte, fiel und richtete sich fluchend wieder auf und rannte, rannte, rannte. Hinter ihm schwoll der schrille Lärm an.

Plötzlich tauchte der Gleiter vor ihm auf. Rhodan trat auf die Wand zu und sah hinein. Die Kanzel war leer. Er rief Morys Namen, aber sie antwortete nicht. Er zog seine kleine Lampe hervor und leuchtete den Boden ab. Auf einem kleinen, freien Fleck fand er drei dicht nebeneinanderliegende, strichartige Eindrücke.

Es sah aus, als hätte jemand drei daumendicke, zwanzig Zentimeter lange Hölzer in den Lehm gedrückt.

Hinter ihm krachte es im Dickicht. Der Boden zitterte, und Melbar Kasom erschien auf der Bildfläche. Wortlos und ohne einen Befehl abzuwarten, wandte er sich um und richtete die Mündung seines Strahlers auf die dichte Wand des Dschungels. Der Lärm kam näher.

Sekunden später erreichte André Noir das Fahrzeug. »Mory ist in Gefahr!« keuchte er. »Ich habe keine Verbindung mehr.«

Rhodan wies in die Richtung des schrillen Lärms. »Die Flooths sind hinter uns her!« schrie er. »Mory ist gefangen. Wir verschwinden von hier!«

Sekunden später hatte sich die Wand des Gleiters hinter ihnen geschlossen. Rhodan hob das Fahrzeug vom Boden ab und ließ es in der Höhe der Baumkronen schweben.

»Das gibt uns Gelegenheit zu einem Experiment«, rief er.

Unten erreichte die Vorhut der Flooths die Lichtung, auf der der Gleiter gelegen hatte. Sie schienen verwirrt, als sie den Platz leer fanden. Es dauerte eine Weile, bis sie das schwebende Fahrzeug entdeckten. Dann blitzten Schüsse auf. Knallend prallten Geschosse gegen die Wandung und wurden abgelenkt. Das Feuer verdichtete sich, als die

Hauptstreitmacht des Gegners auf der Lichtung erschien und sich einschaltete.

Rhodan ließ eine Minute verstreichen. Das Knattern der aufprallenden Geschosse war zum infernalischen Prasseln und Dröhnen geworden. Der Gleiter jedoch zeigte keinerlei Wirkung. Das transparente und doch harte Material wehrte die Schüsse mühelos ab.

»Halten Sie sich bereit, Melbar!« schrie Rhodan, um den Lärm zu übertönen. »Wir gehen hinunter.«

Kasom verstand ohne weitere Erklärung. Kniend, weil die Decke für ihn zu niedrig war, rutschte er auf die Seitenwand zu. Rhodan drückte einen der Hebel mit einem Ruck nach vorn. Wie ein Stein fiel das Fahrzeug in die Tiefe. Unten verstummte das Feuer. Im Halbdunkel waren hastende Gestalten zu sehen, die kopfüber ins Dickicht flüchteten. Der Gleiter fing sich, kurz bevor er den Boden berührte. Nur wenige Zentimeter hoch schwebte er jetzt über der Stelle, an der er zuvor gelegen hatte.

Kasom kniete jetzt dicht vor der Wand. Das Schießen war völlig verstummt. Die Wand verflüchtigte sich, und der schrille Lärm der Flüchtenden drang herein. Fauchend und donnernd löste sich eine Strahlsalve aus Melbars schwerer Waffe. Wo sie auf Widerstand traf, schossen lodernde Fackeln in die Höhe. Der grelle Widerschein beleuchtete die grünen Gestalten der Flüchtenden. Sie hatten den Kopf verloren. Schreiend und pfeifend liefen sie mitten in das Energiebündel hinein, flammten auf und vergingen.

Rhodan zog den Gleiter wieder nach oben. Melbar ließ sich rückwärts fallen, und die Wand schloß sich vor ihm. Der Gleiter zog flach über den Flußlauf hinweg, nahm Fahrt auf und stieß auf die Berge zu. Wenige Minuten später lag er im Schutz der Felswände auf dem unzugänglichen Plateau, das Rhodan zum Ausgangsort ihrer Unternehmungen gemacht hatte.

André Noir hatte noch immer keine Verbindung mit Mory. Er bezweifelte auch, daß eine solche Verbindung bei der Entfernung, die ihn jetzt von ihr trennte, zustandekommen könnte.

»Es sei denn«, fügte er hinzu, »sie erlebte eine Art Schock. Die gedankliche Streustrahlung, die in einem solchen Fall auftritt, ist unter Umständen stark genug, um selbst über weite Distanzen ausgemacht zu werden.«

»Dann haben wir noch ein bißchen Hoffnung«, meinte Rhodan deprimiert. »Sobald sie zu sich kommt, wird sie wahrscheinlich einen Schock nach dem anderen erleben.«

Sie blieben im Gleiter und versuchten, vor Sonnenaufgang noch ein paar Stunden Schlaf zu finden. Rhodan lag wach und überdachte die Erfahrungen, die sie heute gemacht hatten. Die Flooths trugen also Projektilwaffen, altmodische Gewehre. Sie waren den Strahlern, die er und seine Leute trugen, hoffnungslos unterlegen.

Der nächste Morgen brachte gleich zwei Überraschungen.

Erstens meldete sich Perk, der inzwischen mit Bully und Atlan in Verbindung getreten war, und schilderte die Erfolge der beiden Raumfahrer. Besonders interessant war, daß Bully von strahlerähnlichen Waffen sprach, mit denen die Flooths ausgerüstet seien.

Die zweite Überraschung bereiteten die Flooths selbst. Sie hatten über Nacht den Stützpunkt im Delta verlassen und waren landeinwärts gezogen. Der Zusammenstoß mit dem überlegen bewaffneten Gegner hatte sie offenbar davon überzeugt, daß es günstiger sei, sich mit der Eroberung von Kahalo ein wenig zu beeilen. Ein anderer Grund mochte ebenfalls eine Rolle spielen. Sicherlich standen die Stützpunkte mit den anfliegenden Raumschiffsverbänden in Funkverkehr. Sie mochten erfahren haben, daß mit Verstärkungen in nächster Zeit nicht zu rechnen war, weil ein fremder Gegner mit Nachdruck verhinderte, daß weitere Landungsboote nach Kahalo geschleppt würden. Der Stützpunkt, der nur wegen der günstigen Landefläche ins Delta gelegt worden war, verlor damit seinen Wert.

Perk bestätigte diese Vermutung. Das automatische Überwachungssystem der Bigheads beobachtete, daß die Flooths sich nördlich des Deltas in fünf Verbände aufgespalten hatten, von denen jeder nach einer anderen Richtung davonzog. Die Ausrüstung der Verbände bestand aus Flugzeugen und Mannschaftswagen. Bei welcher der Gruppen sich Mory befand, das konnten jedoch auch die Bigheads nicht herausfinden.

Rhodans Plan stand fest. André konnte Morys Aufenthaltsort ausfindig machen, wenn man ihn nur dicht genug heranbrachte. Sie würden die einzelnen Verbände abfliegen. Gruppen, bei denen sich Mory nicht befand, würden sie angreifen und ihnen möglichst großen Materialschaden zufügen. Denn auch die kampfeslüsternen Flooths waren kein ernstzunehmender Gegner mehr, wenn sie ihre Eroberungsgelüste erst einmal zu Fuß verfolgen mußten.

Bullys Schilderung der floothischen Strahlwaffen versetzte Rhodan zunächst in Verwirrung. Es schien unlogisch, daß die Flooths ihre Landetruppen nicht mit den besten Waffen ausgerüstet haben sollten, die sie besaßen. Die einzige Erklärung, die Rhodan sich denken konnte, war, daß die Flooths ihre Energiestrahler erst in allerjüngster Vergangenheit entwickelt hatten, weshalb die Truppen, mit denen Atlan und Bully zusammengestoßen waren, als erste Garnitur die neuen Waffen trugen.

War diese Vermutung richtig, dann hatten sie mit der Abwehr des floothischen Nachschubs in der Tat zu keinem günstigeren Zeitpunkt beginnen können.

Von jener Stunde an, da das fremde Fahrzeug im Dschungel des Deltas entdeckt und das merkwürdige Wesen gefangengenommen wurde, hatte Unheil die Pläne der Eroberer verfolgt. Sie verließen den Stützpunkt, denn es stand kein Nachschub mehr zu erwarten. Der gleiche Feind, der auf der Oberfläche des grünen Planeten so plötzlich erschienen war, war auch draußen im Raum zur Gegenoffensive übergegangen. Er war unfaßbar schnell und unverwundbar, und wo er zuschlug, da blieb nichts hell.

Die beiden anderen Stützpunkte waren bis jetzt in Ruhe gelassen worden. Aber auch dort rüsteten die Anführer zum Aufbruch. Die Phase der Stützpunktverstärkung wurde abgebrochen. Die Eroberung des grünen Planeten begann. Für die, die vom Delta kamen, mit Tod und Vernichtung. Kaum hatten sich die fünf Verbände voneinander getrennt, da wurden sie einer nach dem anderen von einem pfeilschnellen Fahrzeug aus angegriffen. Es handelte sich offenbar um dasselbe, das in der vorigen Nacht im Dschungel beobachtet worden war. Es widerstand selbst dem heftigsten Feuer und war wenigstens fünfmal schneller als ihr schnellstes Flugzeug. Im Tiefflug griff es die Verbände an, und aus dem Rumpf schlug vernichtendes Feuer, das die Mannschaftswagen in Klumpen glühenden Blechs verwandelte und die Krieger tötete.

Panik erfaßte die tapferen Eroberer. Ihrer Fahrzeuge beraubt, begannen sie, sich in alle Winde zu zerstreuen. Je weiter der eine vom anderen entfernt war, desto weniger lief er Gefahr, den Unheimlichen ein Ziel zu bieten. Das Land war fruchtbar. Wer sich an die fremden Gewächse und Tiere gewöhnte, war vom mitgebrachten Proviant unabhängig. Und vielleicht kam später einmal der Tag, an dem neue Boote landeten und neue Truppen die Eroberung des grünen Planeten wieder aufnahmen.

Ein Verband nach dem anderen zerstreute sich so in die Weite des fremden Landes. Die Rufe der Anführer von den beiden anderen Stützpunkten wurden nicht mehr beantwortet. Schweigen senkte sich über die sechshunderttausend Soldaten vom Delta-Brückenkopf.

Perk meldete sich jetzt desöfteren, und es hatte den Anschein, als betrachte er die Terraner nicht mehr als reine Instrumente des Widerstands gegen die Flooths. Achtung schien in seinen Gedanken zu schwingen – wenn es unter den Bigheads ein solches Gefühl überhaupt gab.

Fünf floothische Armeeverbände, die gesamte Besatzung eines der drei Brückenköpfe, waren vernichtet oder zerstreut, auf jeden Fall unschädlich gemacht. In den anderen Stützpunkten zeigten sich deutliche Symptome beginnender Panik. Die Flooth-Gefahr schien ihren Höhepunkt überschritten zu haben.

Raumsonden berichteten, die Flooths hätten alle Raumschiffe, die sich von Flooth nach Kahalo unterwegs befanden, wegen der drohenden Gefahr zurückbeordert. Die Flooths auf Kahalo würden auf unabsehbare Zeit keinerlei Verstärkung bekommen. Die beiden Männer, die dieses Wunder in kürzester Zeit vollbracht hatten, waren inzwischen wieder nach Kahalo zurückgekehrt. Ihr Raumboot war, da es nicht mehr gebraucht wurde, in den unterirdischen Geräteräumen verschwunden.

Perk hatte allen Grund, sich über den Erfolg der Aktion zu freuen.

Weshalb die Terraner seine Freude nicht teilten, konnte er nicht einsehen. Schließlich ging es nur um eine Frau, die sie verloren hatten. Bei keinem der fünf Verbände war sie gefunden worden. Es sah so aus, als sei sie vom Erdboden verschwunden. Perk verstand nicht, wie der große Terraner mit den grauen Augen trotzdem noch darauf beharren konnte, er werde seinen Posten erst dann verlassen, wenn er die junge Frau in Sicherheit wußte.

Wo doch jedermann sehen konnte, daß ihr Schicksal, welches es auch immer gewesen sein mochte, sich niemandem offenbaren würde.

So dachte Perk, bis er einen neuen Bericht des automatischen Wachsystems empfing. Das System hatte eine Gruppe von etwa zweitausend Flooths entdeckt, die sich offenbar unbemerkt von einem der Verbände abgespalten hatten und nun rasch in nordöstlicher Richtung vorstießen. Perk war darüber zutiefst beunruhigt, denn in der Marschrichtung der Flooths lag eine Zelle der zentralen Energieversorgung.

Jenseits der Zelle lag das Große Kahal, aber Perk in seiner Unkenntnis der technischen Zusammenhänge war nicht ganz sicher, ob das Kahal noch funktionieren würde, wenn die Flooths erst einmal die Zelle auseinandergenommen hatten.

Er leitete die Neuigkeit an die Terraner weiter. Die einzige Antwort, die er bekam, hieß: »Wir sind schon unterwegs!«

Das letzte, woran Mory sich erinnerte, war tödlicher Schreck, und was sie zu sehen bekam, als sie erwachte, war nicht dazu angetan, ihr Entsetzen zu mildern.

Sie lag auf der Pritsche eines primitiven Fahrzeugs, das sich rumpelnd und mit knatterndem Motor offenbar über ungebahntes Gelände bewegte. Es stank nach Benzin. Von ringsum kamen schrille, pfeifende Laute. Mory getraute sich nicht, sich aufzurichten und über den Rand der Pritsche hinwegzusehen. Sie fürchtete sich vor dem Anblick der fremden Gestalten.

Dabei brauchte sie nur den Kopf zu wenden, dann sah sie zwei von ihnen vor sich auf dem erhöhten Fahrersitz hocken. Sie wandten ihr die Rücken zu, und als Mory ihren Abscheu überwunden oder doch wenigstens sich an ihn gewöhnt hatte, konnte sie sie in aller Ruhe studieren. Sie waren schlank, und wenn sie sich bewegten dann taten sie es flink und voller Kraft. Ihre Köpfe waren von hinten nicht ungewöhnlich anzusehen, nur wenn sie sich zur Seite wandten, erschien im Profil der spitze, insektenhafte Vorderschädel. An der Schädelseite trugen sie rechts und links je eine ovale, leicht gewölbte Platte aus schwarzem Chitin. Mory erinnerte sich an das Ding, das Rhodan gefunden hatte.

Niemand kümmerte sich um sie, und sie war froh darum. Die Sonne mußte vor kurzem aufgegangen sein. Roter Schein lag auf den grünlichen Körpern der beiden Flooths, von denen einer das rumpelnde Fahrzeug steuerte.

Eine Stunde lang lag Mory reglos und dachte über ihre Situation nach. Ihr Mut wuchs ein wenig. Sie richtete sich schließlich auf die Ellbogen auf und schaute über den Rand der Pritsche hinaus. Ringsum war weites, flaches Grasland. Nur fern am Horizont gab es Berge, bläulich im Morgendunst. Die Ebene war erfüllt von Fahrzeugen, und die Fahrzeuge wiederum von Flooths. Mory sah, daß sich auf jeder Pritsche wenigstens fünfzig der grünen Gestalten drängten, und es gab mindestens zweitausend Fahrzeuge. Es entging Mory nicht, daß die Fahrzeugwandungen eine merkwürdige, kleinquadratige Struktur aufwiesen. Es sah so aus, als wären sie ohne Ausnahme jede aus Hunderten von Einzelteilen zusammengesetzt worden. Die Flooths schienen darin Meister zu sein. Ohne Zweifel hatten sie die Wagen in Tausenden von Einzelstücken an Bord ihrer Landungsboote transportiert und erst nach der Landung zusammengesetzt. Die Teile waren deswegen so klein, damit jeder, der dem Landeboot entstieg, seinen Anteil mitnehmen und an Land schleppen konnte. Mory entdeckte außerdem ein Geschwader von Flugzeugen, das sich mit fauchenden Triebwerken kreisend über der

Fahrzeugkolonne bewegte. Wahrscheinlich waren auch die Flugzeuge zusammengesetzt.

Sie legte sich wieder nieder und ließ die Stunden verstreichen. Allmählich bekam sie Hunger. Den Flooths schien das nichts auszumachen. Sie verhielten sich weiterhin so, als hätten sie nie eine Gefangene gemacht. Gegen Mittag gab es eine kurze Pause, und während das Fahrzeug mit leerlaufendem Motor stillstand, schien es Mory, als verschwinde draußen der Lärm allmählich in weiter Ferne. Erst als der Wagen sich wieder in Bewegung setzte, wagte sie, sich umzusehen. Im Norden erhob sich eine mächtige Staubwolke, und rings um ihr Fahrzeug befanden sich jetzt nur noch rund fünfzig andere. Der Rest, bei weitem die Mehrzahl, war das, was sich dort vorn unter dem Staub verbarg.

Sie stellte außerdem fest, daß ihre Kolonne den Kurs geändert hatte. Sie bewegte sich jetzt nach Nordosten, auf die Berge zu. Die Wagen bewegten sich schneller als zuvor, und es war leicht zu merken, daß die Flooths unruhig geworden waren. Als drohte ihnen Gefahr, suchten sie so rasch wie möglich den Schutz der Berge zu erreichen. Mory wurde unruhig. So sehr sie damit einverstanden war, daß jemand den Flooths Knüppel zwischen die Beine warf, so sehr hoffte sie, daß es nicht ausgerechnet jetzt sein müsse, wo sie unfehlbar in Mitleidenschaft gezogen würde.

Als die Stunden jedoch verstrichen, ohne daß etwas geschah, beruhigte sie sich wieder. Sie mußte dann eingeschlafen sein, denn das nächste, was sie zu sehen bekam, waren steile Felswände, die so dicht beieinanderstanden, daß die Wagen der Flooths gerade noch Platz hatten. Es ging bergauf. Die Insektenwesen hatten alle Hände voll zu tun, um des schwierigen Terrains Herr zu werden.

Die Schlucht mündete schließlich in einen Talkessel von beachtlicher Größe. Mory, die inzwischen davon überzeugt war, daß die Flooths ihr selbst dann keine Beachtung schenken würden, wenn sie auf ihrer Pritsche anfing zu tanzen, hing am Geländer und versuchte, sich einen Überblick zu verschaffen. Das Gelände im Kessel war wild. Übermannshohe Felsbrocken lagen herum. Es gab nur wenig Vegetation. Die Luft war dünn, der Kessel schien in beträchtlicher Höhe zu liegen.

All das stand in merkwürdigem Gegensatz zu dem gewaltigen, kuppelbedeckten Gebäude, das sich in der Mitte des Kessels erhob und den Eindruck erweckte, als sei das Tal bewohnt. Die Wagen nahmen Kampfformation ein, etwa ein Drittel der Floothgruppen saß ab und rückte mit schußbereit gehaltenen Waffen gegen das Bauwerk vor. Gespannt verfolgte Mory den Vormarsch. Es fiel ihr auf, daß die Flooths sich keineswegs mit übergroßer Vorsicht bewegten. Wahrscheinlich hatten ihre Flugzeuge den Kuppelbau schon ein paar Stunden lang beobachtet und waren zu dem Schluß gekommen, er sei unbewohnt.

Tatsächlich erreichten die ersten Truppenabteilungen das Gebäude, ohne auf den geringsten Widerstand zu stoßen. Mory beobachtete noch, wie sie ein mächtiges Portal mühelos öffneten, dann sank sie enttäuscht auf die Pritsche zurück.

Kurze Zeit später hielt die Kolonne an. Ringsum wurden wabenartige Zelte aufgebaut. Während die Sonne sank, flammten Feuer auf, an denen die Flooths sich wärmten. An Mory und ihren mittlerweile nagenden Hunger dachte immer noch niemand. Dabei überwog der Hunger Morys Furcht vor den Flooths schon so sehr, daß sie auf der Wagenpritsche auf und ab ging, um die Aufmerksamkeit ihrer Peiniger zu erregen.

Das schien ihr schließlich zu gelingen. Aus einem der größten Zelte, das dicht aus der Wand des Kuppelbaus stand, kamen vier Flooths auf den Wagen zu. Sie trugen etwas, das Mory im Dämmerlicht erst erkennen konnte, als die vier bis auf ein paar Schritte herangekommen waren. Es war eine Art Trage. Mory sprang freiwillig vom Wagen herunter, damit keiner der Flooths sie anfassen mußte. Ihr Eifer war jedoch umsonst. Kaum berührten ihre Füße den Boden, da schossen zwei der Fremden auf sie zu, packten sie mit Händen, die wie Greifzangen aussahen, und zerrten sie auf die Trage. Mory war so vor Schreck erstarrt, daß sie sich kaum bewegen konnte. Wehrlos ließ sie es geschehen, daß die Flooths sie mit ein paar Bandagen am Gestell befestigten. Sie taten es so gründlich, daß sie kein Glied mehr zu rühren vermochte.

Die Trage wurde aufgehoben und auf das große Zelt zugetragen. Mory begriff, daß all diese Vorbereitungen keineswegs notwendig gewesen wären, wenn man ihr lediglich hätte zu essen geben wollen.

Die Marschroute der kleinen Kolonne war leicht zu finden. Die Steppe hielt die Spuren. Der kleine Trupp hatte sich vom größeren getrennt, als die wütenden Attacken des Gleiters die ersten beiden anderen Abteilungen dezimierten und sie in alle Winde zerstreuten. Es war ziemlich deutlich, daß die Flooths dem Trupp besondere Bedeutung zumaßen. Wenn auch alles andere fehlschlug, diese kleine Kolonne wollte ihr Ziel erreichen. Welches Ziel das war, das allerdings konnten Perry Rhodan und seine Begleiter nur erraten.

So rasch wie möglich drang der Gleiter in die Berge vor. Die Flugzeuge der Flooths waren vom Himmel verschwunden, sie bewegten sich mit den großen Marschkolonnen. Die Sonne sank rasch, und es sah so aus, als würde die Suche sich in die Nacht hinein fortsetzen.

An Bord des Gleiters herrschte gespannte Aufmerksamkeit. Kaum jemand sprach ein Wort. Diesmal drehte es sich nicht darum, eine relativ wehrlose Gruppe von Flooths aus einem vorzüglich gepanzerten Fahrzeug anzugreifen. Diesmal galt es, einen Gefangenen mitten aus ein paar tausend Insektenwesen herauszuholen.

Das Fahrzeug glitt langsam durch eine enge Hochschlucht, die Rhodans ganze Aufmerksamkeit am Steuer erforderte, als André Noir plötzlich mit einem Schrei in die Höhe fuhr. Rhodan hielt den Gleiter sofort an.

»Mory ...!« rief André keuchend. »Sie ist nicht weit ... vielleicht fünf, sechs Kilometer ..., in großer Gefahr! Sie wollen sie ...«

Er brach ab und sank schlaff in seinen Sessel zurück. Die Anstrengung des geistigen Kontakts war zu groß für ihn gewesen.

In der nächsten Sekunde hatte Rhodan das Fahrzeug wieder auf Kurs. Das schwindende Licht reichte gerade noch, um ihn die gefährlichsten Zacken und Kanten der Felswände erkennen zu lassen. Noch fünf oder sechs Kilometer, hatte André gesagt. Wahrscheinlich gab es dort vorn ein Tal oder eine Hochebene. Der Gedanke an die Gefahr, in der Mory schwebte, trieb ihm den Schweiß auf die Stirn.

Dann kam der Augenblick, in dem er vor Zorn und Verzweiflung am liebsten geschrien hätte. Der Gleiter sackte plötzlich ab. Verwirrt und wütend zog Rhodan an den Hebeln, aber das Fahrzeug gehorchte nicht mehr. In steilem Bogen schoß es auf den Boden der Schlucht zu.

Rhodan hatte keine Zeit mehr, eine Warnung zu schreien. Krachend und prasselnd schlug der Gleiter auf. Rhodan wurde aus seinem Sessel geschleudert und prallte mit dem Schädel gegen irgend etwas Hartes.

Dann war Stille, für eine Weile wenigstens.

18.

Eine mächtige Traube gelber Lampen erfüllte das Innere des Zelts mit greller, schmerzlicher Helligkeit. Mory schloß die Augen und hörte auf zu schreien. Sie spürte, wie die Trage zu Boden gesetzt wurde. Sie fing an, vorsichtig unter den Lidern hervorzublinzeln und sah, daß sie neben einem hoch aufragenden Gestell lag, das ein Tisch zu sein schien. Ringsum waren eine Handvoll Flooths eifrig damit beschäftigt, unergründliche Dinge zu tun. Aus ihrer Perspektive sah Mory jeweils nur die drei grünhäutigen Beine, die sich in verwirrendem Rhythmus elegant bewegten. Schrille Pfiffe und Schreie schwirrten durch die Luft. Mitten in ihrer Not kam Mory der merkwürdige Gedanke, daß es für einen Menschen wahrscheinlich bis in alle Ewigkeit unmöglich sein werde, die Sprache der Flooths zu erlernen.

Ihre Trage wurde mit plötzlichem Ruck gepackt und auf den Tisch hinaufgehoben. Die Bandagen fielen. Zwei Flooths hoben die Trage an der Seite an und ließen Mory unsanft auf die Tischplatte rollen. Mory schrie auf und breitete die Arme aus, um sich Halt zu verschaffen. Ein Klauenarm packte sie grob an der Schulter und riß sie herum, so daß sie wieder auf dem Rücken zu liegen kam. Die Trage war verschwunden. Mory war nicht mehr gefesselt, aber am Fußende des Tischs stand ein Flooth mit gezogener Waffe und sah sie aus seinen kalten, reglosen Augen drohend an.

Nur vorsichtig getraute sich Mory, den Kopf zu bewegen und sich umzusehen. Der Raum, in dem sie sich befand, war nur eine Zelle des Wabenzelts. An einer der schmalen Wände gab es einen Durchgang zur nächsten Zelle. Der Raum dahinter war jedoch nur schwach beleuchtet, und Mory konnte nicht erkennen, was sich dort abspielte. Ihre Aufmerksamkeit konzentrierte sich auf die vier Flooths, die sich um den Tisch herum geschäftig bewegten und glitzernde Instrumente auf kleinen Gestellen sortierten, die an den Wänden entlang standen.

Ein merkwürdig gekleidetes Wesen schob sich plötzlich durch den Durchgang zwischen den beiden Zellen. Anstelle der zweiteiligen Uniform trug es eine Art schwarzen Umhang, der bis auf die Knie herabreichte und die Arme völlig freiließ. Das düstere Kleidungsstück, der spitz geschnittene Insektenkopf und der Blick der starren Augen, die sie zu sezieren schienen – all das wirkte auf Mory unheimlich.

Sie riß sich jedoch zusammen und sah, wie der Schwarze den anderen Flooths einen Wink gab, woraufhin sie zwei der niedrigen Gestelle an den Tisch heranrollten. Mory warf einen Blick auf die Instrumente, die sie dort aufgebaut hatten.

Da wußte sie endgültig Bescheid. Der schwarze Umhang, die langwierigen Vorbereitungen, die glitzernden Instrumente, die Lage, in der sie und die Flooths sich befanden – plötzlich sah sie den Zusammenhang. Der Flooth mochte ein schwarzes Gewand tragen, wo seine menschlichen Kollegen ein makellos weißes bevorzugten, aber seine Absicht war unverkennbar. Er hatte ein fremdes Wesen gefangen. Jetzt wollte er es aufschneiden und seine Anatomie studieren.

Nichts hätte Mory in diesem Augenblick mehr auf dem Tisch gehalten. Schneller, als der Posten reagieren konnte, sprang sie auf. Schreiend stürmte sie auf den Ausgang zu, den Kopf gesenkt und die Fäuste zum Schlag erhoben.

Etwas packte sie von hinten und riß sie herum. Für den Bruchteil einer Sekunde starrte sie in ein scheußliches Heuschreckengesicht. Dann fühlte sie einen schmerzenden Stich hoch in der Schulter – und im nächsten Augenblick nichts mehr.

Die Stimme hämmerte auf ihn ein und brachte ihn hartnäckig ins Bewußtsein zurück.

»Die zentrale Energieversorgung dieses Gebietes ist lahmgelegt. Die Flooths haben eine Serie von Generatoren mutwillig vernichtet. Euer Fahrzeug ist nicht mehr bewegungsfähig, und infolge des Energieausfalls kann vorläufig auch kein Ersatz gestellt werden. Hier spricht Perk. Die zentrale Energieversorgung dieses Gebiets ist lahmgelegt. Die Flooths haben ...«

Mit einem kräftigen Ruck richtete Rhodan sich auf. Die Stimme erstarb im selben Augenblick. Ringsum war es finster. Rhodan zog die Beine unter einem schlaffen, weichen Körper hervor und stand auf. Vor ihm in der Dunkelheit stöhnte jemand. Rhodan erinnerte sich schließlich an die kleine Lampe, die er bei sich trug. Der helle Lichtkegel enthüllte das Ausmaß der Zerstörung, die der Absturz angerichtet hatte. Das Pilotenpult war aus der Halterung gerissen und auseinandergebrochen. Im Bugende des Raums türmten sich die Sessel, die der Aufprall nach vorne geschleudert hatte. Am Fuß des Sesselbergs lagen André und Bully, verkrümmt und bewußtlos. Der Körper, unter dem Rhodan die Beine hervorgezogen hatte, gehörte Atlan. Das Stöhnen schließlich kam von Melbar Kasom, der zwischen den Einzelteilen des Pilotenpults gelegen hatte und sich in diesem Augenblick aufrichtete.

»Bringen Sie sie zur Besinnung, Melbar!« befahl Rhodan. »Wir haben keine Sekunde zu verlieren. Das Flooth-Lager ist nicht mehr weit entfernt. Wir können zu Fuß in ein paar Minuten dort sein.«

Er trat auf die Seitenwand zu. Einen Augenblick lang hatte er befürchtet, auch der Öffnungsmechanismus könne von der zentralen Energieversorgung abhängen. Die Sorge erwies sich jedoch als grundlos. Geräuschlos wie immer verschwand ein schmaler Teil der Wand. Rhodan trat hinaus. Im Schein seiner Lampe drang er ein paar hundert Meter weiter durch die Schlucht vor. Er kam bis zu einer Stelle, an der die Felswände eine scharfe Biegung nach Norden beschrieben. Jenseits der Biegung begann die Schlucht sich zu weiten, und in der Ferne sah Rhodan das rote Flackern von Lagerfeuern.

Er hastete zurück. Melbar hatte inzwischen ganze Arbeit geleistet. Die Besatzung des Beiboots stand wieder auf den Beinen. Niemand hatte ernsthafte Verletzungen davongetragen. Am schlimmsten war Bully daran, der sich eine Platzwunde an der Stirn eingehandelt hatte. Blut war ihm übers Gesicht gelaufen und eingetrocknet. Er sah aus wie eine Figur aus einem Gruselfilm.

Mit knappen Worten schilderte Rhodan die Lage. Er schloß: »Ich habe keine Ahnung, wie wir Mory aus den Händen der Flooths befreien können. Alles muß sich aus dem Augenblick ergeben. Auf jeden Fall bleiben wir beisammen. Notfalls müssen wir mit einem Flooth-Fahrzeug aus dem Lager fliehen. Die allgemeine Fluchtrichtung ist Nordwesten. Dieses Gebirge ist in Ost-West-Richtung nicht allzu stark. Im Westen liegt eine weite Ebene, und wenn wir die erreichen, brauchen wir uns vor den Flooths nicht mehr zu fürchten.«

Er sah Andrés Augen plötzlich aufleuchten.

»Aha«, flüsterte der Mutant. »Das Große – wie heißt es doch – das Große Kahal. Ich sehe es jetzt ganz deutlich . . .!«

Rhodan schlug ihm so derb auf die Schulter, daß André ein Stück in die Knie ging. »Kümmern Sie sich nicht um meine Gedanken!« befahl Rhodan. »Wie steht's mit der Verbindung mit Mory?«

André fuhr sich über die Stirn. »Kaum mehr vorhanden«, antwortete er dumpf. »Nur noch eine ganz schwache Ausstrahlung, typisch für den Zustand der Bewußtlosigkeit.«

»Worauf warten wir noch?« sagte Rhodan grimmig.

Minuten später hatten sie die Biegung der Schlucht hinter sich gelassen. Vor ihnen lag der Talkessel mit dem Kuppelbau in der Mitte. Rings um die Kuppel brannten die Lagerfeuer der Flooths, klein und unscheinbar diesmal, weil das Hochtal kaum Vegetation trug. Auch die Aktivität im Lager war geringer, als Rhodan sie in der vergangenen Nacht beobachtet hatte. Die Flooths hatten sich zeitig zur Ruhe begeben. Nur ein paar vereinzelte Gestalten, wahrscheinlich Wachtposten, patrouillierten zwischen den Feuern.

Rhodan zählte insgesamt sechzig Zelte, diejenigen ausgenommen, die etwa hinter dem Kuppelbau stehen mochten. Rund fünfzig Pritschenfahrzeuge, altmodischen terranischen Lastwagen nicht unähnlich, waren auf einem ebenen Fleck westlich des Gebäudes aufgefahren. In der Luft lag noch der Geruch von Benzin. Die Flooths konnten das Tal vor noch nicht allzu langer Zeit erreicht haben.

Wortlos sah Rhodan den Mutanten an. André deutete auf ein großes Zelt, das dicht vor dem merkwürdigen Bauwerk stand.

»Von dort«, sagte er aufgeregt. »Sie ist immer noch bewußtlos.«

Rhodan hob den Arm. »Wir greifen jetzt an«, sagte er halblaut. »Melbar kommt mit mir. Wir beide werden das Zelt betreten und Mory herausholen. Atlan, Bully, André – ihr gebt Feuerschutz. Ihr bleibt vor dem Zelt stehen. Ist das klar?«

Sie nickten ihm zu. Er drehte sich um und fing an, vom Rand der Schlucht in den Talkessel hinunterzusteigen. Ohne die Aufmerksamkeit der Flooths zu erregen, gelangten sie bis zu einem mächtigen Felsklotz, der sich zwanzig Meter diesseits des ersten Feuers erhob. Einer der Flooths, die Waffe nachlässig im Arm haltend, war gerade damit beschäftigt, vom seitwärts aufgeschichteten Holz nachzulegen.

Melbar trat aus dem Schatten des Felsens hervor. Mit ein paar mächtigen Schritten trat er zum Feuer. Der Flooth sah auf, als der Boden unter ihm zu zittern begann. Er kam noch dazu, ein halblautes Zirpen auszustoßen, dann hatte Melbar ihn fest und hob ihn auf. Als er ihn wieder fallen ließ, war in dem fremden Wesen kein Zeichen von Leben mehr.

Zwei andere Wachen waren aufmerksam geworden und unterbrachen ihren Rundgang. Inzwischen befand sich Rhodan schon an Melbars Seite und rückte mit ihm auf das große Zelt vor. Die Wachen hoben die Waffen. Schrille Schreie gellten durch die Stille der Nacht.

Da lösten sich fauchend und brüllend die ersten Strahlschüsse. Atlan und Bully hatten jeder eine der Wachen aufs Korn genommen, während André den Rest des Lagers beobachtete. Grelle Flammensäulen schossen auf, wo eben noch Flooths gestanden hatten. Der Lärm jedoch blieb. Das Lager geriet in Aufruhr.

Rhodan erreichte die Wand des großen Zeltes. Melbar entdeckte die lange, schmale Klappe, die schlaff im Wind schaukelte, und riß sie beiseite. Eine Sekunde lang war Rhodan geblendet vom grellen Schein zahlloser gelber Lampen, die in seltsamer Anordnung von der Decke des Zeltinnern herabhingen. Dann übersah er die Lage. Vor ihm beugte sich ein schwarzbemantelter Flooth über einen nackten menschlichen Körper. Vier weitere Flooths standen im Hintergrund, bereit, den Befehlen des Schwarzen sofort zu gehorchen.

Mit einem wilden Schrei schoß Melbar nach vorn. Der Boden zitterte, als er stampfend den Flooth mit dem schwarzen Kittel beiseite schleuderte. Die vier Assistenten waren starr vor Schreck. Melbar packte zwei von ihnen zu gleicher Zeit und schleuderte sie durch die nächste Wand. Aus der Tiefe des Zelts kam schrilles Pfeifen, und die Wände fingen an zu wackeln. Die beiden restlichen Flooths wischte Melbar einfach mit der Hand beiseite.

Rhodan hatte inzwischen die Bandagen gelöst, die Mory auf der Platte des Operationstisches festhielten. Mitreißend und hilflos zugleich erschien ihm der Körper in seiner unverhüllten Schönheit. Rhodan nahm ihn auf, bettete ihn vorsichtig auf beide Arme und verließ das Zelt. Unter seinen Füßen dröhnte der Boden – ein Zeichen dafür, daß Melbar ihm auf den Fersen folgte.

Draußen hatte sich die Ruhe der Nacht in ein blitzendes, lärmerfülltes Inferno verwandelt. Die Flooths waren erwacht. André, Bully und Atlan standen Schulter an Schulter und schossen, was die Läufe hergaben. Von überallher bellten Schüsse, aber das unaufhörliche Tosen der Impulswaffen schien den Flooths zuviel Schrecken einzujagen, als daß sie sich Zeit zum Zielen hätten nehmen können.

»Zu den Wagen!« dröhnte Rhodans Stimme. »Melbar, bleiben Sie zurück! André zu mir!«

Mit dem Mutanten zusammen hastete er auf die Wagenkolonne zu. Vor ihnen war alles ruhig. Mit keinem Gedanken schienen die Flooths damit zu rechnen, daß der Gegner ausgerechnet mit ihren eigenen Fahrzeugen zu fliehen gedachte. Atlan, Bully und Melbar deckten den raschen Rückzug mit weit gefächerten, fauchenden Energiestrahlen. Die Flooths kamen keinen Schritt voran. Die meisten ihrer Zelte gingen in Flammen auf. Atlan legte eine Reihe von Salven quer durch das Tal und errichtete so eine Barriere glühenden, dampfenden Gesteins, die die Flooths vorerst nicht überqueren konnten.

André schwang sich auf den Fahrersitz des erstbesten Wagens, Rhodan hob Morys schlaffen Körper vorsichtig über das Geländer der Pritsche und legte ihn behutsam ab. Er riß sich die Kombinationsjacke vom Leib und deckte Mory damit zu. Dann sprang er neben André auf die Bank.

Der Mutant hatte mit seiner Lampe inzwischen die wenigen Geräte untersucht, die vor ihm aus einem schrägen Schaltbrett ragten.

»Ich glaube, ich habe es!« keuchte er.

Er zog an einem Hebel. Würgend und stotternd fing unter der Bughaube der Motor an zu laufen. Das Fahrzeug zitterte. André drückte wahllos auf ein paar Knöpfe, und das Krächzen und Stottern ging in gleichmäßiges, beruhigendes Brummen über.

Immer noch schießend, schwangen sich Bully, Atlan und der Ertruser von hinten auf die Wagenpritsche. André legte einen zweiten Hebel um. Der Wagen ruckte an. Einen Augenblick lang sah es so aus, als wollte der Motor den Dienst aufgeben. Dann jedoch fand André auf dem Boden ein

Pedal, das seiner Aufmerksamkeit bisher entgangen war, trat darauf und brachte die Maschine wieder in Gang. Rumpelnd, polternd, eine Staubwolke unter sich aufwirbelnd, schoß das Fahrzeug in westlicher Richtung davon. Eine halbe Minute später verschwand es in einer Seitenschlucht, die nach Nordwesten führte. Der Lärm des Lagers wurde schwächer. Wenn die Schlucht nicht irgendwo vor einer Steilwand plötzlich endete, dann, überlegte Rhodan, waren sie vorläufig gerettet.

André erwies sich als Experte in floothischen Lastwagen. Das Fahrzeug besaß keine Lampen, ein recht auffallendes Detail, das dem, der Zeit zum Nachdenken hatte, wahrscheinlich einige Aufschlüsse über die Lichtverhältnisse auf Flooth geben würde. Statt dessen benutzte Rhodan seine Handlampe, deren schmalen Lichtkegel er voraus in die Schlucht fallen ließ. Es gab immer noch ein Menge von Hindernissen, die erst in letzten Augenblick sichtbar wurden. Aber André schien eine Art sechsten Sinn dafür zu besitzen. Jedesmal riß er den Wagen gerade noch rechtzeitig herum.

Die Schlucht begann sich zu senken. Die Fahrt wurde schneller. Rhodan preßte sich mit dem Leib gegen den Rand der Windschutzscheibe und krallte die linke Hand um den Metallrahmen, um den Halt nicht zu verlieren. André hatte jetzt kaum mehr Zeit, Hindernissen auszuweichen. Mehr als einmal schoß das Fahrzeug meterweit durch die Luft, wenn die Neigung des Geländes stärker wurde. Hinten auf der Pritsche hatte sich Melbar dicht an Morys Seite gepreßt, um das Mädchen vor dem Herabfallen zu schützen.

Es war eine Höllenfahrt. Rhodan dröhnte das knatternde, krachende Echo der steilen Felswände noch in den Ohren, als die Berge längst hinter ihnen lagen und der Wagen über die weite nordwestliche Grasebene rollte.

Von den Flooths war keine Spur zu sehen. Das hatte nicht viel zu bedeuten. Die Sterne verbreiteten auch nicht annähernd genug Helligkeit, um erkennen zu lassen, was im Süden, am Rand des Gebirges, vor sich ging. Immerhin war Rhodan sicher, daß sie ausreichend Vorsprung für eine kurze Ruhepause hatten.

Er kümmerte sich um Mory. Sie kam langsam wieder zu sich, schien ihre Umwelt jedoch noch nicht zu begreifen. Das Erlebnis im Lager der Flooths schien ihr einen nachhaltigen Schock versetzt zu haben. André wurde damit beauftragt, sich um Mory zu kümmern und ihr die Rückkehr in die Welt der Wirklichkeit zu erleichtern. Ein Kampf stand bevor, und die Lage war auch ohne einen pflegebedürftigen Patienten schon bedrohlich genug.

Der Wagen setzte sich wieder in Bewegung. Diesmal hatte Bully das Steuer. Rhodan begann, den Gefährten vom Großen Kahal zu berichten. André hatte ohnehin schon erfahren, worum es sich handelte, und für die bevorstehenden Stunden war es nützlich, wenn jedermann wußte, was er vor sich hatte.

Die Stunden verstrichen, und der Himmel lichtete sich schließlich. In strahlender Schönheit stieg Orbons gelber Ball über den Horizont und überflutete das Land mit weichem Licht. Im Nordwesten wurden die Spitzen der sechs Pyramiden sichtbar, die das Große Kahal bildeten. Rhodan schätzte die Entfernung auf rund dreißig Kilometer.

Noch etwas anderes wurde sichtbar. Eine weit ausgezogene Kette dunkler Punkte, die sich von Südosten her mit beachtlicher Schnelligkeit näherte. Auffrischender Wind trieb die Geräusche der altmodischen Motoren und das Knarren von Wagenkästen herüber, als Rhodan das Fahrzeug für eine halbe Minute anhielt.

Die Flooths hatten die Verfolgung nicht aufgegeben. Sie griffen an!

Eine Dreiviertelstunde später wußte Rhodan, daß er sich verrechnet hatte. Die Flooth-Fahrzeuge mußten eine Reserveschaltung besitzen, die den Wagen höhere Geschwindigkeit verlieh und die zwar die Flooths kannten, er selbst jedoch nicht. Der Abstand zwischen dem einzelnen Fahrzeug und der weiten Linie der Verfolger hatte sich in den vergangenen Minuten ständig verringert, so sehr Rhodan sich auch bemühte, die Fahrt zu beschleunigen. Er konnte sich jetzt ausrechnen, daß er den Todeskreis des Großen Kahal etwa zur gleichen Zeit erreichen würde wie die Flooths.

Mory hatte sich in der letzten halben Stunde vorzüglich erholt. Sie saß neben Rhodan auf dem Fahrersitz und hielt ihn über den Abstand der Verfolger auf dem laufenden. Sie trug immer noch Rhodans Jacke als einziges Kleidungsstück, aber jetzt, im Augenblick der Gefahr, war es ihr und den Männern gleichgültig. Bully, Atlan und der Riese Melbar hockten auf dem hinteren Ende der Wagenpritsche und warteten auf die Sekunde, in der die Flooths in den Wirkungsbereich ihrer Strahler kamen. André versuchte voller Eifer, Verbindung mit Perk aufzunehmen. Die Tatsache, daß ihm dies völlig mißlang, war ein zweiter Rückschlag, den Rhodan nicht einkalkuliert hatte. Er begann zu verstehen, daß auch der Kontakt mit Perk nicht durch Geisteskräfte allein, sondern mit Mitteln der zentralen Energieversorgung hergestellt wurde. Die Versorgung war ausgefallen, und Perk war in unerreichbare Ferne gerückt.

Rhodan packte kalter, hilfloser Zorn. Vor ihm, vielleicht noch fünfhundert Meter entfernt, begann der Todeskreis des Großen Kahal. Die riesigen Pyramiden, unter anderen Umständen ein faszinierender, ehrfurchterweckender Anblick, lauerten wie drohende, rötliche Ungeheuer. Noch fünfhundert Meter, dann war die Fahrt zu Ende. Was danach kam, hing davon ab, wessen Waffen weiterreichten – die Projektilgewehre der Flooths oder die Strahler terranischer Konstruktion.

Die Frage beantwortete sich von selbst, und zwar rascher, als Rhodan erwartet hatte. Dicht vor sich hörte er einen scharfen Knall. Instinktiv schloß er die Augen und fuhr zurück. Etwas Scharfes ritzte seine Wange. Als er aufsah, fuhr ihm der Fahrtwind lauwarm ins Gesicht. Die Windschutzscheibe war verschwunden. Von hinten schrie Bully: »Sie haben das Feuer eröffnet! Verdammt! Sie können noch über zwei Kilometer hinweg genau zielen!«

Rhodan lenkte den Wagen zur Seite und hielt hundert Meter vor dem Todesstreifen an. Die Schlacht war so gut wie verloren, noch bevor sie eigentlich begonnen hatte. Die Strahler waren jedem altmodischen Gewehr an Feuerkraft um das Tausendfache überlegen, aber nicht an Reichweite. Die Flooths brauchten nur dort anzuhalten, wo sie sich jetzt befanden. Dann konnten sie die Terraner der Reihe nach töten.

»Runter vom Wagen!« schrie Rhodan. »Volle Deckung!«

Sekunden später lagen sie hinter den hohen Rädern. Die Flooths näherten sich immer noch. Das Fauchen und Knallen der Motoren mischte sich mit dem unaufhörlichen Knattern der Gewehrsalven. Staub wallte auf, Grasklumpen wurden ausgerissen und in die Höhe geschleudert.

Rhodan kümmerte sich nicht darum. Er lehnte mit dem Rücken gegen einen Plastikstreifen und hatte die Augen geschlossen. Perk! Warum meldete Perk sich nicht? Wußte er nicht, in welcher Gefahr sie schwebten – oder kümmerte es ihn nicht?

Perk, wir brauchen einen Ausweg! Einen Tunnel durch das Große Kahal hindurch. Einen Tunnel aus solchen Wänden, wie du sie in deinem Raumschiff im Handumdrehen errichtet hast, um uns auf die Probe zu stellen. Perk, hilf uns oder du bist auch verloren!

Von seitwärts kam ein knurrender, wütender Schrei. Melbar hatte sich zu weit hinter seiner Deckung hervorgewagt und einen Schuß in die linke Schulter bekommen. Die Flooths waren jetzt nur noch einen Kilometer entfernt und hatten ihr Tempo noch nicht verlangsamt. In ein paar Sekunden würden sie sich innerhalb der Strahlerreichweite befinden.

Rhodan merkte nichts davon.

Perk, dachte er, *hilf uns! Einen Tunnel durch das Große Kahal! Nur so können wir die Flooths vernichten. Einen Tunnel oder sonst irgend etwas! Hilf, Perk!*

Da war eine Stimme. »Perry, da!« Schrill und hysterisch. Nicht Perks Stimme, nein. Rhodan schüttelte sich. »Perry, sehen Sie doch!«

Es war Morys Stimme. Rhodan schlug die Augen auf. Perk hatte sich nicht gemeldet.

Dann sah er es. Mitten durch das Große Kahal hindurch, geradlinig über den Todeskreis hinweg, führte ein schmaler Streifen Grasland, vielleicht fünfzig Meter breit. Die glatte Fläche des Kreises hatte sich geteilt – gerade weit genug, um eine Front von acht oder zehn Wagen mühelos hindurchzulassen.

Rhodan begriff sofort. Kein Tunnel – dafür aber ein Weg. Perk hatte ihn also doch gehört!

»Auf den Wagen!« gellte seine Stimme. »Wir fahren weiter!«

So schnell war noch niemand auf einen Lastwagen geklettert. Melbar, wütend über die schmerzende Wunde, eröffnete jetzt das Energiefeuer und bremste das vorderste der Flooth-Fahrzeuge in voller Fahrt. Eine glühende Gaswolke stieg auf. Gras fing an zu brennen.

Da hatte Rhodan den Wagen schon in Gang. Ruckend raste er auf den Todeskreis zu.

Rhodan hielt den Atem an, als er in den schmalen Streifen hineinfuhr. Vielleicht gab es gar keinen Pfad. Vielleicht würde im nächsten Augenblick das bunte Licht ringsum aufspringen und sie vernichten.

Nichts geschah. Schlingernd schoß der Wagen mitten durch das Heiligtum hindurch. Die ersten beiden Pyramiden blieben hinter ihm zurück, dann die nächsten zwei.

Rhodan hätte später nicht sagen können, wie lange die Fahrt durch den Kreis gedauert hatte. Bei der Geschwindigkeit des Wagens konnten es nicht mehr als ein paar Minuten gewesen sein. Und doch kam es ihm wie eine Ewigkeit vor.

Er hielt an, als er jenseits des Heiligtums die Ebene wieder erreichte. Er sah sich um und beobachtete, wie die Flooths ihre Wagen umordneten und in Zehnerfront in den Grasstreifen eindrangen. Die Fahrzeuge fuhren dicht aufgeschlossen. In brausender Fahrt, blind im Eifer der Verfolgung, rückten sie durch den Todeskreis vor.

Rhodan ließ die Schultern sinken. »Jetzt, Perk«, sagte er, »kannst du den Knopf drücken!«

Es schien, als hätte jemand in der Tiefe eine schwere Maschine in Gang gesetzt.

Der Boden begann zu dröhnen, und tiefes Summen erfüllte die Luft. Von den Rändern des Todeskreises stiegen Vorhänge nebligen Lichts auf, schossen in die Höhe und strebten der Mitte zu.

Die Flooths schienen nichts zu bemerken. Der Lichtnebel gewann an Intensität, als er von allen Seiten auf den Grasstreifen zurückte. Die bunte Helligkeit wurde schließlich so grell, daß Rhodan die Augen halb schließen mußte, um nicht geblendet zu werden.

Jetzt endlich sahen die Flooths, was auf sie zukam. Der Grasstreifen war fast völlig verschwunden. Nur dort, wo die Wagen der Verfolger sich bewegten, blieb noch ein kurzes Stück erhalten. Die Flooths wimmelten erschreckt durcheinander.

Dann begann das Licht, die Fahrzeuge einzuhüllen. Ein grelles, buntes Fanal schoß kilometerweit in die Höhe, stand ein paar Sekunden lang zitternd über dem Mittelpunkt des großen Heiligtums und verlosch dann. Die Lichtnebel sanken in sich zusammen und verschwanden.

Das Große Kahal lag wieder so, wie es zuvor ausgesehen hatte. Kein Grasstreifen, und keine Flooths mehr ...

Zehn Tage später war die Gefahr der fremden Invasoren endgültig beseitigt.

Von einem anderen Ort aus, an dem die zentrale Energieversorgung noch funktionierte, hatten die Terraner ihre Tätigkeit wieder aufgenommen. Die Armeen der Flooths wurden angegriffen und teils vernichtet, teils versprengt. Was übrigblieb, waren einzelne Flooths, die viel zu sehr damit beschäftigt waren, sich am Leben zu erhalten, als daß sie für irgend jemand noch eine Gefahr hätten bedeuten können.

Rhodan hatte sein Versprechen erfüllt. Mit den Gefährten kehrte er zu Perks Haus zurück. Perk zeigte sich beeindruckt. Er erging sich in den überschwenglichsten Worten, die seine Gedankensprache finden konnte.

Rhodan bat um einen Hypersender, denn er wollte endlich eine Nachricht nach Terra absetzen. Aber so sehr er sich auch bemühte, Perk klarzumachen, wovon er sprach, er konnte keinen Erfolg erzielen. Die alten Kahals mußten Hypersender besessen haben. Aber Perk wußte nicht, worum es sich handelte, und noch viel weniger, wo er ein solches Gerät finden könnte.

Er machte jedoch einen anderen Vorschlag. Die Terraner sollten das Raumschiff benutzen, mit dem sie nach Kahalo gekommen waren, und damit in ihre Heimat zurückkehren. Mehr hätte Rhodan kaum erwarten können. Er war mit dem Vorschlag einverstanden, und die Vorbereitungen zum Rückflug begannen sofort.

Einen halben Tag später war das Schiff unterwegs. An Bord befanden sich sechs Menschen, die seit langer Zelt zum erstenmal wieder das Gefühl hatten, die Lage werde sich nun endgültig zum Guten wandeln. Einfachere Gemüter begeisterten sich an der Tatsache, daß die mühselige, gefahrvolle und Tausende von Lichtjahren lange Odyssee nun endlich ihr Ende fand. Anspruchsvollere erfreute nicht nur das, sondern auch die Erfolge, die sie zuguterletzt noch errungen hatten, und die Terra zunutze kommen würden.

Rhodan hatte den Terminplan schon fertig, der den Besuch eines terranischen Flottenverbands auf Kahalo für die allernächste Zukunft vorsah. Die Geheimnisse der kahalischen Technik mußten entschleiert werden, besonders das Rätsel, das das Große Kahal umgab.

Nur einer der Fahrgäste des großen Walzenschiffs war mit seinem Geschick nicht völlig einverstanden. Mory Abro. Von der Rolle, die Perry Rhodan im großen Theater der galaktischen Politik spielte, wußte sie seit langem. Sie hatte sich bislang den Kopf darüber nicht zu zerbrechen brauchen. Rhodan irrte umher – genau wie sie, und es gab keine Standesunterschiede oder gesellschaftliche Rücksichtnahme.

Jetzt waren sie auf dem Weg zur Erde. Sobald sie terranischen Boden unter den Füßen hatten, würden die Dinge sich ändern.

Ein Ereignis, das den Verantwortlichen Terras erst später bekannt wurde, sei hier noch erwähnt. Kurz nach dem Abflug des Raumschiffs fand sich auf Kahalo, im Hause des Ältesten Hant, fast die gesamte Oberschicht des Kahal-Reiches zusammen und sah einen von der automatischen Überwachung aufgenommenen Filmbericht, der die Ereignisse während der Vernichtung eines floothischen Truppenteils im Großen Kahal zeigte. Es stand außer Zweifel, daß zu jener Zeit zwischen den sechs Fremden, die die Flooths in die Falle lockten, und ihrem Betreuer, Perk, kein mechano-telepathischer Kontakt bestand. Die Fremden waren völlig auf sich allein gestellt gewesen.

Und dennoch hatten sie fertiggebracht, was in den vergangenen Jahrtausenden noch nicht einmal einem Kahal gelungen war. Sie hatten das Große Kahal dazu bewegt, ihnen eine Brücke durch den Todeskreis zu bauen. Sie hatten die Brücke ohne Zögern benutzt, als sei es für sie eine Selbstverständlichkeit, daß das Große Kahal ihnen zu Diensten war.

Voller Ehrfurcht – und nicht ganz ohne Angst – versuchten die Kahals, die ungeheure Geisteskraft zu ermessen, die den Fremden innewohnen mußte und die ihnen die Macht gab, sich das Große Kahal untertan zu machen.

Nachdem das Heiligtum für ungezählte Jahrtausende sein eigenes Leben gelebt und niemandem gehorcht hatte.

19.

Bericht Atlan

Er hätte wissen sollen, wie degeneriert die Bigheads von Kahalo waren. Auch Perk, der Betreuer von sechs Verzweifelten, die mehr oder weniger offen zugaben, wie demoralisiert sie waren, bildete darin keine Ausnahme.

Rhodan hätte wirklich wissen sollen, daß auf einen Bighead kein Verlaß war, wenn es sich um technische Angelegenheiten oder um Probleme der logischen Überlegung handelte. Rhodans Gefühlsausbruch war also zwecklos. Es wäre sicher vermessen gewesen, anzunehmen, das eigenartige Walzenraumschiff würde uns direkt zur Erde bringen. Die kleinen Männer von Kahalo waren unfähig, einen dementsprechenden Kurs zu bestimmen und die geeigneten Programmierungen vorzunehmen. Sie hatten uns abfliegen lassen in dem kindlichen Glauben, sie hätten damit ihre Schuldigkeit getan. Den Flug von Badun nach Lovely und dann nach Kahalo mußte eine Robotautomatik gesteuert haben, nach einem wahrscheinlich uralten Programm.

»Das fünfte Eintauchmanöver!« sagte der hochgewachsene Terraner. Aufs äußerste konzentriert, stand er vor den leuchtenden Bildschirmen.

Sie zeigten nicht viel, es sei denn, wir hätten die Sternenarmut dieses galaktischen Sektors als bemerkenswert eingestuft.

Ich bemühte mich, den Übergangsschmerz vom Linearraum zum Einsteinuniversum zu ignorieren. Jeder bemühte sich darum.

Die Ausgleichsabsorber des Raumschiffes schienen entweder nicht auf unsere physischen Bedürfnisse abgestimmt zu sein, oder wir hatten uns im Verlauf der letzten Ereignisse körperlich zu sehr verausgabt, um die normalerweise kaum bemerkbaren Entzerrungserscheinungen noch als vernachlässigbar einstufen zu können.

Jetzt, nach diesem fünften Manöver, das fraglos zur Orientierung der vollendeten Robotautomatik erforderlich war, bemerkte ich deutlich, daß sich mein Organismus gegen die ununterbrochene Belastung wehrte.

Der Zellaktivator auf meiner Brust pochte heftig. Die prickelnde Begleiterscheinung der Zellregenerierung war stärker als gewohnt.

Perry Rhodan drehte sich um. Sein Gesicht war verkniffen. Unwillig blickte er über uns hinweg. Ich rührte mich nicht. Das Ruhelager war recht bequem.

Ich konnte von meinem Platz aus durch das geöffnete Schott in die Zentrale hineinsehen. Sie war menschenleer. Die verkleideten Steuerpulte und sonstigen Kommandoeinheiten sagten mir nichts. Sie waren zu fremdartig, um richtig gedeutet zu werden.

Neben mir lag Mory Abro. Morys rotblonde Haarpracht verdeckte einen Teil ihres schmalen Gesichtes. Rhodans Uniformjacke, die er ihr nach der Entführung durch die nichtmenschlichen Flooths zur Verfügung gestellt hatte, lag neben ihr auf der Liege. Mory trug die Kunstfaserkombination, die man ihr auf Kahalo nach dem Vorbild ihrer ehemaligen Kleidungsstücke angefertigt hatte. Das Material war farbenprächtig, aber an den Nähten offenbar etwas rauh. Mory kratzte sich öfters.

In solchen Augenblicken wirkte die rotblonde Schönheit gar nicht mehr kühl und arrogant, obwohl sie seit unserer Rettung wieder kratzbürstiger geworden war. Ich mußte meine Heiterkeit unterdrücken, wenn sich bei einem erneuten Juckreiz ihre Lippen verzogen und trotziger Zorn ihre Züge prägte. Auch Mory Abro war nur ein Mensch – natürlich! Allerdings ein Mensch, der selbst hier, in diesem Raumschiff, die Aufmerksamkeit auf sich lenkte.

Reginald Bull schlief mit offenem Mund. Er hatte beim letzten Manöver eindeutig erklärt, der »Fall Heimflug« würde ihn erst dann wieder interessieren, wenn wir irgendwo gelandet wären.

André Noir und Melbar Kasom saßen auf ihren Liegen. Sie sahen stumm zu Rhodan hinüber, der offenkundig um seine Beherrschung rang.

Wir waren mit unserer Nervenkraft am Ende angelangt. Die seelischen Belastungen durch die Giftinjektion, die sich erst nach vier Wochen als harmlos herausgestellt hatte – obwohl ich noch nicht davon überzeugt war, daß sie wirklich ohne schädliche Folgen bliebe –, hatten unseren Widerstandswillen stärker aufgezehrt, als wir zuerst geglaubt hatten.

Melbar Kasom, der Gigant vom Extremplaneten Ertrus, räusperte sich. Verlegen sah er sich um. Der USO-Spezialist, einer der zuverlässigsten Offiziere meiner Truppe, schien sich neuerdings an unserem Schicksal schuldig zu fühlen. Mir war bekannt, daß er mit sich selbst haderte.

Ein Mann von seiner Stärke konnte die Niederlagen der letzten Monate anscheinend nicht so leicht überwinden wie wir, die wesentlich Schwächeren. Kasom redete sich ein, er hätte einige Dinge besser erledigen müssen. Seine letzte Theorie war die verwegenste von allen. Er behauptete, wir könnten uns längst wieder in Sicherheit befinden, wenn er sich auf der Dschungelwelt Greendor und sofort nach unserer Entführung gescheiter verhalten hätte.

Möglicherweise hatte er damit sogar recht; aber das war jetzt nicht mehr von Bedeutung.

Perry Rhodan pochte mit den Knöcheln gegen die glatten Kunststoffverkleidungen der Zentralschaltungen. Er war in den relativ kleinen Raum hineingegangen, nachdem niemand von uns das lastende Schweigen gebrochen hatte. Kasoms Räuspern hatte nichts zur Entspannung der Lage beitragen können. Außerdem war es zu laut gewesen. Der 2,51 Meter große Riese war nur bei sorgfältigster Selbstkontrolle in der Lage, seine Stimme zu dämpfen.

Ich drehte mich auf die Seite und schaute zu Mory hinüber. Sie hatte die langen Beine angezogen und die Hände über den Knien gefaltet. Wahrscheinlich wegen des ständigen Juckreizes, sagte ich mir.

Als sie meinen Blick spürte, blies sie eine Haarsträhne aus der Stirn, musterte mich von oben bis unten und drehte mir den Rücken zu.

Seufzend richtete ich mich auf. Melbar Kasom erhob sich sofort. Sein Körper füllte plötzlich den runden Raum aus, den die Bigheads mit einigen Möbelstücken ausgestattet hatten.

»Bleiben Sie nur sitzen, Melbar«, wies ich ihn an. »Wenn mich nicht alles täuscht, werden Sie Ihre Kräfte demnächst brauchen.«

Der Ertruser sah unglücklich an seiner riesigen Tonnenbrust herab und nahm wieder Platz.

Ich reckte mich. Mein gelangweiltes Gähnen wurde von dem Mutanten als unecht durchschaut. André Noir lachte mich an. Er war ein korpulenter Mann, der ein Fluidum von Gemütlichkeit ausstrahlte. Seit einiger Zeit hatte er noch eine zweite Fähigkeit entwickelt, die er als »Gefühlsortung« bezeichnete. Es war keine direkte Telepathie, sondern mehr ein Aufnehmen von emotionellen Strahlungen, aus denen er durch fleißiges Training aufschlußreiche Werte ableiten konnte. Wenn er nicht bei uns gewesen wäre, hätte Mory Abro unter dem Seziermesser eines erschreckend fremdartigen Chirurgen ihr Leben ausgehaucht. Ich ahnte, daß die Tochter des Lord Kositch Abro nach einem Weg suchte, dem Mutanten ihre Dankbarkeit zu beweisen – natürlich in einer Form, die weder ihren Stolz noch ihr ständiges Bestreben nach Distanzierung verletzte.

»Der große Arkonide schreitet zur Tat, wem gehört das Universum?« vernahm ich ihre dunkle Stimme.

Ich schloß den Mund. Kasom fühlte sich indirekt angesprochen. Er verehrte Mory in einer besonderen Art, die sich jetzt in den Worten äußerte: »Ich werde Ihnen doch noch das Hinterteil versohlen, Kätzchen!«

Sie betrachtete den Riesen mit lebhaftem Interesse. »Huch, der einzige Mann an Bord hat gesprochen. Meinen Sie nicht auch, Melbar, Sie sollten mir vorher die Krallen stutzen?« Sie klopfte an ihre Strahlwaffe, mit der sie meisterhaft umzugehen verstand.

Kasom grinste. Ehe er etwas entgegnen konnte, wurde ich von einem jähen Schwindelgefühl überwältigt. Ich ließ mich auf mein Lager zurückfallen und zog soweit wie möglich die Beine an. Das half etwas gegen die entstehenden Magenschmerzen.

Das Raumschiff war erneut in den Linearraum vorgestoßen. Die Bildschirme der Normalortung verblaßten. Das Singen und Raunen des Überlichttriebwerks klang in meinen Ohren wie das Läuten großer Glokken. Diesmal dauerte es noch länger, bis der Schmerz nachließ.

Als ich mich entspannte, taumelte Rhodan in den Aufenthaltsraum. Schweratmend ließ er sich auf seine Liege sinken.

»Hallo«, rief ich ihn an. »Sind wir noch munter, Großadministrator?«

Mory kicherte. »Großadministrator? Wovon? Von diesem Schiff? Sie sollten den Traum von der Macht aufgeben, Perry. Und Sie auch, Atlan. Bisher bin ich von den Herren der Schöpfung noch nicht gefragt worden, was ich von der Lage halte.«

Rhodan massierte seinen Magen. Gepreßt meinte er: »Ach – seit wann sind Sie zu einem klaren Denkprozeß fähig?«

Sie fuhr auf wie eine gereizte Katze. Sie war schöner denn je. Perry schmunzelte. Ächzend wälzte er sich auf die Seite.

»Verschwenden Sie nicht soviel Energie, Mory. Also, was halten Sie von der Lage?«

Sie schleuderte ihre Mähne in den Nacken zurück, kratzte sich unbewußt am Bein und sagte dabei etwas so Treffendes über die stumpfsinnigen Bigheads, daß André Noir einen anerkennenden Pfiff ausstieß.

»Der Ausdruck ist neu«, stellte er fest.

»Reden Sie kein dummes Zeug«, schalt Mory. »Was ich von der Lage halte? Schön, Sie sollen es in aller Offenheit hören.«

»Wenn Sie mir mitteilen wollen, ich wäre kein galaktischer Politiker, sondern eine Marionette, so sparen Sie sich Ihren Atem. Das wissen wir bereits«, fiel Perry ein.

Sie lächelte boshaft. »Wie gut Sie das behalten haben, Mann ohne Macht! Das sind Sie doch, oder? Seit Ihrer Entführung durch den Obmann von Plophos sind nun etwa drei Monate vergangen. Was denken Sie wohl, was unterdessen in der Galaxis geschehen ist? Mord und Totschlag, behaupte ich!«

»Wenn die Kolonistennachkommen von Plophos ihre menschliche Intelligenz und Entschlußkraft dazu einsetzen, um Unruhe zu stiften, könnte es allmählich dazu kommen«, gab ich zu. »Trotzdem sollten Sie die Terraner nicht unterschätzen! Da gibt es Männer wie Solarmarschall Julian Tifflor und den Chef der Galaktischen Abwehr, Allan D. Mercant. Mein Stellvertreter, Generaladmiral Tere Astrur, wird auch nicht schlafen. Sie kennen die USO nicht, meine Liebe! So einfach ist das nicht mit dem Mord und Totschlag. Wenn die führenden Männer des Solaren Imperiums klug waren, haben sie ihre Flottenstreitkräfte aus der Galaxis zurückgezogen und einen Abwehrgürtel um die solaren Interessengebiete gebildet. Ich würde Ihrem Obmann von Plophos nicht raten, noch unvorsichtiger als bisher vorzugehen.«

»Iratio Hondro ist nicht mein Obmann!« fuhr sie mich zornrot an. »Sie wissen genau, daß wir diesen Unmenschen mit allen Mitteln bekämpfen. Eines Tages werden wir Neutralisten die Macht auf Plophos erringen, und ich werde an der Spitze der Widerstandskämpfer in New Taylor einmarschieren.«

»Haben Sie nicht vor einigen Stunden behauptet, wir würden nie mehr nach Hause kommen? Sie widersprechen sich.«

Sie winkte heftig ab und kratzte sich wieder am Bein.

»Sie – haben Sie etwa Flöhe?« erkundigte sich Melbar in seiner offenen, aber wenig charmanten Art. Sein breites Gesicht war argwöhnisch verzogen.

Rhodan lachte in sich hinein. Ich hielt die Hand vor den Mund. Der armen Mory wurde wirklich übel mitgespielt.

»Halten Sie den Mund, Sie Flegel«, herrschte sie Kasom an. »Selbst wenn ich Flöhe hätte, müßte es Ihnen der Anstand verbieten, eine Dame dahingehend anzusprechen.«

»Terranische Unsitte«, knurrte der Gigant. Es grollte in dem Raum, als zöge in der Ferne ein Gewitter auf. »Auf Ertrus, meiner Heimatwelt, nennt man die Dinge beim Namen.«

»Kommen wir auf das Thema zurück«, lenkte ich ein. »Lassen wir es dahingestellt sein, ob wir aus dieser fliegenden Mausefalle nochmals entweichen können oder nicht. Je nachdem, wie dieses Abenteuer endet, wird es sich auch entscheiden, ob Sie jemals die Macht der Neutralisten stärken und die Regierungsgewalt im Eugaulsystem übernehmen werden.«

»Zweifeln Sie etwa an meinen Fähigkeiten?«

Unsere Blicke trafen sich. Ihre Augen schimmerten wie ein grüner, unergründlicher Bergsee. Sie strahlten eine plötzliche Kälte aus.

»Nein, ich zweifle nicht daran«, gestand ich. »Ich traue Ihnen durchaus zu, das System zu beherrschen. Wenn Sie bis dahin Ihren explosiven Charakter etwas bändigen könnten, wären Sie unter Umständen sogar eine gute Verbündete.« Ich lächelte sie an. »Versuchen Sie nicht, einen zehntausendjährigen Mann aus seiner Reserve zu locken. Das gelingt Ihnen nicht, mein Kind.«

Ihre Lippen zuckten. Dann lachte sie. Ihr gespanntes Gesicht lockerte sich. Die Kälte verlor sich aus ihren Augen.

»Also Perrys Verbündete«, fuhr sie fort. »Wir können darüber reden. Besondere Vergünstigungen sind mir natürlich einzuräumen.«

»Sie feilscht wieder um das Fell des Bären, ehe sie ihn erlegt hat«, meinte Reginald Bull im Halbschlaf. »Nicht so laut, bitte! Ich bedarf der Ruhe.«

»Wie Sie Schlafmütze jemals Staatsmarschall und Chef einer Flotte werden konnten, ist mir immer noch rätselhaft«, sprach Mory den untersetzten Rothaarigen an.

Bully grinste. »Vizeadministrator bin ich auch noch«, stellte er fest. Dann schnarchte er schon wieder.

»Sie werden sein Geheimnis nie ergründen«, behauptete Rhodan in wesentlich besserer Laune. Ich atmete auf. Der Terraner schien sich wieder gefangen zu haben.

»Zum Thema«, mahnte ich. »Was halten Sie von der Lage? Sie verlieren sich in fruchtlosen Diskussionen.«

Sie wurde jählings sachlich und damit überzeugend. Diese junge Frau besaß einen scharfen Verstand. Wir wußten, daß sie die treibende Kraft in den Reihen der plophosischen Rebellen gewesen war.

»Das letzte Eintauchmanöver des Raumschiffes bewies, daß wir uns mehr und mehr vom galaktischen Zentrum entfernen. Wir nähern uns den sternarmen Gebieten vor den Spiralarmen der Eastside. Wahrscheinlich stehen wir jetzt schon etwa sechzig- bis siebzigtausend Lichtjahre vom terranischen oder arkonidischen Einflußbereich entfernt.«

»Diese Tatsache haben wir ebenfalls klar erkannt.«

Sie nickte mir zu. »Das ist erfreulich, Herr Lordadmiral! Ich habe Ihre galaktonautischen Kenntnisse noch nie angezweifelt.«

»Biest!« sagte Kasom leise.

»Kusch, Pluto, kein Ton mehr!« entgegnete Mory mit ihrem sanftesten Lächeln.

Melbar Kasom, fähiger Spezialist der USO, Meister aller Klassen von Ertrus, staunte sie mit weit geöffneten Lippen an. Anschließend ertönte ein Knall. Kasom hatte den Mund geschlossen. Fassungslos sah er sich um.

Ich nickte ihm bekümmert zu. »Sie sollten wenigstens einmal bellen, Herr Oberleutnant.«

»Ruhe«, ordnete Mory an. Ihre Wangen hatten sich gerötet. Ich wußte längst, daß dieser großartige, kluge und beherrschte Terraner sein Herz an Mory verloren hatte. Natürlich versuchte er in altbekannter Art, seine Gefühle hinter der Maske der Gleichgültigkeit und Ironie zu verbergen. Sein beißender Spott war jedoch fehl am Platze. Ich war davon überzeugt, daß Mory instinktiv fühlte, wie es in Perry Rhodan aussah.

Was sich liebt, das neckt sich, sagte mein Logiksektor mit einem plötzlichen Impuls, der mich erschreckte. Ich räusperte mich unwillig.

»Wir haben eine winzige Chance«, sagte die Tochter des Neutralistenführers. »Die sogenannte Ostseite der Galaxis wird größtenteils von den Bluesvölkern beherrscht. Wir wissen, daß sich die Tellerköpfe seit der Beseitigung der gatasischen Vorherrschaft in den Haaren liegen.«

»Sie haben gar keine«, meldete sich Bully erneut. Mory ging darüber hinweg. »Außerdem würde eine echte Dame einen solchen Vergleich niemals benutzen«, fuhr der Dicke fort.

»Ich bin daran gewöhnt, das Krächzen einer fetten Krähe zu überhören«, sagte Mory. Bully streckte sich, als wäre er von einem Strahlschuß getroffen worden. Er antwortete nicht mehr.

Sie schleuderte erneut ihre widerspenstige Mähne in den Nacken zurück. Die Geste war voll fraulicher Anmut und verhaltener Leidenschaft. »Wo sich Bluesflotten gegenseitig bekämpfen, sind auch terranische Beobachtungsschiffe anzutreffen.«

»Aha!« Rhodan richtete sich etwas auf. Sein stoppelbärtiges Gesicht hatte sich gespannt. »Mir scheint, Sie kommen endlich auf den Gedanken, mit dem ich mich schon seit dem Start beschäftige. Ich erinnere mich nämlich lebhaft an einen meiner letzten Befehle. Er lautete dahingehend, die Flottenoperationen der Blues so exakt wie möglich zu überwachen. Bitte sehr, fahren Sie fort.«

Sie betrachtete den Terraner wie ein Weltwunder. Mory war bestürzt.

»Oh, damit haben Sie schon gerechnet? Sie werden furchtbar lachen, aber diesmal glaube ich Ihnen sogar.«

»Dann sollten Sie auch an die geschichtliche Rolle des Solsystems glauben«, meinte André Noir ruhig. »Mory – warum wollen Sie und die anderen Neutralisten die führende Stellung der Erde nicht anerkennen? Sind Sie von uns jemals zu irgendwelchen Dingen genötigt worden?«

»Der Großadministrator zwingt die ehemaligen Kolonialwelten, auf eine selbständige Außenpolitik zu verzichten!« antwortete sie hochfahrend.

»Das wird der Großadministrator auch weiterhin tun«, sagte Rhodan spöttisch lächelnd. »Wo kämen wir hin, wenn jeder Präsident eines Zwergstaates, dem ich ohnehin schon sämtliche innenpolitischen Freiheiten gegeben habe, auch noch seine eigene Außenpolitik betreiben würde!«

»Darüber reden wir später«, versprach sie mit einem drohenden Unterton in der Stimme. »Darüber reden wir sogar ganz bestimmt noch, Großadministrator! Wir Plophoser sind das mächtigste Volk im irdischen Einflußgebiet. Wir verlangen die volle Freiheit.«

»Terra macht die Außenpolitik, und dabei bleibt es. Aber lassen wir das. Haben Sie sonst noch etwas zur jetzigen Situation zu sagen?«

Wie Hund und Katze, kicherte mein Logiksektor. *Sie weiß natürlich, daß er recht hat, oder?*

Mein Extrahirn mußte es wissen. Ich verzichtete auf eine Entgegnung.

»Was die Überwachungskreuzer im Ostsektor der Galaxis betrifft, nun ja, in dieser Hinsicht will ich die terranische Vorrangstellung nicht anzweifeln.«

»Vielen Dank.«

»Lassen Sie mich endlich ausreden, Perry«, fuhr sie ihn an. »Und Sie, Melbar, unterlassen gefälligst Ihre unverschämten Blicke. Ich weiß auch, daß die von den Bigheads geschneiderte Kombination ziemlich eng ist.«

»Was?« staunte der Riese. So verblüfft hatte ich ihn selten gesehen. »Sie, hören Sie mal – ich habe nicht an Ihre Figur, sondern an ein knusprig gebratenes Ochsenviertelchen gedacht. Eine Kuh täte es auch.«

»Wollen Sie damit andeuten, Sie hielten mich für eine Kuh?« fragte sie mit gefährlicher Ruhe.

Ich beschwichtigte sie. Mory war es völlig gleichgültig, ob sie von Kasom für eine Kuh gehalten wurde oder nicht. Für sie war nur die Tatsache erschreckend, daß sie der Ertruser tatsächlich nicht mit verständlichen männlichen Gefühlen angesehen hatte. Das machte sie wild.

Der Mutant lachte schallend. Rhodan grinste wie ein großer Lausejunge. Kasom war noch immer fassungslos.

Mory winkte ärgerlich ab. Sie fühlte sich ertappt.

»Wollen wir also hoffen«, schloß sie, »daß wir von einem Terraschiff geortet werden, sobald die Reise beendet ist. Ich bin davon überzeugt daß dieses Raumschiff irgendwo landen wird. Freilich nicht auf der Erde, aber darüber waren wir uns ja klar. Es war unsinnig, darauf zu hoffen, die Dickköpfe von Kahalo hätten einen entsprechenden Kurs berechnen können.«

Sie schwieg. Als niemand antwortete, erblaßte sie. Ihre Haut erhielt dadurch den Schimmer weißen Marmors. »Sie sind eine wundervolle Frau, Mory«, sagte ich. »Wollen Sie sich das vom wahrscheinlich ältesten Mann der Galaxis sagen lassen, ohne darin eine Beleidigung oder einen Annäherungsversuch zu sehen?«

Sie schlug die Augen nieder und nickte. Rhodan musterte mich argwöhnisch.

Großer Stern von Arkon – der Terraner ist eifersüchtig! gab mein Extrahirn durch. Ich hüstelte. »Was soll das?« fragte Perry.

»Nur eine Feststellung. Mory, Sie haben uns keine Neuigkeiten mitgeteilt. Diese Lagebeurteilung ist überholt. Für mich wirft sich die Frage auf, wo dieses Robotschiff landen wird. Ich hege seit dem letzten Eintauchmanöver einen bestimmten Verdacht. Ich nehme an, die Automatik orientiert sich nach einem Funkfeuer, das ebenso uralt ist wie der Planet Kahalo. Wir werden schätzungsweise auf einer Welt landen, auf der vor unbekannten Zeiträumen von den Erbauern dieses fliegenden Wunderwerkes ein Stützpunkt errichtet wurde. Was uns dort erwartet, ist unbestimmt.«

»Wieder Bigheads?« erkundigte sich Bully. Ich erkannte jetzt erst, daß er viel aufmerksamer lauschte, als seine phlegmatische Haltung vermuten ließ. Dieser kräftige, untersetzte Mann wurde in fast allen Fällen unterschätzt. Reginald Bull war ein harter, klardenkender Kämpfer; vielleicht etwas zu direkt für einen guten Diplomaten – aber als Flottenchef und Stellvertreter Rhodans war er unter keinen Umständen fehl am Platz.

»Nein, keine Bigheads«, antwortete Perry an meiner Stelle. »Die Überlegung erscheint allerdings logisch. Es ist tatsächlich anzunehmen, daß sich die Automatik nach Funkimpulsen richtet. Anders sind die Eintauchmanöver kaum zu erklären. Ich befürchte nur, daß es dort, wo wir hinfliegen, keine Terrakreuzer mehr gibt. Wir nähern uns dem Rand der Milchstraße. Zwischen uns und der Erde liegt das Zentrum mit einem

Durchmesser von zehntausend Lichtjahren und hundert Milliarden Sonnen, von denen erst einige bekannt sind. Macht euch nichts vor, Freunde.«

»Wenn Blues in der Nähe sind, dann gibt es auch terranische Schiffe!« behauptete Mory mit bebender Stimme. Sie konnte ihre Verzweiflung plötzlich nicht mehr verbergen.

Wir waren eine Versammlung von schlechten Schauspielern, die dazu noch das Unglück traf, daß sie sich gegenseitig viel zu gut kannten. Mory weinte.

Kasom stand auf und setzte sich unbeholfen neben sie.

»Sei doch ruhig, Kleines – sei doch ruhig«, bat der Gigant, und seine Stimme zitterte. »Verdammt, ich kann so kleine Mädchen wie Sie nicht weinen sehen. Bei mir zu Hause sind die Neunjährigen so groß wie Sie. Ich bin nun mal ein Kindernarr.«

»Melbar Kasom, Sie sind ein Tölpel«, lachte Mory unter Tränen.

»Wieso? Was habe ich denn jetzt schon wieder angestellt?«

»Vergessen Sie es, Melbar«, sagte Rhodan. »Sie liegen genau richtig auf Kurs, auch wenn Sie es nicht wissen. Komm, Atlan, wir sehen uns nochmals die Kontrollautomaten an. Vielleicht entdecken wir jetzt etwas.«

Ich erhob mich und folgte dem Terraner. Es gab nichts zu entdecken – nicht an Bord eines Raumschiffes, dessen Einrichtung auf technischen Erkenntnissen beruhte, die unseren um einen Faktor fünf überlegen waren.

Sechster Abschwung in den Normalraum. Wir krümmten uns vor Magenschmerzen. Ich verwünschte die Bigheads, die uns nur deshalb auf ihren Planeten geholt hatten, weil sie mit der harmlosen Invasion durch technische Barbaren nicht fertiggeworden waren. Den Flooths war nicht einmal die Atomenergie bekannt.

Dagegen verfügten die Bigheads über die Hinterlassenschaft von Intelligenzen, denen wir nur allergrößte Hochachtung zollen konnten. Dennoch waren die Übergangsabsorber dieses uralten Raumschiffes auf die Dauer nicht geeignet. Beim Flug, der uns vom Planeten Lovely nach Kahalo gebracht hatte, war nichts davon zu spüren gewesen.

Die Nahrungsmittelvorräte gingen auch zur Neige. Dafür sorgte schon Melbars Appetit.

Rhodan taumelte in die Zentrale hinüber. Ich folgte ihm. Mory wimmerte, Bully gebrauchte einige Kraftausdrücke, und André Noir versuchte vergeblich, ein Stöhnen zu unterdrücken. Nur der Ertruser war fähig, die Angelegenheit zu übergehen.

»Das hat uns noch gefehlt!« hörte ich Rhodan sagen.

Ich hielt mich am Rahmen des Schotts fest und folgte seinen Blicken. Da erschrak ich ebenfalls.

Das leuchtende Sterngewimmel des Zentrums war längst nicht mehr zu sehen. Nur die Heckbildschirme verrieten noch in der Form einer leuchtenden Ellipse, daß es überhaupt einen galaktischen Ballungskern gab.

Die Frontbeobachtung zeigte die beginnende Einöde des Raumes zwischen den Galaxien. Hier und da funkelte eine einsame Sonne. Weit draußen zeichnete sich ein ultramarin leuchtender Kugelsternhaufen ab.

Das war es aber nicht, was unsere Aufmerksamkeit fesselte. Die erwiesenermaßen tadellos funktionierenden Bildgeräte und Ortungstaster des Raumschiffes vermittelten uns alptraumhafte Geschehnisse.

Tausende von Raumschiffen, der Zellenform nach Bluesknstruktionen, bekämpften sich mit allen Waffen, die dieses gigantische Volk jemals entwickelt hatte.

Normalerweise kann man die Energiebahnen von Strahlgeschützen infolge des im Raum weitgehend fehlenden Mediums nicht sehen. Die Außenbordaufnahme des Schiffes schien jedoch mit den Energietastern synchron zu laufen. Die Schußlinien wurden von den Tastern geortet, zur Auswertungspositronik geleitet und von dort aus als sichtbare Bildimpulse auf die Schirme eingeblendet. Dadurch entstand ein Koordinationsbild von phantastischer Eindruckskraft.

Die fast materielose Schwärze im Raum zwischen den Sternen wurde von zahllosen Lichtbalken aufgespalten. Das Filigrangespinst grüner, roter, weißer und ultrablauer Strahlbahnen kündete von dem mörderischen Kampfgeschehen, in das wir mit unerwünschter Genauigkeit hineingerast waren.

Dicht vor uns, nur knapp fünf Millionen Kilometer entfernt, explodierte ein Schiff der Blues. Der diskusförmige Riesenraumer blähte sich plötzlich zu einer rotleuchtenden Metallblase auf, die im Bruchteil einer Millisekunde zum eruptiven Gasball von intensiv blauer Farbe wurde.

Wir flogen direkt auf den Ort des Unheils zu. Ich schrie. Kasom ging unsinnigerweise in Deckung und riß mich ebenfalls zu Boden, als wäre es nicht gleichgültig gewesen, in welcher Stellung wir vom glühenden Atomtod überrascht wurden.

Es geschah jedoch nichts. Doch – etwas trat ein, aber damit hatte ich nicht gerechnet.

Der bisher so ruhige Flug, der nur vom Wispern eines vollendeten Lineartriebwerks erfüllt gewesen war, wurde vom jähen Aufbrüllen gigantischer Kraftmaschinen gestört.

Dieses Geräusch kannte ich! Ich hatte es schon vor zehntausend Jahren irdischer Zeitrechnung gehört, als ich vom Oberkommandierenden der arkonidischen Flotte den Befehl erhalten hatte, mit einem Elitegeschwader das System Sol anzufliegen, um dort Ruhe und Ordnung zu schaffen.

Das war das Tosen von plötzlich hochgefahrenen Leistungsreaktoren, von denen stromhungrige Schirmfeldprojektoren mit Energie versorgt wurden.

Das aufklingende Kreischen jenseits der Außenzelle gehörte ebenfalls zu meinem akustischen Erfahrungsschatz. So klang es, wenn man mit einem Notmanöver den Gasball einer künstlichen Sonne durchstieß; wenn man nicht mehr rechtzeitig ausweichen konnte, weil der Gegner zu genau geschossen hatte.

Das dreihundert Meter lange und vierzig Meter durchmessende Walzenschiff von Kahalo schüttelte sich. Die Belastung mußte ungeheuer sein.

Dann verging das Kreischen. Wir waren durch. Kasom stellte mich auf die Beine und klopfte den Staub aus meiner zerschlissenen Uniform.

»Au!« brüllte ich ihn an. »Herr, ich bin ein ziemlich normales Individuum mit Knochen und Muskeln.«

»Verzeihung, Sir«, sagte der Riese so laut, daß ich benommen den Kopf schüttelte.

Ich rannte zu Rhodan hinüber. Er ließ die Galerie der Bildschirme nicht aus den Augen. Zwei Strahlschüsse schlugen in unser Schutzfeld ein. Der Walzenraumer schüttelte sich erneut, aber er zeigte keine Beschußschäden.

Mory Abro, Bully und Noir waren plötzlich auch anwesend.

»Konzentrisches Wirkungsfeuer«, stellte Reginald sachlich fest. »Salventakt wird eingeleitet. Wir müssen mit weniger als dreißig Prozent Licht fliegen, oder die Tellerköpfe würden uns niemals treffen. Immerhin, ihre Waffen sind immer noch so miserabel, wie ich sie in Erinnerung habe. Wenn da drüben nur ein terranischer Schlachtkreuzer mit Ultradesintegratoren oder gar mit Transformkanonen stünde, wären wir jetzt schon erledigt. Das hielte auch der Kahalo-Raumer nicht aus.«

»Es wird trotzdem ungemütlich«, stellte Rhodan fest. »Die Robotautomatik fliegt kein einziges Ausweichmanöver. Jeder Anfänger kann den Vorhalt berechnen und auf die Knöpfe drücken. Und das sind keine Anfänger!«

Eine Salve von Strahlbahnen, die wir erst im Moment des Einschlages durch den Energie-Bildwandler sehen konnten, schlug in den Schutzschirm ein. Diesmal wurden wir zu Boden geschleudert und über den glatten Belag gewirbelt.

»Kein guter Auftreffenergie-Absorber«, ächzte Bully, der es nicht unterlassen konnte, sein reiches Wissen über Kampfhandlungen aller Art preiszugeben. »Da kamen wenigstens eine Million Meterkilogramm durch. Nicht katastrophal für die Masse des Schiffes, aber mir reicht es. Wie zum Teufel noch mal kann man die Automatik bewegen, aus dem Getümmel herauszufliegen?«

Auf den Bildschirmen waren die einzelnen Raumschiffe nicht mehr zu entwirren. Tausende standen genau in dem Sektor, den wir bei unverändertem Kurs in wenigen Minuten durchfliegen mußten. Das bedeutete, daß wir uns mit jeder Sekunde der Kernschußweite näherten. Das bedeutete außerdem Treffer über Treffer, die selbst bei der schwachen Leistungsabgabe der Blueswaffen den Schirm durchschlagen mußten.

»Weg von hier«, schrie Rhodan. »Zurück bis ins Heck. Kasom, schließen Sie die Panzerschotte.«

Der Terraner sprang auf, riß die auf wankenden Beinen stehende Mory mit sich und stürmte in den Aufenthaltsraum hinein. Wir kannten nur einen Teil der Kabinen und Säle, die dieses Raumschiff enthielt. Den Weg zum Maschinenraum hatten wir jedoch schon oft beschritten. Ich dachte wieder einmal an diese wundervolle Maschinerie, die trotz ihrer zierlichen Abmessungen mehr Energie zu entwickeln schien als unsere größten und modernsten Kalupkonverter.

Mein letzter Blick auf die Bildschirme ließ mich aufstöhnen. Die Phalanx einer Flotte wuchs vor uns auf.

»Keilformation als Angriffsspitze. Flügelgruppen mit überlappender Sichelstaffelung«, rief Bully erregt. »Die Herrschaften haben von uns gelernt. Das ist eine gute Offensivlinie mit gleichgeschalteter, taktischer Rückzugssicherung für Fehlschlagkorrekturen.«

»Wir sollten rennen und keine raumstrategischen Vorträge halten!« schrie ich ihn an.

Kasom ließ das Zentralschott hinter sich zugleiten. Weiter vorn durchstiegen Rhodan und Mory die Panzerschleuse zu den Mitteldecks.

Ehe ich sie ebenfalls erreichte, wurde ich erneut zu Boden geworfen. Als ich die beginnenden Magenkrämpfe spürte, wußte ich, daß die undurchschaubare Schiffsautomatik im letzten Augenblick reagiert hatte.

Der Raumer war wieder in den Lineanraum zwischen dem vier- und fünfdimensionalen Kontinuum eingetaucht.

Diesmal dauerte es noch länger, bis wir uns von dem Schock erholt hatten. Ich schleppte mich zu meiner Liege hinüber, Kasom holte Mory und Rhodan. Er trug die beiden Menschen unter den Armen, als handelte es sich um Päckchen von mäßigem Gewicht.

Das Tosen der Leistungsmeiler war so plötzlich verstummt, wie es aufgeklungen war. Jetzt hörten wir wieder das einschläfernde Säuseln des Lineartriebwerks, für dessen Konstruktionsunterlagen ich einige Jahreseinkünfte der USO geopfert hätte – wenn ich die Pläne hätte erhalten können.

Wir warteten auf das Abklingen der Schmerzen. Zwischendurch sagte Rhodan gepreßt: »Glück gehabt! Die Automatik ist nicht wegen der akuten Gefahr in den Linearraum gegangen, sondern nur deshalb, weil sie gerade zu diesem Zeitpunkt die notwendigen Peil-Impulse aufgenommen und verarbeitet hatte. Was soll das bedeuten? Wir stehen schon im Randzonengebiet der Milchstraße. Will man uns zu einer anderen Galaxis bringen?«

»Ob es dort wohl auch noch terranische Beobachtungskreuzer gibt?« Mory konnte es nicht unterlassen, Perry auf die begrenzte Macht des Imperiums nochmals aufmerksam zu machen.

Ich lauschte auf das Singen des Triebwerks und versuchte dabei, einige Überlegungen anzustellen.

Ließen wir die Orientierungsmanöver unberücksichtigt, so hatten wir nur eine geringfügige Zeitspanne benötigt, um die Entfernung zwischen dem galaktischen Zentrum und dieser Eastside-Zone zu überbrücken. Wenn das Triebwerk auch jetzt noch mit voller Leistung arbeitete, mußten wir in wenigen Minuten die Galaxis verlassen und in die Einöde zwischen den Sterneninseln hinausrasen.

Rhodan schien sich mit ähnlichen Überlegungen auseinanderzusetzen. Ich bemerkte den Schimmer der Verzweiflung, der in seinen grauen Augen aufglomm. Bully hatte die Sachlage ebenfalls erfaßt. Melbar Kasom kümmerte sich um Mory, und André Noir beschäftigte sich mit seinem autosuggestiven Training, mit dem er die Rebellion seiner Nerven rasch beseitigen konnte.

Weder Perry noch ich erhielten Gelegenheit, unsere geheimsten Gedanken auszusprechen. Ein schrilles Läuten unterbrach die Stille. Ich schreckte zusammen.

Eine Sekunde später wurde ich wieder von einer Welle des Schmerzes überflutet. Das Eintauchmanöver war so qualvoll, daß wir diesmal darauf verzichteten, sofort die Zentrale aufzusuchen.

Wir wanden uns auf den Liegen. Das von Kasom geschlossene Sicherheitsschott verwehrte einen Blick auf die Bildschirme. Es war mir in diesem Moment auch gleichgültig, wo wir uns befanden. Zwei andere Beobachtungen regten meinen Geist zum Nachdenken an.

Das Läuten kurz vor dem Manöver war ungewöhnlich. Wir hatten es bisher noch nicht vernommen. Konnte das bedeuten, daß wir endlich am Ziel angekommen waren? Jedenfalls waren wir nur wenige Augenblicke nach der letzten Überlichtperiode erneut in das Normaluniversum zurückgefallen. Ich folgerte daraus, daß wir uns doch noch im östlichen Randsektor der Milchstraße befinden mußten.

Außerdem waren die Normalmaschinen angesprungen. Diese einfach lichtschnellen Impulstriebwerke unterschieden sich von unseren Aggregaten nur durch ihre kompakte Bauweise.

Das tiefe Dröhnen wirkte auf mich wie Sphärenmusik; verriet es mir doch, daß wir tatsächlich unseren Bestimmungsort erreicht hatten. Bisher war das Lineartriebwerk noch nie abgeschaltet worden. Das Schiff war eingetaucht, hatte geortet und war anschließend sofort wieder in die Zwischenzone gegangen.

Wir mußten jetzt angelangt sein! »Kasom«, ächzte ich, »bringen Sie mich in die Zentrale hinüber. Können Sie laufen?«

Der Gigant kam auf mich zu und hob mich auf.

»Nehmen Sie mich auch mit«, bat Rhodan.

Für den Ertruser war es nicht außergewöhnlich, zwei ausgewachsene Männer unter den linken Arm zu klemmen und mit der Rechten das Zentralschott zu öffnen.

In dem Raum angekommen, setzte er uns vorsichtig auf den Boden. Wir lehnten uns gegen die Wand und sahen zu den leuchtenden Bildschirmen hinüber.

Ich erblickte eine gelbe Sonne vom Normaltyp. Sterne dieser Art besaßen in der Regel eine Planetenfamilie. Außer dieser Sonne war nichts zu erkennen. Sie wanderte von der Rotseite in die Bilderfassung ein und bedeckte bald die Frontalschirme.

Andere Kontrollen sprachen an. Ein Datenschreiber zeichnete asymmetrische Linien auf ein endloses Folioband. Die Kurve verriet uns nichts. Niemand wußte, wonach sich das Gerät richtete.

Die Ungewißheit blieb bestehen, bis ein weiterer Bildschirm aufleuchtete.

»Aha!« sagte Rhodan. »Jetzt wird die Sache klarer. Das ist ein Systempeiler oder ein hyperschneller Massetaster. Da – die Sonne besitzt drei Planeten. Wir überfliegen soeben die Bahn des äußeren Himmelskörpers.«

Ich bemerkte es ebenfalls. Der Schirm zeigte nur den Glutball der fremden Sonne und dazu noch drei verschiedenfarbige Punkte von unterschiedlicher Größe.

Planet Nummer drei gehörte offensichtlich zu den mächtigen Gasriesen, wie man sie fast in jedem System auf den kalten Außenbahnen entdecken konnte. Nummer zwei war interessanter, Rhodan deutete darauf.

»Etwa erdgroß, mittlere Sonnenentfernung. Nummer eins dürfte ein kleiner Himmelskörper vom Merkurtyp sein. Wahrscheinlich ein Einseitendreher mit glutflüssiger Oberfläche. Wenn wir überhaupt landen, dann nur auf Nummer zwei.«

Ich bezweifelte seine Ausführungen nicht. Jeder erfahrene Kosmonaut wäre zu den gleichen Schlußfolgerungen gekommen.

Andere Sterne wurden auf dem Spezialschirm des Systempeilers nicht erkennbar. Nur auf den Heckflächen zeichnete sich noch das Band des fernen Zentrums ab. Ich schätzte die Entfernung auf wenigstens vierzigtausend Lichtjahre.

Wenn nicht mehr! gab mein Logiksektor durch. *Du übersiehst eine wichtige Tatsache. Das Schiff fliegt nur noch mit einfachem Licht. Zeit zur Erholung. Bereite dich auf das Kommende vor!*

Mein Extrahirn hatte recht. Wir waren erschöpft und von den ständig stärker gewordenen Magenschmerzen an den Rand des Zusammenbruchs getrieben worden.

Ich erhob mich. Kasom griff sofort zu und hielt mich fest. Als ich sprach, klang meine Stimme rauh und brüchig:

»Wenn ich an Bord dieses Schiffes zu befehlen hätte, würde ich jetzt strengste Bettruhe anordnen. Bei dieser Anfluggeschwindigkeit wird die Landung nicht vor drei bis vier Stunden erfolgen. Vielleicht haben wir sogar fünf oder sechs Stunden Zeit. Ruht euch aus und macht eure Körper fit, so gut es eben geht. Vor der Ruheperiode sollten wir noch etwas essen. Es nützt uns nichts, wenn wir nun ununterbrochen die Bildschirme betrachten.«

»Das ist der beste Vorschlag seit Wochen«, meinte Rhodan. »Kasom, können Sie mich zurückbringen?«

Der USO-Spezialist lachte nur. Er servierte die vom Schiff gespendete, aus nahrhaftem Brei bestehende Mahlzeit. Mory, Bully und Noir schliefen schon, als ich mich endlich entspannte und die Augen schloß. Die Magenkrämpfe klangen nur langsam ab.

Nur fünf Stunden Ruhe, dachte ich, *nur fünf Stunden, und wir werden die Sachlage klarer beurteilen können.*

Ich hörte noch Kasoms dröhnende Schritte, dann schlief ich ebenfalls ein.

20.

Wir hatten nur etwas über vier Stunden ausruhen können, aber der tiefe Schlaf hatte trotzdem Wunder gewirkt. Ich fühlte mich frisch und im vollen Besitz meiner Kräfte.

Auf den Frontbildschirmen schimmerte der Oberflächenausschnitt eines Planeten. Es war eine große, blaugrüne Welt mit weiten Wolkengebieten und anscheinend turbulent bewegten Luftmassen.

Das dichte Grün deutete auf einen Urweltcharakter hin. Wir konnten nur annähernd und anhand unseres Erfahrungsschatzes feststellen, auf welchen Typ eines Himmelskörpers wir zuflogen. Sauerstoff und Wasserdampf schienen vorhanden zu sein.

Wir aßen hastig die letzten Nahrungsmittelreserven auf. Kasom verschlang riesige Mengen des rötlichen Breies, von dem er behauptete, er läge ihm wie Beton im Magen. Der Sättigungsfaktor war jedoch sehr hoch.

Das Dröhnen der Normaltriebwerke mäßigte sich zu einem Rauschen. Die Landung wurde eingeleitet.

Wir klammerten uns an den Rändern der Liegen fest und versuchten, soviel wie möglich von der planetarischen Oberfläche zu sehen. Große Meere zeichneten sich ab. Die Kontinente dieser Welt schienen von dichten Wäldern überwuchert zu werden.

»Sehr heiß da unten«, meinte Rhodan. »Die Gebirge sind extrem hoch und vegetationslos und die Tieflandgebiete ebenso extrem mit Dschungelwäldern bewachsen. Ob sich da schon intelligentes Leben entwickelt hat?«

Er spähte zu André Noir hinüber. Der Mutant beachtete die Bildschirme nicht. Völlig entspannt, mit ausgebreiteten Armen, lag er auf seinem Bett und lauschte mit seinen paranormalen Sinnen. Er antwortete nicht.

Jenseits der Zellenwandungen begann es zu pfeifen. Ein rotes Lohen deutete darauf hin, daß der Robotraumer mit sehr hoher Fahrt in die Atmosphäre vorstieß.

Anspringende Stromreaktoren bewiesen meine Vermutung. Der Bugprallschirm hatte mehr Energie angefordert. Das Lohen verstärkte sich.

Die Begleiterscheinungen einer schnellen Landung waren uns so vertraut, daß wir kaum darauf achteten.

Wir tauchten in die Finsternis der Nachthalbseite ein. Nur wenige Minuten später begann es am Horizont zu flammen. Der Glutball der gelben Sonne stieg so schnell über der Kimm empor, daß es aussah, als hätte ein unsichtbarer Riese den Stern emporgeworfen.

Draußen tosten und heulten die verdrängten Luftmassen. Ein letztes Aufbrüllen der auf Bremsschub umgeschalteten Triebwerke mäßigte unsere hohe Fahrt so rasch, daß wir im Zeitraum von nur dreißig Sekunden fast zum Stillstand kamen. Die Andruckabsorber arbeiteten einwandfrei. Es kamen keine Beharrungskräfte durch.

Das Licht der im Zenit stehenden Sonne blendete uns. Trotzdem konnten wir einen großen Ozean mit zahlreichen Buchten und tiefeingeschnittenen Meeresarmen erkennen.

Die stumpfe Nase des Robotraumers war auf eine riesige Hochebene gerichtet. Es handelte sich um ein flaches, wüstenartiges Gelände ohne Pflanzenwuchs. Das etwa tausend Meter hohe Felsplateau fiel terrassenförmig zur Tiefebene ab. Der Pflanzenwuchs reichte weit an den Hängen hinauf.

Noir und Kasom stießen fast gleichzeitig einen Ruf aus. Ich brauchte nicht nach der Ursache der plötzlichen Erregung zu fragen, denn im selben Moment hatte ich die Stadt ebenfalls entdeckt.

Nein – es handelte sich sogar um zwei sehr große und ausgedehnte Ansiedlungen, die durch einen tief ins Land vorspringenden Meeresarm voneinander getrennt waren. Er war nicht sehr breit, etwa zweihundert bis dreihundert Kilometer. Unsere Flughöhe betrug zur Zeit noch zirka zehntausend Meter, aber das Walzenschiff fiel jetzt sehr rasch.

Es hielt zweifellos auf die Hochebene zu.

Sekunden später erkannte ich die Umrisse von drei Pyramiden! Rhodan sagte überhaupt nichts. Bully gebrauchte ein handfestes Schimpfwort, und in Kasoms Brust grollte es, als bereite er sich zum Angriff vor.

»Schon wieder Pyramiden!« meinte Mory mit schlecht gespielter Desinteressiertheit. »Das scheint ein etwas kleineres Kahal zu sein, wie? Wenn wir hier wieder auf degenerierte Bigheads stoßen, dann gebe ich meinen Beruf auf.«

»Haben Sie überhaupt einen?« erkundigte sich Perry. Seine Augen erfaßten jede Einzelheit.

»Galaktische Politikerin!« entgegnete sie spöttisch. »Mein Kompliment, Atlan, Ihre Mutmaßung trifft genau zu. Dies scheint tatsächlich ein Pyramidenstützpunkt jenes verschollenen Volkes zu sein, dem wir im Grunde genommen die lange Reise zu verdanken haben.«

Ich verzichtete auf eine Antwort. Die Theorie hatte von Anfang an einen hohen Wahrscheinlichkeitswert besessen. Der Robotraumer hatte sich zweifellos nach den Impulsen der drei Pyramiden gerichtet.

Sie waren ebenfalls fünfhundert Meter hoch und besaßen einen quadratischen Grundriß. Nur hatte man auf dieser Welt lediglich drei Bauten dieser Art errichtet. Entsprechend kleiner schien auch der deutlich markierte Todeskreis zu sein. Die Pyramiden bildeten ein gleichschenkeliges Dreieck. Die Symmetrie war nicht zu verkennen.

Rhodan überprüfte soeben seine Strahlwaffe, als der Mutant sagte: »Mentalimpulse, einander überlappend. Ich empfange viele Sinneseindrücke. In den beiden Städten müssen Millionen denkender Kreaturen leben.«

»Bigheads?« fragte ich rasch.

»Auf keinen Fall, Sir. Deren Wellenfront kenne ich. Die hiesigen Intelligenzen denken intensiver und lebensbewußter. Keine Degenerationserscheinungen.«

»Können Sie keine genaueren Rückschlüsse auf das Gedankengut ziehen?«

»Nein, Sir, ich bin kein Telepath. Ich empfange lediglich zahllose Gefühlsmomente, die ich erst dann entschlüsseln kann, wenn ich die Mentalität und die kulturelle Entwicklungsstufe dieser Leute kenne.«

»Fertigmachen zum Aussteigen«, ordnete Rhodan an. Neue Energie schien ihn zu erfüllen. »Vorsicht, die Umlenkung beginnt.«

Das Robotschiff richtete den Bug auf und glitt mit dem flammensprühenden Heck voran auf die Hochebene zu.

Wir traten hastig den Rückzug an. Ein mechanischer Lift brachte uns zur zweihundertfünfzig Meter tiefer liegenden Luftschleuse hinab. Beide Schotte waren bereits geöffnet.

Ich sog vorsichtig die einströmende Luft ein. Sie war gut mit Sauerstoff angereichert, roch nach Salzwasser und den faulenden Überresten von Pflanzen und – sie war erstaunlich trocken! Das hätte ich bei dieser Vegetationsdichte nicht vermutet.

»Ersticken werden wir jedenfalls nicht«, sagte Kasom vor sich hin.

»Erfrieren aber auch nicht«, meinte Mory mit einem unglücklichen Lächeln. Auf ihrer hohen Stirn bildeten sich jetzt schon dicke Schweißperlen.

Ich fühlte mich bei diesen Temperaturen wohler als die Terraner. Die drei Arkonwelten empfingen eine wesentlich höhere Durchschnittswärme als die Erde. Auch Kasom wurde von der eindringenden Hitze nicht sonderlich belästigt. Die Sonne des Planeten Ertrus war ein sehr heißer Stern.

Je tiefer der Raumer sank, um so deutlicher konnten wir die Pyramiden sehen. Sie bestanden ebenfalls aus einem rötlich leuchtenden Metall.

»Wenn ich wüßte, wer das erbaut hat ...!«, sagte Rhodan vor sich hin. Niemand antwortete. Ähnliche Fragen waren einfach schon zu oft gestellt worden.

Die Landung war kaum zu spüren. Das Schiff setzte so sanft auf, wie es nur von einer vollendeten Automatik mit feinsten Bodentastern und einer erstklassigen Synchronschaltung zu Triebwerken und Antigravprojektoren durchgeführt werden konnte.

Das Läuten ertönte wieder. Wir sahen uns zweifelnd an. Die Sicherheit im Innern des Walzenschiffes war fragwürdig; aber das, was uns auf dem Planeten erwartete, konnte noch gefährlicher sein. Trotzdem stand mein Entschluß fest. »Ich werde auf alle Fälle aussteigen!«

Ich verfolgte mit den Blicken die ausfahrende Rolltreppe, die das Schiff anstelle eines Antigravlifts benutzte. »Wenn Ihr nach Kahalo zurückkehren wollt, bitte. Es ist anzunehmen, daß der Raumer sofort wieder auf Heimatkurs geht. Die Magenschmerzen werden allerdings durch die ununterbrochenen Linearmanöver kaum noch erträglich werden.«

Das Läuten verstärkte sich. Rhodan hatte den Kopf lauschend erhoben. Als dann noch andere Alarmgeräte einfielen und unter uns Stromreaktoren ansprangen, stieß er Mory und André Noir wortlos auf die Rolltreppe hinaus, obwohl sie mit ihrem Ende noch nicht den Boden erreicht hatte.

»Etwas stimmt hier nicht! Nun laufen Sie doch schon!« rief er.

Mory und der Mutant sprangen die breiten Stufen hinunter. Bully folgte ihnen. Ich ging einige Schritte zurück und versuchte, die Ursache der plötzlichen Maschinengeräusche zu erkunden. Rhodan verschwand ebenfalls auf der Treppe.

Der unregelmäßige Anlaufrhythmus schwoll zu einem Donnern an. Der Rumpf erbebte so stark, daß ich beinahe den Halt verlor.

»Das sind Startvorbereitungen, Sir«, rief mir Kasom zu. »Was ist los? Will man uns mit dem Düsenfeuer umbringen, oder sollen wir an Bord bleiben?«

Ich rannte an ihm vorbei. Die Treppe hatte jetzt den Boden erreicht und begann zu rollen. Mehr fallend als absteigend, hüpfte ich die Stufen hinunter.

Der Alarm im Schiff war noch lauter und schriller geworden. Mein Instinkt sagte mir, daß es höchste Zeit war, den ungemütlichen Aufenthaltsort zu verlassen.

Neben mir fiel ein riesiger Körper nach unten. Der Ertruser überwand die letzten fünfundzwanzig Meter im Sprung. Als er unten auffederte, verlor ich infolge der Erschütterung den Halt. Ich stürzte die rollenden Stufen hinab und glaubte schon mein Ende gekommen, aber Kasom war wieder einmal schneller als jeder andere Mann.

Er fing mich auf, schleuderte mich über seine Schulter und rannte mit mir davon. Anscheinend hatte er seinen Mikrogravitator abgeschaltet, der ihm auf »leichten« Welten die gewohnte Schwerkraft seiner Heimatwelt vermittelte. Sie betrug 3,4 Gravos. Seine Sätze waren etwa fünfzehn Meter weit.

Nach wenigen Sekunden hatten wir Rhodan erreicht. Kasom umfaßte Mory an den Hüften und schwang sie über seine andere Schulter. Rhodan, Bully und Noir folgten so schnell, wie sie laufen konnten.

Der Boden erzitterte. Das aufklingende Grollen kannten wir zu gut, um uns irgendwelchen Illusionen hinzugeben.

Der Robotraumer setzte zu einem Manöver an, zu dem ich normalerweise »Notstart« gesagt hätte. Eine heiße Druckwelle traf mich. Kasom schrie etwas, das ich nicht verstehen konnte. Ein letzter Sprung brachte uns in die Deckung einer schmalen Bodensenke. Der Riese ließ uns einfach zu Boden fallen und sprang wieder nach oben.

Rhodan und die beiden anderen Männer kamen jedoch schon an. Sie wurden von einer zweiten Druckwelle förmlich in den Felsspalt hineingeweht, wo sie von Kasom aufgefangen wurden. Dieser umweltangepaßte Ertruser reagierte schneller, als ein normaler Terrageborener denken konnte.

Wir preßten uns flach auf den Boden. Melbar legte sich neben Mory und deckte sie mit seinem Körper ab.

Wir waren keine Sekunde zu früh in Deckung gegangen. Ein ungeheures Tosen klang auf. Das Brüllen der Impulstriebwerke betäubte meine Sinne. Ein Feuerorkan brauste über den Bodenspalt hinweg und riß mächtige Felstrümmer mit sich.

Die stumpfe Bugnase des Robotraumschiffes geriet in unser Blickfeld. Der Rumpf folgte – dann die Heckflossen mit den glühenden Atomschlünden der Schirmfelddüsen.

Da bemerkte ich erst, daß die Automatik mit den geringsten Schubwerten arbeitete, die bei einem Start überhaupt möglich waren. Trotzdem war der Orkan noch so stark und die Bodenvibrationen so heftig, daß wir fast aus der Deckung gezerrt wurden.

Langsam, einen majestätischen Anblick bietend, stieg das Walzenschiff seinem Element entgegen. Als wir es kaum noch sehen konnten, erwachte das Haupttriebwerk zum Leben.

Eine Atombombe schien in etwa zehn Kilometern Höhe zu explodieren. Der Feuerball der plötzlich hochgefahrenen Konverter ließ die natürliche Sonne dieser Welt verblassen.

Zusammen mit dieser Explosion verschwand der Raumer. Augenblicke später kam der Schall an. Dann eine Druckwelle. Wieder glaubte ich, der sogenannte »Unsterbliche«, im Inferno der entfesselten Gewalten vergehen zu müssen.

Es dauerte lange, bis sich die aufgewühlten Luftmassen beruhigt hatten und das letzte Grollen in der Ferne verklang.

Wir lagen lang hingestreckt in der Bodenvertiefung. Niemand sprach ein Wort. Es wäre auch zwecklos gewesen, jetzt eine Verständigung zu versuchen. Mein Gehör war immer noch unfähig, die schwachen Schallwellen einer akustischen Verständigung aufzunehmen und zu verarbeiten – nicht nach diesem Inferno entfesselter Kräfte.

Wir warteten ungeduldig. Der Ertruser richtete sich zuerst auf und lehnte Mory in sitzender Stellung an die steile Felswand. Er sprang die drei Meter nach oben. Am Rand der Senke legte er sich nieder. Seine Säulenbeine hingen nach unten. Dann hörten wir seine Stimme. Melbar Kasom war immer gut zu verstehen – selbst für einen fast Tauben!

»Ho, wenn Sie einmal einen kochenden Magmakrater sehen wollen, dann kommen Sie herauf. Höllenschiff! Was ist in die Automatik gefahren? Warum ließ man uns nicht in aller Ruhe aussteigen und Abstand gewinnen, wenn man uns schon auf dieser Welt absetzen wollte? Warum der Alarmstart? Immerhin hat der Kahn fast nur mit Nullwert beschleunigt – gerade genug, um ihn vom Boden abzuheben. Wenn die Zentralsteuerung volle Kraft auf die Triebwerke gegeben hätte, wäre die gesamte Hochebene verdampft worden. Ob die Automatik die Pyramiden nicht beschädigen wollte? Möglich, sogar gut möglich! Aber dann hätte sie uns trotzdem erst aussteigen lassen können. Auf eine halbe Stunde wäre es wohl nicht angekommen, oder? Warum ist der Raumer so panikartig abgeflogen?«

Kasom zog die Beine nach und drehte sich um. Sein Gesicht erschien über dem Felsrand. Der Ertruser grinste.

»Hallo, wie ist die Luft da unten? Haben Sie meine Lagebeurteilung überhaupt gehört?«

»Dieser Mensch hat keine Nerven«, stellte Rhodan hustend fest. Sein Gesicht wurde von einer rotbraunen Staubschicht bedeckt. André Noir blutete aus der Nase. Bully schimpfte seinem Temperament entsprechend vor sich hin.

»Weiter vorn wird der Hang flacher, Sir«, meldete Kasom. »Da können Sie bequem aufsteigen. Hier oben ist das Gelände sehr eben, wenigstens in unserer Gegend. Die Druckwellen haben alle Felstrümmer davongefegt. Großer Ertrus – wie leicht hätte ich gebraten werden können. Gebraten ...!«

Melbar verstummte, und ein sehnsüchtiger Ausdruck veränderte sein Gesicht.

»Schweigen Sie endlich«, schrie Bully nach oben. »Sehen Sie nicht, daß wir uns erst einmal sammeln müssen? Wie weit sind die Pyramiden entfernt?«

»Schlecht zu schätzen in dieser heißen Luft. Es gibt überall Spiegelungen. Aus der Tiefebene strömt ein heißer Wind empor. Vielleicht drei Kilometer.«

»Nicht viel«, gab Rhodan zu bedenken. »Mory, sind Sie in Ordnung? Nichts gebrochen oder verrenkt?«

Sie betastete ihre Hüften und lächelte gequält. Ihr Gesicht glich einer staubbedeckten Maske.

»Wenn Sie von den blauen Flecken absehen wollen, fühle ich mich gut. Kasoms Griff war etwas heftig.«

Noir lachte. Er wischte mit dem Handrücken über seine blutende Nase und verschmierte dabei sein Gesicht.

»Lassen Sie den Unfug, André«, schalt Rhodan. »Ruhig ausbluten lassen. Hier gibt es niemand, der die roten Flecken auf Ihrer Uniform für regelwidrig hält. Also – gehen wir?«

Er sah sich um. Ich nickte. Fünf Minuten später kamen wir auf der Hochebene an. Sie war tatsächlich so flach, wie Kasom es berichtet hatte. Nur vierhundert Meter entfernt kochte das Gestein. Es war ein relativ kleiner Glutkrater, der dort entstanden war, wo die lichtschnellen Impulsströme des Hecktriebwerks aufgeschlagen waren.

Die geröllbedeckte Hochwüste wurde im Westen, Norden und Osten von hohen Gebirgszügen umschlossen. Wir hatten noch vor der Landung gesehen, daß dieses Plateau ungefähr quadratisch war und eine Seitenlänge von schätzungsweise fünfzig bis sechzig Kilometern besaß.

Wir waren nahe der offenen Südflanke gelandet. Die erste Terrassenabstufung begann etwa zehn Kilometer südlich. Dort war ein Abstieg in die Tiefebene bestimmt möglich.

Ich sah mich nochmals um. Die drei Pyramiden konnten mich nicht beeindrucken. Das Große Kahal auf dem Planeten der Bigheads war wesentlich sensationeller gewesen. Außerdem hatte es noch gearbeitet! Die hiesigen Bauwerke sahen leblos aus.

Ich blickte prüfend hinüber. In meinen Ohren summte es immer noch. Die harten Druckwellen und Schallfronten waren meinem Gehör nicht gut bekommen. Rhodan stocherte mit dem kleinen Finger in den Ohren herum. Bully machte rhythmische Schluckbewegungen, um die Spannung zu beseitigen.

Mory hielt sich die Nase zu und blies hinein. Sie behauptete, das hätte ihr schon immer geholfen.

Ich vermißte etwas an den drei riesigen Bauwerken. Was war es?

Das energetische Leuchten im Linienschnittpunkt, Schwachkopf! teilte mir mein Extrahirn in wenig liebenswürdiger Form mit.

Es hatte aber recht. Das seltsame Flimmern und Leuchten, das dem Großen Kahal sein geheimnisvolles Fluidum verliehen hatte, fehlte hier. Trotzdem hatte das Robotschiff diesen Planeten angeflogen. Woher waren die Peilimpulse gekommen, wenn die Maschinen, die sicherlich auch in diesen Pyramiden eingebaut waren, nicht mehr arbeiteten?

»Du kneifst die Augen zusammen, Freund!« stellte Rhodan fest. Ich vernahm seine Worte nur undeutlich. »Was gibt es? Schwierigkeiten?«

»Ich weiß es nicht«, überlegte ich. »Ich vermisse die schwebende Energieballung im Linienzentrum. Ist der Robotraumer deshalb so fluchtartig abgeflogen? Könnte es sein, daß mit diesem Stützpunkt etwas nicht in Ordnung ist? Etwas, was die Automatik zu spät registrierte und anschließend als so gefährlich einstufte, daß sie sofort einen Notstart einleitete? Denke einmal darüber nach, Terraner.«

»Etwas tickt!« behauptete Kasom. Argwöhnisch schnupperte er in der heißen Luft herum. Ich fühlte deutlich den Sog, der aus dem Flachland aufstieg. Dort unten schienen Treibhaustemperaturen zu herrschen.

»Wie bitte?« fragte Mory spitz. Sie kratzte sich schon wieder an einer Nahtstelle der Kombination. »Was tickt? Mir scheint, in Ihrem Kopf tickt etwas.«

Melbar ließ sich nicht stören. Er lauschte mit schiefgehaltenem Kopf. Dann ließ er unvermittelt einen ertrusischen Kraftausdruck hören. Wie gebannt schaute er auf sein schweres USO-Kombinationsgerät, das er am linken Handgelenk trug.

Da dieses Gelenk so dick war wie der Oberschenkel eines hochgewachsenen Terraners mit kräftiger Muskulatur, hatte das Aggregat den Umfang eines mittelgroßen Tragbehälters.

»Gammaradioaktivitat, hundertsiebenundachtzig Durchgänge pro Minute! Warten Sie!«

Er streckte den Arm aus, ließ das Gammazählrohr aus dem Kombigerät schnellen und suchte die Umgebung ab. Kasom peilte den allmählich erstarrenden Glutkrater an.

»Nichts!« sagte er verblüfft. »Der Partikelstrom hat keine Radiostrahlung hinterlassen.«

»Peilen Sie die Pyramiden an«, forderte ich ihn auf. Rhodan machte einen konzentrierten Eindruck.

Sekunden später wußten wir, daß die Strahlung tatsächlich von den Bauwerken ausging.

»Hundertsiebenundachtzig Durchgänge bei drei Kilometern Entfernung – Freunde, das ist für meinen Geschmack zuviel!« meinte Bully. »Das ist keine normale Höhenstrahlung mehr. Bis vierzig Schläge lasse ich mir ja noch gefallen. Wir sollten aus dieser ungemütlichen Nachbarschaft verschwinden.«

»Warum denn? Es ist hier so schön«, sagte Mory leise. Erst zögernd, dann entschlossen, schritt sie auf die Pyramiden zu. »Es ist wunderschön auf dieser Welt. Seht ihr den Wasserfall da drüben? Wundervoll. Wasser – ja, Wasser können wir gut gebrauchen. Kommt.«

Als André einen Warnruf schrie, empfand ich ebenfalls die suggestiven Zwangsimpulse. Sie kamen von den Pyramiden.

Ich blockte mich sofort mit Hilfe meines vor zehntausend Jahren aktivierten Extrasinns ab.

Rhodan handelte auch augenblicklich. Er konnte sich sehr gut gegen Willensbeeinflussungen wehren. Bully und Kasom waren ebenfalls trainierte Männer, die von den terranischen Mutanten unterrichtet worden waren, wie man parapsychischen Angriffen zu begegnen hatte.

Die Suggestivwellen waren sehr schwach. Sie stellten keine ernstzunehmende Gefahr dar. Nur Mory, die kein Schutztraining absolviert hatte, unterlag dem mentalen Bann in der ersten Sekunde.

»Vorsicht«, rief André Noir nochmals. »Jemand versucht, uns in die Strahlungszone zu locken. Ich kann den Sender lokalisieren. Er liegt vor dem Bannkreis der Pyramiden.«

»Der Wasserfall«, sagte Mory. Sie ging weiter, bis sie von Melbar Kasom erfaßt und erneut über seine Schulter gelegt wurde.

Dann liefen wir nach Süden, so gut und so schnell es bei dieser Hitze möglich war. Rhodans Trab war leicht zu halten. Nur der korpulente Mutant schien Schwierigkeiten zu haben.

Morys Augen glänzten glasig. Sie wehrte sich heftig gegen den Griff des Ertrusers und wollte uns immer wieder davon überzeugen, wie prächtig der Wasserfall bei den Pyramiden sei.

Ich forcierte mein Tempo, bis ich neben Rhodan ankam. »Wer kann das sein?«

»Schwach mental begabte Lebewesen. Keine Gefahr für uns. Wir müssen nur auf Mory aufpassen.«

Ich schwieg für einige Minuten, pumpte Luft und fragte zurück: »Vielleicht Leute aus den beiden Städten, die wir gesehen haben?«

»Glaube ich nicht. Die Häuser sehen primitiv aus. Ich bemerkte außerdem Festungsmauern. Die Eingeborenen werden diese Pyramiden bestenfalls als eine Art Heiligtum verehren.«

»Also sind dort andere Leute. Fremde, nehme ich an. Wesen, die nicht hier geboren wurden. Wir sollten später nachforschen, vorausgesetzt, die Unbekannten zwingen uns nicht sofort zum Kampf. Warum stellen sie uns nicht?«

»Degeneration?« warf Rhodan schwer atmend ein. »Wie bei den Bigheads!«

Ich schöpfte wieder Luft. Kasom stützte André Noir. Die Hitze der Hochlandwüste zermürbte den Mutanten sehr schnell. Bully hielt gut durch.

»Ich weiß nicht, Perry. Vielleicht nur Unentschlossenheit, Bequemlichkeit oder Vertrauen auf die suggestiven Kräfte, die sie unter Umständen für unüberwindlich halten. Vergiß nicht – wir sind ganz besondere Exemplare der menschlichen Rasse.«

Er lachte und warf mir einen Blick zu, den ich erst später deuten konnte.

»Der menschlichen Rasse«, hatte ich gesagt, aber ich war ein Arkonide. Ich lachte zurück.

»Sage nichts, Freund«, bat Perry. »Du bist zu einem Menschen geworden. Mit Arkon verbindet dich nur dein Name. Vom Bewußtsein her bist du ein Terraner.«

Wir mäßigten unser Tempo und warteten auf Bully. Er kam schnaufend an und ging hinter der von uns erreichten Bodenwelle in Deckung.

Ich überprüfte mein Kombigerät. Es war wesentlich kleiner als Kasoms Apparat. Allerdings handelte es sich bei meinem Aggregat um eine siganesische Mikroarbeit von allerhöchster Vollendung.

Die Strahlung war abgeklungen. Ich zählte nur noch vierundfünfzig Durchgänge. Wir rasteten fünf Minuten und gingen weiter.

Eine halbe Stunde später zeichneten sich die ersten grünen Vegetationsflecken ab, aber der Steilhang war noch immer fünf Kilometer entfernt.

Als wir in den Flanken einer Felsnase eine natürliche Höhle fanden, gingen wir erneut in Deckung. Hier war von der Gammastrahlung nichts mehr zu spüren. Der suggestive Impulsstrom war selbst von Noir nicht mehr zu orten. Mory schlief tief und traumlos. Sie wußte nichts mehr von ihrer Bewußtseinsüberlappung.

Kasom und ich fühlten uns noch frisch. Die Terraner wurden jetzt schon von den Qualen des Durstes geplagt. Die Temperatur in der schattigen Höhle betrug 48 Grad Celsius. In der Sonne hatte ich über 60 Grad gemessen.

Die hocherhitzte Luft stand wie eine flimmernde Wand vor dem Eingang. Sie verzerrte jeden optischen Eindruck bis zum Extrem.

Als mir Rhodan erklären wollte, wir benötigten baldigst Wasser, sprang mein Energietaster an.

Das mikromechanische Wunderwerk der kleinen Männer von Siga war nicht größer als meine Daumenkuppe. Es nahm nur einen Bruchteil des im Kombigerät vorhandenen Volumens in Anspruch.

Kasoms Apparat klingelte ebenfalls. Die Wellenfront kam – wie vermutet – aus Richtung der Pyramiden. Perry Rhodan griff mit einer bedächtig wirkenden Bewegung zu seiner Waffe und überprüfte ihre Schußbereitschaft.

Kasom zerrte seinen Impulsstrahler hervor.

»Sie kommen«, behauptete Perry leidenschaftslos. »Also verfolgt man uns doch. Schön, beißen wir auch noch in diesen sauren Apfel.«

»Mir scheint, wir haben in letzter Zeit zu oft hineingebissen«, meldete sich Mory. Sie richtete sich ruckartig auf und sah sich verwirrt um. »Was war mit mir los?«

»Später«, knurrte der Ertruser. »Jetzt haben wir keine Zeit für lange Erläuterungen.«

»Sie sind suggestiv beeinflußt worden«, klärte sie Perry auf. Er erhob sich.

»Kasom und Bully, ihr geht mit mir. Atlan …?«

»Ich auch. Noir, bleiben Sie bei Mory in der Höhle. Sie sind erschöpft.«

Als wir den Hang erklommen, folgten uns sowohl Mory als auch der Mutant. Mory war schnell und behende. Als sie mich eingeholt hatte, sagte sie zornesrot: »Seit wann bilden Sie sich ein, ich würde Ihre Befehle befolgen? So weit sind wir noch nicht, Arkonide.«

Ich entgegnete nichts. Oben angekommen, legten wir uns nieder. Bully schrie schmerzerfüllt. Dann folgte seine übliche Schimpfkanonade. Er hatte sich an dem heißen Gestein verbrannt.

»Vorsicht«, warnte Rhodan. »Nicht mit unbedeckten Hautflächen an die Felsen kommen. Kopfbedeckungen nicht abnehmen. Die Helme sind zwar nicht sehr bequem, aber sie schützen vor der Sonne. Mory, Sie sollten Ihre Haare hochbinden.«

Wir spähten nach Norden. Die Pyramiden waren jetzt etwa acht Kilometer entfernt, die Landestelle gute fünf Kilometer.

»Ho ...!« sagte Kasom, als sich dicht vor dem Todeskreis ein schwarzes Gebilde aus dem Boden hervorschob. Ich zog das Visier meiner Waffe dichter vor das Auge und schaltete die Optik auf den höchsten Vergrößerungswert. Jetzt konnte ich trotz der heißen Luft sehen, was dort drüben geschah.

Das schwarze Gebilde war ein runder, etwa dreißig Meter durchmessender Turm, der mechanisch oder energetisch angehoben wurde. Immer weiter wuchs er aus dem Gelände hervor. Als die Bewegung aufhörte, war der Turm etwa fünfzig Meter hoch.

»Phantastisch!« sagte Rhodan mit einem spürbaren Unterton der Verwunderung in der Stimme. »Was soll das nun wieder bedeuten? Was hat dein Energietaster angemessen? Sind klare Werte zu erkennen? Mein Gerät arbeitet nicht mehr zuverlässig.«

»Marke drei, stromerzeugende Normalmaschinen. Keine Hyperkraft«, klärte ich ihn auf. »Wahrscheinlich habe ich gewöhnliche Magnetfelder oder Servomotoren geortet. Da – schau dir das an!«

Ein feuerspeiender Körper, offenbar eine kleine Rakete, schoß aus der Turmwandung hervor. Das Projektil zischte steil zum Himmel empor, kippte ab und hielt auf die Stelle zu, wo das Walzenraumschiff gelandet war.

Niemand von uns wartete, bis der Flugkörper zündete. Wir rutschten den Hang hinab und rannten in gebückter Haltung auf die Höhle zu.

Ehe wir sie erreichen konnten, schoß ein glühender Atompilz in die Luft. Wenig später pfiff eine Druckwelle von geringer Stärke über uns hinweg. Der Donner der Explosion zeugte ebenfalls davon, daß es sich nur um eine schwache Ladung gehandelt hatte.

Das Donnern verhallte. Wir sahen uns bestürzt an. Die Taktik der unbekannten Raketenschützen, die zweifellos auch mit den Suggestoren identisch waren, wäre von jedem terranischen Schuljungen belacht worden.

Melbar drückte seine Meinung darüber mit den Worten aus: »Die sind entweder völlig übergeschnappt, oder sie haben es noch nie mit ernstzunehmenden Gegnern zu tun gehabt! Man schießt doch nicht auf einen Ort, wo der Feind eine gute Stunde zuvor gestanden hat. Ob die sich wohl nicht denken können, daß wir in dieser Zeit etwa fünf Kilometer zurückgelegt haben?«

Der Ertruser sah sich fragend um. Rhodan winkte nur ab. Ohne ein Wort zu entgegnen, klomm er wieder den Hang empor. Wir folgten ihm, Mory natürlich ebenfalls.

Der Atompilz verwehte bereits. Die strahlenden Rückstände wurden nach Norden abgetrieben. Dort, wo das Raumschiff gelandet war, hatte sich ein zweiter Krater gebildet. Er war klein.

»Höchstens fünfzig Tonnen TNT Energieentwicklung«, vermutete Bully. »Eine Boden-Boden-Ladung für Erdkampfzwecke. Haben die Herren des schwarzen Turmes nicht mehr aufzuweisen?«

Ich war davon überzeugt, daß die Unbekannten notfalls ein atomares Inferno entfesseln konnten; selbst dann, wann sie – wie die Bigheads – nicht mehr wußten, was sie eigentlich taten. Ich wollte es nicht darauf ankommen lassen, sie zu einem solchen Vorgehen zu verleiten.

»Da!« sagte Mory laut. Sie streckte den Arm aus. »Was ist das? Ein Flugzeug?«

Ich zog die Waffe hoch und schaute wieder durch die Optik. Ein seltsames dreieckiges Luftfahrzeug, flach wie ein Kuchenblech, glitt aus dem scharfen Schlagschatten des Turmes hervor.

Ohne hörbares Antriebsgeräusch flog es auf die Detonationsstelle zu und landete so dicht bei dem neuen Krater, daß ich verblüfft den Atem anhielt.

Kasom nahm mir die Worte aus dem Mund: »Die sind wohl wahnsinnig geworden? Da muß doch eine starke Strahlung herrschen.«

Der Riese richtete sich halb auf und spähte noch intensiver nach Norden. Schließlich wandte er sich an mich.

»Sir, es wird Zeit, daß ich mich mit der Angelegenheit näher beschäftige. Kann ich schnell einmal zurücklaufen? Ich möchte mir die Burschen ansehen, die wahrscheinlich in dem Gleiter sitzen.«

Ich zögerte nicht mit der Erlaubnis. Für Kasom war das ein Spaziergang. Er konnte in einer halben Stunde zurück sein.

»In Ordnung, springen Sie los. Lassen Sie sich aber nicht orten oder suggestiv beeinflussen. Schauen Sie nach, mit wem wir es zu tun haben. Das Verhalten der Unbekannten ist seltsam genug, um überprüft zu werden.«

»Schaffen Sie das auch wirklich?« erkundigte sich Perry zweifelnd. »Denken Sie an die Hitze. Außerdem haben Sie nur wenig Deckungsmöglickeiten.«

Kasom winkte geringschätzig ab. »Kleinigkeit, Sir. Ich habe mir schon den richtigen Weg ausgesucht. Niemand wird mich sehen. Warten Sie hier?«

Ich nickte nur. Sekunden später war der Gigant verschwunden. Wir erblickten ihn nicht ein einziges Mal.

»Erstaunlich«, gestand Mory. »Diese Ertruser scheinen in der Tat unschlagbar zu sein.«

Ich bemühte mich nicht mehr, den USO-Spezialisten zu entdecken.

Wenn Kasom behauptete, niemand würde ihn bemerken, dann war es auch so. Dagegen sah ich zu dem gelandeten Gleiter hinüber.

Drei Personen stiegen aus. Trotz der starken Vergrößerung konnte ich keine Einzelheiten unterscheiden. Doch – etwas schon. Die Fremden besaßen zwei Arme und zwei Beine. Außerdem gingen sie aufrecht.

»Humanoid«, stellte Rhodan fest. »Sie scheinen Raumanzüge zu tragen. Die Bewegungen wirken unbeholfen. Kannst du mehr erkennen?«

Ich verneinte.

»Sie sind schwarz«, meldete sich Noir. »Ich meine, die Schutz- oder Raumanzüge sind schwarz. Ist das vernünftig bei dieser starken Sonnenstrahlung? Die Kombinationen müssen die Wärme förmlich aufsaugen. Warum verwendet man keine reflektierenden Überzüge?«

Der Mutant hatte ein weiteres Rätsel gestellt. Auf dieser Welt schien es überhaupt sehr viele Rätsel zu geben.

Die drei Unbekannten hielten sich nur eine Viertelstunde lang am Krater auf. Danach schritten sie zu ihrer Maschine zurück und stiegen ein. Das Gefährt erhob sich in die Luft. Ich versuchte, irgendwelche Triebwerksstrahlungen zu entdecken. Es gelang mir nicht. Nur mein Energieorter sprach mit einem schwachen Ausschlag an.

Wieder lagen wir mit angeschlagenen Waffen hinter den deckenden Felsblöcken. Jetzt mußten die Unbekannten doch mit der Suche beginnen.

Sie dachten nicht daran. Die Maschine flog zum Turm zurück und verschwand in einer Öffnung.

»Das begreife ich nicht«, sagte Rhodan. »Wenn sie nicht die Suggestivbeeinflussung versucht und wenig später die Rakete abgeschossen hätten, würde ich nun behaupten, sie hätten unsere Ankunft nicht bemerkt. Wir haben das Robotschiff immerhin in höchster Eile verlassen.«

»Sie haben uns aber beeinflussen wollen!« wendete ich ein. »Also wissen sie, daß Fremde angekommen sind. Der paramentale Überfall war – logisch betrachtet – ein exakt durchgeführter Versuch, uns in den Bannkreis der Pyramiden zu locken. Was danach geschah, hätte dem Gehirn eines Irren entsprungen sein können. So handelt kein vernunftbegabtes Wesen, wenn es bestrebt ist, andere Leute in seine Gewalt zu bringen. Warum sucht man nicht mit Luftfahrzeugen das Gelände ab?«

Rhodan trocknete sich die Stirn ab. Seine Augen waren von dem feinen Staub entzündet.

»Gehen wir zurück in die Höhle. Kasom könnte etwas entdeckt haben. Atlan – wir brauchen schleunigst Wasser. Du solltest daran denken, daß wir keine Arkoniden sind.«

Ich schaute nach Süden. Der Vegetationsstreifen am Steilhang war deutlich zu erkennen.

»Da drüben gibt es genug Wasser. Wir sollten den Einbruch der Nacht abwarten.«

Er schüttelte den Kopf.

»Das halten wir nicht durch. Wir müssen sofort marschieren.«

21.

Als Melbar Kasom nach einer knappen Stunde zurückgekommen war, hatte ich ihm einen Wink gegeben. Der Ertruser hatte noch keine Ermüdungserscheinungen gezeigt. Er wäre ohne weiteres fähig gewesen, genau und ausführlich zu berichten – nur hätte er außer mir keine Zuhörer mehr gefunden.

Mory Abro und André Noir waren bereits völlig apathisch. Bullys und Rhodans Zustand hatte sich ebenfalls als so bedenklich herausgestellt, daß wir unverzüglich aufgebrochen waren.

Die staubtrockene Luft der Hochwüste dörrte die Körper überraschend schnell aus. Die letzten Flüssigkeitsreserven waren schon verbraucht.

Kasom hatte Mory und Noir getragen. Ich hatte Bully gestützt. Rhodan hatte sich mit erstaunlicher Energie nach Süden geschleppt.

Jetzt war der qualvolle Marsch beendet. Wir hatten den Steilhang erreicht. Tausend Meter tiefer erblickten wir das fugenlose Blätterdach des Urwaldes. Er schien zu brodeln. Fluoreszierende Dunstschwaden wurden von einem enorm starken Aufwind nach oben gerissen. Sie verloren ihren Wasserdampfgehalt schon in etwa fünfhundert Meter Höhe. Der Luftstrom, der schließlich über den Rand der letzten Abstufung hinwegfauchte, war bereits heiß und trocken.

Wir lagen in einer großen Höhle an den Flanken eines Hanges. Es war früher Nachmittag. Die erbarmungslos brennende Sonne wanderte nur langsam am Himmel entlang. Dieser Planet rotierte in schätzungsweise fünfunddreißig Stunden einmal um seine Polachse. Das bedeutete lange, glühheiße Tage und ebensolange Nächte mit einem wahrscheinlich extremen Temperatursturz.

Der Himmel war grünblau und wolkenlos. Nirgends war ein Lebewesen zu sehen. Die fernen Bergriesen begrenzten als konturlose, braungelbe Masse den Horizont. Die Luftspiegelungen verwandelten scharfkantige Kämme und Gipfel in unablässig wogende Dunstfelder, die der versprühenden Brandung eines Quecksilbermeeres glichen.

Ich wartete auf Kasom. Selbst er, der Übermensch, hatte seine Erschöpfung eingestanden. Trotzdem war er nach einer kurzen Rast aufgebrochen, um für die Verschmachtenden Wasser zu suchen. Ohne den Ertruser wären wir wahrscheinlich verloren gewesen.

Mory lallte und schrie im beginnenden Delirium. Der Mutant hatte sich in seine autosuggestive Starre geflüchtet. Rhodan und Reginald Bull lagen reglos auf dem steinigen Boden der Höhle.

Meine Zunge war ebenfalls verquollen. Die Sinneseindrücke trübten sich. Als Kasom schließlich zurückkam, glaubte ich, ein zerfließendes Nebelwesen zu erblicken.

Dann rann Wasser, kostbares, erquickendes Wasser über meine Lippen. Ich besaß noch genug Selbstbeherrschung, um nicht mit unvernünftiger Gier zu trinken.

Kasom schien wieder vollkommen frisch zu sein. Auf dieser Höllenwelt mußte ein Schluck Wasser wahre Wunder bewirken.

Ich trank langsam und äußerst vorsichtig. Als sich die Trockenheit in meinem Rachenraum legte und mein verdicktes Blut wieder schneller durch die Adern strömte, kümmerten wir uns gemeinsam um die Terraner und unsere Begleiterin.

Mory und André wurden zuerst versorgt. Kasom achtete darauf, daß niemand zu schnell trank. Es dauerte fast eine Stunde, bis meine Gefährten wieder bei klarem Verstand waren. Als sich der Flüssigkeitshaushalt der Organismen einigermaßen stabilisiert hatte, holte Kasom erneut frisches Wasser. Er hatte nur wenige hundert Meter entfernt eine Quelle gefunden, die ihr kristallklares Naß in die Tiefen des Flachlandes strömen ließ.

Melbar benutzte einen Faltbeutel aus hauchdünnem Kunststoffmaterial. Er faßte fünfzig Liter und war den Körperkräften des Riesen entsprechend konstruiert worden. Der Beutel gehörte zu seiner Notausrüstung.

Wir besaßen ebenfalls solche Flüssigkeitsbehälter. Kasom brachte sie aufgefüllt zurück. Wir schütteten uns einige Liter über Kopf und Nacken, tranken erneut und fühlten uns danach vollkommen erfrischt.

Wir vermieden es, über unsere überwundene Schwäche zu sprechen. Lediglich Bully bemerkte verstört, ohne Wasserreserven würde er nicht mehr auf die Hochwüste hinausgehen. Es war klar.

Es grollte plötzlich so laut, daß Mory erschrak und mit gewohnter Schnelligkeit zur Waffe griff. Gleich einer sprungbereiten Raubkatze stand sie im Hintergrund der Höhle und sah zum Eingang hinüber.

»Was war das?« flüsterte sie angespannt.

Kasom war wieder einmal fassungslos. Völlig verblüfft sah er sich um. »Mein Magen knurrte – warum? Was haben Sie denn?«

Rhodan legte den Kopf auf die angezogenen Knie und lachte, daß seine Schultern bebten. Kasom grinste verschüchtert zu der zornglühenden Frau hinüber, vor der er zweifellos eine gehörige Portion Respekt empfand.

Ich räusperte mich dezent, so, wie es der Würde eines sehr alten Mannes zustand.

»Ungeheuer!« sagte Mory. Sie steckte ihre Waffe weg. »Sie sind wohl auch nur deshalb geboren worden, um Ihre Mitmenschen zu erschrecken, was?«

»Ich bin eben ein einmaliges Exemplar von Mensch«, behauptete der Ertruser. Selbstgefällig fuhr er sich mit der Rechten über den sandfarbenen Sichelkamm seiner Haare. Er war sehr stolz auf diese ertrusische Manneszierde. Sein größter Kummer bestand darin, daß die kahlgeschorenen Hauptpartien rechts und links des Kammes Spuren eines unerwünschten Neuwuchs zeigten.

»Minderwertigkeitskomplexe haben Sie wohl nie gehabt?«

»Weshalb sollte ich?«

Sie betrachtete den Riesen abschätzend. »Richtig, warum sollten Sie! Vielen Dank auch für Ihre Hilfeleistung, Melbar. Ich ernenne Sie jetzt schon zum Chef meiner Leibgarde auf Plophos. Einverstanden?«

Rhodan hüstelte. Kasom blickte verlegen zu Boden.

»Werben Sie uns gefälligst nicht unsere besten Leute ab«, sagte der Terraner. »Noch sind wir nicht zu Hause, und Sie sind noch lange nicht Regierungschef von Plophos. Es sieht auch ganz danach aus, als sollten Sie es niemals werden. Kasom, was haben Sie eigentlich entdeckt? Ich fürchte, wir waren in viel zu schlechter Verfassung, um Ihren Bericht anzuhören.«

Mory schleuderte ihre Haare in den Nacken zurück, maß Perry mit einem eisigen Blick und schritt zum Höhlenausgang hinüber. Dort lehnte sie sich mit einer Schulter gegen die Felswand und spähte in die Tiefe hinab. Sie wendete uns ostentativ den Rücken zu.

Perry schmunzelte. Der Stolz dieser jungen Frau schien durch nichts gebrochen werden zu können. Sie war wirklich wundervoll.

Wie oft denkst du das eigentlich noch? meldete sich mein Logiksektor mißmutig. *Du bist und bleibst zehntausend Jahre alt, auch wenn du wie ein fünfunddreißigjähriger Terraner aussiehst. Beherrsche dich.*

Ich seufzte unbewußt. Perry zwinkerte mir zu. Er schien meinen vorübergehend geistesabwesenden Blick richtig gedeutet zu haben.

Kasom begann unvermittelt mit seiner Berichterstattung. »Ich kam bei einem Krater an, als die Schwarzen ausstiegen.«

»Die Schwarzen?« warf ich ein.

»Jawohl, Sir, die Schwarzen. Ich nenne sie so. Ich dachte erst, sie trügen Schutzanzüge wegen der Strahlung. Das stimmt aber nicht. Die Anzüge sind Rüstungen, wie man sie früher auf der Erde trug. Zur Ritterzeit, glaube ich.«

»Nanu!« sagte Rhodan gedehnt. »Sie haben sich nicht getäuscht? Vielleicht Luftspiegelungen?«

Kasom schüttelte entschieden den Kopf.

»Nein, Sir. Ich hatte mich bis auf etwa dreißig Meter an die Burschen herangepirscht. Ich gebe zu, daß ich mir einen greifen wollte. Als aber mein Gammazähler wie verrückt zu ticken begann, stellte ich fest, daß die schwarzen Rüstungen noch viel stärker strahlten als der kleine Explosionstrichter. Die Wesen, die sich mit diesen Blech- oder Kunststoffhüllen umgeben, scheinen die Radioaktivitat so nötig zu haben, wie wir Wasser in der Wüste.«

»Unmöglich!« behauptete Mory verblüfft. »Sie müssen einer Halluzination unterlegen sein, Melbar.«

»Ausgeschlossen, Madam«, entgegnete der Gigant reserviert. Jetzt nannte er Mory respektvoll »Madam«. Sie lächelte verhalten und offenbarte damit wieder einmal ihr wahres Wesen.

»Ich habe die Schwarzen mit dem Zählrohr angemessen. In dreißig Meter Entfernung zählte ich noch fast vierhundert Teilchendurchgänge. So hoch strahlte nicht einmal der Bombentrichter. Ich habe mich sofort zurückgezogen.«

»Haben Sie nicht feststellen können, wie die Träger dieser seltsamen Rüstungen aussahen?« fragte ich beunruhigt.

»Nein, Sir. Sie müssen jedoch menschenähnlich sein, dazu sehr dünn und hochgewachsen. Mir fiel nur auf, daß sie sich sehr unbeholfen bewegten. Taumelig, möchte ich sagen. Sie liefen in der Art von alten, schwerkranken Männern, die sich kaum noch auf den Beinen halten können. Entweder sind die Fremden tatsächlich krank, oder die Rüstungen sind so schwer, daß sie nicht forscher ausschreiten können. Ich kann nicht genau sagen, welche Möglichkeit nun zutrifft. Ich habe mich, wie erwähnt, sofort zurückgezogen, um nicht zuviel Strahlung aufzunehmen. Ich habe mir schon auf dem Rückweg eine Absorberspritze gegeben, Sir.«

Ich nickte. Unsere medizinische Notausrüstung war fast unangetastet. Absorberinjektionen gegen eine radioaktive Verseuchung waren in ausreichender Menge vorhanden. »Krank und lebensuntüchtig?« überlegte Rhodan. »Das wäre eine Erklärung für ihr Verhalten. Es kann natürlich auch andere Gründe geben. Wie schwer können die Rüstungen gewesen sein, Kasom?«

»Keine Ahnung, Sir. Ich weiß nicht, aus welchem Material sie bestehen.«

»Ja, sicher, das können Sie nicht wissen. Hmm – warten wir also ab, was sich die Herrschaften noch einfallen lassen. Ich würde vorschlagen, wir sehen uns erst einmal jene Stadt an, die dort unten im Dunst verborgen liegt.«

Er deutete mit einer flüchtigen Handbewegung zum Ausgang hinüber. Ich nickte. Wir mußten baldigst erfahren, wer die Bewohner dieser Ansiedlung waren. Wahrscheinlich handelte es sich um die Eingeborenen des Planeten.

»Seltsam, daß wir nur zwei Städte gesehen haben«, meinte Bully. Seine wasserblauen Augen glänzten argwöhnisch. »Ich halte es für unwahrscheinlich, daß sich die hiesige Zivilisation nur auf zwei Punkte des Planeten konzentriert haben soll. Oder kann man an anderen Orten nicht leben?«

»Um das festzustellen, wollen wir uns ja umsehen«, belehrte ihn Perry. »Nur nicht die Geduld verlieren.«

»Sie reden und reden, Perry«, meldete sich Mory. Ihre Stimme klang ruhig und gefaßt. »Sie reden seit drei Monaten. Auf alle Fälle verfolgen Sie Ihre psychologische Beruhigungstherapie schon so lange, wie ich bei Ihnen bin. Was wollen Sie damit bezwecken? Halten Sie uns für unfähig, die tatsächliche Sachlage klar genug zu erkennen? Wir befinden uns auf einer Urwelt, die wahrscheinlich noch niemals von einem Raumschiff angeflogen wurde. Es wird auch niemals ein Raumer hier landen, es sei denn, die Bluesflotten, die wir kurz vor dem letzten Linearmanöver gesichtet haben, verirren sich in diese galaktische Randzone. Ich muß mich selbst zur Ordnung rufen, um nicht die Ankunft eines Bluesraumers herbeizusehnen. Unser letzter Flug durch den Zwischenraum war nur sehr kurz. Unter Umständen stehen die Blues nicht mehr als zwei- bis dreihundert Lichtjahre entfernt. Die Wahrscheinlichkeit, von einem havarierten und aus der Kampflinie fliehenden Schiff entdeckt zu werden, ist ziemlich groß. Schließlich gibt es hier drei Pyramiden, die unaufhörlich ihre Gammaschauer ausstrahlen. Das wäre ein gutes Peilobjekt. Wir haben es also nicht nur mit den sogenannten Schwarzen und den noch unbekannten Stadtbewohnern zu tun, sondern außerdem noch mit den Blues. Sie wissen, wie schnell sich die Front einer kämpfenden Schlachtflotte um einige hundert Lichtjahre verschieben kann. Es gibt immer Notsprünge, Fluchtbeschleunigungsmanöver, Umgruppierungen und was der Dinge mehr sind. Sie sollten daran denken, Großadministrator.«

Mory drehte sich um. Sie wirkte konzentriert und angespannt.

»Wir werden daran denken«, stimmte Perry zu. »Vorerst haben wir aber dafür zu sorgen, daß wir die hiesigen Intelligenzwesen kennenlernen. Wir bleiben den Rest des Tages in der Höhle. Morgen früh, kurz vor Sonnenaufgang, beginnen wir mit dem Abstieg.«

»Nahrungsmittel?«

Bully hatte nur dieses Wort ausgesprochen. Es schlug ein wie eine Bombe. Rhodan biß sich auf die Lippen. Kasom rieb sich sofort die Magengegend. Auch ich fühlte schon den Hunger.

Perry sah ärgerlich auf. »Wir haben erst vor wenigen Stunden ausgiebig gegessen.«

»Robotgefertigten Nährbrei, ja«, bemerkte Bull mürrisch.

»Ich habe schon tagelang hungern müssen, sogar unter extremeren Umständen als hier. Man stirbt nicht so schnell an einem leeren Magen. Außerdem können wir versuchen, auf den Terrassenstufen jagdbares Wild zu finden. Die Vegetation beginnt schon vierhundert Meter tiefer. Wir steigen morgen ab. Unsere Körper sind durch den Hitzemarsch und die vorangegangenen physischen Belastungen viel mehr geschwächt, als wir annehmen. Schlaf ist jetzt die beste Therapie.«

Er hatte recht. Kasom stieß einen tiefen Seufzer aus und sah Perry anklagend an.

»Dann gehe ich wenigstens Frischwasser holen«, meinte der Ertruser. »Das brauchen wir auf alle Fälle.«

Perry und ich erhoben uns. Wir wollten die Quelle kennenlernen. Im gleichen Augenblick erwachte André Noir aus seiner schläfrigen Haltung.

»Jemand kommt«, sagte er mit tonloser Stimme. Seine Augen glänzten stumpf. »Ich orte Mentalimpulse. Nein, es handelt sich nicht um Schwarze. Diese Wellenfront wird von einem Stadtbewohner ausgestrahlt. Ich kenne die Frequenz von der Landung her. Es ist eine einzelne Person.«

Ich ließ meine Waffe in das Gürtelhalfter zurückgleiten und beobachtete Noir. Er schaute verwundert um sich.

»Seltsam. Seine Gefühlsregungen liegen klar vor mir. Der Fremde ist nervlich stark angespannt, aber er denkt nicht an einen Angriff. Er konzentriert sich, Gefahrenmomente tauchen auf. Vielleicht ein Jäger?«

Mory stieß einen hellen Ruf aus und deutete überrascht nach unten. Wir rannten zum Höhleneingang hinüber.

Aus dem Dunst der Tiefe schälte sich ein glänzender Körper mit weitgespannten Schwingen und einem aerodynamisch vorteilhaften Rumpf heraus. Hier und da brach sich das Sonnenlicht im Glas der Kanzelverkleidung. Dann zuckten blendende Blitze in den Himmel.

Ich war fassungslos! Auf dieser Welt hatte ich alles mögliche erwartet: wilde Tiere, barbarische Bewohner und feuerspeiende Vulkane – nicht aber ein Segelflugzeug, das nun mit schwereloser Eleganz und völlig lautlos im Aufwind sein Spiel trieb, die Naturgewalten überlistete und immer höher am Steilhang entlangstrich.

Es war eine sehr große Maschine. Die Form der Schwingen hätte von einem terranischen Spezialisten nicht besser konstruiert werden können. Der Rumpf besaß ein hoch aufragendes Seitenleitwerk mit aufgesetztem Höhenleitwerk. Das Spiel der Ruder war einwandfrei zu erkennen.

Der Segler wurde von einem erstklassigen Piloten geflogen; von einem Wesen, das die Tücken des heftigen Warmluftstromes kannte und ihn für seine Zwecke ausnutzte.

Der enge Kurvenflug dicht am Steilhang war riskant. Manchmal schienen die Tragflächen hervorstehende Felsen oder Bäume zu streifen.

»Phantastisch!« sagte Rhodan mit glänzenden Augen.

Ich dachte an die Zeit zurück, als Perry Rhodan noch ein unbekannter Astronaut der Menschheit gewesen war. Damals, noch vor seiner Spezialausbildung, hatte er oft Segler geflogen. Auch ich hatte viele hundert Male in Maschinen dieser Art gesessen. Ich konnte mich genau an einige weite Überlandflüge erinnern, an die widrigen Luftströmungen über weiten Wasserflächen und an das erhebende Gefühl im Aufwind.

Ich verstand nun, wieso Noir von einer nervlichen Anspannung gesprochen hatte. Der unbekannte Pilot mußte sich voll konzentrieren, um von den Heißluftböen nicht gegen die Felswände gedrückt zu werden.

Wir warteten, bis die Maschine über uns hinwegstrich. Sie schwang sich über den Rand der Hochebene hinweg, stieg weiter und begann dann zu kurven. Für einen Augenblick vernahm ich ein Pfeifen.

»Er drückt sie an«, sagte Perry. Fasziniert blickte er nach oben. »Der Segler scheint stabil zu sein. Er macht jetzt wenigstens hundert Kilometer pro Stunde. Nein, hundertzwanzig bestimmt. Junge – nach vorn mit dem Knüppel, Luftbremsen ausfahren. Du wirst zu schnell. Bei hundertfünfzig legt sie die Ohren an. Das halten die Hauptholme nicht aus. Hmm – es kommt natürlich auf das Material und die Stützverstrebungen an. Immerhin, die Schwingen beginnen zu flattern. Sie hat genug. Zum Teufel – warum drückt er sie so hart an?«

Ich schaute mich schmunzelnd nach Bully um. Perry hörte und sah nichts mehr. Für ihn gab es jetzt nur noch den Segler.

»Er muß so hart drücken«, fiel Kasom sachverständig ein. »Bei dem enormen Aufwind bleibt ihm keine andere Wahl, wenn er herunterkommen will.«

»Landen?« fragte Perry verwundert. »Will er denn landen? Ich dachte, er wollte Fahrt aufholen. Unsinn, das braucht er natürlich nicht! Wozu Fahrt aufholen! Bei dem enormen Aufwind? Er will tatsächlich landen. Weshalb? Was hat er auf dem Hochplateau verloren? Warum fährt er nicht die Bremsen aus?«

Der Terraner wurde wütend, so sehr erlebte er die Ereignisse mit. Unmittelbar darauf hörten wir das typische Pfeifen.

»Ah …!« Perry stöhnte erleichtert auf. »Endlich. Donnerwetter, die Maschine hat zwei mächtige Schwingenbremsen. Und noch zwei Klappen vor dem Höhenleitwerk. Das ist aber ungewöhnlich. Hast du Töne – der Pilot slipt! Mit dem Riesenkasten? Nun ja, er muß ihn kennen.«

Wir beobachteten die Landung, die etwa zwei Kilometer entfernt erfolgte. Die Maschine verschwand hinter dem vorspringenden Rand der obersten Terrasse. Rhodan erwachte aus seinem Begeisterungstaumel. Als er Morys Blick gewahrte, schoß dem Terraner das Blut in die Wangen.

»Ich bitte um Entschuldigung«, meinte er schroff. »Ich habe mich schlecht beherrscht. Atlan, schauen wir uns die Maschine an?«

»Weshalb? Wegen der Konstruktion, oder um nachzusehen, was der Pilot da oben treibt?«

Er lachte plötzlich. »Mich interessiert alles. Kasom, nehmen Sie den großen Wasserbeutel mit. Noir, fühlen Sie sich fit für den Aufstieg? Weit haben wir nicht zu laufen. Ich könnte Sie vielleicht brauchen.«

Der Mutant nickte zustimmend. Mory verließ bereits die Höhle.

»Sie haben mich zwar nicht erwähnt, aber es dürfte ja wohl klar sein, daß ich mir dieses Phänomen ebenfalls ansehe«, sagte sie kühl. »Sie haben doch nichts dagegen, oder?«

Als wir die Landestelle erreichten, war bereits etwas geschehen, was ich gern intensiver beobachtet hätte.

Der gewaltige Segler lag auf dem flachen Gelände der Hochwüste. Drei Fremde, die sich in nichts von kräftigen, hochgewachsenen Terranern unterschieden, waren damit beschäftigt, Körbe, Kästen und verschnürte Ballen unter dem Dach einer offenen Hütte aufzuschichten.

Hinter dem Cockpit der Maschine hatte man eine Tür im Rumpf geöffnet. Ich schaute in einen geräumigen Laderaum hinein.

»Ein Lastensegler«, flüsterte Perry. Bully, Kasom und Mory waren weiter rechts in Deckung gegangen. Noir kauerte an meiner Seite. Er lauschte auf die mentalen Impulsströme der drei Männer. Sie waren mit weiten Hosen und kurzen Blusen bekleidet, die auf der Brust von Schnüren zusammengehalten wurden.

Der Pilot trug einen rötlichen Bart, die beiden anderen Männer schienen sich nichts aus dieser Manneszierde zu machen.

»Stadtbewohner«, teilte uns Noir mit. »Ich empfange die bekannten Hirnwellenmuster. Leider kann ich ihren Gedankeninhalt nicht erkennen. Die Gefühle liegen jedoch offen vor mir.«

»Und?« warf ich ein.

»Sie fürchten sich, Sir. Eindeutig!«

»Sie schauen unablässig zu den Pyramiden hinüber«, fiel Perry ein. »Ich bin davon überzeugt, daß diese Körbe Lebensmittel enthalten. Damit wäre geklärt, wovon sich die Schwarzen ernähren.«

Rhodans Vermutung schien der Wahrheit mindestens sehr nahe zu kommen. Melbar Kasom tauchte plötzlich hinter uns auf. Er legte sich neben mir nieder.

»Wir haben eine Idee, Sir. Was hielten Sie davon, wenn wir uns mit dem Segler zur Stadt bringen ließen? Die drei Burschen sehen ganz danach aus, als hegten sie keine große Sympathie für die Schwarzen. Soll ich versuchen, mich mit dem Piloten in Verbindung zu setzen?«

»Wie? Verstehen Sie seine Sprache?«

Kasom schluckte. Angestrengt sah er zu den hastig Arbeitenden hinüber. Sie waren noch immer damit beschäftigt, das Ladegut unter dem Dach aufzuschichten und es mit dicken Stricken gegen eventuelle Stürme abzusichern. Der Segler zerrte an seinen Halteseilen. Er schien sehr leicht zu sein.

Plötzlich liefen die Helfer des Piloten davon. Kasom folgte ihnen ein kurzes Stück. Als er zurückkehrte, meldete er überrascht: »Hinter der nächsten Anhöhe steht eine Art Blockhaus. Es ist aus Natursteinen aufgeschichtet. Unter einem Schutzdach stehen riesige Vögel mit gestutzten Flügeln.«

Ich bemerkte Perrys Verwunderung. Die Überraschungen schienen kein Ende nehmen zu wollen.

»Vögel?« wiederholte der Terraner verblüfft. »Sind Sie sicher?«

»Jawohl, Sir. Etwa zwei Meter hoch, mächtige Laufbeine und gekrümmte Schnäbel. Sie sind Pflanzenfresser. Was hat man mit den Tieren vor? Schlachten?«

»Bezähmen Sie gefälligst Ihren lüsternen Gesichtsausdruck«, fuhr ich den Ertruser an. »Sie denken wohl nur ans Essen? Noir, bleiben Sie hier und greifen Sie notfalls mit ihren hypnotischen Kräften ein. Sorgen Sie dafür, daß wir mit dem Piloten ungestört sprechen können. Kasom, Sie halten sich etwas zurück. Ich möchte nicht, daß der Pilot bei Ihrem Anblick in Ohnmacht fällt. Perry ...?«

»Ich komme mit.«

Wir erhoben uns und gingen langsam auf den Flieger zu. Es wäre zwecklos gewesen, jetzt noch Versteck zu spielen. Er schien unbewaffnet zu sein.

Er erblickte uns erst im letzten Augenblick. Während unseres Marsches hatte er die Ruder seiner Maschine überprüft.

Nachdem er uns gesehen hatte, reagierte er sehr eigenartig. Er stieß weder einen Ruf des Erschreckens aus noch machte er einen Fluchtversuch. Er schien nicht einmal sonderlich überrascht zu sein.

Abwartend, die Arme über der Brust verschränkt, stand er neben dem geöffneten Laderaum. Kasom blieb weisungsgemäß zurück. Nur Perry und ich gingen noch einige Schritte weiter, bis wir neben der Maschine standen. Der Pilot regte sich noch immer nicht.

Sein Blick zeugte jedoch von einem wachen Geist. Er musterte uns in einer Art, als hätte er uns erwartet.

»Springernachkomme«, flüsterte mir Perry zu. »Eindeutig! Hier muß einmal ein Raumschiff der Galaktischen Händler gelandet sein. Vergessene Nachkommen der Besatzung, schätze ich.«

Ich nickte unmerklich. Die kräftige Gestalt des Mannes, die Form der Ohren und der Schnitt des breiten Gesichtes ließen kaum eine andere Deutung zu.

Die Springer durchflogen seit vielen Jahrtausenden die Galaxis. Unfälle und Notlandungen waren in der Anfangszeit der arkonidischen Ausbreitung, aus der die Springer hervorgegangen waren, an der Tagesordnung gewesen. Es gab viele Welten, die von den Nachkommen ehemaliger Händler bewohnt wurden.

Es handelte sich also nicht um einen Ureinwohner des Planeten. Es hätte mich auch gewundert, wenn diese urzeitliche Welt schon intelligentes Leben in einer derart hochentwickelten Form hervorgebracht hätte.

Ich blieb einige Meter vor dem Mann stehen, erhob die Arme und zeigte ihm die Handflächen. Er musterte uns immer noch. Ich wollte ihn anreden und das altertümliche Interkosmo verwenden, das seit Jahrtausenden in der Galaxis gesprochen wurde. Wenn er von Galaktischen Händlern abstammte, mußte er mich verstehen.

Er handelte jedoch schneller, als wir es erwartet hatten. Ehe ich ein Wort sagen konnte, sprach er uns bereits an. »Seid ihr mit dem Raumschiff angekommen? Wir haben die Landung beobachtet.«

Ich ließ die Hände sinken und kämpfte schon wieder um meine Fassung. Rhodan stieß einen Seufzer aus, der viel bedeuten konnte.

Ich hatte jedes Wort verstanden. Der Einheimische hatte nicht die alte Umgangssprache benutzt, sondern ein recht modernes Interkosmo, das sich erst vor etwa tausend Jahren eingebürgert hatte. Seine Vorfahren konnten demnach vor noch nicht langer Zeit – nach galaktischen Maßstäben gemessen – auf diesem Planeten gelandet sein.

Rhodan ergriff das Wort. Er handelte so, als würde er den Mann schon lange kennen.

»Ja, wir sind damit angekommen. Es war ein Unfall. Wir wollten uns nur auf dieser Welt etwas umsehen, doch da startete das Schiff plötzlich. Wir nehmen an, die Alarmautomatik ortete die radioaktive Strahlung, die von den Pyramiden ausgeht.«

Der Gesichtsausdruck des Fremden verriet Verständnislosigkeit. Was ein Raumschiff war, schien er zu wissen. Von Radioaktivität schien er noch nie etwas gehört zu haben. Ich durchschaute den Sachverhalt. Er war durchaus nicht einmalig. Ich kannte andere Welten, deren in die Primitivität abgesunkene Bewohner sich noch gut an die Raumfahrzeuge ihrer Vorfahren erinnern konnten. Sie wußten auch noch, daß man durch den Raum fliegen konnte und daß es viele andere Welten gab. Damit war aber das Wissen um die Dinge erschöpft. Hier schien ein ähnlicher Fall vorzuliegen. Der Segler wies ebenfalls darauf hin, daß man die technischen Erkenntnisse der Ahnen vergessen hatte. Sie existierten nur noch dem Wort nach.

»Unser Schiff erkannte die Gefahr und flog ohne uns ab«, sagte ich schnell. »Wir bitten um deine Hilfe. Wir sind angegriffen worden.«

Er nickte und schaute zu den fernen Pyramiden hinüber. Die riesigen Bauwerke standen wie ein drohendes Fanal in der Wüste.

»Ja, wir wissen es. Wir haben den Donner gehört. Die Schwarzen von Roost sind erbarmungslos.«

»Die Schwarzen von Roost!« Kasom räusperte sich. Der Pilot zuckte zusammen. Als er den Ertruser anblickte, bemerkte ich zum erstenmal den Ausdruck von Furcht in seinen Augen.

»Die anderen Männer nähern sich!« rief uns Mory zu. »Sie haben einige Laufvögel dabei.«

Der Fremde wurde unruhig. Ängstlich schaute er zu den Pyramiden hinüber. Er schien mit einem Entschluß zu ringen.

»Ihr steht nicht mit den Schwarzen von Roost in Verbindung?« erkundigte er sich argwöhnisch.

»Nein. Wir haben sie heute zum erstenmal gesehen. Kannst du uns helfen? Wir möchten in die Stadt, die wir vor der Landung erblickt haben. Wir können dir und deinen Leuten reiche Erkenntnisse vermitteln, die für euer Fortkommen bedeutungsvoll sind.«

Der Pilot grinste plötzlich. Jetzt glich er mehr denn je einem verschlagenen Händler, der ein gutes Geschäft wittert.

»Das sagte der Patriarch ebenfalls«, sagte der Mann überraschend. »Ich habe den Auftrag erhalten, mich hier oben umzusehen. Wir hielten es für möglich, daß jemand angekommen ist.«

Nun wußte ich, weshalb der Rotbart so gelassen auf unsere Annäherung reagiert hatte.

»Springer bleibt Springer«, sagte Perry vor sich hin. »Die Halunken verändern sich nicht.«

»Verbergt euch«, wies uns der Pilot an, nachdem er gelauscht hatte. »Ich kehre mit dem letzten Aufwind zurück und bringe noch eine Ladung. Ich nehme euch mit hinunter. Vorher werde ich Travera unterrichten. Ich brauche Geleitschutz.«

»Was ...?«

»Geleitschutz. Die Männer von Gognul haben mehr als zweihundert Trohnen in der Luft. Sie dürfen nicht merken, daß ich mit einer Rückfracht starte. Ich kann eigentlich nur leer zurückfliegen. Nach fünf Stunden sind die Gognul mit der Versorgung an der Reihe.«

»Die Gognul sind eure Feinde? Wie nennt ihr euch?«

»Traver. Die Gognul bewohnen die Stadt jenseits der Bucht. Wir haben die Schwarzen von Boost gemeinsam zu beliefern. Verschwindet. Meine Helfer sollen nichts von unserer Vereinbarung wissen. Ich komme bestimmt zurück.«

»Eh, welche Waffen habt ihr?« rief uns der Pilot gedämpft nach. »Könnt ihr eine Trohne abwehren?«

»Was ist eine Trohne?« erkundigte ich mich. Hinter der Anhöhe vernahm ich Geräusche. Der Traver winkte hastig ab und erläuterte dazu: »Später. Trohnen sind zweisitzige Segler. Pilot und Speerbombenschütze. Woher kommt ihr, daß ihr wie Kinder fragt? Verschwindet.«

Wir gingen in Deckung. Mory flüsterte uns zu, die Laufvögel wären von den beiden Helfern angeschirrt worden.

»Wie Zugtiere«, fügte sie verwundert hinzu. »Der Segelflieger scheint Sie erwartet zu haben, wie? Sein Gebaren ließ darauf schließen. Er war nicht überrascht.«

»Kann man wohl sagen«, knurrte Rhodan unwirsch. »Diese Halunken haben die Landung beobachtet und daraus ihre Schlüsse gezogen. Sie nennen unsere rüstungsbewehrten Suggestoren und Bombenwerfer die Schwarzen von Roost. Entweder ist Roost der allgemeingültige Name für diese Welt, oder die Einheimischen bezeichnen damit die Pyramiden. Das ist aber vorerst unwichtig. Wozu benötigen sie die Vögel?«

Wir erfuhren es wenige Augenblicke später. Meine Hochachtung vor dem Erfindungsgeist dieser Leute stieg um einige Grade.

Die Springernachkömmlinge schienen nicht im Sinne des Wortes degeneriert zu sein. Der Pilot hatte einen energischen Eindruck auf mich gemacht. Dagegen schien man die hohe Technik der Vorfahren durch irgendwelche Einflüsse vergessen zu haben. Wahrscheinlich hatten die Nachkommen von vorn beginnen müssen – allerdings mit beachtlichem Geschick, wie ich zugeben mußte. Ich hatte mir den Lastensegler genauestens angesehen.

Er war in Holzbauweise ausgeführt. Jedoch schien es sich um ein Material zu handeln, das man wahrscheinlich nur auf diesem Planeten finden konnte. Die Verarbeitung war erstklassig, die Oberfläche blank poliert. Das Schwingenprofil ließ auf aerodynamische und physikalische Kenntnisse schließen, die nicht nur aus Erfahrungswerten bestehen konnten.

Wir schauten zu den Tieren hinüber. Sie glichen etwa einem irdischen Strauß, nur waren sie viel größer und muskulöser gebaut. Die Köpfe hätten einer terranischen Gazelle gehören können. Bei einem der drei Vögel entdeckte ich sogar ein spitzes, gewundenes Gehörn.

Die Tiere wurden vor den Segler geführt und ein langes Seil vor der Gleitkufe an der Rumpfnase befestigt. Ein Helfer zerrte die Vögel nach vorn, bis sich das Seil straffte. Es war etwa fünfzig Meter lang.

Der zweite Mann hob mühelos die auf dem Boden liegende Spitze der linken Tragfläche an, bis die Schwingen horizontal zum Gelände ausgerichtet waren.

»Phantastisch!« sagte Rhodan erneut. »Das ist der tollste Start, den ich je gesehen habe. Diese Tiere ersetzen bestimmt eine Seilwinde. Unter Umständen fliegen sie sogar. Schaut euch das an!«

Der Pilot gab ein Zeichen. Die drei riesigen Vögel stemmten ihre Krallenfüße in den Boden, und dann rasten sie nur so über die Wüste hinweg.

Der Lastensegler wurde mitgerissen. Der Pilot hob die Maschine nach etwa zehn Metern ab, ließ sie über eine Strecke von zirka vierzig Metern hinweg Fahrt aufnehmen und riß dann den Knüppel nach hinten.

Der Segler begann im Winkel von fünfundvierzig Grad zu steigen. Der rasende Lauf der Vögel wurde langsamer. Ihre Zehen krallten sich fester in den Boden ein, je härter der Zug der steigenden Maschine wurde.

Wir sahen, wie sie nach vorn überkippte. Im gleichen Moment klinkte der Pilot das Schleppseil aus und ging sofort auf Kurs. Die Vögel liefen aus, trabend kehrten sie zu dem schrill pfeifenden Treiber zurück, der sie mit einem ähnlich gellenden Pfiff zum Davonlaufen angespornt hatte.

Das Segelflugzeug verschwand schon über dem Steilhang. Es nahm geraden Kurs auf die ferne Stadt, die wir von unserem Standort aus nicht sehen konnten. Eine Hügelkette verdeckte den Ausblick auf die Küste.

Wir schauten dem Luftfahrzeug nach, bis es im Dunst verschwunden war. Die beiden Männer schritten eilig zu ihrer Hütte zurück. Wahrscheinlich waren sie hier oben stationiert, bis sie von einer Bodenmannschaft der sogenannten Gognul abgelöst wurden.

Der überdachte Schuppen mit den Nahrungsmitteln blieb unbewacht zurück. Kasom schaute verlangend hinüber. Ich sagte warnend: »Ertruser, kommen Sie nur nicht auf die Idee, den Vorrat zu plündern. Wir erhalten bald genug zu essen. Dieses Lager ist für die Herren in den schwarzen Rüstungen bestimmt. Es darf nichts fehlen. Noir, was halten Sie von der Angelegenheit?«

Der Mutant richtete sich auf und klopfte den Staub aus seiner zerschlissenen Uniformkombination. »Der Fall ist ganz klar, Sir. Die Schwarzen verlangen von den Bewohnern der beiden Städte eine Tributzahlung, die wohl in erster Linie in der Form von Lebensmitteln entrichtet werden muß. Ich bin sicher, daß die Schwarzen ihre geringe suggestive Begabung dazu verwenden, um die Stadtbewohner zu dieser Fronleistung zu zwingen, ich vermute sogar noch mehr, Sir.«

»Was?« fragte Rhodan. Sein Gesicht spannte sich.

André sah blinzelnd zu den Pyramiden hinüber. »Der Pilot machte einen intelligenten Eindruck, auch wenn er nicht wußte, was Radioaktivität ist. Die Bezeichnung Raumschiff gebrauchte er jedoch ganz selbstverständlich. Ich bin überzeugt, daß diese Leute in technischer und auch kultureller Hinsicht viel weiter wären, wenn die sogenannten Schwarzen von Roost nicht dafür sorgen würden, daß man in den Städten nicht zuviel entdeckt oder erfindet. Die Traver werden unauffällig am Gängelband geführt. Unter Umständen schüren die Schwarzen sogar Mißtrauen und Eifersucht zwischen den beiden Städten. Sie legen Wert darauf, daß man sich nicht einigt. Das könnte für die Schwarzen gefährlich werden. Es deutet alles darauf hin, daß meine Vermutung richtig ist.«

Ich nickte nachdenklich. Der Mutant hatte folgerichtige Schlüsse gezogen.

»Abwarten«, gebot Perry. »Wir werden uns mit der Situation vertraut machen. Jetzt gehen wir zur Höhle zurück. Wenn hier ein Gleiter auftaucht, um die Lebensmittel abzuholen, möchte ich nicht mehr in der Nähe sein. Unter Umständen entschlössen sich die Burschen doch noch zu einem Angriff.«

Wir schritten den Weg zurück. Als wir an der Quelle rasteten, sagte Mory: »Perry, Sie verheimlichen uns etwas.«

Er schöpfte noch etwas Wasser, ließ es über den Nacken rieseln und blickte auf. »So?«

»Sie haben etwas vor«, behauptete Mory. »Ich kenne Sie besser, als Sie annehmen. Sie wissen doch selbst, daß wir in den Städten keine Hyperkomgeräte finden, nicht wahr?«

Der hagere Terraner begann zu lächeln. Ich wußte plötzlich, was er dachte. Ich hatte auch schon mit dem Gedanken gespielt, bisher aber darauf verzichtet, ihn weiter zu verfolgen.

Jetzt sah die Situation plötzlich ganz anders aus. Jemand wollte uns helfen, nicht ganz uneigennützig, wie es schien – aber wir konnten darauf hoffen, Unterstützung zu finden. Damit war wenigstens das Nahrungsproblem gelöst.

Mit den Einheimischen würden wir auf alle Fälle einig werden. Ob wir aber auch mit den Schwarzen verhandeln konnten, war eine andere Frage. Ich wartete auf Perrys Antwort. Sie erfolgte in knapper Form.

»Wir schauen uns die Eingeborenen an, stellen die Hintergründe der Streitigkeiten fest, greifen zweckentsprechend ein und nehmen uns dann die Pyramiden vor. Wenn es auf dieser Welt ein Gerät gibt, mit dem man einen Notruf abstrahlen kann, können wir es nur innerhalb der Pyramiden oder in dem schwarzen Turm finden, der nun wieder im Boden versunken ist.«

Mory schaute den Terraner nachdenklich an. »Langsam wird mir klar, wie Sie das Imperium aufgebaut haben. Danke für den Unterricht, Perry.«

22.

Nur eine Stunde nach dem seltsamen Windenstart des Lastenseglers war ein Luftgleiter der Schwarzen erschienen. Perry, Melbar und ich hatten das Verladen der Güter beobachtet, aber dabei hatten wir nur Roboter erblickt.

Sie waren von fremdartiger Konstruktion gewesen, die mich annähernd an die Maschinen auf Kahalo erinnert hatte.

Niemand hatte uns geortet. Wir waren demzufolge auch nicht belästigt worden. Anschließend waren wir nochmals zur Höhle zurückgelaufen, um unsere wenigen Habseligkeiten abzuholen.

Jetzt lagen wir wieder hinter den deckenden Felsen und Bodenerhebungen am Rande des Steilhanges, der hier, an dieser Stelle, fast senkrecht in die geheimnisvolle Tiefe abfiel.

Der Pilot hatte gesagt, er käme mit dem »letzten Aufwind« zurück. Die Sonne dieser Welt stand bereits hinter den westlichen Bergen. Ihr Licht verfärbte sich zu einem fahlen Weißgelb, das kurz darauf von einem orangefarbenen Leuchten abgelöst wurde.

Lichtspeere zuckten über die plötzlich scharf umrissenen Gipfel und Kämme hinweg und tauchten das weite Land in flackerndes Rot und blutfarbene Luftspiegelungen.

Der lange Tag neigte sich seinem Ende zu. Aus der Tiefe tönten gräßliche Schreie zu uns herauf. Das urweltliche Leben dieser Welt schien mit dem schwindenden Licht zu erwachen.

Wir warteten auf den Lastensegler.

Es dauerte noch zehn Minuten, bis wir ihn erspähten. Der Pilot hielt Wort. Allerdings waren wir davon überzeugt, daß er sich mit seinem Patriarchen eingehend über das Für und Wider einer Bergung unterhalten hatte. Springer taten niemals etwas umsonst – und das waren Springer!

Wahrscheinlich hofften die Machthaber der Stadt, wir könnten ihnen behilflich sein, die Leute von Gognul zu besiegen.

Für uns kam es erst einmal darauf an, das Hochplateau zu verlassen und möglichst gefahrlos die Urwaldzone zu passieren. Dies geschah am besten auf dem Luftweg.

»Ob die Kiste mein Körpergewicht aushält?« fragte Kasom plötzlich.

»Aushalten schon. Es fragt sich nur, ob sie Ihr Gewicht auch trägt«, entgegnete Rhodan. Prüfend betrachtete er den ertrusischen Giganten. »Sie müssen auf alle Fälle genau im Schwerpunkt untergebracht werden. Ich glaube aber, daß der Lastensegler ihre sechzehn Zentner schleppen kann. Die Ladung war bestimmt nicht leichter, eher noch um etliche Zentner schwerer.«

»Das ist wichtig. Wir sind auch noch da«, meinte Bully knurrig. »Kasom, halten Sie Ihre Füße ruhig. Ich liege dicht hinter Ihnen.«

Der Aufwind war noch stark genug, um dem Piloten die Möglichkeit zu bieten, mit hoher Steiggeschwindigkeit Höhe zu gewinnen. Schon wenige Augenblicke später erreichte er das Hochplateau, strich dicht über den Rand hinweg und setzte nach einer weitgezogenen Kurve zur Landung an.

Wir warteten, bis das Poltern der aus Metall gefertigten Landekufe ausklang und die Maschine sich zur Seite neigte. Sie federte auf das Ende der linken Tragfläche und blieb liegen.

Der Pilot stieg sofort aus und befestigte das Flugzeug an eingerammten Pflöcken. Wenig später erschienen die beiden Helfer. Das Frachtgut, das diesmal aus zahlreichen Krügen und riesigen Fleischstücken bestand, wurde in höchster Eile ausgeladen.

Kasom stieß einen abgrundtiefen Seufzer aus. Wahrscheinlich dachte er schon wieder an seine »Ochsenviertelchen«.

Das Licht der untergehenden Sonne verlor seine intensiv rote Farbe. Ultrablaue Wolkenballungen zeichneten sich hinter dem fernen Gebirge ab.

Die Helfer rannten davon. Auf dieser Welt konnte man nachts nicht fliegen. Wahrscheinlich erfolgte der Temperatursturz so schnell, daß der Thermik-Auftrieb schon wenige Minuten nach Anbruch der Dunkelheit erlosch. Es war ein natürlicher Vorgang.

Meiner Schätzung nach hatten wir noch etwa eine Stunde Zeit bis zum Versiegen der Thermik. Der Start durfte nicht mehr lange aufgeschoben werden.

Als die Helfer verschwunden waren und Kasom von seinem Beobachtungsplatz aus das vereinbarte Zeichen gab, rannten wir auf die Maschine zu. Der Pilot erwartete uns. Mit einer gebieterischen Handbewegung deutete er auf das Frachtluk. Kasom kam mit riesigen Sätzen angesprungen.

Der Flieger staunte den Giganten an, stieß eine seltsam klingende Verwünschung aus und grollte: »Beim Appetit der Schwarzen – wie schwer bist du?«

»Das wird sich herausstellen, wenn deine Mühle startet«, sagte der Ertruser grinsend. Er umfaßte mit Daumen und Zeigefinger die Bluse des Traver, hob ihn hoch und sah ihm in die erschreckt aufgerissenen Augen.

»Freund – wir sind friedfertige Leute, aber wir haben etwas gegen schmutzige Tricks. Hast du den Auftrag erhalten, uns zur Stadt zu bringen?«

Der Pilot gurgelte etwas und nickte heftig. Kasom setzte ihn ab. »Schön, ich passe auf. Wo soll ich mich hinsetzen?«

»Legen, flach hinlegen und nach meiner Anweisung das Körpergewicht verlagern«, stöhnte der Springer. »Ich muß die Maschine austrimmen, wenn ich ausklinke. Verschwinde schon.«

Der Laderaum war wesentlich geräumiger, als es von außen ausgesehen hatte. Kasom legte sich hinter dem Cockpit nieder, wir verteilten uns nahe dem Schwerpunkt an den Wänden.

»Hast du etwas auszurichten?« fragte ich den Piloten. Er saß schon in seinem aus Holz geformten Kontursitz und schnallte sich an. Draußen hörte ich die Rufe der Treiber. Die Tragflächen wurden angehoben. Der zweite Mann befestigte das Schleppseil an der Schnappöse.

Ich richtete mich vorsichtig auf und spähte durch die verglaste Kanzel nach vorn. Der Sitz neben dem Piloten war noch frei. Rhodan wartete auf den Start. Er wollte sich neben den Fremden setzen und den Flug überwachen.

»Nichts«, brummte der Rotbart unwirsch. »Ich soll euch zu Travera bringen. Er will mit euch sprechen. Mein Name ist übrigens Otrin.«

Bei dieser Auskunft blieb es. Mory umklammerte meinen Arm. Die Maschine ruckte heftig an, polterte mit der Gleitkufe über das Gelände und wurde dann durch einen zarten Knüppelausschlag abgehoben.

Sekunden später wurde sie zum Steigflug gezwungen. Ich hörte den Traver heftig schimpfen. Der Start schien nicht einfach zu sein.

»Die Vögel schaffen es kaum!« rief mir Bully zu. Er schaute durch ein winziges Luk nach unten. »Sie werden langsamer.«

Mir wurde klar, daß sich die beiden Treiber darüber wundern mußten. Das Flugzeug besaß plötzlich ein wesentlich höheres Abfluggewicht als gewohnt.

Das gibt Schwierigkeiten! meldete sich mein Extrahirn. *Daran hat der Pilot nicht gedacht. Es fällt ihm jetzt erst ein. Aufpassen!*

Der Flieger, der sich Otrin nannte, behielt jedoch die Nerven. Er wartete bis zum letzten Augenblick, zwang die Maschine mit dem Rest ihrer Schleppgeschwindigkeit in die Horizontale, klinkte das Seil aus und drückte sie sofort wieder an.

Leise pfeifend nahm der Lastensegler Fahrt auf. Wir schossen auf den Rand der Hochebene zu und glitten haarscharf darüber hinweg. Für einen Augenblick sah ich die drei Laufvögel. Sie trabten schon zu ihrem Treiber zurück.

Unter uns öffnete sich der Abgrund. Ein warmer Luftstrom erfaßte uns. Damit schien für den Piloten der Fall geklärt zu sein. Rhodan zwängte sich zwischen uns hindurch und nahm auf dem zweiten Sitz Platz.

Der Rotbart verzichtete darauf, nochmals Höhe zu gewinnen. Dagegen ging er sofort zum Streckenflug über, wohl wissend, daß er über der Heißluftzone des Urwaldes kaum Höhe verlieren konnte.

Sein Ziel war der schätzungsweise zwanzig Kilometer entfernte Nordhang der Hügelkette, die uns den Ausblick auf das Meer versperrt hatte. Dort mußte er wieder kurven, Höhe aufholen und zum nächsten Sprung ansetzen.

Nach einigen Augenblicken bemerkte ich aber, daß der Lastensegler selbst über dem Urwald mit etwa drei Meter pro Sekunde stieg. Die Thermik auf dieser Welt war unvergleichlich stark. Der Pilot schaute kein einziges Mal nach einer Wolkenschicht aus, um in deren Thermalstrom nach oben zu kurbeln. Wir stiegen immer höher, obwohl er das Flugzeug – meiner Auffassung nach – recht scharf andrückte.

Ich versuchte, die Instrumente abzulesen. Es gab keine! Er besaß nicht einmal einen Höhenmesser. Die Männer dieses Planeten flogen nur nach Gefühl.

Ich erinnerte mich an eine alte Segelflugweisheit, die ich auf der Erde gehört und belächelt hatte. Demnach sollte ein guter Segelflieger das Gefühl im Sitzfleisch haben. Tatsächlich hatte ich vor vielen hundert Jahren Terraner kennengelernt, die rein gefühlsmäßig sagen konnten, mit weicher Geschwindigkeit die Maschine flog, wie schnell sie stieg und wie heftig sie in Kaltwinden fiel.

Rhodan schaute mich bedeutungsvoll an. Er sagte aber nichts. Wahrscheinlich wollte er Otrin nicht beirren.

Ich fragte mich, warum der Flieger plötzlich zusammenzuckte und dann einige merkwürdige Verwünschungen ausstieß.

»Kalko, der Schuft«, sagte er wütend. »Habt ihr die Lichtzeichen bemerkt? Er blinkt mit seinem Signalspiegel. In zehn Minuten sind die Trohnen der Gognul da.«

»Moment, bitte«, sagte ich heftig, denn ich war der Rätselraterei müde. »Wer gibt Lichtzeichen, und was haben sie zu bedeuten? Drücke dich klarer aus, Freund.«

Er schaute mich wütend an und wischte die Schweißperlen von seiner Stirn.

»Kalko ist der Treiber der Gegenseite. Die Station ist immer von einem Traver und einem Gognul besetzt. Kalko hat bemerkt, daß ich mit voller Ladung gestartet bin. Natürlich hat er ebenfalls euer Raumschiff gesehen. Er wird sich seinen Teil denken. Das Abkommen mit dem Patriarchen von Gognul verbietet es uns, eine Rückfracht mitzunehmen. Kalko informiert nun die Luftjäger seiner Leute. Über dem nächsten Kamm werden sie auftauchen. Und ich – verdammt, ich habe keinen Geleitschutz bekommen. Travera wollte es nicht. Warum bin ich Narr gestartet, um euch abzuholen?«

Er fluchte wieder und drückte die Maschine noch schärfer an.

»Seit wann führt ihr mit den Gognul Krieg?« erkundigte sich Rhodan. Unter uns huschte die grünblaue Mauer des Urwaldes hinweg. Unsere Fahrt betrug etwa hundert Kilometer pro Stunde. Außer einem zarten Pfeifen war nichts zu hören. Es wäre ein wundervoller Flug gewesen, wenn sich nicht schon wieder Schwierigkeiten angekündigt hätten.

»Seit wann? Als ich geboren wurde, erfolgte gerade ein Großangriff auf Travera«, lachte der Rotbart grimmig.

»Auf Travera? So heißt doch dein Patriarch?«

»Unsere Stadt heißt auch so, das ist Sitte.«

Ich nickte. Die Springernachkömmlinge folgten damit dem Vorbild ihrer Ahnen.

»Warum führt ihr Krieg?« wollte Rhodan wissen. »Geht es um Landbesitz oder um wertvolle Bergwerke?«

»Du fragst wie ein Narr. Die Gognul sind eben Feinde.«

Der Pilot schaute uns etwas unsicher an. Er schien mit seiner Auskunft selbst nicht zufrieden zu sein.

André Noir nickte mir zu. Seine Theorie schien richtig zu sein. Die Schwarzen von Roost setzten ihre suggestiven Kräfte ein, um die beiden Völker in ewiger Unruhe zu halten.

»Wie nennt ihr euren Planeten?« fragte ich.

»Roost. Die Sonne heißt Simban. Wieso wißt ihr das nicht?«

»Wir kommen von weit her, Freund.«

Er runzelte die Stirn und stellte dann eine Frage, auf die ich eigentlich hätte gefaßt sein sollen.

»Wie fliegt ihr mit einem Raumschiff? Wie ist da oben die Thermik? Ich wollte schon oft in den Raum vorstoßen, aber die Luft wurde so dünn, daß ich nicht mehr atmen konnte. Ihr müßt uns sagen, wie man es macht. Wir Traver haben die besten Maschinen. Unsere Gasholzverarbeitung haben die Gognul noch nie nachahmen können. Wir kennen besondere Leimverbindungen. Woraus baut Ihr eure Raumschiffe?«

Es wäre zwecklos gewesen, dem Eingeborenen erklären zu wollen, daß es im Raum keine Thermik gab. Er war der Auffassung, man müßte nur genügend Luft finden oder eine Methode zum Komprimieren ausdenken, um anschließend jeden beliebigen Punkt in der Galaxis mit einem Segler erreichen zu können. Bei diesen Springernachkommen hatten sich die Grenzen der Wissensgebiete verwischt. Überliefertes Wissen und vorhandene Technik bildeten ein buntes Kaleidoskop von verworrenen Vorstellungen.

»Wir sprechen darüber«, lenkte ich ab. »Drücke die Maschine nicht zu tief, oder du kommst nicht mehr über den Hang hinweg.«

Er winkte geringschätzig ab. »Ich ziehe sie notfalls so hoch, daß ihr keine Luft mehr bekommt. Ich kenne die Abendwinde. Sie sind jetzt unsere letzte Chance. Die Trohnen der Gognul werden uns nicht schnell genug folgen können. Wir müssen natürlich den großen Kerl über Bord werfen, damit wir leichter werden.«

Er deutete mit dem Daumen über die Schulter. Kasom stieß ein tiefes Grollen aus. Mory lachte schallend.

Otrin sah sich verwundert um. Er schien unsere Reaktion für eigenartig zu halten.

»Eher fliegst du«, knurrte Melbar. »Haben Sie das gehört, Sir? Hier scheinen ja seltsame Methoden zu herrschen. Mich über Bord werfen, ha!«

»Bist du der Dickste, oder bist du nicht der Dickste?« erboste sich der Pilot. »Na also! Die schweren Brocken haben bei Gefahr immer zuerst zu springen. Ist das bei euch vielleicht anders? Was macht ihr, wenn die Aufwinde euer Raumschiff nicht mehr tragen? Ihr entfernt überflüssige Lasten, oder? Das ist doch ganz klar.«

»Ich bin keine überflüssige Last«, sagte Kasom etwas lauter als bisher. Der Segler vibrierte. Otrin zog den Kopf ein. »Da vorn kommen kleine Maschinen über die Berge hinweg.«

Otrin schimpfte fürchterlich. Er nannte sich wiederholt einen Narren. Mit seiner überladenen Maschine konnte er nicht schnell genug steigen.

Im gleichen Atemzug erläuterte er uns die Kriegsführung auf Roost. Beide Parteien hatten ihre Technik voll und ganz auf den Segelflug ausgerichtet. Landetruppen kannte man kaum. Man setzte bestenfalls Kommandos mit großen Lastenseglern ab.

Die Schiffahrt war ein unbekannter Begriff. Man scheute sich vor dem nassen Element. Die heiße Luft mit ihren phantastischen Aufwindströmungen war sicherer als das Wasser.

Beide Städte wurden durch den von uns gesichteten Meeresarm voneinander getrennt. Gognul lag auf der anderen Seite, etwa zweihundert Kilometer von Travera entfernt.

Die Städte waren stark befestigt und besaßen breite Wassergräben, in denen Meeresungeheuer gefangengehalten wurden. Angriffe waren aber nur aus der Luft üblich.

Über dem kleinen Golf, in dem zahlreiche Inselgruppen eingebettet lagen, spielten sich Tag für Tag erbitterte Luftkämpfe ab. Man beschoß sich mit primitiven Katapultwaffen, die von den sogenannten Speerbombenschützen bedient wurden. Einsitzige Trohnen besaßen eine starr eingebaute Speerschleudermaschine. Es wurde mit dem ganzen Flugzeug gezielt.

Die Natur war den vergessenen Springernachkommen von Roost in jeder Beziehung behilflich gewesen. Das sogenannte Gasholz, das Otrin schon erwähnt hatte, wuchs überall in den Urwäldern. Es handelte sich um bambusartige Pflanzen mit zahllosen Porenzellen, die mit einer Wasserstoffgas-Verbindung angefüllt waren. Gasholzbäume hatten ein so geringes Gewicht, daß sie von stärkeren Winden davongeweht wurden. Daraus baute man die wunderbaren Segelflugzeuge, die durch die gasgefüllten Hölzer fast noch leichter als die Luft waren.

Mir wurde klar, warum man hier so prächtig und mühelos fliegen konnte. Das Gasholz diente auch als Rohstoff für die Waffenfabrikation. Die Eingeborenen stachen die hermetisch abgeschlossenen Holzporen an, saugten das Wasserstoffgas ab und komprimierten es zwischen zehn und zwanzig Atü in Bronzeguß-Hohlkörpern.

Bei dem Verdichtungsprozeß wurde Sauerstoff hinzugefügt. Dadurch entstand ein hochexplosives Knallgasgemisch, das man nur noch zu zünden brauchte, um wirkungsvolle Sprengkörper zu erhalten. Die kleinen Granaten besaßen eine längliche Form. Man setzte sie auf die Spitzen der Speerschäfte und schleuderte die dadurch entstandenen Lanzengeschosse mit armbrustähnlichen Katapulten davon.

Es gab aber auch regelrechte Knallgasbomben, die von Segelflugzeugen abgeworfen wurden. Die Wirkung konnte unter Umständen beträchtlich sein. Soweit sich Otrin erinnern konnte, waren fast täglich Bombenangriffe erfolgt. Daher hatte man die Städte auch so massiv und festungsähnlich erbaut.

Ich schüttelte benommen den Kopf. Der Pilot hatte sehr hastig berichtet. Wir wußten nun ungefähr, in welcher Form sich die Eingeborenen von Roost gegenseitig zu Leibe rückten.

»Fremde Völker, fremde Sitten«, grinste Bully. »Eh, Rotbart – wie groß ist die Splitterwirkung einer Speergranate?«

»Das wirst du gleich erleben«, entgegnete Otrin auffallend ruhig. Aus verengten Augen sah er zu den aufkreuzenden Maschinen hinüber.

Es handelte sich um kleine, wundervoll gebaute Segler, die federleicht im letzten Aufwind hingen.

»Aus!« sagte Otrin apathisch. »Sie haben schon ihre Angriffsüberhöhung erreicht. Gleich knallt es. Wir werden ganz sicher explodieren. Verdammt – hätte ich euch da oben nur verhungern lassen.«

Ich zog meine Strahlwaffe aus dem Halfter und richtete mich auf. Bully öffnete das Frachtluk und sicherte die beiden Flügeltüren.

»Vorsicht bei Thermoschüssen«, warnte Perry. »Dieses Gasholz dürfte wie Zunder brennen. Wie hoch ist der Flammpunkt, Otrin?«

»Der was?«

Perry winkte ab. Zugleich bemerkte ich einen Segler, der mit hoher Fahrt und aus der Sonne kommend auf unsere große Maschine herabschoß. Ich schaltete das Beschleunigungs-Bündelfeld meiner Waffe auf den breitesten Fächerwert, ging ins Ziel und drückte ab.

Zusammen mit dem blendenden Blitz der Entladung erfolgte eine Detonation. Der Angreifer zerbarst in einer lohenden Stichflamme und verschwand. Rhodan und Bully schossen fünf weitere Maschinen im Zeitraum von einer Minute ab. Uns blieb keine andere Wahl, wenn wir nicht ein ähnliches Schicksal erleiden wollten. Mory holte ebenfalls zwei Maschinen herunter. Sie feuerte über fünfhundert Meter Entfernung hinweg mit enormer Zielsicherheit.

Als elf Segler explodiert waren, zogen sich die anderen Angreifer fluchtartig zurück. Hier und da hatte ich längliche Gebilde bemerkt, die sich aus den schmalen Rümpfen der Flugzeuge gelöst hatten. Das waren wohl Speerbomben gewesen. Sie flogen höchstens fünfzig Meter weit und stürzten dann ab.

Der Pilot johlte vor Freude. Immer wieder fragte er, wo das unheimliche Gasholz wüchse, aus dem unsere Feuerwaffen bestünden. Er war der Meinung, wir hätten eine besondere Komprimierungsmethode gefunden und würden brennende Gasstrahlen abschießen.

»Und die Reichweite, diese Reichweite – unheimlich, großartig! Travera wird jubeln«, schrie der Mann außer sich. Er hätte einen Gipfel gerammt, wenn Perry nicht den Knüppel nach hinten gerissen hätte.

»Jetzt weiß ich auch, wie ihr mit euren Raumschiffen fliegt. Ihr seid gute Luftverdichter, und außerdem muß euer Gasholz noch viel besser sein als unseres. Wo wächst es? Ich hole eine Ladung.«

Wir sahen uns bedrückt an. Otrin schien nichts dabei zu finden, daß elf Gognul den Tod gefunden hatten.

»Uns blieb keine andere Wahl«, sagte Mory bedrückt und blaß. »Es tut mir sehr leid; aber ich bin nicht daran interessiert, auf einer primitiven

Welt von primitiven Lebewesen abgeschossen zu werden. Es tut mir leid. Die Gognul werden wahrscheinlich nie wiederkommen. Unter Umständen haben wir mit dieser Demonstration den Krieg beendet.«

»Oder die Schwarzen von Roost haben eine ausgezeichnete Energieortung erhalten«, fiel Bully ein. »Ich schätze, es wird Zeit, daß wir hinter jenen Mauern landen.«

Er deutete nach vorn. Vor uns lag das Meer. Die Stadt Travera war – wenigstens dem Umfang nach – riesenhaft. Drei mächtige Festungswälle umzogen eine große Halbinsel, auf der man die Gebäude errichtet hatte. Travera hatte etwa eine Million Einwohner. Die Stadt Gognul sollte ebenso groß sein und ungefähr die gleiche Einwohnerzahl besitzen.

Unter uns lichtete sich der Urwald. Ausgedehnte Felder, Plantagen und anderweitige Anbaugebiete wurden erkennbar.

Über dem Meer tobte eine Luftschlacht von erstaunlichen Ausmaßen. Immer wieder entstanden lohende Feuerbälle, die von dem explosionsartigen Gasabbrand des seltsamen Holzes herrührten.

Die Sonne war noch nicht untergegangen. Ich hatte mich in der Zeitberechnung verschätzt.

Unser Pilot drückte die Maschine an. In weiten Schleifen näherten wir uns den ersten Festungswällen. Über uns kreuzten etwa fünfzig Jagdmaschinen der Traver. Sie gaben uns reichlich spät Geleitschutz.

Wir zischten über einen Wassergraben hinweg, übersprangen eine mehr als dreißig Meter hohe Außenmauer aus dicken Natursteinen und setzten zur Landung an.

Der Raum zwischen den Festungswällen schien von diesem segelfliegenden Volk als Riesenflugplatz verwendet zu werden. Ich erblickte zahllose große und kleine Maschinen, die fast alle unter gepanzerten Säulendächern abgestellt waren. Wahrscheinlich schützte man sich dadurch gegen Luftangriffe.

Wir setzten auf. Der Lastensegler rumpelte auf seiner Gleitkufe über den sonnenverbrannten Boden hinweg und kam zum Stillstand.

Ich atmete auf. Otrin drehte sich grinsend um.

»Das war ein Flug, was? Ihr werdet von uns viel lernen können. Travera erwartet euch. Zeigt ihm gleich einmal eure Flammenwaffen. Wir werden sie sofort nachbauen.«

Er nickte selbstbewußt vor sich hin, und ich erinnerte mich an meine lange Wanderung durch die Kulturepochen der Erde. Ich wußte, wie schwierig es war, primitiven Lebewesen klarzumachen, warum eine bestimmte Sache so oder so funktionierte.

In Frankreich – es war im Jahr 1663 und kurz nach dem Regierungsantritt des Sonnenkönigs gewesen – wäre ich beinahe als Hexenmeister verbrannt worden, weil ich den Anklägern nicht hatte klarmachen können, wieso ich mit meinem arkonidischen Elektrofeuerzeug Papier anzünden konnte.

Hier, auf Roost, sah ich ähnliche Schwierigkeiten voraus. Wir mußten von vornherein mit harter Hand durchgreifen, wenn wir nicht wie Sklaven behandelt werden wollten.

»Noir, passen Sie auf«, flüsterte Rhodan, der sich mit dem Gefühl des Unbehagens umsah. »Setzen Sie Ihre Hypnokräfte sofort ein, falls jemand auf dumme Gedanken kommen sollte.«

Wir stiegen aus. Ein Trupp Soldaten, alle mit eisernen Brustharnischen, Speeren und Langschwertern ausgerüstet, näherte sich mit enormer Geschwindigkeit. Die bärtigen Krieger ritten auf diesen hochbeinigen Laufvögeln, die auf Roost anscheinend für alle möglichen Zwecke eingesetzt wurden. Weiter hinten erblickte ich einen zweirädrigen Karren, der von gleichartigen Tieren gezogen wurde.

Kurz vor der Maschine zogen die Männer die Zügel an. Die Vögel schlugen mit den Flügelstummeln um sich, stemmten ihre muskulösen Beine gegen den Boden und legten sich dann nieder.

Ein prächtig uniformierter Traver näherte sich. Er musterte uns hochnäsig.

Kasoms Gesicht verdüsterte sich sofort. Er fühlte, daß sich dieser Halbwilde für grenzenlos überlegen hielt.

»Woher?« fragte der Anführer herablassend.

Rhodan verschränkte die Arme vor der Brust und sah über den Mann hinweg. Der Pilot war respektvoll zur Seite getreten.

»Woher?« fragte der Offizier lauter. Seine Augen verengten sich.

»Bestimmt nicht von Gognul«, warf Mory ein. Ihre Stimme klang eisig. »Bist du der Patriarch Travera?«

»Weiber haben zu schweigen«, fuhr der Kerl unsere stolze Mory an.

Sie blieb erstaunlich ruhig. Dann sagte sie mit einem verbindlichen Lächeln: »Siehst du dort drüben die Steinsäule, von der das Schuppendach abgestützt wird?«

Der Offizier sah sich um. Die Säule war etwa siebzig Meter entfernt. Ich wollte Mory zurückhalten, aber mein Warnruf kam zu spät.

Mory zog ihre Waffe mit großer Schnelligkeit. Kaum im Anschlag, drückte sie auf den Abzug. Sie hatte auf volle Energieleistung umgeschaltet.

Ein sonnenheller Thermostrahl röhrte aus dem Mündungsfeld. Entlang der Schußbahn glühte die Luft auf. Das Dröhnen war noch nicht richtig aufgeklungen, da schlug der Atomodem des Strahlers schon in die Säule ein.

Sie stand sofort in heller Weißglut, sprühte an der Einschußstelle auseinander und knickte zusammen. Polternd rutschte das Panzerdach nach.

Mory lächelte immer noch, als sie dem Traver die flimmernde Mündung unter die Nase hielt.

Wir hatten blitzschnell unsere Waffen gezogen. Kasom stand sprungbereit hinter Mory. Sein riesiger Impulsstrahler hätte das Flugfeld in Sekundenschnelle in einen glühenden Schlackenhaufen verwandeln können.

Der Offizier war zur Seite gesprungen. Fassungslos sah er unsere rothaarige Schönheit an, die ohne Pathos ankündigte: »Wenn du mich noch einmal beleidigst, verwandle ich dich in ein Häufchen Asche. Haben wir uns verstanden?«

Hunderte von Augenpaaren beobachteten uns. Die Piloten der zahlreichen Segler hatten den Vorfall beobachtet. Die Soldaten waren erblaßt. Sie schauten fragend zu Otrin hinüber, der schlicht sagte: »Sie haben elf Trohnen der Gognul abgeschossen. So schnell, daß ich kaum einmal Luft holen konnte.«

»Zum Patriarchen, sofort!« forderte Rhodan. »Ich bin der Beherrscher von hunderttausend Planeten mit mehr als zwanzig Millionen Städten. Wo ist das Transportmittel? Oder sollen wir etwa laufen?«

Otrin flüsterte uns hastig zu: »Vorsicht, Kahaf ist der Chef der Leibwache.«

Ich trat auf den Offizier zu und drängte ihn mit einer Armbewegung zur Seite.

»Du hast gehört, was der Großadministrator wünscht. Wo ist ein Wagen? Ihr habt doch Wagen, oder?«

Der Bärtige suchte nach Worten. Als Kasom an meine Seite trat, wich er zurück. Zehn Minuten später wurden sechs Reitvögel herangeführt.

»Wir haben keine Wagen zur Personenbeförderung«, behauptete Kahaf mürrisch. »Steigt auf!«

Sein Blick streifte meine Waffe. Bei der Gelegenheit schien er zu erkennen, daß sie nicht aus Gasholz, sondern aus Metall bestand.

»Was ist das?« erkundigte er sich und wollte danach greifen.

Kasom umfaßte seinen Arm, und da begann der Offizier zu schreien. Als der Gigant seinen Griff lockerte, standen die Soldaten Kahafs steif wie Statuen vor unseren Strahlwaffen, aber der Offizier lag wimmernd am Boden.

»Ohne unsere Erlaubnis faßt niemand etwas an«, sagte ich gelassen. »Steigen wir auf.«

Ich beobachtete die herumstehenden Piloten. Sie lachten uns an. Anscheinend war auch hier die Leibwache nicht sehr beliebt. Morys Demonstration hatte einen ungeahnten Erfolg. Mehrere hundert Männer, anscheinend alle erfahrene Luftkämpfer, standen vor der ausglühenden Säule. Sie diskutierten über diesen unheimlichen Schuß.

Kasom faßte den Offizier am Kragen und legte den stöhnenden Mann quer über den Sattel seines Reitvogels.

»In Ordnung, Sir, ich laufe nebenher. Das Tier kann mich nicht tragen«, dröhnte die Stimme des Ertrusers. »Ich halte die Augen offen. Habe ich Schußerlaubnis?«

»Nur im Notfall«, wies ich ihn an. »Es ist anzunehmen, daß diese Leute Respekt bekommen haben. Noir, haben Sie die Soldaten unter Kontrolle?«

»Längst«, entgegnete der Mutant. Seine Augen glänzten schläfrig. »Weshalb meinen Sie wohl, haben die sich so ruhig verhalten?«

»Sorgen Sie dafür, daß uns die Burschen für die mächtigsten Männer der Galaxis halten«, ordnete Rhodan an.

»Das ist schon geschehen, Sir. Es ist nicht einmal gelogen!«

»Pah!« sagte Mory und kletterte auf ihren Vogel. Rhodan schaute sie verweisend an.

»Sie unterlassen gefälligst emotionell bedingte Handlungen, meine Liebe! Das kann ins Auge gehen.«

Die Vögel trabten an. Die Sättel waren bequem, und die Steigbügel paßten für meine Beinlänge. Der Offizier lag noch immer quer über meinem Tier. Er schien starke Schmerzen zu haben. Vielleicht hatte Kasom ihm den Arm gebrochen.

Augenblicke später brach die Dämmerung herein. Die letzten Segler landeten. Mit dem Beginn der Nachtperiode belebten sich die Straßen der Stadt. Wir passierten zwei einziehbare Brücken. Sie führten über die Gräben hinweg.

Nachdem wir das letzte Turmtor durcheilt hatten, wurden die seltsamen Reittiere angetrieben. Mit hoher Geschwindigkeit jagten wir durch Straßen und Gassen hindurch. Überall wichen die Leute zur Seite. Der Vorreiter benutzte ein trompetenähnliches Lärminstrument, dessen Warntöne die Stadtbewohner anscheinend kannten.

Unangefochten erreichten wir einen weiten Platz im Zentrum. Hier waren die klobigen Bauwerke höher, breiter und prächtiger verziert. Wir ritten eine geschwungene Steinrampe hinauf und hielten unter einem gepanzerten Dachvorsprung an. Dies schien der Wohnsitz des Patriarchen zu sein.

Der verletzte Offizier wurde von zwei schweigenden Männern davongetragen. Das war Noirs Werk. Er hielt die Soldaten unter hypnotischer Kontrolle.

Wir stiegen ab und schritten auf die mächtigen Bronzetore zu. Der Eingang erinnerte mich wieder an mein Leben auf der Erde. Damals, im Mittelalter, hatte man die Burgen ähnlich gebaut. Eine weite Halle nahm uns auf.

Die überall aufgehängten Öllampen bewiesen eindeutig, daß wir den technischen Fortschritt der Springerabkömmlinge doch überschätzt hatten. Sie waren Barbaren, die ihr ganzes Können anscheinend nur auf die Herstellung von Segelflugzeugen ausgerichtet hatten. Wir warteten auf den Patriarchen von Travera.

»Passen Sie auf, daß uns niemand als Zielscheibe für einen Speer verwendet«, warnte Mory leise.

23.

Travera war ein alter, weißbärtiger Hüne mit einem scharfen Verstand, erstaunlich klarer Urteilskraft und von glühendem Haß gegen die Schwarzen von Roost beseelt.

Dieser Patriarch gehörte zu den wenigen Bewohnern des Planeten, die nicht nur instinktiv, sondern als Produkt einer logischen Überlegung erkannt hatten, daß sie von den Unheimlichen der Hochwüste durch übernormale Kräfte beherrscht wurden.

Uns war es gleichgültig gewesen, wie man die suggestiven Fähigkeiten der Unbekannten nannte. Wichtig war nur die Tatsache, daß man überhaupt erfaßt hatte, worum es ging. Unsere Planung war dadurch wesentlich erleichtert worden.

Travera hatte auch sofort erkannt, daß wir ihm und seinem Volk in jeder Beziehung weit überlegen waren. Perry hatte ihm die Funktion einer Energiewaffe erklärt.

Der Patriarch hatte schweigend zugehört. Dann hatte er Fragen über Fragen gestellt. Mehrere alte Männer waren noch hinzugekommen. Drei Tage nach unserer Ankunft in Travera hatten die Springernachkömmlinge endgültig verstanden, daß ihr Traum von einem Segelflugzeug im Kosmos ein Traum bleiben würde.

André Noir hatte die wichtigsten Männer der Stadt mit einem so starken Hypnoblock versehen, daß wir praktisch zu den Beherrschern von Travera geworden waren.

Wir hatten uns die bombensicher angelegten Fabrikationsanlagen angesehen und bald herausgefunden, wie aussichtslos es war, mit dem vorhandenen Material einen Hypersender bauen zu wollen. Wir hätten mit der Erzeugung geeigneter Spezialwerkzeuge beginnen müssen, ehe wir auch nur einen isolierten Kupferdraht hätten ziehen können.

Rhodans Vorhaben, unter allen Umständen in die Pyramiden einzudringen und ihre Einrichtungen zu inspizieren, hatte daraufhin feste Gestalt angenommen.

Vier Roosttage später war ein Luftgleiter der Schwarzen über der Stadt erschienen. Die Maschine hatte die Segler verjagt, zwei Stunden lang geortet und war dann wieder verschwunden.

Wir hatten uns erneut gefragt, warum die Schwarzen nicht angriffen oder wenigstens eine planmäßige Suche einleiteten. Sie mußten doch wissen, daß wir uns mit den Eingeborenen in Verbindung gesetzt hatten. Die elf Strahlschüsse waren unter allen Umständen von den Automatgeräten ausgemacht worden.

Travera hatte uns keine Auskünfte erteilen können. So waren die langen Tage und Nächte vergangen, ohne daß sich bemerkenswerte Dinge ereignet hatten.

In den primitiven Fabrikhallen waren die tüchtigsten Handwerker der Stadt damit beschäftigt, für Melbar Kasom und mich bleigefütterte Spezialanzüge herzustellen. Die hohe Radioaktivität nahe den Pyramiden ließ uns keine andere Wahl, als primitive Schutzanzüge zu benutzen.

Kasom und ich wollten nach eingehender Vorbereitung in die Maschinenhallen der Pyramiden eindringen und dort versuchen, ein Hyperfunkgerät zu entdecken. Der Plan war verwegen, zumal wir nicht wußten, wie die Unbekannten darauf reagieren würden.

Von Travera hatten wir nur erfahren, daß man die Schwarzen schon immer mit Lebensmitteln hatte beliefern müssen. Selbst dieser alte und weise Mann wußte nicht mehr, wann die ersten Springer auf Roost gelandet waren und wann die geistige Verwirrung durch die Schwarzen begonnen hatte.

Nun befanden wir uns seit siebzehn Tagen irdischer Zeitrechnung auf Roost. Vor vier Tagen hatten wir endlich einen Erfolg verbuchen können, nachdem wir schon kurz nach unserer Ankunft zwei in Gefangenschaft geratene Gognul-Offiziere befreit und sie mit einem Segler in die Heimat geschickt hatten.

Vorher hatten sie einen Hypnoblock erhalten, der sie zwang, überzeugend für unser Vorhaben zu plädieren.

Einige Tage später hatte ein Parlamentär eine mündliche Botschaft des Patriarchen Gognul überbracht. Gognul hatte sich mit einer geheimen Zusammenkunft einverstanden erklärt.

Wir wollten mit einem großen Transportsegler zu einer Insel fliegen, die fast genau in der Mitte des Golfes lag. Mory und Bully wollten in Travera zurückbleiben, um die Springer zu überwachen. Unsere Vertrauensstellung wurde nicht von jedermann gern gesehen.

Travera war allein zum Flugplatz gekommen. Er saß hinter dem Cockpit auf einem engen Sitz. Als Pilot fungierte Otrin.

Kasom hatte sich auf den Boden gelegt. Rhodan nahm den Sitz des zweiten Piloten ein. André Noir beobachtete die Reaktionen des Patriarchen.

Draußen herrschte Hochbetrieb. Die Trohnen der Traver schwebten rudelweise in der Luft und sicherten den Seeraum vor der Stadt ab. Feindliche Maschinen waren zu dieser frühen Morgenstunde nicht zu erblicken, Gognul hatte Wort gehalten.

Seit langer Zeit geschah es zum erstenmal, daß der Gegner bei Tagesanbruch nicht über dem Meer aufkreuzte. Die Aufregung, die deshalb in beiden Städten herrschte, war daher leicht erklärbar.

»Fertig?« fragte Otrin, der diesmal eine prächtige Uniform und einen federgeschmückten Lederhelm trug.

Ich schaute zu Travera hinüber. Der Alte hob den Kopf, reckte seine mächtigen Schultern und nickte. Als die Zugvögel angeschirrt wurden und Zug auf das Schleppseil kam, meinte er mit seiner tiefen Stimme: »Atlan, wir werden keinen leichten Stand haben, Gognul ist ein alter Dickschädel, und außerdem besitzt er kein Gehirn.«

Ich lachte den Weißbart an und lehnte mich fester in meinem Sitz zurück.

»Ein Gognul-Offizier hat mir berichtet, dein Gegner würde genau das gleiche von dir behaupten.«

Travera besaß Humor. Die Fältchen an seinen Augenwinkeln zuckten.

»Schmutzige Lüge. Gognul ist überhaupt nicht fähig, eine ähnliche Behauptung aufzustellen. Dazu fehlt ihm der Verstand.«

»Das behauptet er ebenfalls von dir.«

Die Maschine ruckte plötzlich an. Travera kam vorerst nicht mehr dazu, seinen aufsteigenden Zorn abzureagieren. Ich schätzte sein Alter auf etwa neunzig Jahre Standardzeit. Gognul sollte sogar noch etwas älter sein.

Ich konnte mir lebhaft vorstellen, welche Liebenswürdigkeiten sich die beiden Querköpfe schon zugerufen hatten. Dem Vernehmen nach hatten sie sich vor vier Jahren das letztemal zu einer Aussprache getroffen, aber dabei war es nicht um einen eventuellen Friedensschluß gegangen, sondern nur um den Austausch von Gefangenen.

Sie kannten sich sehr genau. Travera hatte trotz seiner Abneigung gegen Gognul eingestehen müssen, daß sein alter Feind noch nie sein Wort gebrochen hätte. Das gleiche sagte Gognul von Travera.

Es war ein pubertäres Machtspiel von gegenseitiger Achtung, Haßausbrüchen und widerwilliger Anerkennung, das von den beiden Herrschern praktiziert wurde.

Fraglos hätten sie sich längst geeinigt, wenn nicht die Schwarzen von Roost immer wieder mit Suggestivbefehlen eingegriffen hätten. Travera hatte berichtet, daß nach jeder Zusammenkunft mit seinem Gegner schwarze Luftfahrzeuge über den Städten aufgetaucht waren. Schon Stunden später hätten die beiden Patriarchen ihre guten Vorsätze vergessen.

Aus dieser Bemerkung hatte ich entnehmen können, daß entweder Travera oder Gognul hier und da einmal – und wahrscheinlich sehr zögernd – über den Unsinn der Kampfhandlungen gesprochen hatten.

Der Planet bot auf Jahrtausende reichlich Lebensraum. Es bestand nicht der geringste Grund, den jahrhundertelangen Krieg fortzuführen. Travera war völlig unserer Meinung. Was Gognul darüber dachte, hofften wir in Kürze zu erfahren.

Otrin, der zu den fähigsten Piloten der Stadt gehörte, klinkte das Schleppseil aus, leitete eine Linkskurve ein und flog auf den fast zweitausend Meter hohen Gebirgskamm dicht hinter der Stadt zu. Ich wußte, daß er dort Höhe gewinnen und dann zu dem gewagten Langstreckenflug über das Meer ansetzen wollte.

Selbst hier, in dieser von warmen Luftströmungen übersättigten Atmosphäre war ein Segelflug über offenem Wasser nicht ganz gefahrlos. Man richtete sich nach bestimmten Inselgruppen mit hohen Bergen, an deren Hängen man wieder hochkurven konnte.

Als der Kurvenflug am Gebirge eingeleitet wurde und die riesige Segelmaschine mit fast fünfzehn Metern pro Sekunde zu steigen begann, sprach mich Travera an. Er hatte sein Langschwert zwischen die Beine gestellt und die Hände auf dem Griffstück gefaltet.

»Gognul wird leicht zu überzeugen sein. Er haßt die Schwarzen von Roost.«

»Wir hoffen es.«

Das zerfurchte Gesicht des Alten verdüsterte sich. »Überzeugen heißt noch nicht handeln. Er wird abwägen, wo seine Vorteile liegen. Eine ewige Tributzahlung ist besser als ein baldiges Ende.«

»Und der Krieg? Die fürchterlichen Verluste Tag für Tag?« warf Rhodan ein.

Travera umklammerte den Schwertgriff, daß sich seine Knöchel weiß unter der Haut abzeichneten.

»Das ist der springende Punkt. Da müßt ihr ansetzen. Die Zauberkräfte der Schwarzen sind jedoch stark. Ich weiß nicht, ob wir durchhalten werden.«

»Wir ...?«

Er nickte. »Ja, ich habe auch mich gemeint.«

»Unser Zauber ist stärker«, beruhigte ich ihn. »Wir werden die Pyramiden erobern. Dann wird auf Roost Ruhe herrschen.«

Otrin hatte etwa viertausend Meter Höhe gewonnen. Die Luft wurde dünn. Er legte die Maschine auf die rechte Tragfläche und ging auf Kurs. Minuten später überflogen wir die Küste. Zwanzig Jäger gaben uns Geleitschutz. Die Piloten hatten den Auftrag erhalten, in Sichtnähe der Stadt zu kreuzen und jede feindselige Handlung zu unterlassen.

Weit unter uns schäumten die Wogen des Urmeeres. Am Horizont tauchte schon die erste Inselgruppe auf.

Als wir sie erreicht hatten, begann die Kurbelei erneut. Otrin kreiste in der Thermik dem grünblauen Himmel entgegen und setzte zum nächsten Sprung an.

Nach etwa eineinhalb Stunden tauchte die Treffpunktinsel am Horizont auf.

Wir erreichten das Eiland ohne jede Mühe und setzten zur Landung an. Otrin erläuterte dazu: »Das ist die Toteninsel. Warum man sie so nennt, weiß ich nicht. Jedenfalls ist sie schon vor vielen hundert Jahren zur neutralen Zone erklärt worden. Wenn ein angeschossener Trohnenpilot hier landen kann, wird er nicht mehr verfolgt. Die Gognul und wir unterhalten gemeinsam einen Flugplatz mit Schleppvögeln.«

Er deutete nach unten. Ein breiter sandiger Küstenstreifen wurde als Flughafen verwendet. Die hohen Berge der urwaldbestandenen Insel boten gute Startmöglichkeiten. Männer wie Otrin schienen sich nicht vorstellen zu können, daß die wunderbare Thermik jemals versiegen könnte. Wenn das aber einmal durch einschneidende Klimaänderungen oder kosmische Einflüsse geschehen sollte, dann mußte es für die Bewohner des Planeten Roost einer Katastrophe gleichkommen.

Wir setzten auf. Auf dem Strand lag bereits ein Segler. Er war noch etwas größer als unsere Maschine.

»Angeber«, sagte Travera, und sein Bart zuckte. »Gognul ist höchstens mit drei Begleitern und seinem Piloten gekommen. Wozu braucht er eine so große Maschine?«

Der Alte erhob sich. Ich konnte ein Schmunzeln nicht verbergen. André Noir spähte nach den Gognul aus. Er verstand meinen Wink richtig. Es war die Aufgabe des Mutanten, den fremden Patriarchen sofort hypnotisch zu beeinflussen. Wir wollten keine Zeit verlieren.

»Der dicke Brocken soll zuerst aussteigen«, sagte Otrin. »Verdammt, er knickt mir mit seinem Gewicht den linken Holm ab.«

Kasom knurrte gereizt. Auf Händen und Knien kroch er auf das Luk zu. Der Riese konnte sich in der Kabine nicht aufrichten.

»Wenn du mich noch einmal dicker Brocken nennst, massiere ich dir das Genick«, drohte er. Otrin grinste.

Fluchend zwängte sich der ertrusische USO-Spezialist ins Freie und stand auf. Irgendwo ertönte ein Schreckensruf.

Kasom runzelte die Stirn, lauschte und warf sich dann in die Brust.

»Sie heulen schon, wenn sie mich nur sehen«, stellte er fest. »Wirkliche Männer sind eben selten. Komm, Alterchen.«

Er half dem Patriarchen aus der Maschine.

Weiter vorn stand ein Mann, der wie ein Zwillingsbruder Traveras wirkte. Auch er war hünenhaft gewachsen, trug einen weißen Bart und ein zweischneidiges Schwert. Sein Gelächter hallte über den Strand.

»Ho, der krummbeinige Halunke läßt sich von einem Kindermädchen aus der Maschine heben, ho!«

Travera glühte vor Zorn. Wie ein gereizter Stier stampfte er auf seinen Widersacher zu.

»Hirnlose Wasserflöhe piepsen immer vor Schreck, wenn sie den Jäger sehen«, schrie Travera zurück.

»Auch ein Wasserfloh hat Flöhe, nur sind sie noch kleiner als er selbst! Ein solcher hat soeben geröchelt«, brüllte Gognul und riß sein Schwert aus der Scheide. »Komm her, du längst entleerte Gasholzpore. Ich hole dir den Rest aus dem Ding, das du Körper nennst.«

Kasom lachte so dröhnend, daß sich beide Patriarchen erschreckt umsahen. So hatte ich den Ertruser selten erlebt. Er knallte seine Pranken auf die Schenkel und brüllte vor Vergnügen.

»Weiter so«, rief er, »nur weiter so. Das klingt, als wären wir auf Ertrus. Kommt an mein Herz, ihr alten Gauner.«

Er rannte mit riesigen Sprüngen auf Gognul zu, umfaßte ihn mit einer

Hand und zog ihn an die Brust. Mit der Linken ergriff er Travera, warf ihn spielerisch in die Luft und preßte ihn dann gegen Gognuls Rücken.

»Aufhören«, rief ich entsetzt »Kasom, aufhören. Sind Sie wahnsinnig geworden?«

Als wir bei der Gruppe ankamen, lagen die stolzen Patriarchen auf dem Boden und massierten ächzend ihre geschundenen Glieder. Ich half Travera auf, und Perry Rhodan kümmerte sich um Gognul.

Den Vorfall konnte man auslegen, wie man wollte – er war jedenfalls die seltsamste Begrüßung zwischen zwei Staatsmännern gewesen, die ich je erlebt hatte. Ich konnte kaum meine Heiterkeit verbergen.

Im Hintergrund standen drei weitere Gognul. Zwei davon waren alte Männer, der jüngere schien der Pilot zu sein. Sie schauten Kasom entsetzt an. Der Pilot hatte sein Schwert gezogen. Ich winkte ihm zu.

»Unterlaß den Unsinn. Mein Diener hat sich nur gefreut.«

»Gefreut?« rief Gognul stöhnend. »Woher kommt der Kerl? Paßt er überhaupt in die Maschine hinein?«

»Wir haben eben die besseren Modelle«, behauptete Travera sofort »Deine übelriechenden Mühlen . . .!«

»Ruhe jetzt«, unterbrach Perry energisch. »Haben wir es mit Kindern oder mit erwachsenen Männern zu tun?«

Gognul machte den Mund zu und maß den Terraner mit einem prüfenden Blick. In dem Augenblick erkannte ich die Klugheit des Alten. Das Streitgespräch mit Travera schien zu den üblichen Umgangsformen zu gehören.

»Du bist der Fremde aus dem Raumschiff?« fragte der Patriarch ruhig. »Jener, der von sich behauptet, er beherrsche mehrere hunderttausend Städte? Beweise es.«

Rhodan sah ihn kalt an, griff blitzschnell zur Waffe und verwandelte einen Urwaldriesen in eine lohende Atomfackel. Der Baum stürzte krachend in sich zusammen.

»Genügt das, Gognul?«

Der Patriarch sah lange zu dem lichterloh brennenden Stamm hinüber. Die Glut verkohlte die saftstrotzenden Äste anderer Pflanzen.

»Es genügt«, sagte der Patriarch ebenso ruhig wie zuvor. »Gehen wir zur Station hinüber. Ich bin neugierig, was du uns zu sagen hast. Rhodan ist dein Name?«

Der Terraner nickte bestätigend. Ich sah mich nach André Noir um. Er hatte die vier Gognul bereits unter Kontrolle. Ich atmete auf. Das Gespräch mußte einfach zu führen sein.

Zwei Stunden später hatten wir alles besprochen, was zu besprechen war. Es hatte keine unlösbaren Gegensätze mehr gegeben. Ich ging mit Noir vor das Gebäude und erkundigte mich: »Sind Sie sicher, daß Ihr Hypnoblock die fraglos erfolgende Suggestivbeeinflussung überlagern oder abwehren kann? Die Erfahrung lehrt, daß nach jeder Zusammenkunft der Patriarchen ein Luftgleiter der Schwarzen auftauchte, um den Suggestivblock aufzufrischen.«

Noir winkte ab.

»Keine Sorge, Sir. Die schwachen Fähigkeiten dieser Schwarzen reichen nie aus, um Travera oder Gognul nochmals schwankend zu machen. Wir sollten allerdings schleunigst handeln. Wer weiß, was noch alles geschehen kann.«

»Es geschieht schon«, dröhnte hinter uns Kasoms Stimme. »Schauen Sie einmal nach Osten! Sehen Sie den flachgedrückten, dreiecksförmigen Flugkörper? Wir bekommen Besuch.«

Ich erblickte die Maschine sofort. Sie kam mit hoher Fahrt näher.

Augenblicke später rannten wir zum Urwald hinüber. Perry schrie den Patriarchen zu, sie sollten ins Freie gehen und sich demütig vor dem Flugzeug verbeugen.

Ich erreichte den Waldstreifen zuerst. Im Dschungel lagen überall große Felsblöcke herum, die anscheinend von den nahen Berghängen herabgestürzt waren. Dahinter gingen wir in Deckung und warteten.

Mein Energieorter blinkte mit der roten Warnlampe. Kasoms Gerät läutete heftig.

Da sagte Rhodan gedehnt: »Das klingt, als liefe da oben der Energiespeicher einer Strahlkanone an! Das Triebwerk erzeugt nicht solche Impulsströme. Kasom – gehen Sie mit Ihrer schweren Waffe in Anschlag. Warten Sie auf meine Anweisung.«

»Wahnsinn!« rief ich, obwohl ich instinktiv fühlte, daß wir keine andere Wahl mehr hatten. Jetzt griffen die Schwarzen an.

Noir zwang die Eingeborenen durch einen starken Hypnobefehl, hinter der auf massiven Felsblöcken erbauten Station in Deckung zu gehen. Der Gleiter verlangsamte seine Fahrt und stieß auf das Haus herab. Niemand von uns übersah das typische Flimmern, das an der dreieckigen Bugspitze entstand.

»Feuer!« befahl Rhodan.

Ich zog ab. Neben mir röhrte Kasoms Strahler. Rhodan und Noir schossen ebenfalls mit ihren Impulswaffen.

Vier ultrahelle Energiebahnen, eine davon so dick wie mein Arm, rasten der anfliegenden Maschine entgegen und trafen sie.

Die Vernichtung erfolgte im Bruchteil einer Sekunde. Ich bemerkte nur noch die weißen Verfärbungen an den Einschlagstellen, ehe sich der Gleiter zu einer schillernden Glutblase aufblähte und unter Donnerschlägen zerplatzte.

Eine heiße Druckwelle beugte die Riesen des Urwalds. Aufgewirbelte Sandmassen wurden über den Strand gerissen und hinaus aufs Meer getrieben. Hier und da fiel ein glutflüssiges Bruchstück ins Wasser. Nach einigen Augenblicken erspähten wir nur noch einen Atompilz, der von den Aufwinden nach oben gerissen wurde.

Wir sahen uns stumm an, bis Noir bemerkte: »Das Flugboot war bemannt, Sir. Ich habe drei oder vier Mentalortungen aufgenommen.«

Kasom schob seine Waffe ins Halfter zurück und erhob schnuppernd die Nase.

»Ich rieche Gefahr«, behauptete er. »Wir sollten hier verschwinden, ehe eine Atomrakete einschlägt. In der Stadt sind wir jetzt besser aufgehoben. Die Schwarzen werden es nicht wagen, ihre Lieferanten zu vernichten.«

Wir rannten zu dem Haus hinüber. Travera und Gognul sahen uns schreckensbleich entgegen. Wir hatten ein ungeheures Verbrechen begangen – wenigstens in ihren Augen. Wir wußten durch Noir, daß die alten Herrscher immer noch voll abergläubischer Scheu an die Dämonen der Hochwüste dachten.

Wir hatten jedoch keine andere Wahl gehabt, als die Maschine sofort anzugreifen. Sie hätte Sekunden später das Feuer eröffnet und wahrscheinlich die Patriarchen in Asche verwandelt.

Ich nahm an, daß sich die Schwarzen endlich dazu entschlossen hatten, uns zu vernichten. Rhodans demonstrativer Schuß auf den Baum hatte wahrscheinlich die Ortungsgeräte der Pyramiden ansprechen lassen. Wir waren angepeilt worden.

»Du fliegst in deine Stadt zurück, Gognul«, wies Perry den unter einem Hypnoblock stehenden Patriarchen an. »Travera wird ab sofort nicht mehr angegriffen. Schicke einen Vertrauten zu der Wüstenstation hinauf und gib ihm die Anweisung, Augen, Ohren und Mund zu verschließen, gleichgültig, was er auch sieht. Suche zwei- bis dreihundert zuverlässige Piloten aus und erteile ihnen den Befehl, so wie jeden Morgen über dem Meer zu erscheinen und Luftkämpfe abzuhalten. Es wird aber nicht tatsächlich geschossen, sondern nur so getan. Die Traver erhalten die gleiche Anweisung. Ihr habt von nun an nur noch Krieg zu spielen. Haben wir uns verstanden?«

Gognul nickte. Seine Augen schimmerten gläsern.

Wir starteten in höchster Eile. Die beiden Treiber des Inselstützpunktes sollten in Gognuls Maschine einsteigen. Sie war längst nicht so schwer belastet wie unser Segler.

Wir flogen zuerst ab. Als wir schon am Hang kreuzten, sahen wir, daß die sechs Laufvögel auf den schrillen Pfiff ihres Treibers hin losrannten. Der Mann schwang sich im letzten Augenblick in die Kabine hinein. Die Tiere blieben allein auf der Insel zurück.

Zehn Minuten später stieg weit hinter uns eine glühende Atomsäule in den Himmel. Große Teile des Eilandes wurden zerpulvert. Die Druckwelle riß uns mit rasender Geschwindigkeit auf die Küste zu. Otrin hatte alle Mühe, den Lastensegler in der Luft zu halten.

Als wir Travera erreichten, herrschte dort helle Aufregung. Die Detonation war von den Piloten der zurückgebliebenen Geleitschutzjäger gesehen worden.

Travera sorgte unverzüglich für Ruhe. Er regierte als absoluter Herrscher. Seine Leibgarde marschierte auf. Kahaf war als Chef dieser Spezialtruppe abgesetzt und einem Trohnenverband zugeteilt worden. Er war vier Tage nach unserer Ankunft im Luftkampf gefallen.

Travera hatte genau gewußt, daß der in solchen Schlachten wenig erfahrene Mann nicht lange am Leben bleiben konnte. Als die Todesnachricht eingelaufen war, hatte der Alte nur genickt und zu mir gesagt: »Kahaf wäre in seinem Rachedurst gefährlich geworden. Es war besser so. Ihr habt ihn vor den Augen seiner Männer gedemütigt. Merke dir, Atlan: Wenn man einen Gegner erkannt hat, soll man ihn schnellstens beseitigen.«

Ich war mit der Auffassung dieser Leute nicht einverstanden gewesen, aber gegen Traveras Beschlüsse in internen Angelegenheiten waren wir machtlos. Es wäre zu gefährlich gewesen, ihn auch noch in dieser Richtung hypnotisch beeinflussen zu wollen. Seine von uns erzwungenen Befehle hatten ohnehin schon Befremden erregt. Die Mentalität dieser Leute entsprach eben ihrem Zivilisationsniveau.

Es wurde höchste Zeit, etwas gegen die Schwarzen von Roost zu unternehmen. Der Raketenangriff auf die Insel war eine deutliche Warnung gewesen. Ich verstand noch immer nicht, warum diese Intelligenzwesen nicht energischer durchgriffen.

Ich an ihrer Stelle hätte einige ungebetene Gäste längst in meine Gewalt gebracht. Warum handelten sie so zögernd?

24.

Die Tributzahlungen an die Schwarzen von Roost erfolgten in genau festgelegten Intervallen. Der Stützpunkt auf der Hochwüste wurde täglich einmal von einem Lastensegler angeflogen, oftmals sogar zweimal. Entweder hatten die Unbekannten einen ungeheuren Appetit, oder sie waren so zahlreich, daß unser Vorhaben in Frage gestellt war.

Melbar Kasom war bei Tagesanbruch von einem Transporter auf dem Plateau abgesetzt worden. Der ertrusische Gigant war der einzige Mann unter uns, der den beschwerlichen Fußmarsch bis zu den Pyramiden unbeschadet überstehen konnte.

Wir hatten Melbar mit drei großen Wassersäcken und Nahrungsmitteln versorgt. Diese Ladung wog schon einige Zentner, aber der bleigefütterte Spezialanzug, der von den Travern angefertigt worden war, war noch schwerer.

Aus diesem Grund hatte Kasom bis in die Nähe unseres Zieles marschieren müssen. Wir hatten mit ihm keinen Funkkontakt aufgenommen, um nicht eingepeilt zu werden.

Perry, Bully, Noir, Mory Abro und ich hatten in einer »planmäßigen« Lastenmaschine Platz genommen – allerdings nicht auf einigermaßen bequemen Gasholzsitzen, sondern in speziell hergerichteten Körben, die diesmal keine Lebensmittel enthielten.

Mory sollte als Rückendeckung in dem kleinen Steinhaus auf der Hochwüste zurückbleiben und uns eventuell Feuerschutz geben.

Die beiden Helfer auf dem Plateau, ein Traver und ein Gognul, waren informiert. Es handelte sich um zuverlässige Offiziere aus den Leibgarden der Patriarchen.

Ehe ich in meinen Korb gestiegen war, hatte ich meinen bleigefütterten Schutzanzug übergestreift. Er wog etwa achtzig Pfund und unterband weitgehend die Hautatmung.

Kurz nach dem Start empfand ich bereits ein unangenehmes Wärmegefühl. Arkoniden transpirieren nie oder nur ganz geringfügig. Ich mußte dafür sorgen, daß ich die überschüssige Körperwärme abstrahlen konnte.

Rhodan, Bully und Noir hatten sich ebenfalls in großen Körben zusammengekauert. Die Haltung war unbequem und anstrengend, obwohl die Traver alles getan hatten, um uns die Lage zu erleichtern.

Ich atmete auf, als der von Otrin geflogene Lastensegler auf dem Plateau landete. Es war früher Nachmittag. Wenn alles gutgegangen war, mußte Kasom längst vor den Pyramiden angekommen sein. Ich glaubte, daß man ihn nicht entdeckt hatte. Jedenfalls war draußen alles ruhig.

Unser Plan war einfach. Unter den gegebenen Umständen wäre es auch zwecklos und obendrein noch gefährlich gewesen, komplizierte Details einzubauen. In großen Zügen betrachtet, bestand unser Vorgehen ohnehin aus einer blitzschnellen Aneinanderreihung von individuellen Augenblicksentschlüssen.

Wir konnten es mit dieser hervorragenden Mannschaft wagen, den Einzelnen entscheiden zu lassen. Kasom war ein hervorragender Spezialist der USO. Rhodan und Bully waren erfahrene Kämpfer, und Noir hatte Hunderte von ähnlichen Einsätzen hinter sich.

Ich wußte ebenfalls, was ich im entscheidenden Moment zu tun hatte. Wir waren ein gutes Team; aufeinander abgestimmt und erstklassig trainiert. Nur deshalb hatten wir es wagen können, in den Gepäckstücken Platz zu nehmen und darauf zu warten, daß wir von Robotern in einen Luftgleiter geladen und zu den Pyramiden gebracht wurden.

Bis zu diesem Augenblick bestand eine feste Planung. Was dann kommen sollte, wußte noch niemand.

Wir hofften jedoch, unangefochten ins Innere des schwarzen Turmes vordringen zu können. Die Traver hatten berichtet, daß die Luftgleiter, mit denen die Nahrungsmittel abgeholt wurden, grundsätzlich in einer Öffnung des Bauwerkes verschwanden. Es schraubte sich zu diesem Zweck aus dem Boden hervor und versank wieder, sobald die Maschinen aufgenommen worden waren.

Kasom konnte leider nicht so eindringen wie wir. Er war zu groß und viel zu schwer, um in einem Korb untergebracht werden zu können. Seine Aufgabe bestand darin, nach unserer Ankunft scharf zu beobachten, notfalls Funksprechkontakt aufzunehmen und von außen her in den Turm vorzustoßen.

Die wahrscheinlich größte Gefahr bestand in der hohen Radioaktivität. Rhodan, Bully und Noir konnten mich nur für kurze Zeit unterstützen. Anschließend mußten sie den Rückzug antreten, um nicht zuviel Gamma aufzunehmen. Unsere Absorberspritzen waren gut, aber sie waren kein Allheilmittel. Mehr als hundert Röntgen sollten möglichst niemals aufgenommen werden. Die Dosis wäre ohne die Medikamente schon tödlich gewesen, zumal wir damit rechnen mußten, sie in voller Konzentration und innerhalb weniger Minuten zu erhalten. Vorbeugende Injektionen waren noch vor dem Start vorgenommen worden. Die strahlungssicheren Uniformen würden den allergrößten Teil der Strahlung absorbieren. Die Gesichter und Hände waren jedoch ungeschützt.

Andererseits konnte ich auf das blitzartige Eingreifen der drei erfahrenen Kämpfer nicht verzichten. Wir mußten das Überraschungsmoment mit allerhöchster Feuerkraft ausnutzen. Erst dann konnte Kasom eindringen.

Soweit war alles klar. Was wir jedoch im Turm antreffen würden, wußten wir nicht. Wahrscheinlich existierte aber eine unterirdische Verbindung zu den Maschinenhallen der drei Pyramiden. Dort hofften wir technisch ausgereifte Gerätschaften aller Art zu finden.

Unser Vorhaben war ein Produkt der Verzweiflung. Wir machten uns keine großen Hoffnungen. Maschinen für die verschiedenartigsten Zwecke würden wir zwar ganz sicher entdecken können – nur fragte es sich, ob wir damit auch etwas anfangen konnten. Wenn sie so fremdartig und kompliziert waren wie die Einrichtungen des Walzenraumschiffes, dann war unser Einsatz vergeblich. Ich hatte mich jedoch dazu entschlossen, alles einzuschalten oder zum Arbeiten zu bringen, was ich überhaupt erreichen konnte.

Schon die Auslösung eines energetischen Dauerfeuers aus größeren Geschützen konnte zu einer Fernortung durch terranische Wachkreuzer ausreichen.

Unsere Hoffnung bestand darin, daß die in unmittelbarer Nähe des Simbansystems kämpfenden Bluesflotten mehrere terranische Beobachtungsschiffe angelockt hatten. Auch ich hatte – so wie Perry seinen Kommandanten – den USO-Streitkräften den Befehl erteilt, jede größere Operation der Blues zu überwachen. Meine Fernraumschiffe waren bestimmt auch bis in diese abgelegene Zone der Galaxis vorgedrungen. Wenigstens aber würden mehrere Verbände östlich des Zentrums stehen und ihre hochempfindlichen Ortungstaster spielen lassen. Wir hatten eine Chance – nun kam es darauf an, eine starke Energiequelle zum Anlaufen zu bringen. Dort lag »der Hund begraben«, wie sich Reginald Bull ausgedrückt hatte.

Wir wurden von den drei Männern und Mory ausgeladen und wie normale Gepäckstücke unter dem offenen Schuppendach abgestellt. Wir schwiegen, bis wir Morys Stimme hörten.

»Fertig. Es sieht gut aus«, sagte sie so laut, daß wir sie gut verstehen konnten. »Perry, Sie stehen direkt neben Atlan. Bully und André sind weiter links, dicht neben der Steinsäule abgesetzt worden. Ich gehe jetzt. Noch Fragen?«

»Keine mehr. Vielen Dank, Mory«, hörte ich Perry antworten. »Wenn wir nicht zurückkommen sollten, gehen Sie nach Travera. Dann müssen Sie sich allein durchschlagen.«

»Sie schaffen es«, behauptete sie. Ich vernahm jedoch das Schwanken in ihrer Stimme. Ihr Auflachen klang unecht. Anschließend ging sie mit den Treibern zur Hütte. Otrin war vorher gestartet.

Ich öffnete die Verschlüsse meines schweren Schutzanzuges, um soviel wie möglich Luft an den Körper herankommen zu lassen.

Die winzigen Gucklöcher in den Korbwandungen boten nur ein geringes Gesichtsfeld. Immerhin konnte ich wenigstens etwas sehen.

»Redet möglichst nichts«, rief uns der Terraner zu. »Es ist alles besprochen worden, was zu besprechen war. Sammelt eure Kräfte und trinkt vor allem reichlich.«

Wir warteten eine gute Stunde. Dann entdeckte ich den dunklen Punkt im Grünblau des wolkenlosen Himmels. Sie kamen!

Ich überprüfte nochmals die Lademarke meiner Waffe. Ich konnte noch einige zehntausend hochkonzentrierte Impulsschüsse abgeben. Die Gewißheit war beruhigend.

Der Luftgleiter landete neben dem Schuppen. Ein weites Luk öffnete sich, und zwei Arbeitsroboter rollten heraus. Sie begannen sofort mit der Übernahme der Nahrungsmittelvorräte.

Ich hielt unwillkürlich den Atem an, als mein Korb ergriffen wurde. Die biegsamen Arme der Maschine umfaßten ihn. Ich wurde angehoben und in schneller Fahrt zum Flugzeug gebracht.

Ich wartete auf das Ansprechen eines Alarmgerätes; aber an Bord dieses Gleiters schien es keine Individualspürer zu geben. Die Robots arbeiteten so präzise und rasch wie jeden Tag.

Rhodan und Bully kamen ebenfalls an. Die Traver waren klug genug gewesen, uns in der letzten Reihe der Gepäckstücke abzustellen. Infolgedessen standen wir nun ganz vorn im Laderaum.

Noirs Korb war das letzte Frachtstück, das von den Robotern verstaut wurde. Sie rollten in den großen Raum und blieben stehen. Das Summen in ihren Körpern verstummte.

Gleich darauf erfolgte der Start. Ich vernahm ein dünnes Pfeifen. Vibrationen kamen nicht durch. Die Maschine war fraglos eine sehr hochwertige Konstruktion.

Niemand von uns sprach ein Wort. Der Augenblick der Entscheidung rückte näher. Ich legte vorsichtig die Waffe zwischen die angewinkelten Beine und tastete nach den Verschlüssen des Schutzanzuges. Zuletzt streifte ich die Kapuze über meinen Helm und schob das eingelassene Bleiglas richtig vor die Augen. Sofort machte sich wieder das Wärmegefühl bemerkbar.

Ich dachte an Kasom, der seit dem frühen Morgen in einem Versteck lag. Wie war es ihm ergangen? Hatte er die grausame Hitze so gut überstehen können, daß er noch aktionsbereit war?

Das Pfeifen wurde leiser. Ein Ziehen im Magen deutete darauf hin, daß die Maschine nach unten glitt. Schließlich hielt sie in der Luft an. Ein leichtes Schütteln kam durch. Anscheinend hatten mechanische Stabilisatoren ihre Arbeit aufgenommen.

Die fieberhafte Spannung drohte mich zu überwältigen. Ich kämpfte das Gefühl nieder und konzentrierte meine Aufmerksamkeit auf das Gehör.

Außer einem Klacken vernahm ich aber nichts. Als ich mich noch fragte, was dieses Geräusch zu bedeuten hatte, wurden die beiden Laderoboter wieder munter. Wir waren angekommen.

Heller Lichtschein fiel durch meine Gucklöcher. Ich konnte infolge der hinderlichen Kopfumhüllung nicht mehr das Auge gegen die Sichtöffnungen pressen. Immerhin spürte ich, daß die Entladung begann.

Zugleich vernahm ich ein lautes Ticken. Erschreckt erkannte ich eine Unterlassungssünde. Unsere Gammazähler hatten angesprochen. Ihr Arbeitsgeräusch konnte zum Verräter werden.

Ich wurde als letzter Mann unseres Kommandoteams aus dem Gleiter getragen. Als man mich absetzte, begann Rhodan zu handeln. In diesem Stadium gab es kein Zögern mehr. Wir mußten angreifen, ehe der schwarze Turm wieder im Boden versank. Kasom, unser wichtigster Mann, hätte sonst nicht mehr eindringen können.

Ich vernahm einen Ruf und stieß den Korbdeckel zurück. Rhodan stand fünf Meter links von mir. Bully und Noir waren auch getrennt worden. Die beiden Roboter waren damit beschäftigt, die einzelnen Güter auf ein Transportband zu legen.

Wir befanden uns in einer weiten Halle, deren Schleusentore soeben zuglitten. Das Tageslicht fiel nicht mehr in voller Stärke ein.

Ohne ein Wort zu sagen, riß ich meine Waffe hoch, visierte den Schließmechanismus an und zog ab.

Das erste Dröhnen klang auf. Eine atomare Flammenzunge schoß auf die Tore zu, erreichte sie und verdampfte die Schiebeautomatik. Die Tore blieben stehen.

Rhodan und Bull schossen nun ebenfalls. Es geschah fast in der gleichen Sekunde. Jeder wußte, was er zu tun hatte – auch ohne genaue Absprache.

Die beiden Arbeitsroboter explodierten. Weiße Glutbälle hellten die Dämmerung auf. Ich stieg schwerfällig aus dem Korb und schritt zu der Toröffnung hinüber.

Rhodan, Bull und der Mutant rannten bereits auf einen Wendelgang zu, der hier eine Treppe zu ersetzen schien. Weiter links erblickte ich einen Aufzugsschacht. Wir trauten dem Lift nicht.

Als ich an der verbliebenen Toröffnung ankam, bemerkte ich, daß wir uns im oberen Teil des schwarzen Turmes befanden. Er wurde soeben eingefahren. Dadurch näherte sich unsere Etage rasch der Wüstenebene.

Unter mir klang fürchterliches Feuer auf. Rhodan schien sämtliche Waffen einzusetzen, über die wir nach unserem langen Leidensweg noch verfügten.

»Das sind nur Roboter, harmlos«, dröhnte seine Stimme aus meinem Helmfunkgerät. »Wir steigen weiter ab. Es ist kein Lebewesen zu sehen. Wir zerschießen die Hebemechanik. Der Turm wird hydraulisch ausgefahren. Kümmere dich um Kasom und benutze dann den Wendelgang.«

»Verstanden. Kasom kommt näher, ich sehe ihn«, antwortete ich per Sprechfunk.

Tatsächlich stürmte der Ertruser mit riesigen Sätzen heran. Er mußte einige hundert Meter entfernt in Deckung gelegen haben. Das bedeutete, daß er den ganzen langen Tag über seinen Schutzanzug getragen hatte. Es war unwahrscheinlich, was dieser umweltangepaßte Mensch zu ertragen imstande war.

Er erreichte die Turmwandungen, als unter mir erneut schweres Energiefeuer aufklang. Das Bauwerk erbebte, ruckte und schüttelte sich, um dann die Senkbewegung einzustellen. Ich stand noch etwa zwei Meter über dem Wüstenboden.

Kasom schwang sich trotz des schweren Strahlschutzanzuges mit Leichtigkeit in den Schleusenraum hinein.

»Alles in Ordnung, Sir«, dröhnte seine Stimme. »Ich habe die Funknachricht mitgehört. Draußen ist alles ruhig. Fangen wir an.«

Ich kannte die Qualitäten des Ertrusers; aber jetzt, im aktiven Einsatz, gewann ich davon noch einen ganz anderen Eindruck als bei dem harten Training auf der Spezialistenschule der USO.

Der Gigant rannte davon. Ich folgte, so schnell es mir möglich war. Mein Gammazähler pfiff jetzt schon. Die Durchgänge der strahlenden Partikel erfolgten so rasch, daß die einzelnen Warntöne nicht mehr unterschieden werden konnten.

Das Brüllen von Kasoms Energiewaffe war nicht zu überhören. Als ich unten ankam, erblickte ich den Maschinenraum mit der Hebehydraulik. Die Freunde hatten ganze Arbeit geleistet.

Dann entdeckte ich einen breiten und hohen Gang, der – wie wir richtig vermutet hatten! – ganz sicher zu den nahen Pyramiden hinüberführte. Ich lief so schnell, daß ich kaum noch Atem schöpfen konnte. Als ich die Gefährten endlich eingeholt hatte, waren sie gerade damit beschäftigt, ein mannshohes Stahlschott mit Nadel-Thermostrahlen aus der

Fassung zu schneiden. Kasom rammte seine Schulter dagegen. Die Tür fiel polternd nach innen.

Ich blickte in einen großen, mit Geräten aller Art angefüllten Raum hinein. Auch hier war kein lebendes Wesen zu entdecken.

»Schlafen die?« rief mir Perry zu. Meine Besorgnis um die Freunde stieg. Die Strahlung wurde immer stärker.

»Ihr müßt zurück«, rief ich ihnen zu. Rhodan schüttelte den Kopf. »Wir haben noch Zeit. Die Uniformen halten viel mehr ab als angenommen. Weiter! Noir – können Sie etwas orten?«

»Ja, viele Mentalimpulse. Sie sind eigentümlich. Es herrscht panikartige Furcht vor, kein Wille zum Widerstand. Verzweiflung, Not und Angst. Mehr kann ich nicht feststellen. Es sind psychisch unterlegene Gegner.«

Wir rannten weiter. Die in dem Vorraum aufgestellten Geräte dienten anscheinend zur fernbildtechnischen Überwachung der Oberfläche. Als wir das nächste Schott durchschritten, erfolgte endlich der Alarm, auf den ich längst gewartet hatte. Wahrscheinlich war er aber nicht von den Schwarzen, sondern von den automatischen Anlagen ausgelöst worden.

Zehn Minuten später bewog ich Rhodan, Bully und Noir zur Umkehr.

»Ich habe kein Interesse daran, euch als Strahlungsleichen bergen zu müssen«, schrie ich den Terraner an. »Kasom und ich werden mit den Kerlen schon fertig. Verschwindet schleunigst.«

Sie befolgten endlich das Gebot der Vernunft. Wahrscheinlich hatten sie schon viel zuviel Gamma aufgenommen.

Bully schimpfte erbittert auf die Traver, die es in dem zur Verfügung gestandenen Zeitraum nicht geschafft hatten, für jeden von uns einen bleigefütterten Schutzanzug herzustellen.

Das hatte nicht am guten Willen dieser Leute gelegen, sondern einfach daran, daß man auf Roost nicht genügend Blei besaß. Wir hatten erst auf die Suche gehen müssen, bis wir einige mit Blei ausgegossene Teppenfugen entdeckt hatten. Selbst das war ein Zufall gewesen.

Die drei Terraner verschwanden, Kasom und ich blieben allein zurück. Dann begann der Gigant erneut zu handeln.

»... kein Wille zum Widerstand – schwache Gegner!« hatte André Noir behauptet. Ich war anderer Meinung!

Wir hatten sehr weit vordringen können. Außer Arbeitsrobotern, von denen es hier zahlreiche Ausführungen gab, riesigen Maschinensälen und gewölbten Gängen hatten wir nichts entdeckt.

Doch dann, als wir den anscheinend wichtigsten Sektor dieser Untergrundstadt erreicht hatten, waren wir völlig überraschend unter Desintegratorbeschuß genommen worden.

Vor mir lag ein Schwarzer. Seine radioaktiv strahlende Kleidung, die tatsächlich wie die Rüstung eines Ritters aussah, war von einem Strahlschuß aus Kasoms Waffe zerschmolzen worden. Ich betrachtete gebannt das Wesen, das sich in dieser Umhüllung befand.

Es war durchaus menschenähnlich, nur glich es einer Mumie. Die dunkle, lederartige Haut lag so straff über dem Skelett, daß man jeden einzelnen Knochen erblicken konnte. Die stark hervortretenden Sehnen- und Muskelbänder verstärkten noch das Scheußliche an dieser Erscheinung. Gesichtszüge waren nicht mehr zu erkennen. Selbst die Augen schienen eingeschrumpft zu sein.

Ich ahnte, daß wir ein wohl einmaliges biologisches Phänomen entdeckt hatten. Diese Wesen brauchten die starke Gammastrahlung so nötig wie ein Mensch Luft zum Atmen. Wahrscheinlich waren die Vorfahren der Mumien ebenso normal gewesen wie wir, doch dann mußte sich ein Strahlungsunfall ereignet haben, der die meisten Lebewesen getötet, einige jedoch verschont hatte.

Natürlich waren die Überlebenden völlig steril geworden; aber sie mußten sich im Laufe der Jahrhunderte mehr und mehr auf die Radioaktivität eingestellt haben, die höchstwahrscheinlich auch eine normale Alterung der entstellten Körper verhindert hatte.

Endlich war es soweit gekommen, daß man Rüstungen anfertigen mußte, um den strahlungssüchtig gewordenen Körpern jederzeit die erforderliche Dosis zuführen zu können. Das Material der Umhüllungen schien die Radioaktivität zu speichern und ständig an die lebenden Toten abzugeben.

Ich war mir darüber klar, daß dieses Phänomen nur deshalb möglich war, weil die Fremden schon von Natur aus über einen eigenartigen Metabolismus verfügt hatten. Menschen und Arkoniden hätten eine solche Umwandlung niemals überstanden.

Wir hatten die letzten Ureinwohner dieses Planeten entdeckt, der demnach doch schon intelligentes Leben hervorgebracht hatte. Nur – es war in einer mechanisierten Unterwelt verschwunden.

Der hohe Nahrungsmittelverbrauch der lebenden Mumien schien ebenfalls eine Folgeerscheinung der biologischen Widersinnigkeit zu sein. Ich nahm an, daß der völlig veränderte Stoffwechsel dieser Körper immer nur einen Bruchteil der Nährmittelsubstanzen ausgewertet und den größten Teil ungenutzt ausgeschieden hatte.

Jedenfalls waren die Schwarzen von Roost lebensuntüchtige Geschöpfe geworden, die offenbar nur noch danach trachteten, ihr armseliges Dasein mit allen Mitteln zu verlängern.

Jetzt verstand ich plötzlich, warum wir nicht energisch gesucht und angegriffen worden waren. Man hatte eine Vogel-Strauß-Politik verfolgt und darauf gehofft, daß wir, die ungebetenen Gäste aus dem Weltraum, anderweitig zugrunde gehen würden.

Die Schwarzen waren die letzten Hüter der Pyramiden von Roost. Als diese Bauwerke von einem unbekannten Volk errichtet worden waren, hatte es hier wahrscheinlich noch ganz anders ausgesehen – bis dann der Tag kam, an dem ein Atommeiler undicht wurde und seine verheerenden Radio-Schauer abstrahlte. Vielleicht war auch ein anderes Gerät defekt geworden. Wir wußten es nicht und würden es wahrscheinlich auch niemals ergründen können.

Als die Springer auf Roost landeten, mußten sie den damals schon mumifizierten Überlebenden hochwillkommen gewesen sein. Die Besatzung des Schiffes wurde suggestiv übernommen und zum Verbleiben gezwungen. Aus diesen Männern und Frauen waren die heutigen Traver und Gognul hervorgegangen. Ich schätzte das Alter der vor mir liegenden Mumie auf wenigstens tausend Jahre irdischer Zeitrechnung.

Es gab plötzlich keine Rätsel mehr. Das unglaubliche Benehmen der Pyramidenwächter hatte eine verblüffende Erklärung gefunden. Es war überhaupt verwunderlich, daß sie sich zum atomaren Beschuß der Insel und des Landeplatzes aufgerafft hatten.

Kasom hatte damals drei dieser Wesen beobachtet. Ihr Gang war schleppend gewesen. Nur die Angst um ihr Dasein konnte sie dazu gezwungen haben, den kurzen Ausflug bis zur Startstelle des Walzenschiffes zu unternehmen. Wahrscheinlich hatte er eine ungeheure körperliche Anstrengung bedeutet.

Kasom schoß erneut. Weiter vorn explodierte ein Gerät, das anscheinend als Transformator diente. Riesige Blitze durchzuckten den Raum, zerschmolzenes Kupfer spritzte glutflüssig über uns hinweg.

Die hinter dem Gerät liegende Wand wurde von der Druckwelle zum Einsturz gebracht. Plötzlich blickten wir in einen großen Saal hinein, in dessen Mitte nur eine Maschine stand.

Sie war kegelförmig. Schenkeldicke Stromleiter, anscheinend hochenergetische Röhrenfelder, verschwanden in der Decke.

Mein Gammazähler pfiff noch schriller. Ich ahnte, daß von der Maschine die fürchterliche Strahlung ausging. Sie wurde auch für uns zu mächtig. Diese Schauer konnten unsere Schutzanzüge nicht abwehren.

Es war aber nicht das Gerät allein, das unsere Aufmerksamkeit fesselte. Zahlreiche Schwarze, etwa fünfzig an der Zahl, eröffneten ein rasendes Feuer aus Desintegratoren.

Ich fühlte instinktiv, daß sie sich am Entstehungsort der Strahlung versammelt und dort Kräfte gesammelt hatten. Vielleicht verehrten sie das defekte Gerät als Heiligtum. Uns blieb keine andere Wahl mehr, als das Feuer zu erwidern.

Über mir zerbröckelte die massive Verstrebung einer Bogenbrücke, die den Raum, in dem wir uns befanden, überspannte. Wir lagen hinter den erstaunlich massiven Stützen, in denen verschiedenartige Geräte eingebaut waren.

Ich schoß. Neben mir röhrte Kasoms Impulsstrahler. Schwarze Rüstungen flammten auf. Glühende Druckwellen fauchten durch die Maueröffnung.

Mein letzter Schuß, enggebündelt und mit höchstzulässiger Verschmelzungsenergie abgestrahlt, traf das riesige Kegelgerät über dem Sockel.

Ich bemerkte nur noch einen blendenden Blitz und eine zerplatzende Materieblase.

Als ich wieder zu mir kam, stand der Ertruser vor mir und goß mir Wasser über den Kopf. Es war wundervoll kühl.

»Alles in Ordnung, Sir«, sprach mich Kasom an. »Die letzten Schwarzen sind durch die Explosion getötet worden. Mehr gibt es hier unten nicht. Wir befinden uns hinter der zerstörten Halle. Ich habe sie umgangen. Das Wasser strahlt übrigens nur ganz gering. Wollen Sie sich einmal umsehen?«

Er half mir auf die Beine und streifte mir wieder die Kapuze über. Wir weilten in einem halbrunden Raum. Große Bildschirme hingen an den Wänden. Sie wurden ununterbrochen von einer intakten Automatik belichtet.

Einzelne Schirme zeigten Oberflächenausschnitte des Planeten. Vor allem die beiden Städte wurden aus verschiedenen Perspektiven aufgenommen. So waren also die Traver und Gognul überwacht worden.

Auf anderen Bildflächen war das gesamte System der Sonne Simban zu sehen. Ferntaster reichten weit in den Raum hinaus. Ortungsgeräte und Energiesonden sprachen pausenlos mit akustischen und optischen Warnzeichen an.

Wir erblickten wieder die beiden Bluesflotten. Die von den Geräten angezeigten Meßwerte vermochten wir nicht zu entziffern, aber weiter als vierhundert Lichtjahre konnten die Blues nicht entfernt sein. Sie wurden von der Automatik kontrolliert.

»Das ist zweifellos die Ortungs- und Funkzentrale, Sir«, stellte Kasom fest. »Wenn überhaupt ein Hypersender vorhanden ist, dann nur in dieser großen Halle. Wir müssen schleunigst etwas unternehmen, Sir, oder die Strahlung wird uns töten.«

Wir sprachen nicht mehr viel, sondern schritten die lange Reihe der aufgestellten Geräte ab. Es gab Schaltpulte mit zahllosen Anzeigen.

Wir drückten sämtliche Knöpfe und Schalter nieder, die wir erreichen konnten. Irgendwo begann ein Energiegeschütz zu feuern. Seine enormen Energiestrahlen rasten in den Raum hinaus und verpufften dort.

Unbekannte Maschinen liefen an. Die Halle wurde von einem plötzlichen Tosen und Donnern erfüllt, als sollte dieser Planet auseinandergesprengt werden.

Wir rannten immer weiter. Wenn wir eine Schaltung erspähten, wurde sie ohne Rücksicht auf eventuelle Folgen betätigt.

Ein Pult erweckte den Anschein, als enthielte es die Steueranlage für einen Hypersender. Bildschirme leuchteten auf, Kontrollampen blinkten. Nebenan begannen Umformer zu dröhnen. Der Boden bebte, als wäre es zu einer vierdimensionalen Strukturerschütterung gekommen.

Ich schaltete und beobachtete. Immer wieder versuchte ich Knöpfe zu drehen und Teilautomaten zu ergründen. Das dauerte so lange, bis mich der Ertruser kurzerhand über seine Schulter schwang und mit mir davonraste. Unsere Gammazähler pfiffen.

Fünfzehn Minuten später erreichten wir den Torspalt in der Turmwandung. Kasom keuchte. Wesentlich langsamer als gewohnt, rannte er mit mir in die Wüste hinaus.

Er schaffte noch etwa vier Kilometer. Dann ließ er sich hinter einem Felswall zu Boden fallen. Ich kroch auf ihn zu und zerrte ihm die Kombination vom Körper. Kasom, unser Übergigant, war so erschöpft wie nie zuvor.

Ich rief mit dem Funksprechgerät um Hilfe. Zehn Minuten später landete Rhodan mit einem riesigen Lastensegler. Die Maschine wurde von Otrin geflogen. Kasom kroch in die Kabine hinein. Ich folgte. Während uns Perry mit Wasser versorgte, spannte Otrin vier mitgebrachte Laufvögel vor den Segler.

Wir starteten mühelos. Die Tiere erhoben witternd die schlanken

Köpfe und rannten dann auf die ferne Hütte zu. Wir flogen nach Travera zurück. Als wir dort landeten, wurden wir schon von den Gefährten erwartet.

Ich erstattete Bericht, und Perry erklärte, man hatte ebenfalls eine Strukturerschütterung wahrgenommen. »Die Schwarzen von Roost können nicht mehr gefährlich werden«, sagte der Terraner sinnend.

Rhodan sah zu Travera hinüber. Der Patriarch schien uns neuerdings für Götter zu halten. Er würde keine Schwierigkeiten machen. Außerdem war André Noir jederzeit zur Stelle.

Perry fuhr fort: »Es ist nun klar, warum das Walzenschiff so überstürzt startete. Die alte Pyramidenstation war nicht mehr in Ordnung. Die Automatik ergriff die Flucht. Jetzt wollen wir nur noch hoffen, daß die Blues nicht vorzeitig angelockt werden. In den Maschinenräumen unter den Pyramiden geschieht etwas. Es ist etwas, was man mit guten Geräten orten und einpeilen kann. Wo stehen deine Raumschiffe, Atlan?«

Ich wußte es nicht. Niemand konnte mit Bestimmtheit sagen, ob sich ein terranischer Kreuzer oder ein USO-Geschwader in der Nähe befand. Wir konnten nur darauf hoffen.

Kasom schlief schon. Sein Atem ging so laut, daß ich ein anderes Zimmer aufsuchte.

Mory deckte mich zu. Mit ihrem Lächeln vor den Augen schlief ich ebenfalls ein. Ich dachte noch einmal an die Schwarzen von Roost, an das Imperium und an unsere verzweifelte Lage.

Es wurde Zeit, daß wir wieder nach Hause kamen – allerhöchste Zeit sogar!

(Ende Bericht Atlan)

25.

Während Perry Rhodan und seine Gefährten in den unbekannten Tiefen der Galaxis auf Rettung hofften, begannen sich im Solsystem Dinge zu ereignen, von denen sie nichts ahnten, die aber durchaus in Zusammenhang mit ihrer Entführung und Odyssee standen.

Die ganze Geschichte begann eigentlich schon viel früher, nämlich an einem schönen Januartag des Jahres 2329, auf dem Planeten Mars.

Schön in der Hauptsache deswegen, weil keine aufgewirbelten Sandmassen die Sicht behinderten und es erträglich war. Zwar trug auch die künstlich verdichtete und mit Sauerstoff angereicherte Atmosphäre dazu bei, angenehme Temperaturen herrschen zu lassen, aber die Wärme einer näherstehenden Sonne konnte sie auch nicht ersetzen. Immerhin benötigte man keinen Raumanzug, wenn man einen Spaziergang auf dem Mars unternahm, allerdings warme Pelze, die von dem Gesicht nicht viel sehen ließen.

Im ersten Augenblick sah es so aus, als spielten zehnjährige Kinder auf dem hügeligen und mit Flechten bewachsenen Gelände. Erst bei näherem Hinsehen hätte ein Beobachter feststellen können, daß es sich keineswegs um Kinder, ja überhaupt nicht um Menschen handelte.

»Ich bitte mir Disziplin aus!«

Die Stimme war schrill und wütend; sie verriet Gereiztheit und Ungeduld. Sie klang durchaus menschlich und erweckte abermals den Eindruck, als riefe ein Kind. Im krassen Gegensatz dazu stand allerdings die Aufforderung, mehr Disziplin zu zeigen.

»Dicksack!« rief jemand spöttisch, um eine Sekunde später wie von unsichtbaren Händen in die Höhe gehoben nach oben zu entschweben. Hilflos strampelte die kleine Gestalt mit Händen und Füßen und stieß dabei erschreckte Laute aus. Dann sank sie wieder nach unten und landete unsanft in dem roten Sand.

»Ich werde dir helfen, Wullewull, mich Dicksack zu nennen! Beim nächstenmal befördere ich dich auf den Phobos.«

Eine der kleinen Gestalten stand ein wenig abseits. Es war offensichtlich, daß sie eine besondere Stellung einnahm und lediglich als Zuschauer fungierte. Der Pelzanzug hatte hinten auf halber Höhe eine Öffnung. Ein breiter und sehr dicker Schwanz kam daraus hervor, auf den das Wesen sich stützte. Gucky, der Veteran der Mausbiber, inspizierte seine jungen Artgenossen auf dem Mars.

»Drüben der Hügel, seht ihr ihn, faule Bande?« Das war wieder die schrille und überhebliche Stimme des Schreiers von vorhin. »Wir versuchen es also noch einmal mit der Teleportation. Was ich kann, müßt ihr doch auch können. Es widerstrebt mir zu behaupten, ich besäße einmalige Fähigkeiten. Also los! Konzentration ... springen ...«

Von den zwanzig Mausbibern entmaterialisierte lediglich einer, jener Schreier, den jemand »Dicksack« genannt hatte. Er verschwand, wobei ein kaum sichtbarer Luftwirbel zurückblieb, der sich schnell verflüchtigte. Gleichzeitig ertönte ein wütender Pfiff – höchstens hundert Meter vom Standplatz Guckys entfernt und zehn Meter über einem Busch stacheliger Marsrosen.

»Telekinese anwenden!« schrillte Gucky warnend. »Du mußt dich halten oder erneut teleportieren!«

Aber der dicke Mausbiber begriff nicht schnell genug. Wie eine Kanonenkugel plumpste er in das Gebüsch, dessen starke Dornen selbst einen leichten Raumanzug durchbohren konnten. Auch einen Pelz. Besonders dann, wenn man aus zehn Metern Höhe in sie hineinstürzte.

Gucky griff zwar noch ein und fing den Unglücklichen telekinetisch ab, aber er konnte nicht verhindern, daß der Großmäulige in den Dornen landete.

»Hilfe! So helft mir doch, ihr Feiglinge!«

Die Mausbiber sahen sich an und grinsten. Es war die schönste Parade blitzender Nagezähne, die Gucky je gesehen hatte. Wullewull hopste von einem Bein auf das andere und überschlug sich fast. Neben ihm sagte jemand mit relativ tiefer Stimme immer wieder: »Och! Das war schön! Och ... och ...«

»Halt den Mund, Ooch, sonst läßt er dich nachexerzieren!« warnte Wullewull leise, rührte sich aber nicht vom Fleck, um den mißglückten Teleportersprung des Dicken durch eine Hilfsaktion zu beenden.

Gucky wartete geduldig. Er war der einzige der Mausbiber, außer seiner Frau Iltu, der außer der angeborenen Telekinese sowohl die Telepathie wie auch die Teleportation meisterhaft beherrschte. Lediglich Ooch war ein guter Telepath, während Gecko bei einiger Übung noch ein guter Teleporter werden konnte.

Gecko war der Mausbiber im Dornenbusch. Mit Mühe und Not hatte er sich aufgerappelt und kam zu der wartenden Gruppe zurück. Er war dicker als Gucky und watschelte derart, daß man jeden Augenblick fürchten mußte, daß er das Gleichgewicht verlor und hinfiel.

Aber Gecko fiel nicht. Er baute sich vor seinen Artgenossen auf und stemmte die kurzen Arme in die Hüften – oder wenigstens dorthin, wo er sie vermutete.

»Ihr Waschlappen, ihr nichtsnutzigen! Kein einziger von euch hat auch nur einen Millimeter geschafft! Ihr werde nie Teleporter.«

»Du auch nicht«, sagte Ooch frech. Ooch war immer frech, dafür war er bekannt. Er war schon deswegen frech, um der kleinen Biggy zu imponieren, die ihm jetzt bewundernde Blicke gönnte. Sehr zum Verdruß von Wullewull, der als sein schärfster Konkurrent im Kampf um die Gunst des kleinen Mausbibermädchens galt.

»Ich versuche es wenigstens«, keckerte Gecko wütend zurück. »Wir bekommen das Schiff nicht, wenn ich keine ausgebildete Mannschaft vorweisen kann. Telekinese allein tut es nicht. Raumfahrer müssen Disziplin besitzen. Und vor allen Dingen Respekt vor ihrem Kommandanten, hört ihr?«

»Vor dir also?« Ooch kicherte albern und wühlte in den Taschen nach einer vergessenen Mohrrübe. »Wir haben dich freiwillig zu unserem Kommandanten gemacht, damit der Schein gewahrt bleibt, aber wenn du meinst ...«

»Ich bin euer Kommandant!« unterbrach ihn Gecko scharf und sah zu, wie sein ewiger Widersacher endlich die Rübe fand, aus der Tasche zog und an ihr zu knabbern begann. Telekinetisch griff er plötzlich zu. Die Rübe machte sich selbständig und stieg zehn Meter hoch in die Luft. Dort hielt Gecko sie fest. Alle Bemühungen Oochs, sie wieder herunterzuholen, scheiterten. Gecko war in der Tat der stärkere Telekinet. »Während des Dienstes wird nicht gegessen!« fügte Gecko strafend hinzu, jagte die Rübe schließlich hoch in den strahlendblauen Himmel, bis sie den Blicken der interessiert zusehenden Mausbiber entschwand. Ooch stöhnte entsagungsvoll auf und gab sich geschlagen.

Gucky trat einige Schritte vor und sagte: »Wenn ihr so weitermacht, wird man euch niemals ein Schiff anvertrauen. Gecko hat recht, wenn er Disziplin verlangt. Auf einem Kriegsschiff geht es nicht ohne militärische Zucht und Ordnung. Wenn ihr schon eine Suchexpedition starten wollt, dann müßt ihr euch auch entsprechend benehmen. Los, Gecko, rede weiter.«

Gecko schaute ihn dankbar an. Er war nach Gucky der älteste Mausbiber in der kleinen Kolonie. Er zeichnete sich durch seine Angeberei genauso aus wie durch seine fast sprichwörtliche Faulheit und Gefräßigkeit. Obwohl in Wirklichkeit dem alten Gucky grenzenlos unterlegen, versuchte er immer wieder, seinen Einfluß auf die Mausbiber auszudehnen. Gucky ließ ihn dabei großzügig gewähren. Er wußte, daß er im Ernstfall ja doch siegen würde. Einen wirklichen Neid boshafter Natur gab es zwischen Mausbibern nicht, das hätte ihrem Charakter widerstrebt, aber es bestand eine familiär zu nennende Rivalität, die sich meist in kleinen Reibereien äußerte. Einer nahm dem anderen nichts übel, aber jeder versuchte, seine Triumphe einzuheimsen.

Gecko sprach weiter. Breitbeinig und auf seinen Schwanz gestützt, stand er vor der Gruppe. In seinem dicken Pelzanzug sah er aus wie eine Kugel, die plötzlich lebendig geworden war.

»Seit man uns von unserem untergegangenen Heimatplaneten Tramp geholt und hier angesiedelt hat, warten wir auf eine Möglichkeit, Perry Rhodan und den Terranern unsere Dankbarkeit zu beweisen. Die Gelegenheit dazu ist nun gekommen. Rhodan und seine vier Freunde sind noch immer verschwunden. Wir wissen nicht einmal, ob sie noch leben. Fast hatte man sie entdeckt, da wurden sie erneut entführt. Diesmal haben wir keine Spuren. In der ganzen Galaxis streifen die Schiffe der Terraner umher und suchen nach einem Lebenszeichen von Rhodan. Warum sollten wir Mausbiber da zurückstehen?«

»Ja«, sagte Ooch dazwischen. »Warum eigentlich?«

»Eben! Ich ging also, wie ihr wißt, zum USO-Generaladmiral Tere Astrur und bat ihn, uns ein Schiff zur Verfügung zu stellen. Er antwortete, und auch das ist euch bekannt, daß er das nicht könne, weil wir keine ausgebildeten Raumfahrer wären. Das war ein lächerliches Argument, wie jeder einsehen wird. Ich selbst hatte einen Lehrgang mitgemacht und weiß sehr gut, wie man mit so einem Schiff umgeht. Außerdem geht ja fast alles automatisch. Viele von euch sind schon oft mitgeflogen und wissen daher, was Navigation ist. Ich habe Astrur versichert, daß ich eine erfahrene und erstklassige Mannschaft zur Verfügung habe.«

»Bravo!« kreischte Wullewull, ganz außer sich. »Dem hast du es aber gegeben.«

»Er mir auch. Er versicherte mir, wir bekämen das Schiff, eine umgebaute Korvette, wenn wir ihm garantieren, daß bei dem Flug kein Menschenleben in Gefahr gebracht würde. Ich habe ihm die Garantie gegeben.«

»Und er dir das Schiff?« fragte Biggy neugierig.

Gecko nickte großspurig. »Klar! Wir bringen keinen Menschen in Gefahr, was immer auch passiert. Wir nehmen nämlich keinen mit.«

Er erntete bewundernde Blicke. Dann begannen Ooch, Wullewull und noch einige andere Mausbiber gellend zu lachen. Es war ein Gekicher und Gezwitscher, daß man sein eigenes Wort nicht mehr verstanden hätte. Sie klopften sich gegenseitig auf die Schultern, schlugen Purzelbäume und lobten Gecko ob seiner einmaligen Klugheit.

Gucky verhielt sich hingegen ruhig. Der Trick, mit dem sich Gecko das Kommando über ein Raumschiff erschlichen hatte, gefiel ihm nicht. Er wußte, wie gefährlich es jetzt war, in die Galaxis hinauszufliegen. Dort war die Hölle los. Seit Rhodan vermißt war, zerfielen die Bündnisse. Jeder bekämpfte jeden, und keiner war der Freund des anderen. Terra hatte fast alle Stützpunkte aufgeben müssen. Die gesamte Raumflotte stand in ihren Bereitschaftsräumen um das Solsystem und beschützte es vor eventuellen Angriffen. Die Suchpatrouillen waren seit Wochen und Monaten unterwegs.

Immerhin ... warum sollten sich die Mausbiber nicht an der Suche beteiligen? Sie besaßen großartige Fähigkeiten, und wenn auch alle nur sehr schwache Telepathen waren, so beherrschten sie doch die Telekinese ausgezeichnet. Wenn nur Gecko besser teleportieren könnte!

»Nein, kein Mensch wird sich an Bord unseres Schiffes befinden, wenn wir starten!« wiederholte Gecko und sonnte sich im Glanz seines plötzlichen Ruhms. »Zuerst wollte Astrur protestieren, als er merkte, wie ich ihn hereingelegt hatte, aber dann gab er nach. Er erlaubte sogar, daß wir dreißig Unither als Mannschaft mitnehmen. Sie haben Raumerfahrung, wie allgemein bekannt ist, und sind verläßlich. Außerdem werden noch zehn Matten-Willys dabei sein.«

Keine schlechte Wahl, dachte Gucky bei sich und überlegte, welche Chancen die gemischte Besatzung wohl hatte, Rhodan zu finden. Nicht mehr als alle anderen Expeditionen, aber auch nicht weniger. In der Hauptsache ging es wohl mehr darum, die Mausbiber nicht unnötig auf dem Mars herumsitzen zu lassen und Minderwertigkeitskomplexen vorzubeugen.

Von solchen Komplexen schien Gecko allerdings noch nie etwas gehört zu haben.

»Ich habe angeordnet, daß unser Schiff auf den Namen TRAMP getauft wird. Ich bin der Kommandant, ihr die Mannschaft. Meine Befehle sind widerspruchslos auszuführen, denn ich habe die absolute Entscheidungsgewalt an Bord eines Kriegsschiffes.« Er legte eine wirkungsvolle Pause ein und watschelte mehrmals vor der Gruppe hin und her. Irgendwo in der Nähe plumpste etwas in den Sand. Ein Busch raschelte. Es war die Rübe, die ihren langen Fall beendet hatte und wieder auf der Oberfläche angelangt war. Ooch verzichtete darauf, sie sich schnell wieder anzueignen. »Wir werden Rhodan finden, und wenn wir sämtliche Sonnen mit ihren Planeten auseinandernehmen müßten, verstanden?«

»Ist das nicht ein bißchen schwierig, wenn man bedenkt ...!«

»Das Denken überlaßt gefälligst eurem Kommandanten, also mir!« donnerte Gecko den vorwitzigen Bokom an, der sofort um einige Zentimeter kleiner wurde und im Sandboden zu versinken drohte. »Es war ja auch nur ein bildhafter Vergleich. Warum sollten wir Sonnen auseinandernehmen? Wir brauchen sie ja noch. So, noch etwas – fast hätte ich es vergessen. In wenigen Stunden trifft Generaladmiral Tere Astrur hier ein, um die Truppe zu inspizieren. Er bringt die Unither und die Willys gleich mit. Sie müssen noch ausgebildet werden.«

»Och!« meinte Ooch erschüttert und trat verlegen von einem Fuß auf den anderen. »Eine Inspektion? Was ist das?«

»Das wirst du dann schon sehen! Los, antreten! In Marschkolonne! Eine Geländeübung wird eure müden Knochen gelenkig machen. Später werden wir eine Eisenkugel telekinetisch in den Raum befördern und auf gesteuertem Kurs wieder unbeschadet landen lassen. Das führen wir dann dem Admiral vor, wird ihn beeindrucken. – Ohne Tritt … marsch! Mund halten jetzt! Seht ihr dort hinten den Hügel mit dem Baum? Los, wer zuerst dort ist!«

Sie stoben davon und verschwanden in einer rötlichen Sandwolke.

Gucky sah ihnen eine Weile nach und grinste. Dann wurde er ernst, drehte sich um und ging langsam auf die fernen Gebäude am Rand der Stadt zu. Dort war die Mausbiberkolonie untergebracht. Pounder-City und die Raumhäfen waren nicht weit.

Er teleportierte den Rest des Weges und materialisierte in dem Appartement, das er immer bewohnte, wenn er auf dem Mars war. Iltu saß auf dem Bett und studierte die neue Modezeitschrift. Sie sah auf.

»Verrückt, was die Terraner für Sorgen haben. Da bricht ihr ganzes Imperium draußen zwischen den Sternen zusammen, aber auf der Erde entwerfen sie neue Modelle für den Sommer.«

»Wären sie nicht so veranlagt, gäbe es vielleicht schon keine Terraner mehr«, antwortete Gucky und nahm neben ihr Platz. »Wenn sie kleine Sorgen haben, werden sie besser mit den großen fertig. Übrigens glaube ich, wird heute die Entscheidung fallen. Gecko weiß nicht, daß ich Astrur gut zugeredet habe. In Wirklichkeit habe ich ihn breitgeschlagen, nicht Gecko. Na, er wird sich die Truppe ansehen und dann – offiziell – seine Entscheidung bekanntgeben. In zwei Wochen kann der Start sein.«

Iltu betrachtete Gucky skeptisch. »Sei einmal ehrlich, Gucky – warum läßt du Gecko eigentlich allein fliegen? Du weißt doch, was für ein Großmaul und Angeber er ist. Du weißt auch, daß er nicht einmal vernünftig teleportieren kann.«

»Ich habe noch zwei Wochen Zeit, mit ihm zu trainieren. Nein, Iltu darum geht es nicht. Das Selbstbewußtsein unserer Freunde muß gestärkt werden – ich spreche nicht von Gecko, der hat mehr als genug davon. Ich meine die anderen. Seit Ewigkeiten sitzen sie untätig auf dem Mars und kamen nie zum Einsatz. Jetzt ist die Gelegenheit dazu gegeben. Warum soll ich nur immer die Hauptrolle spielen? Soll doch Gecko beweisen, daß hinter seinem großen Maul mehr steckt als nur Angeberei. Entweder hat er Erfolg, dann haben wir alle etwas davon. Hat er keinen, blamiert er sich allein.«

»Ich bin ja froh, daß du bleibst«, sagte Iltu und schmiegte sich an ihn. »Ich wollte nur wissen, warum du es tust.«

Er grinste und sah sie an. »Na, deinetwegen natürlich auch«, sagte er und zog sie an sich.

Es war so, wie Gucky zu Iltu gesagt hatte: Atlans Stellvertreter, der Generaladmiral Tere Astrur, hatte sich von den Mausbibern regelrecht breitschlagen lassen. Und das wollte bei einem Epsalgeborenen etwas heißen. Astrur wog etliche Doppelzentner und fühlte sich erst bei einer Schwerkrafteinwirkung von drei Gravos richtig wohl.

Sein Kollege von der Imperiumsflotte war Julian Tifflor, der jetzt die Belange Rhodans wahrte. Als Astrur ihm berichtete, welchen Entschluß er gefaßt hatte, runzelte Tifflor die Stirn und strich geistesabwesend über seine Brust. Seine Hand fühlte den Zellaktivator, der ihm das ewige Leben verlieh. Ein Leben, das Tifflor jederzeit dafür hingegeben hätte, könnte er Rhodan damit retten.

Aber niemand wußte, wo Rhodan war.

»Eine Mausbiberexpedition? Ich weiß nicht ...«

»Sir, ich habe keine Bedenken. Schon aus psychologischen Gründen muß ich zustimmen. Gucky hat mich darum gebeten, diesen Gecko mit seiner gemischten Mannschaft ziehen zu lassen. Er meint, sie würden sich schon die Hörner abstoßen, die ihnen allen auf dem Mars gewachsen sind. Sie haben untätig herumgesessen, Sir; das verdirbt den Charakter. Ich bin davon überzeugt, daß Gecko zu einer außerordentlichen Leistung fähig ist, wenn man ihm die Gelegenheit dazu gibt. Welches Risiko gehen wir schon ein?«

Tifflor sah ihn fest an. »Risiko? Das Leben von einundzwanzig Mausbibern steht auf dem Spiel. Es ist mindestens genausoviel wert wie das Leben ebenso vieler Menschen.«

»So meinte ich es nicht, Sir. Ich weiß, daß der Rest der Mausbiber erhalten bleiben muß, wenn die Rasse nicht aussterben soll. Ich meine nur, das Risiko ist nicht größer, als wenn wir ein Schiff mit Terranern losschicken. Außerdem sind Unither und Matten-Willys an Bord. Auf die ist Verlaß.«

»Was will Gecko mit Willys?«

»Er will sie dabei haben, das ist alles, was mir bekannt ist. Unter Umständen sind es nützliche Lebewesen. Natürlich, sie sehen wie riesige Quallen aus, aber sie können jede beliebige Form annehmen. Die Unither verfügen über beste Raumerfahrung. Und was die Mausbiber angeht ...«

»Ein verspieltes Volk, das nur Unsinn im Kopf hat – das wollten Sie doch sagen, Astrur? Hm, so unrecht haben Sie da nicht, aber ich bin überzeugt, Gucky hat sie auf Trab gebracht. Wollten Sie nicht heute zum Mars?«

»Ganz richtig, per Transmitter. Will mir die Bande mal ansehen.«

Tifflor überlegte. »Rückgängig machen ließe sich die Sache ohnehin nicht mehr. Gucky würde sich ganz schön aufführen und mir das Leben zur Hölle machen. Es wundert mich, daß er nicht mit will.«

»Es war Geckos Idee. Gucky kann sich ihm doch nicht unterordnen, und Gecko hat verlangt, daß er das Kommando erhält.«

»Aha, interne Machtkämpfe also«, meinte Tifflor und lächelte verständnisvoll. »Na, von mir aus. Weisen Sie Gecko einen Sektor zu, der nicht so abgelegen ist. Er soll ständigen Kontakt mit unseren Schiffen halten und nichts auf eigene Faust unternehmen.«

»Sagen kann ich es ihm ja«, seufzte Astrur. Man hörte ihm an, daß er den Erfolg seiner Anweisungen bezweifelte. »Wenn ich vom Mars zurück bin, werde ich Ihnen Bericht erstatten, Sir.«

»Tun Sie das, Generaladmiral.«

Tere Astrur verließ das Hauptgebäude und ließ sich zur Transmitterstation bringen. Nach den notwendigen Formalitäten wurde die Empfangsstation auf dem Mars unterrichtet, und genau zur vereinbarten Sekunde rematerialisierte der kommissarische Lordadmiral der USO auf dem Mars.

Das Schiff, die TRAMP, war inzwischen auf dem Hafen von Pounder-City gelandet. Die dreißig Unither und zehn Willys waren an Bord. Damit stand fest, daß die Entscheidung bereits gefallen war, obwohl Astrur erst jetzt ging, um die Mausbiber zu inspizieren. Er tat es eigentlich nur, um Gucky einen Gefallen zu erweisen. Gecko sollte glauben, man nähme ihn ernst.

Als sich Astrur den Hügeln näherte, ließ er den Gleiter landen und ging den Rest des Weges zu Fuß. Er sah einige dunkle Punkte im Gelände und identifizierte sie als Mausbiber. Zwei von ihnen hockten dicht aneinandergedrängt in einer Bodensenke. Er näherte sich ihnen und blieb stehen. Der eine Mausbiber sah auf.

»Na, was ist?« piepste er ärgerlich. »Du störst.«

Astrur fragte mit strenger Miene: »Was tut ihr hier?«

Der Mausbiber, es war Wullewull, kam nicht auf den Gedanken, seine geringen telepathischen Fähigkeiten anzuwenden, somit entging ihm, wer der Mann in der Uniform war. Er drückte Fippi, die sich eng an ihn schmiegte, ein wenig weg.

»Erstens geht dich das nichts an, und zweitens spielen wir Krieg.«

»So«, sagte Astrur und blieb nach außen hin ernst. »Ihr spielt also Krieg. Netter Krieg, davon abgesehen. Aber auf der anderen Seite spielt man keinen Krieg. Das ist verwerflich. Kein Mensch ...«

»Bin ich ein Mensch?« Wullewull richtete sich auf und drückte die

Brust heraus. »Verschwinde, sonst mach ich dir Beine. Bist du schon mal geflogen? Ich meine, ohne Raumschiff und Flügel. Das Vergnügen kannst du haben, wenn du nicht sofort ...«

»Wullewull«, sagte Fippi vorwurfsvoll. »Man ist doch nicht so unhöflich einem Fremden gegenüber.«

»Soll er mich gefälligst in Ruhe lassen«, gab Wullewull bissig zurück, »sonst ziehe ich ihm telekinetisch die Hosen aus. Gucky hat das auch schon einmal gemacht und einen riesigen Heiterkeitserfolg damit erzielt.«

»Du bist nicht Gucky.«

»Dafür bin ich Wullewull«, kam es stolz zurück.

Quer über den Sandstreifen kam Gecko herbeigewatschelt. Er hatte aus der Ferne den riesigen Mann gesehen und kam nun, um den Störenfried wegzujagen. Jeden Augenblick konnte der Chef der USO erscheinen, um die Inspektion vorzunehmen. Es kam immer wieder vor, daß neugierige Angehörige der Raumflotte im Gebiet der Mausbiber herumstreunten. Jener dort mußte ein Überschwerer sein, vielleicht auch ein Epsalgeborener.

Gecko blieb plötzlich stehen. Er hatte Astrur erkannt.

Er stieß einen grellen Pfiff aus und gab telepathisch einen Befehl durch. Das vereinbarte Signal rief ein erstaunliches Durcheinander hervor. Überall tauchten Mausbiber aus ihren Verstecken auf und kamen in unbeholfenen Sprüngen herbeigelaufen. Einige rannten sogar auf allen vieren, den Schwanz steil in die Luft gereckt. Wullewull und Fippi krochen aus ihrem Deckungsloch und sahen Astrur fassungslos an. Ihnen begann zu dämmern, daß sie etwas verkehrt gemacht hatten.

»Antreten!« brüllte Gecko aus voller Kehle. Seine Stimme überschlug sich fast, als er hinzufügte: »Aber ein bißchen dalli, wenn ich bitten darf!«

Tere Astrur lächelte nachsichtig, als er die Elite der Mausbiberrasse betrachtete, die sich in Zweierreihe aufstellte und versuchte, Haltung anzunehmen. Es war der merkwürdigste Appell, den er je in seinem langen Soldatenleben abgenommen hatte. Er versuchte ernst zu bleiben, aber es fiel ihm schwer. Gucky hatte ihn vor diesem Augenblick gewarnt, und – wahrhaftig – er hatte nicht übertrieben.

Gecko stolzierte auf und ab, bis die Truppe – seiner Meinung nach – stand. Dann befahl er »Augen rechts«, und marschierte auf Astrur zu, der unwillkürlich Haltung annahm, um die Meldung entgegenzunehmen.

Gecko warf den rechten Arm hoch und brachte die Hand an die Pelzmütze. Fast hätte er vor lauter Eifer das Gleichgewicht verloren und wäre einfach umgefallen, aber ein telekinetischer Impuls aus den Reihen seiner Gefolgsleute hielt ihn. Schrill und knapp stieß er hervor: »Raumkampfmarine der Mausbiber bei der Ausbildung, Sir. Oberaufsicht Admiral Gecko.«

Astrur, der sich fest vorgenommen hatte, das Spiel bis zur letzten Konsequenz mitzumachen, ließ die zum Gegengruß erhobene Hand wieder sinken. Er schaute Gecko fassungslos an. Sein Mund öffnete sich, aber es dauerte mehrere Sekunden, bis er sagen konnte: »Admiral?«

Gecko nickte und stand bequem. »Admiral, Sir! Der Titel steht mir dienstgradmäßig zu.«

»Wieso?« ächzte der Chef der USO. »Wer hat Sie dazu ernannt?«

Gecko sah so unschuldig aus wie ein neugeborenes Kind. »Ich, wer sonst? War ja niemand sonst hier.«

»Sie können doch nicht ...!«

»Jemand, der die Raumflotte der Terraner befehligt – welchen Dienstgrad muß er haben?«

»Admiral, ganz klar. Aber in diesem Fall ...«

»Also ist jemand Admiral, wenn er die Gesamtstreitkräfte eines Volkes befehligt, nicht wahr?«

»In gewissem Sinn muß ich zugeben ...«

»Also ist der Fall klar«, unterbrach ihn Gecko abermals. »Ich befehlige die gesamten Streitkräfte der Mausbiber, infolgedessen muß ich Admiral sein. Haben Sie etwas gegen Logik, Kollege?«

Astrur schnappte verzweifelt nach Luft. Er hatte sich unter dieser Inspektion etwas ganz anderes vorgestellt. Wenn er das geahnt hätte, wäre er lieber im Hauptquartier geblieben.

»Die Ernennung muß noch bestätigt werden«, stöhnte er und suchte nach einem Ausweg. Es war doch unmöglich, Gecko zum Admiral zu ernennen, während Gucky sich immer noch mit dem Rang eines einfachen Leutnants begnügte. Gucky! Das war vielleicht ein Ausweg. »Ich kann das nicht. Nur ein Mausbiber kann Sie befördern, in diesem Fall Gucky. Ich werde ...«

»Ein Leutnant?« In Geckos Stimme lag tiefe Verachtung und Mißbilligung. »Sie werden mir doch nicht zumuten, daß ich mich mit einem Leutnant unterhalte. Ich verlange ...«

»Gut, ich werde Ihre Ernennung veranlassen. Sie kennen ja die Vorschriften. Bis die ganzen Formalitäten erledigt sind, vergehen höchstens drei oder vier Monate. Schade, daß der Start nun verzögert wird, eigentlich hatte ich gedacht, daß Sie schon heute ...«

»Heute?« Gecko vergaß seine Admiralswürde und sprang zwei Meter hoch in die Luft. Er landete mit einem dumpfen Plumpser auf dem

Rücken und rappelte sich wieder auf. »Dann starten wir noch heute? Großartig.«

»Und was ist mit der Ernennung?«

»Meinen Leuten ist es egal, ob ich ernannt bin oder nicht. Die Hauptsache ist, wir kriegen das Schiff. Wo steht es?«

»Moment noch«, hielt Astrur ihn zurück. »Nur noch eine Kleinigkeit. Sie versprachen mir, die Einsatzbereitschaft der Truppe zu demonstrieren. Bis jetzt habe ich nur gesehen, daß sich Mausbiber in Deckungslöchern herumdrücken und wichtige Besucher respektlos anpöbeln. Damit kann man keinen Krieg gewinnen.«

Geckos Blick ging zu Wullewull, der sich unwillkürlich duckte. Dann nickte er.

»Unsere Hauptstärke liegt in der Telekinese. Dort drüben liegt eine eiserne Kugel. Sie wiegt zwanzig Zentner. Ungefähr soviel, nehme ich an, wie Sie, Sir. Passen Sie auf, was mit der Kugel geschieht, wenn wir alle unsere Kräfte koordinieren. Haben Sie ein Funkgerät dabei?« Als Astrur nickte, fuhr er fort: »Nehmen Sie Verbindung mit der Phobosstation auf. Die Kugel wird in wenigen Minuten dort landen.«

Astrur wußte von der fabelhaften Begabung der Mausbiber, Materie kraft ihres Geistes zu bewegen. Er nickte und trat einige Meter zurück, um die Kugel besser sehen zu können. Gecko befahl seiner Gruppe, sich im Kreis auf den Boden zu setzen. Sie gaben sich die Hände.

Und zweihundert Meter entfernt stieg die schwere Metallkugel senkrecht in den Himmel, zog – scheinbar schwerelos – einige Schleifen, daß Astrur unwillkürlich den Kopf einzog und sich nach einer Deckung umsah, und verschwand im blauen Nichts des Raums.

Sechs Minuten später meldete Phobos, daß die Kugel gelandet sei.

»Danke«, sagte Astrur, sichtlich beeindruckt. »Das genügt. Hiermit erteile ich Ihnen, Gecko – eh, Admiral Gecko – das Kommando über die TRAMP und wünsche Ihnen und der Besatzung einen erfolgreichen Flug.«

Er grüßte und ging davon. Seine riesige Gestalt wurde schnell kleiner, dann stieg er in den Gleiter, der sich sofort erhob und in Richtung Pounder-City verschwand.

Gecko sah ihm nach. »Ooch!« rief er plötzlich. »Wer hat etwas davon gesagt, daß jetzt gegessen werden kann? Schmeiß sofort die Rübe weg!«

»Du kannst mich ...«

»Was?«

»Du kannst mich nicht so rumkommandieren«, stotterte Ooch verdutzt, der von Goethe noch nie etwas gelesen hatte. »Jetzt haben wir das Schiff und ...«

»Du bist Soldat, ich bin Admiral, merk dir das! Wenn ich sage: Es darf gegessen werden, darf gegessen werden. Verstanden?« Er sah sich triumphierend nach allen Seiten um. Er begegnete fragenden Blicken. »So, jetzt darf gegessen werden«, fügte er hinzu und griff in die Tasche.

Eine Woche lang wurde Gecko von Gucky erbarmungslos durch die Mangel gedreht, und es war ein Glück, daß keiner der anderen Mausbiber dabei war. Gecko vergaß völlig, daß er Admiral war und von einem Leutnant so durch das Gelände gehetzt wurde. Telepathisch erhielt er von Gucky seine Befehle, und bereits nach vier Tagen teleportierte er auf bloße Peilimpulse hin. Nach einer Woche sprang er zusammen mit Gucky zum Deimos und zurück.

»Ich glaube«, stellte Gucky befriedigt fest, »das genügt. Du mußt weiterhin fleißig trainieren, um vollkommen zu werden. Sorge auch dafür, daß alle Mitglieder deiner Mannschaft bessere Telepathen werden, besonders Ooch, damit du für größere Entfernungen eine Empfangsstation hast. Ja, von mir aus kann der Start nun erfolgen.«

Gecko drückte die Brust heraus und stolzierte vor Gucky auf und ab.

»Danke, Leutnant.« Er betonte den Dienstgrad mit einer Herablassung, die Gucky fast zum Platzen gebracht hätte. »Ich werde alles veranlassen.«

»Noch etwas«, sagte Gucky und hielt den »Admiral« am Ärmel fest, als er zum Raumhafen teleportieren wollte. »Ein guter Rat unter Freunden.« Er ignorierte Geckos erstaunten Blick. »Sei nicht so überheblich deiner Mannschaft gegenüber – sie könnte es dir übelnehmen. Vergiß nicht, daß sie alle – zumindest die Mausbiber – Telekineten sind. Wenn sie zusammenhalten, können sie dich quer durch die Milchstraße schießen. Bildlich gesprochen. Und auch die Unither sind mit Vorsicht zu behandeln. Sie sind unsere Freunde, vor allen Dingen Freunde der Terraner. Sie haben sich freiwillig für dieses Unternehmen gemeldet. Wenn sie dich auch als den Kommandanten anerkennen, so ist es nicht unbedingt notwendig, daß du sie verärgerst. Sie haben Raumerfahrung, du nicht. Achte also auf ihre Hinweise.«

»Danke«, knurrte Gecko und sah gelangweilt in den Himmel.

»Sei deinen Leuten ein Vorbild«, fuhr Gucky unbeirrt fort. »Jeder weiß, daß du von Natur aus faul und gefräßig bist. Niemand kann dir das verübeln, denn du hattest in all den Jahren nichts zu tun. Du hast selbst das unfreiwillige Playboydasein beendet, trage nun auch die Konsequenzen. Gecko, mach mir keine Schande, hörst du?«

»Man wird noch in Jahrhunderten von dieser Expedition der Mausbiber sprechen«, prophezeite Gecko selbstbewußt.

»Durchaus möglich«, gab Gucky zu, »aber ich möchte, daß man mit Achtung davon spricht, nicht nur, um sich zu amüsieren.«

Gecko wechselte das Thema. »Wir springen jetzt in die Kommandozentrale meines Schiffes – los, konzentrieren … anpeilen … daran denken … und jetzt …«

Gucky materialisierte inmitten einer Gruppe von vier Mausbibern, die sich die Zeit damit vertrieben, einen Unither zu ärgern.

Die Unither stammten aus dem Sonnensystem Unatha, mehr als zehntausend Lichtjahre von der Erde entfernt. Sie waren etwa so groß wie ein Mensch und besaßen auch ähnliche Formen. Ihre Körper waren klobig und plump gebaut. Außer zwei Armen und zwei Beinen verfügten sie über einen armlangen Rüssel, der zur Nahrungsaufnahme diente. Sie konnten ihn aber zugleich auch als Werkzeug benutzen. Ihre Köpfe waren halbkugelförmig, mit zwei großen Augen ausgestattet. Ohne Hals saßen sie direkt auf den Schultern und waren kaum beweglich. Die glatte zähe Haut war hellbraun gefärbt. Ihre Heimatwelt, der dritte Planet jenes Systems Unatha, besaß eine Sauerstoffatmosphäre.

Die Mausbiber hatten den Unither am Rüssel gepackt und hielten ihn daran fest. Es bereitete ihnen unsagbares Vergnügen, die vorn befindlichen Atemlöcher zuzuhalten. Wenn der Unither mit den riesigen Augen zu rollen begann, ließen sie schnell wieder los.

Als Gucky auftauchte, stoben sie nach allen Richtungen davon. Der Unither richtete sich dankbar auf.

»Sie lieben Scherze, die kleinen Kobolde«, sagte er friedfertig und schüttelte seine Gliedmaßen. »Man kann es ihnen nicht einmal übelnehmen, obwohl ich zugeben muß, daß ich nahe daran war, ihnen eine Abreibung zu geben.«

»Das schadet ihnen nichts«, bestätigte Gucky und wartete auf Gecko, der schon längst da sein mußte. Oder hatte er sich versprungen? »Die TRAMP wird noch heute starten. Sage deinen Leuten Bescheid.«

Der Unither verschwand aus der Zentrale. Gucky blieb allein zurück, bis nach zehn Sekunden endlich Gecko auftauchte. Er räusperte sich verlegen und machte dann eine großartige Geste in eine unbestimmte Richtung.

»Kleiner Scherz, hihi. Bin in einem Schlachtkreuzer materialisiert. Die haben vielleicht Augen gemacht, sage ich dir. Ein Kadett hielt mich für dich und stand stramm. Wenn der gewußt hätte, daß er statt einem Leutnant einem Admiral gegenüberstand, wären ihm die Knie weich geworden.«

»So, ein Scherz also. Nicht zufällig ein Fehlsprung, Gecko?«

Geckos Blick hätte selbst Schreckwürmer in die Flucht geschlagen. »Allein der Gedanke ist Admiralsbeleidigung«, sagte er würdevoll.

Gucky grinste in sich hinein. Gecko mochte ein Großmaul sein, aber wenigstens verstand er es, seine Fehler geschickt zu vertuschen.

»Also gut. Die TRAMP ist hiermit zum Start freigegeben. Die eine Woche Verzögerung war notwendig. Ich gehe jetzt von Bord.« Er sah Gecko fest an. »Ich hoffe, dein Flug ist erfolgreich. Wenn ...«

»Admiral!« verbesserte Gecko und deutete damit an, daß er keine Vertraulichkeiten mehr wünschte.

»Also gut, dicker Admiral«, gab Gucky nach. »Sei nicht zu leichtsinnig und begib dich nicht in Gefahr – wenigstens nicht unnötig. Das ist übrigens ein strenger Befehl von Atlans Stellvertreter, klar? Wenn die TRAMP nicht heil und mit vollständiger Besatzung zurückkehrt, gibt es Ärger. Nicht nur für dich, auch für mich. Außerdem vergiß nicht, daß unser Volk ausstirbt. Der noch lebende Rest muß erhalten bleiben.«

Gecko hatte mit undurchdringlichem Gesicht zugehört. Als Gucky fertig war, nickte er herablassend. »Zum Wohl des Volkes werde ich darauf achten, mich nicht in Gefahr zu begeben. Aber wenn mich die Wut packt, kann mich niemand mehr halten. Wenn ich Rhodans Entführer oder Mörder finde ...«

»Noch weiß niemand, ob es Mörder gibt«, bremste Gucky. »Du kannst in einer Stunde starten. Und vergiß nicht, was ich dir gesagt habe. Mach's gut, alter Freund.«

Er klopfte Gecko auf die Schulter, drehte sich um und verschwand.

Gecko schaute ihm nach. Dann meinte er leise: »Ein Glück, daß diese Vertraulichkeit von niemandem beobachtet wurde. Mein Image könnte ruiniert werden. Ein Leutnant ... ein einfacher Leutnant!«

Als er seine Erschütterung überwunden hatte, schaltete er den Interkom ein und befahl die Startbereitschaft.

26.

Inzwischen waren zwei Wochen vergangen.

Die TRAMP hatte sich immer weiter von der Erde entfernt und war am Milchstraßenzentrum vorbei weit in den galaktischen Osten vorgestoßen. Hier standen die Sterne nicht mehr dicht, und das Gebiet war so gut wie unerforscht. Auf den Karten waren nur wenige Sonnen mit Namen belegt worden. Einige von ihnen hatten Planeten, auf denen schon Terraner gewesen waren.

Es war das Gebiet der Blues, und Gecko sollte das sehr bald zu spüren bekommen.

Noch aber war es nicht soweit. An Bord der TRAMP herrschten, vom menschlichen Standpunkt aus gesehen, recht merkwürdige Verhältnisse. Das kam in der Hauptsache davon, daß die Mausbiber das ganze Unternehmen in erster Linie als einen Riesenspaß betrachteten, und natürlich auch als eine willkommene Abwechslung. Daß man nebenbei auch versuchte, eine Spur von Rhodan zu entdecken, war eine Randerscheinung, mehr nicht. Es lag in der Natur der Mausbiber, auch ernste Pflichten in spielerischer Weise zu erfüllen und alles Notwendige mit dem Angenehmen zu verbinden. Kein Wunder also, wenn es auf der TRAMP allgemein so zuging, als handele es sich um eine Vergnügungsreise.

Dann wenigstens, wenn Gecko außer Sicht war.

Gecko selbst nämlich schien alle mausbiberische Verspieltheit vergessen zu haben. Er gab sich äußerst pflichtbewußt. Dabei war er in seinem Innern der Verspielteste von allen. Er mimte nämlich den Vorgesetzten. Schlimm war nur, daß er es mit einem tödlichen Ernst tat, den ihm niemand so richtig abnehmen wollte. Sogar die Unither nicht, und schon gar nicht die Matten-Willys.

Die Willys waren in einem umgebauten Frachtraum untergebracht, wo sie meist schliefen oder ihren geheimnisvollen Zeitvertreiben nachgingen. Sie waren die seltsamsten Lebewesen, die man sich vorstellen konnte. Einst Hüter und Kindermädchen jenes Posbiplasmas, dessen Ursprungswelt immer noch unbekannt war, waren sie zu ehrlichen und verläßlichen Verbündeten der Terraner geworden. In der Ruhestellung nahmen sie die Form von flachen Fladen an und zogen Tentakel und Stielaugen ein. Mit Hilfe ihrer Translatoren verständigten sie sich in jeder Sprache. Gerieten sie in eine gefährliche Lage, so begannen sie wie wild zu rotieren und bohrten sich mit diamantharten Bohrkränzen selbst in massive Felsen.

Während also die Willys – jeder von ihnen hieß so – überhaupt nichts taten, hatten die Unither in ihrer Selbstlosigkeit alle notwendigen Arbeiten übernommen. Sie saßen in der Kommandozentrale und bedienten die Kontrollen. Sie hatten eine ständige Wache in der Waffenzentrale, um im Falle eines feindlichen Überfalls die TRAMP innerhalb weniger Sekunden in den Verteidigungszustand versetzen zu können. Sie sorgten für die Verpflegung, die Überwachung der Arbeitsroboter, für die allgemeine Ordnung im Schiff – kurz für alles.

Über allen aber thronte Gecko.

Man traf ihn überall, und er schien nur selten zu schlafen. Es war, als wolle er jede Sekunde nutzen, seine persönliche Macht vor aller Augen zu demonstrieren. An jedem, dem er begegnete, hatte er etwas auszusetzen. In der schmucken Admiralsuniform der Raumflotte stolzierte er durch die Korridore und Abteilungen des Kugelkreuzers und »inspizierte«. Er inspizierte, wie er es tatsächlich nannte, alles, was ihm in die Quere kam. Das Leben schien für ihn keinen anderen Inhalt mehr zu haben, und wohin die TRAMP flog, schien ihm egal geworden zu sein. Wenn nur alles im Schiff so war, wie er es wünschte. Wenn nur jeder wußte, daß er hier der Herr und Meister war. Natürlich wußte es ohnehin jeder. Es war ja kaum zu übersehen.

An diesem Tag hatte er eine ganz besonders glorreiche Idee.

Er verzichtete auf den telepathischen Befehl und schaltete den Interkom ein, um eine wichtige Durchsage zu machen. Ihm lag daran, daß auch die Unither und Willys erfuhren, wer hier etwas zu sagen hatte.

»Befehl von Admiral Gecko an die Mannschaft der Ilts: In zwei Stunden findet ein Uniformappell statt. Antreten im Zwischendeck. Bei Beanstandungen muß mit Strafwachen gerechnet werden. Ende der Durchsage.«

Zufrieden lehnte er sich zurück und warf dem Unither, der neben ihm vor den Kontrollen saß, einen beifallheischenden Blick zu.

Zbron war der Erste Offizier der TRAMP. Schon auf dem Mars hatte er den Kurs des Schiffes in den Navigationscomputer gegeben, trotzdem waren Korrekturen nicht vermeidbar. Auch war die jeweilige Geschwindigkeit in gewissen Abständen zu regeln und zu überprüfen. Die Ortungsgeräte mußten ständig überwacht werden – kurz es gab trotz der automatischen Kontrollanlage immer noch alle Hände voll zu tun.

Zbron sah den Blick, aber seine einzige Reaktion war, den Interkom auszuschalten. Dann schaute er mit seinen großen Telleraugen wieder auf seine Kontrollen.

»Disziplin muß ja sein«, piepste Gecko anzüglich. Zbron nickte nur.

»Ich mag auch keine vernachlässigten Uniformen«, fuhr Gecko fort.

Zbron nickte abermals und betrachtete prüfend Geckos Uniform. Sein Rüssel schnellte vor und korrigierte die Orterpeilung. Das Problem schien ihn nicht zu interessieren.

Gecko verlor die Geduld. »Ich verlange eine Antwort, hörst du? Ich habe eine Feststellung getroffen und möchte deine Meinung ...«

Er wurde unterbrochen. Der Unither brach sein Schweigen, und er tat es auf sehr eindringliche Weise. Zbron besaß die Eigenschaft, still und unauffällig zuhören zu können, Gespräche in seiner Umgebung interessierten ihn nicht. Um so größer war dann später die Verwunderung, wenn er Teile solcher Gespräche in andere Debatten warf und erstaunliche Argumente daraus formte. Hinzu kam seine Eigenart, doppelt so schnell wie jeder andere Unither zu sprechen. Dabei konnte man dieses Volk wirklich nicht als Langsamsprecher bezeichnen. Man hatte Mühe, ihnen zu folgen, wenn sie den Mund bzw. ihren Rüssel erst einmal aufmachten.

Geckos Mund blieb offen, als Zbron begann: »Die grammatikalischen Lehren der interkosmischen Sprache besagen genauso wie die Regeln jeder anderen halbwegs vernünftigen Sprache, daß eine Feststellung keineswegs mit einer Frage zu identifizieren ist. Daraus folgert mit messerscharfer Logik, daß, rein semantisch gesehen, von mir keine Antwort oder Stellungnahme erwartet werden konnte. Das wäre das. Zweitens ist von meiner Seite aus zu bemerken, daß die Dienstvorschriften der terranischen Raumflotte eindeutig jeden vertraulichen Verkehr zwischen Vorgesetzten und Untergebenen untersagen. Da Sie Kommandant dieses Schiffes sind, ist zu folgern, daß Sie mein Vorgesetzter sind. In Interkosmo wird der Unterschied der Anrede ...«

Gecko hatte inzwischen Luft geholt. »Augenblick!« schrillte er entsetzt. »Ich muß ...«

»Wenn Sie müssen, ist das Ihre Sache«, unterbrach Zbron mit eiskaltem Sarkasmus. »Ich kann Sie nicht abhalten. Außerdem darf ich Sie darauf aufmerksam machen, daß die Bezeichnung Augenblick eine völlig unsinnige in diesem Zusammenhang ist. Mit einem Augenblick wird jener Bruchteil einer Sekunde bezeichnet, der notwendig ist, eine ...«

»Ruhe!« Geckos Nackenhaare hatten sich gesträubt, und er war aus dem Sessel gerutscht. Seine krummen Beine streckend, versuchte er, fünf Zentimeter größer als gewöhnlich zu sein. Die ungewohnte Körperhaltung nahm ihm ein wenig der sonstigen Sicherheit. Ein Lufthauch hätte genügt, ihn umkippen zu lassen. Er seufzte und wurde wieder kleiner. »Das hält ja niemand aus! Haben Sie ein Tonband verschluckt? Und wenn schon, warum lassen Sie es dann mit dreifacher Geschwindigkeit ablaufen? Ich habe kein Wort verstanden.«

»Ich bin gern bereit«, sagte Zbron etwas langsamer, aber immer noch schnell genug, »Ihnen meine Ausführungen noch einmal in aller Deutlichkeit klarzulegen, aber ich fürchte, mir fehlt im Augenblick – wirklich, man kann sich an solche Redensarten gewöhnen – die Zeit dazu. Ich habe einige Kurskorrekturen vorzunehmen.«

»Nehmen Sie, nehmen Sie«, empfahl Gecko erlöst. Er beschloß heimlich, diesen Unither nicht mehr anzusprechen, wenn es nicht unbedingt notwendig sein sollte. »Wieso Kurskorrektur?«

»Im Grunde genommen ist das Problem sehr einfach«, schnarrte Zbron los und deutete auf die in Aktion befindlichen Bildschirme. »Die TRAMP fliegt genau auf ein Sonnensystem zu. Wenn der Kurs nicht geändert wird, werden wir in genau vier Stunden und siebzehn Minuten auf die Oberfläche dieser Sonne stürzen. Da die bisherigen Analysen eine Oberflächentemperatur von fünftausend Grad ergeben, halte ich es nicht für besonders ratsam, den bisherigen Kurs beizubehalten. Außerdem frage ich mich, was wir dort wollten.«

Gecko faltete die Hände und schlug die Augen nieder. Lautlos bewegten sich seine Lippen, als bete er. Dann sah er Zbron wieder an. In seinem trauernden Blick lag das Leid von zehn zum Untergang verurteilten Völkern. In diesem Moment sah er nicht wie der stolze und standesbewußte Admiral und Kommandant aus, sondern wie ein zerrupftes Gänseblümchen.

»Ja, das frage ich mich auch«, sagte er und stolzierte aus der Zentrale. Seine Knie zitterten merklich. Es war Wullewulls Pech, daß er gerade in diesem Augenblick den Weg seines Kommandanten kreuzte. Er kam aus der Küche, wo er den Koch, einen Unither, um eine Tagesration frischer Spargelspitzen betrogen hatte. Es war ihm nicht schwergefallen. Ein Mausbiber sah aus wie der andere, wenigstens in menschlichen Augen.

Gecko blieb stehen und fixierte Wullewull, der mit einem verlegenen Grinsen an ihm vorbeimarschieren wollte, um möglichst schnell zum Antigravlift zu gelangen. In seinem Arm trug er zwei Plastikbeutel mit dem goldgelben Gemüse.

»Halt!« donnerte Gecko, als er sich von seiner Überraschung erholt hatte. »Was hast du da?«

Wullewull stand vor der Wahl, mit seiner Beute eiligst zu verschwinden, oder sich geschlagen zu geben. Da Gecko Teleporter war, entschloß er sich, stehenzubleiben. Sozusagen als Kompromiß.

»Das sind Spargelspitzen«, klärte er den Kommandanten auf.

»Das sehe ich!« schrie Gecko.

Wullewull machte ein unschuldiges Gesicht. »Warum fragst du dann?« wollte er wissen.

Gecko begann zu ahnen, daß er sich in den Auswirkungen seiner Machtstellung verschätzt hatte. Besser: Er hatte sie überschätzt. Statt vor ihm zu kriechen, behandelte man ihn mit einer Disziplinlosigkeit, die beispiellos genannt werden konnte.

»Ich will wissen, woher du sie hast. Die Rationen wurden heute früh bereits verteilt. Wenn du alles auf einmal auffrißt ...«

»Der Koch gab sie mir«, unterbrach Wullewull ihn und grinste. Er sah in Richtung des Antigravschachtes. Gecko vertrat ihm schnell den Weg. Seine Augen wurden plötzlich größer, als er etwas bemerkte, das ihm bisher entgangen war. »Mein Uniformrock! Du hast meinen Rock an!«

»Er hing so herum«, stotterte Wullewull, unsicher geworden. »Und da dachte ich ... warum eigentlich nicht, dachte ich ... ich dachte ...«

»Was also hast du gedacht, wenn wir mal den komischen Vorgang in deinem Gehirn großzügigerweise so bezeichnen wollen?«

»Ich habe gedacht, der merkt es ja nicht.«

»Wer? Ich?«

»Nein, der Koch. Er hielt mich für den Kommandanten.«

Gecko begann zu begreifen, außerdem verriet sich Wullewull durch einige unvorsichtige Gedankenfetzen.

»Du hast dich damit einer Amtsanmaßung schuldig gemacht und die Besatzung um wertvolle Lebensmittelrationen betrogen. Das ist ein Verbrechen, das mit einer Strafe von mindestens zehn Tagen Arrest geahndet werden kann. Komm mit!«

Er schob Wullewull vor sich her und brachte ihn zum Gemeinschaftsquartier der Mausbiber. Dort wurden die beiden mit schrillem Gejohle und fröhlichem Pfeifen empfangen, bis man Wullewulls betrübtes Gesicht bemerkte.

»Mal herhören!« Gecko war entschlossen, in diesem eindeutigen Fall ein Exempel zu statuieren. »Wullewull hat sich zweier Vergehen schuldig gemacht. Er hat unberechtigterweise höhere Rangabzeichen getragen, und zweitens unter Vortäuschung falscher Tatsachen die Gemeinschaftsküche um eine Tagesration betrogen. Ich werde ...«

»Ich habe ...«

»Ruhe!« schrillte Gecko den Angeklagten wütend an. »Wenn ich spreche, hast du Pause. Ich stelle fest ...«

»Aber ich habe wirklich nicht ...«

Gecko legte Wullewull die rechte Pfote vor den Mund. »Sich unter Vorspiegelung falscher Fakten vom ahnungslosen Koch eine Extraration zu erbetteln, um die eigene Gefräßigkeit zu befriedigen, ist ein schändliches Vergehen. Unsere Rationen reichen aus, außerdem dient jede Ration der Erhaltung der Disziplin. Wullewull, Kraft meines Amtes als Kommandant und Admiral unserer Flotte bestrafe ich dich mit zehn Tagen verschärftem Arrest. Hast du noch etwas zu sagen?«

»Das versuche ich die ganze Zeit«, rief Wullewull zornig und warf die beiden Beutel mit Spargelspitzen in Richtung seines Bettes. Er sah, wie Biggy sie auffing und in Sicherheit brachte. »Ich habe ja gar nicht versucht, den Koch und Verpflegungsmeister zu betrügen. Es war reiner Zufall, daß ich an der Küche vorbeikam. Als der Unither mich erblickte, griff er zu den beiden Beuteln, die fertig auf dem Tisch lagen, gab sie mir und sagte: Ihre tägliche Sonderration, Kommandant. Bis jetzt haben die anderen Mausbiber noch nichts davon bemerkt.«

Gecko schluckte. Er ging bis zur Tür zurück und tastete mit den Händen zum Drehknopf. Seine Hände zitterten.

Wullewull zog den Rock wieder aus. Respektlos warf er ihn Gecko zu, der ihn auffing.

»Außerdem ist er mir zu groß«, stellte Wullewull fest und watschelte davon, ohne den Kommandant noch eines Blickes zu würdigen. Als er außer Reichweite war, fügte er hinzu: »Wir wissen alle, daß er ein Freßsack ist, aber daß er sich auf Kosten der Gemeinschaft bereichert – mindestens zehn Tage müßte das geben!«

Gecko drehte sich in der offenen Tür noch einmal um.

»In zwei Stunden ist Kleiderappell, vergeßt das nicht. Und dann noch etwas ... ahäm ... ab heute ist die Lebensmittelrationierung aufgehoben. Wir haben ja genug davon an Bord. Ich möchte nicht, daß jemand Hunger leidet.«

Noch während sich die Tür schloß, quietschte es im Chor: »Besonders nicht der dicke Kommandant!«

Gecko überhörte es. Das war ein blöder Reinfall gewesen. So ein dummer Zufall, daß Wullewull ausgerechnet an den Koch geraten mußte, mit dem er, Gecko, ein heimliches Abkommen getroffen hatte. Natürlich sollte die Truppe Disziplin lernen, aber das war kein Grund für den Kommandanten, auf die üblichen Mahlzeiten zu verzichten. Schließlich war man ja wer. Außerdem war er der größte Mausbiber, wenn man genau hinsah.

Der Koch schien nicht genau hingesehen zu haben. Gecko verkroch sich in seine Kapitänskabine und dachte über die Ungerechtigkeiten des Universums nach. Die Lust zu dem Uniformappell war ihm gründlich verdorben worden. Aber Befehl war Befehl, auch wenn man ihn selbst ausgegeben hatte.

Pünktlich zur festgesetzten Minute tauchte er in der Kabine der Mausbiber auf. Diesmal war er teleportiert und mußte zu seiner Verwunderung feststellen, daß seine gesamte Mannschaft entweder faul in den Betten lag oder sich einen der zahlreichen Mikrofilme ansah, die es in der Bordcinemathek gab.

Sein Erscheinen löste keine besondere Aufregung aus.

»Hi«, sagte Ooch und drehte sich auf die andere Seite. »Och, nur der Dicke!«

»War da nicht was?« versuchte Wullewull sich zu erinnern und betrachtete den Kommandanten hoffnungsvoll. Fippi, die neben ihm stand, kicherte albern. Lediglich Bokom stand auf, watschelte zu dem großen Einbauschrank und zerrte einen Fetzen Tuch daraus hervor, den man nur mit einigem Wohlwollen als ein Stück Uniform identifizieren konnte.

»Ja, da war was«, bestätigte er Wullewulls dunkle Vermutung. »Der verrückte Appell. Hatte ich ganz vergessen.«

»So ein Quatsch«, bemerkte Hemi, eine noch junge Mausbiberin, schüchtern. Sie erschrak über ihre eigenen Worte und setzte hinzu: »Meine Sachen sind in Ordnung.«

Gecko hatte sich von seiner Fassungslosigkeit über die Respektlosigkeit erholt. Er stampfte mit beiden Füßen auf den Boden und wäre fast hingefallen. Er strauchelte und stand wieder. Er trug seinen Paraderock, jenen, mit dem sich Wullewull die Spargelspitzen verschafft hatte.

»Aufstehen und antreten!« fauchte er, wobei sich seine Stimme überschlug. »Sofort! Kombination angezogen, Paradeuniform auf dem Arm. Aber möglichst schnell, sonst mache ich euch Beine!«

»Ich hab' schon welche«, wisperte Fippi erschrocken und sah an sich herab. Tatsächlich, nichts fehlte. Fippi hatte bisher noch wenig Umgang mit Soldaten gehabt und kannte deren Ausdrucke nicht. Schon gar nicht die von Gecko. »Außerdem sind sie schön ...«

Wullewull stieß sie beiseite und holte seine Uniform aus dem Schrank. Zehn Minuten später stand die Truppe.

Gecko stolzierte in würdevoller Haltung auf und ab und übte sich in Geduld. Geduld ist die Zierde des Mannes, dachte er, warum also auch nicht die des Mausbibers? Hauptsache war, man befolgte seine Anweisungen, wenn es auch etwas länger dauerte, als man erwarten durfte.

Er ging zuerst zu Biggy, nahm ihr den fein säuberlich zusammengelegten Rock aus der Hand und betrachtete ihn. Neben Biggy stand Ooch und sah mißtrauisch zu. Seiner Meinung nach ging den Fettsack Biggys Rock nichts an. Soldat oder nicht Soldat. Aber er wollte kein schlechtes Beispiel geben. Er verlor das Interesse, dachte sich ein resigniertes »och« und begann zu dösen.

Gecko suchte vergeblich nach einem Staubkörnchen oder einem heraushängenden Faden. Endlich gab er Biggy den Rock wieder zurück. Bei Bokom fand er einen Fettfleck in der Ausgehhose.

»Wie kommt der dahin?« erkundigte er sich streng.

Bokom überlegte. »Ja, wie kommt der dahin?« fragte er zurück. »Kann sein, daß wir um eine Ecke bogen, die Suppe schwappte über – und passiert war es.«

Gecko stierte Bokom an. »Seit wann gibt es hier Suppe?« fragte er streng.

»Es war vielleicht Schweiß«, half Axo aus, der immer eine Ausrede wußte. Er hatte gerade seine Prüfung in Astro-Navigation auf dem Mars bestanden, nachdem er sämtliche Semester dreimal durchgemacht hatte. »Der ungewohnte Dienst, die Anstrengungen ... und bei der Verpflegung muß man Fett schwitzen.«

Gecko gab die Hose ohne Kommentar zurück. Bokom grinste zufrieden.

Wullewulls Uniform war restlos verkommen. Sie mußte irgendwo in der untersten Schublade gelegen haben, unter vertrockneten Mohrrüben und zerschmolzener Schokolade. Das Metallband im rechten Saum war falsch eingelegt worden und der Rockverschluß daher im umgekehrten Sinn magnetisch gepolt. Man bekam den Rock nicht mehr zu. Gecko griff in eine der ausgebeulten Taschen und förderte eine Handvoll Dreck zutage. Er warf ihn dem hämisch Feixenden kurzerhand ins Gesicht. Wullewull nieste und gab die Fuhre so zurück. Gecko sprang zur Seite und rettete sich davor, in einer Staubwolke zu verschwinden.

»Strafwache!« schrillte er erzürnt und schlug mit der Faust in die geöffnete Hand. »Dir werde ich helfen ...«

»Ich kann auch allein Wache stehen«, meinte Wullewull.

Gecko gab keine Antwort. Mit stolzer Gebärde warf er den Kopf in den Nacken und ging auf die Tür zu. Schon legte er die Hand auf den Knopf, als Biggy hinter ihm her rief: »Herr Großadmiral, der Rock!«

Gecko blieb stehen. »Welcher Rock?«

»Der Herr Rock vom Herrn Kommandanten«, stammelte Biggy, über ihren eigenen Mut verwirrt.

Gecko sah an sich herab. »Und?«

»Er ist schmutzig – alles voller Flecken, Fettflecken.«

Gecko drehte sich zweimal um seine Achse, aber es gelang ihm nicht, seinen eigenen Rücken zu Gesicht zu bekommen. Er gab es auf. »Na und? Bin ich der Kommandant oder nicht?«

Biggy nickte. Wullewull nickte auch und sagte: »Jawohl, unser Kommandant und Vorbild.«

Gecko zischelte wütend etwas Unverständliches und verschwand. Niemand hatte zu sagen vermocht, ob er lediglich wegging oder teleportierte. Es war zu schnell gegangen.

Nach einer Weile meinte Ooch: »Ach, ich denke, wir können wegtreten – der kommt so schnell nicht wieder. Möchte bloß wissen, wie er zu den Fettflecken kam.«

Wullewull nahm die Hände vom Rücken und leckte sich die Finger ab. Sie waren plötzlich ganz glänzend und fettig.

»Ja«, sagte er, »das möchte ich auch wissen.«

Er knallte die Uniform in den Schrank zurück und nahm Kurs auf sein Bett. »Deine Strafwache – hast du die vergessen?« erinnerte ihn Ooch.

Wullewull lag bereits lang, als er antwortete: »Keineswegs, du Neidhammel. Ich habe auch nicht vor, einzuschlafen. Kannst du dich übrigens erinnern, daß Gecko sagte, wo die Wache zu schieben sei? Na also.«

Sie sahen alle voller Bewunderung zu ihm. Besonders Biggy. Wie klug Wullewull doch war!

Sie wäre fast hingefallen, als Ooch sie in den Rücken stieß. »Guck woanders hin«, riet er ihr.

Die Unither hatten unaussprechliche Namen, und es war ein Glück, daß man sie wenigstens schreiben konnte. Zbron wurde von dem Zweiten Piloten Brcl abgelöst. Ein Mensch hätte die beiden genausowenig unterscheiden können wie zwei Mausbiber. Von den Willys ganz zu schweigen, die sich glichen wie ein Ei dem anderen.

»Was Neues?« erkundigte sich Brcl, als Zbron aus dem Sessel hochkam.

»Ich habe mehrere Schiffe in großer Entfernung geortet, außerdem einige schwache Strukturerschütterungen des Raumes. Keine unmittelbare Gefahr, würde ich sagen, aber Vorsicht ist geboten. Der Kommandant muß zur gegebenen Zeit unterrichtet werden.«

Brcl hatte keine Mühe, den Schwall der auf ihn einstürmenden Worte richtig zu sortieren und ihren Sinn zu begreifen. Er war schließlich ein Unither. »Richtung?«

In dreißig oder vierzig Sätzen beschrieb Zbron die Richtung, aber er benötigte dazu kaum eine halbe Minute.

»Aha«, bestätigte Brcl und studierte die Kontrollen. Zbron wartete auf weitere Fragen, aber als keine erfolgten, verließ er die Zentrale.

Eine halbe Stunde danach erschien Gecko, der sich halbwegs von seiner Blamage wieder erholt hatte. Wortlos setzte er sich in den freien Sessel neben Brcl, betrachtete die einzelnen Bildschirme und sagte schließlich: »Um noch einmal auf unsere Unterhaltung zurückzukommen, falls Sie nichts dagegen haben, darf ich mir die Bemerkung erlauben, daß Kurskorrekturen nur mit meinem Einverständnis vorgenommen werden dürfen. Ich kann nicht dulden, daß Sie eigenmächtig die Richtung ändern und so meine ganze Planung durcheinanderbringen.«

Brcl betrachtete den kleinen, dicken Mausbiber mit abschätzenden Blicken. »Danke«, sagte er endlich.

»Hä?«

»Ich habe mich bedankt, Kommandant. Sie behandeln mich mit wesentlich mehr Ehrerbietung als sonst. Was haben Sie?«

»Was ich? Ich verstehe nicht.«

»Wann haben Sie mit mir gesprochen?«

»Eben, vor zwei Stunden. Sie erwähnten die Möglichkeit einer Landung auf der Sonne – eh, Sie glaubten ...«

»Ach, das muß Zbron gewesen sein. Er spricht manchmal etwas konfus, aber er meint es nicht böse. Bloß – wo andere mit fünf Worten auskommen, benötigt er einen halben Roman. Hatten Sie eine Diskussion mit ihm?«

»Allerdings, ich ...«

»Sie Ärmster, wenn Sie mir die Bemerkung gestatten.« Brcl wurde wieder ernst. »Was die Kursänderungen angeht, so sind sie laut Reglement Sache des diensthabenden Piloten. Oft ist keine Zeit, erst den Kommandanten zu verständigen. Im vorliegenden Fall besteht eine Ausnahme. Wir kommen erst in vier oder fünf Stunden bei gleichbleibender Geschwindigkeit in die Nähe der fremden Schiffe.«

Gecko sprang auf und sank wieder in den Sessel zurück. »Was für fremde Schiffe?«

Brcl schien erstaunt. »Ach, das wissen Sie nicht? Sind Sie nun wirklich der Kommandant, oder nur einer von diesen verflixten Mausbibern, der sich einen Scherz mit mir erlaubt? Unterscheiden kann man sie ja kaum ...«

»Ich bin Großadmiral Gecko.« Ohne zu zögern, hatte Gecko die von Biggy leichtsinnig ausgesprochene Beförderung angenommen. »Sie wollen doch nicht andeuten ...?«

»Doch. Gestern traf ich Sie, oder Ihren Doppelgänger, auf dem Hauptkorridor. Ich grüßte, wie es die Vorschrift verlangt. Sie – oder Ihr Doppelgänger – sagten, das sei in Zukunft nicht mehr nötig. Ich fragte Sie: War das nun ein Scherz oder nicht? Sie legten doch bisher immer gesteigerten Wert auf entsprechende Unwichtigkeiten und ...«

»Das war Wullewull!« sagte Gecko.

»Dachte ich mir doch.« Brcl sah hoch. »Wer ist das?«

Gecko hatte keine Lust, über interne Mausbiberangelegenheiten mit einem Unither zu diskutieren. Er fragte: »Was ist nun mit den fremden Schiffen? Kann das gefährlich werden?«

Brcl äußerte Bedenken. »Das vermag jetzt noch niemand zu sagen, aber wir sollten auf alles vorbereitet sein. Dieser Teil der Galaxis wurde von den Blues beherrscht. Sie entsinnen sich doch sicher – Tellerköpfe nannte man sie auch. Ziemlich kriegerische Brüder, und den Terranern durchaus nicht gut gesinnt. Ich würde dazu raten, nur mit einem vereinzelt fliegenden Schiff Kontakt aufzunehmen und die Besatzung auszufragen.«

»Kontakt aufnehmen? Wer hat etwas von Kontakt aufnehmen gesagt?« Es schien, als wäre Geckos ganze Autorität mit einemmal zurückgekehrt. Er plusterte sich auf und wurde fast zu groß für den Sessel. »Wir verzichten darauf, mit diesen Suppentellern – oder wie sie heißen mögen – Kontakt aufzunehmen. Schon gar nicht, wenn sie kriegerisch sind. Vielleicht müßten wir sie sogar vernichten, und das entspräche nicht meiner Natur. Ich bin ein friedlicher Mausbiber. Ändern Sie also den Kurs derart, daß wir nicht mit den Fremden zusammentreffen.«

»Wie Sie wünschen, Kommandant.«

Gecko spürte, wie seine Knie wieder fester wurden. Der Schreck war ihm ganz schön in die Knochen gefahren. Ausgerechnet die Blues, von denen man schauerliche Geschichten gehört hatte! Um die mußte man einen großen Bogen machen. Es war ja nicht unbedingt erforderlich, daß man diesen Schritt begründete.

Ihm fiel in diesem Zusammenhang etwas anderes ein. »Was ist mit den letzten Funksprüchen? Woher kamen sie?«

»Von dem schweren Kreuzer MARS, Kommandant Furrer. Er verlangte Positionsmeldung und versprach, sich in einer Stunde wieder zu melden.«

»Wie lange ist das her?«

»Zwei Stunden.«

»Und? Hat er sich wieder gemeldet?«

»Nein. Der Kontakt wurde nicht mehr hergestellt. Wahrscheinlich ist die Entfernung zu groß geworden.«

»Gut«, sagte Gecko gedankenlos.

»Wie, bitte?«

»Äh – ich meine, gut, daß wir Sie als Piloten an Bord haben. Da brauchen wir uns keine Sorgen zu machen. Benachrichtigen Sie mich, wenn etwas passiert. Und – vermeiden Sie die Nähe der Tellerminen.«

»Köpfe!«

»Was für Köpfe?« Gecko war an der Tür stehengeblieben. Endlich begriff er, was Brcl meinte. »Wer auch immer!« sagte er und watschelte auf den Gang hinaus.

Diesmal begegnete ihm niemand.

Brcl ließ den Rüssel über die Kontrollen spielen und gab der TRAMP einen neuen Kurs. Einen Kurs, der das Schiff, ohne daß jemand es ahnen konnte, genau in jene Richtung führte, in der die fünf Männer sich aufhielten, nach denen die halbe Galaxis suchte.

Schon wieder ein Verdienst Geckos, von dem dieser nichts wußte.

27.

Vier Stunden nach der Unterhaltung Geckos mit Brcl gellte der Alarm durch das Schiff.

Wullewull, der vor einer Stunde seine imaginäre Strafwache im Bett beendet hatte und eingeschlafen war, rollte sich erschrocken auf die andere Seite und fiel prompt auf den Boden. Nicht direkt auf den Boden, sondern mehr auf den breiten Biberschwanz von Fippi, die zusammen mit Hemi dort saß und ein Buch aus der Schiffsbibliothek betrachtete. Die Mausbiberin schrie auf und brachte sich in Sicherheit.

»Dieser Trottel!« schrillte Wullewull und drohte mit den kleinen Fäusten. »Nun habe ich aber bald genug von ihm. Wenn wir zurückkommen, verpetze ich ihn bei Gucky.«

Ooch kam würdevoll dahergestelzt. »Von wem sprichst du, Mitbürger?« Wullewull maß ihn mit einem zornigen Blick.

»Von Gecko, von wem sonst? Jetzt gibt er auch noch Probealarm. Er schikaniert uns bis auf die Knochen, der vollgefressene Popanz!«

»Och?« machte Ooch. »Das war Alarm?«

Vor soviel Unwissenheit kapitulierte selbst Wullewull. Er strich sich das struppige Fell glatt – wenigstens versuchte er es – und kletterte ins Bett zurück. Er schloß die Augen und versuchte, das gellende Läuten zu ignorieren.

Ooch kehrte zum Abspielgerät zurück und schaltete es wieder ein.

»Ich hoffe, das Geklingel stört euch nicht«, sagte er zu den vier oder fünf Mausbibern, die sich auf den Boden niedergelassen hatten, um der Vorführung zu folgen.

Damit war der Vorfall vergessen. Die Glocken schrillten weiter durch das Schiff. Nicht für die Mausbiber. Wohl aber für die Willys und Unither.

Erstere veränderten zwar kaum ihre Lage, aber sie gingen instinktiv in Abwehrstellung. Sie zogen alle Tentakel ein und wurden zu unansehnlichen, halbdurchsichtigen Gallertfladen. Erst dann, wenn unmittelbare Gefahr drohte, würden sie wieder zum Leben erwachen.

Anders die Unither. Sie waren erfahrene Raumfahrer und gehörten einem Volk an, das das Überleben gelernt hatte. Jahrhunderte schon beherrschten sie den Weltraumflug und hatten sich ihrer Haut wehren müssen. Sie waren sich dieser Tradition bewußt, wenn sie im Augenblick auch einem aufgeblasenen Mausbiber den Gefallen taten, ihn als Kommandanten ihres Schiffes anzuerkennen.

So plump sie auch äußerlich wirkten, sie waren in Wirklichkeit außerordentlich schnell und behende. In weniger als fünf Minuten war jeder Unither auf seinem Posten. Die Waffenzentrale war voll besetzt. In der Kommandozentrale saßen Erster und Zweiter Pilot hinter den Kontrollen, um eventuelle Kursänderungen sofort ausführen zu können. Der Navigator hockte vor dem Bordgehirn, und die Funkstation wurde sofort in Betrieb genommen.

Die TRAMP war gefechtsbereit, und der Energieschirm legte sich schützend um das Schiff, dessen Geschwindigkeit durch den Linearraum immer noch die tausendfache des Lichtes betrug.

Gecko war hochgeschreckt, als der Alarm erfolgte. Im ersten Augenblick wußte er nicht, wo er sich befand. Er hatte einen wunderbaren Traum gehabt. Julian Tifflor hatte ihn zum Raumadmiral ernannt, nachdem er mit dem geretteten Rhodan und den anderen vier Verschwundenen zur Erde zurückgekehrt war. Es war ein Riesentriumph für die Mausbiber geworden, denen als einzigen das gelungen war, woran sich die gesamte Menschheit seit Wochen und Monaten die Zähne ausbiß. Rhodan selbst hatte ihn vor aller Öffentlichkeit als seinen besten Freund bezeichnet und ihm einen Zellaktivator angeboten, den er, Gecko, großmütig abgelehnt hatte.

Der herrliche Traum entschwand und zurück blieb die nüchterne Wirklichkeit und der Alarm.

Alarm!

Gecko fiel aus dem Bett, rappelte sich auf und wollte schon teleportieren, als ihm das Wichtigste einfiel. Es war unmöglich, nur mit dem Fell bekleidet in der Kommandozentrale zu erscheinen. Schnell zerrte er die Uniform aus dem Schrank und stieg hinein. In der Eile machte er den verzeihlichen Fehler, die Hosen verkehrt anzuziehen. Er bemerkte es nicht und rückte die Jacke zurecht. Pedantisch rückte er die breiten Schulterklappen gerade und überprüfte die Festigkeit der goldenen Sterne. Dann teleportierte er in die Kommandozentrale.

Zbron, der in diesem Augenblick gerade die Alarmanlage ausschaltete, kümmerte sich nicht um ihn. Er hatte andere Sorgen. Auf den Frontbildschirmen waren fremde Schiffe aufgetaucht. Schon der erste Blick sagte ihm, daß es sich keineswegs um die vermuteten Blues handelte, sondern um ein Volk, dem er bisher noch nicht begegnet war. Man sah es schon an der Bauweise der Schiffe.

Es waren weder die typischen Kugelraumer der Arkoniden oder Terraner, auch nicht die unförmigen Walzen der Springer und Scheiben der Blues. Selbst die geheimnisvollen Silberpfeile der Roboter besaßen keine Ähnlichkeit mit ihnen, schon gar nicht die Fragmenter der Posbis. Die fremden Schiffe glichen riesigen Eiern.

Sie flogen in lockerer Formation und begleiteten die TRAMP mit gleicher Geschwindigkeit. Jedes Ausweichmanöver wurde von ihnen sofort registriert und mitgemacht. Als Zbron die Geschwindigkeit erhöhte, hielten die Eierschiffe mühelos mit.

Gecko sah auf die Bildschirme, ehe ihm allmählich zu Bewußtsein kam, daß er von den Unithern einfach ignoriert wurde. Sie taten so, als sei er überhaupt nicht vorhanden. Das war, gelinde gesprochen, eine Unverschämtheit.

Die Empörung Geckos war größer als sein Schreck. »Will mir niemand eine Meldung machen?« schrillte er in die angespannte Stille hinein. Der Navigator und Brcl reagierten überhaupt nicht. Zbron wandte sich kurz zu ihm um und deutete wortlos auf die Bildschirme. Dann widmete er sich wieder seiner Aufgabe, die TRAMP auf einen Fluchtkurs zu bringen. Rechts in Flugrichtung war eine gelbe Sonne merklich größer geworden. »Na, wird's bald?«

Brcl drehte sich um. »Sehen Sie nicht, daß wir beschäftigt sind? Oder wollen Sie vielleicht den Angriff befehlen? Bitte, wir sind bereit.«

»Ich habe nichts von einem Angriff gesagt«, wehrte Gecko rasch ab und betrachtete die gefährlich aussehenden Eiraumer mit gemischten Gefühlen. »Aber als Kommandant und Großadmiral kann ich zumindest eine Meldung verlangen. Was wollen die da draußen?«

»Wir hatten noch keine Gelegenheit, uns nach ihren Wünschen zu erkundigen«, sagte Zbron sarkastisch. »Der Funker versucht bisher vergeblich, Kontakt aufzunehmen.«

»Kontakt?« Gecko sprang erschrocken einen Meter hoch und landete sicher wieder auf den Beinen. »Seid ihr verrückt geworden? Abhauen, sage ich! Nichts wie abhauen!«

Zbron ließ den Rüssel hin- und herspielen. »Abhauen? Wir versuchen es schon die ganze Zeit, aber die Fremden lassen sich nicht abschütteln. Wo sind übrigens die Mausbiber? Ich habe noch keinen gesehen.«

Gecko überhörte die Frage geflissentlich. »Was ist mit der Höchstgeschwindigkeit? In diesem Sektor stehen nur wenig Sterne, wir können es also ohne Gefahr wagen ...«

»Haben wir schon versucht. Die Eier sind genauso schnell. Wir haben nur noch eine Chance, wenn wir einem Kampf ausweichen wollen: Wir müssen versuchen, in einem Sonnensystem unterzutauchen. Die Frage ist aber, ob die Fremden überhaupt einen Kampf wollen? Vielleicht sind sie friedlich.«

Gecko betrachtete die unförmigen und doch so schnellen Schiffe. Dann schüttelte er den Kopf.

»Man sieht es ihnen leider nicht an. Meine Devise lautet: Vorsicht geht über Wagemut. Wir verschwinden. Was ist mit der Sonne da vorn?«

Zbron gab dem Navigator einen Wink mit dem Rüssel. Der Navigator hörte auf den nahezu unaussprechlichen Namen Vlck und war an seinem besonders wohlgeformten Rüssel zu erkennen. Er nahm den Wink des ersten Piloten auf, orientierte sich an den Instrumenten und sagte: »Ein auffallend fruchtbares System, wenn ich so sagen darf. Mindestens vierzig Planeten. Ich denke schon, daß man sich da verstecken kann, besser jedenfalls als im leeren Raum.«

Zbron sah Gecko fragend an. »Nun, Großadmiral? Wie lautet Ihr Befehl?«

Gecko hatte sich selbst in eine Klemme hineinmanövriert. Statt den erfahrenen Unithern die Entscheidungen zu überlassen und sich herauszuhalten, stand er nun im Mittelpunkt der fragenden Blicke. Sie erwarteten von ihm Anweisungen. Das war seit dem Start zwar schon so gewesen, aber immerhin hatte es sich bisher nur um Übungen oder harmlose Kurskorrekturen gehandelt. Nun aber ging es um Leben und Tod. Vielleicht.

»Wenn das System mehr Chancen als der Raum bietet, wählen wir natürlich das System. Verstecken wir uns dort. Hoffentlich ist es nicht gerade das Heimatsystem der Eierfremden – äh, Fremdeier!«

Zbron unterdrückte ein Grinsen. »Befehl verstanden, Großadmiral. Wir versuchen also, auf einem der Planeten zu landen und schalten dann den Antrieb ab, damit die Ortung der TRAMP erschwert wird. Unter einem Schutzschirm dürften wir dann einigermaßen sicher sein.« Der Unither wandte sich seinen Kontrollen zu, um die notwendigen Maßnahmen einzuleiten. Wie nebenbei fügte er hinzu: »Ich würde mich an Ihrer Stelle um die übrige Mannschaft kümmern, Großadmiral.«

Gecko verstand zwar den Wink, aber diesmal verzichtete er auf eine Erwiderung. Er war froh, einer heiklen Situation einigermaßen ungerupft zu entkommen. Im Grunde seines Herzens kannte er sich gut genug und wußte, daß er jetzt in der Zentrale fehl am Platz war. Zbron verstand zehnmal mehr als er von der Führung eines Raumschiffes.

»Ich verlasse mich voll und ganz auf Sie und Ihre Leute«, sagte er würdevoll, drückte die Brust heraus und stolzierte auf den Korridor hinaus. In der Waffenzentrale war alles in Ordnung, wie er feststellen konnte. Die Unither hatten ihre Plätze eingenommen und warteten nur noch auf die Anordnungen des Piloten. Gecko ging weiter. Die Beobachtungsposten im Observatorium gähnten vor Leere. Hier sollten an und für sich mindestens drei Mausbiber damit beschäftigt sein, alle verfügbaren Daten der Astronavigation zu sammeln und an die Schiffsführung weiterzuleiten. Außerdem wurde hier jede Bewegung der entdeckten Planeten registriert und aufgezeichnet. Auch sollten die näheren Sterne einer Analyse unterzogen und die Ergebnisse auf den betreffenden Sektorenkarten eingetragen werden. Und im Falle eines Alarms hatte die Station sowieso ständig besetzt zu sein.

Gecko warf mit Flüchen um sich, die er von Gucky gelernt hatte, dem sie wiederum von Bully weitergegeben worden waren.

»Das ist nun der Erfolg«, führte er das begonnene Selbstgespräch weiter, als er in den Liftschacht sprang und nach unten sank. In seiner Aufregung vergaß Gecko sogar, daß er auch teleportieren konnte.

Als er an der Spezialluke vorbeikam, empfing er schwache und verwirrte Gedankenimpulse. Die Willys fielen ihm ein. Sie unterstanden ebenfalls seinem Kommando, hatten aber an Bord der TRAMP vorerst noch keine besonderen Pflichten. Gecko hatte sie in erster Linie deswegen mitgenommen, weil sie als besonders gutmütig und hilfsbereit galten.

Die Verständigung mit den verformbaren Quallenwesen erfolgte oft telepathisch, aber meist bevorzugten sie die Lautsprache über den Translator, den sie ständig bei sich trugen. Als Gecko den halbdunklen Raum betrat, konnte er die Willys zuerst nicht entdecken. »He, wo seid ihr? Habt ihr den Alarm nicht gehört?«

Ganz in seiner Nähe schälte sich eine Gestalt aus dem Dunkel. Sie kam näher, unsicher und schwankend. »Können wir helfen?«

Gecko nickte, dann schüttelte er den Kopf. »Jetzt nicht, später vielleicht. Wir werden von fremden Schiffen belästigt und werden landen. Es ist die beste Möglichkeit, ihrer Verfolgung zu entgehen – meinen wenigstens die Unither.«

»Die müssen es wissen.« Die Stimme der Willys klang blechern und mechanisch. Sie war es auch. »Wir warten.«

»Ja«, bestätigte Gecko, »wartet nur.«

Er war froh, daß auch hier alles in Ordnung war. Aber: Was hieß, »hier auch?«

Nichts war in Ordnung! Die Elite aller Rassen, die Ilts, hatten versagt. Sie hatten überhaupt nicht auf den Alarm reagiert. Wahrscheinlich schlief die Bande und tat so, als hatte sie nichts gehört.

Heiliger Zorn erfüllte den großmächtigen Kommandanten, und schnurstracks teleportierte er in das Quartier der Mausbiber.

Es war so ähnlich, wie er vermutet hatte. Mindestens zehn der pelzigen Gestalten lagen auf den Betten oder räkelten sich auf Liegen herum. Andere hockten auf dem Boden und betrachteten den Mikrofilm, der von Wullewull vorgeführt wurde. Er hatte Ooch inzwischen abgelöst, der Biggy mit lebhaften Gesten einen Vortrag über irgendein Thema hielt. Zwei oder drei sahen desinteressiert auf, als Gecko materialisierte.

»Verfluchte Bande!« rief Gecko schrill und außer sich vor Wut. »Was fällt euch ein? Hat denn niemand die Alarmglocke gehört?«

Wullewull stellte mit einem Seufzer den Apparat ab und kam herbei. Breitbeinig baute er sich vor Gecko auf und betrachtete ihn von oben bis unten, als habe er ihn noch nie gesehen. Dann spazierte er um ihn herum und blieb erneut vor ihm stehen.

»Der Fettfleck ist noch immer da«, konstatierte er gelassen.

Gecko ging fast in die Luft, aber er beherrschte sich. »Der Fettfleck geht dich nichts an«, stellte er fest. »Aber bei dir hat alles sowieso keinen Zweck, denn du wirst nie Soldat.«

»Du auch nicht«, konterte Wullewull.

Gecko schaute ihn verwundert an. »Ich nicht? Aber ich bin doch Admi... eh ... Großadmiral!«

»Du bist Offizier, basta. Aber kein Soldat! Das ist ein Unterschied.«

»Die Theorie ist mir aber neu«, sagte Gecko und schien plötzlich an den Ausführungen Wullewulls Interesse zu finden. »Wo liegt denn da der Unterschied? Vielleicht erklärst du mir das.«

»Gern. Ein Soldat muß gehorchen, ein Offizier meckert nur herum. Das ist der Unterschied.«

Gecko trat drohend einen Schritt auf Wullewull zu, der keinen Millimeter zurückwich.

»Die typische Einstellung eines lächerlichen Zivilisten, wenn ich mich nicht irre. Auch der Offizier muß gehorchen, aber woher sollst du das wissen, Schwachkopf? Ohne zu gehorchen, wäre er ja nie Offizier geworden.«

»Ach? Darf ich fragen, wessen Befehle für dich Gültigkeit besitzen? Doch nur deine eigenen. Du gehorchst also dir selbst. In Wirklichkeit bist du einer von uns, aber jetzt bist du übergeschnappt. Du hältst dich für einen genialen Strategen, aber das bist du nicht. Ewig diese Disziplinübungen! Probealarm, Appelle in allen möglichen Dingen, und was weiß ich noch. Als ob wir im Ernstfall nicht alle genau wüßten, was wir zu tun haben. Du wirst sehen, wenn die Lage mal kritisch wird, sind wir zur Stelle. Wenn es sein muß, verteidigen wir die TRAMP gegen das ganze Universum.«

»Hm«, sagte Gecko, »das ist nicht nötig. Es handelt sich höchstens um zwei Dutzend Schiffe. Eierschiffe, um genau zu sein.«

Ooch kam herbei und schob die Hände in die Taschen. »Jetzt hat's bei ihm endgültig ausgehakt. Seit wann legen Schiffe denn Eier?«

Gecko wußte plötzlich, daß er einen großen Trumpf in der Hand hielt, den er mit Bedacht und Genuß auszuspielen beschloß. Diese dummen Mausbiber hatten den Alarm nicht ernst genommen. Sie hielten ihn für eine Übung. Deshalb gaben sie auch so mutige Sprüche von sich. Pah, die TRAMP gegen das Universum verteidigen! Man würde ja sehen.

»Sagt mal, warum habt ihr nicht auf den Alarm reagiert?«

»Weil wir es leid waren«, antwortete Wullewull patzig. »Jeden Tag rasen wir wie die Verrückten von einem Teil des Schiffes in den anderen, nur weil du meinst, wir würden zu dick. Wenn hier einer immer dicker wird, dann bist du das. Von jetzt an kannst du klingeln, soviel du willst, wir machen nicht mehr mit.«

»Das ist Meuterei!«

»Das ist Selbsterhaltungstrieb.« Wullewull fiel plötzlich etwas ein. »Was sagtest du eben von zwei Dutzend Eiern oder Schiffen?«

Gecko stemmte die Arme in die Hüften, wie er es bei besonderen Gelegenheiten immer gern tat, um seiner Figur mehr Geltung zu verleihen.

»Das war kein Probealarm«, verkündete er. »Wir werden von einer Flotte bisher nicht identifizierter Intelligenzen eingeholt und bedrängt und befinden uns auf dem taktischen Rückzug. Daher der Alarm. Na, was sagt ihr nun?«

Wullewull machte einen Satz und verschwand blitzschnell unter seinem Bett. Er steckte den Kopf aus seinem Versteck und piepste: »Warum sagst du das denn nicht gleich?«

Ooch behielt seine Fassung. »Ein Angriff? Und das soll dir einer glauben? Uns nimmst du nicht mehr auf den Arm, Gecko. Wir haben dich durchschaut. Ständig nörgelst du an uns herum, reißt dein Maul auf und markierst den dicken Wilhelm, wie Bully sagen würde. Was aber steckt dahinter? Angabe, nichts als Angabe, He, Wulle! Komm unter dem Bett hervor. Willst du uns alle blamieren?«

Genau in dieser Sekunde knackte es im Interkom-Lautsprecher. Zbrons Stimme sagte verhältnismäßig langsam: »Durchsage für Großadmiral Gecko: Die TRAMP ist in das unbekannte Sonnensystem eingedrungen. Verfolger bleiben zurück. Sieht so aus, als hätten sie plötzlich Angst, uns zu folgen. Ihre Anordnungen?«

Gecko sah sich triumphierend um, aber er mußte zu seinem Erstaunen feststellen, daß auch Ooch verschwunden war. Wahrscheinlich lag er neben Wullewull unter dem Bett. Die anderen Mausbiber machten bestürzte Gesichter.

Gecko drückte auf den Rückantwortknopf des Interkoms. »Kurs nicht ändern und versuchen, die Fremden ganz abzuschütteln. Ich bin gleich in der Zentrale. Hier muß ich erst noch einiges regeln.« Zbron, der genau wußte, wieviel von dem Einfluß abhing, den der Kommandant eines Schiffes auf seine Mannschaft ausübte, unterdrückte seine eigenen Gefühle und antwortete: »In Ordnung, Sir. Wir erwarten Sie. Beeilen Sie sich, die Lage ist ernst.«

Gecko genoß die Worte wie eine Delikatesse. Leider hatten seine Mausbiber keine Zeit, ihn gebührend zu bewundern. Der Schreck war ihnen doch in die Knochen gefahren. Es ist nicht jedermanns Sache, einen Probealarm plötzlich als Ernstfall betrachten zu müssen.

»Los, auf eure Posten! Ooch, das Observatorium muß besetzt werden. Auftrag lautet: Findet einen geeigneten Planeten, auf dem wir eventuell landen und uns verstecken können.«

Wullewull kroch unter dem Bett hervor. »Warum verstecken?« piepste er kläglich. »Wollten wir nicht Perry Rhodan finden?«

»Du hast keine Ahnung von Taktik!« belehrte ihn Gecko und entmaterialisierte, um in die Kommandozentrale zu teleportieren.

Ooch kam aus seiner Ecke. »Verfluchter Rübensalat«, meckerte er trübsinnig. »Da sitzen wir aber in der Patsche. Und das bei dem Kommandanten!«

Biggy nahm seine herabhängende Hand.

»Ja«, flüsterte sie liebevoll. »Du hast ja so recht. Sie hätten dich zum Kommandanten machen sollen, dann hätte ich bestimmt keine Angst.«

»Aber ich«, eröffnete ihr Wullewull und schaute Ooch wütend an, ehe er sich zur Tür wandte, um ins Observatorium zu gehen. »Ihr könnt weiter hier Süßholz raspeln. Ich erfülle meine Pflicht.«

Sprach's und war verschwunden. Axo und Bekam folgten ihm.

Genau in diesem Augenblick wurde die TRAMP von einer fürchterlichen Erschütterung aus der Flugbahn geworfen und begann, auf einen der vierzig Planeten abzustürzen.

Gecko, der mitten in der Zentrale stand und sinnlose Befehle gab, fühlte sich plötzlich von einer unsichtbaren Riesenfaust gepackt und gegen die Tür geschleudert. Obwohl er sofort instinktiv seine telekinetischen Abwehrkräfte mobilisierte, konnte er den harten Aufprall nur vermindern, aber nicht mehr verhindern. Er schlug mit dem Kopf gegen einen Metallrahmen, piepste erschreckt auf und verlor das Bewußtsein. Hilflos sackte er zusammen und lag dann ausgestreckt auf dem Boden.

Zbron sah es, blieb aber sitzen. Er hatte jetzt keine Zeit für Gecko. Einer der Eiraumer hatte angegriffen, soviel stand fest. Mit seinem Geschütz unbekannter Natur hatte es glatt den Abwehrschirm der TRAMP durchschlagen und einen Treffer anbringen können. Ein Teil des äquatorialen Triebwerkwulstes fiel aus. Da die Geschwindigkeit wegen der Nähe der Planeten längst weit unter interplanetare Fluchtgeschwindigkeit gesunken war, wurde das Schiff sofort von der Schwerkraft eines mittleren Sonnentrabanten eingefangen und in eine neue Bahn gelenkt. Es näherte sich ihm in einer flachen Parabel.

Zbrons Rüssel war vor Erregung ganz rot geworden. Blitzschnell tastete er über die Kontrollen, aber die erwarteten Reaktionen blieben aus. Brcl löste erneut Alarm aus. Der Navigator Vlck sammelte in Windeseile sämtliche erreichbaren Daten über den Planeten, auf den die TRAMP zustürzte.

Die Tür öffnete sich, eine menschenähnliche Gestalt taumelte in die Zentrale. Man sah ihr die Mühe an, die Form zu behalten, die sie gerade besaß. Die Willys und die Unither hatten bisher wenig Kontakt miteinander gehabt, aber ihr Verhältnis basierte auf gegenseitiger Achtung. Jeder wußte, was er vom anderen zu halten hatte.

»Wir stürzen ab«, informierte ihn Zbron. »Kümmere dich um den Kommandanten, Willy. Versuche, ihn in die Krankenstation zu bringen.«

Willy zögerte nicht. Er gab nun die anstrengende menschliche Form auf und wurde wieder zu dem gewohnten Fladen. Ohne daß jemand sehen konnte, wie er es anstellte, kroch er unter Geckos reglose Gestalt und begann, mit ihm aus der Zentrale zu fliehen.

Es war ein merkwürdiges Bild. Der Fladen glich einer riesenhaften Amöbe, die sich mit Hilfe unzähliger Pseudoarme fortbewegte. Oben darauf lag Gecko, halb eingesunken im Polster des zähen Plasmas. Er lag wie auf einer Couch, nur noch viel weicher und besser geschützt.

Vlck stand auf und schloß die Tür. »Der Planet hat ungefähr Erdgröße, eine Sauerstoffatmosphäre, Meere und Kontinente, viele Wüsten und große Waldgebiete. Keine Zivilisation. Rotation fünfundzwanzig

Stunden. Temperatur an den Polen bei Null Grad. Mildes Klima. Schwerkraft null komma neun Gravos.«

Zbron gab keine Antwort, was als Zeichen seiner ungeheuren Konzentration angesehen werden mußte. In fieberhafter Eile versuchte er, wenigstens die Hilfstriebwerke in Gang zu bringen, aber auch das mißlang. Die TRAMP war ein Wrack, nicht mehr. Es war unverständlich, wieso der Schutzschirm versagt hatte. Er galt im allgemeinen als undurchdringlich.

Der Fehler mußte in der Nähe der Kalupkonverter liegen, was auf der anderen Seite ganz unwahrscheinlich schien. Wenn der Schuß der Fremden schon Schaden anrichtete, dann nur an den Außenbezirken der Raumkuppel, aber doch nicht in der Nähe des Zentrums.

Endlich gelang es Zbron, einen schwachen Hilfskreis von Triebwerken zu zünden. Die ausgestoßene Energie genügte nicht, die TRAMP wieder auf neuen Kurs zu bringen, aber zumindest wurde die Geschwindigkeit weiter herabgesetzt. Wenigstens konnte der Aufprall gemildert werden.

Wieder öffnete sich die Tür, und Willy erschien. Ob es derselbe wie vorhin war, konnte niemand mit Sicherheit feststellen. »Der Kommandant ist noch ohne Bewußtsein, aber er wird nicht sterben.«

»Gut so«, sagte Zbron. »Jetzt können wir wenigstens die wichtigen Entscheidungen ohne lange Rückfragen treffen. Wir werden eine Landung auf dem Planeten vornehmen. Von den Feindschiffen ist nichts mehr zu sehen. Merkwürdig, daß sie sich nach dem erfolgreichen Angriff so plötzlich zurückzogen. Es ist, als hätten sie Angst vor uns.«

»Vielleicht nicht vor uns«, warf Vlck ein, »sondern mehr vor den Bewohnern dieses Sonnensystems. Vielleicht war ihr Schuß auch nur eine Warnung.«

»Nette Warnung«, meinte Brcl ernst und schlenkerte erregt mit seinem Rüssel.

Willy fragte: »Kann ich etwas für die Bequemlichkeit der Herren Unither tun? Wenn es einen harten Aufprall gibt, kann ich als Polster dienen. Meine Struktur erlaubt es mir, jedem nur vorstellbaren Andruck zu widerstehen.«

»Wir haben noch zehn Minuten Zeit, Willy. Bleibe hier, dann werden wir sehen, was notwendig ist.« Zbron nickte ihm dankbar zu.

Willy wurde zu einem unansehnlichen Haufen Gelee und verkroch sich bescheiden in einer Ecke der Zentrale.

Die Energieversorgung der TRAMP funktionierte einwandfrei. Der Schutzschirm hatte sich wieder aufgebaut und umgab das Schiff von allen Seiten. Einige Probeschüsse ergaben, daß auch die Strahlbatterien voll einsatzbereit waren. Aber einer der lebenswichtigen Konverter war ausgefallen. Es gab einen Ersatzkonverter, aber der Umbau war schwierig. Auf keinen Fall konnte er während des Fluges vorgenommen werden, schon gar nicht mit einer so unerfahrenen Besatzung, wie die TRAMP eine besaß.

Stozi kam aus der Funkzentrale. Er schien ein bißchen kleiner zu sein als die anderen Unither, aber sein besonderes Merkmal war doch die unbestreitbare Tatsache, daß sein Name selbst von den Mausbibern fehlerlos ausgesprochen werden konnte.

»Keine Funkverbindung mit terranischen Flotteneinheiten«, gab er bekannt. »Wir müssen in eine einsame Gegend geraten sein.«

»Du sagst es«, bestätigte Zbron knapp. Für langatmige Diskussionen hatte er jetzt keine Zeit. »Versuche es weiter.«

Im Schiff hatte es inzwischen einige Veränderungen gegeben. Drei Willys waren im Gemeinschaftsraum der Mausbiber angelangt. Sie boten ihre Hilfe an. Ooch erfaßte sofort, was diese Hilfe bedeuten konnte.

»Ihr meint, Ihr könnt den Aufprall eines Absturzes so mildern, daß uns nichts passiert?« erkundigte er sich.

»Ganz gewiß«, versicherte der Willy erfreut. Ihm wäre es wahrscheinlich am liebsten gewesen, wenn die TRAMP schon jetzt auseinanderfiel, damit er seine Hilfsmöglichkeiten besser demonstrieren konnte. »Wir bilden Individualpolster. In einem jeden davon haben sechs oder sieben von euch Platz. Dann rollen wir uns ein. Selbst dann, wenn wir dabei außerhalb des Schiffes auf den Planeten hinabstürzen, werden wir den Aufprall überleben. Ihr natürlich auch.«

Die Mausbiber zögerten nicht lange. Die drei Willys formten sich zu Fladen und bauten dünne, elastische Trennwände auf. Es entstanden richtige Kammern aus Plasma. Jede dieser Kammern nahm einen Mausbiber auf. Danach schlossen sich die Willys und wurden zu Kugeln. Mit Hilfe schnell ausgestreckter Füße krochen sie über den Korridor in den Frachtraum zurück, wo die anderen Quallenwesen schon auf sie warteten.

»Es kann nicht mehr lange dauern.«

»Wir sind bereit.« Das Warten begann.

Während die meisten Mausbiber so nichts von der eigentlichen Katastrophe wahrnahmen, und schon gar nicht Gecko, der immer noch bewußtlos auf der Plasmaunterlage eines Willys ruhte, hatte Zbron alle Hände und Rüssel voll zu tun.

Die TRAMP drang in die obersten Schichten der Atmosphäre ein und wurde sofort langsamer. Die Hilfstriebwerke unterstützten das ungenügende Bremsmanöver. Immerhin entstand so etwas wie eine Landekreisbahn.

Auf den Bildschirmen huschte die Landschaft stark vergrößert vorbei. Die Meere waren groß, die Kontinente relativ klein. Eigentlich, waren sie nichts als Inseln, die aus der Oberfläche eines Wasserplaneten ragten. Die Welt bestand zu vier Fünfteln aus Wasser.

»Wenigstens werden wir nicht verdursten«, stellte Vlck fest.

Nach zwei Umrundungen stellte sich heraus, daß der Planet unbewohnt war, zumindest gab es keine Zivilisation auf ihm. Keine Städte oder Ansiedlungen, keine Straßen und keinerlei Verkehr. Es schien sogar wahrscheinlich, daß er völlig unbewohnt war.

»Helfen wird uns dort keiner«, sagte Brcl verbittert.

»Aber auch nicht angreifen«, wies Zbron ihn zurecht.

Das Schiff ging noch tiefer und hielt sich nur noch mit Mühe. Die dichte Lufthülle trug es, aber wenn die Geschwindigkeit weiter absank, war der Absturz nicht mehr aufzuhalten. Zbron wollte versuchen, wenigstens ein günstiges Gelände dafür auszusuchen.

Die Inseln waren bewaldet. Breite Strände und flache Riffe reichten weit in das klare Meer hinaus. Andere Inseln wiederum bestanden zum größten Teil aus Wüste und sahen nicht sehr gastfreundlich aus. Von Tieren konnten die Beobachter nichts entdecken.

In zweitausend Metern Höhe strich die TRAMP schließlich über den Ozean dahin und näherte sich einer langgestreckten Küste. Sie verlor jetzt schneller an Höhe. Noch zehn Kilometer, dann würde sie es schaffen, auf dem Kontinent zu landen.

Zwei Kilometer vor der Küste halfen alle Nottriebwerke nichts mehr, die TRAMP berührte die Oberfläche des kaum bewegten Meeres. Zum Glück reichte die Geschwindigkeit noch aus, sie wie ein Boot über das Wasser gleiten zu lassen. Von einem Aufprall war nichts zu spüren gewesen. Der kam erst, als die Küste erreicht wurde.

Die TRAMP traf auf das härtere Medium und den größeren Widerstand. Sie begann einfach zu rollen, den flachen Strand hinauf, mehrere hundert Meter, bis zu den ersten Felsenklippen, hinter denen der Wald begann. Dort blieb sie liegen.

Abgesehen von den Willys hatten natürlich die Mausbiber den rollenden Aufschlag am besten überstanden. Als es ruhig wurde, öffneten sich die Plasmakammern der Willys und gaben die Mausbiber frei. Noch etwas benommen von dem Schock der Ereignisse warteten sie auf die Anweisungen der Kommandozentrale – falls es noch eine solche gab.

Zwei Unither waren schwer verletzt, alle anderen hatten Glück gehabt. In der Zentrale hatte Zbron im letzten Augenblick den Befehl zum Anschnallen gegeben. Das hatte die drei Mann gerettet. Als die TRAMP endlich zum Stillstand kam, vergingen zehn Minuten, ehe sie begreifen konnten, daß sie noch lebten.

Als erstes schaltete Zbron den Interkom ein. Er atmete erleichtert auf, als er die Bestätigung erhielt, daß alles glattgegangen war. Die beiden Unither und Gecko waren besinnungslos. Letzterer hatte Glück im Unglück gehabt. Wenn er wieder zu sich kam, hatte er alles bereits hinter sich.

Noch ehe Zbron irgendeine Entscheidung über weitere Maßnahmen treffen konnte, öffnete sich die Tür, und Ooch betrat mit selbstbewußter Miene die Zentrale. Er verschränkte die Arme vor der herausgedrückten Brust, musterte die drei Unither mit einer Unverschämtheit und Dreistigkeit, die Brcls Rüssel rot anlaufen ließ, und sagte schnippisch: »Da Großadmiral Gecko wegen einer Verletzung ausgefallen ist, hat mich die Mannschaft einstimmig zum neuen Kommandanten gewählt. Darf ich um Ihre Vorschläge bitten, was nun geschehen soll?«

Zbron holte tief Luft. Entgegen seinen sonstigen Gewohnheiten ließ er keine Wortsalve vom Stapel, sondern bemerkte einfach: »Falls Sie darauf bestehen, Herr Mausbiber, können Sie gern Kommandant sein. Aber dann ist die Lage umgekehrt. Wenn hier jemand Vorschläge zu machen hat, dann Sie. Fangen Sie also an.«

Ooch sah ihn verdutzt an, dann plusterte er sich auf. »Als Kommandant gebe ich Ihnen den Befehl, Vorschläge zu unterbreiten. Wie heißen Sie übrigens? Ich kann mir die Namen nicht merken.«

»Und Sie? Ich kann mir die Gesichter nicht merken.«

Ooch bemerkte erst jetzt, daß die Zentralaufhängung der Mittelpunktskabine nicht funktionierte. Er stand auf einer der Seitenwände, und die Reihe der Bildschirme lief nicht mehr horizontal, sondern von oben nach unten. Sie waren dunkel.

»Nennen Sie mich Ooch. Wo sind wir überhaupt?«

Zbron mochte einsehen, daß es sinnlos war, sich mit einem größenwahnsinnigen Mausbiber herumzustreiten. Er resignierte und gab bereitwillig Auskunft. Zwischendurch überlegte er, wie die Reparatur am Konverter am besten durchzuführen sei, ohne die anderen entstandenen Schäden zu vernachlässigen.

»Die Landung erfolgte auf einem anscheinend unbewohnten Planeten. Es ist sicher, daß keine höheren Intelligenzen hier existieren. Soweit festgestellt werden konnte, ist es der achtzehnte Planet dieses Systems. Das Klima ist warm, die sonstigen Bedingungen erdähnlich. Die Tramp ging auf einem Ozean nieder, erreichte aber noch das Ufer. Ich schätze, daß wir für die Instandsetzung des Schiffes vier oder fünf Tage benötigen, falls keine unvorhergesehenen Beschädigungen aufgetreten sind.«

Ooch sann eine Weile vor sich hin, dann nickte er. »Also gut, dann ist die Lage ja klar. Sie reparieren das Schiff, während wir uns umsehen und dafür sorgen, daß uns niemand angreift.«

»Ich sagte doch schon, daß auf dieser Welt niemand ...«

»Trotzdem sehen wir uns um«, schnitt Ooch ihm das Wort ab. Er machte eine herrische Geste. »Wir müssen alle unsere Pflicht erfüllen. Wo kämen wir denn hin, wenn jeder machen wollte, was er will?«

Nach dieser Demonstration seiner Macht verließ er die Zentrale und kletterte über den schrägen Korridor in Richtung der Krankenabteilung davon. Er wollte sich vergewissern, daß Gecko noch recht lange schlief.

28.

Es war in der Tat eine freundliche Welt.

Fünf Stunden nach der Notlandung versicherte Brcl, der sich mit dem Observatorium und Bokom in Verbindung gesetzt hatte, daß das Betreten des Planeten mit keiner Gefahr verbunden sei. Wenigstens nicht mit einer unmittelbaren.

Ooch bestimmte Axo und Wullewull dazu, ihn auf dem ersten Rundgang zu begleiten. Außerdem gingen zwei Unither und ein Willy mit.

Vlck und Stozi hatten vorher von Zbron spezielle Anweisungen erhalten. Im Grunde genommen gingen sie darauf hinaus, Ooch wie einen Irren zu behandeln und ihm stets seinen Willen zu lassen. Ein passiver Widerstand, der wie blinder Gehorsam aussah. Anders war dem herrschsüchtigen Mausbiber nicht beizukommen.

Willy benötigte keine Instruktionen. Er war Menschen, Mausbibern, und allen anderen Intelligenzen gegenüber von derartiger Demut erfüllt, daß er Ooch genauso gehorchen würde wie Stozi oder auch der kleinen Fippi.

Es war später Vormittag, und die gelbe, große Sonne stand im Süden, über dem Horizont des glatten Meeres. Etwas links erhob sich eine kleine Insel über den Wasserspiegel. Sie war höchstens zwei Kilometer vom Strand entfernt und nicht länger als fünfhundert Meter. Auf ihr wuchsen zahlreiche Bäume, und westlich fielen die Klippen steil ins Meer hinab.

Rechts und links vom Schiff begann der Wald, der sich landeinwärts erstreckte und die sanften Hügel eines Berges bedeckte, dessen flacher Gipfel weit in den blauen Himmel hineinragte. Von diesem Berg kam ein kleiner Bach. Er floß bei einer weit geschwungenen Bucht ins Meer.

Der Strand selbst war bis zu zweihundert Meter breit, der Sand fein und fast weiß. Das Ufer war flach, und die heranrollenden Wellen liefen sich meterweit darauf aus, obwohl sie nur sehr klein und niedrig waren.

Ooch sprang die letzten Meter und landete in dem weichen Sand. Er drehte sich um und winkte den anderen. Willy, der menschliche Gestalt angenommen hatte, ließ sich einfach gleich von oben fallen. Er platschte in den Sand und arbeitete sich mühevoll wieder daraus hervor. Wullewull deutete auf das nahe Meer. »Ich werde ein Bad nehmen.«

»Deinen Reinlichkeitsdrang in allen Ehren«, bemerkte Stozi nicht ohne Ironie, »aber ich würde davon abraten. Weißt du, was sich dort unter der Meeresoberfläche verbirgt? Erst müssen unsere Biologen ihre Untersuchungen anstellen, ehe gebadet werden darf. So einfach ist das nicht mit der Erforschung einer unbekannten Welt. An jede Kleinigkeit muß gedacht werden.«

»Ich will ja nicht forschen«, entgegnete Wullewull stur, »ich will ja nur baden.«

Stozi schlenkerte den Rüssel und sagte zu Vlck: »Ihm ist nicht zu helfen. Wahrscheinlich ist er furchtbar dreckig. Wir müssen uns überlegen, wie wir seine Überreste bergen.«

Wullewull verzichtete auf sein Bad.

Sie marschierten bis zum Bach, etwa fünfhundert Meter von der TRAMP entfernt. Die Bucht am Meer war einfach wundervoll, und Ooch ließ sich zu der fast weisheitsschwangeren Bemerkung hinreißen: »Sie ist nur deshalb so schön, weil hier keine Menschen sind.«

Worauf Stozi hinzufügte: »Und keine anderen, die wir noch nicht kennen.«

Hinter ihnen war der Wald. Er sah harmlos und friedlich aus, aber niemand kam auf die Idee, ihn zu betreten. Zwar trugen sie alle die kleinen und absolut tödlichen Nadlerpistolen, Impulsstrahler mit höchster Energieleistung, aber niemand wollte sich unnötig in Gefahr begeben.

Plötzlich wurden sie von der TRAMP aus angerufen. Stozi stellte das Funkgerät lauter, um die Meldung verstehen zu können.

Es war Gecko. Seine Stimme klang noch recht schwach und piepsig, aber der Inhalt seiner Worte ließ Ooch erblassen.

»Das ist Meuterei! Kehrt sofort ins Schiff zurück!«

Stozi reichte Ooch das Mikrophon. Wortlos und ein wenig schadenfroh. Ooch sah Wullewull und Axo flehend an, aber die beiden schienen ihm übelzunehmen, daß er sie vor einer halben Stunde wegen einer Kleinigkeit heftig angeschnauzt hatte. Sie betrachteten das Meer und tauschten völlig sinnlose und romantische Bemerkungen aus. Von ihnen war keine Unterstützung zu erwarten.

»Ach, Gecko, bist du wieder wach?«

»Ja, ich bin wieder wach, und ich bin auch wieder Kommandant. Ich werde euch alle vors Kriegsgericht bringen! Meuterei! Kaum macht man mal die Augen zu, stürzt das Schiff ab. Wenn die erfahrene Schiffsführung fehlt ...«

»Gleich platzt mir der Rüssel«, rief Zbron dazwischen und unterbrach den Redefluß Geckos. »Fassen Sie sich kurz, Großadmiral, oder ich lasse abschalten.«

Aus dem Lautsprecher des Funkgeräts kamen einige unartikulierte Laute, dann ein Knacken – und dann Stille.

Zwei Sekunden später materialisierte Gecko zehn Meter vor der Gruppe im Sand. Er trug einen weißen Verband um den Kopf, schien aber sonst unbeschädigt zu sein. Seine Knie zitterten leicht, als er auf Ooch zuwatschelte, wobei er den Schwanz als Stütze benutzte.

Vor Ooch stellte er sich breitbeinig hin. »Was fällt dir ein, hier das Kommando zu übernehmen?«

Ooch hatte sich inzwischen wieder gefaßt. Jetzt fiel ihm auch plötzlich wieder ein, was er vor dem Absturz beobachtet und in der Aufregung glatt vergessen hatte. Er begann zu grinsen.

Dann marschierte er um Gecko herum, stellte sich hinter ihm auf, salutierte stramm und quietschte: »Admiral Ooch gibt hiermit das Kommando an Großadmiral Gecko zurück. Keine besonderen Vorkommnisse.«

Gecko drehte sich um. Seine Augen verrieten höchste Verwunderung. »Bist du verrückt geworden? Was soll das?«

Ooch grinste noch immer. Schadenfroh und genußvoll. »Man kann bei dir vorn und hinten nicht unterscheiden«, sagte er.

Gecko war fassungslos. »Raumkoller!« stellte er lakonisch fest. Er sah zu, wie Ooch wieder um ihn herumschlich und versuchte, in seinen Rücken zu gelangen. »Was ist mit dir los? Ich verlange eine Erklärung.«

»Du hast dich so verändert«, flüsterte Ooch geheimnisvoll. »Es kann natürlich auch sein, daß du bloß die Hose verkehrt angezogen hast. Jedenfalls besagt die Vorschrift, daß man die Uniform, nicht den Mann darin zu grüßen hat. Außerdem ist bekannt, daß man eine Uniform vorn, nicht hinten grüßt. Logischerweise also ...«

Gecko sah an sich herab. Erst jetzt bemerkte er, daß der Ausschnitt, für den breiten Biberschwanz bestimmt, vorn war. Gegen Oochs Argumentation hätte es vielleicht einige Einwände gegeben, aber Gecko sah ein, daß die Diskussion sich wahrscheinlich bis zum späten Abend hingezogen hätte. Der Klügere gab nach. Und wer wollte bezweifeln, daß er der Klügere war?

»Ein bedauerliches Versehen – wahrscheinlich passierte es dem Willy, der mich in der Krankenstation behandelte. Nun, wie dem auch sei, ich bin wieder einsatzbereit und Kommandant. Wie Zbron mir mitteilte, werden für die Instandsetzung der TRAMP einige Tage benötigt. Uns kann er dabei nicht gebrauchen, wie er ausdrücklich betont. Also werden wir uns der Erforschung dieses Planeten zuwenden.«

»Genau das habe ich bereits angeordnet«, sagte Ooch herablassend.

Gecko fixierte ihn. Dann lächelte er sanftmütig. »Dann ordne ich es jetzt noch einmal an, womit es rechtsgültig wird.«

Vlck und Stozi waren inzwischen weitergegangen. Sie standen am Strand der geschwungenen Bucht und sahen zu der Insel hinüber, auf der sich einige Baumwipfel im warmen Wind wiegten. Am Himmel war kein Wölkchen zu sehen, und man hätte sich keine paradiesischere Landschaft vorstellen können.

»Es ist wundervoll hier«, sagte Vlck.

»Ja, ein Glück, daß wir gerade diesen Planeten erwischten.«

»Vielleicht ist es auf den anderen auch schön, Stozi. Möchte wissen, wo die Eierschiffe der Fremden geblieben sind. Schießen uns ab und verschwinden. Da stimmt irgend etwas nicht. Sieht so aus, als hätten sie Angst. Aber nicht vor uns.«

»Vielleicht vor jemandem, der in diesem System zu Hause ist.«

Sie sahen sich vorsichtig nach allen Seiten um. Die plötzliche Flucht der Fremden mußte einen Grund haben. Einen sehr triftigen sogar.

Ruhig und friedlich lagen Meer, Strand und Wald vor ihren Augen. Es schien undenkbar, daß von ihnen eine Gefahr drohte. Wenn es eine Gefahr gab, dann war es dieser großmäulige Mausbiber mit seiner Großmannssucht. Er konnte sie alle in die peinlichsten Situationen bringen.

Sie hörten Gecko sagen: »Ich gehe zum Schiff zurück, um dort für Ordnung zu sorgen. Ooch, du bist mir dafür verantwortlich, daß ihr bis zum Nachmittag festgestellt habt, ob es hier intelligentes Leben gibt oder nicht.«

»Ach, du willst gehen?« fragte Ooch, aber er sprach bereits ins Leere. Gecko war verschwunden. »Der Feigling! Er hat nur Angst, daß er hier über eine Eidechse stolpert. Gehen wir also. Ich denke, wir nehmen uns den Wald vor. Später werden wir mit einem Gleiter auf den Gipfel des Berges fliegen, um eine bessere Übersicht zu haben.«

Sie marschierten los. Der Wald erwies sich als sehr licht und leicht passierbar. Es gab kein störendes Unterholz. Die Bäume wuchsen so weit auseinander, daß ganze Armeen ohne besondere Schwierigkeiten hindurchmarschieren konnten. Die Bäume selbst glichen Palmen, hatten aber nicht so gerade Stämme. In den hohen Wipfeln hingen große Früchte.

Plötzlich blieb Ooch stehen. Wullewull rannte gegen ihn und fing an, fürchterlich zu schimpfen.

»Kannst du denn nicht aufpassen, Krummbeiniger?«

Ooch zitterte an allen Gliedern. »Da vorn ist jemand«, hauchte er. Sein Nackenfell stand senkrecht in die Höhe.

»Wo?« Wullewull konnte niemand entdecken. »Du siehst Gespenster am hellen Tag.«

»Nein, da war jemand. Ich habe ihn deutlich gesehen. Zwischen den Bäumen dort vorn.«

Stozi drängte sich an Wullewull vorbei. »Wie sah er denn aus?« wollte er wissen.

Ooch fuhr mit den kurzen Armen durch die Luft und zeichnete sinnlose Linien. »So ungefähr.«

Stozi nickte anerkennend. »Jetzt wissen wir es ganz genau. Kannst du es nicht besser beschreiben? Vielleicht hast du dich doch getäuscht.«

Ooch trippelte bis in Willys Nähe. »Ihr könnt ja weitergehen, wenn ihr wollt. Ich bleibe. Vielleicht ist es ein Ungeheuer; es sah genauso aus. Groß, schrecklich und gefährlich.«

»Vielleicht war es ein Schmetterling«, meinte Wullewull ernsthaft. »Im ersten Schreck übertreibt man gern.«

Willy verwandelte sich langsam in einen Fladen und nahm die Farbe des Waldbodens an. Er streckte einige Beine aus und erzeugte zehn oder fünfzehn Stielaugen, die er wie Gewehrläufe in Richtung des vermeintlichen Gegners ausstreckte.

»Ich werde nachsehen«, gab er blechern bekannt.

Die beiden Unither sahen die Sache weniger dramatisch. Sie behielten ihre Waffen in den Händen und waren bereit, ihr Leben so teuer wie möglich zu verkaufen, falls sich das als notwendig erweisen sollte. Es hatte aber nicht den Anschein, als ob es hier tatsächlich etwas gäbe, das gefährlich werden könnte. Hingegen war den drei Mausbibern alles andere als wohl zumute. Von Natur aus verspielt und harmlos, gingen sie jeder Gefahr aus dem Wege, was durchaus nicht bedeutete, daß sie feige waren. Im Gegenteil. Gerieten sie in eine Klemme, konnten sie sehr tapfer und mutig werden, wenn es auch dann meist der Mut der Verzweiflung war, der sie zu unglaublichen Taten anspornte.

»Sei vorsichtig, Willy«, bat Ooch zitternd. »Wir brauchen dich noch.«

Willy gab keine Antwort. Er hatte in seinem Innern schnell eine Art Windmotor geschaffen, oder einen Blasebalg. Ausstoßdüsen waren nach unten gerichtet und erzeugten ein Luftpolster. Auf diesem Luftpolster glitt er schnell und mühelos auf die Stelle zu, die Ooch bezeichnet hatte.

Die Zurückbleibenden sahen ihm mit gemischten Gefühlen nach. Willy wich geschickt den Bäumen aus und segelte geschäftig hin und her. Er untersuchte jede Bodenfalte und glitt einmal sogar bis zu den Baumwipfeln empor, um auch dort nach dem Rechten zu sehen. Endlich kehrte er zurück.

»Da ist nichts«, verkündete er. »Ooch hat sich getäuscht.«

»Ich habe es gesehen!« blieb Ooch bei seiner Behauptung.

»Ja«, alberte Stozi, »das Gespenst.«

Genau in dieser Sekunde meldete sich die TRAMP. Stozi stellte den Empfänger lauter.

Zbron sagte kurz und knapp: »Hallo, Expedition! Sofort ins Schiff zurückkehren. Wir haben ein Gespenst gesehen.«

Diesmal war der Rüssel des Unithers ganz blaß, als er den Empfang der Meldung bestätigte und den Rückzug ankündigte. Vor Todesangst an allen Glieder zitternd, aber in den Augen trotziger Triumph, setzte sich Ooch an die Spitze seiner Truppe und nahm Richtung auf das Meer.

Er lief so schnell, daß man die beiden Beine kaum noch unterscheiden konnte. Willy floß devot hinterher.

Zbron war geistesgegenwärtig genug gewesen, den Filmaufzeichner einzuschalten. Das »Gespenst« war in allen Einzelheiten deutlich auf dem Projektionsschirm zu erkennen.

»Jawohl!« rief Ooch begeistert. »Das habe ich auch gesehen! Ich habe mich also nicht getäuscht.«

Gecko rief wütend: »Und wenn schon! Damit wissen wir immer noch nicht, was es ist.«

Es hatte humanoide Formen, war aber lichtdurchlässig und fast weiß. Die Bäume dahinter waren verschwommen zu erkennen.

»Es besteht nicht aus fester Materie«, sagte Brcl mit leiser Stimme »Vielleicht aus Gas.«

»Das glaube ich nicht«, ließ Zbron sich vernehmen, und es fiel jedem auf, daß er ungewöhnlich langsam sprach, als müsse er sich jedes Wort genau überlegen. Das tat er sonst nicht. »Vielleicht eine Art Spiegelung.«

»Eine Spiegelung? Wovon eine Spiegelung?« Brcl schüttelte den Rüssel. »Das halte ich für ausgeschlossen.«

Gecko fühlte sich im Vorführraum sicher. Außerdem war er davon überzeugt, auch vor Gespenstern fortteleportieren zu können. »Was immer es auch sei, wir werden noch herausfinden, worum es sich handelt. Jedenfalls ist nun klar, daß wir uns geirrt haben. Dieser Planet ist bewohnt.«

»Solange sie uns in Ruhe lassen, werden die Reparaturarbeiten fortgesetzt«, sagte Zbron. »Wir müssen die TRAMP so schnell wie möglich wieder startbereit machen.«

»Sie wiederholen nur das«, bemerkte Gecko bissig, »was ich bereits längst befohlen habe. Treiben Sie ihre Leute zur Eile an. Ich werde inzwischen dafür sorgen, daß wir nicht angegriffen werden können.«

»Und wie wollen Sie das machen?«

Gecko sah sich nach Ooch um. »Ich werde eine zweite Expedition ausschicken. Sie erhält den Auftrag, einen der Fremden zu fangen, damit wir ihn verhören können.«

»Warum gehst du nicht selbst?« fragte Ooch und verkroch sich hinter Wullewull, der ein breiteres Kreuz hatte.

»Wir gehen alle«, antwortete Gecko tapfer. »Bis auf die Mädchen, natürlich.«

»Niemand muß gehen«, schlug Zbron vor. »Wir reparieren den Antrieb und verschwinden. Was gehen uns die Fremden an? Sie können uns hier im Schiff nichts anhaben, wenn wir den Schutzschirm einschalten. Ich glaube kaum, daß sie ihn durchdringen können.«

Gecko stelzte auf ihn zu. »Sie meinen wohl, wir hätten Angst, he? Wir werden Ihnen das Gegenteil beweisen. Wir sind schon mit anderen Dingen fertiggeworden. Außerdem glaube ich nicht an Geister. Basta.«

»Basta!« wimmerte Wullewull ohne Überzeugungskraft.

Zbron betrachtete noch eine Weile das Bild auf dem Schirm. Man hatte das fremdartige Wesen nur für wenige Sekunden auf den Film bannen können, aber diese wenigen Sekunden waren eindrucksvoll genug. Der Film zeigte einen schmalen Streifen des Strandes bis hinauf zum Waldrand. Zwischen den Bäumen tauchte plötzlich etwas Helles auf. Es schien einige Zentimeter über dem Boden zu schweben und schlängelte sich förmlich durch die Bäume. Dann wurde es deutlicher. Die Formen waren besser zu erkennen. Es war etwa zwei Meter groß und sehr dünn. Es war durchsichtig, wie eine Gestalt, die von einem Schleier umgeben war. Aber hinter dem Schleier war keine Gestalt. Eigentlich war es nur der Schleier, der vor dem Wald stand oder schwebte. Und dann, plötzlich, war er oder es verschwunden.

»Ich fürchte«, sagte Zbron, »wir werden mit Energiewaffen nicht viel gegen diese Erscheinung ausrichten können.«

Gecko griff unwillkürlich zum Gürtel. »Und warum nicht? Die Nadler sind ungewöhnlich stark und wirken absolut tödlich.«

»Stimmt, aber nur bei organischen Lebewesen und sonstiger fester Materie. Das dort ...« er deutete auf den Schirm, »... ist kein organisches Wesen und auch keine feste Materie. Es ist etwas ... anderes. Was, das kann ich nicht erklären. Ich habe nur eine Vermutung.«

»Laß hören«, säuselte Gecko hoheitsvoll, als gewähre er einem Untertanen gnädigst eine Audienz.

In der altgewohnten Art und Weise begann Zbron zu sprechen, so schnell und hastig, daß ihn niemand richtig verstand. Die Mausbiber bekamen nur einige Brocken seiner Ausführungen mit und mußten sich den Rest zusammenreimen. Die Behauptungen des Unithers wurden dadurch nicht klarer. Im Gegenteil: Niemand begriff, was er eigentlich hatte sagen wollen.

Als er endete, sagte Gecko: »Jetzt bin ich so schlau wie vorher.« Zbron wurde wieder deutlich.

»Das ist bedauerlich«, versicherte er mitleidig, »aber ich kann es nicht ändern. Hoffentlich haben Sie wenigstens begriffen, daß es sich bei dem Gespenst um eine einfache Projektion handelt. Waffen wären somit wirkungslos, aber Schaden kann sie auch nicht anrichten. Wir sollten uns deshalb nicht weiter darum kümmern.«

Doch so dumm war Gecko nun auch wieder nicht. Er richtete sich zu seiner vollen Größe auf und stellte fest: »Von mir aus eine Projektion. Dann werden wir eben jene finden, die hier Projektionen in die Gegend werfen. Ooch, sorge für die Zusammenstellung des Kommandos. Fünf Mausbiber außer dir und mir, dazu zwei Willys und Stozi mit dem Funkgerät.«

»Nur ein Unither?« vergewisserte sich Ooch vorsichtshalber.

Gecko nickte. »Ja, nur einer. Von den anderen kann ich die Namen nicht aussprechen.« Er sah Ooch an. »In einer halben Stunde also.«

Nach dieser unwiderlegbaren Argumentation verließ der Großadmiral stolz den Vorführraum und begab sich in seine Kabine, um alle Vorbereitungen für das gewagte Unternehmen zu treffen.

Vor allen Dingen stärkte er sich erst einmal an einer besonders großen Portion Frischgemüse aus der Bordküche.

Diesmal nahmen sie einen Gleiter. Die beiden Willys verformten sich zu weichen Polstern. Sie nahmen so keinen Platz weg und sorgten außerdem noch für die Bequemlichkeit der Fluggäste. Stozi und die sieben Mausbiber hatten keine Sorge, in der für fünf Menschen gedachten Kabine unterzukommen. Die Glaskanzel gewährleistete nach allen Seiten freie Sicht.

Gecko nahm neben Stozi Platz, der den Pilotensitz eingenommen hatte, dann startete das Fahrzeug. Es hatte die Form eines Torpedos und wurde durch Antigravfelder angetrieben und gehalten. Kleine Steuerdüsen sorgten für die Manovrierfähigkeit. Im Heck war eine größere Düse, die dem Gleiter eine beachtliche Geschwindigkeit verlieh.

In geringer Höhe zogen sie einige Schleifen über der TRAMP und glitten dann aufs Meer hinaus. Über der Insel wurde eine Pause gemacht, aber selbst mit den Vergrößerungsschirmen war dort unten nichts zu erkennen.

Das Wasser war so klar, daß man den Grund und die Felsenklippen deutlich sehen konnte. Bis zum Ufer zog sich eine Landbrücke unter der Oberfläche dahin. Lebewesen wurden im Wasser nicht gesichtet. Ooch schöpfte neue Hoffnung, doch noch schwimmen zu können. Er war einer der wenigen Mausbiber, die nicht wasserscheu waren.

Sie flogen einige Kilometer westwärts und kehrten ans Ufer zurück. Der Strand war leer.

»Wir sehen uns den Berg an«, schlug Stozi vor, nachdem er von Zbron erfahren hatte, daß in der TRAMP alles in Ordnung sei und man den alten Konverter bereits ausgebaut habe. »Von dort aus hat man eine gute Übersicht. Außerdem leben Geister gern auf einsamen Gipfeln.«

Gecko zuckte zusammen, gab aber keinen Kommentar.

Das Gelände stieg nur langsam an. Die dichten Baumkronen ließen keinen Blick auf den eigentlichen Waldboden zu. Was dort eventuell vor sich ging, blieb den Insassen des Gleiters verborgen.

Der Berg war oben abgeflacht, und Stozi landete den Gleiter auf dem steinigen und vegetationslosen Plateau. Als er den Ausstieg öffnete, drang frische und kühle Luft in die Kabine. Hier oben war es wesentlich kälter als unten am Meer.

»Vielleicht mögen die Geister keinen kalten Wind«, meinte Wullewull. Er schloß von sich auf andere. »Außerdem sieht man sie hier früh genug, wenn wirklich welche kommen.«

Einer nach dem anderen kletterten sie aus dem Gleiter. Gecko hielt seine Waffe schußbereit in der Hand. Schließlich war er ja für die Sicherheit der Expedition verantwortlich.

Notfalls würde er auch in die TRAMP zurückteleportieren, um den Überlebenden einen fähigen Kommandanten zu erhalten, ohne den sie alle verloren wären.

Die Aussicht aufs Meer ließ sie alle Gespenster oder Projektionen vergessen. Sie war einfach überwältigend. Die Küste war an allen Stellen flach und sandig. Das Wasser war niedrig, denn erst kurz vor dem Horizont wurde es tiefblau. Weit im Westen bog die Küste nach Norden um, genauso war es im Osten. Man befand sich demnach auf der Südspitze einer Landzunge oder auf einer großen Insel. Nirgends waren Anzeichen vernunftbegabter Lebewesen zu entdecken. Kein Bauwerk, keine Straße durch die unendlichen Wälder im Norden, kein Pfad, nichts. Über allem wölbte sich der klare, blaue Himmel, während die Sonne langsam nach Westen weiter wanderte und dabei tiefer sank.

Ein Paradies. Dieser Planet mußte das Paradies sein.

Mitten hinein in das andachtsvolle Schweigen sagte Ooch: »Ich spüre etwas. Gedankenimpulse, glaube ich.«

Ooch war der beste Telepath der Mausbiber, wenn man Gucky nicht berücksichtigte. In dieser Hinsicht war auf ihn Verlaß. Von ihm aufmerksam gemacht, strengten sich alle an. Als Nichttelepath geriet Stozi nun arg ins Hintertreffen.

»Da ist es wieder«, flüsterte Ooch. »Merkt ihr es auch? Gedankenimpulse, sehr schwach und verworren. Jemand versucht, Kontakt mit uns aufzunehmen.«

Gecko wisperte, immer zum Teleportieren bereit: »Die Geister – sie sind Telepathen. Dachte ich es mir doch!«

»Still!« fauchte Ooch ihn wütend an. Er konnte sich das erlauben. Jetzt hatte er das Heft in der Hand. »Du störst nur. Es sind freundliche Gedanken, meine ich. Keine bösen. Wir sollen keine Angst haben.«

»Bestimmt eine Falle«, wimmerte Wullewull und sah zum Gleiter, aus dem gerade die beiden Willys geflossen kamen. Sie näherten sich langsam und zögernd, als witterten sie eine Gefahr. »Den Willys ist auch schon ganz komisch; man sieht es ihnen an.«

»Dir sieht man manchmal auch etwas an«, fuhr Ooch ihn an. »Halte gefälligst den Mund, wenn ich als Vertreter des Solaren Imperiums Kontakt mit fremden Intelligenzen aufnehme.«

Gecko glaubte seinen Ohren nicht zu trauen. »Was sagst du? Wer ist hier der Vertreter …?«

»Gut«, gab Ooch nach, »dann sprich du mit den Geistern.«

»Schon gut, schon gut.« Gecko schluckte. »Mach schon weiter. Wo sind sie denn?«

Ooch deutete zur anderen Seite des Plateaus. »Dort!« sagte er.

Stozi und der Mausbiber fuhren herum und schauten auf die fünf oder sechs ineinanderfließenden Gestalten, die von der Ebene heraufgeschwebt kamen, ohne den Felsen auch nur zu berühren. Wieder waren sie durchsichtig und farblos. Geräuschlos näherten sie sich, bis sie nur noch zehn Meter entfernt waren. Dann hielten sie an.

Eine Sekunde zu spät.

Mit einem erschreckten Piepser war Gecko entmaterialisiert. Er hatte sich per Teleportation in Sicherheit gebracht und seine Truppe schmählich im Stich gelassen. Ooch registrierte es mit einem flüchtigen Blick auf die Stelle, an der er gestanden hatte.

»Feigling«, zischelte er, ohne sich von dem Gedankenstrom ablenken zu lassen, der auf ihn eindrang. Etwas seitlich begannen die Willys mit einer seltsamen Tätigkeit. Sie waren immer noch Fladen, aber an ihrer Unterseite hatten sich einige Dutzend Füße gebildet, an deren Enden es aufblitzte. Dann versetzten sie sich in rotierende Bewegung, so schnell, daß man ihnen kaum noch mit den Augen folgen konnte. Die Beine wurden zu diamantharten Bohrkränzen, die sich mühelos in den nackten Felsen gruben. Im Nu waren die beiden Willys in zwei runden Löchern verschwunden. Die herausfliegenden Felsstücke sausten den Zurückbleibenden haarscharf um die Ohren.

Ooch achtete nicht darauf, Gecko und auch die Willys befanden sich in einem verzeihlichen Irrtum. Die Geister, oder was immer sie auch waren, stellten keine Gefahr dar, wenigstens keine, vor der man sich im Boden verkriechen konnte.

»Versteht ihr sie?« fragte er leise.

Einige der Mausbiber nickten, die anderen machten zweifelnde Gesichter. Stozi verhielt sich abwartend. Er hätte am liebsten Zbron über Funk von den Geschehnissen unterrichtet, aber er wagte nicht, sich zu bewegen.

Ooch empfing die Gedankenimpulse klar und deutlich: *Wer immer ihr auch seid, und wo immer ihr auch herkommt, habt keine Furcht vor uns. Wir wissen, daß unsere Erscheinung für jedes Lebewesen ein ungewöhnliches Erlebnis darstellt, wir erschrecken euch nicht mit Absicht. Gebt uns ein Zeichen, ob ihr uns versteht.*

Ooch fühlte, wie seine gesträubten Nackenhaare sich wieder glätteten. Zwar begriff er immer noch nicht, wer diese Wesen waren, aber er ahnte, daß sie nicht gefährlich sein konnten.

»Wir verstehen euch«, sagte er laut.

Gut, dann ist eine Kontaktaufnahme möglich. Ihr seid intelligent, das erleichtert uns unsere Aufgabe. Ihr seid mit eurem Schiff abgestürzt, wie wir beobachteten. Wir wollen euch helfen, diese Welt wieder zu verlassen.

»Warum?« platzte Ooch heraus. In seinem Gehirn war lautloses Gelächter. Es klang amüsiert und nachsichtig zugleich.

Warum sollten wir nicht? Dies ist eine unserer Welten. Wir erholen uns auf ihr und wollen Frieden und Ruhe. Ihr stört beides. Darum wünschen wir, daß ihr wieder geht. Ist das einleuchtend genug?

»Sobald der Schaden an unserem Schiff behoben ist, werden wir starten. Ist es das, was ihr wollt?«

Ja! Von wo kommt ihr?

Ooch überlegte, ob er es ihnen sagen sollte, aber dann schob er die Bedenken beiseite. Wenn sie Telepathen waren, wußten sie es längst. Es war ein Wunder, daß sie danach fragten.

»Wir stammen aus einem anderen Teil der Galaxis und unternehmen einen Forschungsflug. Zufällig gerieten wir in die Nähe dieses Sonnensystems und wurden von fremden Schiffen angegriffen. Wir erhielten einen Treffer und stürzten ab. Das ist alles.«

Wir glauben euch. Die fremden Schiffe – wie sahen sie aus?

Ooch beschrieb die Eierschiffe. Die Antwort der »Geister« verblüffte ihn.

Die Jäger ... es war vorauszusehen. Wir nennen sie die Jäger, weil sie immer wieder versuchen, uns zu jagen und einzufangen. Sie fürchten uns, aber sie möchten herausfinden, ob sie uns wirklich fürchten müssen. Nehmt euch vor ihnen in acht, wenn ihr wieder startet. Sie sind gefährlich.

»Wir werden aufpassen. Darf ich auch Fragen stellen?«

Wer wollte dich daran hindern?

Stimmt, dachte Ooch. *Hindern können sie mich kaum, Fragen zu stellen, aber es kann sie auch niemand daran hindern, mich zu belügen oder überhaupt nicht zu antworten.*

»Wer seid ihr? Was meint ihr damit, wenn ihr sagt, dieser Planet sei zu eurer Erholung da. Wohnt ihr auf einer anderen Welt?«

Die Frage beweist, daß du Intelligenz besitzt. Sie soll beantwortet werden, aber nicht jetzt. Dein dicker Freund, der eben so schnell verschwunden ist, wird zurückkehren. Mit Waffen. Er will uns töten, obwohl das unmöglich ist. Aber sein Versuch würde die Verständigung komplizieren. Wir werden heute nacht in euer Schiff kommen. Dort sollt ihr alles erfahren.

»In unser Schiff?« Ooch schüttelte den Kopf, obwohl die Geste wahrscheinlich nicht verstanden wurde. »Das ist unmöglich. Unser Energieschirm ...«

Er ist kein Hindernis. Wir sehen uns später.

Die Gestalten zogen sich zurück. Sie blieben noch einen Augenblick über dem Plateau schweben, dann entfernten sie sich sehr schnell und sanken in die Ebene vor dem Meer hinab. Gegen die flimmernde Fläche des vom Nachmittagswind leicht bewegten Wassers verloren sie sich allmählich.

Ooch sah seine Freunde und Stozi an. »Nun, was sagt ihr jetzt? Sie sind ganz harmlos.« In kurzen Worten berichtete er, damit auch der Unither Bescheid wußte. Die beiden Willys kamen auch wieder aus ihren Löchern hervor. »Heute noch werden wir alles über sie erfahren. Wir haben nichts zu befürchten.«

Ehe Stozi antworten oder das Funkgerät einschalten konnte, entstand plötzlich ganz in ihrer Nähe ein Luftwirbel, und Gecko materialisierte. Mit ihm materialisierten zwei schwere Handstrahler und eine Munitionskiste voller Ersatzmagazine. Er ließ alles fallen und ging sofort in Dekkung. Von dort aus rief er: »Ihr habt vielleicht gedacht, ich hätte Angst, nicht wahr? Weit gefehlt. Ich bin nur zum Schiff und habe Verstärkung geholt. Los, gebt es ihnen!«

»Wem?« fragte Ooch mit unheilverkündender Stimme.

»Den Geistern, wem sonst? Wo sind sie denn überhaupt?«

»Sie wußten, daß du kommen würdest, darum haben sie schleunigst die Flucht ergriffen. Aber sie haben gesagt, sie kommen heute abend ins Schiff, um dich aufzufressen. Wir konnten es ihnen nicht ausreden.«

»Auffressen?« Gecko kletterte aus dem Loch. Seine Knie schlotterten mitleiderregend. »Das können sie doch nicht mit mir machen ...«

»Sagten wir ihnen auch. Du wärest aus Leder, sagten wir ihnen. Wäre ihnen gerade recht, meinten sie. Guten Appetit.«

»Danke«, reagierte Gecko gedankenlos, um sich dann sofort auf die Lippen zu beißen. »Zurück zur TRAMP! Wir werden das Schiff in den Verteidigungszustand versetzen. Die sollen sich die Zähne ausbeißen.«

»Das würden sie sich an dir auch, wenn sie Zähne hatten«, unterbrach Ooch. »Aber weil du uns nicht im Stich gelassen hast und uns helfen wolltest, werden wir die Wahrheit berichten. Hör also gut zu ...«

Und so erfuhr Gecko noch rechtzeitig, daß er an diesem Abend nicht von rätselhaften Gespenstern verspeist werden sollte.

Sie luden die beiden Waffen und die Munition in den Gleiter und setzten ihre Forschungsreise fort. Obwohl die Sonne sich schnell dem Horizont näherte, verging die Zeit quälend langsam.

Schließlich kehrten sie ins Schiff zurück, wo Zbron eine neue Theorie zu entwickeln begann. Jetzt hielt er die Durchsichtigen nicht mehr für einfache Projektionen, sondern für die Geister der Verstorbenen. Seine

Artgenossen lachten ihn aus, bis sein Rüssel vor lauter Ärger knallrot angelaufen war.

Die Sonne war blutrot im Meer versunken, und die Dämmerung wich dem Dunkel der Nacht. Der Planet hatte keinen Mond, außerdem standen nur wenig Sterne am Himmel. Die Außenscheinwerfer der TRAMP schufen einen weißen Lichtdom rund um das Schiff, und überall an den Sichtluken waren Wachen, die nach den merkwürdigen Lebewesen Ausschau hielten.

Etwa gegen zehn Uhr Ortszeit begann es in der TRAMP zu spuken.

Gecko und ein Unither hatten gerade das Observatorium inspiziert und waren auf dem Rückweg zur Zentrale. Als sie um eine Ecke des Mittelgangs bogen, rannten sie in zwei durchscheinende Gestalten. Während der Unither einfach weiterging, blieb Gecko, von Entsetzen gepackt, unwillkürlich stehen. Er sah sich von einem geisterhaften Lichtschein umgeben, während sein Gehirn verworrene Gedankenimpulse auffing.

»Sie haben mich gefressen!« kreischte er und teleportierte irgendwohin.

Der Unither drehte sich um. Gecko war verschwunden. Er sah nur noch die beiden Gespenster, die seine Richtung nahmen. Brüllend begann er zu rennen und tauchte atemlos in der Zentrale auf.

»Sie sind im Schiff – Gecko haben sie schon erwischt!« keuchte er und ringelte seinen Rüssel vor der Brust zusammen. »Ich habe es selbst gesehen.«

»Was hast du gesehen?« erkundigte sich Zbron. Seine Stimme war seltsam gelassen. »Nun?«

Der Unither berichtete stockend von seiner Begegnung mit den Fremden. Er hatte beobachten können, wie Gecko von ihnen verschlungen wurde und sich dann auflöste.

»Unsinn«, stellte Zbron fest. »Er hat sich in Sicherheit gebracht, das ist alles. Oder glaubst du, jemand könne Gecko verdauen, ohne daran einzugehen?«

Zbron verließ sich ganz auf Oochs Schilderung. Er war davon überzeugt, daß der Mausbiber sich nicht irrte. Die Fremden mußten einfach harmlos sein, sonst war die TRAMP und ihre Mannschaft verloren. Das Erscheinen im Schiff bewies eindeutig, daß sie den Schutzschirm durchdrangen. Es gab für sie keine Hindernisse.

Gecko lernte inzwischen die Furcht kennen. Er hatte nur einen kurzen Teleportersprung ausgeführt und rematerialisierte irgendwo auf einem Gang. Zuerst wußte er nicht, wo er war, aber dann sah er, daß er nur wenige Meter vom Quartier der Willys entfernt war. So schnell er konnte, rannte er zu dem Spezialluk und stürzte in den hell erleuchteten Raum.

Was seine Augen sehen mußten, erfüllte ihn mit solcher Überraschung, daß er wie gebannt stehenblieb und begann, an seinem Verstand zu zweifeln.

Die Willys hockten als schimmernde Geleefladen im Kreis herum und hielten mit ausgestreckten Tentakeln körperlichen Kontakt. Das taten sie immer dann, wenn sie besonders intensive Telepathieimpulse erzeugen oder andere empfangen wollten.

Aber das war es weniger, was Gecko erschütterte. Es waren die Gespenster.

Der ganze Raum war mit ihnen angefüllt. Sie schwebten dicht über dem Boden, aber auch oben unter der Decke. Sie waren überall. Und sie unterhielten sich mit den Willys. Die Impulse waren so stark, daß auch Gecko sie verstehen konnte. Da sie schon im ersten Augenblick den Eindruck friedlicher Absichten vermittelten, blieb er.

Er bereute es nicht. Er hörte: ... *hochwohlgeborene Diener des wahren Lebens sind. Wir begrüßen euch auf einer unserer Traumwelten als Freunde und Gäste und bedauern die unerfreulichen Umstände, die euch hierherbrachten. Betrachtet uns als eure Beschützer.*

Und die Willys antworteten alle!

»Wir schätzen uns glücklich, eure Bekanntschaft zu machen, Träumer. Ihr seid auf dem Schiff willkommen, aber eure jetzige Erscheinung löst bei den nicht Eingeweihten Schrecken und Angst aus. Besonders jenes kleine Wesen dort, unser Kommandant, zittert vor Furcht. Beruhigt es.«

Trotz ihrer offensichtlich friedlichen Absichten blieben die Durchsichtigen auch weiterhin unheimlich und unbegreiflich. Vielleicht hätte Gecko es nun doch vorgezogen, das Weite zu suchen, aber die Bemerkung der Willys verletzte sein Ehrgefühl. Sie glaubten, er habe Furcht. Eine Welle heroischen Stolzes hüllte Gecko ein.

Mutig trat er einen weiteren Schritt auf die merkwürdige Gruppe zu, verschränkte die Arme vor der Brust, unterdrückte das Zittern der Beine und sagte: »Großadmiral Gecko hat noch niemals Furcht empfunden, merkt euch das. Die Furcht und die kluge Vorsicht sind Geschwister, aber man muß sie unterscheiden können. Ich begrüße euch auf meinem Schiff, Leuchtende, aber ich muß euch bitten, auf die Gefühle meiner weniger mutigen Mannschaft Rücksicht zu nehmen. Vielleicht ...«

Er wurde unterbrochen. Hinter ihm hatte sich die Tür geöffnet, und Wullewull war in den Raum geschlüpft. Als Gecko das Geräusch hörte und sich erschreckt umdrehte, sah er nur noch Wullewulls buschigen

Biberschwanz, hörte ein gepiepstes »Huch!« und das Zuknallen der Tür. Mit großartiger Geste drehte er sich wieder zu den Willys und Geistern um.

»Ihr seht«, deklamierte er in schneller Erfassung der Situation, »wie recht ich habe. Meine Mannschaft muß vorbereitet werden. Ich werde das besorgen. Bleibt hier in diesem Raum. In kurzer Zeit werde ich zurückkehren.« Er öffnete die Tür und fügte noch hinzu: »Meine Besonnenheit und Klugheit wird euren Besuch für uns alle zu einem Freudenfest machen.«

Draußen auf dem Korridor trocknete er sich die schweißnasse Stirn ab. Sein Fell war überall naß und struppig. Die Uniform klebte am Körper. In einer Ecke hockte Wullewull und stierte ihn an.

»Du lebst noch?«

Gecko wuchs über sich selbst hinaus. »Feigling! Und mit solchen Subjekten soll ich Rhodan suchen? Worauf habe ich mich da nur eingelassen?«

Er packte Wullewull am Nacken und teleportierte mit ihm in die Zentrale.

29.

In dieser Nacht erfuhren Gecko und seine Mannschaft, was es mit den Durchsichtigen auf sich hatte. Die Erklärung war genauso einfach wie verblüffend.

Auf dem 27. Planeten des Systems existierte das Volk der Träumer. Rein äußerlich gesehen, glichen die etwa zwei Meter großen Wesen den dürren Aras, aber sie waren nicht mit ihnen oder den Arkoniden verwandt. Sie waren davon überzeugt, auf ihrer Welt entstanden zu sein und besaßen eine entsprechende Religion. Diese Religion war es auch, die ihnen eine Raumfahrt im üblichen Sinne verbot. Da sie eine beachtliche Zivilisation entwickelt hatten, wäre der Bau von Raumschiffen kein besonderes Problem gewesen, aber ihre religiösen Tabus ließen es nicht zu, daß ihre Körper für mehr als zehn Sekunden die Verbindung mit der Oberfläche ihrer Welt verlor.

So war es kein Wunder, daß eines Tages die Traummaschine erfunden wurde. Man war von der Voraussetzung ausgegangen, daß die Religion ein Verbleiben des Körpers auf dem Heimatplaneten verlangte. Von der

Seele und vom Geist war nicht die Rede, und die Techniker überlisteten die Priester.

Die Traummaschine trennte den Geist vom Körper, der auf der Heimatwelt zurückblieb. Dort lagerten in den dafür bestimmten Gebäuden die scheinbar leblosen Träumer, deren körperloses Bewußtsein auf die Wanderschaft ging. Da eine Übervölkerung drohte und nur die Auswanderung auf die anderen Planeten das Problem gelöst hätte, erklärten sich die einflußreichen Priester mit der Benutzung der Traummaschine einverstanden. So kam es, daß stets die Hälfte der Bevölkerung auf die »Reise« geschickt wurde. Die andere Hälfte sorgte für den Fortbestand des bestehenden Zustandes.

Alle Planeten des Systems waren für Besuche geeignet. Die »Geister« waren nicht von ihrer Umgebung abhängig und konnten überall existieren, auch im Weltraum. Sie bevorzugten jedoch die schönen Planeten, da sie durchaus in der Lage waren, äußere Einflüsse zu spüren und sie – falls sie angenehm waren – zu genießen.

Natürlich sind es keine richtigen Träume, die wir erleben, erläuterten sie telepathisch der versammelten Mannschaft der TRAMP, *sondern gesteuerte Wirklichkeit. Wir existieren bewußt als körperlose Wesen, und wir wissen, daß unsere Körper auf der Heimatwelt auf uns warten. Wenn unsere Frist verstrichen ist, kehren wir zu ihnen zurück und gehen erneut unseren Pflichten nach, bis wir wieder an der Reihe sind. Es ist ein herrliches Dasein, und wir wünschen uns kein besseres.*

Sehr merkwürdig, dachte Gecko, aber auch sehr beruhigend. Von den Träumern hatten sie nichts zu befürchten. Was aber war mit den Jägern? Er stellte eine entsprechende Frage, nachdem er den Unithern die Botschaft der Träumer übersetzt hatte. Die Mausbiber und Willys verstanden sie ja so.

Die Jäger sind ein seltsames Volk. Sie stammen aus dem benachbarten Sonnensystem und sind sehr kriegerisch veranlagt. Sie haben sechs Gliedmaßen und scharfe Zangen am Kopf. Mit ihren Schiffen überfallen sie friedliche Welten und töten oder versklaven die Bewohner. Wir wurden bisher verschont, weil sie uns fürchten. Aber wenn sie eines Tages entdecken, daß wir keine Abwehr besitzen und daß wir harmlos sind, wird das Ende für uns gekommen sein. Wir sind ihnen hilflos ausgeliefert. Bis heute jedoch begegneten sie nur uns, den körperlosen Träumern. Sie glauben, wir seien Dämonen und böse Geister und fliehen, wenn wir in ihre Schiffe eindringen. Das ist der Grund, warum sie unser System meiden. Nur ihrer Furcht habt ihr euer Leben zu verdanken. Wären sie euch gefolgt, sie hätten euer Schiff vernichtet.

Als Zbron das hörte, begann sein Gehirn fieberhaft zu arbeiten. Er dachte an den bevorstehenden Start und die Gefahren, die dann auf ihn und die TRAMP zukamen. Er ließ durch Gecko fragen: »Was ist, wenn wir starten? Werden die Jäger auf uns warten?«

Wahrscheinlich, wenn sie nicht glauben, daß ihr umgekommen seid.

»Wir besitzen auf diesem Schiff starke Waffen, trotzdem erhielten wir einen Treffer und stürzten ab. Ihr kennt unseren Schutzschirm, den wir um das Schiff legen können. Ihr könnt ihn durchdringen. Können es auch die Waffen der Jäger?«

Sie haben starke Waffen, die wir nicht kennen. Uns können sie nicht viel anhaben, wohl aber euch. Wenn ihr dieses System verlaßt, müßt ihr vorsichtig sein. Sie sind überall und warten nur darauf, daß wir eines Tages körperlich und in einem Schiff unsere Welten verlassen. Sie wissen nicht, ob wir das können, und sie wissen auch nicht, daß wir materiell existieren, aber vielleicht vermuten sie es. Immerhin haben sie gesehen, daß ein Schiff hierherkam. Sie werden glauben, es sei unser Schiff gewesen.

Wullewull, der auf einem Willy lag und sich bequem in dessen Plasmapolstern räkelte, knurrte: »Sechs Beine und Zangen am Kopf – das müssen ja gefährliche Biester sein! Ich möchte ihnen nicht begegnen. Vielleicht sollten wir doch versuchen, Hilfe herbeizurufen.«

»So laut kannst du gar nicht brüllen«, eröffnete ihm Gecko kalt und dachte daran, daß er es ja gewesen war, der für die notwendige Entfernung zwischen der TRAMP und den Schiffen Terras gesorgt hatte. »Aber wir werden es mit Hyperfunk versuchen. Vielleicht treibt sich ein Kreuzer in der Nähe herum und hört uns. Doch das hat noch Zeit. Wann wären wir startbereit, Zbron?«

Der Unither schwenkte den Rüssel hin und her.

»In vier Tagen Terrazeit, würde ich sagen. Der Umbau ist nicht so schwierig. Stozi muß versuchen, Verbindung zu erhalten. Die Unterstützung eines Schweren Kreuzers wäre nicht gerade unangebracht. Obwohl ich davon überzeugt bin, daß wir mit höchster Beschleunigung ausbrechen können, wenn wir es versuchen. Wenn sie uns zu spät sehen, können sie uns nicht mehr einholen.«

Gecko maß ihn mit einem entrüsteten Blick. »Flucht?« Er schüttelte den Kopf. »Nein, Flucht wäre feige. Wie stünde ich vor Gucky da, wenn wir flüchten würden?«

»Die Vorsicht ist oft der bessere Teil der Tapferkeit«, zitierte der Unither steif. »Hast du es nicht immer so gehalten?«

»Ich bitte mir einen anderen Ton aus!« keifte Gecko und rückte seine Rangabzeichen in Sichtweite. »Wenn ich fliehe, dann nur im Interesse der Mannschaft. Wenn es die Umstände erfordern, verzichte ich auf den von mir gewünschten Kampf, um Leben und Nerven meiner Leute zu schonen. Aber ich will auch nicht, daß später irgendein Trottel zu Gucky geht und ihm berichtet, wir hätten unsere Pflicht vernachlässigt.«

Zbron amüsierte sich. Er tat es, indem er den Rüssel zusammenrollte und wieder vorschnellen ließ. »Unsere Pflicht ist es, Rhodan zu suchen, zu finden und zur Erde zu bringen. Es ist nicht unsere Pflicht, uns mit unbekannten Sechsfüßlern herumzuschlagen.«

Gecko ergriff die Chance mit beiden Pfoten. »Das stimmt! Es wäre dann also unsere erste Pflicht, unbeschadet zu entkommen, damit wir Rhodan weitersuchen können. Habe ich richtig verstanden?«

»Haargenau richtig!«

Gecko sah sich triumphierend nach allen Seiten um. Er begegnete nur zustimmenden Blicken. Er nickte.

»Gut, ich beuge mich der Logik und der Pflicht. Wir werden also fliehen. Aber da ist noch ein Problem ...« Wieder wandte er sich an die versammelten Träumer. »Ist es euch möglich, bis an die Grenzen eures Sonnensystems vorzustoßen und festzustellen, wo die Jäger auf uns warten?«

Wir können sie sogar vertreiben, wurde ihm versichert.

Das Versprechen beruhigte Gecko vollends. Er ahnte natürlich nicht, daß es Versprechen gab, die nicht zu halten waren.

Die nächsten zwei Tage waren die schönsten der bisherigen Reise.

In der beruhigenden Gewißheit, daß die Träumer über ihre Sicherheit wachten, tummelten sich die Mausbiber am Strand des fremden Meeres und unternahmen weite Landausflüge in das Innere der großen Insel. Immer begegneten sie den durchscheinenden Gestalten, hüpften oder sprangen übermütig einfach durch sie hindurch oder nahmen Kontakt mit ihnen auf. Es gab auf dieser Welt nichts, das sie zu fürchten hatten.

Ooch und Wullewull kamen endlich dazu, ihr langersehntes Bad zu nehmen. Viel Wasser kam dabei nicht an sie heran, denn sie zogen die leichten Raumanzüge an, um besser und länger tauchen zu können. Hier unter der Oberfläche begegneten sie keinen Träumern, dafür aber seltsam geformten Lebewesen, die sich bei ihrem Anblick in ihre Unterwasserhöhlen flüchteten.

Der Unither Stozi versuchte indessen, Funkverbindung mit einem terranischen Raumschiff oder einem der USO zu erhalten. Mit seinem Hyperempfänger empfing er zwar oft schwache Signale, die zweifellos von Terra-Schiffen stammten, aber er bekam niemals eine Antwort, wenn er sie anfunkte. Entweder stimmte mit dem Sender etwas nicht, oder die Entfernungen waren doch zu groß.

Und dann, am dritten Tag, landete das Schiff der Jäger.

Es tauchte so schnell und unerwartet am Himmel auf, daß nicht einmal die Träumer Zeit fanden, ihre Verbündeten zu warnen. Der Schutzschirm der TRAMP konnte nicht eingeschaltet werden, weil gerade der Konverter angeschlossen wurde. Hilflos und ungeschützt lag die TRAMP am Rand des Waldes, während sich das fremde Schiff schnell näherte und keine fünfhundert Meter entfernt im Sand aufsetzte. Drohende Geschütze waren dabei auf die TRAMP gerichtet.

Zbron hatte reagiert, so schnell er konnte. In der Waffenzentrale wurden die Strahlgeschütze besetzt. Aber Zbron gab keinen Feuerbefehl. Das wäre jetzt sinnlos gewesen. Und viel zu spät.

Die Willys glitten ohne besondere Anweisung aus einer Luke auf der gegenüberliegenden Seite, wo die Fremden sie nicht sehen konnten. Sie bohrten sich blitzschnell in den Sand und waren Minuten später spurlos verschwunden. Wenn die TRAMP wirklich angegriffen oder vernichtet wurde, würden sie überleben. Außerdem hatten sie im Freien eine bessere Möglichkeit, sich zu verteidigen oder gar selbst anzugreifen.

Während also die Unither die TRAMP in Abwehrbereitschaft versetzten und die Willys im Sand verschwanden, waren die Mausbiber vom Rückzug abgeschnitten. So schnell war das feindliche Schiff erschienen, daß sie keine Gelegenheit mehr gefunden hatten, in die TRAMP zu fliehen.

Außer Gecko, der teleportieren konnte. Aber er tat es nicht. Er blieb bei der Truppe. Im ersten Augenblick mehr aus Schreck über die unverhofft aufgetauchte Gefahr, dann aus Überlegung. Im Schiff war er auch nicht sicherer, denn es würde das bevorzugte Ziel eines eventuellen Angriffs der Fremden sein.

Der Eiraumer war sechzig Meter lang und vorn fast dreißig Meter dick. Er war dicht am Wasser gelandet, mit der dicken Bugseite zur TRAMP. Alle Luken waren geschlossen, aber auf der Oberseite wurden Antennen und andere Geräte ausgefahren, darunter mit Sicherheit Fernsehkameras. Sie drehten sich nach allen Seiten und ließen vermuten, daß die Insassen des Schiffes auf der Hut waren. Die stumpfen Geschützmündungen blieben auf die TRAMP gerichtet.

Gecko lag in einer Bodenfalte und rührte sich nicht. Er und sieben der Mausbiber waren gerade von einem Spaziergang im Wald zurückgekehrt, als das fremde Schiff landete. Sie waren knapp zweihundert Meter von ihm entfernt.

Gecko lag zwischen Fippi und Hemi. Daneben kauerten sich Biggy, Bokom und Axo. Drüben bei der Insel mußten Ooch und Wullewull beim Tauchen sein. Sie ahnten noch nichts von der Gefahr.

Ich muß sie telepathisch warnen, dachte Gecko und sorgte dafür, daß er in Deckung blieb. Intensiv dachte er an Ooch und hoffte, daß seine Impulse aufgefangen wurden. Er bekam keine Bestätigung, aber das war weiter kein gegenteiliger Beweis. Er war ein viel zu schlechter Telepath, um mit Sicherheit behaupten zu können, Ooch habe nicht zurückgesendet.

»Wir müssen ins Schiff«, flüsterte Axo und schaute mit großen, runden Augen ängstlich in Richtung der TRAMP. »Die Durchsichtigen haben uns im Stich gelassen.«

»Es kam auch für sie zu überraschend«, verteidigte Gecko die Bundesgenossen, von denen er jetzt aber nicht mehr so genau wußte, ob sie auch wirklich welche waren. Im Augenblick waren keine zu sehen. »Sie konnten uns nicht mehr warnen. Achtung – da vorn bewegt sich was. Beim Schiff!« Er meinte das Eierschiff.

Das Rotieren der Kameras hatte aufgehört. Sie waren jetzt alle auf die TRAMP gerichtet. Dicht darunter waren einige Luken zurückgeglitten und gaben runde Fenster frei. Dahinter waren schwaches Licht und dunkle Schatten zu erkennen. Sie bewegten sich. Die Fremden sahen zu der TRAMP hinüber. Von Gecko und seinen Mausbibern nahmen sie keine Notiz.

»Nicht rühren!« befahl Gecko, dem der Schreck in den Gliedern steckte. Aber er ließ sich nichts anmerken. Ihm war die Gewißheit ein Trost, im Falle unmittelbarer Gefahr in die TRAMP oder auf den Berggipfel teleportieren zu können. »Wenn sie rauskommen, wissen wir wenigstens, wie sie aussehen.«

»Ich will das gar nicht wissen«, jammerte Axo und buddelte sich mit den Pfoten etwas tiefer in den Sand ein. »Sie können aussehen, wie sie wollen.«

»Nimm dich zusammen!« quietschte Gecko verweisend und schielte zu dem Eierschiff hinüber. An der ihm zugewandten Seite glitt eine breite Luke auf. Licht flammte dahinter auf, gegen das sich ein dunkler Schatten abhob. »Ruhe jetzt! Kein Wort mehr!«

Die Warnung war überflüssig. Die Mausbiber wußten selbst, daß die geringste Bewegung oder jedes Geräusch sie verraten konnte. Sie lagen bewegungslos in ihren Löchern und peilten vorsichtig über den Rand der Senke.

Die Fremden sahen aus wie Insekten. Die Beißzangen wirkten groß und gefährlich. Mit ihnen konnten sie jeden Angreifer erledigen, ohne die feingliedrigen Hände rühren zu müssen. Sie gingen aufrecht, hatten zwei Beine und vier Arme. Die Gesichter waren nur schlecht zu erkennen. Vielleicht hatten sie keine richtigen Gesichter.

Einer nach dem anderen kamen sie aus dem Schiff. Es war, als fürchteten sie keinen Angriff von seiten der TRAMP, denn sie achteten nicht auf Deckung. Sie kletterten aus ihrem Schiff und sammelten sich seitlich der Ausstiegsluke. Einige trugen längliche und schimmernde Gegenstände, die Gecko sofort als Waffen identifizierte. Er war sich seiner Sache naturgemäß nicht sicher, aber er konnte sich nicht vorstellen, was sie sonst mit sich führen sollten, wenn sie einen Stoßtrupp planten. Denn ein Stoßtrupp war es, der sich da aufstellte.

Es waren mindestens zwanzig der Insekten, die aus dem Schiff gekommen waren, und ihr Ziel war offensichtlich die TRAMP. Einer der Fremden gestikulierte und gab Befehle. Die Insekten schwärmten aus und stellten sich neu auf. Dann begannen sie, langsam auf die TRAMP vorzurücken.

Gecko beobachtete das Eierschiff. Die Luke war immer noch offen. Er duckte sich und flüsterte: »Ob sie Wachen zurückgelassen haben?«

Axo flüsterte: »Sie müßten verrückt sein, wenn sie es nicht getan hätten.«

»Ich werde es herausfinden«, versprach Gecko tapfer und unterdrückte alle Angstgefühle. »Ich werde hineinteleportieren und es herausfinden. Wenn keine Wachen da sind, kommt ihr nach. Wir erobern das Eierschiff.«

»Das ist doch Unsinn«, hauchte Bokom. »Sie werden niemals ihr Schiff ohne Wachen zurücklassen. Was willst du machen, wenn sie dich angreifen?«

»Erledigen!« sagte Gecko und drückte im Liegen die Brust heraus.

Er erschrak selbst bei der Vorstellung, einen Fremden mit den bloßen Händen erwürgen zu müssen, aber zum Glück hatte er seine Drohung noch nicht wahrzumachen. Drüben am Strand tauchten zwei kleine Gestalten aus dem Meer auf und blieben plötzlich stehen, als sie das Schiff sahen.

»Dort!« piepste Biggy aufgeregt. »Ooch und Wullewull!«

Gecko drückte Biggy in das Loch zurück. »Liegengeblieben! Ihr rührt euch nicht! Ich bin gleich zurück. Axo, du übernimmst das Kommando!«

Ehe Bokom dagegen Einspruch erheben konnte, daß der jüngere Axo sein zeitweiliger Vorgesetzter wurde, entmaterialisierte Gecko. Keine fünf Meter von den beiden Tauchfanatikern kehrte er wieder ins Einstein-Kontinuum zurück und stand bis zum Hals im Wasser. Er liebte Wasser nicht sonderlich. In dieser Situation jedoch war ihm die Wahl nicht schwergefallen. Lieber das Meer, als allein in das fremde Schiff. Außerdem konnte er so eine gute Tat vollbringen, indem er seine Artgenossen warnte.

»Duckt euch!« rief er Ooch und Wullewull zu, die immer noch fassungslos das fremde Schiff betrachteten und versuchten, sich einen Reim auf dessen Auftauchen zu machen. Die angreifenden Insekten konnten sie nicht sehen, da dieser Teil des Strandes ein wenig höher lag als der übrige. »Los, duckt euch! Wenn sie euch sehen, geht's los.«

»Was geht los?« erkundigte sich Wullewull naiv. Ooch legte ihm beide Hände auf den Kopf und drückte ihn tiefer ins seichte Wasser. »Bist du verrückt?«

Gecko hatte sich ebenfalls kleiner gemacht. Nur noch sein Kopf ragte aus dem Meer heraus. Er zitterte, diesmal nicht nur aus Angst.

»Kalte Brühe«, meckerte er. »Wie das einem Spaß machen soll! Hör zu: Die Insekten haben ihr Schiff verlassen, und ich weiß nicht, ob Wachen zurückgeblieben sind. Wenn es uns gelänge, das Schiff zu erobern ...«

»Das ist doch utopisch«, unterbrach ihn Ooch.

»Du bist auch utopisch!« fuhr Gecko ihn wütend an. Widerspruch haßte er bis auf den Tod. »Ohne mutigen Einsatz gibt es keinen Sieg! Ich werde zusammen mit euch in das Eierschiff teleportieren. Es wäre doch gelacht ...«

»Was willst du?« Wullewull schnappte in seinem Raumhelm nach Luft, aber irgend etwas schien mit der Zufuhr nicht zu stimmen. Er öffnete ihn und fixierte Gecko. »Du willst mit uns teleportieren? Ohne mich!«

Er wollte davonschwimmen, aber Ooch packte ihn beim Kragen. »Hiergeblieben, Feigling. – Also was ist, Gecko? Erkläre!«

Gecko erklärte, schnell und hastig. Das Wasser gefiel ihm nicht. Noch weniger gefielen ihm die Fremden. Ooch begriff erstaunlich schnell. Während er antwortete, hielt er Wullewull immer noch fest.

»Gut, wir springen. Und was tun wir, wenn so eine Biene auf uns zukommt?«

»Es sind keine Bienen.«

»Meinetwegen Ameisen oder Skorpione. Jedenfalls Insekten.« Er sah zum Strand, entdeckte aber außer dem Eierschiff nichts. »Also, was tun wir?«

»Wir hauen ihn um«, schlug Wullewull vor.

Gecko bedachte ihn mit einem mitleidigen Blick, dann nickte er.

»Richtig! Wir hauen ihn um. Oder es. Wir nehmen ihm die Waffe ab. Und dann erobern wir das Schiff. Mal sehen, was sie dann machen.«

Ooch meinte: »Das hört sich einfach an. Hoffentlich ist es auch so einfach.«

»Gucky wird staunen!« Gecko schwelgte schon wieder in Träumen. »Der wird uns das nicht glauben, aber ihr seid Zeugen, wie ich den Fremden mit der linken Hand erledige und das Eierschiff auseinandernehme!«

Ooch seufzte. »Du bist ein furchtbarer Angeber, Gecko. Los, worauf warten wir?«

Gecko nahm die beiden Mausbiber bei der Hand. Er hatte wenig Erfahrung in der Massenteleportation, aber die Not zwang ihn jetzt dazu, es einfach zu versuchen. Vielleicht vertat er sich um ein paar Meter, aber darauf kam es auch nicht mehr an. Festen Stoffen würde er automatisch bei der Rematerialisierung ausweichen, darum brauchte er sich nicht zu kümmern. Er mußte nur die Höhe richtig abschätzen, sonst würden sie alle drei abstürzen.

»Fertig?« fragte er und peilte das fremde Schiff an. Wenn er bloß wüßte, was sich hinter der silbernen Hülle verbarg. Was auf sie wartete ...

»Fertig!« schnappte Ooch und schloß ergeben die Augen.

»F...fertig!« piepste auch Wullewull.

Die drei Mausbiber verschwanden. Zurück blieben drei Wasserwirbel, die sich um die plötzlich fehlende Materie schlossen. Dann verliefen sich die Wellen. Alles war so ruhig, als hätte es nie drei Mausbiber gegeben. Aber es gab sie.

Sie rematerialisierten im Schiff der Fremden, nur einen halben Meter über dem glatten, harten Boden einer ovalen Halle, deren Wände mit unbekannten Instrumententafeln und Bildschirmen bedeckt waren. Gecko landete unsanft auf seinem Hinterteil und ließ seine beiden Gefährten los.

»Oh, mein Bein!« fiepste Ooch wütend und setzte sich hin.

Nur Wullewull landete auf den Füßen, eine Tatsache, die später jeder wiederholt zu hören bekam. Vor allem Biggy. Der Raum war bis auf die Einrichtung und die Mausbiber leer. Von der Decke herab fiel dämmeriges Licht. Bis auf ein kaum hörbares Summen, das aus dem Fußboden zu kommen schien, war alles ruhig. Gecko stand auf. Er lauschte nach allen Richtungen.

»Gedankenimpulse«, flüsterte Ooch ihm zu und nahm Wullewull bei der Hand. »Ich empfange Gedankenimpulse. Ganz deutlich. Es sind noch welche im Schiff. Sie kommen näher, Gecko, wir müssen fort von hier, ehe ...«

Keine drei Meter von ihnen entfernt glitt die Wand zur Seite. Zwei Gestalten betraten den Raum.

Ihr Anblick wirkte auf Gecko und seine beiden Freunde so erschreckend, daß sie keiner Bewegung fähig waren. Sie konnten sich nicht einmal zur Flucht aufraffen, sondern blieben wie gebannt dort stehen, wo sie gerade standen. Sie starrten die Eintretenden an.

Die Fremden stammten zweifellos von hochentwickelten Insekten ab und waren fast zwei Meter hoch. Ihre Panzerhaut schimmerte metallisch und wirkte sehr widerstandsfähig. Auf dem Kopf vibrierten zwei feine Antennen, deren Enden verdickt waren. Darunter saßen zwei breite, scharfe Zangen. Die Augen glitzerten kalt und starr und drohend. Die Körper waren fast zierlich gebaut, und die Taille war so schlank, daß man sie mit einem schnellen Schnitt hätte durchschneiden können. Vielleicht war sie die einzige wirklich empfindliche Stelle des ganzen Körpers. Vier Arme mit fünffingrigen Händen verrieten Geschicklichkeit, die beiden Beine Kraft und Schnelligkeit.

Die Fremden waren über die Eindringlinge genauso überrascht. Mit einer ruckartigen Bewegung blieben sie stehen und betrachteten die drei Mausbiber. Sie machten in dieser Sekunde ihren ersten Fehler; sie unterschätzten ihren Gegner, der um die Hälfte kleiner war als sie. Den zweiten Fehler begingen sie, als sie zu denken begannen.

Ihre Antennen bewegten sich unauffällig. Gleichzeitig schickten sie Gedankenimpulse aus. Die Insekten unterhielten sich. Sie waren Telepathen. Ihre Impulse waren jetzt so stark, daß auch Gecko und Wullewull sie verstanden.

Wir fangen sie lebendig.

Sie sind ungefährlich.

Los – worauf warten wir?

Gecko, der bei den Insekten keine Waffe entdecken konnte, faßte neuen Mut, als er begriff, daß ihnen keine unmittelbare Lebensgefahr drohte. Er wich einen Schritt zurück und zog Ooch und Wullewull mit sich. Im Notfall blieb immer noch die Teleportation, aber er wollte die Flucht so lange wie möglich hinausziehen. Die Gelegenheit war zu günstig, dem Feind eine Schlappe beizubringen und die eigenen Fähigkeiten unter Beweis zu stellen.

Aber auch die Insekten zögerten nicht, die Eindringlinge dingfest zu machen. Sie sahen auf den ersten Blick, daß sie es mit unbewaffneten Gegnern zu tun hatten. Wie sie in das Schiff gekommen waren, war ihnen allerdings ein Rätsel. Das war einer der Gründe, warum sie diese kleinen, merkwürdigen Pelztiere gefangennehmen wollten. Sie mußten intelligent sein, denn sie waren mit einem Raumschiff gekommen. Vorausgesetzt, sie gehörten zu dem notgelandeten Schiff, das gerade jetzt in diesem Augenblick von dem Stoßtrupp angegriffen wurde.

»Sie halten uns für harmlos«, sagte Gecko rasch. »Lassen wir sie vorerst in dem Glauben. Wahrscheinlich werden sie telepathisch erfassen, was ich zu euch sage, aber es ist nicht gewiß. Wehrt euch nicht. Ich werde zur TRAMP teleportieren und Zbron warnen.«

Wullewull ließ Geckos Hand nicht los.

»Du willst verschwinden und uns im Stich lassen?«

»Ich bin in wenigen Minuten wieder zurück. Keine Sorge.«

»Und inzwischen fressen uns diese Superbienen auf, was? Nein, ich will nicht ...«

Sie waren weiter zurückgewichen und standen nun zwischen einigen Maschinen eingeklemmt. Es gab keinen Ausweg mehr. Die beiden Insekten nahmen eine drohende Haltung ein, aber noch immer waren keine Waffen zu bemerken.

Ooch ließ Geckos Hand los und trat auf sie zu. Er sprach sie direkt an, als er sagte: »Könnt ihr mich verstehen? Nickt mit den Köpfen, wenn es so ist.«

Die Insekten rührten sich nicht.

Ooch sagte: »Die haben eine andere Wellenlänge beim Empfang. Sie verstehen uns nicht, Gecko. Los, hole einen Strahler in der TRAMP. Wir halten sie solange auf. Aber sei in zehn Sekunden zurück, sonst kann ich für nichts garantieren.«

Die beiden Insekten zogen sich zurück. Sie empfanden keine Furcht vor den Mausbibern, aber sie wollten sich auch nicht auf Experimente einlassen.

Geckos Teleportersprung war geglückt. In der Zentrale materialisierte er, mitten zwischen den geschäftigen Unithern, die schon längst den Stoßtrupp der Insekten bemerkt hatten und ihre Vorkehrungen trafen. Unter der Decke schwebten einige der Träumer, die wegen ihrer Materielosigkeit nicht aktiv in das Geschehen eingreifen konnten.

»Da bist du ja!« rief Zbron und vergaß in der Aufregung alle Dienstränge und Vorschriften. »Wo sind die anderen?«

Gecko sah zuerst auf die Bildschirme. Die breite Front der Insekten war im Anmarsch. Sie verzichteten auf jede Deckung und marschierten wie auf dem Kasernenhof über den Strand. Wahrscheinlich verließen sie sich voll und ganz auf die Feuerkraft ihres Schiffes, dessen Geschütze immer noch auf die TRAMP gerichtet waren.

»Ooch und Wullewull sind in dem feindlichen Schiff. Gib mir deinen Strahler, Zbron. Schnell! Ich muß zurück!«

»Warum so eilig?«

»Frag nicht, Zbron. Bis ich es dir erklärt habe, kann es zu spät sein.«

»Gut, hier ist der Strahler. Was hast du vor?«

»Das Eierschiff kapern. Räumt ihr inzwischen mit den Angreifern auf. Bis später.«

»Augenblick noch, Gecko …«

»Admiral, wenn ich bitten darf!«

»Meinetwegen. Wir werden versuchen, die Insekten zur Umkehr zu bewegen. Ich will nicht, daß unnötig Blut vergossen wird. Die Träumer werden uns helfen.«

»Keine falschen Sentimentalitäten«, warnte Gecko. »Die Zangenbienen sind gefährlich. Schießt auf sie, wenn sie frech werden.«

»Sie werden fliehen, wenn die Träumer auftauchen. Wir warten nur noch, bis sie nähergekommen sind.«

Gecko, dessen Hauptsorge Ooch und Wullewull galt, nickte nur und konzentrierte sich zum Sprung. Genau in diesem Augenblick war auf den Bildschirmen eine neue Bewegung.

Am Waldrand tauchten der Navigator Vlck und acht oder neun Mausbiber auf, die einen Spaziergang zum Berg unternommen hatten und nun zurückkehrten. Man sah deutlich, wie sie sich unterhielten und nicht auf ihre Umgebung achteten. Sie spazierten über die sandige Fläche und sahen nicht einmal sofort das Eierschiff, obwohl es sich deutlich gegen den Horizont abhob. Und als sie es dann sahen und stehenblieben, war es bereits zu spät.

Die Insekten hatten sie schon bemerkt.

Etwa die Hälfte von ihnen schwenkte in rechtem Winkel von der bisherigen Marschrichtung ab und nahm Kurs auf Vlck und seine Begleiter.

»Ich muß ihnen helfen«, piepste Gecko und vergaß alle Furcht vor den Fremden. »Nehmt die anderen unter Feuer!«

Ehe Zbron antworten konnte, war der Mausbiber entmaterialisiert. Diesmal landete Gecko haargenau auf der Sandfläche, keine zwei Meter von Vlck entfernt.

»Los, in Deckung!« schrillte er und warf sich in den Sand. »Wir werden angegriffen. Begreift ihr denn nicht, ihr Holzköpfe? Hinlegen, aber dalli!«

Der Unither Vlck wog fast drei Zentner und war nicht so leicht aus der Ruhe zu bringen. Während die Mausbiber nach allen Seiten auseinanderspritzten und in schnell gebuddelten Sandlöchern verschwanden, blieb er stehen und sondierte die Lage.

Was er sah, war nicht besonders beruhigend. Etwa ein Dutzend merkwürdig aussehender Gestalten marschierte in breiter Schützenkette auf sie zu. In den Händen hielten sie metallisch schimmernde Gegenstände. Jetzt schwärmten sie noch mehr auseinander, wie bei einer Treibjagd.

Jagd – die Jäger!

Jetzt zog es auch Vlck vor, in Deckung zu gehen. In seinem Uniformgürtel war nur der kleine Nadelstrahler mit geringer Reichweite. Damit ließ sich gegen eine so überlegene Truppe nichts anfangen.

Vlck wälzte sich ein wenig zur Seite, bis er in Geckos Nähe gelangte. Der Mausbiber hatte den Lauf seiner schweren Energiepistole über den Rand des Deckungslochs geschoben und visierte die sich nähernden Insekten an. Der Lauf schwankte leicht hin und her.

»Damit kannst du sie auch nicht aufhalten, Gecko. Teleportiere in die TRAMP und hole Waffen. Es gibt keine andere Möglichkeit, hörst du?«

»Abwarten«, knurrte Gecko zurück. »Dort kommen die Träumer.«

Sie waren auf einmal da. Hunderte von ihnen, und sie kamen aus allen Richtungen. Zwischen den Insekten und Vlcks Gruppe sanken sie dem sandigen Boden entgegen, bis sie ihn fast berührten. Dann formten sie eine geschlossene Front und griffen an.

Es war natürlich nur ein Täuschungsmanöver, denn sie konnten dem körperlichen Gegner nichts anhaben. Aber schließlich ist es nicht jedermanns Sache, plötzlich mit materielosen Wesen konfrontiert zu werden. Es war besonders nicht die Sache der Jäger, denen die Träumer schon oft genug draußen im Raum oder auf den Welten dieses Systems begegnet waren.

Dann begingen die Träumer einen nicht wiedergutzumachenden Fehler. Sie fuhren in die Reihen der unschlüssigen Insekten und versuchten, Verwirrung zu stiften. Widerstandslos drangen sie durch sie hindurch – oder umgekehrt.

So erschreckend das auch im ersten Augenblick für die Jäger sein mochte, sie waren intelligent genug, um sofort zu erkennen, daß die »Geister« keinen Schaden anrichten konnten. Zwar war ihnen damit auch klar, daß man sie nicht abwehren und vernichten konnte, aber man konnte sie ohne Risiko ignorieren.

Und genau das war es auch, was sie taten.

Ohne sich um die Träumer zu kümmern, formierten sie sich neu und marschierten weiter, auf Vlck, Gecko und die Mausbiber zu, die keine zweihundert Meter entfernt in ihrer Deckung warteten.

»Laß dir etwas einfallen«, rief Vlck verzweifelt. »Am besten wäre es, du ließest sie einfach in dein großes Maul hineinfallen.«

Gecko überhörte in seiner Aufregung die Beleidigung. Er ließ die Angreifer nicht aus den Augen. Einer von ihnen war ein wenig zurückgeblieben. Vielleicht fühlte er sich von den sieben oder acht Träumern bedroht, die ihn pausenlos angriffen. Gecko überlegte nicht lange. Er schob Vlck seinen schweren Strahler hin – und teleportierte hinter die Front der Jäger. Längst hatte er festgestellt, daß deren Gedankenimpulse nur eine geringe Reichweite besaßen und es mit den Empfangsmöglichkeiten wahrscheinlich auch nicht besser bestellt war.

Er rematerialisierte direkt hinter einem Insekt. Niemand nahm von ihm Notiz, was ihn noch mehr erboste. Er nahm einen kurzen Anlauf und rammte dem ahnungslosen Insekt mit aller Wucht den Schädel in jene Stelle des Leibes, wo er am dünnsten war.

Das Resultat war in der Tat erstaunlich.

Der Jäger blieb stehen – und knickte in der Mitte auseinander. Beide Teile fielen getrennt zu Boden und rührten sich nicht mehr. Das Insekt war tot.

Gecko ergriff blitzschnell die fallengelassene Waffe und sprang zu Vlck zurück. »Hast du das gesehen?« keuchte er atemlos.

»Ich habe ja Augen im Kopf. Wie ist das möglich?«

»Achillesferse«, sagte Gecko und schnappte nach Luft. »Wenn du weißt, was ich meine. Ihre schwache Stelle. Einfach umrennen, und sie zerbrechen glatt.«

Vlck verzichtete auf einen Kommentar. Er beobachtete die Jäger, die stehengeblieben waren und ihren gefallenen Gefährten untersuchten. Sie mußten zu dem Ergebnis gelangen, daß die Träumer dafür verantwortlich waren, denn sie begannen, auf die Durchsichtigen zu schießen. Damit vergeudeten sie Zeit und Munition.

Gecko gab Vlck die erbeutete Waffe. »Ihr habt nun mehrere Strahler und liegt in guter Deckung. Verteidigt euch, so gut es geht Ich muß zu den anderen. Ooch und Wullewull sind im feindlichen Schiff. Ich hole sie.«

Vlck fragte nicht viel. Er nickte, ohne die Jäger aus den Augen zu lassen. Gecko entmaterialisierte.

Diesmal war seine Furcht vor den Insekten geringer. Der leichte Sieg hatte seinen Mut gefestigt. Er war davon überzeugt, eine ganze Armee dieser zerbrechlichen Superbienen ausschalten zu können. Ein zweiter Sprung brachte ihn zu Ooch und Wullewull.

»Wir müssen versuchen, ihr Schiff manövrierunfähig zu machen«, schlug er vor, als die beiden ihm berichtet hatten, was inzwischen geschehen war. »Mit denen draußen werden Vlck und Zbron schon fertig.«

»Niemand kann sofort mit einem unbekannten Schiff umgehen.« Ooch schüttelte den Kopf. »Wir könnten die Besatzung höchstens zwingen, mit dem Schiff zu starten und zu verschwinden.«

Ehe Gecko eine Entscheidung treffen konnte, öffnete sich die Tür. Fünf Jäger traten ein. Diesmal hielten sie ihre Waffen schußbereit auf die Mausbiber gerichtet, und selbst Wullewull verzichtete darauf, in seiner Deckung zu verschwinden. Die Gedankenimpulse der Insekten waren eindeutig auf Mord ausgerichtet.

Ooch war der beste Telepath. Er übernahm die Kontaktaufnahme.

»Wir sind waffenlos«, sagte er laut, um die Impulse zu verstärken und ganz sicher verstanden zu werden. »Wir verstehen euch, und ihr werdet uns verstehen. Warum greift ihr uns an? Was haben wir euch getan?«

Die Jäger schauten ihn unbewegt an. Sie hatten keine Ohren, soweit sich das feststellen ließ, aber sie mußten die Worte Oochs verstanden haben. Sie selbst verständigten sich nicht durch eine Lautsprache, gaben überhaupt keine Geräusche von sich. Als sie antworteten, geschah es stumm und absolut lautlos. Trotzdem konnten die drei Mausbiber sie verstehen.

Ist das euer System?

»Nein, aber auch nicht das eure. Ihr habt uns draußen im Raum angegriffen, wir mußten notlanden. Nun seid ihr wieder da und greift uns an. Warum?«

Die Antwort war kurz und eindeutig. *Wir greifen jeden an.*

»Ihr seid also eine räuberische und unzivilisierte Rasse, die eine Gleichberechtigung aller Intelligenzen ablehnt. Eines Tages werdet ihr auf Stärkere stoßen und selbst vernichtet werden.«

Es gibt keine Stärkeren.

Durch soviel Überheblichkeit geriet sogar Ooch außer Fassung. Von Gecko nicht zu reden, der von einer solchen Wut erfüllt wurde, daß er alle Vorsicht vergaß. Er war im politischen Gefüge des Vereinten Imperiums aufgewachsen und Rhodans Grundsatz, allen intelligenten Völkern die gleichen Rechte zuzubilligen, war auch ihm in Fleisch und Blut übergegangen.

»Es gibt keine Stärkeren?« fauchte er empört, und in seinen braunen Augen funkelte es bösartig. »Ihr armseligen Kreaturen, die ihr seid! Gleich werdet ihr erleben, daß es sie doch gibt!«

Er hatte den Kopf gesenkt und sprang unerwartet vor. Dabei breitete er die Arme aus. Den ersten erwischte er mit dem Kopf, die beiden anderen mit den Händen. Die Höhe stimmte genau. Ohne einen Laut zerbrachen die drei Jäger. Sechs Hälften fielen zu Boden. Die anderen beiden waren so verblüfft, daß Ooch ihnen durch schnelles Hinzuspringen die Waffen abnehmen konnte. In wenigen Sekunden hatte sich das Bild gewendet.

»So, und nun vorwärts«, befahl Gecko. Er nahm Ooch eine der Waffen ab. Den Abzug fanden beide nicht, aber ein Blick in die drohenden Mündungen genügte, die Jäger gefügig zu machen. »Zu den Kontrollen! Startet das Schiff, aber schnell!«

Starten?

»Wie gut wir uns doch verstehen! Ja, starten! Vielleicht wird dann der Rest von euch vernünftig.«

Wullewull hielt sich im Hintergrund. Ihm ging die Sache zu schnell und zu einfach. Der Sieg war zu leicht gewesen. Es mußten noch Dutzende der merkwürdigen Insekten im Schiff sein. Sie würden die Niederlage nicht so ohne weiteres hinnehmen. Ein zweites Mal würden sie nicht den Fehler begehen, ihren Gegner zu unterschätzen.

Gecko hatte diese Sorgen nicht. Ihm ging es in erster Linie darum, die drohenden Geschütze von der schutzlosen TRAMP abzuwenden. Alles andere war ihm egal.

Unter dem Druck der auf ihn gerichteten Waffe trat einer der Jäger zu den Kontrollen. Er zögerte, dann packte er blitzschnell zu.

Es war gerade die Schnelligkeit der Bewegung, die Gecko stutzig werden ließ. Hätte der Jäger ein reines Gewissen und würde er den erhaltenen Befehl ausgeführt haben, wäre diese Eile nicht nötig gewesen. So aber erweckte sie Verdacht.

Gecko hieb ihm den Lauf der Waffe auf die Finger. Es gab ein knackendes Geräusch. Die Arme des Insekts sanken herab. Wut funkelte aus den tückischen Augen. Draußen aber zischte ein blauer Energiestrahl dicht an der Hülle der TRAMP vorbei. Zbron reagierte sofort. Die Feuerleitzentrale der TRAMP erwiderte das Feuer. Das Schiff der Fremden erhielt einige schwere Treffer.

Wullewull wurde durch die Erschütterung von den kurzen Beinen gehoben und landete unsanft auf dem Boden. Auch Ooch strauchelte, aber er fing sich rechtzeitig, um den Angriff des bisher passiv gebliebenen Jägers abzufangen. Zwar wurde er von vier kräftigen Armen umfangen und festgehalten, während sich die beiden Zangen bedrohlich seinem Hals näherten, aber er reagierte schnell und richtig. Mit dem rechten Fuß trat er mit aller Macht gegen den Unterleib des Jägers. Die vier Arme ließen los. In zwei Teile zerbrochen, stürzte der Gegner zu Boden.

Gecko hatte sich an der Schalttafel festgehalten. Dabei war seine linke

Hand mit einem Hebel in Berührung gekommen. Ohne eingeschaltete Gravitationsfelder startete das Eierschiff mit großer Beschleunigung. Der Andruck ließ auch Geckos Knie weich werden. Haltlos sank er zu Boden. Neben ihm versuchte der letzte Jäger, sich gegen die Kontrollen zu stützen. Ooch lag unter dem Insekt, das verzweifelt versuchte, seine tödlichen Zangen anzuwenden.

Wullewull erkannte, daß Ooch verloren war, wenn ihm niemand half. Es fiel ihm unendlich schwer, gegen den Andruck anzukämpfen, aber es gelang ihm, auf allen vieren voranzukriechen. Mit letzter Kraft richtete er sich auf und ließ sich dann einfach auf den Unterleib des Fremden fallen. Der Körper knickte genau an der schwachen Stelle.

Dann wurde der Andruck so stark, daß alle drei Mausbiber das Bewußtsein verloren.

Führerlos raste das Schiff der Fremden ins All hinaus.

30.

Zbron war über das Ergebnis seines Gegenangriffs mehr als erstaunt. Kaum waren die ersten Treffer erzielt worden, da floh der Gegner und ließ den Stoßtrupp einfach zurück.

Als das Schiff startete, stellten die Insekten sofort ihren Vormarsch ein. Sie sammelten sich im Niemandsland zwischen der TRAMP und Vlcks Truppe. Axo und seine Mausbiber kamen ebenfalls aus ihrem Versteck hervor und näherten sich Vlck, um sich schließlich mit dessen Gruppe zu vereinigen.

Es wäre jetzt einfach gewesen, die Jäger zu vernichten, aber Zbron verzichtete darauf. Er mußte wissen, warum die Fremden so plötzlich geflohen waren. Auf den Gedanken, Gecko, Ooch und Wullewull dafür verantwortlich zu machen, kam er noch nicht.

Während Zbron noch überlegte, was er unternehmen sollte, wurde ihm und auch Vlck die Entscheidung aus der Hand genommen.

Die Willys kamen aus ihren Sandlöchern hervor. Sie behielten ihre Fladenform bei, rotierten aber mit derartiger Geschwindigkeit um ihre Achse, daß sie flachen und schemenhaften Kreisen glichen. Über ihnen bildete sich ein Sog, der sie vom Sand abhob. Mit den Tentakeln steuerten sie ihren Flug. Es war, als glitten sie auf Luftpolstern dahin, genau auf die ratlosen Insekten zu.

Ihre Absicht war nicht ganz klar, aber sie wurden von ganzen Wolken der Träumer begleitet, die sie wie in einem wilden Tanz umtaumelten. Es war ein phantastischer und erschreckender Anblick. Wie eine Geisterarmee, die am Strand des Ozeans entlangfegte, einem ungewissen Ziel entgegen. Aber das Ziel stand fest: die Jäger.

Die Jäger erkannten das zweifellos, aber sie begingen erneut einen schwerwiegenden Fehler. Durch ihre letzten Erfahrungen gewitzt, wußten sie, daß die »Geister« unangreifbar waren und ihrerseits auch keinen Schaden anrichten konnten. Zu ihrem Pech unterschieden sie nicht zwischen den schwebenden Willys und den Träumern.

Sie ignorierten beide. Und das wurde ihr Verhängnis.

Während die Träumer höher stiegen und sich erneut passiv verhielten, fuhren die Willys mit voller Wucht in die Reihen der völlig überraschten Insekten. Das Ergebnis war furchtbarer, als wenn Zbron eine Salve aus den Strahlgeschützen auf sie abgegeben hätte.

Gleich die Hälfte der Jäger wurde beim ersten Angriff getötet. Sie knickten einfach in der Mitte auseinander, brachen zusammen und rührten sich nicht mehr. Der Rest der Überlebenden begriff schnell genug, um sofort das Feuer auf die Willys zu eröffnen, aber in der Aufregung verfehlten sie die schnellen Ziele. Nach dem zweiten Angriff lebten nur noch drei der Insekten, die ihre Waffen fortwarfen und die Flucht ergriffen.

Die Willys kannten keine Gnade. Als alles vorüber war, beendeten sie ihre Rotation und sanken in den Sand. Ohne sich um die Gefallenen zu kümmern, begannen sie, langsam in Richtung der TRAMP zurückzufließen. Sie hatten bewiesen, daß sie nicht umsonst auf die Expedition mitgenommen worden waren.

Vlck hatte dem Angriff mit Entsetzen zugesehen, ihn aber ebensowenig wie Zbron verhindern können. Dabei wäre nach der unerwarteten Flucht des fremden Schiffes die Chance zu einer Verständigung mit den Jägern günstig gewesen.

Axo kam aus seinem Loch hervor. »Wo ist Gecko?« fragte er.

Vlck sah ihn verblüfft an. »Ist er nicht bei euch? Er wollte doch ...«

Vlck stockte. Wollte Gecko nicht in das Schiff der Fremden, um es zu erobern, wie er sich ausdrückte?

»Los!« befahl er. »Zurück in die TRAMP. Ich fürchte, es ist etwas schiefgegangen. Beeilt euch gefälligst!«

Zbron war genauso ratlos wie Vlck, als Gecko, Ooch und Wullewull vermißt wurden. Sie mußten sich noch in dem geflohenen Schiff aufhalten und waren entführt worden. Es gab keine Möglichkeit, sie noch einzuholen, denn die TRAMP war erst in zwei Tagen startbereit.

»Was ist mit dem Gleiter?« fragte Brcl.

»Unmöglich!« Zbron schüttelte den Kopf. Seine Verwirrung war schon dadurch ersichtlich, daß er in einem Wort das ausdrückte, wozu er unter normalen Umständen eine halbe Stunde benötigt hätte. »Nicht schnell genug. Stozi, hast du das Eierschiff im Orter?«

Der Funker der TRAMP gab keine Antwort. Die kleinen Bildschirme des Spezialortergerätes zeigten nichts als leeren Weltraum und einige Sterne. Stozi veränderte die Empfangsstärke und schaltete die Vergrößerung ein.

Auf einem der Schirme erschien ein Punkt, der sich schnell voranbewegte.

»Das ist es«, sagte Stozi, Stolz in der Stimme. »Wartet, ich vergrößere weiter und nehme die Ortungsmesser hinzu.«

Er drehte an einigen Knöpfen. Gespannt sahen Zbron und die anwesenden Mausbiber zu. Axo und Bokom hatten sich bei den Händen gefaßt. Ohne den großmäuligen Gecko kamen sie sich auf einmal sehr verlassen vor.

Der Punkt wurde größer und zu einem Schiff. Die Beschädigungen an der eiförmigen Hülle ließen eindeutig erkennen, daß es sich um das geflohene Raumschiff der Jäger handelte.

Stozi wartete einige Minuten, las die ankommenden Werte ab. »Immer noch Beschleunigung, Kurs unbestimmt, aber in Richtung der Sonne, Geschwindigkeit im Augenblick etwa achtundzwanzig Sekundenkilometer. Es hat den Anschein, als ob niemand an den Kontrollen säße.«

»Was willst du damit sagen?«

»Der Kurs ist unsinnig, und niemand wird behaupten können, die Jäger seien dumm. Sie müßten ihn längst geändert haben. Wenn sie so weiterfliegen, werden sie in einer knappen Stunde in die Sonne stürzen.«

Axo rief jämmerlich: »Mit Gecko an Bord! Und Wullewull! Und Ooch!«

Biggy watschelte zu Zbron und nahm seine Hand. »Du mußt etwas unternehmen, Zbron. Sie dürfen nicht sterben – auch Gecko nicht! Er war manchmal häßlich zu uns, aber er hat es nie böse gemeint. Er ist unser Kommandant, und wenn wir ohne ihn ...«

»Es war seine eigene Schuld«, entgegnete Zbron und fügte rasch hinzu: »Natürlich soll das nicht heißen, daß wir nichts unternehmen. Ich frage mich nur, was wir tun sollen. Kein Gleiter ist so schnell wie das andere Schiff. Wir können es nicht einholen. Und von den Jägern lebt keiner mehr. Die Willys haben ganze Arbeit geleistet. Dabei hätten wir die Fremden gefangennehmen und verhören können. Ja, Biggy, ich weiß wirklich nicht, was wir jetzt tun sollen. Hätten wir einen Teleporter bei uns, dann wäre es vielleicht möglich, aber wir haben keinen.«

»Gecko ist einer.«

»Ein viel zu schlechter, um sich jetzt noch retten zu können.«

Sie sahen ihn an. Hilflos und verzweifelt. Alle wußten auf einmal, was sie an ihrem großmäuligen und angeberischen Kommandanten gehabt hatten. Wie immer, wußten sie es erst zu spät.

Zbron befahl mit ausdruckslosem Gesicht seiner Mannschaft, die Ausbesserungsarbeiten an dem Konverter fortzusetzen. In zwei Tagen mußte die TRAMP startbereit sein.

Und genau in dieser Sekunde verschwanden plötzlich die Träumer aus dem Schiff.

Als Wullewull zu sich kam, spürte er immer noch den fürchterlichen Andruck, der ihn und seinen beiden Freunden das Bewußtsein geraubt hatte. Sein Körper hatte sich an die gleichbleibende Belastung gewöhnt. Langsam öffnete er die Augen und versuchte, sich an das Vergangene zu erinnern.

Die fünf Insekten, der Angriff, der plötzliche Start des Schiffes.

Er richtete sich auf. Drüben unter den Kontrollen begann Gecko sich zu rühren. Ooch lag mitten zwischen den auseinandergebrochenen Jägern. Er fuchtelte mit beiden Händen wie suchend in der Luft herum.

Wullewull verspürte eine unbeschreibliche Erleichterung, als er feststellen konnte, daß die beiden noch lebten. Im ersten Augenblick hatte er angenommen, der einzige Überlebende des verrückten Abenteuers zu sein.

Er konnte sich nicht aufrichten, weil der Andruck immer noch auf ihn einwirkte. Wenn er wenigstens wüßte, wo die Kontrollen zum Einschalten der Schwerkraftsabsorber waren. Vorsichtig kroch er auf dem Boden entlang, bis er Gecko erreichte. Er packte ihn an der Schulter und rüttelte ihn.

»He – Gecko, aufwachen! Höchste Zeit! Sie bringen uns wer weiß wohin.«

Gecko schlug die Augen auf und erblickte Wullewull. Allmählich schien ihm zu dämmern, was geschehen war und wo er sich befand. Mit einem Ruck richtete er sich auf und sah sich um. Dann stieß er einen schrillen Pfiff aus.

»Wo sind wir?« quietschte er dann.

Beim Start hatten sich automatisch die Bildschirme eingeschaltet, die in einer Reihe über den Kontrolltafeln angebracht waren. Sie zeigten, was außerhalb des Schiffes zu sehen war.

Der achtzehnte Planet war nur noch ein Ball von der Größe einer Männerfaust. Er mußte Millionen von Kilometern entfernt sein. Im Bugschirm aber stand abgefiltert die flammende Sonne. Ihr Mittelpunkt rotierte langsam um den Schnittpunkt des Fadenkreuzes. Das Schiff drehte sich somit um seine Längsachse, ein weiterer Beweis dafür, daß es ungesteuert flog.

Seitlich tauchten weitere Planeten auf.

Ooch hatte sich inzwischen ebenfalls aufgerappelt. Als er zu den anderen gekrochen kam und sich die Bildschirme ansah, entfloh ihm ein gequältes »Oooch!«. Dann, etwas gefaßter, fragte er: »Sie sind mit uns gestartet?«

Gecko hatte inzwischen seine Überlegenheit wiedergefunden. Er entsann sich, daß nun alles von ihm abhing und daß es allein in seiner Hand lag, den Dingen eine andere Wendung zu geben. Schließlich war er nicht nur ein einfacher Mausbiber, sondern Großadmiral Gecko, von dem legendären Ahnherrn Gucky persönlich eingesetzt und dazu ausersehen, den vermißten Perry Rhodan zu finden und zu retten.

Allerdings galt es vorerst, die eigene Haut zu retten.

»Der Andruck hat alle an Bord getötet – ihr wißt, wie empfindlich diese Superbienen sind. Sie zerbrechen, wenn man sie nur scharf ansieht. Räuber sind sie und Jäger. Kriegerisch und voller Mordgier, aber sie vergessen dabei, daß sie selbst empfindlicher und leichter zu töten sind als eine Stinkmücke von der Venus. Vielleicht sind sie nur deshalb so grausam veranlagt, weil sie so leicht verwundbar sind. Sie wollen damit ihre eigene Schwäche tarnen. Mörder aus Minderwertigkeitskomplexen heraus. Wäre keine Ausnahme.«

»Kannst du mit dem Schiff umgehen, Gecko?« Gecko sah Ooch lange an, dann schüttelte er den Kopf.

»Leider nicht, ich bin kein Techniker. Ich bin nur Kommandant.«

»Als Kommandant solltest du aber ...«, begann Wullewull, schwieg aber dann betroffen. Wenn er Gecko jetzt verärgerte, verbaute er sich den letzten Fluchtweg. Gecko konnte teleportieren.

Gecko hatte den Vorwurf überhört. Er war bis zu den Kontrollen gekrochen und richtete sich empor. Mit den Händen gelang es ihm, denselben Hebel zu erreichen, der zuvor von dem Jäger vorgerissen worden war.

Gecko schob ihn in die ursprüngliche Stellung zurück. Sofort wurden die drei Mausbiber gewichtslos. Ohne jeden Antrieb glitt das Schiff in freiem Fall durch den Raum, immer noch auf die Sonne zu. Die Richtung änderte sich nicht.

Ooch hing schwerelos unter der Decke des Raumes. Um ihn herum schwebten die Einzelteile der zerbrochenen Insekten. Er stieß sie mit den Füßen von sich. »Gecko, wie wäre es mit der Teleportation? Wirst du mit uns zur TRAMP teleportieren können?«

Gecko wirkte verlegen. »Allein schaffe ich es vielleicht, aber mit euch beiden zusammen wird es schwieriger. Wenn ich mich verschätze, und wir materialisieren im Weltraum ...«

»Wie wäre es mit einem telekinetischen Block?« fragte Wullewull. »Es sollte doch möglich sein, den Kurs des Schiffes zu ändern – telekinetisch. Da haben wir doch schon ganz andere Dinge geleistet.«

»Stimmt«, gab Gecko zu. »Aber da saßen wir auch nicht in dem Schiff, das gesteuert werden sollte. So geht es nicht. Aber da nun die Beschleunigung weggefallen ist, dauert es länger, bis wir in unmittelbare Gefahr kommen. Die TRAMP wird uns bis dahin eingeholt haben.«

Ehe jemand dazu Stellung nehmen konnte, entstanden aus dem Nichts heraus die leuchtenden und durchscheinenden Gestalten der Träumer. Sie kamen durch die soliden Wände, schwebten in der geräumigen Zentrale hin und her und formierten sich zu einer regelrechten Gruppe.

Ooch war es, der ihre Gedankenimpulse empfing. *Kehrt zurück, ehe es zu spät ist! Das Schiff nähert sich der Sonne.*

»Dann helft uns! Wir können es nicht steuern.«

Eine der transparenten Gestalten schwebte näher. Sie hielt sich so, daß sie neben Ooch und Gecko über den Kontrollen schwebte. Dann teilte sie über Ooch mit:

Wir sind oft mit diesen Schiffen geflogen. Die Hebel neben dem großen Fahrthebel bestimmen die Richtung. Darüber sitzt die Bremssteuerung. Die Orientierungsschirme arbeiten automatisch. Genügt das?

Gecko begriff schneller, als er sich selbst zugetraut hatte. Mit wenigen Handgriffen leitete er das Wendemanöver ein; danach brachte er das ihm fremde Schiff auf den richtigen Kurs. Im Zielbildschirm stand nun der achtzehnte Planet, so klein wie eine Walnuß. Er wurde zusehends wieder größer.

»Die Landung wird mir kaum gelingen«, gab Gecko bekannt. »Der Rest wird gesprungen. Wenn ich die TRAMP sehe, ist das kein Problem mehr.«

Aber so genau funktionierte es mit dem Kurs nun auch wieder nicht. Das Schiff ließ sich schwer steuern und gehorchte den Kontrollen nur widerwillig, als ahne es, daß unbefugte Hände es befehligten.

Auf der Nachtseite des Planeten stürzte das Schiff mit seiner ganze

Besatzung in die tobenden Wogen einer schwarzen und aufgewühlten See. Sekunden vorher war Gecko mit Ooch und Wullewull gesprungen.

Sie materialisierten auf einer größeren Insel, ganz in der Nähe des Strandes. Keiner von ihnen wußte, ob es dieselbe Insel war, auf der die TRAMP gelandet war. Sie fielen nur knapp zwei Meter und landeten im Sand.

Keine fünf Kilometer von ihnen entfernt schlug das fremde Schiff in die stürmische See und verschwand spurlos.

»So«, sagte Gecko und ließ die Hände seiner Gefährten los. »Und nun werden wir ein Stück marschieren. Die frische Nachtluft tut uns gut.«

Weder Wullewull noch Ooch sahen den Zweck der Leibesertüchtigung ein, aber es blieb ihnen gar nichts anderes übrig, als hinter dem voranwatschelnden Gecko hinterherzuwatscheln.

»Und wie habt ihr so schnell hierher zurückgefunden?« fragte Zbron, der von der Rückkehr der drei Vermißten so erleichtert war, daß man es nicht mit Worten beschreiben konnte. »Es war doch finstere Nacht.«

»Wir haben uns nach den Sternen orientiert«, piepste Wullewull stolz dazwischen, ehe Gecko antworten konnte.

Zbron übte sich in Geduld. »Aha, Sterne. Es wundert mich, Wullewull, daß du die Sternbilder hier kennst – außerdem gibt es kaum Sterne. Vergiß nicht, wir sind in einem sternenarmen Sektor der Milchstraße.«

»Das war uns völlig egal«, unterbrach ihn Wullewull wütend, »wir haben uns eben nach denen gerichtet, die zu sehen waren.«

»Tüchtig, tüchtig«, anerkannte Brcl mit einem nachsichtigen Grinsen auf dem klobigen Gesicht. »Gute Leistung. Gucky wird staunen.«

»Jedenfalls haben wir die ganze Besatzung des Eierkahns erledigt und das Schiff vernichtet.« Gecko hielt es für an der Zeit, selbst zu berichten. Wullewull übertrieb gern und versuchte dabei, seine eigenen Taten hervorzuheben. »Die Fremden sind geschlagen. Wir haben gesiegt. Hurra!«

Lediglich Ooch stimmte in seinen Ruf ein. Dann kippte er nach hinten auf die Liege und schlief sofort ein. Wullewull wollte noch etwas sagen, aber dann schwieg auch er. Er betrachtete Ooch mit neidischen Blicken und schlich sich aus der Zentrale. Und als er schließlich Biggy an seine pelzige Brust drückte und mit ihr das glückliche Wiedersehen feierte, konnte von Neid auf den friedlich schlafenden Ooch nicht mehr die Rede sein. Ganz im Gegenteil.

Gecko erkundigte sich, wann der Konvertereinbau beendet und die TRAMP startbereit sei.

»In dreißig Stunden sind wir fertig«, gab Zbron Auskunft, nachdem er Rücksprache mit den Technikern genommen hatte. »Dann sind wir startbereit. Es wird Zeit, daß wir dieses System verlassen, so interessant es auch sein mag. Die soziale und politische Struktur der Träumerzivilisation sowie deren religiöse Probleme und Auffassungen würden mich brennend interessieren, aber wir haben keine Zeit. Vielleicht werden wir später hierher zurückkehren.«

»Hoffentlich«, sagte Gecko ernst, »haben die Jäger bis dahin nicht herausgefunden, wie harmlos die Träumer sind. Es wäre deren sicheres Verderben.«

Zbron schüttelte den Kopf. »Unsere Begegnung mit den Jägern hat sein Gutes. Wir haben eines ihrer Schiffe vernichtet. Die Insekten werden den Träumern die Schuld geben und sie noch mehr fürchten als bisher. Ich glaube, sie werden künftig dieses Sonnensystem meiden und vorsichtiger mit ihren Angriffen auf unbekannte Schiffe sein.«

Gecko richtete sich stolz im Sessel auf, obwohl ihm fast vor Müdigkeit die Augen zufielen. »Wir haben somit eine wichtige Mission erfüllt«, stellte er fest und rutschte auf die Füße. »Ich gehe schlafen, Zbron. Morgen habe ich einen schweren Tag vor mir.«

Zbron sah ihm erstaunt nach. »Einen schweren Tag? Wieso? Mit dem Umbau hast du doch nichts weiter zu tun, und ich wüßte nicht ...«

Gecko öffnete die Tür. »Ich werde Ooch und Wullewull begleiten. Schwimmen und Tauchen im Meer. Im Raumanzug, da werde ich nicht naß. Die beiden haben halbintelligente Krebse entdeckt, mit denen ich Verbindung aufnehmen möchte. Vielleicht können wir etwas von ihnen lernen.«

»Ja, sicher«, meinte Zbron grinsend.

Gecko betrachtete ihn mißtrauisch. »Du stimmst mir zu?«

»Natürlich, Gecko. Jeder kann vom anderen lernen. Und Krebse verstehen es, sich immer rechtzeitig zurückzuziehen. Sie stecken niemals ihre Nase in Dinge, die sie nichts angehen. Sie sind klug und ...«

Er hörte auf zu sprechen. Er war schon seit zehn Sekunden allein in der Zentrale. Fast allein. Mit fast zärtlicher Bewegung deckte er Wullewull zu, der im Traum leise vor sich hinpiepste und einer imaginären Armee seine Befehle gab.

ENDE

Notiz

In diesen Band sind folgende Heftromane eingeflossen: *Flammen über Badun* und *Die Hypno-Kugel* von Kurt Brand, *Soldaten für Kahalo* von Kurt Mahr, *Die lebenden Toten* von K. H. Scheer und *Die Expedition der Mausbiber* von Clark Darlton.